PICKWICK

SVEVA CASATI MODIGNANI

IL BARONE

Sperling & Kupfer

RINGRAZIAMENTI
L'Autrice ringrazia Anna Andreini Arisi, Lucy Maggi Albini, Fanny Consonni, Sante Fanti, Daniela Tardini e soprattutto Nicola.

www.pickwicklibri.it
www.sperling.it

Il Barone
di Sveva Casati Modignani

ISBN 978-88-6836-061-0

I edizione Pickwick settembre 2013

Anno 2017-2018 - Edizione 33 34 35 36 37 38 39 40 41

PROLOGO

A BORDO DEL «TRIFOGLIO»

KARIN Venier in quel caldo venerdì d'agosto era ossessionata da tre problemi: un tremendo raffreddore estivo, la prospettiva di un lungo week-end di lavoro e l'incessante ossessivo tubare dei colombi che da qualche anno, con le zanzare, i motorini e le autoradio, erano i veri padroni di Milano. Il massiccio arredo notarile dello studio legale di corso Venezia contribuiva ad aumentare il senso d'angoscia che si stava impadronendo di lei. Controllò con attenzione minuziosa le carte e i documenti che avrebbe portato con sé, mise fuori uso l'ultimo Kleenex con un'energica soffiata di naso, centrò un cestino per metà pieno di fazzolettini di carta e chiamò un taxi.

«Tre minuti », annunciò l'operatrice del centro radio. La rapidità degli spostamenti era uno degli aspetti positivi della città in agosto. I colombi insistevano con i loro monotoni richiami che penetravano negli uffici nonostante la protezione acustica dei doppi vetri. Karin uscì dal portone del palazzo mentre il taxi giallo accostava al marciapiede.

« Finalmente in vacanza », la salutò il portiere inchinandosi goffamente. Era un tipo alto e secco con un gran naso a becco e due occhi maliziosi che tradivano il mite sorriso da sacrestano.

« Già », ricambiò la ragazza mentre l'uomo s'affrettava ad aprirle la portiera, « finalmente in vacanza. » Faceva molto caldo e il sole non riusciva a penetrare la pesante cappa afosa che copriva la città. «Via Pascoli 2 », disse all'autista abbandonandosi sul sedile disgustosamente tiepido, intriso dell'odore di tutta l'umanità che aveva ospitato. Cercò, senza riuscirci, di reprimere un sonoro starnuto.

« Raffreddata, eh? » chiese consolatorio il tassista.

« Risposta esatta », rispose cupa la donna armeggiando con un nuovo pacchetto di Kleenex.

In corso Buenos Aires il tassista le aveva già raccontato la storia del primo intervento chirurgico all'addome subito nell'ospedale di Pietra Ligure per arrestare un'emorragia interna. La convalescenza terminò in via Plinio e la ricaduta cominciò in viale Abruzzi. La cronaca s'interruppe bruscamente al termine della corsa.

« La mia vita sì che è un romanzo », si lamentò il poveruomo incassando le tremila lire indicate dal tassametro.

« Le faccio tanti auguri », tagliò corto Karin dirigendosi verso il cancello del moderno condominio che mostrava evidenti pretese di eleganza.

Attraversò l'atrio deserto e si diresse velocemente, seguendo la passatoia che ricopriva il corridoio di sinistra, verso la porta dell'ascensore che si apriva su una parete interamente ricoperta da uno specchio. L'immagine riflessa di una stupenda fanciulla dai capelli rossi la rassicurò: lo smarrimento profondo che aveva dentro di sé non era ancora affiorato. Era un buon segno. Il primo di quella giornata negativa.

Avrebbe fatto un bagno tiepido, poi si sarebbe vestita. Quindi avrebbe raggiunto Linate per salire sull'aereo diretto a Nizza dove l'attendeva l'auto che l'avrebbe portata subito a Saint Tropez. La prospettiva del viaggio aereo le diede un senso di sollievo. Ma il pensiero di doversi incontrare con Bruno Brian cancellò quel radioso spiraglio rendendola ancora più inquieta.

Karin respirò il profumo azzurro dell'aria che sapeva di sole, di mare, di pini, di fiori selvatici. Improvvisamente si sentiva serena, finalmente liberata dal fastidioso raffreddore, lontana dal caldo afoso della città, momentaneamente distratta dal pensiero dell'appuntamento.

La *Mercedes* bianca si arrestò sul molo di Saint Tropez all'altezza del *Trifoglio*, un motor yacht di trenta metri che a Karin parve un bianco gabbiano d'acciaio, affilato ma poderoso. Era maestosamente allineato tra le altre imbarcazioni ormeggiate, suscitando l'ammirazione dei passanti e l'invidia di chi era imbarcato sugli altri panfili.

Il cielo terso d'un azzurro dolcissimo incupiva all'orizzonte nel presagio della sera là dove le vele scivolavano leggere sul mare tranquillo.

Un fotoreporter in agguato tra i passanti, pronto alla caccia, fece uno scatto per raggiungere l'auto, ma due marinai del *Trifoglio*, comparsi all'improvviso, gli tagliarono la strada. Non ci furono parole né gesti imperiosi. Il più alto e robusto dei due gelò il paparazzo con un sorriso smagliante.

« Meglio evitare », mormorò. Aveva un netto accento siciliano. « Non c'è niente di interessante da fotografare », soggiunse.

« Come non detto », convenne il fotografo. Era un giovane bruno e smilzo, gli occhi tristi, aggiogato a una serie di Leica munite di teleobiettivo. Arretrò dignitosamente ricambiando il sorriso e facendo larghi cenni come di saluto. Meglio una onorevole ritirata che un pestaggio dal quale sarebbe sicuramente uscito malconcio. Riparò in un negozio vicino cercando di individuare la donna seduta nella *Mercedes* bianca. Era fin troppo facile mettere in relazione una presenza femminile con l'arrivo del *Trifoglio* che ancora una volta, all'inizio d'agosto, era approdato nel celebre porticciolo della Costa Azzurra. Ma chi era quella donna?

Il paparazzo si mangiò rabbiosamente le unghie quando vide l'autista aprire la portiera e scorse una ragazza, con una lunga chioma fiammeggiante, scendere dall'auto.

Con un lieve cenno del capo la donna congedò l'autista.

In quel momento il fotografo ebbe la certezza di aver perso uno *scoop* e si sarebbe dannato l'anima per poter riprendere la bella sconosciuta che nel giro di pochi istanti sarebbe scomparsa nel ventre del *Trifoglio*, l'ammiraglia del Barone. La figura quasi leggendaria del Barone, il cui nome era associato ai grandi affari internazionali, era una delle prede più ambite dai paparazzi. Personaggio indecifrabile di cui si conosceva soltanto quello che lui voleva si sapesse, Bruno Brian Sajeva di Monreale, trentasette anni, italo americano, di origini nobili per parte materna, spesso fotografato al fianco di donne belle e famose, suscitava la curiosità quasi morbosa della gente abituata ormai a conoscere tutto dei personaggi dell'alta società. Si sapeva che era proprietario di un'immensa fortuna e si diceva che a bordo del *Trifoglio* vi fossero dipinti di incalcolabile valore. « Il suo *Boeing 747* è un castello volante », mormoravano le donne che avevano compiuto, o millantavano, una trasvolata sul suo gigante del cielo. Bruno Brian Sajeva, barone di Monreale, non aveva mai smentito le notizie che gli attribuivano proprietà in ogni continente.

Il sole al tramonto creava un quadro di straordinaria bellezza quando la splendida fanciulla dagli occhi blu pervinca si diresse con passo sciolto e sicuro verso la passerella del *Trifoglio*. La figura moderna, snella, da adolescente, era rilevata da un semplice abito di lino bianco con i bordi dorati della stessa doratura dei sandali a strisce sottili, che sottolineavano la grazia dei piedi minuscoli, mettendo in risalto le lunghe gambe. Portava a tracolla una borsa rigida di canapa grezza.

Il fotografo osservò quella femmina fantastica e immaginò l'incontro con il maschio superbo che faceva sognare le donne e affascinava gli uomini incutendo loro un profondo rispetto.

Altri occhi curiosi, dal molo e dalle barche ormeggiate, speravano di catturare l'immagine dell'incontro del Barone e della misteriosa sconosciuta. La presenza del Barone e della sua reggia galleggiante e segreta, costituiva comunque una nota eccitante per Saint Tropez.

Karin era assolutamente priva di trucco e sulla sua pelle non c'era segno di abbronzatura. L'alabastro del suo incarnato era perfetto. Aveva la superba avvenenza di un cigno bianco in quell'angolo di paradiso dove l'abbronzatura veniva ostentata come una medaglia al valore.

Una folata di vento marino le scompigliò i capelli facendoli ondeggiare. Dal ponte le andò incontro un cameriere ossequioso.

« Benvenuta a bordo, signorina Venier. » Anche lui aveva un deciso accento siciliano.

« Grazie Gaetano. » Karin gli sorrise con simpatia. Aveva un debole per quel domestico fedele, orgoglioso della propria fedeltà e lieto della propria condizione. Faceva un mestiere che gli piaceva e non l'avrebbe cambiato con nessun altro.

« La precedo, signorina Venier », si scusò Gaetano, cominciando a scendere la scaletta che conduceva allo studio di Bruno Brian. La donna lo seguì.

« La signorina ha fatto buon viaggio? » s'informò,

facendosi da parte per introdurla nel nuovo ambiente. Aveva capelli neri e radi, nonostante la giovane età, occhi scuri e cordiali.

Karin si muoveva con gesti essenziali e sicuri, come se si trovasse a casa propria. Il raffreddore era miracolosamente passato.

« Ottimo viaggio, Gaetano », rispose accomodandosi su una poltrona dai cuscini rivestiti di fresco lino. « Viaggio davvero stupendo », soggiunse ancora. Il cameriere s'inchinò prima di allontanarsi e lei si abbandonò sulla poltrona respirando profondamente. Provava un senso di beatitudine in quel piccolo ambiente che conosceva a memoria e le piaceva l'odore del legno antico, degli ottoni e degli argenti tirati a lucido. Karin aveva bisogno di protezione, di sicurezza e quell'ambiente, in modo inspiegabile, le dava l'una e l'altra cosa.

Lo studio di mister Brian era il locale che amava di più sul *Trifoglio* forse perché l'arredo austero in legno massiccio le ricordava stranamente l'interno di certe *Stube* del suo amato Tirolo, con la differenza che lì, invece delle tradizionali corna di cervo e del crocefisso, c'era un prezioso Canaletto. Era collocato sulla parete di fronte alla scrivania e rappresentava una regata sul Canal Grande col ponte di Rialto sullo sfondo. Da una stanza vicina giungeva il ticchettio delle telescriventi che registravano le notizie che provenivano da tutto il mondo. Un efficiente segretario raccoglieva, vagliava e sottoponeva all'attenzione di mister Brian il materiale selezionato.

Gaetano riapparve nello studio.

« La signorina desidera dello champagne ghiacciato? » propose avvicinandosi.

« Se non è un problema, preferirei del caffè freddo », scherzò Karin.

« Nessun problema », rispose premuroso il marinaio sorridendo.

« Vuole avvertire mister Brian? » disse Karin.

« Fino a poco fa sua eccellenza dormiva », la informò il cameriere con l'aria di scusarsi. « Vado a vedere se si è svegliato », soggiunse.

Al di là del pesante cristallo antiproiettile, le luci di Saint Tropez cominciavano a brillare nella sera. Non c'era niente di strano nel fatto che a quell'ora insolita Bruno Brian stesse dormendo e la cosa non la sorprese. Il ritmo e le abitudini di vita del Barone non obbedivano a nessuna regola.

La ragazza cominciò a estrarre dalla cartella di tela ruvida, che aveva posato su un ampio tavolino di legno scuro, fogli e documenti. Prese a esaminare le carte che appoggiò sul tavolino e su alcuni fogli sottolineò certe frasi con un evidenziatore giallo.

Il cameriere rientrò con circospezione per non distrarre l'ospite dal suo lavoro, ma anche perché quella presenza insolita lo intimidiva: era una femmina incantevole come ne aveva viste poche fra le molte che s'erano avvicendate sulla barca del Barone, ma era anche una creatura misteriosa. C'era qualche cosa di magico e di doloroso in lei soprattutto, a tratti, nell'espressione dei suoi splendidi occhi blu pervinca.

Posò sul tavolino davanti alla donna un pesante vassoio sul quale erano appoggiati dei bicchieri e una caraffa di cristallo, chiusa da un coperchio d'argento, per metà piena di caffè nel quale galleggiavano palline di ghiaccio. Il vetro era appannato e Karin sentì l'infantile desiderio di sfiorarlo con le dita.

« Faccio da sola », s'affrettò a dire fermando il cameriere che voleva servirla.

« Sua eccellenza verrà fra un momento », annunciò Gaetano.

Karin versò il caffè in un bicchiere largo e basso. Ne bevve un sorso. Era buono, ma non aveva il sapore sperato. Spuntavano le prime spine e il senso di beatitudine stava rapidamente dissolvendosi per lasciare il posto a un nuovo stato d'animo.

L'annuncio di Gaetano aveva accelerato i battiti del suo cuore. « Sua eccellenza verrà fra un momento. » Poche parole che avevano spezzato un equilibrio.

Era sempre così quando stava per incontrare Bruno: la stessa angoscia estenuante che le provocava uno struggimento che non riusciva a padroneggiare. Inevitabilmente, quando lui stava per comparire s'innescava in lei un meccanismo incontrollabile, un groviglio di paura e di desiderio, d'amore e d'odio, un piacere dolente che le attanagliava lo stomaco. Ogni volta cercava di dominarsi, ma Bruno Brian la rendeva inquieta ai limiti del panico.

Bevve una lunga sorsata di caffè dal bicchiere di cristallo sfaccettato e provò un certo sollievo. Il caldo s'era fatto insopportabile: l'aria condizionata non poteva niente contro la tensione emotiva.

Prima di conoscerlo, l'alone di leggenda che circondava il personaggio l'aveva affascinata e per molto tempo aveva accarezzato la speranza di poterlo incontrare, un giorno. Poi, una volta aveva sentito la sua voce per telefono: era una voce calda, profonda, decisa, una voce che sembrava fatta apposta per pronunciare parole d'amore.

Quel giorno Karin stava riordinando la scrivania nello studio dell'avvocato Paolo Brancati quand'era squillato il telefono sulla linea diretta del legale: il telefono rosso il cui numero era noto soltanto a pochi clienti di riguardo.

« Studio Brancati », aveva risposto.

« Chi è all'apparecchio? » c'era irritazione e disappunto nella voce all'altro capo del filo.

« Sono la segretaria dell'avvocato Brancati... Signore. Posso sapere il suo nome? » Era una collaboratrice esemplare, sapeva il fatto suo e poteva contare su una solida professionalità. Questo le dava il senso di sicurezza che faceva di lei un elemento insostituibile.

« Sono Bruno Brian. » La voce era chiara e forte come una nota d'organo. Lei s'era lasciata sfuggire un involontario « Oh » di stupore. Ma s'era subito ripresa e aveva soggiunto: « Sono desolata mister Brian. L'avvocato è bloccato a Roma dallo sciopero degli aerei. Non posso dirle quando sarà a Milano ».

« Mi faccia chiamare appena arriva. »

« Posso raggiungerlo telefonicamente. Se lei crede... »

« Non è necessario. » Parole banali che avevano su di lei l'effetto di un irresistibile richiamo.

« Come vuole, mister Brian. »

« E lei? Lei come si chiama? »

« Karin, mister Brian. Mi chiamo Karin Venier. »

« Arrivederci Karin. » E aveva riattaccato.

Era rimasta col ricevitore in mano e lo fissava in estasi come una bambina povera guarda la vetrina di un negozio di bambole. Aveva ventidue anni e lavorava nello studio Brancati da pochi mesi. L'illustre civilista l'aveva letteralmente rubata a un collega quando s'era accorto, incontrandola in tribunale, della sua straordinaria efficienza. Quella incantevole ragazza, con la sua puntigliosa professionalità, riusciva perfino a far passare in seconda linea il suo incanto di donna. Quando Karin, molti mesi dopo la telefonata, aveva incontrato Bruno Brian per la prima volta una girandola di sensazioni aveva cominciato a vorticarle tra cuore e cervello. In quel momento erano cadute tutte le sue certezze, eccetto una: era persuasa che non si fosse mai visto sulla faccia della terra un uomo più bello, un uomo più uomo. Nel momento in cui Brian le aveva stretto la mano, fissandola con i suoi singolari occhi grigi, quasi si era sentita mancare.

Da quella volta, quando doveva incontrarlo, si sentiva irrimediabilmente stupida, vuota, prigioniera di una stregoneria. Karin era consapevole del proprio fascino e sapeva che sarebbe bastato molto meno di un gesto per trovarsi tra le braccia di quell'uomo notoriamente molto sensibile alla bellezza femminile, ma non era quello che lei voleva. Una notte d'amore con Bruno Brian, da ricordare per tutta la vita, poteva essere l'aspirazione di tutte le donne, ma lei, Karin, era diversa, qualcosa di tremendo che non riusciva a dimenticare le impediva di comportarsi come una donna normale.

L'avventura di una notte avrebbe caricato di una vergogna ulteriore la macchia nera del suo passato: era una libertà che non poteva prendersi, un rischio che non poteva correre, un lusso che non poteva permettersi. Probabilmente si comportava in modo irrazionale e irragionevole, ma la mortificazione del corpo, il voto a una castità totale, l'idea che nessun maschio l'avrebbe mai contaminata, le dava un certo sollievo, quasi un sottile piacere. Solo la negazione totale del sesso mitigava il ricordo delle nefandezze alle quali aveva assistito, dell'oltraggio che aveva subito.

La figura di Bruno riempì il vano della porta come un'apparizione. Karin, che l'aspettava, ebbe comunque un lieve sobbalzo e il suo cuore cominciò una furiosa galoppata.

« Benvenuta a bordo del *Trifoglio.* » L'uomo sorrise e strinse la mano che lei gli porgeva. Aveva denti bianchissimi, forti.

« Ben trovato, mister Brian », disse la donna riuscendo ad apparire calma.

« Mi dispiace d'averla fatta aspettare», si scusò lanciando un'occhiata veloce al Patek-Philippe lunare che portava al polso e che Karin gli aveva visto da sempre.

« Forse sono in anticipo io », disse lei sforzandosi di mantenere un'immagine strettamente professionale.

Bruno sedette sulla poltrona di fronte a Karin. Indossava pantaloni di tela verde oliva e una camicia dello stesso colore con maniche corte, aperta sul petto.

« Dunque? » domandò adeguandosi allo schema imposto dalla visitatrice. « Vedo che ha già esposto la sua mercanzia », scherzò alludendo ai fogli ordinati sul tavolino.

« Ho portato i documenti che le servono », disse.

Bruno annuì chinandosi verso l'ospite e scrutandola di sotto in su con i suoi strani occhi grigi.

« Se vuole possiamo esaminarli insieme », proseguì Karin. Provò una stretta allo stomaco e sentì che le gambe le tremavano. Erano gli occhi di lui che la mettevano a disagio, occhi grigi dalle mille sfumature che a seconda degli stati d'animo passavano dalla dolcezza della madreperla alla durezza dell'acciaio. Anche le labbra morbide e ben disegnate, il naso forte e ben proporzionato, il fisico asciutto e l'innata eleganza avevano avuto la loro parte, ma Karin, fin dal primo momento, s'era illuminata di quello sguardo immenso che sapeva esprimere tutte le gradazioni dell'umano sentire: dall'infantile innocenza alla meditata crudeltà.

« Vediamoli insieme », approvò Bruno. Sembrava aver rinunciato a chiarire il complicato enigma che aveva di fronte.

« Mister Hachette », l'informò, « vorrebbe incontrarsi con lei domani. »

« Domani », replicò assumendo un atteggiamento meditativo. « A che ora? »

Gaetano servì silenziosamente a Bruno una robusta dose di bourbon con ghiaccio.

« All'ora che lei, mister Brian, vorrà stabilire. » L'abitudine all'autocontrollo proiettava l'immagine ineccepibile della segretaria perfetta. Karin parlava con apparente disinvoltura e si sforzava di concentrarsi sulle carte per non incontrare gli occhi grigi dell'uomo, per non vedere i folti capelli castano scuri, soffici, appena ondulati che gli ombreggiavano la fronte conferendogli un'aria quasi scanzonata, facendolo sembrare molto più giovane dei suoi trentasette anni. Sul suo petto occhieggiava un piccolo trifoglio d'oro appeso a una catenina. Era la sola civetteria che Bruno si concedeva.

L'uomo si lasciò andare contro lo schienale della poltrona, accavallò le gambe e guardò quella meraviglia di ragazza senza vederla.

« Dunque, mister Hachette vuole parlarmi », disse mentre nel suo sguardo passava veloce un'ombra di disappunto.

« Questo è il messaggio, mister Brian », confermò Karin mettendo a posto i fogli che erano perfettamente in ordine.

« Capisco. » Appoggiò il gomito al bracciolo della poltrona, prese la punta del mento tra il pollice e l'indice e, nella galleria dei ricordi, isolò la figura del portavoce della potente finanziaria americana IBB con la quale era in rapporti d'affari da ormai cinque anni.

« Ha detto domani? » domandò.

« Domani », confermò la ragazza.

« Quindi hanno fretta. » Tutta quella premura non faceva presagire niente di buono.

Karin l'aveva intuito, anche se a lei, in quel preciso momento, degli affari di Bruno Brian con la IBB non importava niente di niente.

« Penso anch'io che abbiano fretta », osservò senza partecipazione. C'era un tarlo ben più fastidioso che le rodeva la mente, un pensiero ossessivo che non l'abbandonava da quando era partita dall'aeroporto di Milano per andare all'appuntamento con Bruno. Chi era la donna che l'aveva accompagnato in quell'ultima crociera sul *Trifoglio*? Mentre sviluppava meccanicamente il discorso d'affari, s'affacciava sempre più insistente nella sua fantasia l'immagine conturbante della donna che probabilmente Bruno aveva lasciato nel suo letto quand'era andato nello studio per incontrarla. Perché doveva esserci una donna. E quella certezza la faceva impazzire di gelosia.

« Era così difficile avvertirmi con un certo anticipo? » domandò Bruno.

« L'avvocato Brancati ha cercato di mettersi in contatto con lei », disse con voce calma e impersonale. « Ha cercato per diversi giorni. Non c'è riuscito. »

« E dov'è adesso l'avvocato? » Bruno bevve un sorso di bourbon.

« È partito ieri per gli Stati Uniti. » Il calmo sguardo blu pervinca non tradiva nessun disagio interiore.

« Lei invece è venuta a colpo sicuro. » Gli occhi grigi dell'uomo sorrisero di compiacimento.

« Le cose sono andate più o meno così, mister Brian. » Le sue morbide labbra s'increspararono d'ironia. Era orgogliosa d'aver scelto ancora una volta la soluzione giusta.

« C'è altro a parte i documenti? » chiese con apparente disinteresse.

« L'avvocato Brancati m'incarica di dirle che a Washington vuole chiarire il mistero del Sud Africa. Da due mesi non vengono accreditate le rimesse al Burhwana. Si permette inoltre di suggerirle di temporeggiare con mister Hachette. Comunque le telefonerà questa notte. Al più tardi domani. »

« Molto bene », replicò sorridendo. Se Bruno era preoccupato non lo diede a vedere, né sentì il bisogno di comunicare a Karin dove fosse nei giorni in cui il responsabile di uno dei suoi tre uffici legali, gli altri due erano a Città del Capo e a Parigi, lo stava spasmodicamente cercando.

« E questi documenti? » Karin indicò le carte ordinate sul tavolino.

« Avrò tutto il tempo di vederli più tardi. »

« Come vuole, mister Brian. » Karin pensò che Bruno in quel momento avesse altre cose per la testa. Non erano necessarie la sua sensibilità e la sua fantasia per sapere che quando tutti lo cercavano e lui non si faceva trovare, il Barone era imboscato da qualche parte con una nuova donna. Forse la stessa che in quel momento si trovava nella camera da letto del *Trifoglio*. O forse un'altra. Nessuno le impediva di pensare che più donne si fossero avvicendate sulla barca. Ma c'era veramente una donna a bordo? Karin aveva una gran voglia di scoprirlo. Desiderio e paura di sapere s'avvicendavano tumultuosamente nella sua mente.

« Non mi resta che ringraziarla, Karin », disse Bruno. Il discorso era chiuso.

« Bene », lei si rassegnò a lasciarlo. La trattava come un terminale elettronico, come un calcolatore. Ma non era quello che voleva, in fondo? Maledisse le sue stupide contraddizioni. « Allora io posso andare », concluse.

« Avrò bisogno di lei per qualche giorno. » Bruno aveva il talento del colpo di scena e a Karin quell'improvviso voltafaccia provocò un nuovo turbamento. Le gambe le tremarono.

« Per qualche giorno? » chiese.

« Spero di poter contare su di lei », disse dando per scontata la sua disponibilità.

« Conti su di me », si offrì trattenendo per un attimo il respiro.

« Preferisce alloggiare qui o vuole trasferirsi nel padiglione della Cannebiers? » Bruno possedeva, nella baia dei Cannebiers, all'interno di un parco che digradava verso il mare, una splendida casa giardino ideata per lui dall'architetto inglese Bob Wilson e arredata dal milanese Edoardo Conti Cremaghi. Era una costruzione a un solo piano, con grandi porte-finestre che si affacciavano su una piscina di marmo bianco di Carrara ed era circondata da una stupenda macchia mediterranea. All'interno le pareti di un marrone caldo e il pavimento terra di Siena davano risalto agli arredi: ampi divani d'un candore monacale, bassi tavoli immensi e alcune sculture in terracotta inglese del secolo scorso. Le due camere da letto erano minuscole, come i bagni del resto, ma erano autentici gioielli nella loro elegante semplicità.

Karin nel volgere di un attimo prese la sua decisione.

« Le sono molto grata dell'ospitalità, mister Brian », disse. « Tuttavia se mi è permesso di scegliere preferirei dormire a bordo. »

« Il fascino irresistibile del mare? » C'era un'intenzione ironica nella sua voce, quasi intuisse i segreti pensieri dell'ospite.

« La curiosità infantile di dormire su una nave », mentì Karin. In realtà era il modo più semplice e diretto per poter vedere finalmente con i propri occhi una delle creature sensuali e un po' perverse che rallegravano gli ozi di uno degli uomini più affascinanti del mondo.

« Gaetano la guiderà nel suo appartamento », disse da perfetto padrone di casa.

Un lieve rossore affiorò sul bell'incarnato d'alabastro della ragazza. « C'è il problema dell'autista », si preoccupò.

« Lasciamolo risolvere a Gaetano. » Il cameriere apparve silenziosamente. Era già stato informato di tutto. « Avverti l'autista della signorina », gli disse il Barone.

Gaetano s'inchinò e sorrise.

« Sarà fatto, eccellenza. » Andava e veniva come un'ombra.

« Pensavo che sarei rientrata a Milano questa notte », riprese Karin, quando furono nuovamente soli.

« Era tanto importante? » Sembrava una conversazione tra un uomo e una donna che si sono appena conosciuti e che hanno voglia di conoscersi meglio.

« No », sdrammatizzò lei. « Il fatto è che non ho

portato neppure uno spazzolino da denti.»

Bruno la guardò con ironia e aggiunse: « Le boutique di Saint Tropez sono a sua disposizione ». Sembrava una frase ricalcata su una sceneggiatura cinematografica che avrebbe fatto impazzire qualsiasi donna. Anche su Karin, abituata alle stravaganze di un certo ambiente, fece effetto.

« Non sono chiuse a quest'ora? » obiettò la donna che non frequentava abitualmente le località alla moda.

« Credo di no. In questo caso le insegnerei la parola magica che ha il potere di fare aprire le porte chiuse. »

« Tutte? » chiese lei in tono vagamente provocatorio.

« Molte », disse.

« Le sono grata », ripeté non senza un certo imbarazzo.

« Scelga tutto quello di cui non ha rigorosamente bisogno », la consigliò divertendosi. « Non c'è niente di più necessario delle cose inutili. Sembrano quelle di cui non possiamo assolutamente fare a meno. » Si alzò e le sfiorò il dorso della mano con le labbra comunicandole un brivido.

« Okay », approvò Karin. « A più tardi, allora. » Sapeva che non doveva preoccuparsi del conto e che volendo avrebbe potuto comperarsi un intero guardaroba nei negozi che si affacciavano sul porto. Ma Karin non avrebbe approfittato della generosità di Bruno Brian anche se a lei, come a tutti del resto, le cose inutili piacevano da impazzire. Il suo stipendio di segretaria con funzioni direttive, pur essendo comparabile a quello di un buon dirigente d'azienda, le consentiva una vita agiata, ma non le offriva la possibilità di acquistare abiti firmati Dior o Givenchy. La tentazione era forte, tuttavia si sarebbe limitata all'indispensabile: un abitino di ricambio, una camicia da notte, un costume da bagno, qualche capo di biancheria intima. Gli accessori da toilette, dallo spazzolino da denti all'accappatoio, alla colonia, li avrebbe trovati nell'appartamento degli ospiti. Del trucco faceva a meno da sempre quasi temesse di sottolineare la sua bellezza che però, qualunque mortificazione s'imponesse, era sempre notevole.

Era una notte splendida e una gradevole brezza l'accarezzò. Respirò con voluttà l'odore del mare, dei fiori e dei pini e si sentì più tranquilla, nuovamente serena. La prospettiva di alcuni giorni a Saint Tropez in compagnia di Bruno Brian, era pur sempre un delizioso imprevisto.

S'era appena incamminata sul ponte quando s'accorse d'essere seguita.

« Buona sera, signorina Karin », la salutò una voce profonda alle sue spalle.

Karin si voltò e riconobbe subito don Calogero Costa, Calò per gli amici, un gigante biondo, massiccio e risoluto come un antico guerriero normanno. Aveva una testa di capelli candidi con riflessi metallici, ed era l'ombra del Barone. Soltanto pochissime persone al mondo erano al corrente degli effettivi interessi di Bruno Brian, abilmente mascherati dietro la leggenda del play-boy internazionale, ma una persona sola sapeva tutto di lui. Quella persona era Calò Costa.

« Buona sera, Calò », Karin gli sorrise.

« Il signor barone mi prega di accompagnarla », continuò con il suo inconfondibile accento siciliano. Erano tutti siciliani a bordo del *Trifoglio*, ma il gigante biondo dai capelli d'argento era il più siciliano di tutti. Era il personaggio più singolare nella vita di Bruno Brian Sajeva. Dov'era Bruno era Calò. Calò era tutto: servitore, fratello maggiore, autista, gorilla, guardia del corpo, angelo custode, consigliere, amico, padre.

« Non è il caso che lei si disturbi », disse Karin, « posso fare da sola. »

« Spiacente, signorina », ribatté l'uomo. « Il signor barone mi prega di accompagnarla », ripeté.

Karin aveva capito e gli sorrise. Se Calò aveva deciso così, non c'era niente da fare. Camminò verso la passerella e l'uomo la seguì.

« Faremo presto », lo rassicurò Karin.

« Il tempo non ha nessuna importanza », commentò filosoficamente col suo vocione da basso.

Calogero Costa incuteva un indefinibile senso di disagio non solo per la sua mole ciclopica, per le mani come morse, per la forza immensa che sprigionava da tutto il suo essere, ma per qualcosa di terrificante che brillava nei suoi gelidi occhi azzurri. Erano occhi che evocavano immagini di vendette spietate e di morte. Erano occhi indomiti e crudeli che davano i brividi. Eppure Calò Costa sapeva essere di una dolcezza quasi materna. Per Karin provava un sentimento di grande tenerezza e lei, quando Calò la guardava, si sentiva avvolta da una confortevole guaina protettiva.

Probabilmente neanche l'uomo sapeva spiegarsi le motivazioni profonde del suo atteggiamento nei confronti della ragazza o forse aveva letto nello sguardo di lei le sofferenze di un passato che non sapeva dimenticare. La sentiva sorella e figlia nel dolore e nell'oltraggio anche se lui veniva dalla Sicilia dai rabbiosi contrasti, accarezzata dal mare, bruciata dal sole, strangolata dall'avidità umana e dallo scirocco, e lei invece veniva dal verde Tirolo, dai grandi boschi e dai pianori d'erica, dalla neve soffice e bianca come quella delle fiabe. Karin Venier e don Calogero Costa, due creature fisiologicamente, anagraficamente, geograficamente e culturalmente diverse, provenienti da mondi diametralmente opposti, quando si guardavano negli occhi si riconoscevano e si sentivano affini.

CARMEN ROSS

ROSALIA Paglia, in arte Carmen Ross, non era riuscita a trattenere un urlo lacerante: l'uomo le stava procurando un dolore atroce. Non avrebbe voluto urlare, mai, perché la sua disperazione dava piacere al bruto che la sodomizzava spietatamente. Non avrebbe voluto urlare perché, in fondo, quell'orribile, disgustosa avventura, in un certo senso se l'era cercata. L'idea perciò era di resistere pagando con un dignitoso silenzio il prezzo della sua vanità, del suo bisogno di successo, del suo desiderio di guadagnare tanto e subito. I patti, certo, non erano quelli, ma quando si è accettato infinitamente di più di quanto è lecito aspettarsi, non si possono porre condizioni.

Anche per questo non voleva urlare, per non dargli soddisfazione e per mettere un cerotto su una vergogna che non avrebbe mai più dimenticato. Lo strazio che il maschio stava facendo del suo corpo era intollerabile. Rosalia Paglia, in arte Carmen Ross, aveva già subito in silenzio altri dolori, ma il grido disumano e selvaggio che proruppe dalla sua gola, non era quello di un animale ferito, era l'urlo lacerante di una persona crudelmente umiliata.

« Dai, strilla, puttana! » rantolò l'uomo continuando a muoversi e a dimenarsi con l'inesorabile ritmo di uno stantuffo meccanico. « Mi piace sentirti urlare, puttana. » S'appoggiava con tutto il peso dei suoi centodieci chili sui glutei della ragazza che sembrava anche più piccola e fragile e inerme, affondando innaturalmente in quel corpo senza difesa il suo arnese terrificante, un fallo mostruoso che le professioniste più consumate accettavano in cambio di premi speciali con mille cautele, esigendo precise garanzie, rifiutando comunque quel tipo di rapporto al quale l'uomo sottoponeva crudelmente Rosalia Paglia, in arte Carmen Ross.

Il maschio si mosse dentro di lei fino all'ultimo spasimo, poi si lasciò scivolare al fianco della ragazza. Il dolore si placò, ma la vergogna le riempì gli occhi di lacrime. Piangeva piano, sommessamente, senza trovare il coraggio né la forza di sottrarsi a quella posizione oscena in cui il bruto l'aveva costretta e in cui lei aveva accettato di mettersi per ingenuità e per avidità.

Premeva gli occhi contro l'avambraccio per non vedere la propria immagine e quella disgustosa del bestione che l'aveva brutalizzata riflesse negli specchi che tappezzavano le pareti della stanza.

« I piagnistei mi danno fastidio. » La voce dell'uomo gli somigliava. Era una voce grassa, volgare, roca e gorgogliante. Era pieno di cibo, di alcol, di droga. « Alza le chiappe », ordinò, « e vai a farti medicare in infermeria. Sai dov'è. » Nel grande letto azzurro c'erano macchie di sangue.

Rosalia Paglia sapeva benissimo dov'era l'infermeria. Aveva visitato quasi per intero la grande barca, lunga ottanta metri e larga quattordici, che lui, Omar Achmal, il nababbo arabo, le aveva fatto vedere la sera prima quando la festa era appena cominciata. E si era anche chiesta a che cosa potessero servire un medico, due infermieri, una sala operatoria, che il padrone chiamava infermeria, a bordo di quella splendida barca dove tutti sembravano godere ottima salute.

Rosalia Paglia, in arte Carmen Ross, era una poveretta nel vero senso della parola. Aveva vent'anni e fino a quattordici era vissuta in un basso umido e malsano nel quartiere di Montecalvario, a Napoli, con altri sette fratelli, il padre disoccupato, la madre distrutta dalle gravidanze e dai reumatismi.

Era cresciuta in quei vicoli indescrivibili, fessure maleodoranti che si aprivano fra i muri delle case, passando tra fumi di scarico e rigagnoli puzzolenti, vivendo direttamente sulla strada, tra donne di ogni tipo e giocatori impegnati in interminabili partite a carte su tavolini sudici apprestati davanti alle porte delle case. I bambini contendevano lo spazio alle auto, alle moto, ai sacchi dell'immondizia e all'immondizia senza sacchi, sorridevano ai *Saylor Police* delle portaerei americane, identici a quelli che lanciavano ai padri cioccolato e sigarette ai tempi della liberazione. Ogni tanto passavano potenti *Kawasaky*, ma il rombo dei motori non riusciva a perforare il fragore delle radio e dei registratori a tutto volume.

Quando Rosalia aveva tredici anni, un « mago egiziano » che abitava al secondo piano di uno stabile fatiscente di strada Pignasecca, le aveva tirato giù le mutande in cambio di una sfogliatella e le aveva messo in mano il suo flaccido birillo. Rosalia, che sapeva riconoscere un buon padre di famiglia da uno sporcaccione, era scappata come una lepre tra le bancarelle di piazza Carità divorando la sfogliatella e ridendo, facendo lo slalom, tra puzzolenti cassette di pesce stantio e scalee di frutta.

Poi Rosalia s'era messa nel complesso dei ragazzi di Ted Cacace ed era partita per andare incontro al successo. Era passata tra mille vicissitudini, ma non aveva mai rimpianto quella specie di casba con i balconi di ferro pieni di antenne televisive, né la casa di piazza Montesanto a terrazze digradanti che pure le piaceva. Lontana da Napoli, s'era trovata comunque meglio.

Ted era un bel ragazzo, aveva un certo talento che usava sul palcoscenico e in camera da letto. Si dava da fare con la chitarra e con le mutandine di Rosalia, ma non si scaldava più di tanto se la ragazza elargiva frettolosi favori agli altri due maschi del complesso. Eseguivano vecchi e nuovi motivi napoletani negli schemi del *soft-rock*, un rock soffice che favoriva gli incontri e risvegliava il romanticismo nascosto nei giovani. I soldi non erano molti, ma si mangiava in abbondanza, Rosalia poteva farsi un bagno tutti i giorni e comprarsi dei vestiti nuovi. Era riuscita a inviare qualche vaglia a casa, ma non sapeva se gli aiuti fossero giunti a destinazione. Ogni tanto le veniva in mente la faccia tormentata e triste della madre. Poi era di nuovo musica.

Rosalia aveva una voce moderna e aggressiva con una vena melodica che riusciva a inserirsi autorevolmente negli schemi musicali del complesso. I ragazzi godevano a turno dei suoi favori, secondo l'estro, con gentilezza e con reciproca soddisfazione, anche se lei restava ufficialmente la ragazza di Ted che, con il progredire del successo, si esibiva anche nella camera da letto di alcune sue ammiratrici.

Il complesso aveva partecipato a un paio di festival e s'era comportato bene: i ragazzi avevano avuto buoni ingaggi e ormai il nome dei *Soft-Music*, figurava sulla locandina di un locale di Cannes con annesso Casino: *L'arc-en-ciel*. Il migliore della zona. Loro si esibivano prima dello spettacolo vero e proprio, ma era pur sempre un passo avanti. Avevano scimmiottato i *Dire Straits* e l'operazione era in parte riuscita, anche se Ted non era Pick Withers né John Illsey o Mark Knopfler. Però, da orecchiante di straordinario talento, gli era bastato seguirli nella loro esibizione al festival di Sanremo per capire come catturavano la gente con un tranello musicale.

Mentre si trovava al tavolo, prima dello spettacolo, Rosalia era stata avvicinata dal maître.

« C'è un signore », le aveva annunciato con complicità, « che desidera conoscerla. »

« Quale signore? » s'era informata la ragazza, cui l'esperienza aveva insegnato l'inutilità dello stupore.

« Quello laggiù », aveva indicato con uno sguardo. « Il signore al tavolo d'angolo. »

Era un uomo dai grandi occhi languidi e perversi ornati di lunghe ciglia, la pelle olivastra che trasudava grasso, un sorriso lento e insidioso come quello degli animali feroci. Spingeva avanti con arroganza un ventre enorme contenuto in uno smoking di shantung di gran prezzo.

« Quello che mi sorride? » Il gioco divertiva Rosalia.

« Quello che le sorride. » Il servitore aveva già incassato la sua tangente e cercava di meritarsela.

« Vuole conoscermi? » tergiversava, faceva la preziosa.

« Le chiede se vuole essere sua ospite sul *Soraya.* »

« Oh, mamma mia bella! » s'era lasciata scappare con voce incredula. « Ospite sul *Soraya.* » Aveva sgranato i suoi occhioni neri ancora pieni d'infantile innocenza. « Il *Soraya* è quella specie di transatlantico al largo di Cannes? »

« È il più grande yacht del mondo. »

« Più grande di quello di Onassis? »

« Molto di più. »

« Allora lui », aveva esclamato, « è quell'arabo di cui non ricordo mai il nome. »

« Lui invece ricorda benissimo il suo nome, signorina », l'aveva blandita. « E apprezza molto la sua arte. »

Non aveva bisogno di spinte per essere indotta a

cogliere al volo quella meravigliosa occasione, ma l'accenno all'arte fu lo stesso molto gradito. Dai settimanali che leggeva avidamente, sperando un giorno di trovarvi anche il proprio nome e la propria storia, aveva saputo tutto il bene, ma purtroppo non tutto il male, di Omar Achmal, miliardario arabo, ospite generoso corteggiato da attrici famose e principesse, conteso da tutte le cortigiane d'alto bordo.

« Digli che sta bene », aveva deciso.

« Questa notte? » Il servitore s'era ancora più chinato verso di lei assumendo il profilo di un avvoltoio.

« Questa notte. »

« Lo raggiungerà? » Era un professionista puntiglioso e preciso.

« Vedremo dopo lo spettacolo. »

« Il signore vorrebbe sapere con sicurezza... »

Rosalia l'aveva interrotto con un gesto, aveva sollevato il capo e s'era accarezzata il collo sottile.

« *Dicitegli* », aveva dichiarato facendo la bocca stretta, « che mi mandi a prendere al *Saint Yves.* » Era una pensioncina molto graziosa e pulita circondata da alberi e da un giardino fiorito dove alloggiava con Ted e i ragazzi.

Il cameriere fece la commissione.

« Vuoi vedere che lassù qualcuno ama anche me? » s'era detta la ragazza sollevando gli occhi al cielo.

Aveva comunicato la notizia ai colleghi.

« Non dimenticarti di noi! » s'erano raccomandati.

« Tutti insieme come i moschettieri », aveva promesso solennemente.

« Chissà gli impresari che conosce », s'era lasciato scappare Ted. « Basta che lui faccia un cenno e noi stiamo in una botte di ferro. Lui dice una parola e per noi s'accendono i riflettori. »

« Perché credete che abbia accettato? Voglio sfondare, io! Voglio che mi presenti a uno del cinema. Voglio diventare una diva.» Era fuori di sé per l'eccitazione e già emulava con la fantasia i successi di Liza Minnelli, in un nuovo *Cabaret* costruito per lei dal migliore regista e dalla più importante casa cinematografica. «Ragazzi, se quello abbocca, io non lo mollo più.»

«Quando torni?» aveva chiesto uno.

«Chissà... Forse tra un giorno, forse tra un mese.»

«È meglio se ti dai una calmata», aveva detto Dante, uno dei ragazzi, abbracciandola con trasporto.

Ciro, il terzo del gruppo, l'aveva messa in guardia. L'amava più degli altri e gli stava veramente a cuore la sua incolumità. «Rosalia, stacci attenta. Sono ricchi, non badano alle persone. I ricchi sono gente speciale. Ci mettono niente a combinare un guaio.»

Rosalia aveva fatto le corna e alzato le spalle. S'era infilata l'abito più sexy che aveva, un abito di chiffon rosso scarlatto con una profonda scollatura a V che le arrivava fino all'ombelico e che, diceva lei, la rendeva più desiderabile di Raquel Welch.

Un'ora dopo, per la prima volta nella sua vita, sorrideva felice a bordo di una *Rolls* guidata da un autista in livrea.

L'interno dell'auto era ovattato come una sala di registrazione e tutto era risolto con eleganza raffinata. L'odore del mogano e della pelle, mescolati a un profumo sottile che sprigionava da quella meraviglia, le davano un leggero stordimento. Al porto di Cannes, attraccato al molo est, c'era un motoscafo che avrebbe attraversato velocemente mezzo miglio di mare per portarsi sotto la scaletta del *Soraya*: Rosalia Faglia, in arte Carmen Ross, avanzava sparata come un missile verso il successo.

Aveva salito la scaletta del panfilo e si era trovata sul primo dei tre ponti dove il grosso arabo dal ventre enorme e dal lento sorriso le aveva baciato la mano e l'aveva invitata a bere qualcosa in un salotto di cui Rosalia non aveva visto l'eguale neppure nei film americani. Le sembrava di star dentro a un palazzo principesco o di viaggiare tra le pagine de *Le mille e una notte*.

Mentre sorseggiava lo champagne che detestava, ma che fingeva di apprezzare per non sembrare cafona e per non dispiacere all'ospite, lui le aveva accarezzato un ginocchio. Le era sembrato più appiccicoso che intraprendente.

« Lei è molto fortunata, signorina », le aveva detto con uno strano accento gutturale.

« E perché poi? » Aveva assunto una posa da donna di classe con un risultato deludente.

« Perché Omar Achmal può fare la fortuna di qualsiasi persona. »

« E che cosa deve fare una persona per avere la fortuna da Achmal? »

« Deve fare quello che piace ad Achmal. » Negli occhi languidi e perversi dell'uomo ombreggiati dalle lunghe ciglia era passato velocissimo un lampo diabolico. « Vuole visitare la mia barca, signorina? » C'era in quel « signorina » una carica di violenza che sarebbe presto esplosa.

Rosalia era ancora troppo eccitata per essere inquieta. « Certo », aveva detto, « ma lei non sa neppure il mio nome. »

« Il nome degli altri è una convenzione, signorina. A me non interessa conoscere il nome delle persone. A me interessa che le persone conoscano il mio nome. »

Rosalia aveva cercato di sorridere ancora, ma aveva provato un senso di sconforto.

« Allora, signorina, vuoi vedere la barca? » E di nuovo l'arabo aveva ostentato il suo feroce sorriso.

« Naturalmente. » Rosalia aveva fatto cenno di sì inchinandosi appena con goffa imperizia. Credeva d'essere pronta a tutto e ancora non sapeva che al peggio non c'è mai fine.

L'arabo l'aveva preceduta attraverso sale e saloni, su e giù per i tre piani della barca, servendosi di un ascensore foderato di velluto. Dappertutto erano moquette immacolate, tappeti preziosi, sete, broccati e su tutto aleggiava un sottile profumo dolciastro. Ogni tanto incrociavano un marinaio o un cameriere. Era una nave piena di gente.

Finalmente l'aveva fatta entrare in una sala dov'era allestito il pranzo per due. Un maggiordomo silenzioso ed efficiente aveva manovrato la sedia perché lei potesse prendere posto senza compiere nessun altro movimento oltre a quello di sedersi. C'erano piatti di porcellana su una tovaglia di fiandra ricamata, bicchieri di purissimo cristallo e posate d'oro massiccio. Nel piatto davanti a Rosalia c'era un pacchettino.

« È per me? »

« È per te, signorina. »

Rosalia l'aveva aperto e quando s'era schiusa l'elegante conchiglia di camoscio nero, era apparso un anello con un considerevole rubino tagliato a navetta, circondato da diamanti che mandavano bagliori vivissimi. Era al colmo della gioia e aveva pensato: « È dunque così facile realizzare i sogni? »

« È uno scherzo? » Il crudo realismo della bambina cresciuta nei vicoli del quartiere di Montecalvario aveva ripreso il sopravvento.

« No. È tutto vero. » La faccia sensuale dell'arabo era immobile, oleosa e cupa come il mare prima di una tempesta. « Vuoi sapere quanto costa? » aveva domandato con voce pigra.

« No, altrimenti mi prende un colpo. » Erano accadute troppe cose insolite in un tempo così breve.

L'uomo s'era avvicinato a lei, s'era chinato per baciarle la mano e la ragazza aveva visto un grosso cranio devastato dalla calvizie sul quale erano appiccicati radi capelli di pece.

Per la prima volta aveva provato nausea e aveva avuto paura.

« Costa niente, signorina. » Il ruolo del miliardario disinteressato non gli si adattava minimamente, stava giocando come il gatto col topo. Preparava la trappola nella quale Rosalia sarebbe caduta.

« Niente? » La ragazza aveva deciso di non porre limiti alla sua degradazione e intanto mangiava e beveva tutto quello che il silenzioso cameriere le serviva. Lo champagne le dava euforia, era l'anestetico che addormentava i residui principi morali.

« Puoi passare la notte con me, signorina? » Finalmente s'era scoperto. Sembrava un guitto da avanspettacolo nella parte del giovane corteggiatore.

« Con lei? Ma dove? » Anche Rosalia aveva una parte nella commedia e la recitava con popolaresca civetteria, credendo d'intuirne il finale.

« Nel mio letto. Se ti fa piacere. Signorina. » Il grasso sorriso aveva finalmente rivelato le intenzioni dell'uomo. Era scomparsa ogni cautela. « Ma non sei assolutamente obbligata », volle precisare.

« Come, non sono obbligata », aveva pensato Rosalia. « Dopo un regalo simile una ragazza onesta che cosa deve fare? » S'era accompagnata con degli sconosciuti in un sacco a pelo per una scatoletta di tonno o per una Coca-Cola e doveva mettersi a fare la schizzinosa con quella specie di Alibabà che l'ospitava su un transatlantico e metteva ai suoi piedi un vero tesoro?

« Chéri », aveva sussurrato teatralmente offrendogli la sua disponibilità. « Ti darò una notte d'amore indimenticabile. »

« Anche tu, signorina, ti ricorderai di me. » Per la prima volta nella voce pigra e gorgogliante dell'uomo vibrava un accento di assoluta sincerità. Più tardi, quando Rosalia aveva ingurgitato tutto, dallo champagne alle *crepes suzettes*, l'arabo l'aveva guidata in una camera tutta specchi dove c'era un grandissimo letto azzurro.

Achmal l'aveva guardata togliersi uno dopo l'altro i suoi straccetti che non avevano più nulla di sexy e aveva visto con ingordigia emergere quel corpo flessuoso e inerme dal quale erano scomparsi i segni di una lunga adolescenza, ma non quelli della malnutrizione. Sotto i seni piccoli e sodi s'intravedeva la forma delle costole, gli occhi sembravano più grandi e più neri e i capelli castani sciolti che le incorniciavano il volto la rendevano simile a una ragazzina. Sotto la vita stretta da bambina nascevano curve insospettate, natiche rotonde, grandi, morbide, sulle quali s'era appuntato lo sguardo concupiscente dell'uomo.

« Bello », aveva sussurrato l'arabo. « Meraviglioso », aveva soggiunto. Poi aveva estratto da una tasca una mazzetta di dollari, aveva scelto una banconota da cento e l'aveva lasciata cadere sul tappeto.

« Che cosa vuol dire? » s'era confusa Rosalia. Nonostante lo champagne, cominciava a essere inquieta per l'evoluzione di quel gioco che del gioco non aveva più niente.

« È tuo. Sono soldi tuoi. Prendili. » Il cauto sorriso dell'uomo era diventato un ghigno.

« Posso raccoglierli? »

« Certo. »

« Oh, grazie. » Cento dollari erano più di centomila lire. La vergogna sarebbe rimasta comunque, tanto valeva medicare la ferita con il lenitivo dei cento dollari. E s'era abbassata per prendere la banconota.

« No, così no! » Era un ordine.

« E come allora? »

« Col culo, signorina! Col culo! » La voce dell'arabo s'era fatta autoritaria e sferzante.

« Come? » Rosalia era impallidita.

« Col culo! Cento dollari da raccogliere col culo.

Una pesca miracolosa. Le chiappe per pescare i dollari. »

« Certo », aveva detto sguaiatamente mossa ormai dalla paura. « E io ci provo », aveva continuato sforzandosi di pensare che cento dollari erano sempre una bella cifra. Credeva di avere trovato una giustificazione nella fame di soldi, mentre in realtà un impulso autodistruttivo la spingeva verso il fondo.

« Così, brava », s'era compiaciuto l'arabo.

C'era qualcosa di avvilente nella contorsione di quel corpo da bambina, che era una donna dalla vita in giù, mentre cercava di pescare con i glutei un biglietto da cento dollari facendolo appiccicare alla pelle come un francobollo. Per catturare la banconota era costretta ad assumere posizioni oscene che mandavano in estasi Achmal.

« Brava, signorina. Proprio brava », aveva esultato nel momento in cui Rosalia s'era impadronita del biglietto. L'uomo aveva ripetuto il lancio altre cinque volte e per cinque volte la ragazza aveva operato l'indecoroso recupero.

I biglietti erano finiti nella borsetta di strass insieme con il rubino circondato da brillanti. L'entità della pesca era considerevole, e Rosalia sentiva prevalere il desiderio di chiudere la partita. Ma non era lei a condurre il gioco, lei era soltanto una marionetta. Dal momento in cui aveva messo piede sul *Soraya* era rimasta prigioniera di un meccanismo perverso che soltanto l'arabo poteva fermare.

L'uomo aveva pescato un biglietto da mille dollari.

« Vuoi anche questo? »

« Che cosa devo fare? » Questa volta c'era in gioco più d'un milione.

« Devi slegarmi i lacci delle scarpe. »

« Soltanto? » Nel suo piccolo aveva sentito parlare di perversioni, ma non riusciva a capire che piacere potesse provare un uomo a pagare mille dollari per farsi slacciare le scarpe.

« Devi anche togliermele », aveva precisato.

« Va bene. » Rosalia s'era chinata paziente e aveva preso ad armeggiare con i lacci delle scarpe.

« Non così. »

« Come? » s'era subito allarmata.

« Con i denti », aveva ordinato.

« Ma non è possibile. »

« Per mille dollari è possibile. A quattro zampe. Come una cagna. »

Rosalia lo aveva guardato con occhi smarriti. Lei nuda, accovacciata ai suoi piedi, lui vestito e incombente nella sua brutalità. Aveva sentito un groppo serrarle la gola.

« Con i denti? »

« E a quattro zampe. Come una cagna. »

Che cosa sarebbe successo se a quel punto, nuda come una medusa, accovacciata come una cagna, inerme come un bambino, avesse preso a recitare la scena dell'orgoglio ferito e dell'onore oltraggiato, dopo avere accettato l'ospitalità, l'anello col rubino e i brillanti, dopo l'oscena pesca dei dollari? Tanto valeva andare avanti.

Si era messa a quattro zampe e aveva avvicinato la faccia alle scarpe dell'arabo. A quel punto i conati erano stati violenti e incoercibili e la ragazza aveva vomitato gettandosi istintivamente in un angolo della moquette immacolata.

Sembrava quello il momento atteso dall'uomo. L'aveva presa per i capelli, le aveva sollevato la faccia mettendole sotto il naso una polverina bianca.

« Fiuta questa, puttana! »

« No », aveva sbarrato gli occhi disperata, « la droga no! »

« È cocaina purissima, scema. »

L'aveva tenuta stretta per i capelli e l'aveva costretta a fiutare la polverina.

Rosalia s'era sentita soffocare, aveva avuto la sensazione di morire. Le sembrava di essere senza naso, senza bocca, senza testa. Poi la stanza aveva preso a girare vorticosamente in un'oscena sarabanda di immagini riflesse negli specchi. Non distingueva più niente, ma aveva sentito il peso del maschio che la schiacciava, il suo fallo smisurato che la penetrava innaturalmente, la voce gorgogliante e oltraggiosa che accentuava la sua umiliazione e ingigantiva il piacere del maschio. Poi il grido lacerante.

« Alza le chiappe », ordinò l'arabo per la seconda volta, ma con la ferma intenzione di essere obbedito. « L'infermeria sai dov'è. » Era pienamente soddisfatto, aveva sonno, era piacevolmente stanco e non aveva rimorsi. Aveva pagato per il suo piacere perverso più soldi di quanti quella puttanella avrebbe potuto guadagnare in cinque anni di insulse canzonette. Dunque?

Rosalia non sentiva più niente. A fatica riuscì, nuda com'era, a trascinarsi fino alla porta della camera da letto senza curarsi di coprirsi con l'abito abbandonato sulla moquette, uno straccetto rosso come il sangue che le colava caldo e viscido tra le cosce.

Qualcosa la colpì violentemente alla schiena: era la sua borsetta con l'anello e i dollari.

« È roba tua, può sempre servirti. »

Si chinò a raccoglierla.

« Copriti che mi fai schifo », la sferzò l'uomo.

Rosalia aprì la porta e si trovò di fronte a un marinaio che le tendeva un grande lenzuolo di spugna perché vi si avvolgesse.

« Venga con me », le disse aiutandola a coprirsi.

Lacrime silenziose e brucianti cominciarono a scorrere sulla sua bella e innocente faccia da bambina tradita. Per la prima volta rimpianse i vicoli di Montecalvario e rivide la faccia stanca e rassegnata di sua madre. Si lasciò guidare silenziosamente verso l'ascensore che conduceva all'infermeria. L'ultimo ricordo fu la borsetta rossa punteggiata di strass che stringeva disperatamente. Poi svenne.

Si risvegliò su un lettino, in posizione ginecologica, con le gambe appoggiate a sostegni di metallo cromato rivestiti di gommapiuma e ricoperti di plastica.

Un medico biondo, molto giovane e d'aspetto gradevole, assistito da un infermiere in camice verde, stava facendole qualcosa. Forse stavano ricucendo la lacerazione e dovevano averla anestetizzata perché non sentiva nessun dolore. Intuiva tutto dal tintinnio dei ferri, dall'attenzione professionale che chirurgo e assistente mettevano nel proprio lavoro.

« Mi sembra che ora sia tutto a posto », disse il medico con una punta di professionale soddisfazione.

Rosalia chiuse gli occhi. Come poteva un uomo giovane, bello, con quella faccia onesta e pulita fare un mestiere tanto avvilente? Lei veniva dai rigagnoli di Montecalvario, ma quello aveva studiato, aveva fatto l'università, si era laureato. Perché obbedire agli ordini di quell'arabo disumano?

Udì una voce dare delle istruzioni in francese senza capire da dove provenisse: « Rivestitela. Mettetela su un motoscafo e portatela a terra. Non a Cannes. Su una spiaggia qualsiasi. Fate in modo che non perda il suo piccolo tesoro. Ne avrà bisogno ».

Di nuovo Rosalia perse i sensi.

Calò Costa se ne stava seduto sull'arenile a godersi il calmo respiro del mare che veniva da antiche solitudini come il vento e la pioggia. Il pianto d'argento delle stelle solcava il cielo in quella magica notte d'agosto e l'uomo forte ritrovava le infantili commozioni del bambino che era stato quando, sulla spiaggia della Valle dei Templi ad Agrigento, cercava nel profumato respiro del mare una carezza che lo consolasse. Scappava dalla cuccia vergognosa che un padrone gli aveva assegnato, rubando ore preziose al sonno, per farsi accarezzare dal vento tiepido che soffiava verso la valle dov'erano le vestigia di civiltà lontane.

Calò bambino aveva imparato a sorridere al mare e alle stelle, offriva all'infinito la sua faccia bruciata dal sole e gli pareva che una madre, la madre che non aveva mai conosciuto, se lo prendesse in grembo e lo stringesse al seno, versando sul suo capo dolci e consolanti parole d'amore. Calò era ormai un uomo più vicino alla vecchiaia che alla giovinezza, aveva da un pezzo passato i cinquant'anni, ma gli orrori che i suoi occhi avevano visto e quello che lui stesso aveva fatto, l'avevano segnato pesantemente. Gli sembrava tuttavia, pur nella sua esistenza tumultuosa, di non avere mai perduto il rispetto di sé e degli amici. Perciò continuava a vivere e ad amare il calmo respiro della notte, anche se sapeva di non essere il migliore degli uomini.

Quando era risalito a bordo del *Trifoglio* dopo avere accompagnato Karin nel suo giro di acquisti, si era prudentemente eclissato. La gente che affollava la barca per rendere omaggio al Barone apparteneva a una categoria di persone sofisticate con le quali non aveva niente da spartire. D'altra parte Bruno, quella notte, non aveva bisogno di lui. E Karin aveva risolto in fretta i suoi problemi.

Aveva mangiato pesce fritto al *Gorille*, un locale tutto sommato accettabile, annaffiandolo con una bottiglia di Borgogna che non valeva un eccellente Chianti di Badia a Coltibuono, uno dei pochi vini di cui il Barone si fidasse.

I francesi ci sapevano fare con le etichette, la pubblicità, ma per la qualità non valevano gran che. Aveva mangiato tenendo la testa bassa, drizzando le orecchie di tanto in tanto come un vecchio lupo solitario. Poi si era diretto al bar del *Tahiti Beach*.

Il pretesto era quello di bere un goccio di vecchio cognac, ma in realtà sperava d'incontrare una donna che aveva conosciuto e frequentato l'anno prima. Lavorava come estetista nell'immensa tenda-salone di bellezza della spiaggia. Si chiamava Linda, aveva circa quarant'anni e sapeva far felice un uomo.

L'aveva conosciuta mentre era alle prese con una granita in un angolino del bar e s'erano subito intesi. Linda, come lui, era di origine siciliana, anche se era nata in Francia. L'anno prima, per qualche giorno, se l'erano spassata e, se lui aveva capito bene la situazione, era certo che se si fossero incontrati ancora, lei non l'avrebbe respinto.

Linda non c'era. Un giovane efebo dal sorriso melenso, lo sguardo scintillante e l'orecchino d'oro, gli spiegò che la donna lavorava al *Byblos*. Calò ringraziò con un grugnito, risalì sulla *Rover* e partì in direzione della baia dei Cannebiers. Visto che non poteva avere Linda e che una donna qualsiasi non gli avrebbe detto niente di speciale, decise di appagare il proprio desiderio di mare, di vento, di solitudine.

Il padiglione che Bruno possedeva ai Cannebiers, circondato da un parco di pini digradante verso il mare, era il posto ideale. Là nessuno l'avrebbe disturbato. Girò intorno alla splendida costruzione senza nemmeno entrarvi pur avendone le chiavi.

Era seduto sull'arenile in quella magica notte brulicante di stelle. Era preoccupato per Bruno. Le notizie portate da Karin a proposito di mister Hachette e della IBB non promettevano nulla di buono. Era più di una sensazione, più di un sospetto: l'aver sospeso le commesse al Burhwana era il segno inequivocabile che gli americani della IBB volevano silurare Bruno Brian.

Un rumore fastidioso, appena percettibile, venne dal mare incrinandone la voce antica. In un primo tempo Calò pensò fosse un'impressione, ma poi il ronzio si precisò nel rombo di un motore. I suoi occhi esercitati a vedere nel buio scorsero presto al chiarore delle stelle la sagoma di un motoscafo. Istintivamente arretrò verso il parco per osservare senza essere visto.

L'imbarcazione non aveva luci né segnali e a pochi metri dalla riva spense anche i motori. Dalla sua posizione Calò vedeva soltanto delle ombre che si muovevano. Della gente si immerse nell'acqua bassa e camminò faticosamente verso terra. All'uomo sembrò che due persone ne portassero una terza o comunque che due fossero impegnate a trasportare un oggetto abbastanza ingombrante. Quello che gli uomini abbandonarono sulla spiaggia, prima di allontanarsi per risalire a bordo, somigliava a un grosso fagotto.

Il motoscafo fu rimesso in moto, prese il largo e subito scomparve nel buio. L'uomo si avvicinò a quella specie di sacco informe e quando vide di che cosa si trattava, non si stupì tanto di trovarsi di fronte a un essere umano, quanto che quell'essere umano fosse ancora in vita.

Una debole voce proveniva dall'ampia coperta che avvolgeva il corpo, Calò ne sollevò cautamente un lembo e vide un volto di donna imbrattato di rossetto, di rimmel, di fondotinta tutti impastati insieme a formare una grottesca tavolozza. La ragazza, che stringeva al petto una borsetta di strass, aveva l'aspetto patetico e doloroso di una bambola rotta abbandonata in una soffitta.

« Che cosa è successo? » domandò l'uomo con la sua voce profonda e rassicurante.

« Sono stata violentata », confessò la ragazza. Era stata interrogata in italiano e in italiano aveva risposto.

« Sempre a noi capitano i guai », osservò sospirando profondamente Calò mentre la sua faccia assumeva un'espressione di dolore e di rabbia.

« È stato tremendo », mormorò allo sconosciuto.

« Prova a non pensarci », la consigliò. « Al momento è l'unica cosa da fare. Poi si vedrà. Dove abiti? »

« In una pensione. A Cannes. » Parlava piano, ma con più sicurezza. Sentiva che di quell'uomo si poteva fidare.

« Vuoi che ti porti a casa? » si offrì Calò.

« Credo che non tornerò mai più a casa », soggiunse dolorosamente. E non si capiva se per casa intendesse la ridente cameretta della pensione *Saint Yves* o il basso del vicolo nel quartiere di Montecalvario.

« Anche di questo parleremo dopo. » L'uomo si chinò su di lei e la sollevò fra le braccia delicatamente come se fosse una bambina.

« Chi è stato? »

« Un animale. Una bestia feroce. »

« Dimmi il nome. »

« È stato Omar Achmal », gli confidò Rosalia.

« Che Dio lo ripaghi della stessa moneta », ribatté Calò con la voce calma di chi ha la certezza di una terribile vendetta. Era profondamente persuaso che l'Onnipotente avesse il suo stesso concetto di giustizia.

« Non chiami nessuno, la prego », lo supplicò.

« No, bambina », sorrise, « quando mai si è visto qualcuno risolvere un caso come il tuo? »

« C'è una cosa più terribile. Devo fare una denuncia », insisté Rosalia.

« Poi vedremo... » la consolò incamminandosi verso i pini che circondavano il padiglione.

« Devi essere molto buono, tu », disse. « Come ti chiami? »

« Calò. »

« E basta? »

« Basta e avanza. »

« Io mi chiamo Rosalia. » La ragazza si abbandonò fra le braccia di quel gigante sconosciuto che la cullava come una bambola. Forse sua madre una volta l'aveva tenuta così, ma era troppo piccola per ricordare.

OGNUNO AL PROPRIO POSTO

Le due ragazze si fermarono all'altezza della passerella del *Trifoglio*. Erano belle, d'una bellezza soave e sofisticata da short pubblicitario, indossavano lunghe vesti indiane, avevano capelli lisci sparsi sulle spalle e sul capo una ghirlanda di fiori. Innumerevoli altre ghirlande ornavano le braccia delle due fanciulle, ma non a scopo puramente decorativo. Le composizioni floreali venivano offerte di barca in barca ai fortunati ospiti delle sontuose dimore galleggianti che a quell'ora oziavano sui ponti sprofondati in ampie poltrone, bevendo esotiche bibite e chiacchierando.

Le due insolite fioraie esitarono qualche attimo perché la passerella del *Trifoglio* era la più larga e la più lunga di tutte quelle che avevano visto e conduceva a un'imbarcazione di dimensioni imponenti. Era una vera e propria nave. Dall'interno venivano luci discrete e fluttuavano nella sera le note di un brano di musica classica diffuse in sordina da un fedelissimo impianto stereo. Sul ponte c'era una ragazza seduta su una poltrona di legno coperta di cuscini. Sembrava addormentata. Appena udì il fruscio dei loro passi aprì gli splendidi occhi blu pervinca. Karin si imbronciò: i visitatori che erano saliti a bordo per rendere omaggio al Barone si erano appena allontanati e già si profilava una nuova seccatura.

Le ragazze furono intimidite da quella bellezza sconvolgente e altera. « *Des fleurs, mademoiselle?* » azzardò la più audace porgendole una ghirlanda di piccoli gigli e buganvillea.

« *Beautiful flowers for you* », mormorò con voce musicale la seconda.

Karin ricordò che in una delle tasche della sua tunica di lino aveva un biglietto da diecimila lire. Lo diede alla ragazza in cambio della ghirlanda che le porgeva.

La soave fioraia guardò la banconota come se fosse falsa e Karin avesse tentato di truffarla.

« *Seulement dollars, mademoiselle.* » La voce della seducente venditrice aveva perduto ogni musicalità.

« *Ou francs* », intervenne l'altra, « *si vous n'avez pas de dollars.* »

« All'anima dell'accattonaggio! » sbottò Karin.

Le fanciulle si guardarono perplesse, smarrite.

« *Dollars ou francs.* » Ripeterono la loro canzonetta.

« Vogliono dollari! » inveì Karin alzandosi in piedi e sovrastandole di una testa. « Queste mendicanti di lusso in cerca di valuta pregiata! *Do you understand?* » Come tutta la gente che si guadagna uno stipendio, Karin detestava chi, oltre a vivere di espedienti, manifestava supponenza e disprezzo per le vittime dei propri raggiri.

Le due ragazze ripresero a sorridere stupidamente come le colorate ombre della pubblicità, assumendo l'espressione di chi, pur con tutta la buona volontà, proprio non riesce a capire.

« Se avessi dollari non sarei qui », continuò, ma ormai parlando soltanto a se stessa. « Se avessi i dollari sarei in vacanza in Tirolo », precisò. « Invece ho soltanto poche, miserabili lire. *Sorry.* E sono qui a lavorare. Oltre tutto in questo momento non sono neppure in servizio. Perciò, via! Filare! » le ammonì sottolineando le ultime parole con un inequivocabile e ondulatorio movimento della mano destra, che era un invito perentorio ad andarsene.

Bruno Brian apparve sul ponte in tempo per cogliere il senso per altro esplicito del gesto di Karin.

Si rivolse alle ragazze in inglese.

« La signorina non gradisce i vostri fiori », disse con ironia, « che obiettivamente sono un po' avvizziti », constatò indicandoli. Le due fioraie di Saint Tropez si guardarono ancora con lo stupore di chi è capitato in una gabbia di matti e ripercorsero la passerella verso il molo sottolineando con un camminare impettito la loro disapprovazione per quella che consideravano un'accoglienza del tutto inadeguata.

« Era questo che voleva? » chiese a Karin mettendo in mostra i denti smaglianti.

« Più o meno », confermò, « anche se », quasi lo rimproverò, « so badare a me stessa, sono abbastanza autosufficiente. »

« Vuole dire che alla mia tenera età non ho ancora imparato a occuparmi dei fatti miei? » Buttò la cosa in scherzo, ma forse c'era un'ombra di risentimento nelle sue parole.

« Non intendevo dire questo », replicò Karin mordendosi il labbro inferiore. Quando era salita a bordo, dopo aver fatto spese, aveva sperato di trovare Bruno e di cenare con lui. Invece il Barone era impegnato a intrattenere alcune persone che erano andate a salutarlo. Così aveva mangiato da sola in quella grande e assurda sala da pranzo che poteva ospitare una ventina di commensali. Si era sentita stupida e inutile come un manichino.

« Gaetano è stato all'altezza della situazione, spero », disse. Quando voleva, sapeva essere frivolo e vuoto come certi suoi ospiti.

« Gaetano è adorabile. » Ma tu sei detestabile, avrebbe voluto aggiungere.

Evidentemente, oltre a lei e Bruno, non c'era nessun altro ospite a bordo in quel momento. Le sembrò di capirlo dalla sua aria scanzonata. Probabilmente, se una donna c'era, l'aveva sbarcata quando lei era in giro per negozi. Ma allora perché l'aveva lasciata sola per tanto tempo come una scarpa spaiata?

« Vuole dire che io non sono adorabile? » la provocò. Dall'impianto stereo fluttuavano nella notte estiva le acrobatiche evoluzioni di un grande virtuoso del violino, probabilmente Oistrakh, nel celebre rondò del concerto in re maggiore di Beethoven.

« Lei capisce sempre le cose al volo, mister Brian. » Era la guerra.

« Posso fare qualcosa per aiutarla? » si offrì l'uomo.

« Non mi pare d'avere bisogno d'aiuto », ribatté mettendosi in difesa.

« Lei ha molti problemi », martellò Bruno. La gente passava sul molo, parlava, rideva e guardava le barche ormeggiate con curiosità.

« Chi non ha problemi? » Era una battuta ovvia, scontata, insincera.

« Certamente », ammise il Barone, « ma io vorrei fare lo stesso qualcosa per aiutarla. Vorrei aiutarla a liberarsi della cintura di castità che l'opprime », disse con uno smagliante sorriso senza preoccuparsi di mitigare la pesante volgarità dell'insinuazione.

« Questo voleva dirmi? » Karin sentì il desiderio di ucciderlo. La rabbia lampeggiò nei suoi occhi e un improvviso rossore le imporporò la faccia. Si rese conto che l'indignazione l'avrebbe resa ridicola. « La sua esperienza in fatto di donne », continuò sforzandosi di sorridere, « non deve essere poi tanto profonda, se le suggerisce conclusioni così grossolane. » Le sembrò una buona battuta.

« Lei sta bruciando stupidamente i suoi anni migliori », l'aggredì. « Lei impone la corazza arrugginita di un malinteso sentimento dell'onore a un corpo stupendo che grida per essere liberato. »

« Un corpo del quale lei si ricorda », reagì con insospettata veemenza, « quando c'è da fare un apprezzamento indegno di un gentiluomo o quando ci sono da decifrare le frange marginali della sua attività. Lei può criticarmi e interrogarmi sulla mia attività professionale. Sono pagata per questo. Ma non l'autorizzo a esprimere giudizi sulla mia vita privata. Perché lei, mio caro mister Brian, nella sua infinita presunzione, delle donne conosce soltanto il lato orizzontale. »

« Non cerco nemmeno di dirle quanto è bella in questo momento », affermò con serietà. « Sembra una leonessa mentre difende il suo territorio. »

« È la sua filosofia », continuò senza sentirlo, « la filosofia orizzontale della vita. Lei è un cinico, mister Brian. » Ma sì, che senso aveva continuare a mentire?

« Sesso, danaro e potere », l'assecondò il Barone.

« Un'affermazione formalmente banale, ma sostanzialmente vera. Sesso, danaro e potere. Io non appartengo a questa equazione, mister Brian. » La considerasse pure una donna irrequieta, insoddisfatta e piena di complessi, ma intanto gli aveva detto quello che pensava di lui.

« È tutto? » La scrutò con i suoi occhi grigi che nonostante la situazione continuavano a farle tremare le gambe e a procurarle un grande turbamento.

« C'è ancora qualcosa. Vorrei aggiungere che sul mio conto lei non sa niente. Assolutamente niente. » Aveva alzato notevolmente il tono della voce con l'intenzione di essere sgradevole. « E non permetto a nessuno di immischiarsi nella mia vita privata. Ora, col suo permesso, la ringrazio per l'ospitalità e me ne torno a Milano. Può benissimo fare a meno di me. »

Bruno ascoltò impassibile lo sfogo, ma quando Karin si mosse per scendere in cabina le afferrò un braccio stringendoglielo fino a farle male.

« La smetta di fare la prima della classe », la rimproverò seriamente. « Se perde anche il senso dell'umorismo è davvero nei guai. » Lui sapeva sul conto di Karin più cose di quante lei potesse immaginare. Sapeva sempre tutto quello che c'era da sapere sulle persone che, in un modo o nell'altro, entravano nel suo giro.

« Mi lasci andare o grido », si ribellò Karin.

« Perché », la richiamò alla realtà, « fino a questo momento crede di avere sussurrato? Si guardi intorno. Siamo diventati una specie di lunapark per la gente di Saint Tropez. » Era vero. Sul molo si era radunata una piccola folla e le imbarcazioni vicine sembravano palchi di teatro. Tra la gente c'erano anche le fioraie deluse che si prendevano la rivincita, mentre il fotoreporter, dalla finestra di una casa di fronte al porto, stava scattando una serie di immagini con un teleobiettivo da cinquecento millimetri servito da un moltiplicatore di luce a raggi infrarossi. C'era una remota possibilità di catturare qualcosa di definito, ma avrebbe fatto qualunque cosa, sarebbe passato sul cadavere di sua madre, pur di creare anche solo un piccolo disturbo a quel trombone onnipotente e pieno di boria che lo teneva a distanza coi suoi implacabili gorilla.

L'alterco a bordo del *Trifoglio* era ormai definitivamente consegnato alle cronache mondane.

Karin si divincolò dalla stretta di Bruno e, col volto in fiamme per l'ira e la vergogna, scomparve nella scaletta che portava sottocoperta. Rimase per lunghissimi attimi con la mano stretta intorno alla pesante maniglia d'ottone prima di entrare nella cabina. Era tormentata dal rimorso per quelle parole e quei gesti definitivi, si vergognava della rissa da ballatoio che aveva propiziato e sostenuto, era preoccupata per lo scandalo che ne sarebbe seguito. Avrebbe voluto cancellare la rapida serie di eventi che avevano bruciato i ponti alle sue spalle. Ma non poteva più tornare indietro. Allora pianse come una bambina, disperatamente, sui cocci del suo splendido giocattolo. L'aveva desiderato con tutta se stessa e proprio quando avrebbe potuto sperare di averlo, l'aveva irrimediabilmente perduto.

Entrò e richiuse la porta della cabina alle sue spalle. Le lacrime le facevano velo, ma presto cominciò a distinguere delle immagini che non aveva mai neppure avuto il coraggio di sognare. Si fregò gli occhi come le fanciulle delle fiabe e passò di stupore in stupore. Sul tavolino da notte, sul tavolo della toilette, lungo il davanzale della finestra oblò, erano disposti mazzolini di candidi mughetti e azzurri non-ti-scordar-di-me. I delicati fiori erano immersi in coppe d'argento.

Sul letto uno scatolone largo e piatto legato con un gran nastro d'argento portava la firma in elegante corsivo di Valentino. Karin aprì la scatola. Soffice come una nuvola, accuratamente ripiegato, c'era un abito da sera di paillettes d'argento: una semplicissima tunica lunga, senza maniche, con una scollatura tonda appena pronunciata. Karin sollevò l'abito con mani tremanti e se lo appoggiò addosso mettendosi davanti allo specchio. Sembrava proprio della sua misura.

E c'era, infine, sul cuscino, un cofanetto di camoscio grigio argento nel quale vide brillare un paio di orecchini pendenti di perle barocche a goccia montate in oro giallo con diamanti paglierini che conferivano al gioiello un aspetto sorprendente.

C'era anche un biglietto: « A Karin, vestale incorruttibile di una professionalità perduta, perché impari a volersi un po' più di bene. Bruno ».

« Perché? » pianse desolatamente. « Perché adesso... dopo la mia stupida insolenza. » Mai nessuno le aveva espresso la sua stima e forse anche un sentimento più profondo con tanta delicatezza. Certo non avrebbe mai indossato quell'abito, né portato quei gioielli, ma doveva rivedere Bruno, chiedergli scusa. Doveva dirgli che non meritava niente.

Aprì la porta della cabina. Appoggiato allo stipite c'era Bruno, le braccia conserte, l'aria paziente di chi sa tutto e sta aspettando.

« Pace? » Sorrise e s'inchinò in segno di perdono.

Karin lo guardò incredula.

« Perché? » sussurrò Karin in un soffio abbassando la testa e scuotendola piano, malinconicamente, facendo ondeggiare i suoi incredibili capelli rossi.

« Perché sì », rispose decisamente l'uomo stringendole delicatamente le braccia. « Se passassimo il tempo a rispondere a domande come questa, non ci rimarrebbe il tempo per vivere. »

Karin non si curò più delle lacrime che le riempivano gli occhi e rigavano la sua bella faccia senza trucco. Come poteva dirgli il contrasto di sentimenti da cui nasceva la sua angoscia, le reminiscenze crudeli del passato, le sensazioni di un meraviglioso presente che pure la terrorizzava? Come poteva dirgli che era perdutamente innamorata di lui, se arrivava al punto di negare quella grandiosa realtà perfino a se stessa?

Bruno era un uomo d'azione, ma era capace di soffrire, sapeva che c'era un linguaggio dei sentimenti, che non riusciva a leggere, ma che cercava di interpretare.

L'attirò sul suo petto lentamente, ma in modo risoluto, e non sarebbe tornato indietro. Karin intuì quella determinazione e si lasciò andare contro il petto dell'uomo, respirò il suo odore che la stordiva e per la prima volta si abbandonò.

« Ecco, così », mormorò accarezzandole i capelli. « Lasciati andare. Lasciati vivere. »

Karin alzò il viso su di lui: non aveva più l'aria

sgomenta della vittima designata, ma quella di una donna che ha un grande bisogno di vivere e di amare. I loro corpi erano uniti, le loro labbra stavano per sfiorarsi. Un intervento deciso e brusco ruppe l'incantesimo. Non era la prima volta che Frank Lo Cascio, il segretario americano di Bruno Brian, interrompeva le conversazioni intime del Barone.

« C'è Brancati da Washington », annunciò. « È urgente. »

Karin si sciolse rapidamente dall'abbraccio e ritornò a barricarsi dietro i suoi complessi e le sue angosce: poche parole avevano vanificato il suo primo e forse unico tentativo di uscire dal buio. La donna assunse immediatamente il tono e l'aspetto professionali che erano la sua divisa. Bruno, dal canto suo, non ebbe nessuna difficoltà a reinserirsi nella concretezza abituale con l'imperturbabilità di sempre.

Si attaccò al telefono del corridoio.

« Che c'è? » disse senza nemmeno salutare. Ascoltò brevemente annuendo. « Sento che è una cosa lunga », interruppe l'interlocutore. « Aspetta. Riprendo la comunicazione nel mio studio. »

Fece due passi nel corridoio, poi si voltò a guardare Karin immobile sulla porta della sua cabina.

« Vieni », la invitò. Era passato dal lei al tu, quasi fosse la cosa più naturale del mondo.

Karin lo seguì.

Nello studio, seduta sul divano, mentre Bruno sollevava il telefono, Karin ebbe modo di riflettere sulla sua situazione. Anche lei, da quel momento in poi, avrebbe potuto dargli del tu? Ma ci sarebbe stato un poi? Si era creata una situazione magica che aveva fatto dimenticare alla donna molte cose.

Bruno pochi minuti prima stava per baciarla e lei si sarebbe lasciata baciare, avrebbe compiuto con naturalezza quel gesto d'amore al quale, nevroticamente, si era sempre negata.

Ma qual era il momento della verità? Quello del sentimento appena nato, infranto come un sottile cristallo o il momento reale emerso spietatamente con un richiamo agli affari che era anche un monito alle loro diverse condizioni? Lei amava appassionatamente Bruno, l'avrebbe amato sempre, anche se non fosse stato un personaggio tanto importante, ma quali erano i sentimenti di Bruno per una ragazza dai capelli rossi e dallo sguardo blu pervinca? Tenerezza? Amicizia? O soltanto la curiosità di una nuova avventura? E se fosse stata pietà? Pietà e tenerezza per una ragazza molto bella e molto tormentata possono accendere il desiderio di un uomo che fa dell'arte d'amare una bandiera.

Ma quali ragionevoli probabilità aveva che Bruno Brian, il corteggiato e conteso barone di Monreale, si innamorasse di lei? Il bel mondo era pieno di donne che alla bellezza univano il fascino della condizione e dei miliardi ed erano tutte disponibili. Perché proprio lei? Perché proprio una certa Karin Venier, nata ventisei anni prima sul Monte San Vigilio, a Lana d'Adige, in Tirolo, in un vecchio maso coperto di neve soffice come quella delle cartoline di Natale? Perché lei e non le nate ricche con nomi universali e pedigree grandiosi? Poteva considerarsi fortunata e ringraziare la propria intraprendenza se con la cultura raffazzonata in collegio, con la sua straordinaria memoria e con la sua intelligenza era riuscita a primeggiare nel suo campo rendendosi indispensabile, diventando una segretaria strapagata.

Gli uomini che l'avevano avvicinata con diverse intenzioni, ma proponendosi un uguale obiettivo, avevano subito sperimentato l'impenetrabile corazza di quella specie di Giovanna d'Arco. Era una creatura anomala di impossibile classificazione: non cercava protettori, né flirt, né avventure, né proposte matrimoniali. Si sforzava di dare agli altri l'immagine di una creatura asessuata, per quanto bellissima, unicamente interessata al proprio lavoro. Il risultato era quello di suscitare inquietanti sospetti, non escluso quello di una segreta inclinazione per il suo stesso sesso.

Karin non si curava di queste malignità, continuava a vivere secondo l'immagine che si era creata, rinunciando alla sua vita di donna. Soltanto quando aveva conosciuto Bruno le sue difese si erano incrinate e si era innamorata di quell'uomo a un punto tale da provare per lui, in certi momenti, un odio profondo.

In quella notte d'agosto a Saint Tropez aveva quasi inconsapevolmente incominciato a sognare di essere una Cenerentola e Bruno la moderna versione del Principe azzurro. E invece era soltanto una poveretta segnata dai lividi del passato, consapevole dei suoi complessi e dei suoi limiti. Non sapeva parlare con la disinvoltura e l'elegante scioltezza della gente nata bene, conosceva i posti famosi solo per sentito dire, raramente, come in quel momento, li raggiungeva per ragioni di lavoro. Non giocava a tennis, né a golf, non sapeva montare a cavallo e le acque in cui si sentiva tranquilla erano quelle della vasca da bagno. Sciava invece come un angelo e guidava la slitta alla velocità di un missile, essendo nata e cresciuta in montagna.

Aveva imparato a stare a tavola osservando gli altri invitati ai pranzi e alle colazioni di lavoro, ma di fronte a una mela da sbucciare era ancora un po' in imbarazzo. Parlava perfettamente francese e inglese perché si era consumata sui libri, tuttavia il suo accento lasciava molto a desiderare. Il tedesco era la sua seconda lingua.

L'anno prima, per studiare insieme con Bruno Brian un accordo con un paese del Golfo Persico, aveva accompagnato l'avvocato Brancati a Saint Tropez a bordo del *Trifoglio*. Il Barone le aveva fatto visitare l'imbarcazione e il padiglione ai Cannebiers. La sera stessa a Nizza s'era imbarcata su un *DC-9* in direzione di Milano. Tutto qui. Adesso si trovava di fronte a un uomo lontano da lei mille anni luce che stava per baciarla.

Tutti quei pensieri le si affollavano nella mente mentre Bruno parlava al telefono con l'avvocato Brancati che l'aveva chiamato da Washington. Era Karin che aveva sognato la favola di Cenerentola o tutto era veramente accaduto e la magia sarebbe ripresa dopo l'interruzione? Di tanto in tanto l'uomo le sorrideva. Erano veri i fiori che decoravano la sua cabina? Erano veri l'abito di Valentino e gli orecchini di perle barocche? Guardò l'orologio. Era mezzanotte. Doveva correre via dal ballo se non voleva vedere l'abito di gala trasformarsi nei suoi vecchi stracci. Le illusioni erano pericolose soprattutto per chi le ha sempre rifiutate con un senso di terrore. Meglio continuare a essere la migliore delle segretarie che la più goffa delle amanti. Tanto più che non sapeva ancora se era davvero pronta a concedersi a un uomo.

Karin era abbastanza fatalista e cominciò a credere a quell'interruzione come a un segno del destino che coincideva singolarmente con la sua filosofia di vestale della castità e con il suo fiero realismo.

« Ognuno deve avere il coraggio di restare al proprio posto », concluse.

LA STORIA DI KARIN

ORFANOTROFIO FEMMINILE

« Un giorno meno di vita nostra, un giorno più vicino alla grande eternità », tuonava il vocione di suor Sabine. Aveva grandi occhi bovini azzurri slavati attraversati da rosse venuzze, le stesse che aveva sugli zigomi e sul naso. Soltanto i contadini che frequentavano le osterie avevano quei segni.

A Karin, inginocchiata sul suolo freddo del grande camerone del collegio con altre quaranta bambine, le parole minacciose e la voce tonante di suor Sabine mettevano addosso un tremito irrefrenabile.

Ogni sera si ripeteva sempre uguale, lo stesso rituale: le orfanelle venivano allineate in fila per due e dal refettorio, attraverso un tetro corridoio dagli alti soffitti, venivano avviate al dormitorio. Là dovevano spogliarsi velocemente, ognuna accanto al proprio lettino, ripiegare con cura i panni, metterli nello sportello del comodino, quindi lavarsi le mani, il viso e i piedini nell'acqua gelida di una catinella di smalto bianco con l'orlo blu che era su uno sgabello ai piedi del lettino di ferro. Ogni lettino aveva il suo sgabello e la sua catinella. Dopo la pulizia, tutte in ginocchio sul pavimento ghiacciato per la preghiera orchestrata da suor Sabine che, agli occhi di Karin, assumeva le fattezze della strega di Hänsel e Gretel, una fiaba che per lei aveva il senso di una punizione.

La voce terrificante della religiosa stava promettendo atroci castighi a tutte, ma soprattutto a lei che orfanella non era a tutti gli effetti e veniva guardata con speciale malevolenza.

Finita la preghiera, le bambine si infilarono svelte sotto la trapunta di penne foderata di tela ruvida che faceva da lenzuolo e da coperta.

Karin tremava per il freddo eppure aveva la gola arsa per la sete. Suor Sabine, intanto, in uno svolazzare di ampie vesti che spandevano intorno odore di incenso e di naftalina, incedeva minacciosa a grandi passi verso il letto di Karin.

« Prima di addormentarti », le ordinò come ogni sera, « devi recitare un Pateravegloria perché Dio assista la tua mamma. »

Karin disse di sì. Era abituata a obbedire, ma aveva sete. Spesso aveva sete e quella sera proprio non poteva resistere.

« Ho sete », trovò il coraggio di dire.

Suor Sabine si chinò su di lei con il faccione rubizzo inquadrato dal candido soggolo, trafiggendola con lo sguardo.

« *Was?* » tuonò la religiosa. « Cosa vuoi? »

« *Wasser, bitte* », la bambina implorò con un filo di voce.

« *Ach, so!* » replicò la suora. « A letto non si beve », sentenziò. Non era per sadismo che la religiosa negava l'acqua a quell'ora, ma per limitare i casi di enuresi notturna. Le bambine che bagnavano il letto erano fin troppe.

Karin tormentata dalla sete rimase sveglia a lungo. Sentì battere le ore a un campanile lontano e udì il fischio di un treno. Il camerone era immerso nel silenzio e una piccola lampada blu sotto il crocefisso diffondeva una luce spettrale.

Quando ritenne che tutte dormissero, scivolò cautamente fuori dalle coltri e camminando sul pavimento gelido s'avvicinò al catino, bevve l'acqua che era servita per le abluzioni serali e si rimise a letto.

L'acqua non era buona come quella del rubinetto né tanto meno come quella della sorgente al termine del sentiero che attraversava il bosco di abeti, ma non era neppure cattiva come si immaginava. Così almeno poté dormire e sognare le genziane che costellavano l'erba bassa come stelline blu.

Da quella sera, quando aveva sete, Karin aspettava il silenzio per potersi dissetare con l'acqua della catinella. Aveva escogitato anche un altro gioco bellissimo che le consentiva di addormentarsi con la sensazione di essere una bambina fortunata.

Le piaceva inventare giochi che le dessero la sensazione di essere una bimba felice. La prima notte di collegio, non riuscendo a dormire per i brividi di freddo, aveva immaginato d'essere affondata nella neve, nuda e morente. Poi arrivava la mamma con i suoi scarponi a prova di freddo e di ghiaccio, l'avvolgeva in una coperta morbida e tiepida, la portava in una piccola casa dove c'era un camino acceso e una grande tinozza d'acqua fumante. La mamma l'immergeva nella tinozza, fino a quando la pelle di Karin diventava rossa come un fiore di soldanella. Allora la faceva uscire dall'acqua, la metteva in piedi accanto al camino e l'asciugava ben bene. E finalmente le faceva indossare una maglia di lana che le arrivava alle ginocchia, una maglia di lana filata, doppiata e ritorta dalla vecchia Ilse Klotz. Era ruvida, ma mandava un gran caldo. Le infilava calzettoni di lana gialla e infine la copriva con una camicia di flanella azzurra a fiorellini rosa e la metteva in un lettuccio dall'imbottita a quadretti bianchi e rossi. Così Karin si addormentava felice. Era uno dei suoi trucchi per non lasciarsi vincere dalla solitudine e dal freddo.

Il risveglio la colse come un colpo di frusta che le esplose nel cervello. Suor Sabine si era affacciata sulla porta del camerone con una campanella e continuò ad agitarla fino a quando tutte le bambine si ritrovarono inginocchiate a mani giunte per recitare la preghiera del mattino.

Uno dei momenti più dolci della giornata le bambine lo vivevano in refettorio davanti a una scodella di maiolica, colma di latte tiepido e denso di panna, e a una grossa fetta di *schwartz Brod*, il pane nero che le piaceva tanto, spalmato con burro e miele.

La dolcezza del miele scompariva quando le bambine venivano divise in classi e lei, che frequentava la prima elementare, aveva per insegnante l'anziana suor Monika che con pedagogica assiduità la picchiava sulla punta delle dita con una bacchetta ogni volta che Karin sbagliava a scrivere o a far di conto. E sbagliava spesso. Però quando superava il margine degli errori fissato da suor Monika, la religiosa sibilava: « *Raus!* » e con il dito teso le indicava l'uscita dell'aula, era un momento magico che ripagava Karin di molte amarezze. Quella mattina, dopo diverse bacchettate, Karin fu allontanata dall'aula. Il piccolo edificio che accoglieva l'orfanotrofio femminile Santa Gertrude a Merano sorgeva nei pressi della stazione ferroviaria. Da una delle finestre del corridoio, Karin poteva scorgere in lontananza la sua montagna, il Monte San Vigilio, ammantato di neve per cinque mesi l'anno da mezza costa fino al giogo.

La bimba stava incantata a osservare i boschi che conosceva come le dita della sua mano. Prima c'erano viti, alberi di noci, noccioli, poi querce, aceri fino a quando cominciavano gli abeti bianchi. Più su c'erano gli abeti rossi e, lungo i pendii più scoscesi, i larici argentati dalle pigne piccole e tondeggianti. Karin ricordava le sue avventure nel sottobosco dove, a seconda delle stagioni, nascevano bucaneve di velluto, soldanelle porporine, genziane blu, primule farinose, sassifraghe, anemoni, rododendri, fragoline e mirtilli, ciliegine selvatiche e ribes rosso, funghi buoni e funghi velenosi, ma stupendi. Intorno correvano caprioli e scoiattoli e in mezzo a quella fragranza c'era la casa della vecchia Ilse Klotz, che era la casa di Karin, l'antico maso dov'era nata.

Era settembre, l'aria era più fresca, il sole tramontava presto lasciando l'ombra padrona del bosco. L'estate, come tutte le cose belle, era passata in fretta. Karin aveva lo sguardo pieno dei colori della festa di San Giovanni, ricordava i fuochi che bruciavano i monti digradanti nella valle dell'Adige. La notte di San Giovanni, Karin era a casa ed era andata anche lei sul pianoro del monte San Vigilio portando una torcia per rischiarare il sentiero. C'era tanta gente di ogni età nel cerchio magico dei fuochi, sotto il cielo brulicante di stelle, nell'aria tiepida dell'estate che portava lontano la voce del *lustige Sepp*, l'allegro Giuseppe che cantava le ritmate canzoni del folclore tirolese. C'erano würstel e crauti e krapfen con marmellata di papaveri, birra per i grandi, limonata per i piccoli. La montagna era piena d'allegria.

Karin era seduta sul tronco d'un vecchio larice abbattuto e si godeva la festa. Per l'occasione, sopra il vestitino di cotone, la vecchia Ilse le aveva fatto indossare un *Sarner* nuovo, un golfino tipico fatto da lei, di un bel grigio perla, i bordini rossi e verdi, i bottoni verdi con l'effigie di San Giorgio che trafigge il drago.

La vecchia Ilse le andò vicino. Reggeva con la sua grossa mano, abituata al lavoro e alla tenerezza, un grosso boccale di birra.

« Ti diverti, *Schatzi*? » le aveva detto con un largo sorriso. E Karin sembrava proprio un passerotto sul grande tronco del larice abbattuto. La bimba non sapeva che cosa significasse divertirsi, però le aveva risposto: « Qui è bello, *Tante* Ilse ». La chiamava zia, *Tante*, anche se non era parente, ma era come se lo fosse.

Ilse l'aveva fatta nascere all'alba del giorno di Natale del 1954 e se Karin era viva lo doveva a lei. Quando la bella Martina l'aveva partorita, lei non si decideva a piangere né a respirare. Così la vecchia Ilse, dopo aver rapidamente reciso il cordone ombelicale e aver visto che la bambina non reagiva, l'aveva afferrata per le gambe e l'aveva messa a testa in giù fuori della finestra scuotendola come un fascio di fiori cui si vogliono far perdere i petali.

« Col freddo che fa », si era detta, « se non è morta, respira. » Il corpicino nudo, ancora sporco di sangue aveva avuto un sussulto. E subito dopo s'era sentito un acuto vagito. La bambina viveva.

L'aveva scaldata, lavata, vestita e affidandola alla madre aveva detto: « In cielo questa notte è nato Gesù. In terra è nata tua figlia ».

Martina con la sua bella faccia di maiolica e il suo corpo statuario se ne era andata presto da quel luogo. Tornava di tanto in tanto per portare alla figlia qualche piccolo dono e per dare un po' di soldi a Ilse che, dal canto suo, non chiedeva niente né per sé né per la bambina.

La notte di San Giovanni, mentre bruciavano i fuochi sotto le stelle e Karin sedeva felice sul tronco del larice, la vecchia Ilse aveva detto alla bambina: « Quando sarai grande, quando diventerai donna, dovrai stare bene attenta alla notte di San Giovanni. Proprio in una notte come questa la tua mamma s'è rovinata ».

« S'è fatta male? » aveva chiesto.

« Già, molto male. Ma tu non puoi capire. »

No, non poteva capire. Avrebbe capito molto più tardi.

Karin ripensava a quelle strane parole e guardava la sua montagna. Avrebbe voluto avere le ali come una rondine per uscire dalla finestra del collegio e volare fino al maso di *Tante* Ilse, fino alla sua casa. Invece era prigioniera di quel posto orribile regolato da leggi incomprensibili, pieno di religiose severe, assieme a suor Sabine che con lei era particolarmente dura e inspiegabilmente le imponeva ogni sera di dire una preghiera in più per sua madre.

VIGILIA DI NATALE

Nella strada la neve si disfaceva in una poltiglia sporca e Karin si rese conto che la neve di città è molto diversa dalla neve soffice e compatta dei monti che scintilla nel sole di mezzogiorno mandando riflessi azzurri e rosati. Passavano automobili schizzando fanghiglia sui passanti che procedevano rapidi, carichi di pacchi. Era la vigilia di Natale e lei l'indomani avrebbe compiuto sei anni.

Molte bambine avevano lasciato il collegio ed erano ospiti di parenti e di famiglie amiche. Karin sapeva che non poteva contare su nessuno. Sua madre era chissà dove e sarebbe venuta soltanto in giugno, al termine dell'anno scolastico, per riportarla da *Tante* Ilse.

Le vennero in mente le parole di sua madre quando, quattro mesi prima, tornata da una delle sue lunghe assenze, le aveva detto: « Da domani andrai a scuola in città ».

« In città dove? »

« In collegio. Io nòn posso tenerti con me. » Poi l'aveva portata a Merano, all'orfanotrofio, e l'aveva affidata come un pacco nelle mani di suor Sabine: « La ringrazio per avere accettato la bambina. Io devo partire e non so quando tornerò. Se ci fossero dei problemi, mi scriva a Roma, fermo posta ». Dopo di che l'aveva baciata sulla guancia e se n'era andata.

Suor Sabine le aveva dato un fazzoletto dicendole: « Pulisci. Subito ». E aveva indicato il punto sulla guancia dov'era rimasto il segno del rossetto della madre.

Karin era rimasta immobile come una statua, a guardare la madre che s'allontanava picchiettando i tacchi alti, con il suo passo da ballerina, lungo il triste corridoio che portava all'uscita.

Avrebbe voluto rincorrerla, abbracciarla, sentirsi stringere da lei, respirare ancora una volta il suo odore e il suo tepore. Le diceva con gli occhi: « Non lasciarmi sola, ti prego. Qui ho tanta paura ». La guardava partire e restava immobile. Aveva voglia di piangere, ma aveva soltanto respirato profondamente. Poi aveva cominciato a fregarsi la guancia con il fazzoletto che la suora le aveva dato, nel punto in cui sua madre aveva lasciato un'impronta di rossetto.

Subito dopo una mano aveva afferrato la grossa treccia rosso tiziano e la voce tonante di suor Sabine aveva decretato: « Bisognerà tagliarli questi lunghi capelli. Altrimenti vi cresceranno dentro tanti schifosi animaletti ».

Sentiva ancora nelle orecchie e nell'anima il suono raschiante delle grosse forbici che faticavano, pur con le lame bene affilate, a recidere quel denso spessore di seta. Suor Sabine aveva la punta della lingua stretta tra i denti, quasi a bilanciare lo sforzo della mano che premeva sulle forbici. Ogni colpo di forbice era per lei una pugnalata. E quando la suora aveva brandito la treccia recisa, sollevandola come un trofeo, si rese conto che dagli occhioni blu pervinca della bambina scivolavano grosse lacrime.

« Che fai, piangi? Per un po' di capelli piangi? Che bambina ridicola. »

« Non piango più », aveva promesso la bimba mentre le lacrime sgorgavano dai suoi occhioni disperati rotolando sulle guance.

La religiosa era rimasta un attimo perplessa e probabilmente era stata toccata dal dolore della sua piccola vittima per la mortificazione arbitraria e assolutamente insensata che le aveva inflitto. Così le aveva detto con uno dei suoi rari sorrisi: « Ricresceranno più belli di prima. E adesso *schnell!* Un buon bagno e sarai a posto ».

Karin non aveva osato muoversi. S'era fatta pipì addosso e ai suoi piedi s'era formato un laghetto. Suor Sabine che in seguito l'avrebbe punita per molto meno, quella volta non le aveva dato nessun castigo.

Ricordava il suo recente passato guardando la neve di città tanto diversa da quella dei suoi monti, quando all'improvviso il cuore le fece una capriola. Sulla strada, tra il nevischio, nella folla della vigilia di Natale, s'era profilata la figura massiccia che Karin tanto amava. Procedeva cauta e lenta, le grosse gambe gonfiate dalla flebite, aiutandosi con un bastone, col passo incerto delle persone più avvezze alle asperità del terreno montagnoso che all'asfalto viscido di neve della città. Indossava un loden a mantella e aveva la testa coperta da un fazzoletto di lana annodato sotto il mento.

« *Tante* Ilse! » Karin aveva trovato finalmente il coraggio di gridare quel nome.

Poco dopo era tra le sue braccia nell'anticamera del collegio.

« Mi porti con te? » chiese con apprensione.

« Certo che ti porto con me, *Schatzi*. Sono venuta fin qui con queste gambe malandate per portarti con me. Passeremo il Natale insieme a San Vigilio. »

Karin riversò sulla vecchia Ilse una cascata di parole, quasi le avesse tenute in serbo nei lunghi mesi di silenzio e di solitudine. Poteva respirare il buon odore di bosco che la vecchia portava addosso e riascoltare la sua voce calda e rassicurante come una nenia e godere nel sentirsi chiamare *Schatzi*, tesoro.

Suor Sabine aspettò la fine delle effusioni per intervenire. Ilse lo capì e allontanò dal suo il volto della bambina.

« Sorella, domani è Natale », esordì la vecchia appoggiandosi al bastone.

Karin guardava *Tante* Ilse e suor Sabine e il suo cuore sembrava impazzito. « Sono venuta a prendermi la piccola », proseguì. « Per nessun'altra ragione al mondo, sorella, sarei venuta in città. Le mie gambe malandate mi tradiscono. Non mi reggeva il cuore di saperla sola. »

« *Ach, so!* Qui nessuna bambina è sola », rispose irritata la religiosa mentre le venuzze rosse negli occhi slavati si facevano più evidenti.

« Non lo dicevo in quel senso, sorella », si scusò la vecchia. « So che siete buone e vi preoccupate di queste povere bambine. Dicevo solo nel senso che non aveva nessuno della famiglia. »

« Lei è una della famiglia? » chiese perentoria.

« No. Ma sono lo stesso quasi tutta la sua famiglia. E lei, Karin, è certamente tutta la mia famiglia. »

« Questo non lo capisco », replicò la suora.

La vecchia Ilse cercò di spiegare chi era lei per Karin. Suor Sabine capì e pur senza intenerirsi riuscì a essere gentile, ma categorica: « Mi dispiace Frau Klotz », disse, « la bambina non può lasciare il collegio senza l'autorizzazione della madre ».

« Ma la madre è sicuramente d'accordo », garantì.

« Ci vuole un'autorizzazione scritta », tagliò corto. « Se dovesse accaderle qualcosa noi ne saremmo responsabili. »

Karin era tesa come un arco, tremava e seguiva con estrema attenzione il dialogo tra le due donne muovendo a destra e a sinistra i grandi occhi blu pervinca.

« Sapessi come mi dispiace, *Schatzi* », cercò di consolarla. « Vedrai che chiederemo questa benedetta autorizzazione. E ti porterò tutto un giorno con me. »

« Tornerai? » balbettò la piccola sul punto di piangere.

« Spero che lei si renda conto », disse la suora, « che questo contrattempo dispiace anche a noi. »

« Certo », assentì la vecchia Ilse. Lei si rendeva conto che Karin soffriva. Si rendeva conto che aveva fatto tutta quella strada inutilmente e che avrebbe dovuto rifarla con le sue gambe malandate. Si rendeva conto che anche se si fosse inginocchiata ai piedi della religiosa per implorare la grazia di lasciar tornare Karin sulla sua montagna il giorno di Natale, sarebbe stato inutile. Così si limitò a stringere più forte il bastone.

« Allora tornerai. *Tante* Ilse? »

« Tornerò, non dubitare », la rassicurò la vecchia. « Almeno ti ho rivista, passerotto. E devo dire che stai proprio bene. »

« Anche i capelli? » domandò.

« Sei anche più carina », mentì. Aveva notato subito che la sua bella treccia rosso tiziano era stata tagliata, ma non aveva affrontato il discorso per non dispiacere a Karin.

« Dici davvero? » domandò mentre gli occhi le brillavano di consolazione.

« Dico davvero », proclamò solennemente la vecchia baciandosi la punta delle dita.

« Allora sono contenta anch'io. » Nell'anticamera passarono bambine e parenti.

« Hai imparato a scrivere? » Le era molto vicina.

« Un po'. » Rispondeva meccanicamente, mentre aveva tante cose da raccontarle.

« E a leggere? »

« Comincio. »

« Mi piacerebbe sentirti leggere », disse Ilse.

« La piccola legge bene ed è molto ubbidiente », intervenne suor Sabine che non sembrava insensibile a quel dialogo commovente. « Sono sicura che andrà a prendere il suo libro e le leggerà qualche cosa. » Poi soggiunse: « Eccezionalmente, lei potrà restare con la bambina fino al pomeriggio. Senza uscire dai recinti del collegio, naturalmente ».

E così quel giorno triste per un momento si rasserenò. E Karin passò il giorno di Natale a ricordare la vigilia trascorsa con la vecchia Ilse, con la sua voce dolce e con il suo odore di bosco.

ANGELICA

MARTINA arrivò cinque anni dopo bella e raggiante con il primo sole dell'estate. Indossava un *Dirndel* color nocciola con un'alta bordura di velluto e la camicetta bianca. L'ampia scollatura inquadrava il seno prosperoso che il corsetto dell'abito tirolese spingeva in alto. Il lungo collo candido era illuminato da una collana d'argento con un medaglione di pietre rosse. I capelli biondi, raccolti sulla nuca, erano trattenuti da un nastrino di velluto marrone.

Karin era ancora tra le braccia della madre respirando la gioia di quel contatto, quando si accorse di una presenza al fianco della donna. Alla bimba sembrò che un nuvolone nero, improvvisamente, oscurasse il sole. La sua grande gioia si raggelò, poi divenne paura.

Karin si staccò dalla madre e guardò l'uomo, lo guardò con odio, anche se lui sorrideva. Aveva ormai undici anni e aveva imparato a valutare il calore di un abbraccio e il significato di un sorriso. Il sorriso dell'uomo non prometteva niente di buono.

La bambina era ormai all'inizio della pubertà, la sua espressione era più matura, il corpo più armonioso, i capelli erano ricresciuti e mandavano meravigliosi riflessi. Sedette sulla panca di legno appoggiata al muro della casa di *Tante* Ilse. Martina la fissava smarrita. Era più di una ragazzina quella che aveva di fronte in quel momento. Era un complicato enigma che andava al di là della sua capacità di capire.

« Sarà il caso che ci presentiamo », disse l'uomo. Era un tipo tarchiato, scuro, con la pelle olivastra, baffetti sottili che gli allargavano ulteriormente la faccia rotonda.

« Questo è Mario », disse Martina.

« Chi è? » interrogò con durezza.

« Un amico mio e anche tuo. »

Karin fissò aggressivamente l'uomo e parlò alla madre.

« Quest'uomo non sarà mai un mio amico », affermò con tono di sfida.

« Ma se non lo conosci? » tentò di dire Martina.

« Non lo conosco e non voglio conoscerlo. »

« Avrai tutto il tempo per conoscerlo meglio. Presto verrai a vivere con noi. Vedrai che non ti mangerà. » La donna commise l'errore di sorridere e di assumere il tono di chi non tiene in nessun conto il comportamento irrazionale di una bambina viziata.

« Allora non abbiamo più niente da dirci. » Karin scappò in casa sbattendo la porta e rifugiandosi in camera sua. Si sdraiò sul letto per calmarsi, ma non aveva nessun desiderio di piangere. Fuori si sentiva soltanto il ronzio dell'estate. Scese dal letto, si avvicinò alla finestra aperta sul balcone di legno sconnesso dove i gerani, le petunie e le campanelle dai cento colori ornavano il davanzale vecchio ormai di cento anni.

Guardò nel prato e vide quello che si aspettava di vedere: sua madre e l'uomo che era con lei. Sedevano sull'erba tiepida di giugno e l'uomo le aveva circondato le spalle in un atteggiamento di possesso e sua madre rideva e arrovesciava il capo all'indietro scoprendo ancora di più il collo e il seno sui quali l'uomo posava le sue labbra avide.

« Tua madre fa la puttana a Roma », le aveva detto tempo addietro, con la brutalità dei bambini, Angelica, una sua coetanea che viveva in un maso oltre le fonti radioattive e che giocava qualche volta con lei quando si ritrovavano sulla piazzetta, ai piedi della seggiovia che portava al giogo. Gliel'aveva detto all'improvviso, senza un pretesto, interrompendo un gioco, probabilmente per riferire un fatto raccontato dagli adulti.

Per Karin era stata una frustata in piena faccia. « Puttana sei tu! » l'aveva aggredita conoscendo il significato del termine e aveva aggiunto: « Puttana è tua madre. E tua sorella! » Con un balzo aveva scavalcato la staccionata e correndo aveva imboccato il sentiero che portava a casa.

Ilse rimestava i panni con un rudimentale strumento, una specie di stantuffo che funzionava a forza di braccia, con il quale si otteneva un bucato bianchissimo.

Karin l'aveva quasi travolta saltandole al collo e gridando: « Angelica mi ha detto che la mia mamma fa la puttana a Roma. È vero? Dimmi, è vero? »

Karin aveva undici anni, aveva già avuto le mestruazioni e sapeva molte più cose di quante la vecchia supponesse. La sua non era la reazione di una bambina offesa per una parola volgare, ma l'atteggiamento consapevole di una ragazzina che vuole sapere la verità.

« Ma che cosa vai a pensare? » *Tante* Ilse aveva abbandonato il mastello dei panni, s'era asciugata le mani, aveva pescato nella tasca del grembiule la scatoletta del tabacco e ne aveva fiutato con voluttà una buona presa.

« Non sai dire altro », si arrabbiò. « Mai un discorso preciso. » Il significato di certe parole le era noto soltanto in parte, ma la verità su sua madre l'aveva intuita e ne soffriva, anche se la sola persona in cui avesse fiducia non l'aiutava a capire.

Tante Ilse camminò lentamente, attraversò il prato e aprì il cancelletto di legno che delimitava lo spiazzo in salita prospiciente la stalla. S'era accostata a Rosy, la mucca pezzata di razza bruno-alpina dalle mammelle gonfie, che ruminava in continuazione.

Con gesti lenti e antichi Ilse aveva afferrato il secchio di zinco con una mano e lo sgabello di legno con l'altra, chiamando Karin: « È ora di mungere. Fai il tuo dovere ».

La vecchia e la ragazzina avevano munto l'animale raccogliendo il latte tiepido e denso. Ilse taceva. Karin aspettava una risposta.

A un certo punto la vecchia aveva detto: « Tua madre è una donna ancora giovane, bella e senza marito. Su questa montagna l'unico svago è il pettegolezzo. Tua madre c'è e non c'è. Si vede e non si vede. Così la gente chiacchiera ».

« Anche suor Argentina è giovane, bella e senza marito. Ma nessuno dice di lei che è una puttana. »

« Ma è una suora », si era scandalizzata la vecchia.

« *Tante* Ilse, tu non me la dici tutta la verità. » Si sentiva delusa, tradita.

La vecchia aveva sistemato il secchio del latte. Il sole era al tramonto, una bianca falce di luna brillava nel cielo. Erano entrate in casa e la vecchia aveva parlato alla ragazzina con tutta la sincerità di cui era capace.

« Tua madre è una donna esuberante. » Si era tirata su una ciocca di capelli che le copriva la fronte.

« Che cos'è esuberante? » C'era sempre qualche parola di cui non conosceva il significato.

« È una donna che ama la vita. »

« Anche noi amiamo la vita, *Tante* Ilse. »

Era vero. Possibile che fosse tanto complicato spiegare una cosa così semplice?

« A tua madre piace la compagnia. » Si era seduta e teneva Karin vicino a sé.

I raggi dell'ultimo sole giocavano sulla parete di legno. « Quando venne dalla Val Pusteria », aveva preso a raccontare, « era una ragazzetta poco più grande di te. Erano altri tempi. C'era più miseria. »

« Perché nel passato c'è sempre più miseria? » l'aveva interrotta piena di curiosità.

« Tua madre aveva fame », la vecchia aveva ignorato la sua domanda, « fame di cibo e d'amore. Andò a lavorare nell'albergo dei Winterholer. Quando diventò una bella ragazza, credette che l'amore fosse negli incontri occasionali che aveva con gli uomini. »

« Invece che cos'è l'amore? » Era sempre capace di metterla in imbarazzo.

« Forse è una favola che mi hanno raccontato tanto tempo fa. » Gli occhi buoni della vecchia avevano sorriso a un ricordo lontano.

« *Tante* Ilse, perché la mamma non serve più all'albergo dei Winterholer? »

« Perché abita a Roma. »

« Perché sta a Roma? »

« Non lo so *Schatzi*. Te lo dirà lei un giorno, se ne avrà voglia. »

« Ti voglio bene, *Tante* Ilse. »

« Certo, passerotto. » La vecchia e la bambina si erano abbracciate con trasporto.

In quel momento la vedeva quella madre esuberante e inquieta, col suo modo criticabile di amare la vita, tra le braccia di uno sconosciuto, sull'erba tiepida di giugno. Ed era divorata da un sentimento crudele cui non sapeva dare un nome, ma che somigliava terribilmente all'odio.

Nella sala da pranzo del *Vigilijoch Hotel* si cenava al lume caldo e oscillante di cento candele che ardevano sul candore dei tavoli. La gente sorrideva mentre i camerieri e le ragazze in costume tirolese passavano servendo gli ospiti fra un tintinnio di posate, di bicchieri e un garbato brusio di voci allegre. Le grandi finestre inquadravano la notte piena di stelle e il profilo lontano e solenne delle Dolomiti.

Karin, nascosta nel buio, teneva gli occhi inchiodati per fissare, attraverso i vetri, quella magnificenza che per lei era l'espressione più alta del lusso. Il basso edificio dai tetti spioventi solidamente ancorato alla montagna, con i lunghi balconi di legno ornati di fiori e le imposte con l'apertura a cuore, era per Karin un posto affascinante, misterioso e irraggiungibile come il castello delle fate.

Nessuno dopo il tramonto poteva salire o scendere da Monte San Vigilio perché non c'erano strade, la funivia era il solo collegamento e in sette minuti copriva un dislivello di millecinquecento metri. Alle otto di sera chiudeva. Non c'erano automobili, motorini, jukebox, televisione e cinematografo. Solo il silenzio misterioso e profondo della montagna. Al centro dei boschi oltre l'albergo, c'erano poche stupende ville tipicamente tirolesi e alcuni vecchi masi.

Karin conosceva tutti i segreti di Monte San Vigilio e sapeva perfettamente come guardare, senza essere vista, lo spettacolo che si svolgeva di là dalle vetrate. Capì anche la differenza che passa tra osservare e spiare quando finalmente individuò sua madre in compagnia dell'uomo che era arrivato con lei dalla città.

Martina si era cambiata d'abito. Indossava una camicetta a fiori su un'ampia gonna color turchese. Per Karin era la donna più elegante del mondo. Lui aveva un blazer blu, pantaloni di vicuña, una maglietta di cotone beige a girocollo e portava un vistoso anello con una pietra nera e piatta al dito della mano sinistra. Si scambiavano parole e sorrisi, si stringevano felici le mani sul candore della tovaglia. Qualche volta Martina si guardava intorno per avere la certezza di trovarsi proprio nel locale dove per tanti anni aveva servito. Spiccava per la sua bellezza tra i clienti di riguardo che potevano permettersi un soggiorno al *Vigilijoch Hotel.*

Servivano nei vassoi grandi trote accompagnate da patate bollenti, salsa calda di burro dorato e soffice maionese. Karin si sentì venire l'acquolina in bocca. Non le capitava spesso di mangiare quel piatto prelibato e comunque non con quel servizio, non in quella cornice di eleganza. Guardò il calice di sottile cristallo che sua madre portava alle labbra e vide brillare riflessi di giada. Il vino aveva lo stesso colore dell'*Apfelsaft* che una volta Heini, il padrone dell'albergo, le aveva offerto perché era stata tanto brava da trovare il suo orologio da polso che gli era caduto nell'erba, lungo i bordi della piscina.

Avvertì un fiato caldo all'altezza del braccio. Si voltò spaventata: la vista del cane la tranquillizzò e la fece sorridere.

« Ciao Berry », mormorò.

Il grosso San Bernardo dall'espressione buona e affettuosa le leccò la mano. Berry era una specie di istituzione, ma era soprattutto il suo compagno di giochi. L'animale la seguiva d'inverno fino al giogo e, quando lei si buttava a capofitto nella discesa con lo slittino, la rincorreva abbaiando di gioia e, con l'intenzione di giocare, la investiva e rotolavano insieme nella neve soffice sul pianoro della seggiovia.

« Siamo soli, Berry », disse Karin. Allungò una mano per accarezzare il muso caldo e il cane mugolò di piacere. Si accucciò per terra vicino a lui, lo abbracciò e pianse lentamente, con serietà, come piangono gli adulti.

IN CITTÀ

« NON ti piace qui? » Martina era irritata dall'indifferenza e dall'ostilità della figlia per il nuovo ambiente che senza alcun dubbio, agli occhi della donna, era più ricco e stimolante di un vecchio maso a Monte San Vigilio.

« Mi fa impressione. » Karin non aveva ancora imparato a mentire, ma già sapeva che la completa sincerità porta più danno che vantaggio. Della città le piacevano i negozi, la gente seduta ai tavolini in piazza Walter, ma aveva per queste novità l'interesse del visitatore occasionale. Quegli scorci e quelle immagini sarebbero state una meraviglia se soltanto, dopo averli ammirati, avesse potuto tornare a casa. Invece doveva rientrare nel grande appartamento al secondo piano in Lauben Strasse nel centro storico di Bolzano, dove a lei, abituata agli spazi aperti, sembrava di soffocare.

Al suo disagio non era secondario il fatto che, ancora una volta, era stata strappata di forza alla vecchia Ilse e costretta a vivere con due estranei, uno dei quali era sua madre. Stava praticamente confinata in camera sua, un locale di tre metri per due che si affacciava su una strada buia, e tutto quello che poteva vedere dalla finestra era una fetta di cielo e un'altra finestra simile alla sua nella casa di fronte.

Si alzava il mattino presto quando ancora Martina e Mario dormivano, perché la sera si coricavano sempre molto tardi, e andava a scuola. Frequentava la scuola media in un grande edificio di stile fascista vicino alla piazza del tribunale.

A scuola aveva delle grosse difficoltà. Doveva imparare il tedesco e l'italiano, due lingue difficili da pronunciare e con una grammatica molto complessa; mentre la lingua che conosceva meglio, il dialetto sudtirolese che parlava con *Tante* Ilse e con la gente di montagna, le serviva soltanto per aumentare la confusione che aveva in testa.

Più ci pensava e più si rendeva conto che non erano però quelli i suoi problemi, il suo chiodo fisso era San Vigilio, il maso, il bosco, *Tante* Ilse: le sue radici. Guardava le nuvole nella fetta di cielo sopra la casa e vedeva i profili dell'albergo e della chiesetta del giogo, il muso di Berry, la faccia ridente della vecchia Ilse.

Si erano salutate in un giorno di sole, nella *Stube* rivestita di legno accanto alla stufa di maiolica verde e gialla che spandeva intorno un piacevole tepore. Ilse succhiava con solenne disgusto un mazzetto di erbe raccolte nel bosco, amare come veleno, che erano una panacea contro tutti i suoi mali: dai reumatismi alla circolazione. Di tanto in tanto tirava voluttuosamente una presa di tabacco.

« Forse non ci vedremo più, *Schatzi* », le aveva detto col sorriso sulle labbra.

« Perché? » aveva ribattuto Karin con amarezza.

« Perché sono vecchia, passerotto. E ogni giorno che passa ringrazio il Signore, per avermi regalato un altro po' di sole. »

« Non devi parlare così », c'era un affettuoso rimprovero nella sua voce, « vivrai ancora molti anni e io tornerò sempre da te. Lo sai. »

« Lo so, ma stai diventando una signorina. Molte cose cambieranno. Vai ad abitare lontano. In città. » Per lei Bolzano o Parigi o Nairobi erano caotici e mostruosi agglomerati senz'anima, erano città ai confini del mondo dove non era mai andata e di cui aveva soltanto sentito parlare.

« Ci vuole poco da qui a Bolzano. »

« Sì, certo. » Assentì con un cenno del capo, ma in cuor suo era persuasa che la ragazzina mentisse per rendere meno amaro il distacco. Ilse sapeva che le città, Merano esclusa, sono tutte in capo al mondo. Lei sapeva certe verità e da quelle non si spostava di un millimetro. Una volta che Rodolfo il postino aveva cercato di farle credere che degli uomini erano arrivati sulla luna, lo aveva cacciato malamente rimproverandolo perché si prendeva gioco di una povera vecchia. Il giorno in cui si fosse compiuta una diavoleria simile, ogni forma di vita sarebbe finita sulla terra.

« Non ti dimenticherò mai », aveva promesso Karin.

« Lo so che non mi dimenticherai. » Era certa dei sentimenti della ragazzina.

« Non cambierà niente, vedrai. Verrò da te ogni estate. Appena finita la scuola. Come facevo quand'ero in collegio. »

« Ti aspetterò. » Sembrava fiduciosa, ma il cuore conteneva certezze più amare. Era sicura che Martina non avrebbe più permesso alla figlia di ritornare, dopo che l'aveva rimproverata duramente per la decisione di portarla in città a vivere con un uomo che neppure conosceva, ma di cui intuiva il mestiere e la vocazione.

« E poi ti scriverò molte lettere. »

« Sarà una buona cosa. Rodolfo le leggerà. E scriverà le risposte che gli detterò per te. » Ilse non era andata a scuola e non aveva avuto il tempo di imparare a leggere e a scrivere.

Karin aveva abbracciato la piccola *Stube* con un lungo sguardo affettuoso. Lì aveva passato i giorni più belli della sua vita. Aveva guardato i ritratti dei santi dipinti su vetro con l'ingenuità degli artisti contadini. C'erano San Vigilio, Santa Gertrude, Santa Monica. Tutt'intorno a quella stanza d'un lindore assoluto risaltavano patetiche decorazioni: le trecce d'aglio, il corno di bue riempito di spighe di grano, la roncola, l'arcolaio sotto la finestra con le tendine di pizzo. Dai cassettini della madia intagliata veniva il profumo intenso delle erbe aromatiche del bosco fatte seccare al sole. Le piantine in vaso messe un po' dappertutto e la tovaglia bianca ricamata a motivi rossi e neri sul grande tavolo massiccio conferivano una composta gaiezza all'ambiente austero.

Era partita al tramonto, quando la montagna si fa cupa e solenne. Ilse l'aveva presa per mano e l'aveva accompagnata alla stazione della funivia. Mario aveva salutato senza partecipazione quella vecchia incomprensibile, mentre Martina, che forse si sentiva in colpa, si era congedata con astio dal suo grillo parlante.

« Tornerò presto, *Tante* Ilse. » La bambina si stringeva a lei sperando di essere nel mezzo di un brutto sogno.

« Ne sono sicura, *Schatzi*. Terrò sempre pronta la tua cameretta. »

Karin aveva preso posto in cabina ed era cominciata la discesa con il fruscio veloce delle corde d'acciaio. Ilse sventolava dall'alto il suo fazzolettone a fiori, mentre Karin, il volto incollato al finestrino, la vedeva diventare sempre più piccola e lontana. Si sforzò di non piangere, ma era disperata.

A valle era salita su una *millecento* azzurra che aveva subito imboccato la strada tutta curve che da Lana d'Adige porta a Bolzano. Trentacinque chilometri di dolore struggente. Davanti alla chiesetta di Terlano l'auto aveva avuto un sobbalzo e lei aveva sperato che una gomma si fosse bucata e aveva continuato ad aspettare un miracolo capace di riportarla indietro.

Erano invece giunti in città senza danni, con Mario al volante che fumava una sigaretta dopo l'altra facendola tossire. Sua madre, piena d'allegria, l'intontiva di parole che Karin non ascoltava. L'appartamento, sovraccarico di inutili cose di plastica, aveva un odore strano, freddo, scostante. Era scesa la sera quando Martina le aveva mostrato la sua camera.

« Ti piace? Mario ha voluto metterci anche una scrivania. Tu studierai. E si sa che una studentessa ha il diritto di avere un tavolo tutto per sé. È stato Mario che ha tanto insistito perché non ti mettessi più in collegio, lo sai? »

« Sì, mamma. »

« Vedrai come sarà bello. Anche Mario... » Non diceva più di due parole senza fare il nome di Mario. E quel fatto innervosiva Karin: avrebbe preferito sapere che l'iniziativa di trasferirla in città era stata della madre e non di quello sgradevole estraneo.

« Questo è l'armadio per i tuoi vestiti. Ne compreremo di nuovi. Ora abiti in città. Devi dimenticare il *Sarner*, gli scarponi e i grossolani indumenti da montagna. » Era una girandola di parole punteggiata da frivole risatine e sembrava non accorgersi del silenzio ostinato della bambina che rispondeva e si muoveva come un automa.

Alla scuola statale era stata subito bersagliata da mille domande inquietanti. Le sue compagne l'avevano aggredita con la spietata curiosità dei ragazzi.

« Che mestiere fa tuo padre? »

« È vero che hai fatto le elementari all'orfanotrofio? »

Karin si chiudeva come un riccio e tirava fuori gli aculei per difendersi.

« Perché non vi fate gli affari vostri? »

Ma quelle che la ferivano di più erano le domande insidiose degli insegnanti.

« Perché non vedo mai tua madre? »

« Devi dirle che è importante il dialogo fra genitori e insegnanti. »

« Per fare questa ricerca avrete bisogno dell'aiuto dei vostri genitori. »

« Perché tua madre non ti dà una mano? »

Avrebbe potuto dire: « Mia madre lavora », ma avrebbe provocato la sola domanda alla quale non avrebbe voluto rispondere: « Che mestiere fa? »

Martina e Mario si coricavano molto tardi e dormivano quasi tutto il giorno. Karin si svegliava il mattino alle sette e in casa c'era un gran disordine. Allora metteva piatti, tazzine e bicchieri nell'acquaio, li lavava, vuotava i portacenere, dava aria alla casa. Poi si scaldava il latte, mangiava pane di segale imburrato e usciva per andare a scuola.

Quando ritornava, la camera da letto che sua madre divideva con Mario era ancora chiusa. Karin s'arrangiava con lo speck, il formaggio e le uova che trovava nel frigorifero, dopo di che si chiudeva in camera sua a fare i compiti, a crogiolarsi nella nostalgia e a scrivere lunghe lettere a *Tante* Ilse. Tutto questo, fino a quando Martina e Mario cominciavano a dare segni di vita.

Quel giorno Martina aprì la porta e così spettinata, col trucco sfatto, in vestaglia, le posò un bacio distratto sui capelli. Karin provò un senso di malessere respirando quell'odore di profumi scadenti, di tabacco, di vino e d'alcova.

« Oh, Dio, come sono stanca », si lamentò Martina uscendo dalla stanza.

Pochi minuti dopo comparve Mario. Aveva un aspetto molto più civile e dignitoso.

« Me lo faresti un caffè? » domandò con cortesia.

Karin, servizievole, andò in cucina a preparare il caffè di cui Mario non poteva fare a meno e che lei invece detestava.

Giungeva dal soggiorno l'eco sommessa di battute scherzose e di risatine. Era una buona giornata. Spesso il soggiorno e la camera da letto diventavano invece la cassa di risonanza di feroci litigi.

La casa era grande, troppo per due persone e la camera di Karin era un locale isolato dal resto dell'appartamento e dava in un salotto nel quale nessuno metteva mai piede. Quando Karin era in camera sua godeva di una certa protezione acustica e non poteva registrare gli stati d'animo della coppia, ma la cucina segnalava anche il più piccolo cambiamento d'umore.

Verso le nove, Martina comparve elegante e pronta per uscire, come tutte le sere del resto.

« Fai la brava. » Era una raccomandazione superflua.

« La nostra Karin è una brava signorina », la difese Mario dando il braccio a Martina e avviandosi verso la porta.

« Vai a letto presto e non aprire a nessuno », le ingiunse la madre.

« Sì, mamma », rispose ubbidiente.

Karin accese la televisione, guardò il primo tempo di una noiosa commedia in tedesco, poi andò a letto e si tirò il piumone fin sulla testa sperando di addormentarsi presto e di sognare qualche cosa di lieto. I sogni, come in collegio, anche in quella città senza amici e senza spazio, erano la sua unica risorsa.

La svegliarono nel cuore della notte voci allegre e sguaiate, un tintinnio di bicchieri e battute grossolane. Dapprima pensò che fosse un sogno, ma in seguito, a mano a mano che recuperava la sua lucidità si rese conto che si trattava di una realtà che forse la parte più nascosta di lei si ostinava a negare.

Si alzò in punta di piedi e schiuse la porta. Il salotto che faceva da protezione acustica era deserto come sempre, ma qualcuno aveva dimenticato aperto l'uscio che dava sul soggiorno. Perciò i rumori l'avevano svegliata. In preda a un sentimento misto di eccitazione, di inquietudine e di vergogna si avventurò nel locale vuoto e, nascondendosi dietro una poltroncina, riuscì a vedere quello che succedeva nell'altra stanza. Sua madre con un abito scollato che le lasciava nude le spalle e la schiena, era abbracciata a un tedesco corpulento dalla testa calva come una palla da biliardo, con gli occhiali cerchiati d'oro, che la baciava sul collo e cercava di infilarle una mano dentro il bustino, tra i seni.

C'era Mario che rideva e versava da bere, altri uomini e altre donne che bevevano, si baciavano, si toccavano.

Karin si ritrasse spaventata, confusa, rossa come il fuoco, il sangue che le pulsava impazzito nel collo e nelle tempie. Si infilò nel letto, nascose la testa sotto il piumone per non sentire i rumori che l'avevano sconvolta e ricordò le parole di Angelica: « Tua madre fa la puttana a Roma ». Affondò la faccia nel cuscino e pianse.

« Non è vero », singhiozzò, « non è vero. È soltanto una festa. »

MARTINA

KARIN era seduta alla scrivania, dove libri e quaderni erano disposti in un ordine meticoloso. Era il terzo inverno che passava in città.

Mario entrò bruscamente nella sua camera senza bussare. Aveva la faccia ancora gonfia di sonno, la barba lunga: indossava i pantaloni del pigiama e una maglietta. Emanava uno sgradevole odore di tabacco e di chiuso. Karin lo guardò con aria di rimprovero.

« Tua madre sta male », annunciò.

« Male come? » domandò la ragazza.

« Questo ce lo dirà il medico che sta arrivando. » Era preoccupato. Si capiva dal modo nervoso in cui fumava.

« E io che cosa posso fare? » si offrì.

« Vedi di mettere ordine in camera nostra. » Ordinava da padrone con la certezza di essere obbedito.

« Subito. » Era priva di emozioni e la dolorosa eventualità non la coinvolgeva.

« Stai diventando sempre più carina », la blandì mentre chiudeva il libro di storia che Karin stava leggendo.

« Mia madre sta male », lei sottolineò soprattutto per uscire da una situazione imbarazzante.

« Allora vedi quello che puoi fare. » Parlava lentamente con un tono sconosciuto e inquietante.

Karin si alzò e rimase immobile a fissarlo con i grandi occhi blu pervinca: l'uomo si era messo davanti alla porta e la scrutava avidamente.

« Se lei mi lascia passare », disse senza abbassare lo sguardo, « potrò fare più presto. »

Mario si scostò.

« Ti faccio tanta soggezione che continui a darmi del lei? » Il sorriso melenso e crudele le dava un senso di fastidio. « Perché non ti lasci andare? »

Karin passò senza rispondere e si diresse verso la camera della madre. I suoi rapporti con Mario erano formalmente improntati alla più assoluta indifferenza. Si ignoravano reciprocamente: lei perché istintivamente sentiva di non avere nessuna affinità, lui perché si era subito accorto che i suoi ambigui e subdoli approcci non approdavano a nulla. Questo non impediva all'uomo di provarci ad ogni occasione.

Karin pensava di mitigare l'odiosa presenza ignorandola. Faceva così anche con le mosche quando non poteva allontanarle o ucciderle: le ignorava. Ma le mosche c'erano e le davano fastidio.

« Che cosa c'è, mamma? » domandò.

« Questa volta mi va proprio male », rispose la donna. Era pallida, aveva i capelli appiccicati sulla fronte sudata, ma sembrava più giovane, più vulnerabile, indifesa.

« Magari è un po' d'influenza », diagnosticò ottimisticamente Karin. Per la prima volta provava un sentimento di tenerezza per quella donna che dopo averla strappata alla sua montagna e all'affetto di *Tante* Ilse, le aveva dedicato per tre anni il tempo di un bacio distratto prima di uscire di casa.

« Ci vorrebbero le erbe della vecchia Ilse », sorrise con ironia.

« Forse ti farebbero bene sul serio », ribatté la ragazza.

« Prova a mettere un po' d'ordine », disse. « Sennò quando viene il medico non ha nemmeno il posto per passare. » Le parlava con dolcezza.

Nell'aria c'era l'odore acre della febbre e della malattia mischiato a quello dei profumi e dei cosmetici. Intorno era una confusione caotica di abiti buttati qua e là, di scarpe abbandonate, di boccettine, di riviste illustrate sparse per terra e sul letto.

Muovendosi con la razionale rapidità di chi è abituato al lavoro e all'ordine Karin cambiò faccia alla stanza sotto gli occhi ammirati di Martina.

« Come sei diversa da me », constatò con orgoglio.

Karin prese un catino di plastica, una salvietta, lavò il viso e il collo della madre, come *Tante* Ilse aveva fatto con lei una volta che aveva avuto la febbre. Cancellò i residui del trucco, diede aria alla camera e aiutò Martina a indossare una camicia da notte di cotone fresca di bucato e di foggia vistosa ma accettabile, avendole tolto quella che aveva tutta pizzi e volant.

La pettinò con cura, poi sedette accanto al letto fino all'arrivo del medico che diagnosticò una brutta polmonite e prescrisse una dose massiccia di antibiotici.

« Dovrai restare a casa per occuparti di tua madre », disse Mario, « ti dispiace? »

« Non ha nessuna importanza », minimizzò la ragazza. « Avrò tempo per recuperare. »

Fu un'esperienza importante che le consentì di conoscere sua madre e di parlare con lei per la prima volta.

« Come ti senti oggi? » Era tornata con la spesa in una grande borsa di plastica.

« Credo che fra un giorno o due potrò alzarmi. »

Martina sembrava molto più giovane e serena, calma.

« Oh, mammina », esultò, « questa sì che è una bella notizia. » Portò la borsa in cucina, mise in ordine gli acquisti e tornò dalla madre.

« Hai fatto molto per me, bambina », disse con accento commosso.

« Non mi è costato nessuna fatica », affermò la ragazza con entusiasmo.

Era gennaio, i monti erano bianchi di neve, il cielo era azzurro e terso, il cuore di Karin era pieno di nostalgia per le discese in slitta sulla pista di Monte San Vigilio con quel paesaggio fantastico che le correva incontro e l'aria che la feriva allegramente con i suoi mille aghi di cristallo.

« A che cosa pensi? » le domandò Martina.

« A *Tante* Ilse », rispose. « A San Vigilio. »

« Non te li sei mai dimenticati », disse la madre con una punta di incredulità.

« Mai. » I suoi occhioni blu si dilatarono per la commozione.

« In questi tre anni hai sempre desiderato tornare. »

« Sempre. » Aveva ormai quattordici anni, le sue coetanee andavano a sciare sull'altopiano del Renon e lei, invece, non poteva tornare dalla vecchia Ilse per la gelosia della madre.

« E non mi hai mai detto niente. » Martina allungò la mano che la ragazza prese tra le sue.

« Sapevo che ti sarebbe dispiaciuto. E non avevo voglia di creare malumori. »

Erano ormai due amiche o forse due sorelle che si erano ritrovate dopo una lunga separazione.

« Però tu ci pativi. » Era la prima volta che Martina si preoccupava delle sofferenze della figlia.

« Un po'. » Pensò a *Tante* Ilse e sperò di poterla rivedere dal momento che qualche cosa era cambiato tra lei e la madre.

« No, tutto quello che hai fatto per me non lo meritavo », ripeté Martina. « Io non ti sono mai stata così vicina. »

« È inutile parlarne. » Karin ripensò a tutte le volte che era stata ammalata, febbricitante e sola a invocare sua madre, ricevendo in cambio la anonima presenza di una suora. « Tu eri a Roma », riprese.

« Già », fece Martina soprappensiero.

« Mamma », sparò la ragazza a bruciapelo, « che cosa facevi a Roma quando io stavo in collegio? »

« È una storia lunga. » Martina era stata presa alla sprovvista. « Una storia che ho dimenticato, tra gente odiosa, in una città stregata.

« A Roma », proseguì, « avevo seguito un uomo conosciuto a Merano. Mi aveva promesso che mi avrebbe portato da sua madre e che ci saremmo sposati. Invece... » voltò la faccia e si asciugò gli occhi con un fazzoletto.

« Che cosa accadde, invece? »

« Mi mandò a lavorare in un locale notturno. Ma è una storia squallida. »

« È la tua storia, mamma », Karin la guardò supplichevole, « non può essere una storia squallida. Io non so niente di te. Non so neanche chi è mio padre. »

« Non te l'ho mai detto? » ribatté con ostentata superficialità.

« Non me l'hai mai detto », disse Karin chinandosi verso la madre per sentirla meglio.

« Tuo padre era un tedesco », confessò Martina dopo un attimo di silenzio. « Era professore di filosofia all'università di Bonn. Dico era, perché di lui non ho più saputo niente. Per quanto mi riguarda potrebbe anche essere morto. »

« Com'era? » la interruppe.

« Era molto bello. Si chiamava Joseph Steiner. Lo conobbi quando facevo la cameriera nell'albergo dei

Winterholer. Avevo diciott'anni. Mi conquistò dicendomi che il mio viso era quello di una *moderne Madonna*. Parlava con sincerità e io feci la stupidaggine di credergli. Era un bel tipo, sai? Alto, capelli ramati, aveva i tuoi occhi ed era uno straordinario parlatore. Leggeva un sacco di libri, ma gli piaceva la bella vita.

« Venivo da un maso cadente della Val Pusteria, dove m'ero nutrita di patate e di miseria. Un giorno mi offrì un cesto di ciliegie selvatiche, una rosa e un braccialetto d'oro.

« Era giugno, era il 24 giugno, la festa di San Giovanni. L'aria era calda e profumata. Avevo lavorato tutto il giorno a preparare le tavole, le panche e tutto quanto serviva per la festa con i falò sul pianoro del Bären Bad. Te lo ricordi il Bären Bad, il bagno dell'orso? »

« Certo che me lo ricordo », sorrise Karin cui tornarono in mente le parole di *Tante* Ilse a proposito della notte di San Giovanni.

« Tuo padre arrivò, bello, giovane e generoso come un principe a offrirmi i suoi doni. Le ciliegie e la rosa le conoscevo anche se nessuno m'aveva mai regalato niente di simile. Ma non avrei mai immaginato che al mondo, un giorno, qualcuno m'avrebbe regalato un braccialetto d'oro.

« Venne la sera, si accesero gli animi e i falò. C'era un'orchestra che suonava su un palco e tutti bevevano e ballavano, anche noi cameriere con i clienti dell'albergo.

« Giovani e ragazze scomparivano tra i noccioli, nel sottobosco di mirtilli ancora verdi. Anch'io quando il bel giovane che m'aveva riempito di doni mi tese la mano, lo seguii lontano dalla gente e dai fuochi. Andai in estasi quando mi disse all'orecchio: '*Du bist eine moderne Madonna*'.

« Quella notte nel bosco, che fu la più dolce della mia vita, diventai donna tra il profumo delle fragoline selvatiche mentre lontano bruciavano i fuochi di San Giovanni e la gente faceva festa. »

« Non è una storia squallida », constatò Karin che s'era fatta di porpora e sentiva il sangue pulsarle nelle orecchie.

« Lo diventerà, bambina mia. Le storie d'amore sono sempre belle quando cominciano. Poi, per una ragione o per l'altra, finiscono malamente. Joseph partì giurandomi eterno amore. Io ero contenta di quello che avevo avuto e piangevo tra le sue braccia, ma mi sembrava quasi impossibile che un professore dell'università di Bonn, bello e generoso come un principe, potesse innamorarsi di una ragazzotta nata in un maso dell'Alto Adige.

« Quando ritornò nell'albergo dei Winterholer, credetti di impazzire per la gioia. Era aprile, la neve si era sciolta da poco, gli scoiattoli saltavano di ramo in ramo, il bosco si era riempito di rumori e di profumi nuovi. I prati erano d'un verde tenero e nell'erba spuntavano genziane di velluto. Ogni notte andavo nella sua camera e mi sembrava di varcare le porte del paradiso.

« Ci fu un altro addio, un'altra partenza, altre lacrime, nuove promesse. Poi un'antica, rassegnata solitudine. Un giorno, da segni inequivocabili, mi resi conto d'essere incinta. Glielo scrissi, ricordandogli il nostro amore e le sue promesse. »

« E lui... mio padre... ti rispose? » Karin continuava assurdamente a sperare il lieto fine nonostante vivesse in una realtà che lo smentiva.

« No. La mia lettera non ebbe risposta. Forse tuo padre non la ricevette mai. Forse non stava neppure a Bonn. Probabilmente non era nemmeno professore di filosofia. E nessuno mi toglie dalla mente che a Bonn non ci sia nessuna università. Comunque di lui non ho più saputo niente.

« Quando seppero del mio stato, i Winterholer, tu li

conosci bene, fecero di tutto per sapere chi fosse l'uomo che m'aveva compromessa, ma senza risultato. Cercarono anche di aiutarmi economicamente perché era evidente che non potevo più servire.

« Così mi affidarono alla vecchia Ilse Klotz. E presso di lei rimasi fino a quando nascesti tu. Nei posti piccoli le notizie volano e la mia reputazione fu rovinata. Scesi a Merano e trovai lavoro in un albergo come domestica. Ogni mercoledì, il mio giorno di riposo, venivo a trovarti e a portare qualche soldo alla vecchia Ilse.

« Quando hai compiuto sei anni, un turista romano mi promise di sposarmi. Disse anche che a Roma sarei stata con sua madre e avrei trovato un lavoro ben retribuito. Sembrava una buona occasione e lui aveva l'aria di essere una brava persona. Di uomini con la faccia di brave persone che m'avevano preso in giro ne avevo conosciuti tanti, ma la speranza è dura a morire. Lo seguii senza le illusioni di quando avevo seguito tuo padre nella notte di San Giovanni, ma con la convinzione di sistemarmi.

« Tu dovevi andare a scuola. *Tante* Ilse non poteva sostituirsi alla maestra, così, dopo non poche richieste, riuscii a mandarti al collegio di Merano, dove avresti potuto frequentare regolarmente le elementari. La mamma di quel turista era in realtà la proprietaria di una pensione equivoca. E il lavoro ben remunerato era quello dell'*entraîneuse* in un locale notturno. Avevo l'incarico di far bere i clienti e guadagnavo un tanto a bottiglia. La parte più grossa della mia paga la prendeva quel tizio. Il resto serviva a me per pagare la retta del collegio.

« Ma era una vita infame. Poi, quand'ero alla disperazione, ho conosciuto Mario. È un brav'uomo. Mi fa compagnia. Mi accompagna al night e io continuo a fare lo stesso lavoro. Adesso sai chi era tuo padre. E sai chi sono io. »

« Mi dispiace per te, mamma », disse Karin che seguendo l'ultima parte del racconto si era irrigidita. « Vorrei poterti aiutare. » Aveva ascoltato la confessione di sua madre, ma era incapace di capire e giustificare la morbosa dipendenza di Martina da quell'uomo detestabile che faceva un mestiere disgustoso. C'era lei pronta a darle affettuosamente una mano.

« C'è ben poco da aiutare, ormai. Ho quasi trent'anni », disse con amarezza, « non potrò più continuare questa vita. Da quando sono ammalata Mario passa le notti fuori. Magari cerca un'altra donna che mi sostituisca. »

Karin provò orrore per quell'ultima confessione più sguaiata che franca. Sua madre non cercava la verità, riversava su di lei, sulla sua anima incontaminata, il cumulo di volgarità che aveva dentro.

« Perché allora mi hai voluto qui... con voi? » l'interrogò con spietata freddezza.

« Voglio che tu abbia un'istruzione. » Martina parlava sottovoce ma con decisione. « Tu non farai la cameriera. Tu non ti perderai in una notte come ho fatto io! » Nei suoi occhi c'era un'espressione di violenza.

« Mamma, calmati », si spaventò la ragazza.

« Gli uomini sono tutti porci! » proseguì senza ascoltarla. « E tu devi stare bene attenta e girare al largo da loro. » L'afferrò decisamente per un braccio gridando: « Hai capito bene? »

« Ho capito, mamma. » Cercò di sfuggire alla presa d'acciaio. Aveva le lacrime agli occhi.

« Se una volta », la minacciò, « se una volta soltanto, dovessi vederti in compagnia di un uomo, ti ammazzo di botte. » Respirava a fatica come se le mancasse l'aria.

« Mamma, ti prego. »

« Sembra che io non pensi a te. Ma ci penso. Eccome! Devi stare lontana dagli uomini. Perché ti portano alla rovina. Non dimenticarlo mai », concluse Martina.

Mario la guardava con ingordigia e gli brillavano gli occhi. Quella ragazzina lo faceva impazzire: era deliziosa con le sue treccione infuocate, il viso d'opale, la bocca morbida, il nasino delicato, lo sguardo incantatore, la figura snella eppure già piena di vita che il grembiule nero di scuola non riusciva a mortificare.

I calzettoni di lana grigia che Martina le imponeva, negandole le calze di nailon, invece di attenuare, accentuavano la bellezza del polpaccio affusolato, mentre la gonna corta lasciava scoperte le ginocchia perfette dalle quali nascevano stupende cosce di donna.

Karin, seduta sul tavolo di cucina, gli occhi chini sul suo lavoro di rammendo, si comportava come se Mario non esistesse.

« Ciao, bella », la salutò cordiale.

« Buongiorno », rispose Karin senza guardarlo. Sapeva immaginarlo con i suoi ridicoli baffetti e il suo sorriso melenso, i suoi occhi neri a punta di spillo, e lo odiava ferocemente.

« Dov'è tua madre? » domandò.

« È uscita. » Come faceva Martina a tollerare la sua arroganza? Eppure era certa che lo disprezzasse, ma non poteva fare a meno di lui.

Più d'una volta, durante i loro feroci litigi, l'aveva sentita implorare: « Ti prego, non lasciarmi. Farò tutto quello che vuoi ».

Karin alzò il viso dalla gonna che stava rammendando e incontrò lo sguardo dell'uomo. Era uno sguardo inquieto e strano e per un attimo ebbe paura.

Mario le sorrise rassicurandola. « Ti ho vista così intenta al lavoro », disse, « che non ho avuto il coraggio di chiederti il solito caffè. »

Karin depose sul tavolo l'indumento e si accostò ai fornelli per mettere sul fuoco la caffettiera.

Mario le andò vicino e prese la scatola del caffè nella credenza.

« Quanti cucchiaini? » chiese premuroso.

« Faccio io », disse Karin cercando di liberarsi di lui, ma l'uomo non l'ascoltava. Quell'odore di bambina che veniva da quel corpo non ancora di donna, ma già perfetto gli comunicava un desiderio che lo stordiva.

« Com'è che non esci mai il pomeriggio? » La voce dell'uomo si era fatta roca, insinuante. « Non vorrai farmi credere che non hai un fidanzato. »

« Quale fidanzato? » Karin si sentì avvampare e lo fulminò con un'occhiata. « Che cosa le salta in mente? »

« Tutte le ragazzine hanno un innamorato », rise lui. « E tu sei la ragazzina più bella che io conosca. »

La caffettiera cominciò a borbottare e lei spense il gas.

« Via, non ti sarai offesa per questo », disse, « stavo solo scherzando. »

« La prossima volta scherzi con qualcun'altra » replicò Karin.

« Perché ce l'hai con me? » domandò. Aveva voglia, una voglia selvaggia di toccarlo quel corpo stupendamente acerbo.

« Non ce l'ho con nessuno. Voglio soltanto essere lasciata in pace. » Mise la caffettiera fumante sul tavolo e aprì lo sportello di un mobiletto pensile per prendere la tazzina e lo zucchero.

« Eppure l'età per un fidanzato ce l'avresti », insisté. « Sei bella », continuò facendosi più vicino. « Io posso fare la tua fortuna, lo sai? »

« Il caffè è pronto », cercò di congedarlo Karin. E fece per andare in camera sua.

L'uomo le sbarrò il passo. « Ehi, piccola, stavo soltanto facendoti un complimento », disse in tono sommesso. « Non mi sembra il caso che tu reagisca così. » Aveva lo sguardo umile del cane bastonato.

« Io non reagisco in nessun modo. Voglio andare in camera mia e basta. » Andò nella sua stanza e sedette alla scrivania. Aprì il libro di storia al capitolo della rivoluzione francese, ma non riusciva a concentrarsi. Fissava le pagine e ricordava le parole dell'uomo, lo sguardo dell'uomo, il suo insolito turbamento. Era la prima volta nella vita che qualcuno faceva apprezzamenti su di lei.

Era così assorta nei suoi pensieri che non aveva avvertito la presenza alle sue spalle e quando se ne accorse, l'uomo aveva già chiuso le sue mani rapaci sul seno acerbo e le diceva con voce roca: « Lasciati accarezzare ».

Karin cercò di divincolarsi, ma lui la teneva in una morsa. Poi tutto accadde come in un incubo spaventoso, lei si ritrovò sul letto, la gonna sollevata fino al mento, mentre l'uomo la schiacciava e la stuprava senza pietà, soffocando i suoi urli di terrore con una mano premuta sulla bocca.

Mario si alzò in piedi e Karin vide il sesso di lui ancora sporco del suo sangue mentre si rialzava i pantaloni che gli erano scivolati sulle ginocchia. Fu presa da un conato di vomito e un fiotto maleodorante si riversò sulla candida trapunta del letto. I conati continuavano a spaccarle lo stomaco, ma ormai non aveva più niente dentro. Non sentì neanche l'uomo che imprecava: « Cristo, ma che cosa ho fatto? »

Karin era morta, perduta, annientata, non esisteva più, non esisteva più niente intorno a lei, nemmeno la stanza, né l'uomo, né il letto insudiciato, né il sangue che le colava tra le cosce.

Il mondo cominciò a girarle intorno come un vortice inarrestabile, poi fu il silenzio. La ragazza non vide nulla di quello che accadde dopo, perché era svenuta.

Due giorni più tardi quando cominciò a riprendersi, un'assistente sociale le disse che poteva tornare al maso da *Tante* Ilse: sua madre era in prigione. Aveva ucciso a coltellate il suo stupratore.

LA SFIDA

INTRIGO INTERNAZIONALE

BRUNO sedeva nello studio a bordo del *Trifoglio* dietro un'elegante scrivania di palissandro. Schiacciò il pulsante che attivava l'impianto di amplificazione e la voce dell'avvocato Brancati da Washington risuonò chiara e forte.

« Qualcuno ci ha fottuti », sacramentò. Il legale che di solito era possibilista non aveva dubbi in quel momento.

« Sicuro? » volle garantirsi Bruno. Si versò da bere e accese una sigaretta. La presenza di Karin gli dava un senso di maggiore serenità.

« Soltanto così si spiega l'allineamento della IBB con le altre multinazionali contro il governo del Burhwana. »

Karin ascoltava la voce del suo principale diffusa dall'impianto di amplificazione e si domandò che cosa avrebbe pensato *Tante* Ilse di quella diavoleria se ancora fosse stata viva e l'avesse seguita a Saint Tropez sul panfilo di un miliardario.

« Naturalmente hai approfondito la cosa », incalzò Bruno.

« Naturalmente. »

« Risultato? » Era un dialogo essenziale, martellante.

« I vertici dell'IBB sostengono di non essere più interessati alle forniture d'oro e di diamanti del Burhwana. »

« Così il vuoto intorno al Paese sarebbe completo. Hai parlato col senatore? »

« Certo che gli ho parlato », ribatté bruscamente. « Perciò sono venuto a Washington. E ho scoperto che ti avrebbe passato direttamente le informazioni se soltanto avessi avuto la cortesia di fargli sapere dove diavolo t'eri imboscato. »

Bruno vuotò il bicchiere e schiacciò la sigaretta nel portacenere di cristallo. Era una sua peculiarità sparire nel nulla e nessuno, eccetto Calò Costa, poteva far luce su quelle misteriose parentesi.

« I fatti, avvocato », tagliò corto accendendosi una nuova sigaretta. « Eravamo rimasti al senatore. »

« Dopo l'avvento dell'amministrazione Reagan, può fare ben poco. »

« Non era il caso di volare negli Stati Uniti per saperlo. »

« Le notizie », venne al sodo Brancati, « le ho avute per vie traverse. »

« Allora vuoi essere tanto bravo da informarmi? »

« Qualcuno ha rastrellato il sette e mezzo per cento delle azioni IBB. »

« Una quota sufficiente per entrare nella stanza dei bottoni. »

« Pesantemente, direi. »

« Un pacchetto così rilevante non si rastrella in una notte. » Bruno era diventato improvvisamente serio, pensieroso e i suoi occhi grigi sembravano cercare intorno una soluzione. « Ci vuole tempo per impadronirsi del sette e mezzo per cento di un mucchio di miliardi di dollari. Possibile che nessuno si sia accorto di nulla? »

« Da due anni, numerosi piccoli gruppi apparentemente senza legame tra loro, spigolano nel campo della IBB. Alla fine si sono uniti come uno sciame di vespe. E adesso tirano a fotterci. » La voce di Brancati era alterata dall'indignazione.

« *Take it easy*, Paolo. Prendersela non serve. Nel nostro ambiente indignarsi è ridicolo e infantile. » Aveva perduto qualche battaglia e non aveva sempre usato i guanti di velluto quando aveva vinto. Nell'uno come nell'altro caso non si era mai indignato per il comportamento dell'avversario. L'importante era programmare con calma la contromossa per avere buone probabilità di puntare al successo finale.

« Io non devo prendermela? » sbottò. « Bene. Tu perdi alcune decine di milioni di dollari per un diabolico raggiro e io resto tranquillo! »

C'erano dei siciliani freddi e ragionatori, ed erano la maggioranza, e dei siciliani pericolosamente emotivi: a quella minoranza apparteneva l'avvocato Paolo Brancati.

« Chi c'è dietro l'operazione? » chiese Bruno.

« Gli arabi. Questi fottutissimi, dannatissimi e tuoi carissimi amici arabi. »

« Gli arabi sono tanti », commentò Bruno. « Prova a scendere dalla pianta e a entrare un po' più nel particolare. »

« È tutto quello che so, Cristo! Ufficialmente il marchingegno è stato ricomposto dalla banca svizzera De Martigny. Ma sotto ci sono loro: i tuoi amici arabi. Alphonse De Martigny non ti ha mai perdonato lo sgarbo fatto a Claudine. »

« È tutto? »

« Bruno, io prendo il primo aereo per Parigi. Domani ti raggiungo sulla Costa. Nel frattempo non sarebbe male se ti facessi venire qualche idea. »

« Okay. Hai fatto un buon lavoro. Ti aspetto. »

« Ancora una cosa. »

« Dilla questa cosa. »

« Avevo incaricato Karin di raggiungerti. »

« Mi ha raggiunto. » Bruno le strizzò l'occhio.

« Meglio così. Avrò bisogno di lei. Quanto a mister Hachette, posso dirti che vuole incontrarsi con te per raccontarti la favola dei prezzi che non sono più competitivi e altre amenità. Polvere dorata che gli americani mettono sul loro tradimento. Dicono che è bene non inimicarsi il Barone. Non più del necessario. »

« Vedi che non hanno perduto completamente il senno? » si compiacque. « Vai a farti un goccio in quel localino della Quinta strada », gli consigliò. « E torna con comodo. » Bruno riattaccò. Il sorriso smagliante e l'espressione divertita non tradivano il colpo che aveva accusato.

Il Barone aveva imparato dalla vita a uscire dagli angoli e a sfuggire agli agguati. Sapeva per esperienza che il modo più rapido per soccombere era allarmarsi e chiedere pietà. L'avevano sottovalutato e non gli dispiaceva. Lo stesso errore aveva perduto altri suoi antagonisti. Si versò del bourbon e chiamò Frank.

« Spremi quello stramaledetto computer », ordinò al segretario. « Chiama in codice tutti i nostri informatori. Voglio i nomi dei clienti arabi della banca De Martigny. E fra questi voglio i riferimenti di chi ha trasferito rimesse all'IBB a partire dal gennaio 1980. »

A bordo del *Trifoglio* era installato un computer nel quale venivano inserite tutte le informazioni provenienti dal mondo economico e politico. L'elaboratore dei dati forniva al Barone informazioni preziose e particolareggiate su argomenti e personaggi.

Frank scomparve verso il centro nevralgico della barca, in quel locale insonorizzato e segreto che don Calogero Costa aveva ribattezzato « stanza del diavolo ».

Bruno si alzò e si avvicinò a Karin avvolgendola con tutta la dolcezza del suo sguardo grigio e sorridente.

« Dov'eravamo rimasti? » chiese come se nel frattempo non fosse successo niente. Come se alcune decine di milioni di dollari non si fossero volatilizzati.

« Quando? » prese tempo Karin con voce dolente.

« Quando stavamo per toccare il cielo », ribatté misurando con un colpo d'occhio la sua straordinaria bellezza. « Un secolo fa. »

« Appunto », convenne la ragazza, « un secolo fa. » Nell'espressione di lei, improvvisamente rabbuiata, si erano spenti l'incanto e la luminosità di un attimo meraviglioso.

« Sono uno specialista nel recupero della felicità. » Le sue mani forti presero quelle affusolate di lei.

« Da allora sono successe molte cose, mister Brian », osservò riuscendo a dominare il tremito e lo stordimento che l'uomo le suscitava.

« Ma non eravamo amici? » la interrogò fingendo stupore. Erano molto vicini e lui respirava il suo odore di donna e subiva il suo irresistibile fascino. « Gli amici si danno del tu. Si chiamano per nome. D'accordo? » Era convincente, ma il sorriso pieno di trionfo che brillava nel suo sguardo era stato sostituito da un moderato ottimismo. Lo spirito della competizione aveva cambiato qualcosa dentro di lui, pur mantenendo intatta l'espressione del suo viso.

«Okay, Bruno », disse con gratitudine.

« E basta? » Le accarezzò il viso.

Karin provò un brivido, ma si sottrasse a quella dolcissima aggressione.

« Ti ringrazio », disse senza preoccuparsi di nascondere il suo turbamento.

« Di che cosa? » sentiva che Karin gli sfuggiva e provava a sua volta un vago malessere.

« Forse a te sembrerà naturale », si giustificò, « ma non capita tutti i giorni che il Barone offra la sua amicizia a qualcuno. Sono una ragazza insignificante, Bruno. » Sapeva chi era, da dove veniva, la vergogna che aveva addosso.

« Che ne sai tu? » affermò praticamente ignorandola, lo sguardo e il pensiero oltre le cose, lontano, oltre le pareti dello studio, oltre le luci di Saint Tropez, di là dal mare, verso un ricordo che nessuno poteva conoscere. « Che ne sai tu? » ripeté accarezzandola nuovamente con la sua mano forte e nervosa dal palmo tiepido e asciutto, profumato di colonia.

Karin, come quando era bambina, sentì il sangue pulsarle nel collo e nelle orecchie.

« Lasciamo le cose come stanno, Bruno », lo supplicò con voce carezzevole. « Quello che per te è un gioco, può diventare una maledizione per me. Continuiamo a essere due persone che si stimano, vuoi? »

« Hai paura che ti chieda di te, del tuo passato? » esclamò Bruno. « O non credi piuttosto », soggiunse, « che abbia bisogno di una nuova decorazione da appendere al mio medagliere? »

« Niente di tutto questo », disse piano Karin. « Solo il desiderio di mantenere le cose come stanno. » I suoi capelli mandavano riflessi ramati alla luce della lampada.

« Non sono mai andato contro i desideri di una signora », scherzò, ma c'era amarezza nella voce.

« Questo l'ho sempre pensato », ammise Karin.

« Hai paura? » Avrebbe potuto dirle che sapeva tutto di lei, del suo tormento, del suo amore per lui, del suo passato tragico, e che tutto questo, unito alla sua straordinaria bellezza, faceva di lei una donna della quale avrebbe potuto innamorarsi perdutamente.

« Forse ho paura di me », confessò. « O forse non

ho ancora il coraggio di voltarmi indietro. »

« In fondo ad ogni esistenza », continuò, « c'è un segreto più o meno confessabile. Chiunque si affacciasse al pozzo del proprio passato, sarebbe colto da vertigini. »

« Anche... tu? » balbettò la donna con lo sguardo pieno di stupore.

«Perché », replicò con durezza, «chi sono io? Che cosa ne sai tu di me? Mi chiamano il Barone e attorno a questo nome la gente ha costruito una leggenda. »

Si alzò, versò altro bourbon nel bicchiere, poi si appoggiò al bracciolo del divano sul quale Karin era seduta, accese una sigaretta e riprese: « Viaggi, feste, divertimenti, donne. Soprattutto donne », sogghignò osservando il bicchiere di cristallo sfaccettato che brillava come un diamante. Più che alla creatura dai capelli rossi e dagli occhi blu pervinca, sembrava parlare a se stesso.

Karin avrebbe voluto interromperlo per gridargli: « Perché non è forse così? Certo, donne. Ovunque sei tu ci sono donne. » Invece tacque e decise di lasciarlo parlare perché forse il Barone stava per confidarsi, per aprire uno spiraglio segreto della sua vita.

« Se anche tu lo pensassi, avresti ragione di farlo », ammise Bruno, passandosi una mano tra i folti capelli castani impreziositi da qualche filo d'argento. « È vero. Ci sono state molte donne. Ma non le ho mai considerate oggetti da collezione. Poi è accaduto qualcosa... » Si avvicinò al Canaletto appeso alla parete di fronte alla scrivania e sfiorò con i polpastrelli la settecentesca cornice dorata.

Ma lo spiraglio si richiuse e tutto cambiò di colpo.

« Vorrei amarti, Karin », confessò Bruno inaspettatamente. « Vorrei poterti amare come meriti. E so amare una donna quando l'amo. »

« Ma allora, perché? » si intenerì la ragazza.

« Perché a una donna posso dare solo una notte d'amore », si contraddisse con sincero rincrescimento. « Tu non sei la donna che si porta a letto e basta. Sei qualche cosa di più e di meglio. Ti sono riconoscente per avermi saputo fermare in tempo. Hai ragione tu: dobbiamo lasciare le cose come stanno. »

« Vedi che anche una donna insignificante può comportarsi in modo ragionevole? » Karin si sforzò di reprimere l'angoscia. « Ma il tuo segreto? » osò sbilanciandosi oltre il lecito.

Il Barone proruppe in una risata troppo virile e troppo fragorosa per essere naturale. « Il segreto è nascosto nel mio appartamento », rispose lui rientrando inaspettatamente nel personaggio pubblico.

Karin impallidì e non seppe impedire al suo cuore di galoppare furiosamente. « Nel tuo appartamento? » disse.

« Più precisamente nella mia camera da letto », la informò brutalmente col tono scanzonato che ostentava per la platea.

« Potevi risparmiarmi i particolari. » Si accomodò la gonna per darsi un contegno e si apprestò a ritirarsi.

« Siamo amici, no? » chiese Bruno in tono cameratesco. « È una confidenza tra amici. L'altra è soltanto un'avventura. »

« Non m'interessano le tue avventure », pronunciò con durezza. « Risparmiamele. Non voglio notizie di avventure passate, presenti e future. »

« Bugiarda », replicò. « Morivi dalla voglia di saperlo. E magari vorresti sapere com'è, come si chiama e tutto il resto. »

« Sei un essere ripugnante », l'aggredì senza paura.

« Non è bella come te », precisò, « e non ha neanche una piccola parte del tuo fascino, se può consolarti. Deve ancora nascere una donna che ti somigli. »

« Parole », disse divorata dalla gelosia. « Sei soltanto una fabbrica di parole. » L'incoerenza di Bruno la confondeva.

« Se ci fosse una donna che ti somiglia la cercherei in capo al mondo. » Sembrava volesse prolungare quel dialogo all'infinito, come se dopo dovesse scomparire dalla sua vita. « Questa invece ha cercato me. Ha insistito per seguirmi. Domani sarà nuovamente a Capri dove c'è un marito che l'aspetta a braccia aperte. Per me ha l'importanza di quella », soggiunse indicando la bottiglia di bourbon sul piano della scrivania. « M'aiuta a distendere i nervi. »

In quella giostra turbinosa di sentimenti, Karin trovò la forza di sorridere.

« Hai finito per risollevarmi il morale », disse sinceramente. L'idea dell'uomo che amava alle prese con una avventura la deprimeva meno del previsto, in un certo senso la consolava. Sarebbe stato tragico saperlo con una donna di cui era innamorato.

« Così va meglio », si rallegrò Bruno. Ma non andava poi tanto bene se tutti e due, al di là delle apparenze, erano posseduti da un profondo malessere.

Il cicalino del telefono interruppe dialogo e riflessioni. Bruno alzò l'apparecchio, ascoltò la voce che gli parlava all'altro capo del filo e annuì.

« Credo che Karin potrebbe esserle molto utile. Più di te e di me », disse. « Vedo se ha voglia di fare un salto. » E riattaccò.

« Che cosa c'è? » domandò la ragazza allarmata.

« C'è una donna », le comunicò serio, « nel padiglione ai Cannebiers. »

« Conoscendo il personaggio », ironizzò amaramente Karin, « non mi sembra una circostanza tanto insolita. E neppure particolarmente originale. »

« Non si tratta di uno scherzo, Karin », l'interruppe duramente. « È un ragazza che Calò ha raccolto sulla nostra spiaggia. Qualcuno l'ha conciata piuttosto male. »

« In che senso? » si preoccupò improvvisamente lei.

Una piega amara solcò la fronte dell'uomo, che non riusciva a giustificare un certo tipo di violenza.

« Calò è convinto come me che una presenza femminile riuscirebbe a rassicurarla più di quanto possa fare lui. »

Karin fu colta da un senso di nausea. Quando sentiva parlare di violenza sessuale rivedeva il disgustoso spettacolo dell'uomo che l'aveva stuprata.

« Sono stati degli sconosciuti? » domandò passandosi una mano sulla bocca aspettando di sentire i conati di vomito.

« No », disse mentre un lampo di vendetta gli attraversava lo sguardo, « un individuo ben preciso, che ha il talento di non passare inosservato. È figlio di un egiziano e di un'araba che ha accumulato una colossale fortuna con traffici strani. Vuole oscurare la fama di Adnan Khashoggi senza averne lo stile e l'intelligenza. Si è fatto persino costruire una nave più grande. Conta esclusivamente sulle sue relazioni e sulla sua furbizia. È privo di scrupoli. Non rispetta le leggi della borsa né quelle del Corano. »

« È quello sceicco che va in giro per il Mediterraneo con quella specie di portaerei? »

« Proprio lui », ammise mentre sulla sua faccia affioravano i segni dell'ira. « Ma non è uno sceicco, né un uomo d'affari. È un rinnegato. Un arabo rinnegato. Si chiama Omar Achmal. »

« Lo conosci bene? » Era angosciata per la sorte della ragazza sconosciuta e per tutto quello che riviveva dentro di lei.

« No », rispose. « Di lui conosco soltanto episodi disgustosi. Ma credo che questa notte saprò molte cose sul suo conto. »

Schiacciò il pulsante dell'interfono che comunicava con la stanza del computer.

« Frank », disse, « chiedi al cervellone tutto quello che sa sul conto di Omar Achmal. Saudita. 53 anni. Commerciante di armi e di chissà quali diavolerie. »

Quando sollevò il capo, Karin non c'era più.

MISTER HACHETTE

Il *Soraya* nel mare assolato di mezzogiorno sembrava un giocattolo dimenticato da un bambino al largo di Cannes. Il sole versava oro nell'aria immobile.

Un puntino nero apparve nel cielo limpido e azzurro seguito da un fastidioso ronzio. Il puntino in avvicinamento rivelò presto la sua vera struttura: era un elicottero che viaggiava diritto verso l'imbarcazione alla fonda.

Sulla verticale del *Soraya* il grosso insetto metallico si immobilizzò e prese lentamente a scendere sul ponte di poppa della nave, posandosi al centro di un grande bersaglio.

« Benvenuto a bordo, mister Hachette. » Un ufficiale salutò l'americano che era sceso dalla cabina quando ancora le pale vorticavano.

« Barca stupenda », si complimentò l'ospite sorridendo con cordialità.

« Mister Achmal l'attende », disse l'ufficiale invitandolo a seguirlo.

Scesero una scala di legno massiccio, percorsero corridoi, attraversarono ambienti lussuosi e finalmente arrivarono in un ampio soggiorno sontuosamente arredato, il pavimento ricoperto di preziosi tappeti.

Omar Achmal, a torso nudo e in bermuda a fiori che accentuavano la prominenza del ventre, sedeva su una poltroncina di velluto.

« Hallo », disse l'arabo sollevando appena gli occhi.

« Come va? » salutò l'americano che indossava giacca e cravatta, il che rendeva ancora più grottesca la situazione.

« Prego, s'accomodi », recitò la voce gorgogliante di Achmal indicandogli l'ampio divano.

« Ecco », sospirò l'americano prendendo posto. Era a disagio come non lo era mai stato perché nell'atteggiamento di Achmal c'era qualcosa di più violento della mancanza di riguardo, c'era il sentimento dell'odio, il desiderio dello stupro.

Hachette era un uomo sulla cinquantina, alto, asciutto, le gote e la pelle del collo lievemente cascanti, segno inequivocabile di una recente dieta.

« Immagino che lei desideri sapere », esordì, « a che punto siamo con il Burhwana. » Sottostava alla legge del più forte.

« Già, il Burhwana », borbottò Achmal dondolando la sua grossa testa come un cobra in agguato. « Il Burhwana », ripeté. « Hanno i sudafricani alle porte, i cubani alle finestre e i libici appollaiati sul tetto. Se le forze di Pretoria, invece di seguire a caldo gli angolani avessero invaso il Burhwana... »

« Non è questo il problema », l'interruppe l'americano.

« E qual è allora? » replicò sprezzante.

L'americano cercò di mettere a fuoco la situazione, ma l'arabo lo ignorava. Ripensava alla carne morbida e bianca della ragazza in ginocchio davanti a lui e al suo terrificante affare che la penetrava. Pensava a quel rapporto innaturale e violento, ricordava lo strazio della ragazza, mentre la sua faccia si illuminava di diabolica beatitudine. Era quella, insieme al potere e alla ricchezza, la sua ossessione.

« Lei mi ascolta? » domandò l'americano che non sorrideva più, segno che la sua capacità di sopportazione aveva superato ogni limite.

« Certo », sogghignò Achmal. « Io ascolto, penso ai miei affari, ricordo i miei piaceri. » Il suo sguardo morbido e appiccicoso era fisso sull'ospite. « Posso fare molte cose contemporaneamente, mister Hachette. È una virtù dei grandi uomini. »

L'arabo confondeva grandezza e potenza. Potente lo era da un tempo relativamente breve: grande non lo sarebbe diventato mai.

Fino al 1964, Omar Achmal era un povero *bedu* Wahiba, non aveva mai superato i confini del golfo di Masirah e solo di tanto in tanto si era spinto fino a Muscat a dorso di cammello per acquistare zafferano e zenzero.

Omar Achmal era un « figlio del peccato » come tutti i Wahiba assetati di libertà, anche se lui, più degli spazi infiniti e dell'indipendenza, amava il denaro. Sapeva anche che bisognava volere fortemente una cosa per conquistarla: il denaro lo voleva con tutte le sue forze.

Un giorno aveva abbandonato il *firqan* della madre, aveva abbandonato la moglie e i due figli che erano soltanto nominalmente suoi, perché le donne Wahiba si coricano con tutti gli uomini che desiderano, e se ne era andato ad Abu Dhabi con sei bianchi cammelli, i più bei cammelli d'Arabia. Erano di sua proprietà perché i cammelli sono sempre del maschio tra i Wahiba, mentre tutto il resto appartiene alle donne.

Prese la strada di Abù Dhabi, dunque, il povero *bedu* Omar Achmal, senza rimpianto per l'immensità delle dune dorate dal sole, accarezzate dal vento, indurite dal gelo, senza nostalgia per la bella moglie che gli preferiva altri maschi per i quali si spalmava le gote di zafferano e s'imburrava i capelli. Senza rimorso per i figli non suoi.

Ricordava senza affetto gli occhi neri e profondi della madre che erano la sola parte visibile del suo volto segreto coperto di tela d'indigo, rievocava con un vago senso d'inquietudine le parole della donna qualche giorno prima della partenza.

« Tu non appartieni alla nostra terra e alla nostra gente, Omar », gli aveva detto. « Vivi nella tua patria da straniero. Sei diverso da tutti. Come tuo padre. Un predone egiziano che veniva da chissà dove e non sapeva le nostre parole. Non si dipingeva gli occhi con l'antimonio. E non aveva la setosa barba nera dei nostri padri e dei nostri fratelli *bedu.* »

Era già pingue Omar Achmal quando era giunto nella città di Abu Dhabi con i bellissimi cammelli bianchi, la sua sola ricchezza, e tanta voglia di possedere denaro per appagare la sua smania di potere e l'altra sua perversa bramosia di possedere quante più donne poteva, penetrandole innaturalmente con la sua verga mostruosa, godendo del loro strazio.

Nessuna *bedu* avrebbe accettato l'idea di un simile rapporto e un tentativo del genere avrebbe significato l'esclusione, il bando. Un timido approccio si era concluso con la sua emarginazione. Anche per questo era andato ad Abu Dhabi dove forse avrebbe guadagnato denaro a sufficienza per avere tutte le donne che desiderava.

Il suo primo guadagno lo aveva realizzato con la vendita dei suoi splendidi cammelli bianchi. Aveva poi comperato e venduto merce proibita rivelando un talento straordinario e rischiando molto. Aveva scoperto il commercio delle informazioni e delle armi, il mercato dei mercenari che, per un pugno di dollari, erano pronti a uccidere sotto tutte le bandiere.

Dopo avere conosciuto il russo Vassili Karpov, aveva ordito e intrigato per sostenere governi, per abbattere governi. Tremendi massacri portavano il suo nome.

Erano passati quasi vent'anni da allora, Vassili era morto, ma c'erano stati altri incontri con esponenti del KGB che apprezzavano la sua capacità di comprare, vendere e distribuire armi e di propiziare alleanze al momento giusto.

E le sue lunghe mani erano arrivate a una multinazionale statunitense.

« Sono stato chiaro? » domandò mister Hachette che nel frattempo aveva continuato a parlare. Detestava quell'arabo e la sua odiosa ostentazione. Gli avevano assegnato l'incarico peggiore della sua carriera. Eppure credeva di avere visto tutto. Sondare le intenzioni e i nascosti disegni di quell'arabo rinnegato che parlava un americano approssimativo e volgare gli procurava un disagio insopportabile. Le parole arabe che infilava nel dialogo avevano una risonanza gutturale, erano diverse da quelle cadenzate e melodiose degli sceicchi che avevano profonde radici culturali.

« Lei è sempre chiaro, mister Hachette. » Pensava alla carne bianca della ragazza che l'aveva subìto la notte prima, ricordava il suo passato, ma aveva seguito il discorso dell'americano e si era reso conto che l'IBB non aveva ancora digerito la sorpresa di trovarsi alle prese con un socio che avrebbe influito pesantemente su una parte dei suoi interessi africani e canadesi.

« Allora? » domandò mister Hachette attendendosi una risposta.

« Si trova bene a bordo del *Soraya*? » cambiò improvvisamente discorso. Il beduino era scaltro, scivolava come un'anguilla e sembrava un serpente velenoso sempre sul punto di mordere. « Credo che neanche il vostro presidente potrebbe permettersi una barca come la mia: sbaglio? »

L'americano si mosse sull'ampio divano rivestito di cuscini di damasco a trame d'oro, si massaggiò il lobo dell'orecchio destro tra il pollice e l'indice, massimo segno di nervosismo per lui.

« Mister Achmal », scattò come uno spadaccino, « non sono qui in viaggio di piacere. Amo la montagna e soffro il mal di mare. Vivo in una piccola casa confortevole in Park Avenue e non la cambierei con questa portaerei. »

L'arabo proruppe in una grassa risata gorgogliante che gli fece sobbalzare il ventre.

« Lei è molto divertente, mister Hachette », disse asciugandosi gli occhi che gli lacrimavano. « Molto divertente », ripeté.

« Ritengo che il mio compito si esaurisca qui », ribatté l'altro con decisione manifestando la sua intenzione di andarsene.

« In affari è necessaria molta calma. » L'arabo sapeva di avere il coltello dalla parte del manico.

« Certo, certo », ammise l'americano. Confrontò mentalmente la grossolana volgarità del beduino con la classe del Barone. Personalmente stava dalla parte di Bruno Brian, professionalmente era sul fronte sbagliato. Un'ora prima, quando il segretario di Bruno gli aveva detto che il Barone non poteva riceverlo per il semplice fatto che era ripartito da Saint Tropez, gli era dispiaciuto. Del resto, al punto in cui stavano le cose, non avevano molto da dirsi, ma un incontro con Bruno Brian finiva sempre per trasformarsi in una occasione gradevole. Lo avevano incaricato di fargli ingoiare una pillola amara e Hachette, per quanto riguardava il Barone, aveva già fatto la scelta di un discorso leale, che era l'unico discorso possibile con lui. Peccato che si fosse rifiutato di vederlo. O forse, chissà, era veramente passato al contrattacco, nel qual caso avrebbe parteggiato per lui. Questa volta la guerra non era soltanto tra il Barone e l'IBB, ma, con modalità diverse, tra l'IBB e Omar Achmal. Questo probabilmente Bruno Brian non lo sapeva.

« Amico mio », disse facendosi insinuante, « non sia così suscettibile. Dopo tutto non sono il numero uno della nostra organizzazione. Non ancora, almeno », soggiunse perfidamente.

« Non ancora », ripeté l'americano ritrovando il sorriso.

« Cerco di fare i miei affari », riprese, « e in questo devo dire che me la cavo bene. Ma non intendo interferire nei vostri affari con il Burhwana. »

« Questo non l'avevo capito », ironizzò l'americano.

« Mi sembra l'aspetto più semplice della questione », osservò Achmal.

« Mi può spiegare allora l'opposizione dei suoi rappresentanti al rinnovo del contratto d'acquisto dell'oro e dei diamanti? »

« È stata una decisione momentanea. »

« Una decisione che crea il vuoto attorno allo Stato del Burhwana boicottato da tutti i Paesi che lo circondano. Se nessuno compra il suo oro e i suoi diamanti è come condannarlo a scomparire dalla faccia della terra. »

« Le decisioni, come lei sa, si possono cambiare. I rapporti con lo Stato africano, se Stato si può chiamare quel fazzoletto di terra, riprenderanno presto e meglio di prima. »

« Meglio per lei, la IBB o per il Burhwana? » lo punzecchiò.

« L'ultima parte della proposizione non mi tocca », precisò. « Se anche il Burhwana fosse cancellato dalla faccia della terra, la cosa mi lascerebbe del tutto indifferente. E non credo che la IBB sarebbe disposta anche a un piccolo sacrificio per salvare l'indipendenza di quel minuscolo, lontano Paese. Per quanto, invece, riguarda i nostri affari, posso soltanto ricordarle che siamo sulla stessa barca. » Era sostanzialmente vero.

« Comunque le cose non saranno mai più come prima », obiettò l'americano. Era quasi l'una, aveva fatto colazione molto presto e sentì riacutizzarsi i disburbi di una fastidiosa duodenite.

« Su questo punto ha perfettamente ragione », convenne l'arabo, sprofondando nella poltrona con un respiro affaticato. « Non sarà come prima. Bruno Brian dovrà farsi da parte. » Era la prima volta che l'arabo pronunciava esplicitamente il nome del Barone.

« Perché ce l'ha con lui? » Era una domanda inutile.

« Io non ce l'ho con nessuno in particolare », sottolineò. « Ce l'ho con lui se si mette tra me e le cose che desidero. Perché, quando c'è una cosa che m'interessa, la prendo, dal momento che posso farlo. »

« Lei dunque vuole il Burhwana. O no? » Si premette istintivamente una mano contro lo stomaco che gli faceva male.

« Il Burhwana da anni tiene tutti sulla corda », si scoprì l'arabo. « Dice che non vuole ingerenze straniere. E vende alle sue condizioni. Così lo scrigno si schiude solo per chi si accontenta delle briciole. Io voglio il tesoro del Burhwana. E per averlo devo conquistare il potere politico. »

« A noi sembrava ragionevole e remunerativo anche acquistare nelle quantità decise da Aschwinda, ai prezzi stabiliti da Londra », obiettò Hachette in tono risoluto.

« Noi! Noi! Noi! » si alzò l'arabo prendendo a declamare. « Lei dimentica, mister Hachette, che in quel 'noi' ci sono anch'io. Sono l'ultimo in ordine di tempo, ma non il più piccolo. E io vi dico che è possibile ottenere la gallina dalle uova d'oro, invece di un ovetto ogni tanto. »

« Il principe Aschwinda », replicò l'americano, « è

solidamente attestato alla presidenza. Ha il conforto del buon lavoro fatto e un largo consenso tra la popolazione. »

« Quel negro insignificante », esclamò Achmal continuando il suo comizio, « è sempre riuscito ad avere la meglio. Ma c'è un'opposizione interna molto attiva. Se qualcuno armasse i nemici dello zulu, il suo trono potrebbe vacillare e cadere. »

« Noi non siamo la Legione straniera, né trafficanti d'armi », affermò l'americano con energia.

« Voi siete quello che vi conviene essere », gli rinfacciò. « È una questione di opportunità e di metodo. Ognuno ha i propri. Io non sono disposto ad accettare che il libro mastro del Burhwana resti nelle mani del Barone. Perché è lui, e questo lo sappiamo tutti, che segna le entrate e le uscite nella contabilità di Aschwinda. Da questo momento il Burhwana è in vendita. E io lo offrirò al migliore offerente. »

L'americano sentì riacutizzarsi il dolore allo stomaco e fece uno sforzo per reprimere una smorfia. Dove voleva arrivare quel beduino rinnegato? Su quali basi fondava le sue certezze?

« È un interessante soggetto cinematografico », disse lentamente cercando di sdrammatizzare il quadro tracciato dall'arabo. « Un produttore coraggioso potrebbe convincersi a tirarne fuori un film. »

« Lei è un dilettante, mister Hachette », lo provocò Achmal.

« O forse lei è ottenebrato da una smisurata ambizione », ribatté. « Le ripeto, potrebbe essere un buon film. » L'americano non credeva alle parole dell'arabo. Sapeva che questi s'era incontrato con Gheddafi e che, per conto della Libia, manovrava gli strumenti della guerriglia e del terrorismo. Nell'Africa australe c'erano i cubani a fare il gioco dell'Unione Sovietica. Le tessere del mosaico combaciavano e il quadro che ne risultava era davvero allarmante.

« Potrebbe essere un film profetico o un sogno premonitore », disse con durezza.

« Già », ammise l'americano assecondando il gioco di Achmal, « tutto potrebbe essere. » Brancolava nel buio di una strada senza uscita. Non era indispensabile guardare nella sfera di cristallo per capire che il beduino alludeva a un'ingerenza sovietica. E il regime di Pretoria, con il suo farneticante razzismo, giustificava tutti i movimenti di liberazione. Offriva un alibi anche agli eventuali liberatori del Burhwana che, con un governo fantoccio armato dai libici o dai cubani, avrebbero potuto ergersi a difensori della sovranità del Paese minacciato dall'espansionismo di una potenza razzista.

« Le forze sudafricane », puntualizzò l'americano, « inseguono oltre confini i guerriglieri namibiani della SWAPO. Ma nessun guerrigliero sconfinerebbe nel Burhwana. La sorveglianza ai confini è rigorosissima. Aschwinda tiene troppò all'indipendenza del Paese. Se desse asilo ai combattenti marxisti della SWAPO, scatenerebbe l'immediata reazione di Pretoria. E darebbe una giustificazione ai consiglieri sovietici ».

« Vede com'è semplice il meccanismo? » Achmal finse di compiacersi della sagacia dell'americano. « Questa, però », soggiunse, « è un'ipotesi. L'altra ipotesi è che, tra i due litiganti, s'intrometta un terzo al di sopra delle parti. »

« Lei, mister Achmal? » rise l'americano.

« Vedo che la prospettiva la diverte. E ne sono lieto », disse il beduino che non si lasciava deprimere né offendere dall'atteggiamento dell'ospite.

« Anche lei si sarebbe divertito se le avessi raccontato la stessa storia », si giustificò.

« Se lei mi avesse raccontato la stessa storia », ammise con grande serietà, « certamente avrei riso. Ma non avrei riso se a raccontarmela fosse stato Omar Achmal. Achmal l'avrei preso terribilmente sul serio. Tanti anni fa », ricordò ad alta voce, « quando giunsi ad Abu Dhabi con sei cammelli bianchi, promisi che li avrei barattati con due *Range Rover*. Dissi che con quelle macchine avrei scarrozzato turisti europei e americani guadagnando soldi. Dissi che quello sarebbe stato il primo passo, lungo una strada che mi avrebbe portato molto lontano. Anche allora qualcuno rise. Ma io, partendo a piedi senza un soldo, sono arrivato dove lei vede. »

Hachette si alzò fingendo indifferenza e andò ad appoggiarsi al bar di legno scuro. Sperava che cambiando posizione i dolori allo stomaco si sarebbero attenuati.

Era venuto il momento del congedo.

L'americano si sentì sollevato.

IN VIAGGIO PER UMPOTE

IL *Boeing-747* color bianco latte che recava sulla fusoliera un verde trifoglio, il contrassegno del Barone, stava sorvolando il Sahara a una quota di dodicimila metri e a una velocità di novecento chilometri l'ora. La temperatura esterna era di quaranta gradi sotto zero. In cabina il termometro segnava venticinque gradi.

L'aereo, ristrutturato internamente a Basilea dalla Jet-Aviation nel 1978, era una moderna casa volante che consentiva a Bruno rapidi e confortevoli spostamenti in qualsiasi parte del mondo. A bordo c'erano due camere da letto, due bagni, un ampio soggiorno, una cucina attrezzatissima, uno studio, oltre le cuccette e i servizi per l'equipaggio.

L'arredamento era sobrio e funzionale: le pareti erano rivestite di frassino chiaro, la moquette era verde oliva come quella del *trifoglio*, le poltrone e i divani di camoscio color tabacco. In ogni ambiente c'era un televisore.

Sulla biancheria dei letti, del bagno, sulle tovaglie e sui tovaglioli, spiccava, finemente ricamato, il trifoglio verde.

L'equipaggio, dal comandante agli steward, era costituito da americani, quasi tutti di origine siciliana, i quali avevano per Bruno Brian un'autentica devozione. Ognuno rispettava la consegna del silenzio: era un pregio che non aveva prezzo e che nessuno stipendio e nessun premio avrebbero potuto pagare.

Chiunque si rivolgesse loro, un giornalista o un personaggio importante o la moglie o la mamma, si sentiva rispondere invariabilmente: « *I don't know* », cui seguiva, se le circostanze lo richiedevano, un antico rafforzativo dialettale: « *Nenti sacci'u* ».

Tony Moscato, il comandante, che aveva una faccia da professore di filosofia e un sistema nervoso a prova di stress, era con Bruno Brian da dieci anni. Prima del *Boeing,* aveva pilotato il *Mystère* e il *DC-9* e quando il Barone aveva deciso l'acquisto del nuovo colosso s'era fatto sei mesi di corso a Seattle, negli Stati Uniti, per l'abilitazione al nuovo aereo.

Lo chef, Domenico Macaluso, era la mosca bianca: non aveva mai visto l'America e non gliene importava niente. Amava l'Europa, adorava Parigi. Nativo di Enna, era emigrato giovanissimo nella capitale francese e dopo molte esperienze era stato assunto da *Chez Maxim.* Partendo dal gradino più basso, aveva salito la scala professionale fino a diventare *Cordon Bleu.* Aveva accettato di mettersi al servizio di un solo uomo, dei suoi collaboratori, dei suoi ospiti selezionati, senza rimpiangere il celebre ristorante parigino. Come Frank Lo Cascio che s'era messo al servizio di Bruno rinunciando alla segreteria di un vicepresidente della Remington.

Il comandante, Frank, Domenico e tutti gli altri non si sarebbero mai lasciati allettare da compensi più alti. Perché Bruno Brian offriva loro il rischio, ma anche l'avventura, il più alto riconoscimento della loro professionalità e il massimo rispetto della loro persona. E non c'era prezzo che pagasse quel tipo di gratificazione.

L'aereo era decollato da Nizza. L'arrivo all'aeroporto di Umpote, capitale del Burhwana, era previsto per le ventitré. Il tempo era ottimo.

Bruno e Frank avevano passato molte ore a studiare la situazione, prima a bordo del *Trifoglio*, poi sull'aereo. Il computer programmato con le informazioni raccolte aveva tratteggiato un profilo di Omar Achmal che lo poneva inequivocabilmente al centro dell'intrigo. C'erano degli spazi da riempire, dei vuoti da colmare, ma il quadro era sufficientemente chiaro e significativo.

« Hai fatto un lavoro interessante, Frank », lo elogiò.

« Ha fatto tutto il cervellone », si schermì il segretario.

« Certo », disse battendogli amichevolmente la mano sulla spalla. Le parole tra loro erano superflue.

Bruno era colpito da una singolare coincidenza: il ritrovamento della ragazza stuprata dall'arabo, sulla spiaggia dei Cannebiers, la contemporanea scoperta del colpo di mano sulla IBB e le conseguenti ripercussioni sull'economia e sulla politica del piccolo Burhwana che doveva prepararsi ad affrontare giorni difficili.

Troppe potenze si candidavano a paladine della sovranità e della sicurezza dei Paesi dell'Africa centro-meridionale.

« Andiamo a riposare qualche ora », propose Bruno infilando in un cassetto della scrivania le carte che aveva studiato con Frank. Si stiracchiò pigramente e soggiunse: « Abbiamo passato la notte in piedi. E ci aspetta un lavoro duro ».

Lo steward gli aveva preparato il letto. Sul tavolino da notte, solidamente ancorati a sostegni metallici, c'erano una bottiglia di bourbon e un bicchiere.

Bruno si spogliò, entrò in bagno e fece una lunga doccia calda respirandone il vapore e si sentì meglio. Si infilò un bianco accappatoio di spugna e si mise davanti allo specchio per radersi.

Cominciò a insaponarsi accuratamente la faccia servendosi di un pennello di tasso con l'impugnatura d'oro. Anche il rasoio di sicurezza era d'oro massiccio, un modello che Bulgari realizzava per lo sceicco Admal bin Yussef. Quest'ultimo, con il quale Bruno dal 1961 al 1965 aveva frequentato i corsi all'università di Berkeley, gliene aveva fatto dono recentemente.

Man mano che il rasoio passava sulle guance di Bruno, l'immagine allo specchio ringiovaniva e la cordialità dell'espressione si accentuava, solo i grandi occhi grigi erano segnati da piccole vene e sottolineati da un solco bluastro che denunciava stanchezza e tensione.

Si sciacquò con acqua fresca, si asciugò con cura, versò sul palmo della mano alcune gocce di Rochas e se lo passò sulla faccia provando un senso di freschezza e di benessere.

Si ravviò i capelli con le dita, si sdraiò sul letto e chiuse gli occhi lasciandosi cullare dal ronzio dei motori. Pensò al blu pervinca degli occhi di Karin, ai suoi capelli fiammeggianti, alla carnagione d'alabastro, al suo sottile e penetrante odore di donna ed ebbe la certezza che quella testarda montanara tirolese gli era entrata nel sangue.

Lui, Bruno Brian Sajeva di Monreale, mezzo americano e mezzo siciliano, che il più delle volte s'era lasciato amare dalle donne più belle del mondo, s'era follemente invaghito di quella strana ragazza. Ma proprio per questo doveva calare il sipario su un episodio che minacciava di diventare terribilmente serio e pericoloso per entrambi.

Una persona molto cara la notte prima gli aveva parlato di morte, della sua morte. Qualcuno aveva giurato di ucciderlo. Era una notizia che nessun terminale elettronico avrebbe potuto dargli.

Si mise a sedere sul letto, si versò una robusta dose di bourbon, bevve e un calore piacevole si diffuse in tutto il corpo. Schiacciò il pulsante del telefono interno che lo metteva in comunicazione con Frank.

« Eccolo », rispose il segretario.

« Prendi un appunto », ordinò.

« Sono tutt'orecchi, biro e taccuino », scherzò.

« Frank », disse Bruno, « ricordati che ogni anno, il primo agosto, dovrai inviare a Karin Venier, ovunque si trovi, un gioiello di Buccellati. Voglio che ci sia sempre una perla con dei brillanti paglierini. Mi sono spiegato? »

« Ti sei spiegato e io ho capito benissimo. Ma manca poco meno di un anno all'appuntamento. »

« Ci tengo, Frankie », affermò in tono risoluto.

« Va benissimo », disse il segretario.

« Sapevo di poter contare su di te », lo ringraziò Bruno. « E adesso vedi di riposare. »

« Era quello che stavo facendo prima che tu mi chiamassi. » Era una voce buona senz'ombra di risentimento e di dispetto.

Bruno guardò l'orologio: erano le due del pomeriggio, aveva sei ore buone di sonno, ma non riusciva ad addormentarsi. Il giorno prima era sul *Trifoglio* con la graziosa americana imbarcata a Capri e la prospettiva di una piacevole vacanza. Poi tutto era cambiato. Sentiva la mancanza di Calò, del suo angelo custode, che questa volta era rimasto a terra.

La notte prima, mentre con Frank studiava la situazione della IBB e di Omar Achmal, Calò era entrato nel suo studio. Aveva una faccia strana.

« La ragazza? » si era interessato Bruno.

« È con Karin. Fisicamente si sta riprendendo bene. » Per un po' se ne era stato buono ad ascoltare i dati, le cifre e i riferimenti che i due si scambiavano. Ma visto che le cose andavano per le lunghe gli aveva detto: « Bruno, ti devo parlare ».

Era la prima volta che don Calogero Costa interrompeva una riunione di lavoro di Bruno. Il Barone aveva alzato su di lui uno sguardo meravigliato.

« Ti richiamo fra un momento », aveva detto a Frank, « scusami. » Il segretario si era subito allontanato.

« Cosa c'è, Calò? » l'aveva interrogato subito con preoccupazione.

« Il rinnegato ti vuole uccidere. » Nei suoi occhi buoni era passata l'ombra di un grande dolore. Il siciliano grande e forte come un antico guerriero normanno arrivava subito al nocciolo delle cose per quanto amaro fosse. Incombeva su Bruno con la sua mole quasi volesse usare il suo corpo come scudo.

Era un evento imprevisto che avrebbe gelato il sangue nelle vene dell'uomo più coraggioso, ma il Barone era rimasto impassibile. Aveva acceso una sigaretta e aveva detto con calma, sottovoce: « Racconta, Calò ».

In siciliano stretto, nel dialetto difficile e aspro della Sicilia centrale, aveva cominciato a raccontare l'episodio di Rosalia Paglia abbandonata sulla spiaggia dei Cannebiers.

« Non potevo dirti per telefono », si era spiegato. « Perciò ho chiesto la collaborazione di Karin. Non volevo lasciare la ragazza sola dopo quello che m'aveva confessato. »

Il Barone gli aveva versato da bere e l'uomo aveva ingollato un sorso robusto.

« Quando gli uomini di fiducia dell'arabo portarono a riva la ragazza », aveva ripreso Calò, « parlavano tra loro convinti che lei fosse ancora sotto l'effetto dell'anestesia. Invece Rosalia si era risvegliata e ha sentito tutto. Mi ha riferito che quegli uomini parlavano in inglese e che lei, pur conoscendo soltanto le parole di qualche canzone, ha sentito perfettamente: '*Boss... kill... killer...* Barone'. Mi ha detto che sicuramente parlavano di morte in relazione alla persona del Barone. »

« La ragazza mi conosce? » aveva domandato Bruno.

« Come tutti. Di fama. E per avere visto le tue fotografie sui giornali. Ma non sapeva di essere a casa tua. Smaniava perché voleva andare alla polizia a raccontare quello che aveva sentito ».

« L'hai calmata? » aveva chiesto il Barone dando per scontata la risposta.

« L'ho persuasa a stare zitta dicendole che tanto l'avrebbero preso per matta. Non avrebbe potuto provare nemmeno la sua aggressione. Ora se ne occupa Karin. »

« È al corrente del fatto nuovo? »

« Naturalmente. Le ho detto che la ragazza potrebbe aver capito male. Però qualcosa mi dice che ha capito benissimo. »

« Chi c'è con Karin e la ragazza? »

« Due marinai del *Trifoglio.* »

« Ben fatto. L'arabo vuole la mia testa. E non lascerà niente d'intentato per averla. Calò, amico mio, Karin e quella ragazza non devono parlare con nessuno. La vita di chi conosce questo segreto non vale un soldo. Devi occupartene tu personalmente. Ti affido Karin, Calò. »

« E tu? » aveva domandato intuendo la risposta.

« Devo andare a Umpote. » Sapeva di procurargli una mortificazione e un dolore.

« Senza di me? »

« Senza di te, vecchio orso. »

« Le porto a casa? » Quando parlavano di casa, Bruno e Calò, intendevano la Sicilia. Il palazzo di Piazza Armerina.

« Le porti a casa e mi aspetti. Io ti raggiungerò. »

Calò aveva appoggiato le sue mani poderose sulle spalle di Bruno stringendole affettuosamente.

« Questa storia mi dispiace, figlio », aveva detto guardandolo con occhi buoni e sinceri. L'aveva tenuto in braccio da piccolo, l'aveva sempre protetto e in quel momento avrebbe voluto costruirgli intorno una corazza che lo rendesse invulnerabile. « Non mi piace per niente lasciarti andare da solo », aveva concluso. « Abbi cura di te, Bruno. »

Bruno l'aveva abbracciato e baciato sulla bocca, come abbracciava e baciava il nonno, il vecchio barone di Monreale, che a Calò l'aveva affidato quand'era bambino. E quello era l'antico modo di dirsi addio. Cullato dal rombo dei motori e dalla piacevole sensazione di sicurezza che il ricordo di Calò gli dava, finalmente si addormentò.

ROSE PER UN KILLER

L'EFFICIENTE *receptionist* del club lo salutò con lo smagliante sorriso che riservava ai clienti migliori. E Johann Kofler, tra i clienti migliori, era il numero uno. Le sue mance e i suoi doni erano proverbiali, come il suo *fair-play* e la sua discrezione. Era un autentico gentiluomo e le avvenenti *receptionists* avrebbero gradito invece una maggiore intraprendenza per sperimentare i vertici della sua generosità.

Johann Kofler trascorreva in palestra l'intera mattinata: dalle otto alle nove ginnastica, dalle nove alle dieci nuoto, una interruzione di dieci minuti, poi judo e karaté. Dalle undici a mezzogiorno sauna, massaggio e relax. Alle dodici e trenta un leggero pasto vegetariano su base macrobiotica che durava fino alle tredici. Tutto questo per cinque giorni la settimana.

L'ovattata atmosfera dello sporting club di Zurigo, dotato di modernissime attrezzature e di tutti i comfort, plasmava i fisici di uomini e donne di ogni età che avevano un attributo comune: il denaro. Johann Kofler lo frequentava da dieci anni, da quando, proveniente dalla nativa Innsbruck, aveva deciso di fissare la residenza nella grande città svizzera.

Aveva ventotto anni, era alto un metro e novanta, ma non poteva considerarsi un bell'uomo dal momento che tutto l'insieme aveva un che di disarmonico. Nonostante fosse alto e longilineo, riusciva a somigliare a una grossa tartaruga marina. Cadeva malamente come la vecchia giacca di un antico scritturale. In lui tutto era cadente: gli occhi, il naso, le spalle, il modo di camminare. Eppure era un eccezionale atleta. Gli si adattava perfettamente la definizione coniata per il calabrone: « Contravviene a tutte le leggi dell'aerodinamica, però vola ». Il suo corpo era un insulto a tutte le regole dell'armonia, però era di un'efficienza atletica esemplare. Soltanto gli occhi azzurri, piccoli e intensi, esprimevano una straordinaria vitalità.

Salì sull'ascensore che collegava il sotterraneo al livello della strada e uscì dal palazzo. Sotto il sole d'agosto percorse velocemente il tratto di strada che lo separava dal parcheggio. Sudava abbondantemente anche a causa del parrucchino. Dalla tasca dei pantaloni flosci di cotone stretti alla caviglia cavò un fazzoletto e se lo passò sulla fronte facendo attenzione a non rimuovere il ciuffo di capelli posticcio.

Incrociò due impiegate molto giovani che ritornavano al lavoro dopo la pausa. Una di loro disse piano all'altra: « Se si mettesse in tasca quella criniera, suderebbe meno ».

Si infilò nella *Renault* rossa e prese la strada della collina.

Il suo appartamento era in una palazzina a tre piani che faceva parte di un recente complesso residenziale molto elegante. Passò davanti al portiere che lo salutò affabilmente.

« La sua posta, Herr Kofler », disse porgendogli i giornali e un pacchetto di lettere. Erano in prevalenza messaggi pubblicitari. C'era una busta con francobollo e timbro di Santa Monica, California. Indugiò su quella lettera con avido interesse. Il direttore del giardino botanico lo invitava a un simposio che si sarebbe svolto nel maggio del 1983.

Erano le due del pomeriggio. Nell'appartamento arredato con garbata essenzialità c'era una piacevole penombra e un condizionamento ben regolato. Si abbandonò sul divano e prese a sfogliare gli annunci del *Bill Zeitung*, convinto che anche quel giorno non avrebbe trovato quello che cercava, invece fu attratto da un particolare annuncio: « Alfred ha smarrito setter bianco zona sud lungolago venerdì ore ventuno ».

Johann scattò in piedi come una molla: quelle undici parole che in codice avevano un preciso significato gli imponevano un immediato cambiamento dei suoi programmi.

Uscì di casa, si rimise al volante e poco dopo fermò l'auto davanti a un padiglione, dai basamenti in muratura, sui quali poggiava un'ampia struttura in vetro e acciaio, una grande serra, una modernissima serra, la sua serra.

Gli venne incontro un omino bianco, calvo e sottile che si fece strada tra una selva di fiori e di profumi.

« È venuto presto, oggi, Herr Kofler », gli disse sorridendo.

« Domani parto », l'avvertì Johann. « Sono venuto prima per rimanere un po' più a lungo con loro », soggiunse indicando i fiori.

L'omino che sopra i pantaloni e la camicia indossava un grembiule blu con la pettorina osservò: « Sentiranno molto la sua mancanza ».

« Anch'io sentirò la loro », replicò Johann come se parlasse della moglie e dei figli. « Quella della mia Johanna in particolare. » Si avvicinò a un cespuglio di rose grandi di un giallo intenso che sfumava nell'arancione con venature rosa antico.

« Io proseguo col mio lavoro », annunciò l'omino allontanandosi con discrezione quasi si trattasse di lasciare soli due amanti alla vigilia della partenza.

Johann accarezzò con i polpastrelli i petali di quella turgida rosa e sentì irradiarsi ed esplodere dentro di sé una voluttà indicibile che accelerò i battiti del suo cuore. Provò una fitta all'inguine che si stemperò in un piacere immenso, il sangue affluì al sesso che si inturgidì, mentre aspirava il profumo sensuale della rosa.

« Ti amo, creatura superba », mormorò con voce rotta dall'emozione. Le parlava come a un'amante tenerissima.

Johanna era una sua creazione. L'aveva proprio inventata lui, dopo anni di innesti, di lavoro minuzioso e instancabile, fecondando centinaia di esemplari dopo ore e ore di osservazione al microscopio, con un amore infinito. Johanna gli dava le gioie che le donne gli avevano sempre negato, perciò le aveva sempre disprezzate. A cominciare da Erika, una ragazzina che al ginnasio si burlava di lui per la sua goffaggine, perché era troppo alto, troppo magro e aveva la faccia coperta di brufoli.

« Le donne sono false, impiccione, puttane », si confidò con Johanna che gli rispondeva col suo snervante profumo.

I fiori non l'avevano mai tradito come avevano fatto le donne, come aveva fatto sua madre rifiutandolo, come aveva fatto suo padre condannandolo al grigiore di un'insopportabile mediocrità.

La storia di Johanna che da lui aveva preso il nome era scritta a lettere d'oro nei testi ufficiali di floricoltura. Con Johanna aveva vinto il primo premio in due concorsi per ibridi di rose. Era il risultato più alto della sua genialità che gli aveva procurato universali lodi e consensi. Sua madre era finita in miseria insieme con il rappresentante di profumi col quale era scappata, suo padre era morto affogato dalla birra nella vecchia casa di Innsbruck, gravata dalle ipoteche.

« Devo partire. » Accarezzò i vellutati petali della turgida rosa per mitigare lo strazio del distacco. « Ti giuro che continuerò a pensarti. Ogni momento sarà dedicato a te. E tornerò appena fatto il lavoro. Il vecchio Hans avrà cura di te mentre io sarò lontano. Al mio ritorno ti racconterò tutto. Sai che per te non ho segreti. Arrivederci Johanna. »

Il vecchio Hans lo conosceva bene, era abituato ai suoi interminabili dialoghi con Johanna e al suo modo singolare di intrattenere i fiori con umana affettuosità, Lo aveva persino ascoltato con grande attenzione quando lui aveva cercato di convincerlo che parlare ai fiori è utile, perché i fiori ascoltano, assorbono le parole che hanno su di loro l'effetto di un balsamo generatore di vita. Aveva sperimentato il metodo e, dai risultati, aveva creduto di poter testimoniare della sua validità. Perciò non era stupito neppure quando Johann aveva montato un impianto stereofonico per far musica nella serra. A lui personalmente la buona musica piaceva e gli andava benissimo ascoltare Beethoven o Vivaldi o Mozart. Forse il padrone esagerava affermando che la musica faceva bene ai fiori, ma sicuramente non faceva loro alcun male.

« Ho l'impressione che Johanna non sia nelle sue migliori condizioni », disse Johann incrociando il giardiniere verso l'uscita.

« La terrò d'occhio, Herr Kofler », lo rassicurò.

« So di poter contare su di lei », si congedò con una calorosa stretta di mano.

Alle ventuno precise, Johann Kofler sedette a un tavolo del *Kursaal*, un elegante bar a terrazzo nella zona sud del lungolago. Era venerdì e molti tavoli erano occupati da coppie d'innamorati. La luna si rifletteva sull'acqua dove passavano eleganti cigni, svelte folaghe e iridescenti germani. I gabbiani gridando solcavano il cielo su cui indugiava l'ultimo chiarore del giorno.

Johann ordinò un *ice-café* e poco dopo fu raggiunto da una giovane donna bruna, molto graziosa e ben vestita. Era il tipo della brava ragazza sul punto di diventare una buona moglie. Teneva a guinzaglio uno splendido esemplare di setter irlandese con la testa elegante e la coda frangiata. Si baciarono con svizzera cautela, mentre l'animale si accoccolò ai loro piedi.

Johann richiamò il cameriere e ordinò per la donna una Coca-Cola con una fetta di limone.

« Proprio quello che desideravo », disse la donna.

Si presero le mani attraverso il tavolo e si guardarono negli occhi come innamorati.

Lei aveva un'espressione intensa e le sue labbra sorridevano piene d'amore. Sembrava che volesse mangiarselo di baci.

« Tra due ore prenderai il volo Swissair numero 626 per Bruxelles », mormorò facendo gli occhi sognanti. « A mezzanotte precisa ti imbarcherai sul volo Air France per Kinshasa. Alle otto del mattino salirai sul volo delle linee aeree portoghesi per Johannesburg. Un aereo delle linee sudafricane ti porterà a Durban. Lì troverai una *Range Rover* con autista negro. L'indigeno ti farà attraversare il Natal e dalla frontiera del Lesotho passerai nel Burhwana. Sei un fotografo che deve realizzare un servizio sulla flora locale. Devo ripetere? » disse la donna.

« Va bene così », rispose Johann. Aveva una memoria prodigiosa.

La ragazza prese dalla sacca che aveva appoggiato alla spalliera della sedia una copia della rivista *Stern* e la posò sul tavolino.

« Nel giornale c'è una busta », continuò con l'aria di parlargli del suo amore sconfinato.

« Capisco. » La ascoltava in estasi. In pochi secondi

aveva perduto l'aspetto cadente ed esprimeva un sentimento radioso.

« Nella busta ci sono biglietti, documenti, passaporto, istruzioni e la chiave di un armadietto di sicurezza della stazione. » La ragazza gli sfiorò le labbra con un bacio, si alzò e se ne andò col suo splendido setter.

Era bella, giovane, elegante: Johann non l'aveva mai vista prima di quel giorno e la guardava allontanarsi, ma senza un particolare interesse, perché sicuramente non l'avrebbe vista mai più.

Sbirciò l'orologio: non aveva molto tempo. Saltò in auto e si diresse verso la stazione. Fortunatamente la città era quasi deserta: era un fine settimana d'estate.

Aprì l'armadietto di sicurezza dell'atrio della stazione centrale e ritirò un pacchetto, non ebbe bisogno di aprirlo per sapere che conteneva duecentomila dollari. La sua tariffa per spegnere una vita.

ASCHWINDA

Il comandante del *Boeing 747* chiese alla torre di controllo di Umpote l'autorizzazione per l'atterraggio sulla pista centrale.

Tshilenghe, uno zulu nerboruto alto un metro e ottantacinque, nato e cresciuto sulla sponda orientale del fiume Zambesi, si fece riconoscere.

« I boeri non ti hanno ancora mangiato? » scherzò Tony Moscato che gli era amico.

« Hanno i loro problemi con la SWAPO », rispose. « Hanno fatto il diavolo a quattro inseguendo i guerriglieri. » Era un tecnico aggiornatissimo, aveva studiato a Londra e quando prendeva per mano un aereo in avvicinamento lo deponeva come una piuma sull'asfalto di Umpote, con qualsiasi tempo.

« Vedi niente sul tuo stramaledetto radar? » Tony alludeva ai *Mirage F.1* che erano penetrati giorni prima per cinquecento metri in territorio angolano e che avrebbe preferito non incontrare sulla sua rotta.

« Sei il solo cavaliere del cielo, amico », lo rassicurò. « Ti prendo sotto tutela. Fidati di zio Tshilenghe. Sei sul sentiero giusto. Fra quindici minuti ti servo la più robusta e forte dose del miglior caffè. »

« Ti seguo, stai tranquillo », obbedì il comandante.

« Il presidente è avvertito », disse.

« Okay, ma niente fanfare. È una visita speciale. Mister Brian andrà direttamente a palazzo. »

Quindici minuti dopo, il *Boeing 747* del Barone toccava terra all'aeroporto di Umpote, capitale del piccolo Stato del Burhwana. Alcuni uomini dei reparti speciali, in borghese, si portarono sotto la scaletta.

Il comandante andò all'appuntamento con Tshilenghe e col caffè, parte dell'equipaggio prese posto sul pullmino dell'albergo, Frank rimase a bordo con due uomini mentre il personale dell'aeroporto si occupava della manutenzione dell'aereo.

Bruno salì sulla *Cadillac* presidenziale. La grande automobile sfrecciò lungo i quindici chilometri d'asfalto verso il palazzo di Aschwinda, al centro di una grande radura che confinava a ovest con la foresta, a est con l'altopiano, a nord con la città.

Il palazzo era una semplice costruzione a due piani in legno e mattoni, cintata da un muretto più decorativo che difensivo. Due militari aprirono il cancello di ferro battuto e si irrigidirono sull'attenti presentando le armi.

« Ferma qui », ordinò il Barone all'autista.

Scese dall'auto e si avviò a piedi lungo il vialetto, fino al portone della residenza presidenziale che sembrava immersa nel sonno. Altre due sentinelle lo salutarono. Il massiccio portone si aprì e un africano vestito impeccabilmente all'europea gli andò incontro sorridendo.

« Il principe ti aspetta », disse l'uomo ricambiando l'abbraccio di Bruno e battendogli affettuose manate sulle spalle.

« Ti trovo in una forma smagliante, Choo Awaba », si complimentò.

« Anche tu non scherzi, ragazzo », ricambiò l'africano. Era uno dei più leali e intelligenti collaboratori del presidente.

« Come sta? » si informò alludendo al principe Aschwinda.

Choo Awaba fece una smorfia che accentuò la magrezza del suo viso. « Siamo molto preoccupati per lui », disse.

« E io non credo di portargli notizie che possano giovare alla sua salute », si rammaricò.

Attraversarono l'atrio, camminarono lungo un corridoio ed entrarono in una stanza imbiancata a calce dall'aspetto quasi francescano.

« Sarà qui tra un momento », spiegò Choo Awaba. « Ora devo andare. »

« E Sunny? » si intenerì Bruno.

« Scattante come un'antilope », si animò l'africano. « Coraggioso come un leone. »

« Hai visto Mahary? » domandò nascondendo l'emozione dietro un sorriso.

« Bella come la luna, dolce come il miele », rispose l'uomo prima di scomparire dietro la porta.

Bruno Brian, mossi alcuni passi sul pavimento di cotto, guardò le lance e gli scudi alle pareti, poi sedette sul morbido divano color panna che era la sola nota lussuosa in quell'ambiente che non aveva nulla di principesco.

Veli bianchi coprivano le finestre e un grande ventilatore immobile era collocato al centro del soffitto. Fiori di magnolia in grandi vasi ai quattro angoli della stanza mandavano un profumo intenso.

Sul tavolino basso di canna intrecciata, davanti al divano, erano posati una teiera, una bottiglia di bourbon, un secchiello pieno di cubetti di ghiaccio e alcuni bicchieri. Bruno sorrise e Aschwinda, che entrava in quel momento, colse quel segno di soddisfazione.

« Vedi che ci siamo ricordati di te? » disse tendendogli le braccia. Aveva una faccia affaticata e triste, una voce gorgogliante, rauca, penosa, faticosamente prodotta dal rigurgito d'aria emesso dallo stomaco. Era stato operato a Parigi di cancro alla laringe, respirava attraverso un foro praticato nella trachea, nascosto dalla seta bianca di un maglioncino che gli copriva il collo segnato di cicatrici e bruciato dai raggi Röntgen.

« Sono contento di vederti », disse il Barone. « Anche se non ti porto notizie confortanti », soggiunse con sincerità.

Il presidente si strinse nelle spalle rassegnato.

« La verità », sillabò meccanicamente, « ha in sé comunque qualcosa di buono. »

Aveva solo sessant'anni, ma sembrava molto più vecchio. La malattia e le preoccupazioni l'avevano duramente segnato. Rughe fitte e profonde gli solcavano la fronte. Gli occhi rotondi, sempre attenti, sembravano sottolineare la mutilazione subita e volevano aggiungere qualche cosa al suo eloquio incompleto.

Bruno ricordava i neri e profondi occhi di Aschwinda prima dell'intervento: erano pieni d'innocenza e di dolcezza, mentre in quel momento erano gonfi di apprensione e iniettati di sangue. La voce una volta era stata calda e musicale, la sua conversazione brillante.

« Bevi, ragazzo », disse il presidente indicandogli la bottiglia di bourbon, invitandolo a prendere posto sul divano al suo fianco.

Il principe zulu Aschwinda, con l'aiuto di Bruno, era riuscito a mantenere l'indipendenza del Burkwana, un fazzoletto di terra assediato dai sudafricani, minacciato dai nuovi difensori della sovranità dei paesi dell'Africa centro-meridionale. Il pretesto era quello della sicurezza e di una nuova libertà, il fine era, invece, il possesso definitivo e lo sfruttamento delle miniere d'oro e di diamanti: le sole miniere dell'Africa australe che sfuggissero al controllo delle multinazionali e delle potenze straniere.

Sfruttando in proprio le risorse naturali della nazione, il principe Aschwinda stava trasformando il Paese, portandolo da un'indecorosa miseria a un dignitoso livello di esistenza.

Il presidente ascoltò con estrema attenzione le parole di Bruno. « Così », disse, « l'arabo vuole mettere le mani sulle nostre ricchezze. E la IBB? » si informò.

Bruno rifletté un attimo. L'handicap dell'interlocutore lo rendeva infinitamente triste.

« Credo che allo stato dei fatti abbia le mani legate », rispose. « Tuttavia non mi risulta che corra buon sangue tra la società e Achmal. »

« Intanto lo scopo », ribatté amaramente l'altro seguendo il filo dei suoi pensieri, « è evidente, cercheranno di portare lo scompiglio per impadronirsi del Paese. Il disegno è chiaro. Prima i sudafricani ci facevano 'democraticamente' la guerra, creando una specie di embargo sulla nostra produzione. Eravamo padroni dell'oro e dei diamanti, ma nessuno li comprava. »

« Il che equivale a non averli », osservò Bruno.

« Poi tu hai risolto il problema con la IBB. E adesso? » Aschwinda si alzò, si avvicinò a una delle finestre e guardò in lontananza il profilo della città di Umpote.

Una volta, al posto delle case e delle strade, c'era una vasta distesa d'erba attraversata dal grande fiume, dove i Bushwinda pascolavano le loro greggi. Si rivide giovane mentre scendeva dall'altopiano indossando il *kaross,* caldo mantello di pelli, reggendo la *kalabaza* ormai vuota, la capace zucca che avrebbe riempito al fiume. Si era fermato in ammirazione davanti a quella meravigliosa pianura, una buona terra fertile e profumata, perché quello era il termine del suo viaggio, e lì, proprio al centro della grande pianura, avrebbe fondato la città di

Umpote, in memoria del padre, il grande principe trucidato dai bianchi.

« Qui costruiremo il nostro Paese », aveva detto ai guerrieri sopravvissuti alla battaglia che si erano inginocchiati davanti al ragazzo discendente di re testimoniandogli la loro fedeltà e la loro fiducia.

Molto sangue era stato versato, molte vite erano state falciate, ma alla fine avevano vinto. I sudafricani avevano ratificato un patto che consentiva a quel branco di sbandati di vivere liberamente su un territorio dove non c'era che erba. Le miniere sarebbero state scoperte molto più tardi, quando i Bushwinda s'erano già dato un governo stabile.

« Tu questa storia la conosci », disse rivolto a Bruno.

« La conosco. »

« Allora ero giovane e credevo nei sogni », riprese faticosamente Aschwinda. C'era qualcosa di senile e di disperato nella sempre più frequente ripetizione del racconto.

« Questo Paese esiste perché l'hai voluto tu », affermò il Barone.

« È vero », ammise. « Qualche sogno si è realizzato. Ma sono ormai più di trent'anni che li tengo sulla corda. La partita non è chiusa. Prima che i bianchi scavassero le loro maledette piste per addentrarsi nella foresta, noi eravamo un popolo fiero. Per generazioni i bianchi hanno calpestato oro e diamanti che per noi non significavano nulla. Per noi erano preziosi l'acqua, i frutti del baobab, l'amore, la caccia, i figli. Noi ci siamo adeguati a utilizzare le nostre risorse. I nostri ragazzi adesso vanno a scuola. Qualcuno frequenta l'università. Le capanne di fango sono sempre meno. Ho acquistato armi, aerei, elicotteri. Ho messo insieme un piccolo esercito. Sono sceso a compromessi. Questo Paese esiste perché l'ho voluto io. Hai ragione. Ma non esisterebbe più senza di te. » Parlava penosamente, la fronte s'era bagnata di sudore e la faccia d'ebano con un'espressione antica si era trasformata in una maschera tragica.

« Riposati, Aschwinda », mormorò affettuosamente Bruno.

« Le forze mi abbandonano », confessò tristemente appoggiandosi sui cuscini.

« Le forze vanno e vengono », disse Bruno.

« Credo che il mio male mi abbia nuovamente aggredito », fece rassegnato.

« Ti riporto a Parigi », si offrì. « O negli Stati Uniti. »

« Nessuno deve sospettare una cosa del genere », si rabbuiò. « La situazione potrebbe precipitare irrimediabilmente. »

« Che cosa dicono i tuoi medici? » domandò. Bruno schiuse la finestra. Era una notte tersa e fresca, una splendida notte d'inverno.

« I medici non sanno niente. » Bevve lentamente un lungo sorso di tè.

« Ma allora », sperò, « può essere un'impressione. »

« Il dolore non è un'impressione », affermò. « Sento che si avvicina nella notte, gratta alla porta e affonda i suoi denti dentro di me. Cupo. Sordo. Non ho paura di morire, tu lo sai. Ho paura di non fare in tempo a sistemare il mio Paese. »

« Vieni via con me », insisté. « In America fanno miracoli. »

« Ne parleremo, ma non ora », disse il presidente. « Adesso non ho tempo per curarmi, né per morire. Devo parlare. E per fortuna ci sei tu. Che cosa mi consigli? »

Bruno aveva fatto molto per il Burhwana, stringendo rapporti, propiziando alleanze, assicurando potenti collaborazioni. Era l'uomo chiave del Paese. Senza di lui l'ultimo Stato indipendente dell'Africa australe sarebbe finito nelle mani degli speculatori e dei mercanti di potere.

« Dobbiamo ristabilire l'equilibrio nel consiglio d'amministrazione dell'IBB », osservò il Barone.

« Puoi farlo? » Era pronto a fornirgli qualsiasi aiuto, a impegnare tutte le sue forze.

« È un'operazione complessa », mise le mani avanti, « complessa, ma non impossibile. »

« Se è una questione di soldi, sono disposto a mettere in esercizio le miniere che soltanto tu e io conosciamo. » Sollevò la tazzina da tè di ceramica Vecchia Sassonia, poi la rimise sul piattino.

« I soldi occorrono, ma non dobbiamo tradirci », lo consigliò Bruno. « Se sapessero di tesori nascosti, domani entrerebbero con i carri armati. »

« Stanno finanziando l'opposizione », gli comunicò.

« È possibile », convenne con preoccupazione. « Gli basterebbe uno straccio di pretesto sociale per tentare la scalata al potere politico. Cercheranno manovre destabilizzanti. »

« Passeranno agli atti di terrorismo », disse il vecchio. Il dolore cominciava a insediarsi dentro la spalla destra.

« Per adesso la situazione sembra tranquilla. » Bruno cercò di tranquillizzarlo.

« Potrebbe non esserlo più domani », ribatté con realismo il vecchio rivolgendosi a Bruno con un affabile sorriso. « Quando ci si avvia sulla strada del progresso, non si vede mai la fine. Conquisti un traguardo e ce n'è subito un altro. Più cose conosci e più scopri la tua vulnerabilità. Intanto sei sulla strada e devi andare avanti. Ma poi ne vale la pena? È forse più felice il mio popolo da quando sono nati i casermoni di cemento? La gente moriva e guariva anche ai tempi della medichessa stregona. Oggi, i comandamenti di Pokana sono stati sostituiti dal giuramento di Ippocrate. E la gente muore lo stesso. Però è più triste, perchè non ha più nessuna familiarità con la morte. Soffia un vento di malinconia sulla nostra terra da quando la nostra civiltà si è perduta. »

« Possiamo ancora tenere banco », assicurò Bruno con calma rinunciando a contrastare la filosofia di Aschwinda che in parte condivideva. « Vieni via con me », soggiunse.

« Ne parleremo domani », concluse. « Vai ora », lo esortò, « tua moglie e tuo figlio ti aspettano. »

LA DOLCE MAHARY

Mahary, l'incantevole principessa dallo sguardo d'ambra e dalla pelle di rame, era il tenero vincolo che univa Bruno Brian al Burhwana. Si erano visti in Europa, si erano subito innamorati e segretamente sposati molti anni prima, secondo il rito e la tradizione zulu, quando la luna è all'ultima fase e sta per scomparire.

« Amore mio », mormorò Mahary con la sua voce antica, nella lingua arcaica dei padri zulu e swazi. Il timbro era materno e sensuale.

« Mi sei mancata », confessò Bruno. Era sincero, anche se era ancora vicino e intenso il ricordo di Karin. Mahary era la sua compagna, la madre di suo figlio.

« È la mia sola consolazione sapere che ti sono mancata. » Lo aspettava a piedi nudi nel vestibolo che conduceva alle sue stanze. I suoi delicati lineamenti erano in precario equilibrio tra il riso e il pianto, ma avevano l'intensa espressione della felicità. Nella semplicità del suo sguardo d'ambra brillava una tenerezza infinita.

Bruno la guardò intensamente accarezzandone l'inalterabile bellezza.

« Sei sempre stata con me », mentì senza saperlo.

« Adesso sei qui. » Era alta quasi come lui, slanciata, il lungo collo sottile metteva in risalto la forma aggraziata della testa, sottolineando un volto da miniatura.

Il colore della pelle di Mahary ricordava il rame, l'ambra, la giada: era elastica, compatta e aveva una tonalità giallo-bruno. Degli zulu aveva i capelli uniformemente crespi, molto corti e d'una singolare morbidezza che tradiva il contributo cromosomico dei malesi importati dai bianchi come schiavi dopo la metà del Settecento per coltivare, nel Natal, la canna da zucchero.

Il suo corpo flessuoso, il seno piccolo e sodo, le gambe lunghe e nervose erano messi in risalto dalla linea di un abito di seta verde chiaro scivolato lungo i fianchi stretti. L'uomo e la donna si guardarono a lungo. Lei gli sorrise scoprendo piccoli denti bianchissimi. Ai lobi delle orecchie, appesi a un filo d'oro, dondolavano due diamanti purissimi, diamanti della sua terra, gocce di luce che impreziosivano la sua pelle. Si abbracciarono senza parlare.

Mahary lo guidò verso il soggiorno, che era un ambiente di singolare raffinatezza in quella residenza quasi austera. La luce morbida di una grande lampada di porcellana pioveva sulle piccole sculture d'avorio sparse su un tavolo Luigi XV. Bruno guardò le poltroncine settecentesche che fronteggiavano un moderno e comodo divano di camoscio bianco e scelse quest'ultimo.

La principessa si avvicinò a un cassettone stile Reggenza e da un'ampia coppa di porcellana cinese, che conteneva una composizione di piccoli fiori bianchi, scelse il fiore più bello.

« Per l'uomo del mio cuore », mormorò porgendoglielo.

« Mia dolce Mahary », disse Bruno con devozione. Guardò la sua figura stupenda sullo sfondo di una parete di vimini, in parte riflessa dall'opaco splendore di un antico specchio veneziano che sovrastava un caminetto di marmo bianco con intarsi floreali dorati.

« Sono qui », disse sedendosi al suo fianco. Parlava un francese perfetto.

« Ti ricordi il piccolo albergo in rue Beaux Arts? » domandò Bruno.

« Ricordo tutto », dichiarò scuotendo lievemente la testa dai corti capelli morbidi e soffici da malese e facendo ondeggiare le gocce di luce appese ai lobi delle orecchie.

« Anche le cene da *Procope*? » Era il più antico caffè di Parigi.

« Anche gli organetti di Barberia, le vetrine di Saint Germain des Prés. » Faceva girare su se stessa in un secchiello d'argento pieno di ghiaccio la bottiglia di Krug 1974.

« Ti ho mai detto che somigli a Parigi? » Ammirava il suo delicato riserbo.

« No. Ma mi fa piacere che tu me lo dica adesso », rispose con riconoscenza.

Bruno cercò di spazzar via i pensieri tristi che aveva in mente, mentre Mahary versava lo champagne in due *flûtes* di cristallo.

« Perché il nostro amore non finisca mai », brindò la principessa.

« E che nostro figlio possa crescere in un mondo più giusto », aggiunse Bruno.

« Sunny non ti aspettava », disse. « Vuoi vederlo subito? »

« No », rispose Bruno. « Sarebbe un risveglio troppo brusco. Gli guasterei la notte. Lo vedrò domani. » Ebbe per lei uno sguardo pieno di riconoscenza. Le era grato per la sua riservatezza, per il suo amore calmo e disinteressato.

Mahary non l'aggrediva mai con mille interrogativi,

aspettava paziente che fosse lui a parlare, se voleva parlare, se voleva comunicarle i suoi pensieri.

« Mi sembra una decisione saggia », convenne la principessa.

Bruno l'attirò a sé affondando la faccia nell'incavo del suo collo per respirare l'inebriante odore di muschio e di magnolia che era il suo naturale profumo. La sua bellezza e la sua persona non avevano bisogno di particolari artifici.

« La mia è una decisione egoistica », confessò.

« Quale? » lo provocò trattenendo un sorriso.

« Quella di non svegliare Sunny. L'ho fatto soprattutto per noi. Quello che resta di questa splendida notte voglio viverlo solo con te. » Posò il bicchiere ormai vuoto sul tavolino.

Mahary si abbandonò tra le sue braccia e Bruno si alzò sollevando senza sforzo il corpo flessuoso come un giunco della sua principessa che gli passò le braccia intorno al collo. Attraversò il soggiorno e schiuse con una pressione del piede la porta che dava nella camera da letto.

Lei sorrideva deliziata dalla dolcissima forza dell'uomo, sorrideva a quel rituale sempre uguale e sempre diverso che preludeva a un estenuante gioco d'amore. Mahary si sentì colta da una lieve vertigine mentre, tra le braccia del suo sposo, attraversava il candore assoluto della stanza nuziale, il pavimento ricoperto da pelli di pecora, il grande letto chiuso da leggere tendine di batista, le finestre ovali protette da veli, le lampade sui tavolini di canna intrecciata e ricoperti da bianchissimi teli ricamati.

Bruno l'adagiò delicatamente sul letto e rimase per qualche attimo in piedi a guardarla. Poi prese lentamente a spogliarsi, mentre lei si faceva scivolare l'abito dalle spalle con una grazia che a Bruno ricordava i giorni del loro primo incontro a Parigi.

Tentarono un discorso d'amore, ma si resero conto che le parole non avevano più senso dal momento che i loro corpi parlavano per loro un linguaggio intraducibile.

I falò spandevano intorno una luce rossastra: erano troppo lontani per mitigare il fresco notturno dell'inverno australe, ma abbastanza vicini per accentuare con riflessi teatrali i lineamenti decisi, la virile bellezza di Bruno.

La dolce Mahary, l'incantevole principessa dallo sguardo d'ambra e dalla pelle di rame, lo teneva per mano, spinta da un femminile bisogno di protezione.

Procedevano insieme, l'uomo dalla struttura atletica e la donna dal gentile corpo di gazzella, verso l'albero gigantesco costruito dai secoli al centro della radura, sullo sfondo della foresta brulicante di voci che mescolava il suo respiro vitale alla brezza notturna.

L'uomo e la donna vestiti di bianco camminavano con la naturalezza del primo uomo e della prima donna, guardando il baobab con diversa intenzione, ma con uguale emozione, con identico rispetto. La cerimonia si svolgeva con le stesse modalità ogni volta che Bruno lasciava il Burhwana. Nel riverbero dei fuochi gli indigeni addetti alla persona della principessa modulavano un antico canto propiziatorio appoggiandosi al loro *assegai*, una lancia dall'impugnatura corta introdotta nell'armamento dei guerrieri zulu dal grande e crudele capo Shaka.

L'*assegai* era in passato un'arma micidiale che obbligava gli uomini a feroci a corpo a corpo, favoriva l'attacco, lasciando crudelmente i guerrieri senza difesa nel momento stesso in cui avevano scagliato il tremendo giavellotto. Shaka era stato assassinato dal fratellastro Dingane nel 1828, ma il ricordo del suo coraggio e della sua crudeltà era ancora presente e il tremendo *assegai*, l'arma che aveva sottomesso le tribù nemiche di un'immensa regione, era ancora in dotazione ai guerrieri del Burhwana che disponevano anche di armi modernissime.

Il pellegrinaggio al baobab aveva per la principessa Mahary la solennità di un rito tribale. Alla vigilia di ogni partenza, scortata dalla sua guardia del corpo, voleva che Bruno la seguisse ai piedi del colosso vegetale, alto dieci metri e largo nove, che era tradizionalmente il punto d'incontro dei numi tutelari, la sede magica degli spiriti protettori dei Bushwinda.

La gente del minuscolo Stato del Burhwana, attraverso alterne fortune, diaspore, migrazioni e battaglie era approdata in quell'angolo dell'Africa australe con il ricordo del grande Monomotapa, il mitico imperatore che conosceva il segreto delle miniere di re Salomone.

Il vento passava nel groviglio dei rami traendo una musica misteriosa dall'albero dai mille anni, un'arpa ciclopica maestosamente disegnata nella luminosità notturna. Le stelle brillavano nel morbido cielo d'agosto solcato da effimeri sentieri d'argento.

Era inverno e nella grande chioma a cupola del baobab era rimasta l'eco di un profumo sottile, l'esotica reminiscenza dei fiori bianchi, simili a piccole trombe, che diventava più percettibile quando il vento cadeva. Poi riprendeva la brezza portando i profumi della foresta.

« Ti amo », mormorò Mahary nella sua lingua arcaica. Cercò rifugio e protezione contro il petto dell'uomo ponendosi tuttavia tra lui e il buio brulicante di misteri, come uno scudo.

Bruno sorrise, ma sentì un brivido passargli lungo la schiena.

« Me lo dici come se ci fossimo conosciuti adesso. » Nonostante l'intenzione di esorcizzare l'incantesimo che passava dalla pelle di Mahary al suo cuore e di sdrammatizzare una situazione che lo coinvolgeva, proferì quelle parole con inflessione grave e solenne.

« Ci siamo conosciuti adesso », ribadì Mahary. Era vero. Si conoscevano da dieci anni, avevano un figlio di nove, ma il loro sentimento aveva la dolcezza e l'aggressività degli amori appena nati, perciò le loro parole di innamorati continuavano ad avere un senso profondo.

« Anch'io ti amo », disse Bruno. Sollevò con la mano forte e calda il volto della sua sposa e fissò lo sguardo d'ambra che rifletteva le stelle.

« Mi piacciono i tuoi occhi », dichiarò Mahary guardandolo con adorazione. Poi soggiunse: « Occhi di luna ».

« Sarà una breve separazione questa volta », cercò di rassicurarla Bruno intuendo i suoi segreti pensieri.

L'ampio soffitto del cielo fu solcato da una luce d'argento.

« Immagino un giorno senza partenze e senza addii », rispose Mahary esprimendo il suo desiderio più vero e profondo.

Bruno l'abbracciò.

« Verrà presto quel giorno », la rassicurò con la sua voce calda e protettiva. « Te lo prometto. »

« Mi sembra che se potessi starti sempre vicina... » Non completò la frase.

Era oppressa da tristi pensieri.

« Che cosa c'è? » si preoccupò Bruno. Si era guardato bene dal comunicare a Mahary i fatti recenti, ma sentiva che lei, con la sua straordinaria sensibilità, aveva saputo intuirli.

« Troppa gente ti odia. » Vibrava come una gazzella ferita che sente l'odore delle iene in agguato.

« Hai dimenticato che sono invulnerabile come Achille? » La solennità dell'albero che incombeva su di loro come un'antica cattedrale in quella splendida notte africana piena di stelle dava alle parole uno strano significato.

« Nessuno è invulnerabile », disse stringendosi a lui come all'ultima speranza. « Anche Achille... » Un nodo le serrò la gola, ma si calmò e riprese: « Soltanto se ti sono vicina mi sento tranquilla ». Gli parlava sulle labbra e sul collo e il suo alito profumato gli riaccendeva il desiderio mai completamente soddisfatto.

« Non rimarrò lontano per molto tempo », promise. « Tornerò prima che la luna scompaia per la seconda volta. Abbi cura di Sunny. »

Mahary sorrise a quell'inutile raccomandazione.

« Sunny sa molto bene come comportarsi », lo informò. « Ha imparato a ingraziarsi gli *abosom.* »

« E gli dei lo ascoltano? » domandò Bruno ridendo di quella superstizione.

« Quando sei lontano », disse Mahary, « offre loro i frutti del baobab perché possano nutrirsi e avere forza a sufficienza per seguirti e proteggerti dovunque tu sia. »

Avevano deciso insieme che Sunny, quando avesse avuto l'età della ragione, avrebbe scelto liberamente la propria fede, ma non era quello il momento per rimproverare a Mahary il mancato rispetto dei patti.

« Lo vedo troppo poco », si rammaricò. « Presto compirà nove anni. Dovrò portarlo con me in Italia e negli Stati Uniti. Deve andare a scuola. »

« Anche a Umpote c'è la scuola », replicò risentita. Un vento leggero portava l'odore selvaggio della foresta.

« Lo decideremo insieme. » Bruno era disponibile per una soluzione concordata nell'interesse del bambino.

« E poi Sunny », obiettò Mahary, « sa molte più cose di qualsiasi bambino europeo o americano della sua età. Può catturare l'antilope più veloce. Sa preparare un *amasi* squisito con panna e latte. »

« Sunny dovrà governare il Burhwana, un giorno. Deve conoscere la tecnologia, le leggi, la cultura dei bianchi. Dai quali, soprattutto, dovrà imparare a difendersi. Non ti dico cose nuove. »

« Ha appena nove anni », lo difese Mahary.

« Il tempo passa in fretta », osservò Bruno che in quel momento si sentiva più vecchio della sua età. « Il principe Aschwinda è stanco. »

« Ma ci sei tu », replicò la principessa con orgoglio. « Senza di te i bianchi avrebbero già messo le mani sulle miniere. Tu sei la voce e la forza di Aschwinda. »

« Verrà molto presto il giorno in cui Sunny dovrà assumere le proprie responsabilità », ribatté « Quel giorno dovrà sapere molte cose. Ma perché tutto questo avvenga nel migliore dei modi, nostro figlio dovrà cominciare molto presto a studiare. »

« Sarà come vuoi tu », si arrese Mahary.

Bruno l'abbracciò per infonderle la sua forza, ma anche per esorcizzare il malessere che l'aveva invaso. Il vento era caduto e tutto intorno era silenzio. I fuochi bruciavano immobili come in un quadro gigantesco e i guerrieri tacevano. In quella notte senza voci né suoni, prese consistenza una situazione già vissuta e Bruno avvertì il lezzo inconfondibile della morte. Si sentiva triste e impotente come in certi sogni angosciosi, solo che non ci sarebbe stato nessun risveglio a cancellare il terribile disagio. Perché l'odore della morte apparteneva alla realtà.

Era lo stesso odore e lo stesso disagio che l'avevano atterrito quando bambino, lungo un sentiero nella piana assolata ai piedi di Piazza Armerina, nel cuore della Sicilia, aveva assistito impotente e terrorizzato alla morte del nonno, il barone Giuseppe Sajeva di Monreale.

Bruno aveva visto il nonno assassinato in mezzo al trifoglio. Poi si era alzata una tenue folata di vento che aveva disperso l'odore della morte.

Quell'odore gli era rimasto negli occhi, nel cervello e nel cuore e in quel momento lo risentiva sotto il vasto cielo africano, nell'aria immobile, in un silenzio improvviso che aveva congelato il palpito delle stelle.

Assecondando un istinto animale, Mahary, improvvisamente, ebbe la forza di far girare l'uomo su se stesso. Bruno avvertì un fruscio, un tonfo quasi impercettibile, poi sentì pesare tra le braccia il corpo inerte della principessa che scivolò lentamente a terra: il suo collo sottile era stato trapassato da un proiettile. Il vento della notte riprese in quell'attimo, mentre l'incantevole donna quasi sorrideva distesa sull'erba nel suo caldo sangue sotto il baobab, ma il suo sguardo d'ambra non rifletteva più il lume delle stelle.

Bruno cadde in ginocchio e baciò teneramente quello che restava del sogno più bello della sua vita. Quell'unico colpo partito dalla foresta, esploso da un'arma munita di silenziatore, era per lui, Bruno Brian Sajeva, barone di Monreale, erede del favoloso tesoro dei Bushwinda.

L'assassino era un corpo inerte ai margini della foresta, circondato dai cacciatori boscimani che l'avevano stanato prima dell'alba. I tamburi avevano rullato tutta la notte ed erano stati più efficaci dei moderni mezzi di comunicazione.

Il Barone guardò il prigioniero ferito e insanguinato ed ebbe la sensazione che somigliasse a una grossa tartaruga marina. Quando lo distesero su una barella pronunciava parole sconnesse.

« Mia piccola Johanna », mormorava. « Superba... sensuale. Addio... tenera Johanna. »

Bruno pensò che le ferite alla testa fossero responsabili del delirio, invece era il riflesso degli ultimi pensieri dell'uomo che secondo una ricostruzione plausibile era penetrato dalla frontiera del Lesotho, nella parte brulla dell'altopiano, aveva viaggiato su una *Rover* e proveniva da Durban. L'esploratore africano che gli faceva da guida era morto. I documenti lo qualificavano come un fotoreporter, ma lo *starlight-scope* che intensificava di quaranta volte la luminosità notturna non serviva per le Nikon e le Leica. Era montato su una carabina Remington modello 700 BDL, calibro 22, dalla quale era partita la pallottola *soft-point* che aveva stroncato la dolce Mahary.

Il passaporto del killer era intestato a Peter Müller: un nome falso, un passaporto falso, un assassino di professione, abituato a uccidere per contratto senza domandarsi per chi uccideva e chi uccideva.

Niente sulla sua persona poteva aiutare Bruno a tentare di identificarlo. Era un uomo molto abile, aveva ben congegnato il piano per tornare da dove era venuto e forse ci sarebbe riuscito senza i boscimani che tradizionalmente sono i più temibili cacciatori d'Africa.

Soltanto dalla sua voce avrebbe potuto saperne di più. Ma quanto di più? Intanto il ferito era immerso nel delirio.

« Bella... superba... sensuale... Johanna » Sul suo viso sfregiato e sanguinante passava l'ombra di un'accorata nostalgia

S'avvicinò un medico e si chinò sulla barella per auscultarlo.

« Sta morendo », disse sollevando la faccia verso Bruno.

Mentre la vita l'abbandonava davanti ai suoi occhi si dilatava in tutto il suo splendore l'immagine che Johann Kofler serbava nel cuore: il tepore della grande serra nella quale passavano colori e profumi del giardino inventato dalla sua intelligenza, sbocciato dalle sue mani. Le vite stroncate da quelle stesse mani non rappresentavano per lui motivo di rimorso o di colpa, neppure in quel momento che oscillava all'estremo limite dell'esistenza.

La vittima inquadrata nell'intensificatore di luce applicato alla carabina era ben poca cosa per la sua coscienza, aveva sbagliato e pagava con la vita.

L'ultimo pensiero fu per la rosa che portava il suo nome e che avrebbe continuato a vivere per sempre.

« Johanna... » Una piccola lacrima d'amore brillò nei suoi occhi ormai spenti.

« È morto », disse il medico.

« Portatelo via », ordinò Bruno intontito dal dolore.

Il corpo della dolce Mahary, lavato e profumato, rivestito di panni regali, era stato composto nel grande letto di canne intrecciate: il letto nuziale. Dalla finestra a ogiva protetta da un fitto velo bianco, con la prima luce del giorno, entrava il canto di morte intonato dagli indigeni reso più straziante dal lugubre battito dei tamburi.

« Dormi, bella principessa », dicevano le parole della canzone. « Noi andremo a caccia per te nella grande valle della luna, ti porteremo ricchi bottini e fiori e frutti profumati perché tu possa continuare a illuminare le nostre notti col tuo sorriso. »

Bruno si chinò su di lei e le sfiorò le labbra con un bacio. I suoi grigi occhi d'acciaio non avevano versato una lacrima.

Sunny stringeva la mano di Aschwinda che sembrava ancora più vecchio e triste.

Bruno sollevò il ragazzo che aveva i suoi occhi e la pelle d'ambra di Mahary. Era un bambino alto per la sua età e sottile, ma straordinariamente forte.

« Bacia tua madre », disse.

Sunny, irrigidito nel dolore, la baciò senza un lamento. Era un piccolo guerriero Bushwinda e sapeva che la vita e la morte si tengono per mano.

« Noi non la dimenticheremo mai », disse Bruno.

Sunny assentì.

« Non la dimenticheremo mai », ripeté.

Bruno lo strinse tra le braccia, ma il ragazzo si divincolò e corse in camera sua.

Il padre fece per seguirlo.

« Lascialo andare », gli ordinò Aschwinda. « Ci sono cose che tu, pur essendo suo padre, non puoi capire. »

Bruno obbedì e non replicò alle parole del vecchio principe che se ne andò a sua volta.

Il Barone restò solo nella camera della principessa e finalmente pianse. E in quello stesso istante riaffiorò nel suo cuore il ricordo del dolore straziante che aveva spezzato la sua vita di bambino: aveva nove anni, la stessa età di Sunny.

Bruno si asciugò gli occhi e covò nell'anima l'amaro conforto della vendetta, la terribile vendetta dei Monreale.

IL FEUDO DEI MONREALE

PIAZZA ARMERINA

La grande luna d'agosto splendeva silenziosa e argentata sull'antica città di Piazza Armerina, nel cuore della Sicilia, conferendo profondità e rilievo al palazzo seicentesco dei baroni Sajeva Mandrascati di Monreale. Una sola luce attutita da una spessa tenda di lino ricamata usciva da una delle finestre dell'imponente edificio. Una bava di vento portava il profumo dalla campagna estiva e una speranza di sollievo dopo una giornata bruciata dal sole e dallo scirocco. Sotto quella cappa insopportabile di fuoco, il trifoglio era diventato strame e i prati verdi si erano trasformati in macchie d'un giallo violento e assetato. Solo le cicale sembravano essere sopravvissute a quell'inferno e riempivano l'aria di un acuto stridore.

Il respiro della notte, profumato di zagare e d'oleandri, s'era posato fresco e vellutato come un balsamo sulle vecchie case e sugli antichi palazzi, quando un grido di dolore artigliò il silenzio spezzando l'incantesimo lunare. Dopo pochi secondi, il risoluto vagito di un bimbo appena nato si sovrappose con la sua carica vitale a quell'urlo.

Nella camera rosa della residenza padronale la figlia

unica ventenne del barone Giuseppe Sajeva, raccogliendo le forze per l'ultima lacerante spinta, aveva espulso dal suo grembo, tormentato da dodici ore di travaglio, un maschio di quattro chili e cento grammi. Annalisa giaceva esausta godendo pienamente la fine della lunga sofferenza.

Rosaria, la levatrice, e Tanino Nascè, medico condotto, si davano da fare attorno a quel maschietto prepotente, grinzoso e sporco la cui voce imperiosa echeggiava sul soffitto a volta della grande camera grondante fregi dorati e putti ben torniti del più turgido stile barocco.

La principessa Rosa Miranda Isgrò di Monte Falcone, madrina di Annalisa, che l'aveva maternamente assistita, socchiuse la porta a doppio battente della camera rosa, si affacciò alla galleria del primo piano e annunciò radiosa al barone Sajeva: « Peppino, sei nonno di un bel maschione ».

Il barone si alzò dallo scranno opulento, che l'aveva accolto per tante ore e di cui aveva a lungo tormentato i braccioli con la stretta delle sue mani poderose, per entrare dalla figlia.

« Dopo, Peppino, dopo », lo fermò la principessa girando l'indice della mano destra come se vi avvoltolasse una gugliata di filo. E richiuse la porta a doppio battente.

C'era un giovane gigante biondo al fianco del vecchio: aveva gli occhi azzurri e l'aspetto di un antico guerriero normanno.

« Calò », gli ordinò, « vai a svegliare l'ufficiale postale. Digli di spedire un telegramma all'americano. Deve dirgli che è diventato padre. Padre di un maschio. Poi ritorna subito qui. »

« Voscenza sì », si inchinò il giovane. Si precipitò lungo lo scalone ellittico dai gradini di marmo.

Il palazzo s'era improvvisamente risvegliato e i domestici s'erano fatti intorno al barone con mille frasi di congratulazioni.

« Dopo, dopo », rispondeva come aveva fatto la principessa. Poi si diresse col suo massiccio e deciso incedere verso la propria camera richiudendosi la porta alle spalle.

Raggiunse la poltrona dello scrittoio sotto la finestra accanto al letto e vi si abbandonò pesantemente, esprimendo il suo orgoglio con un largo sorriso.

« Un maschio », pensò ad alta voce. E in pochi secondi immaginò per il nipote appena nato uno splendido avvenire. « L'America », soggiunse con un'ombra di disprezzo. « Ma forse », ragionò, « è meglio così. »

Dopo i fenici, i greci, i romani, i bizantini, gli arabi e i normanni, era la volta degli americani.

Giuseppe Sajeva versò una robusta dose di cognac da una vecchia bottiglia, respirò la fragranza del liquore lungamente invecchiato e infine bevve gustandone il vellutato sapore.

Il vecchio barone di Monreale era alto poco più della media, aveva un fisico naturalmente forte irrobustito da una vita attiva. C'era qualche cosa di magnetico nei suoi occhi neri e una grande fierezza nella gran testa di capelli argentati. Vestiva con eleganza panni ormai fuori moda: da molti anni, da prima della guerra, non era andato a Londra per rinnovare il suo guardaroba. E in giro non c'erano artigiani che potessero eguagliare i sarti inglesi. A cinquantasei anni, il barone Giuseppe Alessandro Bruno Sajeva Mandrascati di Monreale, che nonostante la vigoria fisica e la freschezza mentale tutti chiamavano affettuosamente il vecchio barone, era diventato nonno in quella splendida notte d'agosto.

Annalisa Elisabetta, la sua unica figlia, la pupilla dei suoi occhi sul cui volto scopriva la pacata e misteriosa bellezza dell'*Annunziata* di Antonello da Messina, aveva partorito un maschio. Su di lei aveva riversato tutto l'amore di un padre e di una madre perché la madre di Annalisa era morta nel 1924 dandola alla luce.

Suo nipote era nato in giorni propizi, quasi in coincidenza con il Palio dei Normanni. Avrebbe chiesto e ottenuto il permesso di avvolgere Bruno Alessandro Giuseppe Sajeva nel labaro raffigurante Maria Santissima delle Vittorie, donato nel 1091 dal conte Ruggero alla città di Piazza, dopo aver liberato la Sicilia dai saraceni.

« Bruno Brian », pronunciò lentamente il vecchio che cercava di abituarsi a quella contaminazione straniera. « Nessun Brian », commentò a voce bassa, « potrà mai spuntarla su un barone di Monreale. »

Sembrava non volersi rassegnare al matrimonio affrettato della figlia con quella specie di pellerossa, senza quarti di nobiltà né tradizione familiare, imparentato con una montagna di dollari. Colpa della guerra che aveva sconvolto le sue terre, l'isola, il mondo. La sua Sicilia non era nuova alle invasioni; da millenni le subiva, in qualche modo imponendo la propria legge. Civiltà lontane pur depredandola avevano contribuito a fare di quest'isola un diamante di rara bellezza. Erano arrivati persino i lombardi a influenzare dialetto, arte e cultura. Per non parlare degli spagnoli e dei francesi. Era stato sempre un dare e prendere, un patire e un gioire. E da queste successive mescolanze era uscita una razza fiera, orgogliosa e sonnolenta che però non aveva nessuna affinità con gli ultimi invasori: i tedeschi prima e gli alleati subito dopo. Gli uni e gli altri avevano portato soltanto distruzione e caos.

Forse era ingiusto che il barone Giuseppe Sajeva sovrapponesse il comportamento dei tedeschi e quello degli alleati, ma il suo criterio di valutazione era sicuramente influenzato dal fatto che Annalisa, contro la sua volontà, aveva voluto unirsi in matrimonio con uno dei tremilaquattrocentocinque paracadutisti della Ottantaduesima divisione, partita da Kaironan in Tunisia su duecentoventisette *C47*, piovuta a Gela con la collaborazione dell'« onorata società » all'ora h del *D. Day* di sabato 4 luglio 1943.

Il pellerossa si chiamava Philip James Brian junior e si era presentato a palazzo Monreale il 22 luglio. Era un bel ragazzo, nero di capelli, il sorriso da simpatica canaglia, la mascella squadrata, gli occhi d'acciaio, un modo di parlare veloce e sbrigativo, tanto diverso dall'aristocratica lentezza e dall'eloquio pacato del nobile siciliano autentico.

L'italiano del capitano Brian si riassumeva in due frasi: « Celeste Aidda, forma divinna » e « Tu non sai quanto soffrì il tuo vecchio gennitor ». La prima serviva per apostrofare la vecchia Annina, un personaggio a metà strada tra la governante e il totem di famiglia piccola, strabica, petulante, di età indefinibile, fustigatrice delle segrete tresche del padrone; la seconda designava il barone Giuseppe Sajeva nei suoi appassionati colloqui con Annalisa.

La fanciulla da quando il maggiore Philip James Brian junior dell'esercito degli Stati Uniti s'era trasferito in casa sua con l'aiutante italo-americano Gaspare Cuomo, aveva letteralmente perso la testa. Il padre le aveva messo alle costole la principessa Isgrò, che Annalisa chiamava affettuosamente zia Rosa e che un tempo aveva avuto un posto privilegiato nella vita sentimentale e nella camera da letto del barone, con sommo sdegno di Annina. La nobildonna, ancora giovane e piena di sogni, aveva dato un calcio alle convenzioni per schierarsi dalla parte di Annalisa. I racconti della sua pupilla deliziavano il lato romantico che era prevalente nella sua personalità.

Quando il barone si era reso conto che, invece di impedire un'eventuale relazione, la madrina di sua figlia favoriva l'azione del nemico, aveva tentato di fare marcia indietro. Ma era troppo tardi. Giocato dagli invasori e dalla figlia con la complicità di una gentildonna che aveva spasimato e gioito tra le sue braccia, quindi doppiamente tradito, aveva dovuto fare buon viso a cattivo gioco.

E il nipote, fortunatamente, accanto allo striminzito cognome di Brian, avrebbe portato i tre nomi propri del nonno e quello delle nobili casate di Sajeva Mandrascati di Monreale. Era pur sempre una consolazione.

Il barone, durante il fascismo, non s'era mai occupato di politica, per quanto i suoi titoli glielo permettevano e il rispetto di cui godeva gli consentiva un largo margine di indipendenza.

Da anni aveva chiuso il palazzo di via Maqueda a Palermo. Era un edificio imponente, costruito dai baroni di Monreale alla fine del diciassettesimo secolo su disegno dell'architetto Amato, con tre portali immensi e severi che scandivano la lunga facciata. C'era un esotico giardino pensile sulla sinistra e, al centro, un atrio a eleganti colonne con uno scalone di marmo rosso a duplice rampa. Lo aveva svuotato di tappeti, quadri, arazzi, porcellane e argenterie, lasciando tuttavia i preziosi arredi che sarebbero andati distrutti con i bombardamenti.

Il barone aveva chiuso anche la settecentesca villa di San Lorenzo, vicino a Mondello, un'autentica gemma neoclassica che conservava tuttavia i toni opulenti dell'isola, dove i suoi antenati avevano profuso il loro gusto un po' languido e decadente impegnando i maestri dell'epoca nella decorazione dei saloni con scene de *La Gerusalemme liberata* e immagini trionfanti di sensuali divinità pagane.

Le richieste di partecipazione attiva alla vita politica lo infastidivano. Del fascismo non accettava i metodi e lo stile e non ne condivideva l'ideologia, come non approvava la politica del re che non teneva in nessun conto i problemi dell'isola. La Sicilia, a suo modo di vedere, avrebbe avuto bisogno di ben altre attenzioni per diventare effettivamente parte integrante dell'Italia unita.

Per sfuggire alla guerra e alle lusinghe del fascio, si era rifugiato con Annalisa, la principessa Isgrò e i suoi servitori, nel suo feudo di Piazza Armerina, sperando che lì, almeno, avrebbe potuto attendere in pace che la buriana passasse. Perché nessuna guerra, ne era convinto, nessuna rivoluzione, avrebbero mai cambiato la faccia tenera e violenta di quell'isola ricca di contrasti.

Aveva visto partire a migliaia uomini d'ogni età e lasciato che donne, vecchi e bambini prendessero dai suoi raccolti di che sfamarsi. Mentre aspettava, città e paesi erano stati distrutti dalle bombe. Trascorreva le sue giornate andando a caccia in compagnia di Calogero Costa, che chiamava familiarmente Calò, un trovatello che aveva allevato per pura carità cristiana. La sera, nel salotto blu al pianterreno, ospitava il dottor Tanino Nascè, medico condotto, il farmacista Domenico Vicari, il professor Luciano Insolia, insegnante di lettere a Enna. Giocavano a ramino e parlavano.

« Barone mio », diceva il dottore, « i baroni Farra sono alla fame. Gli amici degli amici li hanno espropriati del loro ultimo feudo: quattrocentoventisei salme. »

« Eccellenza, lei è fortunato », interveniva il farmacista. « I vostri contadini qualche volta dimenticano il pagamento delle gabelle in natura e in denaro, ma la rispettano. »

« Dottore Vicari », precisava il barone, « i contadini mi rispettano perché ho vissuto più nei feudi che in città. Gli altri si sono messi a dimenare la coda davanti al potere politico. I più si sono rovinati sperperando in modo dissennato il loro capitale. Viaggi, donne, carrozze, gioco. Ci raccontiamo senza vergogna l'aneddoto del nobile che per aiutare l'amico a rintracciare i centesimi che gli sono caduti, accende un biglietto da mille lire. »

« Irresistibile », rideva il dottor Nascè.

« Criminale. » Giuseppe Sajeva batteva un pugno sul tavolo da gioco. « Assolutamente puerile, stupido e criminale. »

« Mi perdoni », cercava di giustificarsi il medico condotto. « Io mi riferivo all'episodio in sé. Certo che se lo consideriamo nella giusta luce, il discorso cambia. »

« Da generazioni hanno dimenticato il colore e il profumo della nostra terra. » Prendeva una carta, la collocava nel ventaglio di quelle che teneva nella mano sinistra e ne scartava un'altra. « La terra ai Mastro don Gesualdo e loro a *vagnari lu pizzu*, a fornicare con mafiosi e fascisti. E questo non va. »

« Io scendo », diceva il professor Insolia che ostinatamente rifiutava di esprimere la sua opinione politica e il suo giudizio sulla guerra. « Ne scarto una e resto con tre. »

« E io chiudo », lo sorprendeva il barone mettendo le carte in tavola.

A quel punto entrava in salotto la principessa Isgrò seguita da Annina che reggeva un gran vassoio con i punch al mandarino o le granite al limone a seconda delle stagioni.

La principessa, ormai prossima alla cinquantina, non rinunciava alla civetteria di indossare abiti dalla scollatura audace che facevano risaltare il seno ancora invitante. Tutti si alzavano in piedi e lei porgeva a ognuno la mano da sfiorare con le labbra. Era un'occasione che consentiva al barone di indugiare con lo sguardo su quel candido *décolleté* e alla principessa di gioirne.

Annina si ritirava con la discrezione consueta e lei sedeva insieme con gli uomini a chiacchierare. Quelle femminili intromissioni in una Sicilia che era stata araba ed era ancora medievale, sarebbero state giudicate scandalose se l'intrusa fosse stata persona diversa dalla principessa Isgrò di Monte Falcone, la cui spregiudicatezza e modernità erano considerate, eccezionalmente, un merito. Alla fine le muliebri incursioni erano diventate una cara abitudine e una serata non poteva considerarsi conclusa senza la sua amabile presenza.

Quella notte, come ogni notte, congedati gli amici, Giuseppe Sajeva, passò nella biblioteca dove avrebbe trascorso un paio d'ore in compagnia dei suoi libri: Voltaire, Rousseau, ma soprattutto Montaigne.

Stava meditando sul fatto che il mondo non è che un brancolare perpetuo, quando sentì un battito discreto alla porta. Riconobbe il tocco di Calò.

« Entra figliolo », disse.

Calò indossava l'abito di sempre: pantaloni di velluto a coste marrone, camicia bianca con le maniche rimboccate e fazzoletto giallo al collo. Era insolitamente serio.

« Voscenza », esordì, « vi debbo parlare. »

Il barone gli indicò la poltrona di fronte alla scrivania.

« Accomodati », disse. A quell'ora Calò Costa dormiva o era infilato nel letto di Stellina Paternò, un'avvenente contadina, vedova, che per amore del giovane con quella relazione illecita sfidava l'opinione della gente.

« Questa notte ci sarà trambusto dalle parti di Gela », rivelò il ragazzo.

« Quale trambusto? » s'informò il barone.

« Arrivano gli inglesi e gli americani a liberarci », annunciò.

La domanda che gli venne spontanea fu: « E tu come lo sai? » ma non la formulò.

Da mesi anche i sassi erano al corrente che sottomarini alleati incrociavano al largo della costa e agenti americani erano sbarcati sull'isola. Il barone, che fingeva di ignorare tutto, era informato su tutto. A tenere le fila dei collegamenti con gli alleati era la mafia che, sopravvissuta al fascismo, continuava ad agire: l'invasione era l'asso nella manica, il lasciapassare verso nuove posizioni di potere.

Il principe Saverio di Belmonte, giunto in visita alcuni mesi prima da Palermo, gli aveva confidato i suoi timori. Si era chiuso con lui in biblioteca e parlando a bassa voce, in inglese per maggior sicurezza, gli aveva detto: « Stiamo per passare la mano, Peppino. L'aristocrazia di quest'isola è alla fine. Crescerà la nuova classe dominante: la mafia. Si prenderanno i nostri palazzi, i nostri feudi, i nostri privilegi ».

« Che noi abbiamo usato per dimostrare l'alto grado di incoscienza a cui siamo arrivati », si era risentito il vecchio barone. « Comunque a quelli di noi che l'hanno meritata rimarrà la nostra cultura. I nuovi padroni non hanno neppure la dignità contadina dei Mastro Don Gesualdo. »

« La cultura si acquisisce », aveva insistito il principe. « Basta dargli tempo. Manderanno i figli nelle università americane, vestiranno a Londra, andranno in vacanza a Parigi, abiteranno i nostri palazzi... »

« Sarà solo una mano di vernice », l'aveva interrotto Giuseppe Sajeva. « La ruggine della volgarità rimane sotto le apparenze. No, amico mio, la nobiltà normanna non morirà mai. Vivrà, non per quello che purtroppo è, ma per quello che fortunatamente è stata. Quand'anche i nostri palazzi diventassero ruderi, vivremo nella storia. Possono toglierci i feudi, cancellare i privilegi, derubarci. Niente altro. »

« I padroni », aveva obiettato, « lo sai meglio di me, non cambiano la storia, ma possono affittare gli storici. La cronaca, comunque, la fanno loro. In America si sono organizzati scientificamente, hanno formato grandi società. Controllano varie attività oltremodo vergognose: stupefacenti, prostituzione, gioco d'azzardo, usura, speculazione, fronte del porto, sindacati, Las Vegas, slot machine e, come se non bastasse, Anonima assassini. »

« E ti pare che uomini simili possano fare la storia? » Il barone di Monreale non si rassegnava alla realtà che minacciava di travolgerli.

« La stanno scrivendo sotto i nostri occhi, Peppino. Se hanno comprato il potere politico negli Stati Uniti, perché non dovrebbero comprarlo anche da noi? Frank Coppola, Lucky Luciano, Vito Genovese: ecco il triumvirato del crimine costituito fra il 1930 e il 1940. E c'è anche Johnny Torrio, un *counsellor* che loro chiamano *consigliori.* »

« Però », aveva precisato il barone, « Luciano nel frattempo è stato condannato ai lavori forzati. »

« Luciano e Costello erano nel partito democratico di New York con la garanzia di un altro gentiluomo, il leader Albert Martinelli. Ti rendi conto che Roosevelt è stato eletto anche con il loro appoggio? »

« Una cosa buona almeno l'hanno fatta », aveva ribattuto convinto.

« Non mi sembra il momento di scherzare. Luciano è in libertà in Sicilia, nella nostra isola, per insegnare agli americani come e dove sbarcare. »

« E tu come lo sai? » Aveva finto di essere sorpreso da quella serie di informazioni tanto precise.

« Vivo a Palermo, Peppino. Potrei farti l'elenco degli uomini che stanno facendo oggi il bello e il cattivo tempo. Tutta gente che non aveva neanche le pezze da attaccare al fondo dei calzoni: Vincenzo Mangano di Villabate, Antonio Lopparo di Bagheria, Pietro e Giuseppe di Giovanni di Agrigento, Nicola Gentile di Canicattì e tanti altri che si sono ribattezzati con nomi americani e sono diventati Joe, Frank, Peter, Albert e così via. Tutti responsabili del fronte del porto. Arriveranno sulle nostre terre e ci annienteranno. »

Erano parole pesanti come macigni e intrise di veleno.

« Queste cose, principe mio », aveva ammesso con tristezza, « le conosco. Quelle che non so direttamente, le indovino. Mi dissero il nome e le gesta di questo Salvatore Lucania di Lercara Friddi, che ora si fa chiamare Lucky Luciano. È legato a Vito Genovese come l'ostrica allo scoglio. Si è incontrato recentemente a Palermo con Calogero Vizzini. Preparano rifugi sicuri per gli agenti segreti americani. »

« Ora sono io che ti chiedo come sai queste cose. »

« So queste cose perché Vizzini ha due zii vescovi. Io ho parenti e amici alla curia di Palermo. Non che queste persone abbiano la lingua lunga », aveva precisato a scanso di equivoci, « ma se conosci la nostra mentalità, se capisci i silenzi tra le parole e sai un pochino d'aritmetica, fai presto a tirare le somme. Devo dirti francamente che questo pandemonio non m'interessa più di tanto. La guerra mi ha distrutto il palazzo di via Maqueda e anche da questa ferita sono quasi guarito. I contadini prendono senza chiedere. Quando chiedono do. Sono tempi difficili. Principe mio », aveva concluso mestamente dondolando la bella testa d'argento, « la 'roba' lasciamola ai nuovi arrivati. Noi non abbiamo bisogno di avere per essere. Noi siamo. »

E in quel momento Calò gli stava dicendo che gli alleati sarebbero sbarcati in Sicilia. Era un'informazione sicura, ma il barone non volle sapere come Calò Costa fosse venuto a conoscenza dell'ora X e dei luoghi dello sbarco. Calogero era un personaggio strano, aveva le sue fonti ed erano fonti autorevoli.

Il barone lo considerava come un figlio, fra loro esisteva un sentimento tenace più importante della pietà, della simpatia, dell'amicizia, erano due persone indispensabili l'una all'altra.

Il ragazzo non obbediva a nessuno all'infuori del barone ed era, come dicevano i mafiosi, un uomo *di panza*, non avrebbe detto una parola più del necessario neppure se lo avessero squartato. Il suo coraggio era proverbiale e la sua audacia era condensata nell'appellativo che la gente gli aveva dato: *Cocciu di tacca*, cioè « chicco di fuoco ». Calogero Costa sapeva sempre una cosa più degli altri e la sapeva un momento prima. Gli amici lo amavano quanto i nemici lo temevano.

« Così arrivano gli inglesi e gli americani a liberarci », ripeté il barone Giuseppe Sajeva. « E noi ci beviamo sopra, picciotto », soggiunse versandogli del cognac.

« Voscenza », disse Calò che non amava le domande e non dava spiegazioni a nessuno fuorché al barone, « l'informazione viene da Villalba. » Non c'era bisogno di ulteriori precisazioni. Come se una notizia riguardante il papa fosse giunta dal Vaticano.

« Villalba », mormorò il barone pensando al paese in faccia alle Madonie, nella provincia di Caltanissetta, stratificato anno dopo anno attorno al cuore del feudo Micciché. Villalba era la culla di don Calogero Vizzini, il *pezzu di 90* che guidava l'avvicinamento degli alleati, il capomafia di cui il barone aveva parlato con il principe di Belmonte.

« Calò », disse, « fammi un piacere. Manda a chiamare la baronessina e la principessa. Che non avessero a spaventarsi quando ci sarà questo fastidio. » Il barone, per quanto lo riguardava, non conosceva la paura.

« Don Peppino », lo apostrofò familiarmente sapendo di poterlo fare, « qui nessuno corre pericoli. »

« Ne sono sicuro», sorrise il barone per quell'estemporaneo « don Peppino » che testimoniava l'intimità dei due uomini, l'affetto profondo che li univa. « Buona notte figliolo. E buonanotte anche a Stellina Paternò », soggiunse con orgogliosa malizia. « Bada che neanche lei si spaventi troppo. »

Calò arrossì come un bambino. Quando il barone, che aveva fama di libertino, parlava di donne riusciva sempre a metterlo in soggezione.

Alle tre del mattino, mentre all'orizzonte il cielo si faceva di fuoco e rimbombava il cannone, la gente di Piazza Armerina bussò al portone di palazzo Monreale. Il barone Giuseppe Sajeva ordinò di spalancarlo perché chi lo chiedeva potesse entrare nel grande atrio illuminato da una ventina di candelabri d'argento. Lui stava accanto alla balaustra della scalinata, alcuni gradini più in alto, e dominava la scena. Al lume vacillante delle candele sembrava un quadro ricalcato da un racconto di vita medievale, una drammatica oleografia, con al centro il signore che infonde fiducia e serenità al popolo.

Dalla figura imponente del barone sprigionava una forza paterna e rassicurante, una forza che era nata con lui e che lui aveva ereditato dai suoi antenati normanni. Guardava quei contadini e quegli artigiani ormai anziani, quelle donne sfiorite, quei bambini smarriti dalla novità della situazione e ricordò le parole del principe di Belmonte: « L'aristocrazia di quest'isola è alla fine ».

« Può darsi », gli rispose mentalmente. « Ma è una ben gloriosa fine, principe mio, se li ho tutti intorno ad aspettare da me una parola di conforto. Da me, capisci? Non dal parroco o dal vescovo o dal podestà. Ma dal loro barone. Proprio come succedeva mille anni fa al tempo del conte Ruggero. »

« Che cosa sta succedendo, eccellenza? » aveva chiesto un vecchio.

« Niente succede. »

« Si dice che arrivano gli americani. »

« Arriva sempre qualcuno da noi, ma non succede

niente. Che cosa possono cambiare gli alleati in una terra dove non accade nulla dalla creazione del mondo? »

« E con chi sono alleati questi alleati? »

« Sono alleati tra loro. »

« E che cosa importa agli alleati di noi? »

« Ci vogliono liberare. »

« Ah. » Fu l'ultima considerazione del vecchio che aveva capito tutto. Da quando si ricordava c'era sempre qualcuno che voleva liberarli da qualcosa.

« Statevi calmi e tornate a dormire », ordinò il barone. « Gli alleati stanno ancora sulle spiagge. Prima che arrivino fin qui passerà una settimana buona. »

Il podestà, che era tra la gente, non ebbe il coraggio di contrastare le decisioni del barone. Suo dovere sarebbe stato quello di incitare i contadini alla lotta armata, alla difesa a oltranza del sacro suolo della patria, ma i fascisti, i tedeschi e quello che rimaneva dell'esercito italiano s'erano frettolosamente ritirati su posizioni prestabilite per meglio contrastare l'esercito nemico. La stagione delle parole d'ordine e dei discorsi robcanti era definitivamente tramontata. La realtà incalzava su tutto il fronte e il podestà, piuttosto che essere additato ai nuovi padroni come fascista, decise di rifugiarsi in campagna presso amici fidati in attesa che il vento cambiasse.

LO SGARRO

Il 22 luglio un ragazzino che giocava sulle mura del trecentesco castello aragonese, vide avvicinarsi tre macchine che portavano dei soldati che non aveva mai visto. Non avevano la tetra tracotanza dei tedeschi, né la sbracata disinvoltura degli italiani. Erano soldati puliti, chiari, sorridenti e non facevano paura nonostante gli elmetti, le armi e le divise. Erano giovani e sembravano impegnati in una scampagnata.

Il bambino corse a perdifiato sulla piazza e annunciò l'arrivo degli alleati. I militari sconosciuti stavano risalendo il colle verso la città. Poco dopo tre jeep si arrestavano proprio davanti alla gradinata del Duomo.

Il barone Giuseppe Sajeva dalle persiane socchiuse della biblioteca, scorse gli americani chiassosi e allegri scendere dalle vetture e sgranchirsi le gambe guardandosi intorno con qualche sospetto: la piazza era assolutamente deserta. Gli abitanti erano barricati nelle case aspettando un segnale per sapere come comportarsi.

Il barone vide un soldato scivolare sullo sterco di un mulo e lo udì imprecare in un linguaggio sconosciuto mentre i suoi compagni ridevano.

« Di' a qualcuno che vada ad aprire il portone », ordinò a un domestico, « questa sera avremo ospiti. »

La principessa Rosa Miranda Isgrò di Monte Falcone bussò alla porta della cucina.

« Posso entrare, monsù? » chiese garbatamente e non senza apprensione.

« La principessa è in casa sua », si sentì risponderle la voce del cuoco mentre uno dei suoi aiutanti si affrettava ad aprire. « Prego s'accomodi », l'invitò.

Mai una nobile famiglia siciliana avrebbe offuscato il prestigio del proprio cuoco chiamandolo *chef*. Era tale l'autonomia del cuoco che gli si riconosceva la sovranità assoluta sulla cucina e chiunque, padroni compresi, prima di entrare nel suo regno, doveva bussare e chiedere il permesso.

Capitava anche che monsù rispondesse: « Non ora, con tutto il rispetto ». Quel giorno attendeva la visita della principessa che, per incarico del barone, doveva discutere con lui l'organizzazione di un pranzo indimenticabile. Il cuoco e i suoi collaboratori stavano lavorando attorno a una torre normanna di pasta reale.

« Facciamo un poco di scena, monsù », suggerì la principessa, « contenuto e coreografia. Mi sono spiegata? »

« Daremo il meglio, eccellenza », s'impegnò il maestro pulendosi le mani nel candido grembiule. Era alto e solenne e aveva, con il bianco oscillante cappello, l'aria di un sacerdote pagano sul punto di celebrare un rito.

« Abbiamo degli stranieri », bisbigliò con civetteria, « voi mi capite. »

« Li faremo sbalordire, eccellenza. » Per lui, che era maestro nella sua arte, era un invito a nozze, la felicità.

Disegnò con parole alate un menu regale. Sottolineò

la levità della crema soufflée, la morbidezza della crema *veloutée*, la delicatezza dei piccioni *à la reine*, la delizia della noce di vitello *à l'impériale*, le esotiche sfumature della *sauce à l'échalote*, la profumata fragranza della crema Chantilly.

Poi la principessa, con l'aiuto di Annina, del maggiordomo e di due camerieri allestì nella sala da pranzo il grande tavolo rettangolare che risaliva ai primi anni del Settecento, opera di un ebanista famoso. Il basamento era un pezzo unico scolpito in un enorme tronco, animato da un trionfo di cupidi e figure mitologiche che, intrecciando un'aerea danza, reggevano un grande vaso da cui pioveva rigoglioso del trifoglio di quarzo verde incastonato nelle dorature del legno.

Sul tavolo venne messa una tovaglia bianca damascata nella cui trama era ripetuto all'infinito lo stemma dei baroni Sajeva di Monreale: due torri normanne in campo giallo, le lettere S e M intrecciate, sovrapposte a un grande trifoglio.

Al centro venne posto un vaso d'argento molto basso e oblungo, colmo di trifoglio fiorito. I domestici con meticolosa cura disposero le porcellane di Capodimonte sui toni del rosa e verde-pastello, bicchieri di finissimo cristallo e posate di vermeil. Il colpo d'occhio era straordinariamente suggestivo.

La principessa, prima della guerra, era stata per ben due volte a New York in transatlantico. I brevi soggiorni le avevano consentito di scoprire l'ammirazione quasi devota dell'alta società americana per tutto quello che riguardava l'antica aristocrazia italiana. Alcuni dei militari americani invitati al pranzo appartenevano alla migliore società statunitense e, tra questi, il più illustre era il maggiore Philip James Brian junior che risiedeva, insieme con gli altri ufficiali superiori, nel municipio di Piazza, sede istituzionale di tutti i quartier generali.

La principessa aveva profuso nella sala da pranzo

argenti di rara bellezza, pezzi unici firmati da Adam van Vianen e datati 1621. Vassoi, coppe, guantiere e posate riproponevano, con i loro fregi, il ricorrente motivo del trifoglio creando un effetto di insolita magnificenza che non voleva stupire soltanto gli americani. E di questo particolare s'accorsero il dottor Tanino Nascè, il dottor Domenico Vicari e il professor Insolia che partecipavano alla festa con le rispettive consorti.

Il fasto doveva dire agli americani con chi avevano a che fare affinché rilevassero le profonde, sostanziali differenze tra chi li aveva guidati fin lì e l'anima vera dell'isola di cui conoscevano soltanto l'aspetto pittoresco o, peggio, i legami con l'industria internazionale del crimine.

Quella organizzata dal barone, con la complicità involontaria della principessa Isgrò, era una rappresentazione che avrebbe dovuto sottolineare l'importanza e il significato dei ruoli.

Il barone Giuseppe Sajeva indossava un completo grigio, camicia bianca e cravatta blu. I suoi folti capelli d'argento sembravano più bianchi al chiarore dei lampadari.

« Questo palazzo è una reggia, don Peppino. » Don Ferdinando Salemi andò incontro al barone con la mano tesa, il busto leggermente piegato in avanti in segno di rispetto, a metà strada fra l'inchino e la riverenza, un atteggiamento ridicolo e grottesco che rivelava la pochezza della persona. Giuseppe Sajeva s'immobilizzò come una statua e i suoi lineamenti si tesero impercettibilmente, ma abbastanza per far intendere a chi lo conosceva che l'ospite con quella inopportuna familiarità aveva passato il segno.

« Sono don Peppino soltanto per i miei amici », precisò scandendo lentamente ogni parola. « Per voi », soggiunse sollevando sull'uomo uno sguardo saettante e un sorriso carico di disprezzo, « sono il barone Giuseppe Bruno Sajeva Mandrascati di Monreale. »

Il braccio teso dell'ospite si afflosciò lentamente, come un girasole d'autunno, contro una giacca nera malfatta che vestiva un fisico tarchiato.

« Salutiamo, don Ferdinando », lo tolse momentaneamente d'impaccio il dottor Tanino Nascè spingendolo verso un gruppo di invitati.

« Dottore carissimo », ribatté l'uomo voltando verso di lui una faccia congestionata sulla quale il medico lesse i segni di una forte tensione.

« Vi vedo in buona salute. » Tanino Nascè cercava di minimizzare l'affronto che il barone aveva inferto a don Ferdinando Salemi, ex segretario comunale, nominato sindaco grazie ai suoi legami con la mafia locale e con quella di Villalba.

« Dottor Nascè », osservò con un feroce sorriso, « non s'invita un uomo per mancargli di rispetto. »

« Stranezze di aristocratici », il medico cercò di buttare acqua sul fuoco, ma era molto preoccupato per il comportamento del barone.

Come lui, tutti avevano notato l'episodio e tutti sapevano che il barone di Monreale aveva negato alla mafia ogni possibile segno di solidarietà, come l'aveva negato ai fascisti e ai tedeschi. Con la medesima fermezza aveva rifiutato ogni forma di collaborazione con il prefetto fascista di Palermo, Cesare Mori, quando aveva cercato di coinvolgerlo politicamente dopo la visita di Mussolini in Sicilia nel 1924. Quest'ultima presa di posizione del barone, però, era un fatto grave e pericoloso che difficilmente sarebbe stato tollerato.

Annalisa entrò nel salotto da conversazione portando una ventata di giovanile allegria in un ambiente che voleva essere gaio, ma che riusciva soltanto a sembrarlo. C'era tensione nell'aria dopo l'affronto subito da Ferdinando Salemi che dedicava a sua moglie Caterina, grondante oro come una Madonna, le attenzioni che non le aveva dedicato per tutta la vita con il risultato di confonderla.

Si parlava della guerra passata, della pace futura, di varie banalità per timore di compromettersi. Il parroco del Duomo, don Vincenzo Malta, rispondeva a monosillabi e si asciugava continuamente il sudore dentro il collarino bianco con un fazzolettone a quadri.

Gli americani erano storditi e sorpresi dalla magnificenza dell'ambiente e furono addirittura sconvolti dall'apparizione di Annalisa. Il maggiore Philip James Brian junior e il capitano Mike Cristina la guardarono come una visione.

La baronessina di Monreale indossava un abito di seta bianco su cui erano stampate delle barchette a vela rosse e blu. Aveva le maniche corte arricciate, la gonna scivolata in larghi cannoncini e il corpetto attillato con la scollatura quadrata.

I capelli neri e folti erano pettinati indietro e trattenuti da un nastro di seta rossa. La grazia del collo era sottolineata da una collana di corallo. Al polso portava un graziosissimo orologio Vacheron-Constantin d'oro con il cinturino di seta blu.

Entrò con l'esuberanza dei suoi diciott'anni portandosi dietro una folata di profumo di zagare e di sole. Era una figura incantevole che riassumeva la grazia della fanciulla aristocratica e la disinvolta fermezza delle signore appartenenti alle grandi famiglie. Era a suo agio con chiunque e in qualsiasi occasione, atteggiamento inconsueto per una donna siciliana che esercita la propria autorità in famiglia, ma è intimidita dagli ambienti nuovi e dalla presenza maschile.

Philip James junior e Mike, che vedevano Annalisa

per la prima volta ed erano i soli giovani presenti, avrebbero volentieri assecondato il loro impulso che era quello di emettere un fischio di ammirazione, ma se lo avessero fatto avrebbero raggiunto un alto indice di impopolarità.

« Questa è mia figlia Annalisa », disse il barone rivolgendosi agli americani e agli altri ospiti.

Fu un susseguirsi di larghi sorrisi e di *How do you do*, di energiche strette di mano e di rispettosi baciamano.

Poi nel salotto si ricostituì il fitto intreccio della conversazione, gli sguardi ammiccanti, i sorrisi e, in quella confusione, qualcuno riusciva a trovare persino una parentesi d'intimità.

Il morbido sguardo notturno della baronessina e gli occhi d'acciaio dell'ufficiale americano si incontrarono. Ne scaturì una scintilla che accese la fantasia e il cuore dei due giovani.

« Dovevo baciarle la mano? » domandò Philip con l'aria di scusarsi.

« È un'antica abitudine », gli rispose Annalisa, « un rituale superato nei tempi in cui viviamo », concluse per metterlo a suo agio.

Era colpita dalla singolare avvenenza di Philip, dai suoi occhi grigi che la scrutavano con curiosa ammirazione, ma anche con una punta di ironia, rivelando così, a differenza di Mike che si sarebbe gettato ai suoi piedi, la personalità dell'uomo abituato al comando e non soltanto nella vita militare. Lo sguardo di Philip aveva qualche analogia con quello del barone, senza possedere però l'orgogliosa fierezza di un'antica tradizione consacrata dai secoli, che mai nessun evento avrebbe potuto cancellare.

Dai gesti, dalle sfumature degli sguardi, dall'intensità dei sorrisi, fu subito chiara la simpatia di Annalisa per il maggiore che la ricambiava con uguale intensità.

« La ragazza darà qualche grosso dispiacere al barone », commentò sottovoce una signora presente alla sua vicina.

« Giovani, belli, vincitori e fortunati », malignò il professor Insolia contraddicendo la sua proverbiale prudenza.

La principessa Rosa Miranda Isgrò di Monte Falcone si lasciò sfuggire un romantico sospiro e rimpianse di non avere più diciott'anni.

« Sarà il caso di farla sorvegliare meglio, questa piccola sventata », pensò il barone che decise di intervenire mosso da una improvvisa sensazione di pericolo.

« Mi dispiace maggiore che la sua conversazione risulti mutilata », disse il barone. « Purtroppo è obbligato a conversare con mia figlia e con me, visto che siamo i soli in grado di parlare inglese. »

« Sono mortificato da questa mia deplorevole lacuna », si trasse elegantemente d'impaccio Philip, « ma considero un privilegio parlare con lei e con la baronessina. »

« Lei è molto buono », lo blandì ironicamente, « ma i nostri ospiti finiranno per non conoscere nulla della vostra epopea se nessuno s'incaricherà di raccontargliela. »

« Se è per questo, non chiedo di meglio. » Il capitano Mike Cristina abboccò al primo colpo.

« E noi », osservò il barone che era riuscito a interrompere la conversazione tra il maggiore e la figlia, « pendiamo letteralmente dalle sue labbra. »

« Il maggiore e io », cominciò Mike lieto di avere finalmente in pugno la situazione, « siamo agli ordini del generale Bradley. »

« Che attualmente si è fermato a Enna », gli mormorò Philip, « ma che ti spedirà sul fronte russo a gentile richiesta. » Pronunciò la frase in uno *slang* incomprensibile che neppure il barone e Annalisa, che pure conoscevano perfettamente l'inglese, poterono capire.

Gli invitati prestarono attenzione al capitano Cristina che riprese il suo racconto sorridendo ironico al suo superiore.

« Due giorni fa », spiegò, « sono cadute Sciacca, Menfi, Castelvetrano, Marsala, Trapani. Noi avremmo dovuto marciare verso nord. Enna doveva essere occupata dall'Ottava armata britannica. Invece i canadesi, chissà perché, giunti in vista della città, hanno fatto una diversione verso est puntando su Leonforte e lasciandoci scoperti sul fianco destro. Tuttavia Bradley, senza pensarci due volte, ha ordinato l'attacco di Enna. Abbiamo preso la città con due reggimenti della Prima divisione partendo dal fondovalle del Salso e da Pergusa. »

« Ora che vi siete impadroniti dell'*umbilicus Siciliae* », disse il barone, « non troverete altra resistenza. È stato sempre così dai tempi dei tempi. Arriverete a Palermo in un soffio. Non è vero don Ferdinando? » domandò al sindaco rivolgendosi con un cordiale sorriso all'uomo che poco prima aveva offeso.

« Se lo dice voscenza », ribatté lui intimidito.

« Ma voi lo sapete meglio di me », rincarò la dose. « Voi lo sapete meglio di chiunque altro che ora sono finite le incursioni *no stop* degli americani. La strada degli americani non sarebbe stata comunque difficile. Ma ci hanno pensato gli amici vostri a spianare il cammino a questi bravi ragazzi. Sbaglio don Ferdinando? »

« Voscenza mi perdoni », si chiuse in difesa, « ma io so quello che sanno tutti. »

« Ma non tutti sanno », incalzò il barone, « che fin dal 16 aprile il colonnello inglese Hancock è stato fatto sbarcare di notte da alcuni picciotti nei pressi di Gela. Voi invece lo sapete, no? »

« *Nenti sacciu*. » Dove voleva arrivare quell'aristocratico insolente e attaccabrighe?

« Nemmeno sapevate », riprese, « che l'ufficiale inglese fu accompagnato alla villa dell'ex deputato Arturo Verderame? E nessuno vi disse che, poco più tardi, a Palermo, si trasferì in via Mariano Stabile, vicino ai Quattro Canti di campagna, proprio dove c'è l'ufficio dell'avvocato Ramirez che incasserà un'adeguata parcella? E non sarà il solo a presentare il conto. Vedete don Ferdinando », proseguì sorridendo con aria di sfida, « ora molti uomini d'onore vestiranno i panni dei difensori dell'ordine. Ma bisognerà badare che l'ordine sia effettivamente difeso. Mio nonno raccontava che, durante i moti del Quarantotto, molti picciotti andavano facendo *la santa bannera*, rubando e saccheggiando all'ombra del sacro vessillo italiano. Sarà compito vostro, don Ferdinando, che nella nostra città certe nefandezze non si ripetano. Mi sono spiegato? »

Giuseppe Sajeva si era spiegato e il sindaco aveva capito perfettamente.

« Voscenza », disse don Ferdinando, « io sono in casa vostra. » Chiedeva una tregua o quantomeno un trattamento consono alla sua posizione di ospite.

« I miei ospiti sono padroni in casa mia », replicò il barone. Parlava da uomo abituato a comandare e a essere obbedito.

« Questo vostro sentimento mi onora », lo ringraziò, senza tuttavia dimenticare l'affronto subito e le accuse che gli erano state mosse.

« Si parla tra persone civili in attesa del pranzo », ricominciò minacciando il suo interlocutore da una posizione diversa. « Mi dicono che l'antica università di Catania voluta da Alfonso d'Aragona nel 1434 sia stata trasformata in un circolo per militari alleati. »

« L'America non era ancora stata scoperta », si intromise il maggiore Brian.

« Appunto maggiore », approvò il barone con severità. Poi si rivolse nuovamente a don Ferdinando. « Questo è irriverente. Gli amici degli americani dovrebbero spiegare a questi bravi ragazzi che certe cose non si fanno. È umiliante per tutti », spostò il tiro verso Philip, « sapere che nel cortile del *Siculorum Gymnasium* è stato installato un teatro. Che le aule sono state trasformate in bar, ristorante e sale da ballo. Antiche raccolte scientifiche e prezioso materiale didattico sono andati distrutti. »

Don Ferdinando Salemi il *Siculorum Gymnasium* l'avrebbe volentieri venduto agli americani con dentro quel barone spocchioso e tracotante. Il caldo d'agosto s'era insediato nell'ampio salotto nonostante le spesse mura e le finestre socchiuse. Le fronti si inumidivano e le facce accaldate si muovevano alla disperata ricerca di un po' di fresco. Le signore si facevano aria agitando inadeguati fazzolettini di pizzo e gli uomini cercavano di tamponare le gocce di sudore che imperlavano i loro volti. Soltanto il padrone di casa era perfettamente a suo agio come se il caldo, che spingeva in alto il termometro e faceva impazzire la gente, per lui non esistesse.

« Qui da voi, signor barone », disse finalmente il sindaco, « tutto questo non accadrà. Il grosso delle forze alleate è già passato. L'occupazione di Piazza, come vedete, è stato un atto puramente formale. »

« La forma è una componente fondamentale dello stile », spiegò il barone a don Ferdinando anche se aveva la certezza che l'uomo non avrebbe capito. Poi, in obbedienza ai sacri doveri dell'ospitalità, soggiunse rivolto ai due ufficiali: « Se lo vorrete, per il tempo del vostro soggiorno in città, potete risiedere in casa mia. Don Calogero Costa provvederà a farvi avere tutto quello che vi serve ».

Era la prima volta che il barone alludeva a Calò Costa premettendo il don in segno di rispetto. La singolare figura del trovatello diventato uomo in casa Sajeva andava assumendo una precisa fisionomia. Poche parole buttate apparentemente lì per caso delineavano la personalità di Calò non servo, ma custode del buon andamento della famiglia.

Calogero Costa, tuttavia, restava un mistero per tutti e faceva paura a molti, compresi gli uomini di rispetto, ma nessuno avrebbe saputo dire perché.

In quel momento s'affacciò il maggiordomo.

« Signor barone », annunciò con voce profonda, « il pranzo è servito. »

Inopinatamente, Giuseppe Sajeva offrì il braccio a donna Concetta Salemi, la moglie del sindaco, che avrebbe voluto sprofondare tant'era la soggezione che provava e, insieme, aprirono la sfilata degli ospiti verso la sala da pranzo.

Il pranzo fu una passerella di autentici capolavori cesellati da maestri della gastronomia. Il pasticcio di piccioni era stato ricalcato sul modello dell'Etna, un vero e proprio vulcano in miniatura con il pinnacolo infuocato. Grossi gamberoni erano il supporto di asticciole ornamentali fatte con olive e legumi. L'arrosto riproduceva fedelmente la fontana barocca del giardino. Fu un susseguirsi di teatrali sorprese che mandarono in visibilio gli ospiti. Il dolce scatenò uno spontaneo, irresistibile applauso da parte degli americani che ritrovarono nella sontuosa sala da pranzo seicentesca un senso della regia sconosciuto persino ai più suggestivi spettacoli di Broadway.

Su un largo vassoio tondo d'oro massiccio, portato in tavola da due camerieri, poggiava un albero fiorito: il tronco era fatto di croccante zucchero caramellato, i rami frondosi che si aprivano a ombrello erano costellati di tante foglioline di mentuccia glassata e reggevano piccoli cestelli di biscotto chiaro colmi di frutti di marzapane. L'albero affondava le radici su un terreno di cioccolata sul quale nasceva un tenero trifoglio. Il fragrante e profumato capolavoro era circondato da biscottini di pasta di mandorle.

« Superbo! » esclamò il medico condotto.

« Delizioso », mormorarono le signore lanciando gridolini di stupore.

Don Ferdinando Salemi, che avrebbe barattato tutto il suo potere con un po' dell'aristocratica sapienza che il barone dispensava a piene mani, non riuscì a contenere la sua ammirazione.

« Mi consenta di dirle, signor barone », osservò, « che mai vidi, anche se una volta ne intesi parlare, un simile capolavoro. »

« Siamo in momenti difficili », replicò Giuseppe Sajeva con una modestia tanto falsa da sembrare vera. « I miei feudi producono quanto basta alla nostra sopravvivenza. Così ci accontentiamo. Sono tutti ingredienti semplici. Molti vengono dalle nostre terre. Sta poi al senso artistico dei cuochi e al genio di monsù saperli trasformare in cose piacevoli anche per l'occhio, oltre che per il palato. »

Annalisa e Philip, completamente estranei al generale scambio di battute, conversavano fitto in inglese. Parlavano dei *V-disc*, i dischi della vittoria che erano il sottofondo musicale delle armate americane su tutti i fronti, dall'Africa a Palermo; Toscanini e Armstrong, Duke Ellington e Bing Crosby, Lena Horne e Glen Miller.

Philip aveva gli occhi e il sorriso pieni di musica, musica per sognare, parole come carezze sulla pelle calda di sole e di desiderio di Annalisa. Aveva un modo di guardarla che le comunicava una felicità insolita perché era uno sguardo di tranquillo possesso, unito a una sorta di rispetto e di stima.

I suoi occhi grigi le dicevano: « Non ti conosco. Forse non ci vedremo mai più, ma ora ci apparteniamo ». Era quella consapevolezza che conferiva una dolcezza particolare alla tensione che si era creata tra i due giovani. E Annalisa si invaghì follemente di Philip, le parve di sentire distintamente la musica che aveva orecchiato tra gracchianti disturbi alla radio prima dello sbarco e della quale lui le parlava. E volle una cosa proibita, volle quello straniero pieno di vitamine e di ottimismo che fumava Lucky Strike e aveva un sorriso vittorioso. Lo volle per la sua tenera ingenuità, lo volle perché chiedeva e non ordinava, perché la sua femminilità con lui non aveva più paura di manifestarsi.

Era consapevole di sognare un sogno proibito, ma soltanto in quel momento le nasceva dentro un desiderio potente e insopprimibile, un inquietante rimescolio nel sangue, una voglia pazza di lanciare richiami, di raccogliere fiori, di comporre ghirlande per adornare la propria giovinezza. Da una regione sconosciuta e misteriosa provenivano snervanti pulsioni che le suscitavano vampate di rossore. Nessuna di quelle sensazioni era scritta nei programmi preparati per lei dal padre. Quando era bambina era stata tacitamente promessa al figlio minore dei principi di Belmonte che aveva pochi anni più di lei. Il padre non le aveva mai parlato apertamente della cosa, ma le due famiglie erano amiche, i loro feudi confinanti, i padri intimi amici e sembrava inevitabile che, a guerra finita, quando tutt'e due si fossero laureati, i loro destini si sarebbero incontrati.

I due ragazzi non si vedevano da un paio d'anni, perché il figlio minore del principe era stato fatto prigioniero in Africa dagli inglesi. Si sapeva, però, che era vivo per interessamento di un funzionario della Croce Rossa Internazionale che era riuscito a far pervenire un messaggio.

Annalisa serbava di lui un ricordo verde e azzurro, di primavera e di sole, di franche risate adolescenti, di corse a perdifiato nei viali del parco. Non aveva avuto il tempo, il modo e il desiderio di avvicinare nessun altro ragazzo confinata com'era in quella cittadina, senza nemmeno la possibilità di frequentare il liceo di Enna, poiché il barone aveva deciso che il viaggio in macchina da Piazza al capoluogo presentava tutta una serie di rischi.

I rari uomini che aveva incontrato l'avevano lasciata abbastanza indifferente, qualche volta l'avevano infastidita e irritata con i loro sguardi insolenti. La sua carica sentimentale e i suoi sogni di un'acerba e confusa sessualità venivano riversati sugli eroi dei romanzi storici; adolescente s'era innamorata perdutamente di Alessandro Magno, di Giulio Cesare, di Napoleone. Per gli attori del cinema, invece, provava una totale indifferenza, perché le sembravano personaggi grigi e inconsistenti ritagliati sullo squallore di racconti banali.

Il capitano Mike Cristina, pur ascoltando il barone che stava da par suo al centro dell'attenzione, non perdeva d'occhio l'amico e Annalisa.

« Phil », sentenziò mentalmente, « se avessi un briciolo di buon senso abbandoneresti questa casa adesso. Subito. O questa ragazza ti imprigionerà per la vita. »

IL GIARDINO INCANTATO

PHILIP James junior aveva visto altri cieli, respirato altri profumi, ma l'atmosfera inebriante di quel giardino lo stordiva. La soavità della notte col suo sfavillio di stelle e una luna di smalto appesa al firmamento profumava di rose e di magnolie. C'era qualcosa di vagamente corrotto e di raffinato in quella pace notturna che gli accendeva i sensi.

Il maggiore aveva accettato l'ospitalità del barone nel palazzo Monreale e ora ammirava la bellezza della fontana barocca nella quale tanti piccoli getti d'acqua producevano un brusio musicale immutato da secoli.

« Phil », lo chiamò piano Annalisa.

L'uomo non trasalì perché in quella notte incantata tutto sembrava nell'ordine delle cose possibili: anche l'improvvisa apparizione della fanciulla sullo sfondo di un fitto cespuglio di mortella nel giardino illuminato dalla luna.

« T'aspettavo », disse. La notte era chiara e i raggi d'argento giocavano tra gli alberi e i fiori. I grilli cantavano.

L'americano attese immobile mentre la ragazza avanzava verso la fontana, verso di lui, percorrendo un sentiero di agavi. La tensione che erompeva da quel corpo di donna gli rimescolava il sangue.

« Desidero baciarti », sussurrò Philip.

« Nessuno mi ha mai baciata prima d'ora. » La voce di Annalisa era bassa, morbida, calda. Una forza irresistibile, affiorata nel suo temperamento selvaggio e risoluto, la spingeva inesorabilmente verso quell'uomo.

« Ma tu vuoi che lo faccia? » chiese lui quasi esitando.

Erano vicini ormai, così vicini che i loro corpi si toccavano e le loro bocche si sfioravano.

« Phil, baciami per favore », lo pregò la ragazza.

L'uomo la circondò con le sue braccia forti e lei respirò il suo odore, un odore che la stordì, mentre un nodo le serrava la gola come quando stava per piangere, ma non c'erano lacrime, soltanto l'urlo irresistibile di una sessualità sconosciuta. Non poteva più parlare, né muoversi, né respirare, mentre le mani tiepide e asciutte dell'uomo le prendevano delicatamente il viso e le labbra di lui si schiudevano sulle sue. Annalisa ricambiò il bacio e un fuoco le bruciò le vene.

Lontano, nella notte, una voce araba cantava un'antica nenia d'amore. Annalisa era prigioniera del suo gioco proibito. Infilò una mano esitante nella camicia di Phil accarezzandogli il petto con la cautela che si mette nell'esplorare un oggetto prezioso. Il contatto della mano con la pelle dell'uomo esaltava il dolcissimo turbamento.

« Se lo sapesse mio padre, sarebbe capace di ucciderti », sussurrò come per sfidarlo.

Della gelosia dei siciliani Philip sapeva quello che era contenuto nelle storie e nelle leggende che in America si raccontano sul temperamento isolano. Qualcuno gli aveva anche spiegato che era meglio girare alla larga dalle donne siciliane, se non si voleva rischiare un buco nella fronte o un coltello nella gola.

« E se io dicessi a tuo padre che ti amo e voglio sposarti? » Aveva chiesto una cosa che soltanto un attimo prima non sarebbe stato neppure in grado di pensare.

« Oh, Phil. » Fu come se un'onda, dopo averla presa e sballottata, l'avesse rovesciata sulla spiaggia.

« Ti amo e ti voglio sposare », ripeté Phil. Quella ragazza piena di fuoco sbocciata tra i profumi inebrianti del giardino, al chiaro di luna, in poche ore lo aveva conquistato e in quell'attimo l'aveva letteralmente stregato.

Annalisa si rifugiò contro l'ampio e forte petto dell'uomo.

« Non ti ho chiesto se vuoi uscire questa sera con me », sottolineò Philip, « ti ho chiesto se vuoi diventare mia moglie. »

« Nessuno me lo ha mai chiesto prima di te », mormorò.

« Nessuno ti aveva mai baciato », replicò. « Ci sono state molte novità questa sera per te. »

« Forse è per questo che il mio cuore sembra impazzito. » Appoggiò la sua guancia a quella di lui e la sentì bruciare. « A che cosa pensi? »

« A niente », mentì perché in quel momento pensava al volto chiaro, allo sguardo azzurro, ai capelli dorati di Mary Jane, i cui preziosi lineamenti si erano sovrapposti, per poi dissolversi, al volto bruno e intenso, allo sguardo notturno e misterioso, ai densi capelli d'ebano di Annalisa. Philip pensò allo zaffiro dai morbidi riflessi che aveva infilato all'anulare di Mary Jane prima di partire dalla California, lo zaffiro che era stato di sua madre e prima ancora di sua nonna. In qualche modo avrebbe dovuto farselo restituire perché era un gioiello che doveva restare in famiglia.

« Dobbiamo essere ragionevoli, Phil. » Era un discorso che non corrispondeva allo stato d'animo e al temperamento di Annalisa. Era un pretesto, una giustificazione. La proposta di matrimonio, più che turbarla, l'aveva spaventata spezzando l'incanto di quella splendida notte.

Non trovava le parole, ma se avesse avuto l'esperienza e il coraggio per esprimere i pensieri che aveva in mente, sarebbe stata costretta a confessare che era invaghita d'un personaggio e non innamorata di un uomo che sognava di sposare.

Voleva un'avventura, la sua grande romantica avventura. Il matrimonio era un legame che escludeva la passione, un patto solenne che coinvolgeva la famiglia, le istituzioni, gli amici, mentre lei voleva un sogno tutto suo, un sogno proibito e segreto da non svelare a nessuno.

« Non credo d'essere stato mai più ragionevole di così », si difese l'americano.

« E io non ti sarò mai abbastanza grata della tua prudenza. » Erano riaffiorati secoli di educazione a soffocare il libero abbandono di un attimo, a imbrigliare il bisogno di sessualità appena sbocciato. Così si ritrovò a riflettere sul fatto che una baronessa di Monreale non era una qualsiasi Stellina Paternò. Aveva un nome e una dignità da difendere, la smania affannosa che la possedeva aveva in definitiva un solo sbocco: il matrimonio. « Tu non conosci il barone di Monreale. » Ancora un pretesto, ancora un alibi per non svelare le sue perplessità.

« Abbiamo tutto il tempo per conoscerci. » Philip era pratico e sapeva che alla tradizione dei Monreale poteva contrapporre quella dei Brian.

« Mio padre non darebbe mai la sua unica figlia al primo venuto. Per di più straniero. » Dava per scontata la decisione paterna, quasi la condividesse.

« Sono straniero », ammise, « ma non sono il primo venuto. Credo che anche il barone Giuseppe Sajeva di

Monreale considererebbe con attenzione il vantaggio d'imparentarsi con la dinastia dei Brian. » Era contrariato dall'improvviso voltafaccia di Annalisa e dalla piega volgare che aveva preso quel magico incontro. Stava toccando il fondo del cattivo gusto riproponendosi di citare i bilanci dell'impero finanziario di famiglia pochi istanti dopo avere stretto tra le braccia tutta la felicità del mondo.

« Tu non conosci mio padre », la ragazza rincarò la dose. « Per lui il denaro è irrilevante. Sono altri i valori che apprezza. Credimi Phil, meglio non farne parola. Ne soffrirebbe troppo. »

« Tu non sai quanto soffrì il tuo vecchio gennitor! » fece melodrammaticamente in un italiano deplorevole.

« Lascia perdere *La traviata* », l'ammonì. « Io non me la sento di affrontare papà. »

« Lo farò io, allora », replicò l'uomo con decisione. « Io ti sposo, Annalisa. »

Nemmeno per un attimo l'aveva sfiorato il dubbio che lei potesse non volere la stessa cosa. E quel particolare la infastidì tremendamente.

« E se io non volessi sposare te? » ebbe infine il coraggio di dirgli.

Philip la guardò per un attimo dubbioso, poi dissipò le perplessità con un candido sorriso.

« No, tu lo vuoi », affermò. « Perché mi desideri almeno quanto io desidero te. »

Era vero, lo desiderava pazzamente. L'uomo si chinò su di lei, la baciò ancora e Annalisa gli rispose con tutto l'ardore di cui era capace.

« Vieni nella mia camera », la supplicò. « Voglio stare con te questa notte. »

La desiderava come non aveva desiderato mai nessuna donna al mondo.

« A domani, Phil », lo sorprese sciogliendosi rapidamente dal suo abbraccio. « Ora devo andare. »

« Annalisa », la chiamò l'americano mentre la fanciulla correva verso il palazzo.

Philip provò un violento moto di collera. Ma chi era quella ragazzina che si prendeva gioco di lui? Perché era scappata improvvisamente senza una ragione? Ma la ragione c'era.

All'improvviso Calò, silenzioso e potente come un giaguaro, gli piombò alle spalle.

Philip in un tentativo di reazione si bruciò le dita con la sigaretta che aveva appena acceso.

« Che cosa vuoi da me, bastardo! » imprecò riconoscendolo e cercando vanamente di divincolarsi.

Non l'aveva sentito arrivare, Calò era cauto e insidioso come un animale, ma Philip James Brian junior quella sera non avrebbe sentito arrivare un carro armato e mai più avrebbe pensato ad un'aggressione.

« Lascia stare la figlia del barone », l'apostrofò. « Le tue donne le trovi nei bordelli, in città. »

Calò non capiva Philip e l'americano non capiva il giovane gigante isolano, ma si guardarono negli occhi e si odiarono profondamente.

« Toglimi le mani di dosso, imbecille! » ordinò il maggiore.

Calò lo lasciò andare, come se niente fosse accaduto e si allontanò senza aggiungere una sola parola. Aveva comunque fatto il suo dovere: la reputazione di Annalisa di Monreale non poteva essere compromessa da un militare di passaggio.

Annalisa, che aveva fatto le scale di corsa, entrò senza bussare nella camera della principessa Isgrò. La donna era profondamente addormentata, i capelli annodati a tanti piccoli bigodini e il volto lucido di crema. La finestra era spalancata sulla notte estiva e la luna rischiarava il volto sereno e tondeggiante della nobildonna.

« Madrina, svegliati. » Annalisa sedette sul letto e prese a scuoterla dolcemente. Era affannata e aveva il cuore in gola. « Madrina, ascoltami », continuò mettendo più energia nel suo tentativo di stabilire un contatto con la dormiente.

La principessa riemerse penosamente dal primo sonno e spalancò gli occhi atterriti sulla ragazza.

« Gesù, Giuseppe, Sant'Anna e Maria! » gridò tirandosi a sedere. « Che cosa succede? »

« Zia Rosa », l'aggredì Annalisa, « devo parlarti. » Era eccitata e inciampava nelle parole.

« Qualcuno sta male? » s'informò in preda al panico. Aveva riacquistato una relativa lucidità e formulò la sola domanda che secondo lei aveva una sicura importanza.

« No, zia », rispose, « stanno tutti benissimo. »

Trasse un profondo sospiro di sollievo e la sua faccia rotonda, che era diventata per un attimo lunga e triste, riprese la naturale morbidezza.

« Allora calmati, perché nella vita c'è rimedio a tutto », concluse ormai tranquillizzata.

« Phil mi ha chiesto di sposarlo », le annunciò d'un fiato.

La principessa allungò la mano verso l'interruttore della lampada che stava sul tavolino da notte ripetendo per la seconda volta: « Gesù, Giuseppe, Sant'Anna e Maria! » La stanza s'illuminò rivelando l'espressione attonita della nobildonna. « E mi svegli nel cuore della notte per raccontarmi certe cose? A proposito, che ore sono? » Nello stesso istante l'espressione del suo viso passò dalla sonnolenta rassegnazione all'incredulità, allo stupore. « Ti ha chiesta in moglie! » esclamò la principessa che usciva definitivamente dalle vischiose braccia di Morfeo.

« Proprio così », riprese Annalisa sempre più loquace. « Ha detto che ne parlerà a papà. Sai che cosa significa tutto questo? » E Annalisa si buttò tra le braccia della principessa singhiozzando.

« Raccontami per bene », l'invitò la principessa.

« Ci siamo incontrati poco fa in giardino. » Era più difficile di quanto pensasse tradurre in parole il passato prossimo.

« E poi? » la pungolò la donna.

« Lui mi ha baciata. » Sulla sua bella faccia accaldata scorrevano le lacrime.

« Baciata? » sospirò la principessa tra l'eccitazione e lo scandalo.

« È stata una cosa divina, te l'assicuro. »

« Divina in che senso? » si allarmò la principessa.

« Divina, perché Phil mi piace da impazzire. »

« Una donna che ha perduto la purezza non è così sincera », pensò.

« Solo che a un certo punto lui si mette a parlare di matrimonio. » Una brezza leggera mosse la tenda di mussola bianca e le passò tra i capelli. Lontano si sentì un rimbombo nel cielo e le due donne sperarono fosse il tuono.

« Non mi sembra un motivo per tanta disperazione », la rimproverò.

« Ha detto che vuole sposarmi », ripeté spaventata come se l'avesse minacciata di morte.

« Non piangere, bambina », le disse con sincera partecipazione. « È tutto così romantico. Voi due in giardino. I baci al chiaro di luna. Perché non ho vent'anni di meno? »

« Sii seria, zia », la riprese Annalisa. « Papà lo ucciderà. Aveva in mente per me un altro futuro. »

« Peppino non ucciderà nessuno », intervenne con decisione. « Philip è un bellissimo ragazzo e ti piace. Inoltre è di ottima famiglia e questo facilita le cose. Ci penserò io a far ragionare tuo padre. È vero, c'è una mezza promessa al principe di Belmonte, ma questo americano ha classe. Bisognerà conoscere meglio la famiglia, vedere se tutto corrisponde. Ma se ogni cosa sarà in regola, come penso, il matrimonio si potrà fare. »

« Zia, ma allora proprio non capisci », reagì Annalisa. « Io non voglio sposarmi. Non adesso. Non con quell'uomo. »

« Che cosa? » la interrogò la principessa esterrefatta.

« Io non voglio sposare Phil, zia Rosa », pronunciò la fanciulla in modo irrevocabile.

La donna con un colpo solo scostò violentemente le coperte, si alzò, calzò le pantofole, infilò una leggera vestaglia e fronteggiò Annalisa con autorità.

« L'americano ti piace, ti fai baciare e però non lo vuoi sposare? » L'atteggiamento della figlioccia era al di là di ogni possibile comprensione.

« È esattamente quello che cerco di farti capire », sospirò. « Il matrimonio non c'entra niente col fatto che lui mi piaccia e che ci siamo baciati. Sono troppo giovane per sposarmi. »

« Ma non troppo », ribatté, « per incontrarti con lui di notte, sola, in giardino. Tu devi essere pazza, per non dire di peggio. »

Annalisa passò dall'aggressività alla tenerezza e toccò tutte le sfumature di questo delicato sentimento per comunicare la verità che anche la zia si ostinava a non capire.

« Zia », mormorò, « se non mi capisci tu, non mi capirà nessuno. Perché a nessuno posso parlare come a te. Io amo Phil », proseguì commossa, « lo desidero e voglio la mia bella storia d'amore. Ma tutto questo non ha niente a che vedere col matrimonio. »

Rosa Miranda Isgrò la capiva. Sì, si rendeva conto di quello che Annalisa cercava di farle intendere. La passione romantica era un ingrediente che non era sconosciuto alla principessa e l'aveva manipolato più di una volta nella sua vita con discrezione e stile. Ma non avrebbe mai permesso, pur con tutta la liberalità di cui era capace, che Annalisa, alla sua età, facesse una simile follia. Inoltre il nome illustre che portava non sarebbe stato sufficiente a tenerla al riparo dalle conseguenze di un simile comportamento. In ogni caso la gente l'avrebbe giudicata una donna da poco.

« Ti sbagli, Annalisa », cercò di convincerla. « Il matrimonio è inevitabile quando due persone si amano. » Aveva bisogno di altre parole più persuasive per raggiungere lo scopo che aveva in mente, ma non ebbe il coraggio di usarle. « Vorresti forse sposare qualcuno che non ti piace? » la interrogò con banale convenzionalità.

« No, mai. » Il luogo comune, vituperato ed escluso dalle conversazioni intelligenti, funzionava ancora.

« Vedi? » sorrise sospirando di sollievo. « Ora dobbiamo invece pensare al modo di informare tuo padre. Ma di questo tu non devi preoccuparti. Lascia che me ne occupi io. »

« Senti, zia Rosa, volevo dirti che... »

« Ti ripeto che me ne occupo io. » La principessa sospinse dolcemente Annalisa verso l'uscita della camera.

« Va bene, zia Rosa », sorrise rassegnata mentre la principessa cominciava a togliersi velocemente i bigodini.

« Ecco », esclamò soddisfatta, « così va bene. » Si sarebbe lavata, profumata, pettinata, avrebbe indossato uno splendido negligé e si sarebbe insinuata nella camera del barone: a letto certi argomenti si discutono meglio. La larghezza di vedute e un modo moderno di concepire la vita non c'entravano affatto. C'era un solo sbocco per una storia d'amore: il matrimonio.

IL GIGANTE NORMANNO

ANNALISA tornò nella sua stanza, si mise a letto, ma capì subito che non sarebbe riuscita a prendere sonno. Probabilmente la principessa stava già parlando col padre della sua storia. La conclusione era una e inevitabile, qualunque atteggiamento il barone avesse deciso di assumere. In ogni caso, a partire dal giorno seguente avrebbero costruito intorno a lei un muro protettivo e invalicabile, un baluardo che né lei né Philip avrebbero potuto infrangere.

Calò, Annina, suo padre, la servitù l'avrebbero sorvegliata a vista perché quella era la legge e dal giorno successivo non sarebbe più stato consentito a Phil di risiedere nel palazzo Monreale. Mentre lei non voleva perdere Philip nel momento in cui il desiderio era più forte. Avrebbe potuto contare su una sola alleata, la principessa, che comunque avrebbe potuto fare ben poco in pratica nel momento stesso in cui il barone avesse imposto la separazione dei due giovani.

Annalisa in un attimo decise quello che avrebbe fatto: un'azione capace di imprimere una svolta alla sua giovinezza irrequieta e alla sua vita. Uscì dalla camera, percorse tutta la galleria del primo piano a piedi scalzi per non fare rumore e imboccò il corridoio che portava all'ala est del palazzo dove c'era la camera di Phil. Procedeva con cauta sicurezza, al buio, lungo itinerari che sapeva a memoria per averli percorsi mille volte, da bambina, giocando.

Indugiò pochi attimi davanti alla porta dalla quale filtrava una striscia di luce, girò la pesante maniglia d'ottone ed entrò silenziosamente: gli unici rumori che sentiva erano il cuore che le saltava in gola e il sangue che le pulsava nelle orecchie.

Annalisa sapeva per istinto quello che altre donne imparano soltanto dopo una lunga esperienza. Il primo impulso sarebbe stato quello di spogliarsi e offrirsi drammaticamente a Phil, dicendogli: « Prendimi, perché dopo sarà troppo tardi. E io muoio dal desiderio di appartenerti ».

L'istinto le suggerì invece che anche il più fiero maschio non vuole essere aggredito, ma stuzzicato, vuole conquistare, non essere conquistato.

Quando entrò nella camera di Phil e lo guardò con l'aria di una fanciulla innamorata, sapeva che si sarebbe lasciata conquistare come una ragazza rispettabile e rispettosa delle antiche leggi.

L'americano sedeva allo scrittoio che era posto nell'angolo tra la parete del letto e quella del balcone. Leggeva, quando sentì un fruscio alle sue spalle. Si voltò istintivamente facendo guizzare i muscoli del collo e del petto che era nudo e abbronzato. Occhieggiava tra i peli morbidi e setosi la piastrina di riconoscimento appesa a un cordoncino nero. Indossava un paio di pantaloni verde-oliva. Era a piedi nudi.

Si alzò e la guardò ammutolito per la sorpresa.

« Sei venuta, dunque? » Non l'aspettava, quella stupenda visione era l'ultima cosa che avrebbe pensato di rivedere quella notte.

« Sembrerebbe di sì. » Era ironica, spiritosa, sorridente, aveva gli occhi grandi e brillanti, le guance pervase da un pudico rossore, l'espressione decisa di chi ha preso una risoluzione fondamentale.

« Ho paura di toccarti », le disse. « E se poi sei un sogno? »

« È un rischio che devi correre, soldato. » Era bella, d'una bellezza virginale e perversa che s'accendeva di desiderio.

« Lasciati guardare ancora un momento. » Erano in piedi l'uno di fronte all'altra separati da uno spazio esiguo, uniti da una passione selvaggia.

« Phil, credo di essere pazza. »

« Non ha nessuna importanza. Io ti proteggerò. » Sentiva il suo respiro caldo.

« Ho sfidato tutto e tutti per venire in questa stanza. »

« Nessuno potrà farti alcun male. »

« Ti ho pensato tanto », sussurrò.

« Sei la sola donna che desidero. » L'americano le andò incontro esitante, come se in quei pochi passi potesse consumarsi la vita che aveva vissuto fino a quel momento.

La sollevò e tenendola tra le braccia si diresse verso il balcone aperto sulla notte brulicante di stelle. Un filo di vento li accarezzò facendoli fremere.

« Quando una settimana fa sbarcai in Sicilia, non sapevo che avrei guardato il cielo più bello del mondo stringendo fra le mie braccia la felicità. » Dal giardino saliva il profumo intenso dei fiori.

Annalisa nascose il volto sul petto nudo dell'americano.

« Ho i brividi », si lamentò. Effettivamente tremava nonostante la calda notte d'estate.

Philip rientrò in camera, si diresse verso il letto e l'adagiò sulle candide lenzuola.

Prese a spogliarla con tutta la delicatezza possibile, lentamente.

« Ho paura, Phil. Forse stiamo facendo una cosa terribile. »

« Non c'è niente di terribile in una storia d'amore », cercò goffamente di rassicurarla.

Aveva avuto qualche donna nella sua vita, ragazze ingenue e smaliziate, tutte in qualche modo prevedibili, nessuna così misteriosa ed eccitante come Annalisa.

Il suo primo rapporto Philip l'aveva avuto con una compagna di università vergine e impaurita come lui. Era stata un'esperienza breve, tumultuosa e imbarazzante, un rapporto doloroso e spiacevole, sostenuto esclusivamente da una violenta carica sessuale.

E in quel momento a trentadue anni, aveva tra le braccia un'altra diciottenne, ma prevaleva una dolcezza infinita, un languore estenuante, una partecipazione istintiva e totale.

Annalisa accettava di farsi liberare da ogni indumento e usciva dalla crisalide del vestito per mostrarsi agli occhi dell'uomo con la naturalezza di una splendida farfalla. Esibizionista per vocazione, non fingeva di nascondersi quasi ostentando la sua prorompente nudità.

Le vennero in mente le parole che Annina aveva pronunciato pochi anni prima, una volta che l'anziana domestica l'aveva aiutata a farsi il bagno. S'era affacciata sulla porta la principessa Isgrò nel momento in cui Annalisa stava uscendo dalla vasca colma d'acqua fumante e profumata dalla lavanda.

« Guardate principessa quant'è bella la ragazzina », aveva detto ammirata. « Sembra dipinta. »

La principessa aveva avuto per lei un sentimento d'orgoglio.

« Dietro questa perfezione », aveva spiegato alla domestica, « ci sono generazioni di nobildonne siciliane plasmate nell'aristocrazia della eleganza. »

Annina non aveva capito assolutamente nulla, ma aveva annuito entusiasta con la gioia delle persone semplici che vivono nel rispetto dell'inesplicabile.

Annalisa non aveva dato nessun peso a quel giudizio anche perché, essendo straordinariamente bella e avendone coscienza, il suo aspetto esteriore non la interessava più di tanto. Le caratteristiche fisiche diventano un problema quando una persona è brutta e le subisce. Nel momento in cui un uomo la guardava al chiaro di luna, come un maschio innamorato osserva la propria femmina, Annalisa non poteva non sentirsi fiera della sua singolare bellezza.

Quando Philip si sfilò i calzoni, lei girò il capo contro il cuscino chiudendo gli occhi. Philip si accorse di quel nuovo turbamento e le chiese dolcemente: « Non hai mai visto un uomo? »

« No », confessò Annalisa con un filo di voce.

Philip si chinò su di lei, prendendole il volto tra le mani e baciandola dolcemente sulla fronte, sugli occhi, sulla bocca. « Non ha nessuna importanza », le disse stendendosi al suo fianco.

« Conosco il corpo di Giove, di Apollo, di Ercole per averli visti nei quadri di casa. Ma tu sei un uomo vero. Io non ho mai saputo com'è un uomo. » Invece qualcosa sapeva dai racconti di sua cugina, la principessa Isabella Florio che, alla sua stessa età, aveva avuto una storia d'amore con il suo maestro di equitazione, un fiorentino che rischiava molto se la faccenda si fosse risaputa.

Così Annalisa aveva cercato di decifrare sulle labbra della cugina l'inquietante mistero del sesso. Ma era riuscita soltanto a intuire che si trattava di una frenesia del sangue, di una barbara voluttà dei sensi, quasi di una contaminazione peccaminosa cui seguiva un desiderio di assoluzione e di perdono. Un maschio che domina la femmina con la sua potenza virile le ricordava certe pagine dell'*Asino d'oro* di Apuleio che aveva sbirciato di nascosto in biblioteca. Il pensiero del maestro di equitazione venuto dal continente che cavalcava Isabella come una giumenta, le provocava una commozione che si diffondeva in tutto il suo essere per sciogliersi in tiepida rugiada nella delicata conchiglia del sesso.

Era una dolce tortura contro la quale non sapeva combattere, una febbre implacabile che la possedeva mentre il sangue le bruciava il viso. Si abbandonava a una tensione sconosciuta, la testa affondata nel cuscino. Poi il sonno e i sogni la salvavano dagli atti, ma non dai pensieri impuri. E il giorno dopo correva in chiesa a pregare e a chiedere perdono a Gesù. Perché era un peccato mortale quello che aveva commesso.

Il desiderio di peccato e il bisogno di assoluzione erano arrivati alla vertigine di un ardore che la consumava. E anche in quel momento, vicina all'uomo venuto dall'altra riva dell'oceano che l'accarezzava con estenuante dolcezza, continuava a oscillare fra il terrore e l'eccitazione e per la prima volta pensò che, forse, l'ansietà di un amplesso dipendesse dal fatto che troppi divieti si opponevano alla sua realizzazione.

In quell'attesa spasmodica sentiva bruciare la propria giovinezza: ardevano come roghi i ponti alle sue spalle, si consumava un momento importante della sua vita.

Aveva gli occhi chiusi quando l'uomo la coprì con il suo corpo e lei non oppose resistenza. I respiri si confusero, le parole divennero sussurri, gemiti e Annalisa lasciò irrompere dentro di lei quel fiume del quale aveva tanto fantasticato.

Istintivamente assecondò Philip che si muoveva ancora, ma con una frenesia ormai consumata e attese che la tensione di lui si placasse e che in lei si producesse il miracolo sognato. Ma non esplosero nel suo cervello girandole di stelle multicolori. La sua tensione non trovò uno sbocco, si spezzò, andò in briciole come un vecchio vaso di coccio. Svanì il desiderio, restò la vergogna, quasi un volgare imbarazzo.

Philip era un grosso, ingombrante maschio sconosciuto senza più ardore né parole che evidentemente rimuginava dubbi e perplessità.

« Te l'immaginavi così la prima volta? » Era impacciato e sentì che diceva parole sbagliate nel momento meno opportuno.

« Non lo so. » Annalisa era delusa della sua prima, frettolosa esperienza sessuale e si rifiutava di credere che quel risultato fosse definitivo. Era fredda, lucida, consapevole, avrebbe desiderato essere altrove e invece era costretta a un « dopo » al quale non era preparata, a un dialogo che mai avrebbe immaginato. « E tu? » chiese sperando di essere aiutata.

« Sei meravigliosa. »

« È così che voi americani dite alle donne... dopo? » Era corrucciata e scura come un fuoco appena soffocato.

« Sei in collera? » Cercò di abbracciarla concludendo che l'atteggiamento della ragazza era più che giustificato dopo quello che era successo. Anche Philip, in fondo, era un po' perplesso, ma non per le stesse ragioni di Annalisa, anzi. Aveva posseduto la donna più eccitante che un uomo potesse desiderare. Quello che lo tormentava era che la sua penetrazione, assecondata istintivamente dalla ragazza, non aveva prodotto nessuna lacerazione, nessun sanguinamento. Niente.

« Tu piuttosto mi sembri nervoso », ribatté Annalisa che, al contrario, non era neppure sfiorata da quel problema, certa com'era della propria verginità.

« No », mentì, « sono soltanto felice. » Sapeva per averlo letto da qualche parte che l'imene non sempre si lacera e quindi alla deflorazione non corrisponde necessariamente la piccola emorragia che costituisce l'orgoglio del maschio, ma il fatto che il classico segno non fosse apparso, lo aveva gettato nella costernazione. Era nella situazione penosa di un marito siciliano, aggravata dal significativo particolare che non avrebbe mai potuto far parola con nessuno del suo atroce dubbio.

Nella cornice del grande balcone spalancato cominciava a nascere un'alba di tenue corallo che presto sarebbe esplosa nell'aurora. Annalisa osservava quell'antico spettacolo con infantile stupore. Sentiva che qualche cosa era cambiato dentro di lei, ma purtroppo quel cambiamento non era motivo di esaltazione o di gioia. La magica bellezza che sognava di scoprire era ancora nascosta tra le pieghe del mistero.

Philip si era vestito e armeggiava attorno a una valigia. Anche Annalisa aveva indossato l'abito che lui le aveva tolto.

« È ora che me ne vada », disse l'uomo. « Mi serve pochissimo tempo per preparare il mio bagaglio. »

« Ma dove vai? » chiese lei smarrita. Si era ravviata i capelli che brillavano alle prime luci del giorno e un delicato pallore le ingentiliva il volto.

« Non vorrai che resti qui dopo quello che è successo. » Era fermo e determinato nella sua risoluzione.

« Dove vai? » ripeté meccanicamente.

« Mi trasferisco al municipio. » Sorrise. « È un trasferimento doveroso. Temevi che volessi lasciarti? » L'orgoglio e le certezze del maschio prevalevano in lui e lo portavano a negare le reali motivazioni di Annalisa.

« No », rispose la donna, « era una semplice curiosità. »

Philip, interpretando a modo suo il cruccio della ragazza, la strinse fra le braccia.

« Non ti lascio più », disse. Era un'affermazione e una promessa. « Anzi », proseguì, « a partire da stamattina dovrò misurarmi con una quantità di scartoffie per ottenere la licenza di matrimonio. »

« Oh, Phil! » esclamò con l'intenzione di dire una cosa diversa da quella che l'uomo volle capire.

« Sì, Annalisa », affermò baciandola piano agli angoli della bocca e sulla fronte, « tu sarai la signora Brian. »

« E se non ti accordassero la licenza di matrimonio? » pronunciò con una luce di speranza negli occhi che Phil interpretò come un segno di apprensione.

« Tu non mi conosci. » Per la prima volta lasciò intendere la sua potenza personale e l'autorevolezza del suo nome.

« Probabilmente è così. » Annalisa sperò con tutta se stessa che l'uomo fosse nel vero.

« Più tardi verrò a palazzo », promise solennemente.

« Lo dici come se fosse un evento straordinario. »

« È un evento straordinario: chiederò ufficialmente la tua mano al barone di Monreale. Non è questa la procedura? »

« Più o meno », ammise la ragazza terrorizzata. « Ma mio padre », obiettò, « potrebbe anche non accordartela. »

« In questo caso ti rapirò. » Era serio, deciso.

« Ma tu chi sei, americano? » lo interrogò costernata. « Vieni davvero dagli *States* o sei un siciliano travestito? » Era rimasto ben poco della spasmodica attesa e il bell'ufficiale dagli occhi sorridenti e dalle parole piene di musica era un'immagine appiattita e scomoda sul fondale di un recente, irreparabile errore.

« Forse le analogie che tu credi di scoprire », rispose conciliante, « nascono sul ceppo contadino irlandese dal quale provengo. Ma è un riferimento di tre secoli fa, quando i miei antenati emigrarono nel Nuovo Mondo per non morire di fame. »

« Oggi la famiglia Brian è tra le dieci più importanti della California », pensò Annalisa tristemente. « Adesso me lo dice di sicuro », confessò a se stessa.

« Oggi la famiglia Brian è tra le dieci più importanti della California », disse effettivamente Philip confermando puntualmente le previsioni della ragazza. « E ha credenziali sufficienti », soggiunse, « per far spalancare le porte di qualsiasi palazzo. Compreso quello dei Monreale. »

Annalisa salutò con sollievo la partenza del maggiore Philip James Brian junior, l'uomo che le aveva svelato tanto maldestramente i misteri del sesso. Ma era soltanto responsabilità dell'americano o non c'era per caso un suo personale concorso di colpa? Il chiarore del primo mattino aveva spento la luminosità del firmamento, la luna era tramontata, il presagio dell'alba aveva cancellato la soavità della notte. Gli odori un po' sfatti non salivano più dal folto del parco, dalle rose, dalle magnolie. Il giorno portava da infinite lontananze un soffio d'aria pura. Persino il musicale brusio della fontana barocca era diverso, più chiaro.

Annalisa vide Philip passare accanto alla fontana, ma l'americano non riuscì ad attuare il suo proposito che era quello di voltarsi verso di lei per un romantico saluto. Calò apparve dal folto del giardino come una furia e non gli lasciò nemmeno il tempo di riaversi dalla sorpresa. Il gigante normanno colpì l'americano alla bocca dello stomaco e quando si piegò in due come un ramo spezzato lo centrò con un gancio al mento e lo mandò a sognare tra le rose da dove lo raccolse, se lo bilanciò sulla spalla destra e lo portò fuori dal palazzo, attraverso la piazza e lo depose sui gradini della chiesa.

Annalisa aveva assistito a quella fulminea aggressione e non aveva esitato un attimo a tenere per Calò. In altri tempi, in epoche di tornei la sciarpa con i suoi colori sarebbe andata al guerriero normanno, sicuro di sé, impulsivo, una forza della natura, sempre pronto a battersi per lei.

Era profondamente turbata e le pesava sull'animo una cocente delusione. Voleva dormire accarezzando l'ultima illusione di risvegliarsi e scoprire che quel tumulto di eventi era stato soltanto un sogno.

« Questo non lo dovevi fare, baronessina. » La voce profonda di Calò la fece sobbalzare. Il gigante biondo dagli occhi azzurri riempiva la stanza con la sua poderosa presenza.

« Accidenti a te, Calò », lei lo apostrofò ristabilendo le distanze. « Ma non dormi proprio mai. E ti ostini a occuparti dei fatti degli altri. » Erano cresciuti insieme, avevano giocato insieme, sebbene Calò fosse maggiore di lei d'un paio d'anni e continuavano a darsi del tu come quand'erano bambini, anche se per lei il ragazzo nutriva l'ammirazione e il rispetto del cavaliere antico.

« Questo non lo dovevi fare, baronessina », ripeté Calò. C'era più dolore che rimprovero nelle sue parole. « Hai fatto una cosa che non è degna di te », la sferzò.

« Perché non ti fai i fatti tuoi? » Era offesa, ferita, si sentiva colpevole e per questo soffriva.

« Se non mi facessi i fatti miei non sarei qui », replicò. « Chi non rispetta questa legge da noi è un uomo morto. »

« E allora fai conto d'essere morto. » Annalisa fu in piedi con un balzo e la sua destra s'abbatté fulminea sull'uomo. La mano di Calò si chiuse sul polso di lei come una morsa.

« Anche questi gesti non ti si addicono. Ricorda il nome che porti. È un nome che merita rispetto, non può essere sporcato da un soldato che passa. » Non aveva bisogno di atteggiamenti speciali per esprimere la severità delle parole e dei pensieri. Il sorriso calmo e sereno diceva la serietà del suo carattere.

« Lasciami, mascalzone! » ordinò. Il cuore le balzò in gola e il sangue le imporporò il viso. Concepì per quel gigante che la teneva prigioniera umiliandola un sentimento ambiguo che in quel momento scambiò per odio profondo. Certamente, se soltanto avesse potuto, lo avrebbe ucciso. « Calò io ti odio! » gli gridò in faccia.

« E io ti rispetto. » Il sorriso aveva lasciato il posto e una serietà insolita. Strinse i denti facendo guizzare i muscoli della faccia. « Ti rispetto perché sei una Monreale e per la riconoscenza che serbo alla tua famiglia. » Aprì la mano e le lasciò libero il braccio.

« E basta? » chiese lei maliziosa. Oltre a ristabilire le distanze aveva ripreso la supremazia.

« Hai fatto del male a tutti, Annalisa. » Era la prima volta che rivolgendosi a lei la chiamava per nome. « Hai fatto del male a tuo padre. A te stessa. »

« E a te? » Si era fatta insolente, provocatoria.

Il primo raggio di sole accarezzò le pareti della camera.

« Io non c'entro », mormorò l'uomo con una tristezza segreta nella voce. « Io sono qui per difenderti. »

« Da chi? » giocava con lui da una posizione di superiorità.

« Ci sono cose che le parole non riescono a spiegare », sentenziò. « Io non sono venuto da te per parlare. Voglio invece che tu e quell'americano parliate al barone. Voglio essere sollevato dal compito ingrato dell'informatore. »

Il vento portò il profumo dei campi e Annalisa rabbrividì.

« Ti abbasseresti a questo? » lo guardò con disprezzo.

« Solo se ci fossi costretto », ammise l'uomo.

« Ma a te », l'aggredì nuovamente, « che cosa viene? » Sulla faccia forte e virile del ragazzo comparve un'espressione di incolmabile tristezza.

« Io difendo il nome che porti », sospirò profondamente.

« Tu mi ami, Calò », disse Annalisa in un sussurro, improvvisamente colpita da una folgorazione.

« E tu sei matta da legare », ribatté energicamente il ragazzo difendendosi con tutte le sue forze.

« Il mio cavaliere normanno mi ama », lo avvolse con lo sguardo vellutato dei suoi grandi occhi notturni. « Il mio guerriero mi ama e piange di gelosia. » Protese le mani verso la faccia di Calò e le sue labbra cercarono quelle dell'uomo. Era attratta da una forza smisurata come poche ore prima lo era stata dal fascino dell'americano, con la differenza che questa era una passione limpida e solare che la notte non avrebbe consumato. Una passione che non aveva saputo riconoscere proprio perché era troppo vicina ai suoi occhi.

Calò la allontanò da sé, poi la colpì violentemente su una guancia e sull'altra. Il volto di Annalisa diventò di fuoco ma la ragazza non osò reagire. Quindi la afferrò per le spalle e guardandola dritto negli occhi le disse: « Tu sposerai Philip James Brian junior, maggiore dell'esercito degli Stati Uniti ». Dopo aver pronunciato quelle parole come fossero una sentenza, il gigante normanno uscì dalla camera.

IL FAZZOLETTO DI SETA

L'ECO d'una musica solenne accarezzava ancora l'oro dei mosaici esaltandone la luminosità e la profondità quando Annalisa e Philip si inginocchiarono davanti all'altare maggiore del Duomo di Monreale per essere uniti in matrimonio.

L'americano e la principessa Isgrò avevano avuto ragione: il barone, con le spalle al muro, aveva dato il suo consenso alle nozze. Novembre volgeva alla fine e nel cielo brillava un tiepido sole. La Sicilia era stata liberata e gli americani, varcato lo stretto di Messina, risalivano lo stivale. Il barone Giuseppe Sajeva aveva lasciato, con la famiglia, il palazzo di Piazza Armerina e si era trasferito nella villa di San Lorenzo nella pianura palermitana tra il profumo degli aranci e del mare.

Era stato un consenso strappato di malavoglia, non tanto perché all'americano mancassero dei quarti di nobiltà, ma perché Giuseppe Sajeva era fermamente convinto che il giovane ufficiale non fosse l'uomo per sua figlia. Ma una volta presa quella grave decisione volle che il rituale fosse degno della sua famiglia.

L'abito da sposa di Annalisa era stato il grande cruccio della principessa Isgrò che, in altri tempi, avrebbe sommerso di abbracci la fragile amica Coco, e insieme avrebbero passato in rassegna un centinaio di modelli per scegliere quello più adatto alla futura sposa.

La Sicilia era libera, ma il resto d'Europa era ancora sotto l'incubo della guerra. Coco Chanel continuava a lavorare nonostante l'occupazione nazista, ma un viaggio a Parigi era assolutamente fuori discussione. D'altra parte a Palermo non c'era una sarta in grado di soddisfare le esigenze della principessa. All'ultimo momento fu decisa una soluzione d'emergenza che non era priva di genialità: la baronessina avrebbe indossato l'abito da sposa della madre. Era un capolavoro di seta écru, firmato da Worth e datato 1923, un modello di una linearità classica, impreziosito da una broche di smeraldi a forma di trifoglio. Il gioiello serviva a trattenere una serie di pieghe molto morbide che dalla vita arrivavano fino alla caviglia.

Annalisa lo indossava con grazia regale seguita da due paggetti in abito bianco che reggevano lo strascico di sei metri. Uno stupendo diadema di brillanti era posato sul suo capo altero. In mano stringeva un bouquet di fiori d'arancio. Con passo lento e solenne, al braccio del padre in tight, si incamminò verso l'altare.

Il Duomo era un palcoscenico immenso, ma Annalisa guardava con occhi inquieti i profili bizantini dei luminosi mosaici scoprendo nella navata centrale la crudele drammaticità degli episodi biblici precedenti l'Incarnazione del Verbo che fino a quel giorno avevano rappresentato soltanto un armonioso insieme, quasi un fruscio cromatico che le accarezzava lo sguardo.

In quel momento, invece, dal policromo addobbo emergevano la tentazione di Adamo ed Eva, i soli abitatori del giardino dell'Eden colpevoli di disobbedienza, il primo peccato mortale, l'Uomo e la Donna nella loro colpevole nudità cacciati dal paradiso terrestre. Poi il delitto di Caino e il sangue di Abele che grida vendetta.

Perché tutte quelle tragiche identificazioni nella solennità del tempio dove erano state celebrate le nozze di tutti i Monreale? I volti ammirati e commossi della gente umile e l'espressione sussiegosa degli invitati non riuscivano a consolarla. I trionfi di fiori e di argenti nella luce palpitante diffusa da migliaia di ceri alimentavano in lei una struggente malinconia.

Vide Philip, nell'uniforme di gala dell'esercito americano, che l'aspettava all'altare con la sua levigata bellezza cinematografica. Allora ebbe paura perché, in un brevissimo spazio di tempo, sarebbe accaduto l'irreparabile, un monosillabo avrebbe deciso il suo destino.

Le mancava qualcosa, le mancava qualcuno. Alzò gli occhi verso la figura del Cristo nel catino dell'abside maggiore e nello sguardo intenso del Redentore, nella forza dell'espressione, nell'eloquenza del gesto, trovò la potenza di un altro sguardo, l'intensità di un'altra fisionomia. L'audacia dell'accostamento l'atterrì per un attimc, ma poi si convinse che la sua debole volontà non avrebbe mai potuto respingere l'immagine di Calò che affiorava prepotentemente dai suoi confusi rimpianti.

Lo cercò tra la gente pur sapendo che non l'avrebbe trovato. Perché Calogero Costa non c'era. Era sparito da due giorni e Annalisa non era riuscita a sapere dove fosse. Quando l'aveva visto allontanarsi sulla *Bugatti* del barone, aveva rabbiosamente pensato che forse era tornato a Piazza Armerina per scaldare il letto di Stellina Paternò. E le era venuta una gran voglia di piangere. Quel ricordo la fece rabbrividire. Subito la mano del barone si appoggiò affettuosamente sulla sua.

« Credo che succeda così a tutte le ragazze, il giorno delle nozze », le sussurrò. « Bambina mia, coraggio. » Nella voce del vecchio barone vibravano antiche reminiscenze che la musica dell'organo, l'esaltazione dei mosaici, il grande cambiamento cui la figlia andava incontro, ma soprattutto l'abito di Worth con la broche di smeraldi risvegliavano. A diciannove anni di distanza si ripeteva un rito immutato nei secoli. Ma dalla morte di sua moglie Clara, in casa Sajeva non s'era mai più parlato di matrimonio e il barone aveva rifiutato mille occasioni. Toccava ad Annalisa che nello stupendo abito nuziale somigliava in modo straordinario alla madre, aveva lo stesso prezioso sorriso, lo stesso sguardo soave. Padre e figlia si erano guardati e avevano ritenuto di intuire lo stato d'animo l'uno dell'altra, nessuno dei due invece sapeva le motivazioni profonde della reciproca commozione. Annalisa aveva sorriso con gratitudine al padre e lui a lei prima di raggiungere Phil all'altare.

La ragazza aveva ascoltato le raccomandazioni del vescovo e aveva risposto « sì » alla domanda che l'univa per la vita a quel soldato che sembrava uscito dalle sequenze di un film di Hollywood. Aveva mormorato « sì » con la dovuta solennità, gli occhi fissi all'espressione bizantina del Cristo che le ricordava la fisionomia risoluta di un antico guerriero normanno.

La *Mercedes 770* del 1930 color bianco-panna con motore a otto cilindri in versione decappottabile, apriva il corteo di *Rolls-Royce*, *Preston Tucker*, *Lancia*, *Isotta Fraschini* che si dirigeva verso la campagna di Mondello attraverso gli agrumeti del barone per fermarsi alla villa di San Lorenzo, un gioiello neoclassico che la guerra aveva risparmiato. « Un trifoglio, una torre saracena, una moglie meravigliosa », disse Philip ad Annalisa seduta accanto a lui all'interno della macchina. Sul cuoio scuro dei sedili dell'auto, decorata con ghirlande di fiori d'arancio, era impresso lo stemma dei Monreale.

« Phil... Caro. » Era stupita dai complimenti dell'uomo solitamente avaro di parole e di lodi.

« C'è sempre un'alba nuova nel tuo sorriso », continuò Philip.

Annalisa non seppe trattenere i singhiozzi.

« Non devi parlare così », lo supplicò. Sapeva di non meritare quelle parole. Il suo cuore era altrove ed era un altro uomo che in quel momento avrebbe voluto avere vicino. Lo desiderava semplicemente perché amava la sua forza smisurata, l'azzurro cupo dei suoi occhi ingenui e buoni.

« Ti amo », disse l'uomo.

Annalisa gli depose sul dorso della mano un caldo bacio riconoscente.

« Fammi scendere, Phil », disse mentre un valletto spalancava la portiera dell'auto ormai ferma.

Soffiava dal mare una leggera brezza quasi primaverile. Amici e parenti si erano assiepati attorno agli sposi offrendo sorrisi e congratulazioni, mentre sulla scalinata della villa la servitù di casa Sajeva era schierata nella divisa delle grandi occasioni: verde con profili dorati. Il brusio festoso, sotto il tiepido sole novembrino tra il profumo degli aranceti e del mare, fu incrinato da ripetuti colpi di clacson, così forti da sembrare quelli di un rimorchiatore. Subito dopo, dalla curva di un aranceto spuntò un enorme camion che avanzò come il classico elefante nella cristalleria. Era una nota decisamente stonata in quel fasto minuziosamente preordinato. Annalisa si guardò intorno smarrita e scandalizzata.

Soltanto Phil sorrideva divertito.

« Che cos'è questo? » lo interrogò stizzita da quella specie di dinosauro meccanico.

L'americano la prese per mano e, senza rispondere, la costrinse a seguirla per una decina di metri a breve distanza dal punto in cui s'era fermato il colosso.

Alcuni uomini disposero uno scivolo di ferro, le sponde del contenitore si aprirono come quelle di una scatola magica e dal grosso ventre dell'automezzo scivolò una stupenda *Rolls-Phantom IV* metallizzata, legata con un nastro di seta bianco, con un vistoso fiocco posto accanto all'angelo d'argento massiccio del radiatore.

« La vettura delle regine per la regina del mio cuore », aveva intonato con infantile entusiasmo Philip, mentre, dopo un attimo di perplessità, esplodeva un caloroso applauso.

Annalisa era rimasta a bocca aperta per lo stupore. L'apparizione di quel grandioso giocattolo aveva risvegliato in lei la bambina felice in bilico tra il sorriso e le lacrime.

« È una meraviglia! » esclamò cominciando ad armeggiare attorno al nastro per sciogliere il largo fiocco.

Nel salone delle feste della villa di San Lorenzo erano stati allestiti quattro banconi per mettere in mostra i doni di nozze e alcuni di questi erano sicuramente più importanti della *Rolls*, come per esempio la piccola tela di Antonello da Messina raffigurante un Cristo Redentore, omaggio dei principi di Belmonte.

Era stata la teatralità del gesto più della cosa in sé che aveva colpito Annalisa e anche il pensiero delle difficoltà che sicuramente Philip aveva dovuto superare per fare arrivare in Sicilia la vettura inglese.

« Se avessi immaginato », disse il barone, « avrei pregato l'autista di passare dal mio sarto in Oxford Street. I miei abiti si stanno logorando inesorabilmente. »

Il riconoscimento del barone di Monreale inorgoglì Phil.

« Sarò ben lieto di aiutarla a risolvere il problema », replicò sperando sinceramente che le richieste del suocero si esaurissero in quella simpatica battuta.

Inciso nei cristalli della vettura spiccava un piccolo stemma dei Monreale. L'interno era di camoscio bianco: c'erano la radio e un piccolo bar. Annalisa, caduto ogni imbarazzo, abbracciò e baciò suo marito e si disse che Phil era certamente l'uomo migliore che una donna potesse desiderare.

Lo stesso barone pur vagamente turbato, unicamente per ragioni di stile, dalla clamorosa messinscena di stampo americano, dovette ammettere la nobiltà del gesto che certo sottintendeva un grande amore.

« Che cosa posso fare per ricambiare questa favola? » chiese Annalisa con un delizioso sorriso.

« Raccontarmene un'altra più bella. » Aveva lo sguardo acceso d'amore e di desiderio.

« Io non so raccontare favole. » Giocava abilmente con lui.

« Inventiamole », propose Phil quando fu certo che nessuno li stava ascoltando.

« Non chiedo di meglio », disse con sincerità. Avrebbe voluto catturare quell'attimo di abbandono e di straordinaria tenerezza per lui e non perderlo mai.

« Fuggiamo insieme », le sussurrò all'orecchio. « Ti farò da autista. Ho prenotato un appartamento a *Villa Igiea*. Andiamocene subito. » La sua voce, il suo respiro, tutto il suo corpo la volevano.

Dopo quella prima notte di luglio a Piazza Armerina non c'era stata più alcuna intimità fra loro. Il barone aveva eretto tra i due giovani il muro invalicabile che Annalisa aveva profetizzato. Poi Philip era stato trasferito a Napoli aspettando con ansia la luna di miele. In seguito doveva riprendere il suo posto nella capitale.

Annalisa, dal canto suo, era altrettanto ansiosa di ritrovarsi con lui. Viveva nello stato d'animo di un malato che casualmente crede di avvertire i sintomi di una malattia e aspetta gli esami clinici e di laboratorio che lo rassicurino sul suo stato di salute.

Era certa che questa volta, tra le sue braccia, sarebbe salita in paradiso e nel suo cervello si sarebbero accesi milioni di scintille. Perché Phil era bello, era gentile, era pieno di ottimismo, aveva un sorriso vittorioso e le parole piene di musica. Lo voleva ancora per la sua tenera ingenuità, ma adesso anche per la sua fantasia e la sua potenza.

L'istinto era quello di salire subito sulla *Rolls* per correre nel rifugio di *Villa Igiea*.

« Abbiamo dei doveri, Phil », si giustificò. « C'è il pranzo e tutto il resto. Non saremo soli prima di questa notte. »

« Io ci ho provato », sorrise l'uomo.

Seguì un'interminabile processione di abbracci, poi la sfilata all'interno della villa nei saloni addobbati a festa e il pranzo.

Giuseppe Sajeva faceva la faccia più dura del solito per non cedere alla commozione, mentre la principessa Isgrò produceva a getto continuo singhiozzi e lacrime. Frullavano parole come voli di passeri. Scoppiavano auguri e brindisi.

Annalisa fu gaia e spensierata. Poi venne il tramonto e sentì come un senso di vuoto. Era il bersaglio dell'ammirazione e dell'invidia e, apparentemente, aveva tutto per essere felice. Ma non c'era Calò.

Si era guardata intorno per cercarlo, ma il fedele compagno di giochi continuava la sua latitanza.

« Non vedo Calò, zia Rosa. » Era riuscita ad avvicinare la principessa Isgrò e a chiederle notizie.

« Calò, dici? » balbettò smarrita la principessa facendo un gesto di disappunto. « Con tutto il da fare che ho avuto l'avevo dimenticato. »

« Che cosa hai dimenticato? » Le parole della donna l'avevano messa in apprensione.

« Il dono. » Roteò intorno i grandi occhi neri come se cercasse di identificare il luogo in cui l'aveva nascosto.

« Quale dono? » Annalisa sentì il sangue pulsarle nelle tempie.

« Il dono di Calò. Mi ha dato un dono per te, ma ora che ci penso non mi sembra nulla d'importante. » Si passò una mano sulla fronte per cancellare definitivamente il pensiero al quale aveva inspiegabilmente attribuito qualche significato.

« Dov'è? Che cos'è? » l'aggredì senza curarsi di nascondere la propria eccitazione.

« Cos'è non lo so. Posso dirti che l'ho messo in camera mia. » Sorrise alle sue bizze di bambina.

« Ma lui, Calò... dov'è? » Più che una cortese domanda era un ordine.

« È andato a Piazza Armerina. Credo abbia detto che aveva un lavoro urgente da sbrigare. Ma, poi, Piazza lo attira come il miele le mosche. Sai bene che là c'è Stellina Paternò. » Si allontanò presa nel vortice dei suoi impegni.

Annalisa con la scusa di rimettersi in ordine raggiunse l'appartamento della principessa e su un tavolo del salotto trovò un pacchetto piccolo, floscio, confezionato in modo affrettato e maldestro. Lo scartò. Dentro c'era un fazzoletto di seta che un tempo era stata bianca e appariva ingiallita. Annalisa lo rigirò tra le dita osservandolo attentamente nella speranza di capire il significato di quel dono. In un angolo del fazzoletto c'erano due cifre ricamate: C.C., Calogero Costa. Ora ricordava.

Era un episodio che risaliva agli anni della prima giovinezza. Lei aveva tredici anni, Calò quindici. Erano nel giardino di Piazza Armerina, d'estate. Annalisa s'era rifugiata dietro una siepe di mortella a piangere per un inspiegabile dolore.

Stava accucciata sull'erba, la faccia tra le mani, le lacrime che sgorgavano come pioggia e scivolavano tra le dita. Allora aveva udito la voce del ragazzo.

« Che cosa c'è? » Era pronto a tutto pur di non vederla piangere.

La fanciulla aveva scosso il capo in segno di diniego. Lui s'era accovacciato accanto a lei e l'aveva guardata con aria paterna, carica d'affetto e di comprensione.

« Dimmi che cosa posso fare, Annalisa. » Se gli avesse chiesto di uccidere per lei, Calò in quel momento lo avrebbe fatto.

Il pianto di Annalisa s'era tramutato in violenti singhiozzi.

« Non lo so, Calò. » Erano crisi di malinconia e di tristezza incoercibili, senza una precisa giustificazione, solo un vago malessere che cresceva come un temporale ed esplodeva in lacrime e singhiozzi che la liberavano dal buio. « Mi sento così triste e sola », aveva confessato.

Lui aveva disfatto il nodo del fazzoletto di seta bianca che portava al collo, dono natalizio del barone, e glielo aveva porto.

« Tieni », le aveva sorriso. « Asciugati le lacrime », aveva soggiunto. « Ecco, ora va meglio. E adesso montiamo a cavallo. Voglio portarti a veder correre le lepri. È uno spettacolo stupendo. »

Annalisa s'era asciugata le lacrime e aveva restituito al ragazzo il fazzoletto e il sorriso.

« Grazie, Calò. A volte mi prendono certe malinconie che nemmeno te l'immagini. » Il temporale era passato e brillava nuovamente il sole.

Calò aveva ripreso il fazzoletto e se l'era infilato nella tasca della camicia.

« Me l'immagino, baronessina », aveva risposto. Con la memoria rivedeva un bambino solo, abbandonato, che offriva all'infinito la sua faccia bruciata dal sole e sognava che una madre, che non aveva mai conosciuto, se lo prendesse in grembo e lo stringesse al seno versando sul suo capo dolci e consolanti parole d'amore. « So quello che provi, Annalisa », aveva ripreso. « Però ci sono io per farti sorridere. »

L'aveva aiutata ad alzarsi e si erano diretti verso la scuderia. Poi Annalisa aveva dimenticato quell'episodio e non aveva più visto quel fazzoletto. Provò una lieve vertigine al pensiero che Calò l'avesse conservato per tutti quegli anni. Le regalava il fazzoletto per asciugare le lacrime di una bambina inquieta ed era come se le ripetesse: « So quello che provi Annalisa. Però ci sono io per farti sorridere ».

Ebbe la conferma in quell'istante che Calò l'amava, che l'aveva sempre amata, rispettata, venerata. Sapeva con certezza che non era andato a Piazza Armerina per affari, ma soprattutto sapeva che, in quel momento, non era tra le braccia di Stellina Paternò. Era fuggito per paura di tradirsi, per non assistere al trionfo dell'americano.

Tormentava tra le dita il fazzoletto di Calò ormai ingiallito e prese il ricevitore.

« Signorina, sono Annalisa Sajeva », disse dimenticando che da alcune ore era la signora Brian. « Mi chiami subito Piazza Armerina. È urgente. »

Pochi minuti dopo squillò il telefono. Quando udì la voce di Calò, sulla sua faccia impassibile cominciarono a scivolare lacrime silenziose. Si riconobbero senza bisogno di preliminari come se l'uno e l'altra sapessero di quell'appuntamento.

« Perché te ne sei andato? »

« Avevo da fare qui. »

« Menti. Tu sei scappato, Calò. »

« Allora mettiamola diversamente: ognuno al suo posto, baronessina. » La voce calda e profonda le giunse inalterata.

« Calò... ho avuto il tuo dono. Grazie. E... mi manchi tanto. »

Ci fu un disturbo nell'apparecchio e la voce si affievolì, ma Annalisa credette di udire la frase che si aspettava: « Anche tu mi manchi. Mi manchi tanto ».

« Come hai detto? » incalzò.

« Niente. Che santa Rosalia ti protegga. » E interruppe la comunicazione prima che Annalisa potesse aggiungere altro.

Bagliori fuggitivi passavano sul mare e nel porto ancora protetto dall'oscuramento. Navi alleate alla fonda si comunicavano fulminei messaggi.

« Un giorno si riaccenderanno le luci », mormorò Philip.

Annalisa rabbrividì nel negligé di seta rosa pallido che era stato di sua madre. La linea scivolata dava risalto alla sua figura.

« E la guerra sarà finita », lei disse come se soltanto in quel momento si fosse resa conto che il più grande conflitto mai combattuto era ancora in corso.

Philip le prese la faccia tra le mani e respirò il suo profumo, l'alito di lei che sapeva di sole e di mare.

Vivevano i preliminari della loro prima notte di matrimonio nella suite regale dell'immensa villa-albergo in stile liberty-moresco, i cui giardini digradavano verso il mare in un alternarsi di aiuole fiorite e di agavi gigantesche.

Nel salotto adiacente la camera da letto era stato acceso il camino che rallegrava l'ambiente di oscillanti bagliori. Il salotto aveva la forma di una bomboniera, l'atmosfera di un'alcova soffusa di luci calde e suggestive, fragrante di fiori freschi.

Camerieri discreti avevano fatto scivolare nel salotto degli sposi un carrello con una bottiglia di Dom Perignon in un secchiello d'argento. La radio trasmetteva un concerto per le truppe alleate. Ellington, il Duca, eseguiva *Caravan*.

« È il sottofondo ideale per una sorpresa », disse Philip spingendo delicatamente Annalisa verso il divanetto di fronte al camino.

« Quale sorpresa? » chiese lei incuriosita. « Ho avuto tante sorprese oggi che potrebbero bastare. »

« Perché vuoi mettere un limite alla felicità? » Sedette anche lui, affondò la mano nell'ampia tasca del chimono e le tese un cofanetto di velluto blu.

« Questo è per te. » Aveva pronunciato quelle parole con una insolita solennità.

« Un altro dono di nozze? » Aveva avuto tutto e non riusciva a pensare quale altro regalo avrebbe potuto stupirla.

Schiuse la scatola e osservò lo zaffiro più bello che avesse mai visto. Era un fuoco blu, di taglio tondo, ed ebbe l'impressione che se lo avesse toccato si sarebbe scottata le dita. Aveva le dimensioni di una castagna.

« Ma questo è un tesoro », affermò senza esultare, più per stare alle regole del gioco che per sincero entusiasmo. « Quando esco », scherzò, « dovrò portarmi dietro anche la cassaforte. »

« È l'anello di fidanzamento », spiegò Philip con cura minuziosa, « non è un gioiello qualsiasi. È stato acquistato a Ginevra nel 1811 dal mio trisnonno paterno. Da allora è sempre rimasto in famiglia. Spetta alla sposa dei primogeniti Brian. »

Incapace di spremere commozione davanti a quella pietra sfarzosa, sorrise.

« Ti sono molto grata per questo pegno d'amore. » Era una frase convenzionale pronunciata con la giusta intonazione.

Philip non era nello stato d'animo per cogliere le sfumature. Pensava ai complicati labirinti che lo zaffiro di famiglia aveva dovuto percorrere per raggiungere Palermo, da San Francisco, in tempo utile. Pensava alla dolce Mary Jane che s'era accontentata di una breve, sincera confessione per liberarlo da una promessa.

Le porte di un nuovo paradiso si stavano schiudendo per lui e lo stesso desiderio che lo spingeva verso Annalisa fece svanire lo sguardo malinconico e rassegnato di Mary Jane. Concluse che tutto era finito nel migliore dei modi, ma non avrebbe mai ammesso che la passione è un sentimento egoistico, si manifesta nella sfera del possesso incondizionato ed esclude la tenerezza, la pietà, la solidarietà umana per chi è fuori del cerchio magico.

A Philip bastava Annalisa, il suo corpo eccitante, il sole che bruciava sulla sua pelle e gli inquietanti misteri che si consumavano nel suo sguardo notturno. Prese delicatamente lo zaffiro e glielo infilò al dito dove già brillava la fede nuziale.

« Ora sei veramente mia moglie », proclamò. « Annalisa Brian Sajeva di Monreale. »

La sollevò tra le braccia, attraversò il salotto e la depose delicatamente sul letto della camera nuziale.

Si lasciò baciare, si lasciò accarezzare, ma quello che le nasceva dentro non era più, come la prima volta, un desiderio insopprimibile, un rimescolio del sangue. S'era placata la voglia pazza di lanciare richiami, di raccogliere fiori, di comporre ghirlande per adornare la propria giovinezza. Le vampate di rossore s'erano spente.

Aveva paura del confronto, aveva paura che la delusione della prima volta si ripetesse. Era lucida, consapevole, ricambiò coscienziosamente i baci dell'uomo, agevolò i suoi movimenti, ma era un confronto assurdo, improponibile. Come se una persona perfettamente equilibrata cercasse di mettersi in sintonia con un invasato. Non c'era più il peccato, né il sentimento della colpa, ma qualche cosa dentro di lei s'era inceppato ed erano subentrati la vergogna e il rifiuto. C'era un'imperfezione nel loro stare insieme e le sembravano ridicoli e grotteschi i gemiti e i sospiri dell'uomo che si affannava sopra di lei per possederla.

La prima volta era stato facile. Tutto s'era svolto in maniera frettolosa, con risultati deludenti, ma era stato facile. Fin troppo facile. In quel momento invece alla radice del desiderio c'era un rifiuto totale, una contrazione spasmodica e dolorosa che impediva al rapporto sessuale di completarsi. Fantasie di violenza si affollavano drammaticamente in un angolo sconosciuto della sua mente.

« Ma che cosa ti succede? » Phil era tenero e premuroso nonostante la delusione.

« Ti prego, lasciami sola. » Piangeva smarrita e umiliata.

« Come vuoi », acconsentì rassegnato, coprendosi col chimono. Andò in salotto. Qualcosa del genere l'aveva visto in un film o letto in un libro, ma non avrebbe mai immaginato che potesse capitargli personalmente.

Controllò l'impulso di sbattere la porta, sedette sul divano dinanzi al fuoco e accese una sigaretta. In quella ragazza imprevedibile e contraddittoria c'erano dei tratti che lo disorientavano.

L'amava e si sentiva irresistibilmente attratto da lei. Per sposarla in tempo di guerra in un paese straniero aveva scomodato politici e cardinali impegnando tutto il prestigio della sua famiglia. E lei gli si negava. La prima volta aveva persino dubitato della sua verginità. Dopo il matrimonio s'era trasformata in una fortezza inespugnabile.

Pensò con amara nostalgia a Mary Jane, la dolce e remissiva fidanzata americana, così disposta ad adorarlo. Ma non c'era possibilità di confronto tra le due donne. Annalisa era l'innocenza e il peccato, il pudore e la dissolutezza, l'abbandono e la negazione. Era un fuoco guizzante che nessuno sarebbe mai riuscito ad afferrare e ad avere solo per sé. Come il fuoco che cambia continuamente forma e aspetto, era bella da vedere, la si poteva accettare o respingere, ma non cambiare.

Gettò nel camino quello che restava della sigaretta, bevve una coppa di champagne e tornò in camera da letto.

« Prenderai freddo », la rimproverò.

Annalisa era davanti alla porta-finestra spalancata con le tende gonfie di vento.

Philip le circondò le spalle in un gesto protettivo. « Non fare così. » La tirò indietro e con una mano chiuse i vetri.

« Mi dispiace, Phil. » Annalisa lo guardò tra le lacrime, quasi con sgomento. L'idea di ricominciare l'atterriva.

« Ti voglio, Annalisa », la supplicò guidandola verso il letto.

« Anch'io », mormorò. Diceva il vero: non poteva accettare che un meccanismo sconosciuto si opponesse alla sua volontà d'amare.

Philip fu cauto e risoluto e penetrò in lei con dolce violenza provocandole dolore fin dentro l'anima. Annalisa soffocò un grido e lasciò che lui facesse l'amore con il suo corpo provando un momento di tenerezza solo nell'attimo in cui la tensione del maschio si sciolse dentro di lei e il sorriso vittorioso ritornò sulle labbra dell'uomo.

« Hai visto che non era impossibile? » commentò lui con orgoglio.

« Non so che cosa mi fosse successo », si scusò. « Ho aspettato così a lungo questa notte con te che alla fine ho avuto paura. » L'orgasmo dell'uomo l'aveva risvegliata e il desiderio tornava a risplendere nei suoi occhi e a bruciare sulla sua pelle. « Potremmo ricominciare », propose con la sua voce musicale e tentatrice. « Sento che andrà tutto benissimo, che sarà meraviglioso. »

Gli parlava sulle labbra, sulle orecchie e sul collo con lo stesso ardore della prima volta. Philip l'amò con tutta la dolcezza di cui era capace, ma dopo pochi minuti che ad Annalisa parvero un attimo l'uomo era al suo fianco, nuovamente appagato.

« È tutto okay, adesso? » sorrise soddisfatto.

« Sì, caro, è tutto okay », rispose dandogli un bacio. Mentiva. Dopo quel rapporto frettoloso continuava a sentirsi vuota, insoddisfatta e vergognosamente sola.

« Fra pochi giorni partirò », disse Philip. Lui indossò il chimono e lei si coprì con una vestaglia.

« Mi dispiace. » Era una generica partecipazione, un pallido, malriuscito tentativo di manifestare disappunto. In realtà provava un vago senso di liberazione al pensiero della prossima partenza del marito. Philip aprì la finestra: il respiro della notte si era fatto più calmo.

IL RIFUGIO SEGRETO

ANNALISA provò un esaltante senso di libertà, sola al volante della sua *Rolls*. Il paesaggio le scorreva intorno sempre uguale e sempre diverso con un'intensità insolita. Da quando aveva sposato Philip Brian era finalmente padrona della sua vita, dei suoi gesti, dello spazio e del tempo, poteva decidere uno spostamento, programmare un viaggio senza chiedere il permesso a nessuno.

Aveva lasciato la statale per Messina e aveva preso la strada che portava a Piazza Armerina. Era una giornata burrascosa, matasse di nuvole nere rotolavano nel cielo sospinte dal tiepido vento del sud. Mancavano due settimane a Natale e l'aria era gonfia come per un temporale estivo.

Pensò a Phil più con inquietudine che con tenerezza. Le aveva promesso che sarebbe tornato a San Lorenzo, il 24 dicembre, e avrebbe passato con lei anche il Capodanno. L'aveva lasciata più innamorato che mai, promettendole, a guerra finita, uno splendido futuro in California.

Durante i pochi giorni della breve luna di miele, Philip era stato prodigo di doni e d'amore. Annalisa aveva ricambiato i primi e aveva accettato coscienziosamente il secondo, tenendo per sé la cocente delusione di non sentirsi donna, di non provare tra le braccia dell'uomo che era suo marito le sensazioni a lungo sognate, immaginate, fantasticate. Alla fine s'era rassegnata a considerare le trepidanti attese per quello che erano: fantasie. Fantasie per arricchire e infiocchettare un sentimento che forse esisteva soltanto nella violenta immaginazione delle fanciulle.

Dopo la partenza di Phil, la sua vita era ripresa come sempre e se non fosse stato per la libertà di cui godeva, avrebbe dimenticato di essere sposata. Il barone aveva insistito perché non abbandonasse gli studi e riuscisse a dare a luglio gli esami di maturità classica.

« La guerra non finirà tanto presto », l'aveva ammonita. « E il tuo americano non ti condurrà a San Francisco prima di un anno. Dunque hai tutto il tempo per tornare a scuola. »

Annalisa sapeva che in casa Monreale in fatto di studi si era piuttosto intransigenti. Il barone aveva conseguito due lauree, una in legge e una in filosofia e sua madre si era laureata in lettere.

Annalisa non aveva ancora manifestato la sua inclinazione, ma suo padre era convinto che, da quella ragionatrice instancabile che era, avrebbe studiato filosofia magari in un'università americana.

Percorrendo strade tortuose tra campi e mandorleti, inerpicandosi per dolci colline dalle quali poteva ammirare il paesaggio che amava, Annalisa cominciò a chiedersi che cosa effettivamente la spingesse verso Piazza Armerina. Il pretesto era stato quello di portare a casa le mandorle per Natale, ma era un alibi inconsistente. Il barone avrebbe voluto accompagnarla, poi aveva desistito di fronte al desiderio di lei d'andare sola. Dopo tutto era una signora americana. Su quell'argomento aveva scherzato non senza amarezza.

Quando l'auto cominciò a salire silenziosa e solenne

lungo il colle che portava in città, Annalisa gettò la maschera e ammise finalmente che quel viaggio solitario aveva un solo obiettivo: vedere Calò. Istintivamente portò una mano nella tasca della gonna dove conservava il fazzoletto.

Invece di prendere la strada della piazza, piegò verso i campi, risalendoli fino al muro di cinta del giardino di palazzo Monreale. Il monumentale cancello di ferro battuto era stato aperto e un domestico aspettava.

Annalisa guidò la *Rolls* sul viale inghiaiato costeggiato di agavi, incurante dei graffi prodotti sulla carrozzeria dalle foglie puntute. L'amministratore, puntualmente informato del suo arrivo, le andò incontro quando fermò l'auto nel cortile.

« Benvenuta baronessa », la salutò aprendole la portiera e inchinandosi cerimoniosamente. Era un uomo robusto, sui quarant'anni, non troppo alto, la faccia perfettamente rasata, l'espressione anonima e pulita dell'impiegato comunale. Si chiamava Michele La Rocca. La sua famiglia serviva i baroni di Monreale da generazioni.

« Grazie don Michele, ben trovato », ricambiò il saluto con sorridente cordialità.

Un cameriere si precipitò sul bagaglio smanioso di rendersi utile. Era un tipo scodinzolante e fedele, si chiamava Giacomino Mancuso. Aveva visto nascere Annalisa e ne andava fiero.

Fra inchini, convenevoli, frasi di circostanza e felicitazioni, la signora Brian raggiunse la sua camera. Il fuoco scoppiettava nel grande camino e Annina stava rassettandole il letto. La presenza della fedele domestica non era prevista.

« Come mai da queste parti? » scherzò Annalisa andandole incontro, « non dovevi essere a San Lorenzo? »

« Le vie del Signore sono infinite », replicò maliziosa la donna.

« Le vie del Signore con la esse maiuscola o le vie del padrone con la pi minuscola? » Si divertiva a quel gioco di parole che prima del matrimonio non le sarebbe mai venuto in mente.

Annina s'impensierì.

« Tutt'e due », disse. « Per me hanno la lettera maiuscola tutt'e due. »

Annalisa l'afferrò per le spalle obbligandola a un gaio girotondo. « Ti hanno costretta a precedermi », l'apostrofò, « confessa! »

« Il barone », ammise, « mi ha fatto venire qui. Ha detto che sua signoria avrebbe avuto bisogno di me. »

Annalisa scoppiò in una franca, irresistibile risata.

« Annina », trasecolò, « da quando mi chiami sua signoria? Mi hai sempre chiamata per nome. Mi hai sempre dato del tu. Quand'ero piccola mi hai preso a sculacciate. Che novità è questa? »

« Sculacciate mai », arrossì la donna. « La novità è che il barone mi ha detto: 'Annina, precedi mia figlia. E vedi che la servitù mantenga le distanze. Non è più una bambina'. Così per insegnare alla servitù a mantenere le distanze, vi chiamo signoria. »

Annalisa l'abbracciò con trasporto mandandola in confusione.

« Non fate così baronessina », l'implorò, « non è degno del vostro rango. »

Sedette sulla poltrona su cui la ragazza l'aveva spinta portandosi una mano alla fronte. Le girava la testa.

« Dov'è don Calogero? » le domandò bruscamente.

« Tu mi farai morire, bambina mia. » Era ritornata l'Annina di sempre, tenera e affettuosa.

« Dov'è Calò? » martellò senza darle tregua.

« È uscito presto. Subito dopo il pranzo. » La donna stava recuperando lentamente l'equilibrio.

« Dov'è andato? » incalzò.

« A sorvegliare il taglio degli eucalipti. » Si alzò in piedi.

Nella campagna a nord della città il barone Sajeva aveva trasformato molti ettari di terreno da pascolo in un maestoso eucalipteto. Gli alberi alimentavano l'industria della cellulosa e rappresentavano un affare vantaggioso. Nonostante lo scetticismo iniziale dell'amministratore, l'attività si era rivelata molto redditizia.

Annalisa, dopo avere ascoltato un paio di sermoni della domestica fedele sull'opportunità di mantenere le distanze e di comportarsi da vera signora, l'aveva gentilmente, ma irrevocabilmente messa alla porta, s'era velocemente cambiata, aveva indossato i pantaloni verdi di panno inglese e gli stivali da amazzone, s'era infilata la giacca di pelle foderata di pelliccia e s'era precipitata come un diavolo giù per lo scalone dirigendosi verso le scuderie.

« Esco con Josette », aveva urlato ad Annina che cercava vanamente di rincorrerla per sapere dove andasse.

Josette era il suo purosangue arabo, una femmina dallo sguardo dolcissimo e dallo scatto potente che il barone le aveva regalato per il suo quindicesimo compleanno e che lui stesso aveva battezzato con il nome di una sua antica fiamma parigina. Ma questo Annalisa non lo sapeva.

Josette era stata la compagna di molte cavalcate, a volte solitarie, più spesso in compagnia di amici, di suo padre, di Calò. Era una cavalla superba. Il temperamento della ragazza e la vivacità dell'animale si esprimevano nel galoppo sfrenato che si smorzava poi in lunghe passeggiate. Annalisa e Josette erano due personalità imprevedibili. Insieme potevano sfogare la loro ansia di libertà. Annalisa sistemò da sola la sella parlando fitto all'orecchio dell'animale e offrendogli prima e dopo uno zuccherino. Quando fu pronta Josette voltò la splendida testa per invitarla a montare. Annalisa toccò appena la staffa e fu subito in sella tenendo le redini con la destra. Uscirono al passo, poi al trotto e infine al galoppo quando furono in aperta campagna. Josette non l'aveva mai tradita. Nemmeno Sunny, l'anglo-normanno del barone, poteva starle alla pari.

Annalisa lo vide sul limitare del bosco di eucalipti nel precoce tramonto invernale. Stava immobile contro il cielo tempestoso sul suo hunter nero e lucido come la pece. Indossava una pesante giacca di fustagno chiusa fin sotto il mento, masticava una radice di liquirizia, lo sguardo perduto sull'ultimo orizzonte.

La ragazza rallentò l'andatura, mentre il cuore le saltò in gola. Per un attimo pensò di fare dietrofront e tornarsene a casa, ma una forza irresistibile l'attraeva verso di lui. Uomo e cavallo erano un blocco di forza pietrificata.

Il cielo era d'inchiostro, le nere matasse che al mattino rotolavano spinte da un vento africano, ora incombevano immobili come una cappa di piombo.

Annalisa mise Josette al passo e si fermò alle spalle di Calò, sotto l'ultima fila di eucalipti, a pochi metri da lui. Era convinta che immerso com'era nei suoi pensieri non l'avesse sentita arrivare.

« Perché sei venuta? » domandò senza voltarsi.

Annalisa sfiorò appena con lo stivale il ventre del cavallo che avanzò cautamente passando accanto all'uomo, lo superò, girò su se stesso e si fermò davanti a lui.

« Non lo so », lei disse piano. Alcuni goccioloni s'appiattirono sul terreno come liquide monete sollevando il balsamico odore degli eucalipti. Soltanto lo sguardo di Calò si mosse fissandosi sulla donna. Era uno sguardo pieno di collera che Annalisa conosceva molto bene anche se per la prima volta si posava così brutalmente su di lei. Sentì un brivido correrle lungo la schiena.

« Invece sarebbe bene che tu lo sapessi, signora Brian. » L'uomo sputò la radice di liquirizia con disprezzo e rabbia.

« Avevo bisogno di te », sussurrò infine Annalisa con aria mesta, sottomessa. Rade e pesanti gocce continuavano a cadere facendo fremere le chiome dei grandi alberi.

« Quando la padrona ha bisogno di un servo, lo chiama e il servo accorre. Non deve montare a cavallo e fare lunghi viaggi per raggiungerlo. Basta un richiamo. » I suoi occhi azzurri scintillavano d'indignazione.

« Dici cose che non pensi. » Annalisa scosse il capo.

« Io non sono che un servo dei Sajeva. E tu sei la signora Brian. Lo sai bene. Dunque, che cosa cerchi da me? » Non fuggiva perché un uomo non scappa, ma aveva una gran voglia di farlo.

Annalisa sollevò il capo e scoccò su di lui il suo sguardo fiero.

« Sei un idiota! » gridò. « Tu mi ami e io sono innamorata di te. Il discorso del servo ti conviene perché non hai il coraggio di affrontare la situazione. Calogero Costa », lo provocò, « tu hai paura di una donna. »

« Io non conosco la paura », tuonò, « temo il tuo disonore e la tua vergogna. È diverso. »

« Io non so chi tu sia », riprese con il pianto nella voce, « anche se sono cresciuta con te e abbiamo mangiato lo stesso pane. Comincio a credere che tu sia un diavolo, perché mi hai tolto la pace e la capacità di ragionare. » Il tuono rotolò lontano e la pioggia s'infittì fino a diventare scroscio.

« Sei una bambina viziata che si compiace dei suoi giochi proibiti. » La voce forte e calda dell'uomo emergeva faticosamente dal clamore del temporale mentre un vento improvviso sferzava la foresta di eucalipti.

« Io ti amo, Calò. » Lacrime e pioggia cadevano copiose sulla sua splendida faccia.

« Ami soltanto il tuo egoismo e le cose che non puoi avere », la umiliò. « Ami solo te stessa. E dimentichi i tuoi doveri di donna onesta. »

Sotto la pioggia battente Annalisa tirò le redini, spronò la cavalla spingendola a un improvviso galoppo con l'unico intento di fuggire da se stessa, da Calò, dalla sua disperazione. Un fulmine si abbatté su un eucalipto spezzandolo in due, Josette s'imbizzarrì e lei non riuscì a controllarla. Venne sbalzata a terra mentre la cavalla continuò la sua folle corsa abbandonandola nella melma del sottobosco.

Quando riprese i sensi era di nuovo a cavallo, ma questa volta sulla groppa di Morello e tra le braccia di Calò. La testa le doleva e avvertiva un forte bruciore alla fronte nel punto in cui aveva battuto cadendo. Era completamente indolenzita mentre la pioggia la sferzava impietosa sotto la spinta del vento. L'hunter nero procedeva cauto lungo un pendio seguendo un percorso dettato soltanto dall'istinto poiché intorno era tutto buio. Josette, che aveva avuto il tempo di smaltire la paura, li seguiva mansueta.

Morello si fermò sotto la tettoia e l'uomo scivolò dalla groppa dell'animale tenendo Annalisa saldamente tra le braccia. Lei non sapeva dove fosse, né che cosa stesse per fare, ma la sua sensibilità di donna le suggerì di continuare la commedia dello svenimento.

Calò con un calcio spalancò un uscio e procedendo a tentoni l'adagiò su qualcosa di morbido e caldo, certamente una pelliccia. Poi lo sentì trafficare in fondo alla stanza con pezzi di legno e imprecare sottovoce. Una fiammella brillò nelle sue mani, lui l'avvicinò ai ceppi d'un focolare, gli sterpi s'infiammarono e in pochi minuti alte lingue di fuoco scoppiettanti s'arrampicarono su per la cappa del camino mordendo i pezzi di legno più grossi.

La fiamme del focolare illuminarono l'interno di un grande e confortevole capanno dalle pareti bianche, il robusto soffitto di travi e un ampio giaciglio coperto di pelli di montone, quello su cui Annalisa giaceva. Il calore si diffuse intorno comunicando un senso di profondo benessere.

L'uomo le prese la mano, valutò da esperto la validità e l'intensità delle pulsazioni, osservò attentamente la larga abrasione sulla fronte e sembrò rassicurato. Aveva visto gente riprendersi dopo cadute peggiori. Si convinse che era soltanto svenuta, ma intanto, per maggior sicurezza, con gesti insolitamente delicati per un uomo della sua mole, cominciava a spogliarla degli indumenti inzuppati di pioggia.

Armeggiava attorno a quel corpo stupendo e ormai nudo con il distacco di un medico nell'esercizio delle sue funzioni: l'asciugò con cura frizionandola delicatamente con degli asciugamani che aveva fatto intiepidire vicino al fuoco che ormai ardeva alto nel camino.

La coprì con altre pelli di montone e mise gli abiti su una sedia ad asciugare. Poi si tolse a sua volta gli abiti fradici restando in piedi accanto al focolare.

Per la prima volta Annalisa lo vide nudo e quel corpo forte, poderoso, il petto e le gambe coperti da una peluria bionda e setosa che alla luce del fuoco mandava riflessi di miele, la indusse nuovamente a credere nei sogni che la realtà sembrava avere dispersi.

« Calò », disse in un sussurro. Aveva il volto in fiamme e il sangue le pulsava nelle tempie. S'era sollevata sul giaciglio di pelle di montone, si appoggiava a un braccio e con l'altro invitava l'uomo. Tutto quello che voleva e che aveva sempre voluto era davanti a lei.

L'uomo fu svelto ad afferrare un asciugamano e ad avvolgerselo attorno ai fianchi.

Andò a sedersi accanto a lei, su quel grande letto fatto di pelli morbide e calde accarezzato dai riflessi del fuoco.

« Come stai? » Sorrideva come non aveva mai sorriso, come un padre, come un fratello, come un amante premuroso.

« Bene, Calò. Ma non so perché siamo qui. » Nella sua menzogna c'era un fondo di verità, mentre lo guardava sorridendo.

« Hai fatto una brutta caduta », la consolò, « ma ormai è tutto passato. »

« Dove siamo? » domandò ancora Annalisa.

« In un rifugio segreto che fino a un'ora fa conoscevo soltanto io. »

« Josette? » l'interrogò per rendere più credibile la sua fragilità. « Dov'è Josette? »

« È fuori sotto la tettoia con Morello. » Ostentò un sorriso radioso.

« Sono in buona compagnia », aggiunse maliziosamente.

« Ti senti niente di rotto? » Dai grandi occhi azzurri dell'uomo traspariva una grande gioia.

« Non sono mai stata così bene. » Annalisa allungò un braccio nudo fuori dalle pelli calde e gli accarezzò il viso. « Tu piuttosto, sei ancora tutto bagnato. »

« Ora mi rivesto », si schermì. « Devo andare fuori per asciugare i cavalli. O si prenderanno un malanno. » Fece per alzarsi, ma lei lo trattenne con ferma dolcezza.

« Sono forti », lo rassicurò. « Sono in buona compagnia. Possono aspettare. Io no. Non posso più aspettare, io. » Era una preghiera che l'uomo non poteva ignorare.

Lo attirò dolcemente al suo fianco, gli tolse l'asciugamano, gli asciugò il viso e i capelli, le braccia, poi cominciò a baciarlo sulla bocca, sul petto e scese giù fino all'inguine sfiorandolo con le sue labbra di velluto. Gocce d'amore si scioglievano in lei, mentre la pioggia fuori continuava incessante e violenta. Calò nella sua tana calda, piena del loro odore e del calore del fuoco, rinunciò a combattere. Ormai era incapace di rifiutare Annalisa, di mandarla via e accettò tutto quello che lei gli offriva.

La ragazza gli andò sopra e lo cavalcò lentamente prendendo dentro di sé il sesso grandioso dell'uomo, mentre sorridendo e lasciando scorrere lacrime di felicità lo accarezzava dicendogli parole d'amore.

Ciò che riteneva ormai impossibile divenne all'improvviso realtà. Un languore sconosciuto si impadronì di lei e nel suo cervello scoppiarono milioni di scintille. Calda, bagnata, finalmente felice portò l'uomo nel suo stesso paradiso.

La pioggia era cessata e la notte era scesa sul rifugio di Calò. Anche il fuoco nel camino s'era calmato e l'ultimo grande ceppo posava su un vasto braciere.

« Ho sbagliato tutto », disse Annalisa. « Ho sposato Philip e invece dovevo essere la tua donna. »

« Hai fatto la tua scelta », le rispose senza rimproverarla. La teneva stretta e lei posava il capo sul suo petto nudo sentendosi per la prima volta completamente appagata, felice, donna.

« Si può tornare indietro se ci si accorge di avere sbagliato », obiettò.

« Hai sbagliato questa volta con me, Annalisa. » La sua voce era triste e severa. « Tu e io insieme non potremo mai essere felici. »

« Ma io lo sono già. » Cercò le sue labbra e lo baciò.

« Dovremmo sempre nasconderci e mentire con tutti. Se questa storia diventasse pubblica, per te sarebbe il disonore. » Calò conosceva bene il suo mondo e la sua gente.

« E per te? » Voleva coinvolgerlo sperando di convincerlo.

« Io non conto niente. » Pur di non nuocerle era pronto a qualsiasi sacrificio.

« Eppure sei tutto quello che ho. » Si strinse a lui come alla sola ancora di salvezza.

« Non dovevo portarti a questo, ma già è inutile recriminare. » Detestava chi piangeva sulle cose avvenute.

« Ho fatto tutto io », lo giustificò, « Tu non c'entri. Per questo sono venuta da te. Lo capisci? »

« Io sono un uomo, Annalisa. » Lei sapeva il significato di questa affermazione.

« Indimenticabile », sorrise accarezzandolo.

« Un uomo non può dire: 'Io non c'ero'. » Nella sua voce era ritornata la decisione di sempre. « Questa storia tu la devi cancellare. Anche se non sarà facile. Né per te, né per me. Noi non dobbiamo vederci mai più. Hai capito? »

« Ho capito. » Annalisa sapeva che Calò aveva ragione. Sapeva che tutt'e due erano responsabili di quello che era successo, sapeva che avrebbe dovuto continuare, nonostante tutto, a essere la signora Brian. « Forse non ci vedremo più », soggiunse, « ma intanto questa notte è tutta nostra. Nessuno al mondo potrà mai privarcene. »

« Questa notte è già finita, Annalisa. A casa ti staranno cercando. Non posso rischiare che ti trovino qui. Dobbiamo andare. »

« Nessuno sa di questo tuo rifugio. Non lo sapevo nemmeno io. È un posto meraviglioso. Non ci troveranno così presto. » Era disposta a tutto pur di non rinunciare alla sua meravigliosa avventura.

« Ognuno sa quello che deve sapere. Gli abiti sono

asciutti. Devi rivestirti, Annalisa. » Calò non si decideva a lasciarla e lei sentiva questa sua debolezza.

« Portami in paradiso con te ancora una volta », lo supplicò.

La prese con la grazia e la delicatezza di cui è capace un uomo innamorato e la rese nuovamente felice.

BRUNO BRIAN SAJEVA DI MONREALE

Il barone Sajeva era fuori delle grazie. Guardava il telefono silenzioso quasi fosse il suo peggiore nemico. Tutta la sua persona trasudava collera, aveva le mani fredde e la faccia d'un pallore cadaverico. Le ripetute chiamate a Piazza Armerina non avevano dato l'esito desiderato. La prima volta Annina gli aveva detto che la figlia era uscita a cavallo da sola per raggiungere Calò nel bosco di eucalipti. In un secondo tempo la fedele e apprensiva domestica gli aveva riferito che s'era scatenata l'ira di Dio e né la baronessina né don Calogero avevano fatto ritorno a palazzo.

« Devo mandare a cercarli? » s'era preoccupata.

« Ma che cosa ti salta in mente! » l'aveva aggredita il barone. « Con questa burrasca hanno certamente avuto il buon senso di mettersi al riparo. Torneranno appena smette di piovere. »

Conosceva Calò, ma soprattutto conosceva sua figlia, la conosceva molto meglio di quanto gli altri supponessero. Perciò era furibondo, non per il maltempo o per i rischi connessi col temporale. Guardò il cielo buio attraverso la grande finestra per cercarvi un segno della tempesta che teneva sua figlia e Calò fuori di casa. Gli parve di avvertire il rumore della pioggia, ma non era quello il problema.

Tornò in salotto dove la principessa Isgrò intratteneva alcuni ospiti che avevano da poco finito di cenare. Per chi non lo conosceva il tono era quello cordiale e distaccato di sempre. Donna Miranda, con il garbo che le era abituale, aveva pilotato la partenza anticipata degli ospiti che a uno a uno s'erano inchinati ai padroni di casa.

« Che succede Peppino? » domandò quando furono soli.

« Annalisa e Calò », rispose versandosi del cognac. Era irrequieto e tormentava i braccioli della poltrona su cui era seduto.

« È una ragazza con la testa piena di strane idee. » Aveva paura delle parole che avrebbero potuto irritare il barone, perciò si limitava a quelle indispensabili. Erano abituati a dire le cose essenziali e a riconoscere le pause e i silenzi come le parti fondamentali del discorso. Si sarebbero capiti tacendo anche al buio.

« È una ragazza cresciuta senza la madre. » Era uscito dal seminato perché quell'affermazione negava l'affettuosa presenza della principessa Isgrò che era stata sempre vicina ad Annalisa.

« Può darsi », ammise. Più che una conferma era un passivo rimprovero.

« Non devi prendertela così », replicò con l'aria di scusarsi, « sai bene che nessuno avrebbe potuto far meglio di te. »

« Mi fa piacere qualche volta sentirtelo dire. » Si passò un fazzoletto ricamato agli angoli degli occhi.

« Pensi che Annalisa e Calò...? » Sembrò prendere improvvisamente coscienza di una situazione che non aveva previsto.

« Io non penso niente. » Bevve un sorso di cognac e impallidì incapace ormai di nascondere il nervosismo.

« È escluso », dichiarò la principessa dopo avere elaborato in pochi attimi tutte le possibilità che quella situazione sottintendeva. « Calò non oserebbe mai », concluse.

« Ma Annalisa sì! » Tormentò con le mani poderose il tessuto damascato della poltrona. « Lei ottiene sempre tutto quello che vuole. E tu lo sai. » Gli somigliava quella ragazza che sarebbe dovuta nascere uomo con tutte le idee che le frullavano per il capo.

« È sposata da poco », inorridì. Ricordava l'innamoramento di Annalisa, le sue impennate romantiche, ma le sovvenne anche che lei escludeva radicalmente l'ipotesi del matrimonio. « Comunque », soggiunse, « mi rifiuto di credere a una simile enormità. »

« Parole! » scattò il barone. « Tu sei sempre stata una sognatrice. Ti sei lasciata incantare dalla storia d'amore col bell'ufficiale venuto dall'America. Ti ci sei crogiolata dentro come se fosse stata cosa tua. Come se fosse stata la tua bella favola », la rimproverò. Il sangue andava e veniva dalla sua faccia virile.

« Ti prego, Peppino. » Il fazzolettino ricamato non bastava più per arginare la piena delle lacrime.

« Qui invece non si tratta di romanticismo », continuò. « Il discorso è molto più pratico. Il bel soldato venuto d'oltreoceano non ha i coglioni di Calò. Questa è la verità che nessuno ha saputo cogliere. Ma Annalisa, sì; lei se n'è accorta prima di tutti, prima che l'americano se la portasse via. Così è andata a cercarsi l'unico uomo degno di questo nome che c'era da queste parti. »

« Parli come se condividessi una scelta vergognosa », si scandalizzò. « Hai più l'aria di difenderli che di biasimarli. »

« Il biasimo di fronte al fatto compiuto, ammesso che lo sia, è un sentimento che non mi posso permettere. È una reazione inutile, lascia il tempo che trova. Solleva polvere », gridò. « Parole e polvere. »

« Peppino, per carità, calmati! » Raramente l'aveva visto così sconvolto, ma non per il fatto in sé, piuttosto per una minaccia di infelicità che incombeva sul capo della figlia.

« Calmati! È una parola! » ruggì. « Un'altra parola senza senso. »

« Vuoi far nascere uno scandalo? » domandò con apprensione. La servitù... »

« Qui nessuno vede o sente. Ma soprattutto la servitù non parla. » S'era scaricato ed ebbe un sorriso malinconico. « Quanto a quei due », soggiunse affettuosamente, « se era destino che dovessero incontrarsi, che Dio li perdoni. » Si alzò a fatica dall'accogliente poltrona in cui era sprofondato accorgendosi d'avere lacerato con le unghie la stoffa dei braccioli.

« E adesso che cosa farai? » La principessa era triste, preoccupata e non si curava di nasconderlo.

« Che cosa vuoi che faccia? » ribatté filosoficamente. « Credo che andrò a dormire, se ci riesco. »

« Intendo dire con quei... ragazzi. » La rassegnazione del barone la disorientava.

« Niente, farò. » Si capiva, nonostante tutto, la sua predilezione per Calò. « Forse non è successo niente, Rosa. Anzi », precisò, « diciamo che non è successo niente. » Appoggiò le mani forti e nervose sulle spalle tondeggianti della principessa e la guardò con una tenerezza quasi fraterna. Nei suoi occhi passava il ricordo di antichi fuochi giovanili.

« Diciamo così », concluse la principessa sorridendo con gratitudine al ricordo di un amore lontano.

« Finita la guerra », osservò, « Annalisa seguirà il marito in America e queste ombre scompariranno. » Poi, come se si ricordasse improvvisamente di un fatto veramente importante, soggiunse: « Domani vedi di far venire i tappezzieri. È ora di cambiare le fodere di queste poltrone ».

Arrivò Natale. Alla villa di San Lorenzo giunse un grande abete canadese. Era stato preceduto da una lettera dei genitori di Philip. Era la loro strenna.

« Phil », scrivevano tra l'altro nel lungo messaggio natalizio alla nuora, « ci ha detto che in Sicilia non ci sono abeti. Noi vorremmo che quest'albero fosse piantato nel vostro parco in nostro ricordo. »

Seguivano pensieri affettuosi e considerazioni tipicamente americane che sfuggivano alla sua comprensione. Annalisa, tuttavia, apprezzò il significato simbolico anche se dubitava che un abete canadese potesse sopravvivere nel parco di Mondello.

Il barone Sajeva si domandò invece come avessero potuto, quegli inarrestabili Brian, trasferire in piena guerra un abete dagli Stati Uniti d'America alla Sicilia.

La cosa che più feriva e umiliava Annalisa era la finzione. Quando Philip ritornava gonfio di desiderio era costretta a simulare una partecipazione che non sentiva perché la parte di sé più intima e segreta apparteneva a un altro. E l'altro, Calò, dal giorno del temporale, dalla scoperta del sesso e dell'amore, quando insieme avevano vissuto le radici profonde del desiderio, era definitivamente scomparso dalla sua vita.

« Stai diventando ogni giorno più bella. » Philip le testimoniava il proprio affetto con nuovi doni.

« È il bene che mi vuoi. » Aveva perduto lo smalto e la brillantezza dei primi tempi e si rifugiava nelle frasi convenzionali.

Philip negò con un cenno del capo estraendo dalla tasca della giacca un astuccio di velluto nero che aprì. Conteneva una splendida collana di perle.

« È il mio regalo di Natale », mormorò.

Negli occhi notturni di lei spuntarono le lacrime e prevalse nuovamente il luogo comune.

« Non dovevi », disse. « Finirai per confondermi con le tue attenzioni. »

« C'è bisogno di piangere? » la rimproverò persuaso che la commozione gli fosse dedicata.

Il pianto, invece, dava sollievo ad Annalisa e l'aiutava a lenire lo strazio dell'anima. La mancanza di Calò e la certezza che la sua storia con lui fosse finita per sempre non le dava pace.

« Ti voglio vedere allegra come una volta. » La divertente aggressività di Annalisa sembrava scomparsa.

« Com'è Napoli? » cambiò discorso.

« Splendore e miseria », sentenziò superficialmente l'americano. « Una gran confusione e tanta voglia di vivere. È una città grandiosa e triste. Ma non credo d'essere un buon giudice. Senza di te anche la città più bella diventa malinconica. »

« Ora siamo insieme. » Recitava alla perfezione la parte della sposa più felice del mondo.

« E presto lo saremo per sempre. »

« È proprio a questo che penso », disse con gli occhi pieni di lacrime. « Ora devo mettermi in ordine. Ho degli obblighi anche verso gli altri », continuò spingendolo dolcemente, ma fermamente fuori della stanza. « E dopo tutto non dimenticare che è Natale. »

Quando fu sola scoppiò in singhiozzi prendendosi il volto tra le mani. Rivide Calò nel bosco degli eucalipti nel precoce tramonto invernale, immobile contro il cielo tempestoso sul suo hunter nero e lucido come la pece. Ricordò il suo corpo poderoso che alla luce del fuoco mandava riflessi di miele.

Lei e suo padre non si erano parlati, ma si erano capiti. Il barone assisteva impotente al tormento della figlia, ma non poteva fare a meno d'essere fiero di lei. Era una Monreale: aveva scelto Philip e quello sarebbe stato per sempre suo marito. I suoi sentimenti ormai non contavano.

Calò, che pure viveva sotto lo stesso tetto, si comportava in modo ineccepibile. Evitava di restare solo con Annalisa, stava fuori quasi tutto il tempo, passava lunghe ore a cavallo e nel rifugio dove aveva conosciuto l'amore, tentando le corde d'una vecchia chitarra.

Calò era all'altezza della situazione e nessuno avrebbe mai sospettato che fosse pazzamente innamorato di Annalisa. Soltanto il barone, la principessa e Annalisa sapevano. Il gigante normanno era paurosamente dimagrito e sfuggiva Annalisa come un ladro. Quando proprio non poteva evitarla si rifugiava nelle frasi d'obbligo.

L'unica cosa positiva era che la guerra in Sicilia era definitivamente conclusa e il resto d'Italia guardava all'isola liberata con una punta di invidia. Nonostante la rapidità dell'operazione, era corso molto sangue: erano morti quattromila italiani, cinquemila tedeschi e ventiduemila alleati. Un altro massacro inutile. Giungeva l'eco dei bombardamenti alleati nelle città del Nord e delle imprese mostruose ordinate dal nuovo governo fascista repubblicano. Ma erano notizie che provenivano come da un paese lontano. Nei primi giorni di gennaio, Philip riprese la via del continente mentre gli alleati sbarcavano ad Anzio e a Nettuno e i fascisti a Verona regolavano i conti con i gerarchi che il 25 luglio s'erano schierati contro Mussolini. La completa liberazione del Paese avrebbe significato ancora migliaia di vite umane.

Annalisa aveva ripreso a frequentare il liceo a Palermo e si era buttata sui libri con la forza della disperazione. Studiava per non pensare ad altro, ma non vedeva l'ora di lasciare la scuola, la Sicilia e tutto un passato di ricordi insostenibili. Voleva andare negli Stati Uniti per ricominciare. Le pareva che se avesse potuto mettere l'oceano tra lei e le proprie inquietudini, avrebbe ricominciato a vivere. Fu a scuola, durante la lezione di greco, mentre era alle prese con il perpetuo divenire del mondo di Eraclito, che ebbe la consapevolezza di aspettare un bambino. Una settimana dopo, le analisi di laboratorio confermarono la sensazione. Annalisa era incinta.

Philip fu subito avvertito e reagì da buon americano con la commozione d'uso e la distribuzione di innumerevoli scatole di sigari. E continuò a dispensare avana autentici anche quando ritornò a Palermo in licenza.

« Chissà perché », gli disse il barone Sajeva, « quando nasce un bambino sentite il desiderio di avvelenarvi. »

Calò seppe la notizia dal barone con una sospetta casualità. I due uomini s'incontrarono nelle scuderie al ritorno da una cavalcata.

« Mia figlia mi darà presto un nipote », gli disse come se parlasse del tempo, ma lo scrutò dentro gli occhi come se volesse leggergli nell'anima.

« Ne sono felice, don Peppino. » Aveva sostenuto fieramente lo sguardo e aveva sorriso.

« Nascerà in agosto, mi dicono. » Il barone respirò profondamente.

« È un mese buono per venire al mondo. » Nei suoi occhi brillava un orgoglio profondo. « Quando verrà l'inverno sarà abbastanza forte per affrontarlo. »

« Tu gli farai da padrino. » Non era una preghiera, ma neanche un ordine.

« Sarà un onore grande, voscenza », ringraziò muovendo appena il capo.

« Anche un dovere, Calò », disse il barone impassibile. « Andiamo incontro a tempi difficili. Io ho i miei anni. E tu potresti dovergli fare da padre. »

« L'americano non morirà », sentenziò seccamente. « Gli ufficiali, in genere, sono sempre abbastanza lontani dai posti dove la gente muore. Tuttavia, se il peggio dovesse accadere, conosco i miei doveri, don Peppino. »

Erano state poche parole, ma sufficienti per capirsi.

Quella sera don Calogero Costa partecipò al pranzo e brindò con Annalisa.

« Bevo alla salute tua e di tuo figlio », disse.

« L'amore ha dato i suoi frutti, Calò. » Anche loro s'erano detto tutto senza dirsi niente.

Calò tornò a essere l'uomo vitale di un tempo e Annalisa ritrovò la tranquillità perduta.

Bruno Brian Sajeva nacque in una notte d'agosto.

Quando il barone, finalmente ammesso nella camera della figlia, uscì dalla stanza rosa di Annalisa, si trovò davanti Calò che lo aspettava. Il vecchio aveva il volto segnato dalla stanchezza, ma sorrideva beato.

« È bello e sta bene », annunciò.

« Ne sono lieto », disse Calò.

« Vuoi vederlo? » domandò battendogli una mano sulla spalla.

« Voglio vederlo », affermò il giovane.

« Vai », l'incoraggiò il barone.

Entrò silenzioso con la cautela e la solennità con cui da bambino s'avvicinava all'altare. Annalisa sembrava addormentata e il piccolo riposava in una culla bianca, accanto al suo letto.

La donna, appena sentì i passi di Calò, aprì gli occhi e gli sorrise.

« Ti ringrazio d'essere venuto. » Aveva una voce dolce e tranquilla.

« Hai sofferto molto? » le chiese prendendole una mano tra le sue.

« È tutto passato ormai. » L'aria era calda, umida e sentiva lo scirocco. « Sono soltanto stanca. Guardalo, Calò. Guarda com'è bello. »

Lui spostò la tendina di mussola bianca inamidata che proteggeva la culla.

« È una meraviglia », confermò.

« Puoi prenderlo in braccio, se ti fa piacere. » Era il calmo invito di una donna finalmente serena e pacificata.

Il sangue di Calò prese a scorrere tumultuosamente mentre, con tutta la delicatezza di cui era capace, affondò le grandi mani in quel candore di trine per sollevare il bambino appena nato. Bruno si divincolò e fece una smorfia che poteva somigliare a un sorriso.

« Che Dio ti benèdica », gli augurò. Aveva gli occhi lucidi di commozione. Poi rivolto ad Annalisa soggiunse: « Quando lo porterai in America, fai in modo che non dimentichi di essere siciliano ».

ANNALISA

A MILANO FRA LE MACERIE

ANNALISA viaggiò da Palermo a Milano, con scalo a Roma, su un *Boeing B-29* americano. Era l'estate del 1945. La guerra era finita e si celebrava la pace sopra un cumulo di macerie. Quotidiani e cinegiornali ancora ricordavano la morte del presidente americano Franklin D. Roosevelt, parlavano della fucilazione di Mussolini e del suicidio di Hitler tra le rovine della Cancelleria a Berlino. Il Comitato di Liberazione Nazionale aveva assunto tutti i poteri e Ferruccio Parri aveva formato un governo di solidarietà nazionale.

Philip aspettava la moglie e il figlio all'aeroporto di Taliedo. Annina e Addolorata, la vecchia e la giovane cameriera della baronessina, erano sconvolte per il viaggio e Annalisa aveva avuto il suo da fare per convincerle che non era possibile scendere durante il volo.

Il piccolo Bruno, invece, era felice. Phil se lo prese in braccio dopo aver baciato la moglie. Il bambino lo guardava incuriosito e pretendeva di giocare con i nastrini multicolori della giacca militare intanto che Philip gli parlava in inglese.

« Ma questo bambino non capisce niente », l'uomo disse allarmato.

« Non capisce l'americano, caro », lei lo difese. « Se gli parli in italiano, ti stupirai della sua prontezza. »

« Ma la sua lingua », disse Philip scandalizzato, « è l'americano. »

« Bruno è già bilingue », l'informò Annalisa, « capisce l'italiano e il siciliano con la disinvoltura che gli consente la sua tenera età. Se gli dai il tempo e la tranquillità per farlo, imparerà anche l'inglese. »

Philip affrontò il problema dal punto di vista dell'orgoglio nazionale, quindi nel peggiore dei modi.

« *You are american* », disse rivolto al bambino. « Tu sei americano! *Do you understand?* Capito? *American. Remember american! A-m-e-r-i-c-a-n!* »

Il risultato fu che Bruno scoppiò in lacrime, non tanto per quel discorso incomprensibile che tutto sommato l'incuriosiva, come i nastrini multicolori della divisa, quanto per il tono aggressivo e autoritario con cui quelle parole venivano pronunciate. Tese le braccia verso la madre in cerca di protezione.

« Se gli americani non bombardano non sono contenti » s'indispettì la donna. Salirono a bordo di una grossa *Ford* dell'esercito che si mise subito in moto. Bruno piangeva.

« Non volevo farlo piangere », disse Philip imbarazzato.

« Ma ci sei riuscito. » La reazione di Annalisa fu immediata. Erano solo loro tre e l'autista. Annina e Addolorata li seguivano su un'altra vettura in compagnia del sergente che le aveva scortate durante il viaggio.

« Su, bambino », intervenne Philip cercando di fare la pace, « cerca di capire. »

« Evidentemente non devi avere una gran pratica in fatto di bambini », disse Annalisa sorridendo, « è ancora troppo piccolo per capire e per parlare. Dice solo mamma, nonno, tia. » Meglio di tutti gli altri nomi pronunciava quello di Calò, ma Annalisa ebbe cura di tacere quel particolare.

« E papà, non lo dice papà? » obiettò Philip risentito.

« Abbi pazienza, Phil. Ancora non ti conosce. » Era una misera giustificazione, in realtà lei non aveva mai sentito l'urgenza di insegnargli quella parola.

« Non voglio che diventi un bambino viziato », l'accusò.

« Ti prego, non farmi dei discorsi assurdi », si oppose fermamente. « E non raccontarmi la favoletta dei bambini italiani viziati dalla mamma. » Bruno, avvinghiato al collo della madre con le braccine rotonde, aveva smesso di piangere, ma aveva gli occhi impauriti.

« Non fare così, piccolino. » Philip si sentì pieno di rimorsi per avere provocato una crisi d'angoscia nel figlio. « Hai ragione tu », ammise, « okay, impareremo insieme a capirci. » Si chinò a baciarlo sui capelli che erano folti e stranamente biondi. Philip pensò che tutti i bambini hanno i capelli biondi e respirò l'odore dell'innocenza, l'odore dei cuccioli inermi che muovono i primi passi nella vita. Abbracciò la mamma e il bambino. « Ho una sorpresa per voi », annunciò.

« Che cosa? » s'incuriosì Annalisa.

« Se te lo dico non è più una sorpresa. »

L'automobile si dirigeva verso il centro della città. Annalisa guardava con sgomento dai finestrini le profonde ferite inferte dalla guerra ai quartieri che soltanto pochi anni prima le erano apparsi così solidi e ordinati. Nell'aria c'era odore di miseria. Anche la gente aveva un aspetto triste.

Annalisa era stata a Milano alla vigilia della guerra, di passaggio per Londra, in compagnia di suo padre che s'era voluto fermare qualche giorno per far visita a un vecchio amico, il professor Filomeno Brancati, docente di diritto all'università Cattolica, nonché illustre principe del foro milanese. Della città aveva conservato un ricordo che negli anni non s'era affievolito.

Suo padre le aveva mostrato una città ordinata, pulita, efficiente, dinamica, tanto diversa dalla Palermo caotica e indolente appisolata nel caldo africano dell'estate, esposta ai disagi dei brevi inverni. Le aveva parlato dell'impronta severa lasciata dall'amministrazione austriaca contrapponendola alle nefandezze di quella borbonica e spagnola in Sicilia.

Il professor Brancati, molto più giovane di suo padre, aveva raggiunto un'importante affermazione professionale al Nord non solo per la sua preparazione, ma proprio per le sue qualità personali. Il senso del diritto l'aveva nel sangue: una dote diffusa fra i siciliani.

Annalisa aveva conosciuto anche la fidanzata milanese di Brancati, una bella ragazza dai modi spigliati, si chiamava Claudia, era figlia di un costruttore e aveva avuto per lei, appena quindicenne, attenzioni squisite. L'aveva accompagnata a un paio di ricevimenti molto borghesi dove Annalisa si era sentita al centro dell'attenzione per la curiosità che suscitavano le sue origini.

Aveva visto case di un'eleganza spesso austera rispetto a quella più ridondante della sua Sicilia. S'era resa conto che al Nord c'era una sorta di pudore per la ricchezza che veniva spesso contenuta nelle forme di una sobrietà severa, ma non disadorna. Anche le manifestazioni d'affetto e d'amicizia venivano come stemperate nella riservatezza, raramente erano espresse in modo plateale. Annalisa era stata intimidita e affascinata a un tempo da quelle abitudini di vita.

In quel momento, invece, a sei anni di distanza, divenuta ormai donna, di fronte allo strazio prodotto dalla guerra, Annalisa si sentiva stringere il cuore. Provava la stessa angoscia di quando era tornata con suo padre in via Maqueda a Palermo per piangere sui resti di quello che era stato uno dei più bei palazzi della celebre strada cittadina, proprietà della sua famiglia dal XVII secolo. Poche bombe avevano trasformato muri e arredi secolari in un cumulo di macerie.

A Milano sembrava fosse accaduto di peggio. Quanta parte della città era andata distrutta? Quante bellezze artistiche erano andate perdute per sempre? Ma soprattutto quante persone non avrebbe più ritrovato?

Annalisa aveva con sé una lettera del padre per l'amico Brancati, che nel frattempo si era sposato con Claudia e aveva avuto un figlio di nome Paolo. Durante la guerra Brancati si era trasferito con la famiglia a Varese, ma ormai erano tutti rientrati a Milano e lei sarebbe stata felice di rivederli.

La grossa *Ford* attraversò il centro storico e imbucò via Manzoni. Poco dopo l'auto s'infilò nel portone di un palazzo e si fermò in un cortile selciato di sassi di fiume.

« Perché ci fermiamo qui? » La giovane si guardò intorno. Il cortile acciottolato era delimitato sui quattro lati da un portico ad archi.

« Perché questa è la sorpresa. » Il buonumore era ritornato sulla faccia di Philip.

« Un cortile e una casa non mi sembrano una sorpresa. » Nella penombra l'aria non era così afosa come nella strada.

« Ma questa casa è tua », disse Phil orgogliosamente. « Sarà la nostra casa milanese. »

Annalisa non sapeva che cosa dire. Ancora non riusciva a rendersi conto della situazione.

« Devo dire che è una meraviglia? » scherzò con sincerità.

« Lo dirai quando l'avrai vista meglio. » Aiutò Bruno a scendere dall'auto e il piccolo, esitante nel muovere i suoi passi, ma certo dell'obiettivo da raggiungere, camminò in precario equilibrio verso uno scalone di pietra che si apriva sul lato destro del porticato.

« Bruno », si allarmò la madre, « dove vai? »

« Lascialo fare, non ti preoccupare », la fermò Philip.

Bruno si mise a gattonare su per gli scalini.

« Cagia », disse. « Cagia... Bruno. »

Phil scoppiò in una schietta risata che mise in mostra una dentatura perfetta.

« Hai visto, Annalisa? » esultò. « Il piccolo siciliano ha capito che questa è casa sua. »

L'autista, Annina, la cameriera e il sergente, che nel frattempo erano sopraggiunti, scaricavano i bagagli.

Philip porse il braccio alla moglie e insieme seguirono Bruno.

« Credo d'aver fatto un buon affare comperando questo palazzo », si confidò. « I proprietari siete tu e Bruno. Sarà la vostra casa milanese. Resterete a Milano con me alcuni mesi. Mi hanno affidato un incarico amministrativo. Ti piace? »

« Grazie, Phil », rispose lei baciandolo con tenerezza. « È davvero una stupenda sorpresa. » A mano a mano che salivano la scalinata sembrava di fare un tuffo nella quiete dorata di un caldo pomeriggio ottocentesco.

« Sei sincera? » Cercava una conferma con gli occhi che gli sorridevano.

« Sì, Phil. Non potevi farci un dono più bello. » Ancora una volta guardò con ammirazione quell'uomo buono che, da quando l'aveva conosciuta, non aveva mai smesso di darle tutto quanto potesse farle piacere. « Sono felice di essere qui con te. »

« È la più bella ricompensa. » Una gioia infantile s'impadronì di lui e il cuore gli martellava tanto forte nel petto che ne sentiva i battiti. « Ho voglia di abbracciarti. »

Annalisa, però, si staccò quasi subito da lui e raggiunse Bruno che nel frattempo era arrivato al pianerottolo, si era tirato in piedi e rischiava di fare la scala a ritroso a ruzzoloni. Guardò Philip e ancora una volta si sentì in colpa per non poter rispondere con altrettanto calore a quelle manifestazioni d'affetto.

« Sarò una buona moglie », promise a se stessa. « Devo esserlo, perché lui se lo merita. »

Sulla porta di casa una domestica in grembiule bianco, dall'aria efficiente e pulita, i capelli accuratamente raccolti sulla nuca, salutò Annalisa con cordiale deferenza. Era giovane, attraente e aveva l'aspetto d'una persona serena. La donna fece un leggero inchino e abbassò lievemente la testa dicendo: « Benvenuta, signora ».

Annalisa la salutò e si sentì protetta da quella simpatica presenza. Pensò con riconoscenza al marito americano che era riuscito ad allestire una casa accogliente in pochi mesi, ad assumere il personale necessario al buon andamento del ménage offrendole il meglio in un momento tanto difficile.

« Grazie, caro », disse guardandolo con rispetto.

« Voglio che tu sia felice. » Le sfiorò la mano delicata con un bacio e la guardò. Si chiese perché dopo quella prima notte ormai lontana, negli occhi di sua moglie non aveva più visto brillare il fuoco della passione. « Dove avrò sbagliato? » si chiese.

LA SARTORIA VENTURA

LA macchina percorreva via Montenapoleone e presto avrebbe raggiunto corso Venezia dov'era la nuova sede della sartoria Ventura. Nonostante il caldo l'aria sembrava di cristallo e il sole indorava la città. Claudia Brancati e Annalisa parlavano fitto tra loro. Un vetro scorrevole le separava dall'autista.

« Sai », l'informò Claudia, « Ventura ha chiuso il reparto di modisteria e di biancheria. Ora fanno solo abiti e pellicceria. Pensa che in maggio, un anno dopo la fine della guerra, hanno allestito la prima sfilata. »

« Tu l'hai vista? » domandò Annalisa con una punta d'invidia. Una sfilata di moda pur con le sue frivolezze testimoniava un grande ottimismo e un irresistibile desiderio di ricominciare. Ecco che cosa brillava nel sole di quel caldo mattino d'estate tra le ferite ancora aperte dalla guerra: la speranza e la voglia di ricominciare pur tra mille sacrifici. Era quella smania di vivere che Annalisa leggeva sulla faccia della gente.

« Ho visto bellissimi abiti di Fath », raccontò Claudia entusiasta. « Per la sera i tessuti sono tutti di organza, taffetà, chiffon e voile. Per il giorno, invece, ci sono stupende princesse in lino bianco. Hanno avuto successo anche i pantaloni di lino bianco. Una meraviglia. »

Annalisa ricordò i racconti della principessa Isgrò.

« Mia madre e mia zia si vestivano a Parigi da Coco Chanel per il giorno e da Fath per la sera. » Sembrava una bambina che gioca alle signore. « Ma ora come si fa ad andare a Parigi? »

« Ci ritorneremo presto, ormai. » Gente passava in bicicletta, altra a piedi o spingendo tricicli. Tutti guardavano con ammirazione la *Lancia* blu su cui viaggiavano le due donne. « Ma non sarà più come prima », si lamentò, « questa guerra ci ha messi in ginocchio. »

Annalisa ricordò una massima che il padre le citava sempre: « Se dovessi ringraziare Dio per tutto quello che ti dona, non ti resterebbe il tempo per lamentarti ». Quello splendido mattino di luglio era un dono indimenticabile. « La vita è sempre stata vincente », disse.

« Me lo auguro per i nostri figli », ribatté convinta Claudia, « e per tutti quelli che nasceranno. »

L'auto si fermò davanti all'ingresso di un palazzo settecentesco di corso Venezia. L'autista si affrettò ad aprire la portiera e le due giovani signore scesero.

Un ragazzino sui dodici anni in una divisa verde scuro con i bottoni dorati aprì loro la porta della sartoria che occupava il primo piano, al secondo era allestito il laboratorio. Le bombe avevano risparmiato l'antico edificio.

La *première*, una donna molto elegante e truccata con garbo, andò loro incontro con la rispettosa cordialità che i clienti di riguardo si aspettano dai loro fornitori. Parlò sottovoce, sorridendo e le invitò ad accomodarsi in un salottino, pregandole di pazientare un attimo. La « Signora » si sarebbe presto liberata per mettersi a loro completa disposizione.

In quell'atmosfera ovattata e protetta, in quella fuga di deliziosi salottini con le pareti rivestite di specchi dalle cornici dorate arredati con folti tappeti, divanetti civettuoli e grandi mazzi di fiori sparsi un po' dovunque, le due donne dimenticarono le macerie, i pensieri tristi e si sentirono nuovamente a loro agio.

Annalisa vide passare un'anziana signora nel corridoio e la riconobbe immediatamente.

« Contessa Violante », la chiamò.

La signora, che indossava un abito di seta grigio dello stesso colore dei suoi occhi e dei suoi capelli, la guardò un istante prima di riconoscerla.

« Ma tu », le sorrise fra l'incredulità e lo stupore, « tu sei la baronessina Sajeva! »

« Sono lieta che si ricordi di me, contessa », disse Annalisa accennando appena un inchino.

« E quell'orso del barone? » domandò con gli occhi che le brillavano.

« Invecchiando migliora », scherzò Annalisa.

« Io me lo ricordo giovane. » L'anziana nobildonna sembrava avvolta nel profumo inebriante di un lontano passato.

« Posso presentarle la signora Claudia Brancati? » disse Annalisa. « È un'amica che si è assunta il compito di farmi da guida. »

« Ma certamente », acconsentì.

Claudia arrossì inchinandosi cerimoniosamente.

« Buongiorno, cara », disse la contessa Violante prendendo sottobraccio Annalisa e dimenticando Claudia. « Così ti sei sposata », soggiunse.

« In piena guerra », rispose Annalisa.

« Credo che non ti lascerò scappare tanto facilmente », la circuì. « Abbiamo tante cose da raccontarci. » I suoi occhi, straordinariamente grandi e lucenti nonostante l'età, imposero una pausa. « Sempre che i programmi di sua altezza reale coincidano con la nostra curiosità. »

« Mi consideri comunque a sua disposizione », Annalisa manifestò sinceramente la sua disponibilità.

La contessa Violante era la dama di compagnia di Maria Josè di Savoia. Il barone Sajeva più d'una volta era stato ospite dei reali d'Italia nella tenuta di San Rossore in Toscana per indimenticabili battute di caccia e la contessa Violante era stata in molte occasioni ospite gradita in casa Monreale: non s'era mai capito se prevalesse in lei il suo grande amore per la Sicilia o la sua ammirazione per il barone Giuseppe Sajeva. Aveva conosciuto Annalisa bambina e suo padre nello splendore della sua virilità.

« Sua altezza è qui », sussurrò in tono confidenziale. « Sta scegliendo alcuni modelli per il prossimo autunno. Ti piacerebbe conoscerla? »

« Non osavo chiederlo », arrossì Annalisa. « Ne sarei onorata. »

« Allora vieni », l'invitò a seguirla. « Anche lei, signora Brancati. »

Annalisa ricordava Maria Josè nelle fotografie in divisa da crocerossina pubblicate dai giornali e dalle riviste e fu sorpresa di trovarla tanto diversa. Così snella, così bionda, così pallida, così triste, con quegli immensi occhi azzurri senza sorriso.

Indossava un tailleur di lino bianco, calzava sandaletti dal tacco largo e basso dello stesso colore. E su quel bianco spiccavano i rubini d'un profondo rosso sangue di piccione che le ornavano il collo, le orecchie e l'anulare della mano sinistra. Anche le labbra, pesantemente dipinte, avevano lo stesso colore.

Annalisa ricordò che suo padre detestava i rubini e tra i gioielli di famiglia non figurava quella splendida pietra.

« Il rubino porta sangue e sventura », diceva il barone.

« Chissà se è vero », pensò Annalisa mentre si inchinava di fronte alla principessa.

« Si accomodi, cara », disse Maria Josè invitandola

a prendere posto vicino a lei nell'elegante salottino. « Anche la sua amica, naturalmente. Mi aiuterete a scegliere qualche capo. Tanti modelli mi confondono », quasi si scusò. « Vede », riprese, « io mi sono molto affezionata a questo atelier anche se ho dovuto soffrire molto proprio qui, sottoponendomi alle prove estenuanti del mio abito da sposa. »

Annalisa annuì confusa pensando ai fasti ormai lontani della famiglia reale. Seguiva la principessa con la coda dell'occhio mentre le indossatrici si avvicendavano al centro del salottino sfilando per lei che decisamente non sembrava molto interessata alla scelta del guardaroba e non sembrava nemmeno felice. Ebbe per lei un sentimento di umana solidarietà perché forse quello della principessa, come il suo, non era stato un matrimonio felice.

Quando era giunta sposa in Italia il suo cuore era pieno di sogni e invece, dopo una guerra, dopo la fuga di settembre della famiglia reale a Brindisi, dopo un matrimonio che la aveva dato quattro figli e un numero ben più alto di naufragi, le sue speranze andavano alla deriva. Le rughe che segnavano il volto ancor giovane testimoniavano la fine di molte illusioni.

« *Ça c'est jolie, n'est ce pas*? » Indicò svogliatamente un abito bianco con *entre-deux* di pizzo in tinta.

« Sì, altezza, è davvero grazioso », rispose prontamente Annalisa e fece un cenno alla *première* che annotò prontamente la scelta.

In seguito non ci sarebbe stato bisogno di prendere misure né di fare prove perché la sartoria Ventura possedeva manichini con le misure esatte delle clienti. Gli abiti che la principessa stava scegliendo avrebbero avuto la precedenza su tutti.

Maria Josè accese una sigaretta dopo averla infilata in un bocchino di ebano con intarsi d'oro. Aveva dita lunghe e sottili, pallide, su cui spiccavano le unghie laccate di rosso.

« *C'est dommage qu'on ne fait plus de la lingerie ici* », disse.

« È un vero peccato », confessò Annalisa. « È colpa della guerra. » Si rese immediatamente conto che la sua era stata una battuta infelice.

La principessa la guardò con un mesto sorriso.

« Magari fossero soltanto questi i malanni della guerra. » Aspirò una boccata di fumo e intorno a lei si levò una nuvola azzurrina.

« *Heureusement, tout est terminé* », disse conciliante la ragazza.

« *Vous croyez?* » la sorprese la principessa. E riprese a seguire la sfilata.

Claudia Brancati guardava l'amica e la principessa che conversavano pacate e disinvolte come se si conoscessero da sempre e ammirò Annalisa per la sua capacità di rendere consueto l'eccezionale. Lei non interveniva per paura d'incespicare nelle parole. La contessa Violante, vinta dalla stanchezza che con l'andare degli anni si faceva sentire, godeva il morbido conforto di una poltroncina appartata e qualche volta chiudeva gli occhi affondando in un senile dormiveglia.

Entrò un cameriere spingendo un carrello di cristallo. C'era un secchiello d'argento dal quale spuntava una bottiglia di Veuve Cliquot. Era nota la predilezione della principessa per lo champagne.

Fu la signora Ventura in persona a fare gli onori di casa.

Dopo il primo sorso Maria Josè si rivolse di nuovo ad Annalisa: « So che anche suo marito, in California, produce dell'ottimo vino », affermò provocando stupore e sorpresa nella ragazza.

« Così mi hanno detto », confermò Annalisa. « Non sono ancora andata negli Stati Uniti. »

« Ci andrà molto presto, immagino. » Il tono della voce risvegliò la contessa Violante che spalancò i grandi occhi grigio perla.

« È questione di settimane. » Annalisa non sembrava entusiasta di quella prossima partenza.

« Allora porterà i miei saluti a mister Philip James Brian senior », si raccomandò. « Nel suo campo è un'autorità. Lo ringrazi per i vini che ha avuto la bontà di farmi avere. » Era un commiato.

Annalisa si alzò e s'inchinò appena, imitata maldestramente da Claudia.

« *Adieux, mes chères amies* », le congedò la principessa e riprese a seguire la sfilata.

Annalisa allontanandosi con la contessa Violante si voltò a guardarla un'ultima volta. Il rosso profondo dei rubini si spegneva nella nube azzurrina del fumo della sigaretta. Era così pallida, così fragile, così triste, così sola. E provò pena per lei.

I VIGNETI DI NAPA VALLEY

L'AUTORADIO smise di trasmettere musica e, dopo un intervallo pubblicitario, uno speaker cominciò a parlare della Cina comunista dichiarata paese aggressore dall'assemblea plenaria delle Nazioni Unite, citò il presidente Truman in relazione allo stabilizzarsi del fronte in Corea, presso il Trentottesimo parallelo.

« T'interessa? » chiese l'autista con gli occhi fissi alla strada.

« Per niente », rispose Bruno. « Puoi spegnere o cambiare programma », soggiunse. L'uomo al volante sorrise al bambino e zittì la radio schiacciando un pulsante. « Non la finiranno mai di fare guerre e di parlarne in continuazione. »

Svoltò in una piccola strada tra vigneti senza fine e abbandonò la statale.

« Chi vince in Corea? » chiese Bruno.

« Quando c'è una guerra, nessuno vince mai », commentò l'autista. Si chiamava Don Taylor, aveva un cognome americano, ma una faccia e un nome da messicano purosangue.

« Ma i nostri sono forti », disse Bruno in cerca di conferme. Aveva sette anni, era un bambino curioso, aveva molti dubbi, ma fra le sue poche certezze c'era il mito dell'America invincibile.

« La forza non è sufficiente per vincere le guerre », affermò l'uomo.

La grossa *Cadillac* azzurro metallizzato uscì dalla strada che divideva in due lo sterminato vigneto e sfociò in uno slargo. Don Taylor curvò dolcemente e l'auto scivolò di fianco alla villa a due piani di Napa Valley per fermarsi silenziosamente davanti ai box.

« Grazie, Don », disse Bruno che sedeva di fianco all'uomo.

« Ci vediamo domani », lo salutò l'autista.

Mentre il ragazzo raggiungeva l'ingresso centrale dell'elegante costruzione ottocentesca, la porta di un box si aprì silenziosamente, azionata da un dispositivo automatico, permettendo a Don di posteggiare la macchina all'interno. L'autista scese dall'auto, prese da un armadietto un piumino rosso e cominciò a spolverare diligentemente la carrozzeria. Controllò l'orologio. Erano le sette e mezzo di sera. Sua moglie Juanita e i ragazzi lo stavano sicuramente aspettando con impazienza.

Già la sentiva lamentarsi: « Almeno la domenica potrebbero avere un po' di rispetto per i tuoi orari, questi *cabrones* ». Era una donna di trent'anni, una bellezza aggressiva e un po' volgare.

Don, che sostanzialmente condivideva le ragioni di sua moglie, pur non difendendo i *cabrones* cercava però di pacificare gli animi. In fondo mister Philip Brian e sua moglie Annalisa sapevano essere generosi.

Juanita li detestava perché da quando Don era entrato al loro servizio le domeniche in cui poteva avere il suo uomo per sé si contavano sulle dita di una mano. Don, invece, considerava anche i lati buoni del suo lavoro: un ottimo stipendio, mance e regali consistenti oltre la presenza del piccolo Bruno per il quale l'autista aveva una tenerezza tutta particolare.

« Povero bambino », diceva alla moglie, « in quella casa di pazzi sa Dio come crescerà. »

Allora Juanita si raddolciva.

« È vero », ammetteva, « *el niño es muy bonito.* Ma loro.... loro sono *cabrones.* »

Era per lei il più vergognoso degli insulti.

Anche se non aveva potuto passarla con Juanita e i figli, Don aveva ugualmente trascorso una buona domenica insieme con il ragazzo Brian che egli considerava orgogliosamente parte della sua famiglia.

Bruno nutriva una grande passione per i cavalli e nella stagione delle corse non perdeva un appuntamento. L'ultima manifestazione s'era svolta a San Mateo, alla Bay Meadows, e il ragazzo aveva visto correre e vincere i suoi favoriti.

« Da grande voglio fare il fantino », diceva a Don. « Che cosa te ne pare? »

« Mi sembra un'eccellente idea », ammetteva l'uomo. « I cavalli ti piacciono molto. Ma per diventare buoni fantini è indispensabile essere molto piccoli e molto magri. Tu hai appena sette anni e sei alto come un bambino di nove. »

« Però sono magro. E ogni giorno sto un'ora con dei pesi in testa, così non cresco », rispondeva.

« È un esperimento che può dare dei frutti », sorrideva Don tanto per farlo contento anche perché sapeva che i suoi momenti di felicità erano rari.

Bruno aveva un'infinità di regole da rispettare, su quel punto mister Brian era inflessibile. A volte Annalisa interveniva in difesa del figlio.

« Bruno », diceva a Phil, « è soltanto un bambino. Non puoi essere così severo con lui. »

« È un siciliano duro e caparbio », replicava il padre. « Deve rendersi conto che è americano, che vive in America, che il suo futuro è qui. Deve imparare prima di tutto a diventare americano. »

Don Taylor era testimone di quegli incresciosi battibecchi coniugali quando i Brian uscivano insieme per andare ai ricevimenti. Più della durezza del padrone lo colpiva la profonda tristezza della signora, sempre più sottile, sempre più pallida, gli occhi sempre più grandi e pieni di solitudine.

« I ricchi », si diceva, « sono creature strane. Riescono a essere infelici anche quando navigano nell'oro e si fanno in quattro per guidare i figli sulla stessa strada. » Allora pensava alla Juanita dei momenti lieti, ai suoi bambini, alla sua famiglia riunita intorno al tavolo e si sentiva orgoglioso di possedere quella piccola grande gioia.

Aveva conosciuto molti padroni esercitando la professione di autista: sembravano fatti a macchina. Il Golden State, lo Stato d'oro accarezzato da un clima da paradiso terrestre, era pieno di mogli insoddisfatte, alcune petulanti, altre rassegnate e disponibili per l'adulterio, e di uomini maneschi e arroganti, abituali bevitori, pronti a cavalcare l'avventura, salvo poi, gli uni e le altre, spararsi un colpo in bocca o diventare assidui frequentatori di medici psicoanalisti.

« In California gli sport più praticati », Don aveva sentito dire, « sono il divorzio e la psicoanalisi. »

Il sole tramontava con un sontuoso drappeggio scarlatto che accarezzava i vigneti a perdita d'occhio.

« È sempre un gran bello spettacolo », si disse Don. Da una porta della dépendance, dove abitava la servitù, uscirono i suoi tre figli che gli corsero incontro.

« Sono un uomo fortunato », pensò stringendoli in un solo abbraccio.

Juanita lo salutò dalla finestra del soggiorno e gli sorrise. Era stranamente tranquilla. Sembrava aver capito il suo stato d'animo.

Bruno, nella sua camera, stava diligentemente cambiando abito per potersi presentare a tavola senza subire i rimproveri del padre. Detestava sentirsi dire che si comportava peggio di un contadino siciliano.

Mentre si abbottonava la camicia bianca ricordò di non essersi lavato le mani. Le osservò attentamente e concluse che non erano poi così sporche da giustificare un altro intervento. Era in ritardo e forse suo padre non si sarebbe accorto di niente.

Scese al piano terreno ed entrò nel soggiorno arredato con mobili scuri, stile *old America.* Contro le pareti, accuratamente disposti come in una galleria, grandi ritratti dei Brian: dal severo James Brian sbarcato nel XVIII secolo sulla costa dell'Est dopo l'estenuante traversata atlantica, fino ai nonni paterni di Bruno, Kate e Philip James senior, morti l'anno prima in un incidente aereo. Bruno sapeva che un giorno la cupa galleria si sarebbe arricchita di altre figure: quella di sua madre, di suo padre, la sua. Chissà che faccia avrebbe avuto quando fosse diventato tanto vecchio da essere appeso tra gli antenati?

Un pittore italiano, specialista in ritratti, aveva già dipinto la splendida faccia di Annalisa e quella severa di Philip. I quadri erano in camera di Bruno e il ragazzo passava molto tempo in contemplazione del volto di sua madre che l'artista aveva ritratto in un abito da sera celeste pallido costellato di piccole rose trasparenti dello stesso colore. C'era una patina di antico dolore sul volto di Annalisa e a Bruno sembrava che se avesse potuto in qualche modo cancellarla avrebbe scoperto subito sotto una felicità radiosa. E quella incapacità di cancellare la patina di dolore dal volto e dagli occhi della madre gli pesava sull'anima.

Bruno adorava Annalisa e quando gli accadeva di vederla particolarmente abbattuta le scivolava al fianco, le prendeva una mano tra le sue e la baciava

« Sei tutta la mia vita, Bruno », diceva lei stringendolo a sé. Il ragazzo sentiva che la donna diceva la verità e allora l'amava anche di più, di un sentimento profondo e dolente che qualche volta diventava pianto.

Bruno entrò nel soggiorno dove Philip, Annalisa e George, il fratello minore di Philip, stavano prendendo un aperitivo. Bevevano del Traminer bianco e fresco dei vigneti Brian.

Il ragazzo chinò leggermente il capo avendo cura di tenere le braccia tese lungo i fianchi.

« Buona sera, papà », disse. « Buona sera, mamma. Buona sera, zio George. »

Tutti gli sorrisero.

« Ti sei divertito alle corse? » gli domandò Annalisa.

« Moltissimo, mamma, grazie. »

Walter, un cameriere giovane, biondo, dalla figura longilinea, l'occhio svelto e il naso argutamente puntuto, fu svelto a portargli su un vassoio d'argento un bicchiere di succo d'arancia.

Bruno prese posto sul divano tra i genitori.

« Ti sei lavato le mani? » domandò il padre.

« Sì, papà », mentì con la prontezza di chi è abituato a essere sotto inquisizione sperando di non arrossire per la bugia, pregando l'Onnipotente che il padre non procedesse a un esame particolareggiato. I meccanismi imposti dai rigidi schemi familiari lo facevano soffrire.

« Bevi il tuo succo d'arancia, ragazzo. » Era un invito e un ordine.

« Sì, papà », obbedì Bruno festeggiando mentalmente lo scampato pericolo. C'era tensione nell'aria. C'era sempre tensione quando i genitori erano insieme e nell'ambiente si diffondevano onde negative che trasmettevano al bambino un profondo senso di disagio. Con infantile sensibilità, avvertiva anche in quel momento il malessere che contrastava con l'atmosfera ordinata di calma apparente. Parole vane o cariche di un ambiguo significato scandivano lo scorrere del tempo e a Bruno costava un grande sforzo di volontà rimanersene quieto e tranquillo in attesa che si concludessero le formalità di rito che precedevano la cena. Poi, a cena ultimata, finalmente sarebbe andato nelle stalle a salutare Babette, il suo pony fiammeggiante, e a parlare con lo stalliere. Il mattino dopo, lunedì, suo padre sarebbe andato in ufficio a Frisco, lui e la mamma avrebbero ripreso la vita di sempre nella villa di Sausalito e lo zio George sarebbe rimasto a Napa Valley per occuparsi della produzione vinicola.

I vigneti Brian erano i più estesi e i più importanti della California, il vino di Napa Valley veniva distribuito in tutti gli States ed era molto apprezzato anche all'estero. Negli ultimi anni la produzione aveva registrato un ulteriore miglioramento. C'era stato un significativo salto di qualità. Il Pinot, il Cabernet e il Silvaner Brian erano ormai ricercatissimi. Anche il Chianti era di buona qualità, ma George non era completamente soddisfatto. Il suo punto di riferimento era il Chianti di Badia a Coltibuono dal vago profumo di violetta e a quell'incanto di gusto e di profumo non era riuscito ancora ad avvicinarsi. D'altra parte, si consolava George, la coltivazione della vite nei possessi di Coltibuono risaliva al 1037. Era un vino già famoso nel 1476, prima della scoperta dell'America, quando Baccio Ugolini lo aveva raccomandato all'amico Lorenzo de' Medici come il «rosso di gran lunga superiore a quello di Vallombrosa».

George Brian era il tipo californiano classico: alto, occhi azzurri, capelli castano chiaro, fisico atletico e un'espressione schietta e ingenua sempre illuminata da un sorriso. Il clima, il sole e la vita all'aria aperta gli assicuravano una perenne abbronzatura. Era un amministratore oculato e intelligente, ma si compiaceva di essere un poeta del vino di cui conosceva storie e leggende.

George era praticamente il numero uno della impresa vinicola che aveva un giro d'affari di alcuni milioni di dollari, ma che era diventata un'attività secondaria della famiglia Brian. Durante gli anni del proibizionismo, infatti, i Brian avevano trascurato i vigneti e avevano mosso alcuni timidi passi nel settore dei grandi alberghi.

Philip James Brian, il padre di Philip e George, aveva acquistato due alberghi a San Josè, a sud di San Francisco. Alla fine del proibizionismo l'attività vinicola era ripresa a pieno ritmo con nuovi piani d'incentivazione, ma nel frattempo l'attività alberghiera s'era rivelata molto interessante. Anche l'industria aerospaziale, nella quale i Brian avevano fatto grossi investimenti, stava enormemente progredendo.

I nuovi settori erano stati affidati da Philip senior al figlio che era tornato dall'Europa con l'aureola dello stratega, la patente dell'eroe, una moglie siciliana e un erede al trono. L'attività tradizionale dei Brian, i vigneti, era invece toccata a George le cui radici affondavano profondamente nella terra ricca del Golden State.

Ogni week-end la famiglia si riuniva nella vecchia casa di Napa Valley dove Bruno aveva il suo pony e Annalisa un bellissimo purosangue arabo regalatole da Philip. Josette era rimasta a invecchiare nelle scuderie di Piazza Armerina, accanto a Morello, l'hunter nero di Calò.

La conversazione procedeva meccanicamente mentre ognuno inseguiva i suoi segreti pensieri.

« Credo sia il caso di prendere in considerazione l'installazione di nuovi impianti », si preoccupò Philip.

« Questo è già nei programmi », lo rassicurò George. Sapeva che il fratello aveva perduto di vista il grande cuore del Paese dov'era nato e cresciuto e parlava con lui il linguaggio che usava con gli operatori delle grandi banche di New York. Ma lui non era un funzionario della Morgan Guaranty, della Chase Manhattan, della First National. Era un contadino e pensava da contadino: tra lui e i metodi della *business community* correvano spazi siderali.

« Dovresti venire con me a Washington », consigliò Philip. « Vorrei presentarti un membro della commissione agricoltura del Senato. »

« Un *public relation man* in casa mi pare che basti », minimizzò George. « E poi io non ci so fare. Vorrei invece prendere in considerazione l'acquisto dei frutteti dei Johnson. »

« Non li conosco », disse Philip.

C'erano stati almeno dieci volte da ragazzi e invece Philip ne parlava come se non li avesse mai visti.

« Sono i frutteti che confinano con la nostra proprietà », l'informò George sforzandosi d'essere calmo. « Ho in mente un progetto per l'incremento della produzione dei succhi di frutta. »

« Già », fece Philip con una punta di disprezzo, « non riesci a toglierti di dosso l'odore della terra. » Assaggiò il Traminer bianco, ma allontanò da sé il bicchiere che era disgustosamente caldo. Forse la temperatura del vino era soltanto un pretesto, in realtà voleva bere qualcosa di forte. Gli bastò un cenno per far capire al cameriere in giacca bianca, quello di cui aveva bisogno: una robusta dose di bourbon e ghiaccio.

Ripresero stancamente i discorsi d'affari. Annalisa e Bruno ascoltavano i due fratelli con aria annoiata.

« Scusa tanto, Phil », intervenne Annalisa, « ma devi proprio parlare di lavoro anche la domenica sera? Bruno si sta annoiando a morte. »

L'uomo si indignò e la fulminò con i suoi occhi d'acciaio.

« È vero che ti annoi? » domandò rivolto al figlio.

Bruno pensò che due bugie in una sera sarebbero

state davvero troppe e preferì rischiare una nuova scenata piuttosto che mentire.

« Sì, papà », confessò spalancando su di lui i suoi occhi grigio azzurri.

« Be', mi dispiace tanto per te e per tua madre », l'apostrofò cercando inutilmente di trattenersi e di mitigare l'asprezza delle parole. Bevve un sorso e prese a giocare con un soprammobile d'argento. « Tua madre può anche permettersi il lusso di annoiarsi, ma tu devi fare tesoro di questi discorsi noiosi perché sono la vita della nostra famiglia. Sono l'anima dei Brian. »

« Ha soltanto sette anni, Phil », lo difese nuovamente Annalisa.

L'uomo la ignorò volutamente con un sorriso sprezzante.

« Senza vigneti », continuò rivolto al figlio, « senza questi discorsi sui macchinari e sugli investimenti, senza terreni, senza alberghi, non potresti avere tutto quello che hai. Compresi i cavalli. » Aveva toccato un tasto al quale Bruno era particolarmente sensibile.

« Oh, no », replicò istintivamente il ragazzo. « Cavalli potrei averne quanti ne voglio. Basterebbe che tu mi lasciassi andare in Sicilia, dal nonno. » Quando si accorse d'averlo provocato era troppo tardi. La Sicilia era tabù in casa Brian.

« Basta! » tuonò Philip battendo pesantemente un pugno sul tavolo. La replica del figlio aveva evocato un incanto da tempo spezzato, un odio inestinguibile per un gigante biondo, un odio senza giustificazione apparente, o forse con troppe giustificazioni.

« Ti prego Phil », lo supplicò Annalisa con uno sguardo triste.

« Basta con questa Sicilia! » Il pugno dell'uomo si abbatté nuovamente sul tavolino di mogano facendo ondeggiare paurosamente i bicchieri e provocando l'immediata uscita del cameriere che al primo cenno di burrasca si dissolveva come neve al sole.

« Calmati, Phil », lo richiamò George.

« Tu sei americano », disse al figlio con la stessa veemenza di quando aveva appena un anno e lo aveva accolto a Milano all'aeroporto di Taliedo. « E ti chiami Brian. »

« È vero, papà », replicò il ragazzo con decisione. « Mi chiamo Brian e sono americano. Ma sono anche l'ultimo barone di Monreale. Mi chiamo Brian Sajeva Mandrascati di Monreale. Così è scritto sul mio certificato di nascita. Sono americano, però sono nato in Sicilia. » Ne era orgoglioso.

Bruno aveva passato il segno.

« Sei tu che gli metti in testa queste grandiosità di cartapesta », spostò la sua collera su Annalisa.

« Sai bene che non è vero », si limitò a obiettare la donna. Sapeva fin troppo bene che cosa angosciava il marito. Il naufragio del loro matrimonio era stato inevitabile perché la buona volontà può mantenere i legami ufficiali, non garantire l'intensità dei sentimenti.

Philip Brian, primogenito e capo di una grande famiglia californiana, non aveva nessuna somiglianza con il giovane maggiore dell'esercito degli Stati Uniti che nella soavità di una notte stellata aveva creduto di conoscere la felicità. L'aria dolce e pulita del Golden State portava un profumo leggero e non evocava gli odori un po' sfatti che salivano dal folto del parco del palazzo di Piazza Armerina, dalle rose e dalle magnolie. L'incanto notturno che accendeva i sensi apparteneva a un passato di cui si vergognava.

C'era tra l'uomo e Annalisa la palpitante realtà di Bruno, quello strano, sensibilissimo bambino nei cui lineamenti delicati e forti Philip cercava invano qualcosa che gli ricordasse la stirpe dei Brian. Ormai il ragazzo era cresciuto e i capelli gli s'erano scuriti ed erano diventati quasi del colore dei suoi. Anche gli occhi erano d'un grigio azzurro molto simile a quello paterno. Ma le corrispondenze somatiche si fermavano lì.

Philip non poteva fare a meno di ricordare la lontana notte del 1943 quando quel singolare personaggio che rispondeva al nome, secondo lui tutto mafioso, di don Calogero Costa, lo aveva aggredito. Aveva letto nei suoi occhi la gelosia dell'animale per la sua femmina. Erano passati otto anni e quel ricordo gli era rimasto attaccato alla pelle. Sapeva che l'unica persona senza responsabilità in quella storia assurda era Bruno, non sapeva perché, ma Bruno gli ricordava Calò e Calò gli faceva andare il sangue alla testa.

« Isola maledetta! » inveì Philip. « Aristocratici arroganti, mafiosi e miserabili. E mio figlio la preferisce al suo grande Paese. »

« Non è così », intervenne Annalisa. « Bruno ama la Sicilia perché è anche la sua terra. Ma la porta alle stelle perché tu gliela neghi, non gli hai mai permesso di andare a rivederla. Per avere la gioia di riabbracciare questo unico nipote, mio padre è stato costretto a venire lui in America. »

« E dovrà continuare a venire se vuole rivederlo », fece duramente.

« Così Bruno continuerà a idealizzare un sogno proibito. » Annalisa bevve d'un fiato il vino che restava e, nello stesso bicchiere, versò dello scotch. L'alcool da qualche anno era la maniglia alla quale si attaccava nell'illusione che l'aiutasse a non cadere. « Bruno è stanco », riprese, « di continuare a sentirsi ripetere che è americano. Certo che lo è. Come lo sono gli altri bambini che frequenta e conosce. Ma questo essere americano gli viene imposto come una maledizione. » Annalisa nelle sue collere somigliava al barone di Monreale.

« Mamma, non fare così. » Bruno, che in quei momenti l'amava ancora di più, l'abbracciò forte piangendo.

Philip e Annalisa avrebbero da tempo imboccato la strada del divorzio se la loro educazione cattolica non gliel'avesse impedito. Nessun matrimonio era stato sciolto in casa Brian, anche se in molti altri casi ci sarebbero state più ragioni per separarsi che per restare insieme.

« Adesso siamo all'apice della rappresentazione », scattò Philip vedendo che anche la moglie piangeva. Di fronte alle lacrime di Bruno e di Annalisa sentì il peso della sua crudele irrazionalità, una maschera per l'angoscia che lo tormentava. Certo aveva buone ragioni per essere furioso e probabilmente Annalisa aveva le sue, ma Bruno era del tutto innocente. Avrebbe voluto che quel discorso insensato sulla Sicilia non fosse mai cominciato. Si era comportato con la tracotanza del padre e del nonno, avendo la vulnerabilità e l'incoerenza di un bambino.

« Sarebbe bene che tu la finissi. » Annalisa continuava pericolosamente a bere.

« Scusami, Annalisa », disse Philip con voce chiara e sommessa, « e anche tu, Bruno. »

Si alzò e uscì nell'incombente crepuscolo.

George, che aveva assistito alla scena con l'apparente impassibiltà del testimone, si avvicinò alla cognata e al nipote.

« Fine della trasmissione », disse offrendo il suo fazzoletto al ragazzo. « Ora si cambia programma. »

« Grazie, George. » Annalisa sapeva che la neutralità del giovane era una scelta, la sola possibile perché la discussione non degenerasse in rissa. George aveva molto rispetto per Philip, ne riconosceva il talento, ne detestava l'autoritarismo.

Bruno si asciugò gli occhi e si soffiò rumorosamente il naso.

« Mi dispiace, zio George », lo ringraziò. Tenne per sé le critiche al comportamento del padre.

« Okay, ragazzo », George sorrise. « Tuo padre si è scusato e non è poco, trattandosi di Phil. La serata è ancora intatta. Possiamo tentare di recuperarla. »

Si sentì un rumore di un'auto e poco dopo la *Buick* di Phil percorse il viale d'uscita.

« Phil se ne torna a San Francisco », annunciò Annalisa. Non c'era rimpianto, né preoccupazione nella sua voce, anche perché non era la prima domenica che il marito, dopo una scenata, li piantava in asso.

« Così la pace è momentaneamente assicurata », disse l'uomo.

« Grazie, George », ripeté Annalisa commossa. « Cerchiamo di essere davvero sereni questa sera. »

« Che ne diresti zio George di una cavalcata fino al frutteto dei Johnson? » propose Bruno che già aveva dimenticato la sfuriata paterna.

« E dopo, una nuotata in piscina. » George completò il programma. « La vasca è stata appena ripulita e dobbiamo inaugurare la stagione. » Sorrise ad Annalisa con i suoi occhi azzurri e buoni che alla donna ricordavano un altro sguardo lontano nel tempo, ma presente nella memoria.

Bruno gridò e saltò di gioia.

« Tutto okay », disse Annalisa, « ma ora a tavola. »

Fu una cenetta gustosa e insolitamente chiassosa a base di gamberetti, gamberoni e piccole aragoste dalla polpa dolce e delicata. Anche Bruno bevve un goccio dell'ottimo Silvaner che Walter, l'impassibile cameriere, gli versò.

Poi cavalcarono al piccolo trotto per strade e sentieri interni tra i vigneti nella tiepida notte californiana illuminata dalla luna fino ai frutteti dei Johnson e ritornarono a casa per completare la serata in piscina. L'uomo, la donna e il bambino sembravano ubriachi di felicità. Bruno concluse che nemmeno durante le feste di Natale e per il suo compleanno c'era stata tanta allegria. Annalisa, aiutata dallo scotch, rideva fino alle lacrime per le battute più innocenti e George s'improvvisava clown scatenando l'ilarità di Bruno.

« Dio, che bisogno hanno di essere felici », pensò George. E scoprì che tutti e tre sembravano fatti per stare bene insieme.

Si spogliarono nel capanno che sorgeva sul lato nord della piscina illuminata a giorno.

La grande vasca aveva trasparenze d'acquamarina. Intorno c'erano ampi divani di bambù ricoperti di soffici cuscini azzurri e un bar fornitissimo.

« È bello fare le ore piccole », disse Bruno alla madre dal suo spogliatoio « Non m'ero mai divertito tanto! »

« Stiamo attenti, Bruno », replicò Annalisa. « Questo è un segreto tra noi che non dovrà mai essere svelato. » Si accorse che stava insegnandogli a mentire e si sentì a disagio.

Lo disse a George sottovoce quando si ritrovarono tutti e tre intorno alla piscina.

« È una piccola bugia a fin di bene », la giustificò l'uomo.

« Ho sete. Beviamo un goccio prima del bagno », propose Annalisa. Aveva bevuto molto più del necessario ma riteneva d'aver bisogno ancora d'un supplemento di illusione.

George non si oppose, nonostante avesse valide ragioni per farlo. Avrebbe trovato un altro momento per affrontare un problema che gli stava a cuore.

« Mamma! Zio George! » li sollecitò Bruno.

Si tuffarono nell'acqua tiepida e giocarono come bambini. Un paio di volte i corpi dell'uomo e della donna si sfiorarono per caso, ma subito si allontanarono. Annalisa provò un languore da tempo dimenticato e George conobbe un brivido di piacere che nessun contatto femminile fino a quel momento aveva saputo comunicargli. L'istinto gli suggerì comunque di mantenere le distanze.

George era un giovane brillante e sveglio, suscitava ammirazione nelle donne del suo ambiente, ma non si era mai innamorato di nessuna di loro. Questo, secondo Philip, depositario della moralità della famiglia, era un male. Forse, nonostante tutto, il fratello maggiore aveva ragione. Uscirono dalla piscina stillanti acqua e gioia e si lasciarono accarezzare dalla gradevole brezza notturna. Sotto il cielo argentato il clima era mite. Erano vicini all'estate nella grande vallata protetta dai venti dell'oceano da una catena di monti.

Annalisa, indossato un accappatoio, prese ad asciugare energicamente il giovane corpo del figlio.

« Se ti vedesse il nonno », sorrise orgogliosamente pensando al vecchio barone di Monreale.

Bruno la lasciava fare sentendosi in paradiso.

« Credi che io possa rimanere ancora con voi? » tentò nonostante fosse consapevole d'avere già trasgredito i programmi abituali.

« No, Bruno », si oppose dolcemente la madre.

« Va bene, mamma », convenne. « Buona notte. Buona notte anche a te zio George. »

« 'Notte, Bruno. »

Se ne andò in camera sua orgoglioso e felice d'aver fatto le ore piccole come un uomo. L'indomani a scuola i suoi compagni certo non gli avrebbero creduto.

Annalisa lo guardò mentre con passo elastico percorreva il bordo della piscina verso l'ingresso.

« È un bel ragazzo », disse George.

« Speriamo che sia anche un ragazzo sereno », aggiunse Annalisa. Non disse felice per scaramanzia.

« La madre premurosa dimentica se stessa », la rimproverò George avvicinandosi a lei e massaggiandole vigorosamente le spalle. La donna reagì a quell'affettuosa attenzione ridendo, ma il contatto dell'uomo le dava una sensazione così languida che smise subito di ridere.

« Vorrei che questo momento non finisse mai », mormorò Annalisa avvicinandosi pericolosamente a lui. Dopo anni, per la prima volta si sentiva di nuovo donna, giovane e piena di gioia di vivere.

George se ne accorse e si rese conto del pericolo che stavano correndo.

« Ci saranno tanti momenti come questo nella tua vita. » Prendeva tempo o forse cercava di costruirsi un alibi.

« Allora non hai capito. » L'alcol c'entrava soltanto in minima parte. Era lucida, aveva le guance accese, gli occhi neri brillanti e il suo viso incorniciato dai lunghi capelli d'ebano aveva una morbida luminosità lunare. « Forse ci saranno altri momenti come questo », l'assecondò, « ma io pensavo a tutti quelli che ho perduto e che non torneranno mai più. »

« Il cuore degli uomini è pieno di speranze perdute », scherzò George.

« È un'antica massima irlandese? » Quel dialogo fatto di niente le piaceva, le faceva bene.

« No », la stupì lui, « è un vecchio proverbio siciliano. »

« Io voglio che quest'attimo non finisca mai », sentenziò Annalisa.

« Come inventare l'elisir di lunga vita. Come chiedere al cielo l'immortalità. » Affiorava un'inquietante verità in quel gioco apparentemente superficiale e sciocco.

« L'immortalità non è un dono », osservò Annalisa. « L'immortalità è una conquista. »

« Antico proverbio siciliano? » domandò George che aveva paura della piega austera che il dialogo stava prendendo.

« No », ribatté Annalisa, « *Antologia di Spoon River*. »

Risero esorcizzando momentaneamente la tensione.

« Ti ringrazio per la bella serata », disse George. Erano vicinissimi.

Le loro bocche si unirono e George provò una sensazione dolcissima ed esaltante che non aveva mai conosciuto con altre donne. Annalisa si sentì le gambe tremare. Erano passati otto anni da quando, tra le braccia di Calò, aveva conosciuto la gioia di essere donna.

George si staccò decisamente da lei e la allontanò da sé.

« È tutto quello che possiamo permetterci, Annalisa », affermò con realismo.

« Capisco. » Era grata all'uomo per quella verità che non le dava nessuna mortificazione. « Sarebbe stato bello. » Non voleva che tutti gli spiragli si chiudessero.

« È importante che noi possiamo ancora guardare Philip in faccia e affrontarlo senza vergognarci. » Si avviarono verso il bar.

« Okay, George. » Accettava quella prova di lealtà per disciplina familiare, senza però esserne convinta. « Ora però ho davvero bisogno di tirarmi su », aggiunse con autorità.

« Scotch? » chiese lui sorridendo.

« È un'emergenza », rispose Annalisa, « qualunque cosa va bene. »

« Dovresti trasferirti in città per qualche tempo », le consigliò.

« Probabilmente hai ragione », ammise senza entusiasmo. « Potrebbe essere una buona idea. »

« Sono contento che anche tu ne sia convinta. » Accese una sigaretta e sospirò di sollievo.

Philip, dalla porta-finestra dello studio, aveva visto tutto, ma non aveva potuto sentire quello che i due si erano detti. Era tornato sui suoi passi mentre Annalisa, George e Bruno erano usciti per la cavalcata notturna. Voleva riparare il guasto prodotto dalla sua brutalità e s'era rintanato in biblioteca rimuginando rabbia, rimorsi e bevendo bourbon. Li aveva aspettati, li aveva visti arrivare in piscina, nuotare e giocare felici e, quando Annalisa e George si erano baciati, si era sentito gelare il sangue nelle vene. Era rimasto impietrito, incapace di reagire. Si sentì umiliato, impotente e provò il desiderio di annullarsi definitivamente, di scomparire.

George, con una manciata di allegria e un briciolo di naturalezza, era riuscito a conquistare la donna che lui aveva da sempre, ma che non era mai riuscito a possedere. Anche con lui Annalisa aveva riso per un attimo, ma poi la felicità si era subito fulminata come una lampadina difettosa. Ciò che aveva visto gli aveva rivelato proprio quella verità: Annalisa non gli era mai appartenuta.

Dopo il primo, magico incontro, lei aveva continuato a sfuggirlo mentre il suo desiderio ingigantiva ogni giorno di più. Era il desiderio di una passione reciproca, non l'offerta rituale di un corpo rassegnato. Phil non aveva mai smesso di amarla.

Guardò Annalisa e George che seduti sugli alti sgabelli del bar, bevevano e parlavano: erano l'immagine del suo fallimento di maschio, di uomo, di padre. Sua moglie si era abbandonata tra le braccia di George e, prima, Bruno si era divertito con loro, aveva riso e giocato.

Il regime del terrore instaurato da Philip, secondo i rigidi schemi della famiglia Brian, non aveva ottenuto nessun risultato: l'amore, l'affetto e l'ammirazione non si possono imporre. Philip aveva grossolanamente sbagliato su tutti i fronti e forse, al punto in cui stavano le cose, era troppo tardi per ricominciare. Aiutandosi con tutte e due le mani per non cadere, si lasciò scivolare lentamente sulla poltrona.

L'INCIDENTE

SPLENDEVA la radiosa estate californiana. Era giugno pieno ed era passato un mese da quella strana notte di Napa Valley. Annalisa era sdraiata su un materassino ricoperto di spugna appoggiato sul bordo della piscina nel parco della villa di Sausalito, tra il verde di una vegetazione lussureggiante.

Indossava un costume da bagno bianco che metteva in rilievo l'abbronzatura. La brezza dell'oceano portava un profumo di salsedine e di fiori. Il sole accarezzava il suo corpo stupendo e lei già pregustava la gioia di un tuffo. Guardò l'ora nel suo vecchio Vacheron-Constantin che aveva posato sul vassoio accanto al bicchiere di succo di pompelmo che Irene, la cameriera messicana, le aveva servito. Erano le dieci.

Di lì a pochi giorni Bruno avrebbe terminato le scuole e lei era fermamente decisa a tornare in Europa con lui per una lunga vacanza. Aveva studiato il programma in ogni particolare: Londra, Parigi, Milano, Roma, Palermo. Si sarebbe rifatta il guardaroba, avrebbe ritrovato i vecchi amici, avrebbe riabbracciato suo padre, avrebbe rivisto Calò.

Il ricordo di Calò non l'aveva mai abbandonata anche se, per tutti quegli anni, aveva cercato di soffocarlo, di chiuderlo in un angolo nascosto della mente. Ma sempre riaffiorava. Le bastava guardare in faccia suo figlio per ritrovare qualcosa di una realtà che non si rassegnava a perdere.

Infine c'era stata quella serata esaltante conclusasi con il bacio di George che aveva risvegliato la sua voglia di vivere. Non che fosse innamorata di lui, ma quell'episodio aveva evocato i desideri inappagati e risvegliato la sua sessualità che i migliori proponimenti non avevano potuto soffocare.

Da quella domenica non era più ritornato a Napa Valley nella casa tra i vigneti. Philip era partito per Washington, dalla capitale aveva raggiunto New York ed era tornato a Sausalito soltanto da due giorni. George non si era più fatto vivo e Annalisa gliene era grata. Sapeva che se si fossero rivisti e lui l'avesse baciata, la cosa non sarebbe finita lì.

Decisamente non era innamorata di George, ma il richiamo del maschio, dopo quel bacio, si era fatto irresistibile. Viveva nel 1951, in California, non nella Sicilia araba e medievale, e sapeva che molte amiche americane non avrebbero esitato un attimo a seguire i loro impulsi. Hollywood, la fabbrica di sogni di celluloide, era vicina, circolavano storie e pettegolezzi che testimoniavano una moralità molto elastica. L'industria dei divorzi nel Nevada era molto attiva. Tutto troppo facile, a parole.

Annalisa aveva ricevuto un'educazione molto latina e molto siciliana. Provava un senso di sgomento, come per un affronto subito, quando sentiva ripetere la barzelletta delle donne siciliane che fanno tutto in casa, compreso l'adulterio e la fornicazione che vengono esercitati con i « tre C »: cugino, compare e cognato. La giudicava una barzelletta sconcia. La sua vita era già abbastanza difficile così, con quel figlio problematico e misterioso, con il ricordo dell'amore tormentato di Calò e il suo matrimonio fallito.

Si alzò pigramente, camminò sul bordo della piscina, alzò le braccia e si tuffò attraverso la vasca sott'acqua godendo di quella fresca carezza. Quando riemerse con la faccia protesa verso il cielo, i capelli lisci e scintillanti, il telefono suonava.

Con quattro bracciate raggiunse la scaletta di ferro smaltato, uscì dalla vasca e afferrò il ricevitore.

« Il signor George chiede di lei », disse Albert, il maggiordomo.

« Me lo passi», rispose sforzandosi di conservare un tono indifferente.

« Come va? » Il tono di George era irresistibile come il desiderio che saliva in lei.

« Bene, e tu? » Aveva voglia di saltare i preliminari e di dirgli che aveva un desiderio tremendo di rivederlo.

« È un pezzo che non ci vediamo. » Aveva una voce gioiosa.

« Be', sai », quasi si scusò, « Phil è tornato da New York soltanto l'altro giorno. » I lunghi capelli le scendevano sulle spalle.

« Senti, sono a Frisco, allo *Sheraton*. Perché non mi raggiungi? Potremmo fare colazione insieme. » Aveva assunto un tono che non la convinceva.

« Che cosa c'è George? » Altissimo nel cielo passò un aereo di linea risvegliando in lei la voglia di partire.

« Philip mi ha convocato nel suo ufficio. » Proprio nel non dar peso alla notizia finiva per conferirle un significato sinistro.

« Non mi sembra un avvenimento rilevante. » Le convocazioni di Philip appartenevano alla routine.

« Mi ha chiesto che intenzioni ho nei tuoi confronti », la smentì.

« Allora mi sembra un avvenimento rilevante. »

Bevve un sorso di succo di pompelmo. Aveva la gola secca.

« È quello che volevo dirti. » Ci fu un attimo di silenzio.

« Me l'hai detto. » Philip sapeva e per un mese aveva taciuto. Era tipico del suo comportamento.

« Non mi chiedi come ha fatto a sapere di noi due? »

« Come ha fatto? » Gocce d'acqua le scivolarono dai capelli sulle spalle.

« Era ritornato per chiederti scusa. Noi eravamo fuori a cavallo. Ha visto tutto dalla biblioteca. Era ubriaco fradicio ed è ripartito all'alba quando tutti dormivamo. »

« Come ti sei giustificato? » Il sole scaldava le sue spalle brune.

« Gli ho detto di non fare il calvinista. Gli ho spiegato che il nostro era stato un bacio innocente. » La sua voce era chiara e tranquilla.

« È così, George? » Il sole, l'aria dell'oceano, il profumo dei fiori le provocavano un leggero stordimento.

« No », disse con franchezza, « io ti amo. »

« È una dichiarazione avventata », si spaventò Annalisa.

« Ti amo e ti desidero », ripeté per ribadire la concretezza della sua affermazione.

« Oh, George, sai bene che non possiamo permettercelo. »

« Ti desidero, ma non farò mai niente per averti. Hai abbastanza problemi anche così. »

« Non verrò allo *Sheraton* », decise Annalisa.

« Credo tu abbia ragione. » Era sempre lei a guidare la barca.

« Vieni tu da me, George », propose. « Mangeremo qualcosa insieme. »

« Quando? » George domandò ansioso.

« Subito. »

Abbassò il ricevitore e lo rialzò per chiamare il maggiordomo.

« Albert, oggi prepari un pranzo per due. C'è mio cognato a colazione. » Depose il ricevitore e sedette sull'erba. Si sentiva molto calma, quasi serena, mentre cercava di valutare l'evento che George le aveva appena comunicato.

Dunque Philip sapeva. Aveva anticipato il viaggio a Washington e a New York per avere il tempo di riflettere e forse per sapere quello che sarebbe accaduto in sua assenza. Certo aveva assoldato un detective perché gli riferisse ogni mossa e, poiché l'indagine non aveva dato esito alcuno, era andato al sodo affrontando il fratello.

Annalisa si chiese se sapesse anche di Calò e concluse che quella probabilità era quanto meno realistica. Philip continuava a essere un enigma.

« Io non lo conosco », si disse smarrita. « Non so se è geloso. Se non lo è. Non so nemmeno se mi ama veramente. L'unica certezza è che mi tiene prigioniera, senza chiedersi se questa condizione mi pesi. Si vendica dell'amore che non ho potuto dargli. Ma quel che è peggio coinvolge mio figlio in questa rissa psicologica. Probabilmente ha delle ragioni per mantenere questa situazione. Io però ne ho altrettante per farla finita. »

Indossò un accappatoio, sedette al tavolino, si attaccò al telefono e compose il numero dell'ufficio di Philip a San Francisco. Le rispose Vera, la segretaria.

« Mister Brian è in riunione », le comunicò. « Se vuole, signora, posso farla richiamare. »

« No », replicò con decisione. « Desidero parlargli subito. »

Un istante dopo la voce del marito le giunse chiara

e pacata, ma era una sicurezza finta, rituale, da consiglio d'amministrazione.

« Che c'è cara? » le chiese imperturbabile.

« Una semplice comunicazione. » La sua calma le derivava dalla certezza d'aver preso finalmente una decisione leale. « Ho deciso di chiedere il divorzio. » Per un momento udì soltanto un vago ronzio nel ricevitore. « E mentre gli avvocati programmeranno il malinconico epilogo di questa triste storia, io tornerò in Italia con mio figlio. » Riattaccò senza dare il tempo all'uomo di imbastire una replica.

Si alzò, percorse il vialetto erboso tra gli alberi, entrò nella villa. Raggiunse la stanza da bagno, si infilò nella doccia e lasciò che i getti violenti dell'acqua appena tiepida che scaturivano da centinaia di forellini lungo le tre pareti frizionassero il suo corpo caldo di sole. Rimase così a lungo, immobile, gli occhi chiusi.

Si asciugò con cura prima di stendersi sul lettino del massaggio. Schiacciò un pulsante e subito Catherine entrò nella grande stanza da bagno con un flaconcino di olio dal colore ambrato e dal fresco profumo di muschio.

Era una donna giovane, energica e sapeva parlare al momento giusto e tacere quand'era necessario. Un'interlocutrice perfetta che Annalisa sapeva apprezzare perché le consentiva di essere sempre se stessa.

Dopo poche battute indispensabili per capirsi, Catherine s'avvicinò ad Annalisa, versò sul palmo della mano alcune gocce di quell'olio che sapeva di muschio e cominciò a massaggiarla partendo dalle dita dei piedi che manipolò a una a una. Annalisa chiuse gli occhi mentre le mani sapienti della donna passando dalla pianta e dai talloni salivano verso il polpaccio e le cosce. Catherine sapeva a memoria l'armonioso corpo di Annalisa, conosceva la tecnica per sciogliere i nodi per allentare la tensione e placare il suo spirito inquieto.

Quando la donna uscì silenziosa dopo avere compiuto l'accurato intervento, Annalisa si sentiva in una forma straordinaria. Indossò una vestaglia di seta leggera, entrò nella sua camera da letto, sedette al tavolo della toilette e si truccò con cura gli zigomi, gli occhi, le labbra, si pettinò i capelli sulla nuca, fissandoli in uno chignon con l'aiuto di alcune forcine di tartaruga.

Infine si vestì scegliendo per l'occasione un abito di seta bianca che metteva in risalto la magnifica abbronzatura e la figura slanciata. Si concesse un giro di piccole perle grigie attorno al collo, dopo di che si sentì perfetta e di un umore eccellente.

Mentre scendeva la scala con la disinvoltura d'una regina si accorse che George la stava osservando dall'atrio.

« Che cosa devo dirti? » le domandò estasiato.

« Quello che pensi », rispose dedicandogli il più smagliante dei sorrisi.

« Sei bella », disse semplicemente. Tutte le parole che si affollavano alla mente non avrebbero saputo definire meglio l'incanto che aveva di fronte. « Sei bella », ripeté.

« E tu sei molto caro, George », lo ringraziò.

Lui le baciò la mano che aveva un fresco profumo di muschio e insieme si avviarono verso il patio. Albert aveva fatto apparecchiare per due sotto il pergolato di roselline rampicanti.

« Un goccio di vino? » propose George prendendo posto.

« No, grazie », rifiutò lei.

« Non un goccio prima di colazione? » si stupì l'uomo che conosceva le predilezioni di Annalisa.

« Sono guarita, George », gli comunicò Annalisa con serietà.

« È un nuovo gioco di società? » Decisamente non la capiva.

« Qualunque cosa faccia d'ora in poi, voglio farla liberamente. Senza il pretesto dell'alcol. » Gustava la fine di una schiavitù.

« Che cosa stai cercando di dirmi? » Versò del vino bianco per sé, ne aveva bisogno.

« Chiederò il divorzio. » Guardò l'uomo che bevve un lungo sorso per riprendersi dalla sorpresa.

« È un evento storico nella nostra famiglia. » Lo disse con mestizia come se avvertisse in quell'annuncio, che segnava una svolta nella tradizione, un funesto presagio.

« L'ho già comunicato a Phil. » Lei stessa si stupiva della semplicità con cui affrontava la situazione.

« Stai dicendomi che ho avuto la mia parte in questa conclusione. » Nei suoi occhi Annalisa lesse una grande tristezza.

« Probabilmente senza di te », replicò con sincerità, « questo matrimonio si sarebbe trascinato ancora per qualche tempo. Ma non per sempre. »

« La cosa non mi riempie d'orgoglio », disse scuotendo il capo. « In fondo si tratta di te e di mio fratello. »

« Però non devi attribuirti colpe che non hai », cercò di assolverlo. « Il nostro matrimonio non ha mai funzionato, anche se io ho cercato di essere una buona moglie e Phil ha fatto di tutto per rendermi felice. Ma certe cose non basta vòlerle. »

Albert aveva servito ricci di mare in salsa rosa adagiati su striscioline di lattuga ghiacciata, ma con suo grande disappunto i due giovani non sembravano apprezzare la squisita freschezza di quel piatto raffinato.

« Tornerai in Italia, vero? » Era una domanda ovvia che implicava una risposta allarmante.

« Sì, George. » Lo guardò negli occhi esprimendogli tutta la gioia legata alla prospettiva di quel ritorno. « La mia terra mi manca molto. Qui non mi sono mai sentita del tutto a casa mia. Neanche Bruno è mai stato completamente a suo agio. »

Albert comparve per servire un altro piatto, ma Annalisa gli fece capire con uno sguardo e un rapido cenno del capo che volevano restare soli.

« Ho tanta voglia di essere felice, George », disse.

Lui si alzò, fece il giro del tavolo, andò a mettersi alle sue spalle e le accarezzò le braccia nude.

« Ti amo, Annalisa », le sussurrò.

« Lo so », rispose lei sentendosi rabbrividire di piacere al contatto delle mani calde che passavano sulla sua pelle.

« Ti amo da quando ti ho vista scendere dalla scaletta dell'aereo guidando i passi di tuo figlio », le confessò.

Annalisa si lasciava accarezzare dalle mani e dalla voce di lui e il suo sguardo si perdeva nel profondo azzurro della baia dove scivolavano pigre vele colorate nel sole di mezzogiorno.

« Una donna sa valutare uno sguardo e un silenzio », disse. « Ho sempre conosciuto i tuoi sentimenti per me. Sei una presenza importante nella mia vita. Ti ho desiderato. Forse ti desidero ancora. Ma non ti amo, George. Non posso amarti. »

« Ti comporti come se avessi giurato fedeltà a qualcuno. » Provò invidia per l'uomo che aveva suscitato in lei un amore così profondo.

« Ti prego, George. Lasciamo stare i fantasmi. » Gli prese una mano e la baciò con riconoscenza. « Oggi avevo deciso di essere felice e di farti felice. Almeno una volta. » Era finalmente libera delle sue azioni.

Annalisa si alzò.

« Vieni », l'invitò.

Camminarono insieme nel parco lungo un sentiero che scendeva per la collina digradante verso la baia. George le aveva circondato le spalle con un braccio e lei appoggiava il capo sulla sua spalla, traendo da quel contatto una piacevole sensazione di conforto.

C'era un piccolo padiglione in fondo al parco, il cui lato settentrionale era a picco sul mare. La pittoresca costruzione di legno ricoperta d'edera con il tetto a pagoda era il rifugio di Annalisa. L'aveva arredato lei stessa con un gusto tutto italiano e vi si rifugiava quando imperversavano il malumore e la malinconia. Era il suo *buen retiro*, il suo quieto isolamento, il posto sicuro per guardarsi nell'anima. Poteva scrivere lettere a suo padre, alla madrina, pensare a Calò.

Il padiglione in fondo al parco non apparteneva alla casa dei Brian, era una proprietà solo sua in una terra straniera. Pochi metri più avanti un cancello portava a un'uscita secondaria che dava sulla panoramica percorsa prevalentemente dai turisti.

Annalisa stava conducendo George nel suo piccolo feudo. A casa sua.

« *Hasta mañana*, Bruno », disse Don Taylor al ragazzo che era sceso dalla *Cadillac* davanti alla villa.

« *Hasta mañana*, Don », gridò Bruno. « *Muchas gracias.* »

« *De nada* », gli sorrise l'autista guardandolo correre in casa com'era sua abitudine.

Erano le quattro del pomeriggio. Don l'aveva prelevato dalla scuola in Lombard Street a San Francisco per portarlo a Sausalito. Doveva tornare velocemente in Union Square da mister Brian. Il padrone, quella sera, aveva deciso di rincasare prima del solito. Era una buona notizia per Don, significava che anche lui sarebbe tornato a casa in anticipo e già pregustava la gioia di una lunga serata in famiglia.

Mademoiselle Huguette, l'anziana signorina francese

che aveva cura di Bruno dal suo arrivo in America, frenò la sua corsa.

« *Bonsoir, Mad.* » Il diminutivo di mademoiselle era diventato il nome della donna. Bruno aveva cominciato a chiamarla così a un anno. C'era un rapporto molto buono tra i due.

« *Bonsoir, mon choux* », rispose lei precedendolo in camera da letto per aiutarlo a cambiarsi.

Il copione era sempre lo stesso; dopo la doccia si sarebbe vestito, avrebbe studiato un po' il pianoforte con Mad, più per compiacere il padre che per appagare un suo reale bisogno di musica, poi avrebbe giocato e guardato un po' di televisione in attesa della cena.

All'improvviso ebbe una folgorazione. Per quel giorno aveva forse sottomano un pretesto capace di rivoluzionare il programma per consentirgli di sfuggire alla noiosa schiavitù del solito schema.

« Devo vedere la mamma, subito », disse sorprendendo la signorina che non era mai abbastanza pronta per imbrigliare le sue reazioni.

« Ti prego, Bruno, non mettermi nei guai. » Era completamente nelle mani del ragazzo che quando si scatenava diventava un terremoto.

« Devo comunicare alla mamma una notizia molto eccitante! » E già scendeva le scale di corsa rotolando come un barattolo.

« La vedrai dopo, Bruno », la sua voce malferma l'inseguì vanamente.

« Un minuto soltanto, Mad », le gridò uscendo sul patio. « Torno subito. »

Solitamente a quell'ora trovava la madre in piscina ed era certo di non contrariarla, perché la notizia che doveva comunicarle era davvero eccezionale. L'insegnante, nell'ora di storia, aveva parlato ai ragazzi dell'Italia e in particolare della Sicilia riferendosi ai primi insediamenti fenici e greci mostrando loro suggestive immagini di quelle antiche civiltà.

« Tu, Bruno, sei fortunato », gli aveva detto. « Presto avrai occasione di vedere questi monumenti che in un certo senso ti appartengono. »

Il ragazzo era commosso sentendosi al centro dell'attenzione e gli sarebbe piaciuto che sua madre fosse lì ad ascoltare quelle parole. La cercò inutilmente in piscina. Entrò nel parco e si diresse verso il padiglione dove certamente l'avrebbe trovata. Correva felice per i vialetti erbosi sui quali passavano variopinte farfalle.

La porta del padiglione era chiusa. Bruno girò la maniglia chiamando la madre e si arrestò pietrificato sulla porta ormai spalancata senza capire subito che senso avesse quel groviglio di corpi nudi che si combattevano cercandosi sull'ampio divano nella penombra del padiglione.

Poi quando si rese conto che qualche cosa di mostruoso stava avvenendo tra sua madre e lo zio George, si portò una mano alla bocca per reprimere lo strazio. Chiamò la mamma senza che dalle sue labbra uscisse alcun suono. In quel momento i volti di Annalisa e George si voltarono dalla sua parte e il ragazzo vide nei loro occhi il suo stesso terrore.

Annalisa, facendosi scudo con la veste raccolta da terra, si alzò e gridò il suo nome: « Bruno! » Ma lui già scappava per non sentirla, per non vederla, perché l'aveva irrimediabilmente offeso e la odiava.

Correva verso l'uscita del parco in direzione della strada panoramica ingombra del traffico dei turisti, le lacrime gli facevano velo, ma continuava a correre per non morire.

Le auto sfrecciavano nei due sensi e miracolosamente riuscì a passare senza fermarsi, attraversò la strada entrando nel folto di un parco che non era il suo. Mentre fuggiva la sua stessa vergogna, gli parve di udire la voce della madre, una voce piena di terrore e di angoscia.

« Bruno, fermati! » Poi ci fu uno stridio agghiacciante di pneumatici sull'asfalto che gli pugnalò le orecchie e infine il silenzio.

Sedette sotto un grande albero e scoppiò in singhiozzi.

« Perché, mamma? Perché? » Aveva negli occhi le nudità oscene dell'uomo e della donna, quel groviglio di membra che s'era sciolto davanti alla sua disperazione. « Perché? » ripeté ancora battendo con violenza i pugni per terra.

A giudicare dalla posizione del sole dovevano essere circa le sette di sera. Bruno aveva la faccia nascosta tra le ginocchia quando sentì un rumore di passi. Si decise a guardare e vide prima i piedi, poi le gambe, il busto e infine la faccia di Don. Non l'aveva mai visto così serio, così cupo.

« Alzati, Bruno », disse tendendogli la mano. « Tuo padre ti aspetta. » E poiché si ostinava a non muoversi Don lo sollevò e lo portò in braccio verso la villa.

« Non voglio tornare a casa », mormorò.

« Ti stiamo cercando da due ore. » Parlava quasi con fatica.

Bruno non aveva idea del tempo, sapeva soltanto che la sua vita era cambiata e il sole era diventato nero.

« Ero qui », mormorò.

« Non sentivi quando ti chiamavamo? » Era lieto di averlo trovato e addolorato per quello che lo aspettava.

Bruno rispose di no con un cenno del capo.

Quando vide suo padre che passeggiava in prossimità dell'ingresso della villa volle che Don lo mettesse a terra.

« Vieni, ragazzo », disse Philip. Aveva lo sguardo

ιoto e una grande stanchezza gli segnava la faccia.

« Sì, papà », fece meccanicamente.

Salirono sulla *Cadillac*, Don si mise al volante e partì subito. Scese per la panoramica, attraversò il Golden Gate Bridge ed entrò in città. Nessuno pronunciò una parola.

L'auto si fermò davanti al Saint James Hospital. Philip non attese che Don scendesse per aprirgli la portiera.

« Vieni figliolo », lo esortò prendendolo per mano. « Dobbiamo andare da tua madre. »

« Perché all'ospedale? » domandò.

« C'è stato un incidente. »

Passarono per corridoi lucidi e fruscianti tra giacche bianche e carrelli che spandevano intorno odore di disinfettante.

Un medico alto e biondo dalla faccia abbronzata andò loro incontro.

« È qui, mister Brian. » Indicò una porta chiusa.

Entrarono in una stanzetta disadorna illuminata da una luce abbagliante. Philip mise una mano sulla spalla di Bruno e gliela strinse fino a fargli male. Su un lettino bianco d'ospedale coperta fino al mento da un candido lenzuolo giaceva il corpo di Annalisa.

« Devi essere forte », disse Philip.

« Mamma sta male? » domandò lui senza emozione.

« Tua madre è morta », annunciò brutalmente l'uomo quasi temesse di non essere creduto.

Bruno guardò la madre immobile su quel lettino bianco d'ospedale e gli sembrò che dormisse.

« Riposa », replicò negando l'affermazione del padre.

« È morta, Bruno », fu l'irrevocabile conferma. « Tua madre è morta. Questa è la realtà. Se vuoi puoi darle un bacio. »

Bruno scosse il capo in segno di diniego e rimase

immobile ancorato al lucido pavimento della stanza. Guardò il padre, poi la madre sul lettino. Soltanto poche ore prima era viva, l'aveva vista con i suoi occhi: bella, nuda e lo zio George l'abbracciava ed era nudo anche lui. Certo prima o poi qualcosa sarebbe accaduto nella sua anima diventata all'improvviso di ghiaccio, ma in quel momento seppe soltanto pensare: « Perché, mamma? Perché? »

SCACCO

UN GUERRIERO CHE PIANGE

Bruno guardava il corpo della dolce Mahary e rivedeva quello della madre nella luce violenta della piccola stanza del Saint James Hospital di San Francisco Le due immagini e le due figure si sovrapponevano nel gioco di una tormentosa illusione fino a quando riaffiorò più forte la realtà della tragedia attuale.

Si avvicinò a Mahary e la baciò sulla fronte per l'ultima volta.

« Devi partire, Bruno », lo sorprese Aschwinda che era entrato in silenzio nella camera.

Il Barone non si mosse.

« Il corpo di Mahary », spiegò il vecchio con calma, « sarà affidato alla cura della grande *Nzambi*. Sarà protetto nel grembo della madre terra. » Il dolore non poteva scavare più a fondo nella sua faccia già solcata da molte rughe.

« Certo, la madre terra. » Bruno immaginava la grandiosa cerimonia funebre sottolineata dai pianti del popolo e dal cupo rullare dei tamburi.

« Non voglio che uccidano anche te », dichiarò con voce ferma. « E voglio che mio nipote viva. » Il tono della voce era talmente energico da far pensare che il vecchio avesse ritrovato l'uso delle corde vocali.

Bruno guardò Aschwinda e disse: « Ti preoccupi troppo per noi ». Fuori continuava il canto di morte intonato dagli indigeni.

« Siete tutto quello che mi resta. » Si passò una mano sulla fronte e la ritirò bagnata di sudore.

Tornarono nella stanza bianca dall'arredo quasi francescano dove s'era svolto il loro primo incontro e sedettero sul divano con i cuscini color verde prato. Dalle magnolie nei vasi veniva un profumo intenso. Sul tavolino basso di canna intrecciata un cameriere depose una teiera e una bottiglia di bourbon.

« Io parlo e tu non mi ascolti », lo rimproverò Aschwinda.

« Ti ascolto », protestò Bruno. « Non ascolto la tua apprensione. Ascolto il guerriero, non il padre. »

Il principe zulu fece un gesto come per liberare il campo dalle utopie.

« Devi tornare in Europa e dimenticare che esiste questo punto insignificante sulla carta geografica. » Parlava lo sconforto dell'uomo irrimediabilmente colpito dal dolore.

« Kwammang-a », replicò Bruno, « lo sposo della regina dei morti, non potrà accogliere la principessa Mahary, se prima non sarà vendicata. »

« L'assassino è stato ucciso. » Voleva, a costo di rinnegare i suoi principi, che la spirale dell'odio s'interrompesse.

« Quello è il dito che ha premuto il grilletto », precisò Bruno. « La mente che ha impartito l'ordine di morte era lontana. »

« Ho fatto destituire il capo della polizia », fece il vecchio. « Sarà processato. »

« Non servirà a riportare in vita Mahary. » Bruno accese una sigaretta, aspirò profondamente e sentì il fumo acre bruciargli la gola e i bronchi, ma provò un senso di momentaneo sollievo.

« Neanche la tua vendetta la riporterà in vita. » Era un discorso che non avrebbe mai trovato un punto d'incontro.

« Tornerò in Europa », promise Bruno.

« Porterai Sunny? » sperò il vecchio.

« Porterò Sunny, ma non subito. » Accavallò le gambe con la naturalezza che gli era abituale.

« Torna in Europa e scendi a patti. » Il dolore per la morte della figlia e la paura di perdere il nipote l'avevano reso più vulnerabile. La malattia non gli consentiva di programmare tempi lunghi.

L'esperienza aveva insegnato a Bruno l'inutilità dello stupore. Anche la rassegnazione del vecchio zulu che non temeva per la propria incolumità, ma per la sua e quella del nipote non lo colse impreparato.

« Tranquillizzati, Aschwinda. Non ho nessuna intenzione di farmi uccidere, né di mettere a repentaglio la vita di Sunny. » Parlava con tutta la dolcezza e la comprensione di cui era capace a quel vecchio sconvolto dal dolore.

« Choo Awaba proteggerà tuo figlio mentre sarai lontano. » Il principe aveva ripreso l'antica fierezza ed era grato a Bruno d'averlo aiutato a ritrovare il suo orgoglio.

Il Barone sorrise e bevve un sorso di bourbon.

« Lascerò il mio aereo all'aeroporto di Umpore », spiegò puntando l'indice della mano destra sul tavolino come se vi fosse una carta con un piano preciso dei suoi spostamenti.

« Come partirai? » Aschwinda partecipava attivamente al discorso. Si versò del tè

« Questa notte entrerò nella foresta e passerò la frontiera del Natal ». Il dito indicava il percorso. « Rifarò in senso contrario il cammino del killer. Nel Natal troverò amici che mi condurranno a Durban. Da lì prenderò un volo di linea per Johannesburg. Da Johannesburg a Roma, da Roma a Palermo. Ho bisogno che tutti mi credano qui per almeno un mese. »

« Io farò di tutto perché questo tuo desiderio sia esaudito. » Era difficile stabilire dove il vecchio Aschwinda prendesse la vitalità e l'energia che gli lampeggiavano nello sguardo in quel momento.

« Questo m'aspettavo da te, padre. » Bruno gli sorrise.

« Intanto continueranno a cercarti. » Riaffiorava l'apprensione.

« È quello che voglio. » I canti di morte tacquero e per un istante s'udì la voce solenne del silenzio.

« E se ti trovassero? » chiese.

« No, Aschwinda », garantì Bruno. « Questa volta sarò io a trovare loro. Hai la mia parola. E tu sai che non l'ho mai spesa vanamente. »

Bruno e il piccolo Sunny si salutarono nella camera del bambino. Anche Choo Awaba, il guerriero cui l'erede degli Aschwinda era stato affidato fin dalla nascita, era presente. Si chiamava Choo Awaba per il suo modo di russare, era un negro gigantesco dal sorriso buono e dalla voce carezzevole.

Sunny aveva gli occhi gonfi e arrossati, ma non piangeva.

« Sei stanco, piccolo », disse Bruno.

« I guerrieri non sono mai stanchi », replicò decisamente.

Sembrava indistruttibile e Bruno lo guardò con fierezza.

« Quando i guerrieri sono bambini, qualche volta si stancano », cercò di convincerlo.

« Io sono un bambino africano, papà », precisò. « Sono un principe zulu. »

« Sei stato molto coraggioso », si complimentò Bruno.

« Sì, papà », fece mentre le labbra gli tremavano.

« Lo sai che devo partire? » Si aspettava una reazione qualsiasi.

« Lo so. » Stava di fronte al padre, immobile e fiero.

« Dovrai essere il sostegno del nonno. » Cercò di coinvolgerlo con un richiamo alla partecipazione.

« Lo sarò », promise, « contaci. »

Voleva parlargli della madre, doveva parlargli della madre perché piangesse o il suo dolore di pietra l'avrebbe schiacciato.

« Dovrai pregare per la mamma », si raccomandò.

« Perché quell'uomo l'ha uccisa? » domandò con tono freddo e impersonale.

« Si è sbagliato. Voleva uccidere me. » Decisamente non riusciva a smuoverlo.

« Perché voleva ucciderti? » interrogò.

« Perché così il principe Aschwinda sarebbe rimasto solo », rispose Bruno. « E contro un uomo solo, isolato, vecchio e infermo, sarebbe stato più facile vincere. »

« Che cosa vogliono da noi i nostri nemici? »

« Vogliono sfruttare le miniere del Burhwana, vogliono distruggere quello che tuo nonno Aschwinda Umpote ha costruito per il suo popolo. »

« Ma tu lo difenderai, vero? » Voleva una promessa da quel padre che tanto amava e stimava.

« Lo difenderemo insieme, Sunny. »

« Io ti aspetterò. » La sua voce era incrinata dalla commozione.

« Papà? »

« Sì, Sunny. »

« Che cosa succede se un guerriero piange? »

« Niente. C'era un grande guerriero, forse il più

grande guerriero bianco, si chiamava Achille. Quando il nemico uccise il suo migliore amico, lui pianse. Ma non accadde niente. Tutti continuarono a considerarlo un valoroso guerriero. »

« Grazie, papà. » Il bambino l'abbracciò con tutte le sue forze e scoppiò in singhiozzi.

LA FUGA DAL BURHWANA

Il gigante dai capelli d'argento che gli andava incontro ondeggiante, contro il massiccio del Monte Pellegrino, sull'asfalto dell'aeroporto di Punta Raisi sembrava un miraggio. Il termometro segnava trentacinque gradi all'ombra.

Bruno scese la scaletta dell'aereo di linea proveniente da Roma e s'avvicinò all'uomo. La gran testa di capelli candidi, che erano stati biondi in gioventù, sovrastò quella bruna del Barone quando i due uomini si abbracciarono per un lunghissimo istante.

« Sono contento di rivederti, Calò », gli disse Bruno. Si sentiva veramente al sicuro e pronto a ricominciare.

« Andiamo a casa », disse Calò.

C'era gente in attesa dei pochi viaggiatori.

« Siamo sicuri? » interrogò il Barone alludendo alla piccola folla.

« Controllati uno per uno », lo tranquillizzò il gigante.

Bruno fece un cenno d'assenso e lo seguì verso quella specie di capannone provvisorio che è l'aeroporto di Palermo.

« A casa. » Il sole riverberava inesorabile sull'asfalto dal quale saliva un odore di kerosene e di gomma bruciata.

« È tutto sistemato, per ora. » L'altoparlante annunciò la prossima partenza per Milano. Un *DC-9* accese i motori e cominciò a rullare sulla pista.

Il direttore dello scalo, un signore alto e magro con la faccia da diplomatico, gli strinse la mano e lo precedette nel suo ufficio.

« Bentornato, Barone. »

« Il Barone ha fretta », avvertì Calò.

« Grazie », disse Bruno.

« Dovere nostro », s'inchinò allargando rispettosamente le braccia.

Il funzionario si occupò di fargli avere subito i bagagli.

Bruno prese posto sulla *Fiat 132* blu accanto a Calò che si era messo al volante. Sul sedile posteriore c'erano due giovanotti vestiti elegantemente con la bella faccia inespressiva degli attori dei telefilm polizieschi: folti capelli, muscoli guizzanti e riflessi pronti. Sotto l'ascella portavano una Magnum-Special e sapevano che uso farne all'occorrenza.

Bruno guardava fisso davanti a sé apparentemente perduto nel nulla e invece ammirava i colori della sua terra immutati nei secoli, nonostante lo scempio che, soprattutto nella zona costiera, stava facendo la speculazione edilizia.

Oltre il guard-rail scorrevano i campi e le basse recinzioni di pietra costellate di ispide e grasse piante di fichi d'India e coperte da delicate buganvillee. Dov'era cresciuto il trifoglio a primavera il terreno era giallo e su di esso spiumava una specie di pulviscolo d'oro. Gli sembrava di sentire l'odore sensuale delle zagare che si profilavano all'orizzonte nell'accecante baluginio di quel mattino d'agosto.

All'interno dell'auto, l'aria condizionata creava una fastidiosa e innaturale sensazione di fresco.

« Torniamo a casa, Calò », disse il Barone. Si rivide bambino quando, dopo la morte della madre, era ritornato in Sicilia col gigante normanno.

« Torniamo a casa, ragazzo », ribatté Calò. Erano i due soli aspetti confortanti in quel momento problematico: la presenza di Calò e la prospettiva del ritorno a casa.

Bruno gli raccontò di Mahary, del piccolo Sunny, del vecchio Aschwinda.

« È una brutta cosa, Bruno », si limitò a dire. « Mi dispiace. » Che senso aveva fare tante chiacchiere se bastavano due parole. Calò non era mai stato d'accordo su quel matrimonio. Ma era un altro discorso.

« Non doveva finire così. » Il Barone accese una sigaretta con l'accendino automatico.

« Poteva andar peggio », pensò egoisticamente Calò. « E il ragazzo? » soggiunse.

« Tornerà quando tutto sarà finito. » Era una promessa molto impegnativa.

Calò lo seguiva con la coda dell'occhio. Filavano a tutta velocità sull'autostrada di Enna, verso il cuore della Sicilia.

« I nostri vecchi », disse, « ci hanno insegnato una cosa: quello che sta scritto si compie. E non puoi fare più di tanto per cambiare il corso del destino. Se così deve essere, così sarà. »

« Non t'aspettare che il destino punisca quello che ha tentato di uccidermi », ironizzò Bruno.

« Questo no. » I lineamenti di Calò si indurirono e nel suo sguardo s'intuì una decisione. « Il destino non raddrizza i torti. I nostri vecchi ci hanno insegnato a pregare come se tutto dipendesse da Dio e ad agire come se tutto dipendesse da noi. »

Bruno aveva ritrovato il suo consigliere: le massime di Calò gli infondevano una tranquilla sicurezza.

« È stato un brutto colpo. » Rivedeva la bella principessa dallo sguardo d'ambra sull'erba bagnata del suo sangue sotto il baobab.

« Lo so. » E con questo l'uomo considerò chiuso l'argomento. Sapeva il dolore di Bruno, ma sapeva qualcosa che il Barone ignorava: la sua vita non finiva lì e ci sarebbero stati altri momenti magici per lui.

I due uomini di scorta erano immobili come statue di cera. Non fiatavano. Sembrava non avessero bocca per parlare e orecchie per sentire.

« Ci sono stati tre giorni di scirocco », prese a raccontare Calò. « Perfino le galline hanno smesso di fare le uova. »

Bruno si rivide bambino quando venivano chiuse tutte le imposte, le porte e le finestre del palazzo e ci si rintanava nella « stanza dello scirocco » al centro di palazzo Sajeva, sfiancati e spaventati ad aspettare che il fiato rovente della terra si placasse.

« E i nostri ospiti? » cambiò argomento.

« Ci sono tutti », rispose prontamente. « Ti aspettano. »

« Anche Brancati? » Schiacciò il mozzicone nel posacenere.

« C'è Brancati », elencò, « mister Hachette e c'è quell'altro avvocato di Washington. »

« E Karin? » Il ricordo dei suoi occhi blu pervinca e dei suoi capelli fiammeggianti gli esplose nella mente come un flash.

« Ti aspetta », disse voltando leggermente la testa dalla sua parte. Bruno non manifestò nessuna reazione.

« E quella persona... » s'informò, « la vittima del rinnegato? »

« Rosalia? » sorrise Calò. « C'è anche lei. Una ragazza formidabile. Ha afferrato al volo la situazione. Ma non s'è voluta staccare da Karin. »

« E lui dov'è? » Dovette sforzarsi per non tradire una certa emozione.

Il riferimento a Omar Achmal fu subito afferrato da Calò.

« A Capri. » Calò ne parlava con disgusto. « Continua a offrire pranzi e gioielli a bordo del *Soraya*. La gente fa la spola per andarlo a riverire. Lui non è ancora sceso a terra. » Evitò di parlare delle donne che si avvicendavano sull'imbarcazione per appagare le sue voglie.

La macchina filava a centosessanta chilometri l'ora sull'autostrada quasi deserta tra colli ingialliti dal sole. Alberi assetati sembravano implorare la pioggia a un cielo infuocato.

Sulle labbra di Bruno affiorò un sorriso crudele noto a Calò. « Omar Achmal fa bene a divertirsi », disse calmo come se parlasse del tempo. « È un suo diritto. Ormai è un uomo morto. »

Ora Calò lo riconosceva.

Piazza Armerina era là sotto un cielo maestoso a ricordargli tutto il bene e tutto il male del suo passato. Provò gioia, commozione, rimpianto.

Su quelle terre i baroni di Monreale avevano esercitato il loro potere e lui, l'americano di Piazza, conosceva a memoria il feudo attraversato dal fiume Disueri che si estendeva fino alla piana di Gela. Nel corso dei secoli cereali, olive, frutta e avare messi strappate alla terra assetata col sudore e col sangue dei contadini erano state le uniche risorse, poi, ad aumentare il reddito del casato, s'erano aggiunte le miniere di zolfo, le più ricche di Sicilia e, negli ultimi anni, gli eucalipteti.

I baroni di Monreale avevano largamente contribuito alla costruzione dei grandiosi palazzi barocchi e all'edificazione della chiesa, il cuore della città, la monumentale bellezza e la grande speranza di cui la gente condannata alla fatica e all'indigenza aveva bisogno per non impazzire.

L'auto blindata percorse la strada principale a quell'ora deserta, voltò a destra e prese per un viale inghiaiato che portava verso il parco del palazzo cintato da un alto muro. Si accedeva all'edificio attraverso un gigantesco cancello di ferro battuto sostenuto da alte colonne su cui troneggiavano enormi vasi di pietra a forma di calice, curati da bravi giardinieri, dai quali spuntava rigoglioso il trifoglio, lo stesso trifoglio che dominava lo stemma di famiglia.

Nel frinire delle cicale e nel brusio d'insetti sotto un sole spietato, il luogo sembrava abbandonato, ma l'arrivo del Barone era stato segnalato e cento occhi vigilavano sulla sua incolumità. Bruno vide le agavi, gli oleandri, le siepi di mortella, la fontana barocca nella quale tanti piccoli getti d'acqua producevano un musicale brusio immutato nei secoli. Respirò gli odori un po' sfatti che salivano dal folto del giardino. Si sentì al sicuro. E quando si chiusero alle sue spalle i pesanti cancelli di ferro battuto respirò di sollievo.

La guerra era cominciata. Palazzo Sajeva era il quartier generale da cui Bruno avrebbe sferrato il contrattacco. Scese dall'auto e con passo agile e sicuro salì i sei gradini di pietra che immettevano nel grande vestibolo sul quale si aprivano le porte di quercia che davano accesso ai saloni del pianterreno e alla scalinata che portava al piano superiore.

Calò gli sorrise con l'aria di dirgli: « Visto che ti ho

riportato a casa? » Il contatto con le radici li rinvigoriva.

« Avverti i nostri ospiti che li aspetto tra mezz'ora nello studio del nonno. » Si guardò intorno: le due guardie del corpo s'erano volatilizzate. Salì nella camera che era stata del vecchio barone.

Chiuse la massiccia porta alle spalle, si appoggiò al legno antico, chiuse anche gli occhi, respirò l'odore buono e fresco di quell'ambiente grandioso che sembrava costruito per inquietanti passioni e alti pensieri.

Sulla parete di fondo c'era un letto enorme, scuro, massiccio con quattro colonne tortili che sostenevano un pesante baldacchino. Le pareti e il soffitto grondavano stucchi dorati impreziositi da eleganti volute barocche che il tempo aveva tinto di rosso.

Bruno attraversò la camera da letto dirigendosi verso una porticina mimetizzata nella tappezzeria di broccato scuro, la spinse e un meccanismo a molla ne provocò l'apertura. Entrò nella stanza da bagno rifatta dal nonno nel 1920 e che da allora era rimasta immutata. La vasca in onice verde chiaro poggiava su due candidi cigni di smalto col becco dorato. Il lavabo era una conchiglia d'onice e i rubinetti erano piccoli cigni che mandavano acqua dal becco. Le pareti e il pavimento di mosaico riproducevano alghe lacustri e fiori di loto. La tonalità dominante era l'oro.

Era la stanza da bagno più bella che Bruno avesse mai visto e aveva maturato la certezza che al mondo non ve ne fosse l'uguale, non tanto per lo sfarzo, quanto per il gusto squisito che il vecchio barone aveva saputo infondervi.

Bruno si spogliò buttando per terra gli abiti che aveva indossato dal momento della sua partenza da Umpote. Qualcuno aveva provveduto a riempire la vasca con acqua appena tiepida resa lattiginosa da un sacchettino di crusca. Vi entrò provando un diffuso senso di benessere. Socchiuse gli occhi per meglio assaporare il piacere del bagno corroborante e si ritrovò a pensare che soltanto dieci giorni prima era arrivato a Saint Tropez con la prospettiva di una piacevole vacanza.

In quel breve arco di tempo era successo tutto: dalla morte di Mahary alla fuga dal Burhwana durata due giorni e due notti. Karin gli aveva confidato il suo amore e adesso che la dolce principessa dallo sguardo d'ambra l'aveva lasciato per sempre provava un doloroso senso di colpa.

Qualcuno stava accanendosi contro il Burhwana per gettare nel caos una faticosa amministrazione e impadronirsi delle miniere d'oro e di diamanti di Aschwinda. E infine per realizzare quel disegno volevano la sua testa. Non dormiva da quarantott'ore e in tempi brevissimi doveva concretizzare un'efficace strategia.

Uscì dall'acqua rinvigorito e lucido: nello spogliatoio trovò abiti freschi e ben stirati. Tornò in camera da letto, accese una sigaretta, sedette su una poltrona, prese il telefono e formò il numero per le chiamate internazionali.

« Internazionali », gracchiò una voce.

« Cerco Aldo Paoletti », disse Bruno con tono fermo.

« Glielo passo. » La voce sconosciuta da impersonale diventò partecipe, quasi gentile.

« Qui Paoletti », si qualificò il nuovo interlocutore con inconfondibile accento siciliano appena limato dall'abitudine professionale.

« Sono Bruno Brian. » Considerò un successo averlo trovato al primo colpo.

« A disposizione », disse l'uomo. Era un funzionario dell'Italcable che il Barone conosceva bene. La sua efficienza era proverbiale.

« Devo parlare subito con Abu Dhabi. »

« Chi vuole all'apparecchio? »

« Lo sceicco Admad bin Yussef. »

« Se non fosse in sede? »

« Gli faccia sapere che Bruno Brian deve mettersi in contatto con lui. È molto urgente. »

« Conti su di me. »

Riattaccò. Sapeva che entro dieci minuti avrebbe parlato col suo ex compagno dell'università di Berkeley.

ADMAD BIN YUSSEF

Un vecchio dalla barba bianca come l'ampio *disdash* che indossava entrò nella tenda principesca dove sei uomini accovacciati su un folto tappeto, dai disegni leggiadri e dai colori tenui, stavano discutendo pacatamente. Vestivano tutti il candido costume tradizionale chiuso al collo come un clergyman e soltanto il *kafie,* annodato sul capo in fogge diverse, li distingueva. Sorseggiavano tè al gelsomino e parvero non attribuire grande importanza all'arrivo del vecchio.

L'uomo si avvicinò al più giovane dei dignitari riuniti e gli parlò sottovoce.

« Sheikh Yussef », annunciò, « il tuo amico americano Bruno Brian ti telefona dall'Italia. »

Lo sceicco mormorò una frase di scusa, si alzò e uscì dalla tenda. Era alto e forte, aveva un simpatico sorriso sotto i baffi spioventi, il mento coperto di barba, un forte naso aquilino, ben proporzionato, occhi grandi e luminosi sormontati da folte sopracciglia. Spirava dalla sua fisionomia ironica lealtà e simpatia. Dal *kafie,* con disegni di foglie rosse su fondo bianco, sfuggiva una ciocca di capelli spruzzati di grigio.

Yussef s'avvicinò alla sua *Range Rover* affiancata da

due guardie del corpo armate di grossi fucili mitragliatori. Accanto al posto di guida c'era un radiotelefono con il ricevitore staccato. L'apparecchio era collegato via satellite con l'Europa e gli Stati Uniti. Il giovane principe arabo prese posto sull'auto, sorrise con i suoi denti bianchi e forti come se stesse guardando in faccia l'interlocutore lontano.

« Ti ascolto, amico », disse. Per nessun altro al mondo, nemmeno per la graziosissima moglie, la Sheikha Musa, Admad Yussef avrebbe interrotto l'incontro con i suoi anziani capitribù.

« Dimmi che tua moglie e i tuoi figli stanno bene », cominciò Bruno, « e passo immediatamente ai fatti. » Si disponeva ad affrontare problemi gravi e ricordava anni lontani e spensierati.

« Stiamo tutti bene. Pensa che qualche volta troviamo il tempo di parlare di te. » Sapeva che la telefonata dell'amico preludeva a notizie importanti.

« Devo raccontarti una storia, Yussef. » Aveva scelto un linguaggio salottiero per informarlo sugli ultimi avvenimenti.

« I pettegolezzi dello *smart-set* mi fanno andare in estasi. » Si chiese se l'amico avesse preso le necessarie precauzioni e concluse che Bruno era più cauto di un arabo.

Da quando nel 1976, a soli trentadue anni, era diventato il più vicino collaboratore del ministro del Petrolio dell'Unione degli Emirati, Yussef si era incontrato soltanto raramente col Barone, ma l'amicizia dei tempi di Berkeley, quando dividevano la stessa camera, era rimasta intatta. Amico dell'Occidente, dove aveva a lungo vissuto e dove confluivano molti suoi affari, era ormai legato alle sorgenti petrolifere senza che quel vincolo lo allontanasse dalle sue origini e dalle tradizioni della sua gente. Viveva in palazzi lussuosi di cemento armato e vetro con l'anima di un nomade e il cuore nella tenda nera dei beduini del deserto, dove suo padre, quand'era bambino, l'aveva mandato a vivere per due anni.

Il grande sceicco Zuyad voleva che suo figlio assimilasse, vivendola, la cultura autentica e la gaiezza del suo popolo. Voleva che fosse educato nel rispetto degli anziani e delle tradizioni, con l'orgoglio della razza e l'umiltà del lavoro.

Yussef, diventato uomo, conosceva il bene e il male dell'Oriente e dell'Occidente, ma stava meglio sotto le tende del deserto che in un palazzo con piscina. Il bisogno di conoscenza, che lo aveva spinto a frequentare con impegno la scuola coranica, lo induceva a dialogare con i nomadi che parlavano la lingua dei padri, esprimevano i principi di una saggezza immortale di cui si sentiva il bisogno soprattutto nel momento in cui il dilagante benessere del petrolio sembrava assumere un significato effimero e non appagava i bisogni spirituali del suo popolo travolto dal consumismo. Qualche mese prima, quando si era incontrato a Washington con Bruno in occasione di una conferenza sul petrolio, gli aveva confidato: « Se dipendesse da me chiuderei il rubinetto dell'oro nero. Vorrei tornare ai tempi in cui la mia gente non sapeva che sotto la sabbia ci fosse la ricchezza. La civiltà del petrolio un giorno finirà. Che cosa resterà agli uomini del deserto se non i bisogni inventati da un'altra civiltà? »

Bruno aveva ascoltato i dubbi e le perplessità dell'amico e credeva di capire il suo problema, ma in quel momento in cui da una piccola città al centro di una grande isola del Mediterraneo chiedeva il suo aiuto non era nemmeno sfiorato dalla filosofia di Yussef.

Il Barone gli esponeva in tono pacato e apparentemente superficiale il problema gravissimo che l'assillava.

« Il mio amico », concluse Yussef, « ha bisogno di un aiuto concreto. »

« E immediato. »

« Non sarà un intervento facile. »

« Le cose semplici riesco a farle da solo. »

« L'adulazione non guasta. »

« La saggezza non ha bisogno di essere adulata. »

« Credo di poterti aiutare », disse dopo una pausa di riflessione lo sceicco.

« È una questione molto urgente. »

« Ti prometto che farò tutto il possibile. »

« Sono sicuro che farai qualcosa di più. »

« Allah è grande », concluse lo sceicco.

Riappese il ricevitore, uscì dalla *Rover* mentre le guardie si inchinavano e tornò sotto la tenda.

« Un amico caro al mio cuore », disse sedendosi con i saggi delle tribù del deserto, « ha interrotto la nostra riunione. Vi chiedo scusa. »

I convenuti assentirono con un cenno del capo. A uno a uno si alzarono, si avvicinarono a Yussef che li baciò due volte sulle guance in segno di commiato. Ogni capo prima di abbandonare la tenda depose ai piedi del principe un dono: perle o monili.

« Il popolo ti ringrazia », dissero inchinandosi. « Tu sei la nostra luce e la nostra vita. Prima di te il deserto aveva una voce desolata. »

Quando tutti furono usciti, nel *firqan* entrò Mahdj, il vecchio dalla barba bianca che aveva annunciato la telefonata di Bruno, e si accovacciò di fronte al giovane sceicco.

Era un vecchio dall'espressione calma e severa che aspettava serenamente la fine dei suoi giorni, ma gli occhi brillanti e profondi continuavano a guardare lontano. Yussef lo considerava un maestro e aveva per lui una devozione filiale.

« Puoi parlare se vuoi », disse il vecchio senza attenuare la sua espressione dolorosa. Sembrava che avesse preso su di sé i mali del mondo e li vivesse in prima persona.

Admad Yussef lo ringraziò con un sorriso.

« È una storia lunga. » Cercava di farsi perdonare quel supplemento di attenzione. « È una storia complicata. »

« Non ci sono storie lunghe e complicate », lo facilitò Mahdj. « Ci sono soltanto storie. »

Lo sceicco parlò allora di Bruno, della loro amicizia nata e consolidata negli anni dell'università, del Burhwana, dell'IBB, della morte di Mahary, dell'arabo rinnegato.

« Noi non abbiamo niente contro Omar Achmal », obiettò il vecchio fissandolo risoluto.

« Se un uomo colpisce il tuo amico, tu hai il dovere di intervenire », replicò umilmente Yussef.

« A noi non dà nessun fastidio », osservò seguendo il filo di un suo personale ragionamento. La grande tenda filtrava il caldo del deserto e i due uomini godevano il fresco di quell'atmosfera riposante.

« Probabilmente non ci darà fastidi neanche per il futuro. » Il vecchio tergiversava non per dissuaderlo, ma per fargli capire che stava per lasciarsi coinvolgere in una situazione difficile.

« È troppo furbo per non sapere che i suoi traffici non devono interferire con i nostri interessi. » Yussef guardò il vecchio con aria interrogativa.

« E noi non abbiamo nessun motivo per decretare la sua fine. » Più che una sentenza era un invito a riflettere.

Un servo pakistano entrò nel *firqan* e portò del tè alla menta. Silenziosamente versò l'infuso in bicchieri di media grandezza bordati d'oro che depose davanti ai due uomini. Yussef e il vecchio sorseggiarono la bevanda aromatica.

« Il rinnegato sta cercando di distruggere il mio amico », riprese lo sceicco. « Gli ha ucciso la moglie. Ha compromesso i suoi interessi. »

« L'uomo generoso aiuta sempre l'amico in difficoltà », osservò il vecchio. « Ma l'uomo saggio cerca di far coincidere l'interesse dell'amico con il proprio. Quand'è possibile. »

Era un'osservazione sensata che il giovane Yussef doveva prendere in considerazione.

« Omar è un burattino dei russi. È amico dei libici e dei cubani. » Scrutò il vecchio per coglierne l'eventuale reazione, che non ci fu.

« Sono tanti gli amici e i burattini di quelle potenze. » Continuava a bere il tè a piccoli sorsi.

« Fomenta rivoluzioni, fornisce armi e pretesti ai nemici dell'Occidente. » Per quanto cercasse non riusciva a mantenere il sereno distacco del vecchio.

« Vuoi dire che abbiamo più convenienza a mantenere buoni rapporti con i Paesi dell'area occidentale che con quelli dello scacchiere sovietico? » Le posizioni cominciavano ad avvicinarsi e Yussef credette di intravedere uno spiraglio.

« I nostri figli studiano nelle università d'America e d'Europa. » La calma della sua voce era soltanto apparente.

« È la mia approvazione che vuoi? » domandò improvvisamente il vecchio.

« È un buon consiglio », fece umilmente.

« Che Allah ti protegga. » Sulle labbra del vecchio affiorò un sorriso che era il modo più appariscente per esprimergli tutto l'affetto che aveva per lui.

I due uomini si alzarono e si baciarono due volte sulle guance. L'incontro era concluso. Il destino del rinnegato era segnato. I modi e i tempi dell'operazione erano compito di Yussef dal momento che aveva avuto l'approvazione di Mahdj.

Admad bin Yussef guidò personalmente la sua *Rover* verso Abu Dhabi. Le tre guardie del corpo sedevano sui sedili posteriori. In poco più d'un'ora si lasciò alle spalle il deserto dorato sul quale cominciavano ad allungarsi le ombre della sera e raggiunse la periferia della più ricca città del Golfo Persico.

Ripensò a Bruno, al loro primo incontro che risaliva all'inizio degli Anni Sessanta nel Campus della Berkeley University dove entrambi frequentavano i corsi di economia. Erano tempi difficili per Admad bin Yussef. Bruno invece alloggiava in un grande appartamento dove c'era una domestica messicana che provvedeva a tutto e un gigante italiano che vegliava assiduamente sulla sua incolumità.

Più volte Yussef era stato ospite di Bruno e quando l'assegno mensile tardava, l'amico italoamericano l'aveva accolto in casa sua come un fratello. Erano uniti da un identico modo di considerare l'onore e l'amicizia, ma li divideva un modo diverso di concepire il rapporto uomo-donna.

Lo studente arabo dalle maniere squisite e riservate era in imbarazzo di fronte a una presenza femminile. Desiderava le donne, ma quando lo guardavano abbassava lo sguardo suscitando diffidenza e ambigui pensieri. Bruno era l'aggressività, Yussef la discrezione.

« Se non ti conoscessi », lo punzecchiava il Barone, « dubiterei della tua virilità. »

Yussef lo fissava con i suoi grandi occhi neri velati dalle lunghe ciglia.

« Tu non puoi capire », cercava di spiegargli. « Non puoi capire l'imbarazzo e la delusione di un arabo di fronte a una donna occidentale. Vorrebbero essere quelle che sembrano, ma non sembrano mai quelle che sono. Manca loro il fascino sottile che nasconde ogni mistero. Il loro sguardo è nudo, il loro pudore è senza veli. Le nostre donne, anche quando ti si offrono completamente, serbano un'anima segreta dove soltanto in certi istanti è possibile leggere la delicatezza di un'inesauribile femminilità. »

Ai ricordi del passato si sovrappose l'immagine soave di Musa, la misteriosa, evanescente Sheihka Musa, la sua dolce sposa, la madre dei suoi tre figli. Schiacciò il piede sull'acceleratore per abbreviare il tempo dell'attesa. Era lontano da lei da una settimana e il sangue vigoroso gli pulsava nelle tempie, mentre un brivido gli passò lungo la schiena.

Gli mancavano il suo profumo, il civettuolo tintinnio dei suoi monili, il fruscio dei suoi abiti di seta, la morbidezza della sua pelle sotto le dita. Le luci della città sfidavano l'incipiente crepuscolo. Quando era tornato dalla California con una laurea in economia, Abu Dhabi era un villaggio senza nemmeno una strada asfaltata. Ora la trovava molto simile a Los Angeles con certi scorci che gli ricordavano le città europee che aveva conosciuto: Cannes e Nizza.

Ormai Abu Dhabi, meta di turisti in cerca di esotiche avventure, aveva superato i centomila abitanti e i beduini del deserto, i pescatori e i pirati del golfo si erano occidentalizzati, viaggiavano in automobile, vivevano in dimore confortevoli dove le antiche ed essenziali suppellettili erano state sostituite dai moderni elettrodomestici in un trionfo di televisori e frigoriferi. Nel deserto battuto dal vento e solcato dagli effimeri sentieri delle carovane c'erano monumentali oleodotti a testimoniare la nuova civiltà portatrice di potenza e di ricchezza. Il petrolio che zampillava inarrestabile dalle profondità di quel dorato mare di sabbia, proveniva dai più grandi giacimenti del mondo ed era della migliore qualità. L'oro nero aveva trasformato il volto della sua terra: strade e palazzi simili a quelli di San Francisco, banchine portuali che ricordavano New York, acciaierie paragonabili ai mostruosi impianti tedeschi, aeroporti che non avevano nulla da invidiare agli scali americani, gioiellerie che oscuravano i fasti di Tiffany.

L'amico che tante volte lo aveva fraternamente aiutato, quando l'opulenza era ancora nascosta sotto la sabbia, il compagno che Yussef aveva tante volte invidiato, chiedeva il suo aiuto. E Yussef avrebbe usato tutto il suo potere per toglierlo dai guai.

Varcò il cancello del suo palazzo salutato dalle guardie. Scese dall'auto, si infilò nel suo padiglione, entrò nello studio e sedette alla scrivania. Un domestico si inchinò profondamente servendogli un bricco di caffè al cardamo. Yussef gli disse con un cenno che desiderava essere lasciato solo. In teleselezione chiamò un numero di Washington. Gli rispose una voce di donna che il satellite metallizzava rendendola oscillante come un'eco.

« Mi passi il senatore George Brian », disse con decisione.

« Chi è all'apparecchio? » domandò la zelante segretaria.

« Signorina non mi faccia perdere tempo », tagliò corto, « lei sa benissimo chi sono. » Yussef detestava la loquacità telefonica. D'altra parte i suoi interlocutori erano nella stessa situazione. Perciò usavano frasi convenzionali che solo gli interessati erano in grado di capire.

Pochi secondi di ronzii astrali, poi la voce forte e chiara di George Brian.

« Salve! » lo salutò. E soggiunse: « Qualcosa non va? »

« Infatti. Il ragazzo ha qualche problema. »

« Già », osservò George Brian con voce diversa. Il

ragazzo era Bruno, suo nipote. E in quell'attimo lo rivide. Ricordò Annalisa, la sua tragica fine, il suo amore violento, la sua pelle che sapeva di sole e di muschio.

« Possiamo aiutarlo? » Yussef giocava a quel gioco sottile con pazienza da arabo.

« Credo di conoscere la ragione del suo disagio. » George sapeva dell'ingresso del rinnegato nei centri nevralgici della IBB, ma non aveva potuto far niente per impedire a Omar Achmal di mettere in difficoltà Bruno. La sua influenza in quel settore, con l'avvento dell'amministrazione Reagan, si era molto ridotta. Inoltre tutto quello che aveva da dire l'aveva già detto a Paolo Brancati, l'avvocato del Barone.

« Credo che il problema centrale sia un altro », l'informò Yussef.

« Salute o affari? » tastò cautamente il terreno. Sentì una fitta allo sterno, il classico dolore precordiale che malignamente progrediva verso l'alto pesandogli sul petto come un macigno. Meccanicamente prese dalla tasca della giacca una scatoletta, l'aprì, estrasse una pastiglietta bianca e se la mise in bocca.

« La salute è ottima », lo rassicurò lo sceicco

« Okay », sospirò sollevato. Il senatore George Brian a sessantaquattro anni ne dimostrava poco più di quaranta. I suoi capelli erano sempre folti e biondi, la figura scattante, lo sguardo ironico, ostentava il franco sorriso che metteva di buonumore l'inquieta Annalisa. Ma il cuore era ridotto male. Non si era più ripreso dalla morte della sola donna che avesse amato. Una fine atroce di cui si sentiva in gran parte responsabile. La pastiglia bianca e le parole consolatrici di Yussef ebbero un benefico effetto e il dolore si attenuò restituendogli la sua capacità di pensare e di agire. « Che cosa si potrebbe fare? » Era disposto a tutto per aiutare il nipote.

« Ha bisogno di un consistente appoggio immediato.» Il discorso era chiaro. Senza un sollecito intervento l'economia del Burhwana sarebbe saltata, favorendo l'opposizione ormai pronta per il golpe. E Bruno si sarebbe trovato a terra.

« Solo denaro? » chiese George.

« Denaro e solidarietà umana », precisò Yussef intendendo uomini, mercenari, soldati di professione per puntellare il vacillante regime di Aschwinda.

« Non posso far niente », confessò con amarezza. « Nella mia stanza non ci sono bottoni. Tu lo sai bene. »

« Il potere decisionale è come il vento del deserto », sorrise Yussef, « va e viene. »

« Speriamo che soffi presto dalla parte giusta. » Aveva molte ragioni per credere nell'ottimismo dello sceicco, ma avrebbe voluto averne qualcuna di più.

« Avrai presto la chiave per risolvere l'enigma », garantì.

« Quando? » Il senatore Brian dipendeva ora da quel giovane filosofo che all'occorrenza sapeva essere uno straordinario uomo d'azione.

« Tra dodici ore riceverai un 'pacco', zio George. » Lo chiamava così dai tempi di Berkeley per la familiarità che aveva saputo conquistarsi. « E ci troverai quanto occorre per farti ascoltare dove si spingono i bottoni. »

« Che Dio ti benedica, ragazzo. » Il senatore era nelle sue mani. Si massaggiò il petto. Il dolore di poco prima gli aveva lasciato un fastidioso indolenzimento.

Yussef salutò, depose il ricevitore sulla forcella e schiacciò un pulsante che illuminò un piccolo schermo televisivo. Immediatamente sul video apparve il volto di un giovane arabo in abito occidentale.

« Ziad Shatl », disse lo sceicco, « è arrivato il momento di spedire quel 'pacco' all'indirizzo che sai. »

« Quando deve partire? » domandò l'uomo.

« Subito », ordinò. « Entro dodici ore deve essere a

destinazione. L'ho promesso », concluse sottolineando le ultime parole.

Bevve un sorso di caffè al cardamo: freddo era disgustoso. Si alzò dalla scrivania. Aveva l'aria e il sorriso dell'uomo consapevole d'aver compiuto un buon lavoro. Avrebbe finalmente fatto una doccia, poi sarebbe andato da Musa.

Admad bin Yussef attraversò un giardino di palme dall'aspetto sofferente e polveroso, varcò la soglia del padiglione della Sheikha Musa preceduto da una domestica pakistana che annunciava il suo arrivo come una gentile e musicale banditrice. Il petulante chiacchierio che ricordava gli uccelli sui rami degli alberi al tramonto, magicamente sfumava a mano a mano che il principe e l'araldo procedevano, fino a un estatico silenzio. Le leggiadre figure femminili accovacciate sui folti tappeti avvolte in abiti lievi e variopinti scomparvero come un volo di colorate farfalle in una nube profumata di aloe e ambra.

Soltanto una figurina esile, dal volto di cammeo, vestita di sete trasparenti color rosa intenso, il collo ornato da una fascia di diamanti e topazi rosa che scendeva fin sul petto, le palpebre abbassate, le labbra schiuse in un radioso sorriso, rimase ad aspettarlo.

Yussef si accoccolò sul tappeto di fronte a lei e baciò la mano coperta di anelli che lei gli tendeva.

« Benvenuto nella tua casa », disse con voce melodiosa.

« Mi sei mancata come l'aria », mormorò l'uomo.

« Ora sei qui. » Era una creatura d'una bellezza rara anche in abiti occidentali, ma quando viveva nel suo Paese preferiva la foggia araba che accentuava il languore dei suoi occhi di gazzella e la grazia delle donne d'Arabia.

« Sei incantevole. » Non si era mai abituato alla bellezza della madre dei suoi figli.

« È il tuo amore che mi trasforma. »

Figlia di un professore di storia all'università di Oxford, Musa era cresciuta e aveva studiato in Europa. Si erano conosciuti a Venezia, al *Grand Hotel des Bains,* dove Musa soggiornava con la famiglia per una breve vacanza. Lui stava perfezionando un accordo commerciale con un gruppo italiano.

Yussef aveva subìto immediatamente il fascino di quella fanciulla appena diciottenne che sapeva affrontare con la stessa disinvoltura argomenti frivoli e impegnati. Era a suo agio sia che si parlasse di gare di Formula uno sia che si affrontassero i temi complessi del mondo islamico. Praticava lo sci d'acqua, conosceva a fondo il Corano, apprezzava gli aspetti positivi della civiltà occidentale, ma si identificava con i principi fondamentali della sua cultura. Grazia e intelligenza si fondevano in una mirabile sintesi. Fu un colpo di fulmine e si sposarono due mesi dopo il loro primo incontro.

Musa conosceva il suo sposo molto meglio di quanto lui la conoscesse. Sapeva interpretare i suoi stati d'animo da sfumature che per altri sarebbero state impercettibili. Le bastò un'occhiata per capire che era preoccupato e che la sua sarebbe stata una visita breve. Nonostante i segni negativi, si augurò che passasse la notte con lei, ma non avrebbe mai osato chiederglielo.

« Domani vado a Zurigo », le annunciò con rammarico.

« È una città triste. È una città che si dà un sacco d'arie », scherzò nel momento in cui avrebbe potuto prevalere la malinconia. L'avrebbe seguito ovunque e sapeva che se lui avesse potuto l'avrebbe portata con sé.

« Da Zurigo dovrò andare a Washington. » Gli sarebbe piaciuto sentirla almeno una volta protestare, invece la principessa sorrise condiscendente.

« Washington mi piace di più. » Batté le mani due volte e subito apparve una serva portando un vassoio con latte allo zafferano e pasticcini di frutta candita e coriandolo.

« Mi piacerebbe portarti con me. » Era un modo di chiederle scusa e di ringraziarla per la sua sconfinata capacità di comprendere.

« Posso sapere che cosa ti preoccupa? » Era una domanda impertinente, ma sapeva che Yussef per lei non aveva segreti. Portò alle labbra il bicchiere e bevve un sorso di latte tiepido.

« Il Barone ha bisogno di aiuto. » Prese un pasticcino dal vassoio, lo guardò e lo rimise a posto.

« Bruno Brian nei guai? » si stupì Musa che considerava il Barone un personaggio cresciuto nel mito dell'invincibilità.

« Omar Achmal lo vuole morto. Sta per mettere le mani sul Burhwana. » Era lieto di confidare alla moglie quei segreti. I consigli della sua compagna si erano rivelati sempre di grande aiuto.

« Ancora violenza », disse con dolore. « Violenza e sangue. » Musa conosceva Bruno personalmente, lo stimava e sapeva la leggenda del rinnegato per sentito dire.

« La mano di un sicario ha colpito un'innocente. » Non riusciva a rassegnarsi alla morte della dolce Mahary.

« Che io conosco? » si allarmò Musa che lesse la tristezza negli occhi dell'uomo.

« Mahary », disse Yussef.

« La figlia del principe Aschwinda? » domandò sperando in una risposta negativa.

« Sì », confermò l'uomo. « Era la moglie di Bruno Brian. L'ho saputo soltanto oggi. »

Le lacrime sgorgarono dai grandi occhi di Musa: pianse silenziosamente la morte di una donna come lei che conosceva soltanto di nome.

« È terribile », disse.

« Ha lasciato il suo unico figlio. » Ora la piccola Musa sapeva tutto.

« È una storia straziante », commentò.

« Non sapevo che si fossero sposati », prese a raccontare, « né tanto meno sapevo dell'esistenza di un figlio. Ricordo invece quando una decina d'anni fa Bruno e Mahary si incontrarono a Parigi. Lei faceva la modella e abitava in una pittoresca soffitta in rue des Beaux Arts. »

« Non me ne avevi mai parlato », disse con rammarico.

« Ignoravo gli sviluppi. Credevo fosse una storia finita. » S'avvicinò a lei e le prese la mano.

« Ora più che mai devi aiutare Bruno. » Si strinse a lui cercando protezione. Se lo covava con gli occhi quell'uomo così bello, con quella faccia da corsaro, un po' poeta e un po' predone che l'ammaliava col suo sguardo di fuoco.

« Ti desidero », disse lui con la sua voce calda.

Anche lei lo desiderava, ma Yussef non avrebbe mai saputo l'intensità del suo desiderio perché il suo cuore di donna prudente la guidava sui sentieri misteriosi dove la curiosità dell'uomo più innamorato non avrebbe saputo avventurarsi.

Pur con gli occhi abbassati lo osservò mentre si passava un dito sui baffi folti, in un gesto che gli era abituale. In quei momenti Yussef avrebbe dato molto per conoscere i pensieri che le passavano per la mente. Non aveva altre mogli, né concubine. Le era inesorabilmente fedele e dopo tre gravidanze la desiderava come il primo giorno. Ma la temeva, anche: il suo orgoglio e la sua fierezza gli incutevano soggezione. Se avesse compiuto un'azione o semplicemente fatto un gesto che potesse ferire la sua dignità di donna, sarebbe stata capacissima di chiedere il divorzio e tornarsene in Europa. Offriva la dedizione più completa, ma in cambio voleva amore e rispetto. Era un tacito patto che nessuno dei due aveva mai infranto.

Yussef tese verso di lei la mano forte dalle dita lunghe e nervose per aiutarla ad alzarsi. Prima di andare a cena insieme con i figli, voleva vivere con lei un'intimità più completa.

« Desidero la tua compagnia », disse sottovoce come se pregasse.

« I tuoi desideri ti assomigliano. » Un vago rossore le imporporò le guance ambrate. Poi sembrandole di essere uscita dalle righe di un delicato rituale soggiunse: « Da Zurigo, per favore, dovresti portarmi una pomata che qui non si trova. Ti darò un foglietto con tutte le indicazioni. È una specialità contro le rughe. Un nuovo prodotto che pare sia efficacissimo ».

« Le rughe? » La guardò dubbioso e divertito: una donna come lei non avrebbe mai parlato di cosmetici col marito e poi non aveva rughe.

« È per la Sheikha tua madre, naturalmente. » Lasciò che l'uomo l'aiutasse ad alzarsi e camminarono insieme verso un nuovo, splendido sogno.

L'aereo stava sorvolando il territorio elvetico verso Zurigo, mancavano pochi minuti all'atterraggio. Il sole batteva nei finestrini riflettendosi nell'interno della cabina. Bianche nuvole galleggiavano immobili tra cielo e terra. Yussef serbava ancora sulla pelle il miele profumato d'una notte d'amore con Musa che aveva il dono di farlo sentire l'uomo più importante del mondo. Si lasciava cullare dal ronzio dei motori e dal lieve fluttuare dell'aereo sulle correnti.

La sua mente oscillava tra il pensiero di Bruno e il ricordo della recente notte d'amore. Lo steward gli servì del tè al gelsomino.

« L'atterraggio è previsto entro dieci minuti », annunciò l'uomo in divisa blu.

Yussef allacciò la cintura di sicurezza. Il cielo era d'una trasparenza assoluta e la terra sempre più vicina sembrava un immenso giardino verde. Era lo spettacolo che illuminava lo sguardo radioso di Musa.

« Mi piacerebbe », gli aveva detto un volta, « che il mio cortile fosse un grande prato. » Adorava il verde dell'Europa, il suo incanto di fiori, gli alberi forti e rigogliosi.

Quella naturale aspirazione al verde, come alternativa alla scabra essenzialità del deserto, era comune a tutti gli arabi. Alcuni sceicchi avevano assunto giardinieri europei per inventare serre stupende alimentate da un'ininterrotta erogazione d'acqua che aveva un costo superiore a quello del petrolio.

Musa voleva un prato e l'aveva avuto. Yussef era riuscito a realizzare un'operazione di trapianto mai pensata prima trasportando dall'Italia ad Abu Dhabi, con un ponte aereo, seicento metri quadrati di prato, un tappeto erboso divelto a una profondità di alcuni centimetri, sezionato e arrotolato come un tappeto. A un anno di distanza, grazie alle cure assidue di cinque giardinieri, il cortile della Sheikha Musa era ancora un prato morbido e meraviglioso sul quale lei e le sue amiche potevano camminare a piedi nudi.

Admad bin Yussef si strappò dalla mente il pensiero della dolce compagna e cominciò a ricostruire la storia di Bruno. Quando l'aereo aveva sorvolato il Mediterraneo e l'Italia era stata sotto di lui, lo sceicco aveva cercato di inquadrare la situazione in cui si trovava il Barone che, nel cuore del suo triangolo d'oro, la Sicilia, aveva cominciato a combattere una guerra che poteva travolgerlo.

Era un'emergenza diversa da quella che lui e la gente del Golfo Persico avevano vissuto e vivevano dopo l'invasione sovietica dell'Afghanistan e il conflitto dimenticato fra Teheran e Baghdad. Ma i principi del petrolio erano immediatamente corsi ai ripari ottenendo dagli Stati Uniti un rafforzamento dei dispositivi di sicurezza. Cinquantamila marines scelti tra le forze di pronto intervento si erano insediati nell'atollo Diego Garcia.

Nuovi e sofisticati armamenti affidati ai contingenti « privati », piccoli, efficienti eserciti al servizio di ogni sceicco proteggevano le petroliere che, una ogni diciannove minuti, attraversavano lo stretto di Hormuz. Bruno in un settore apparentemente escluso dalle strategie dei grandi scacchieri era assillato dallo stesso problema. Anche il minuscolo Burhwana poteva contare su contingenti armati e modernamente attrezzati, ma avrebbe dovuto potenziare i dispositivi di sicurezza interni per scongiurare la minaccia di un golpe.

Se gli sceicchi avevano reclutato uomini tra Pakistan e Oman, Bruno avrebbe dovuto assoldare mercenari, professionisti della guerra, pronti a combattere sotto tutte le bandiere. Per assicurarsi quella collaborazione avrebbe avuto bisogno di molto denaro e di un decisivo appoggio politico da parte degli Stati Uniti.

Mentre l'aereo ormai scivolava sicuro sull'invisibile sentiero di avvicinamento, lo sceicco Admad bin Yussef aveva ben chiaro in mente il quadro della situazione e le misure da prendere per un intervento con buone probabilità di riuscita.

IL PACCO

Lo squillo insistente del telefono lo strappò violentemente al sonno. George Brian aveva trascorso una notte difficile e aveva dormito faticosamente per colpa dei pensieri di cui non riusciva a liberarsi, ma anche per via del caldo torrido che incombeva su Napa Valley. Erano le sette del mattino. Annaspò faticosamente con la mano intorpidita tra le cose sparse sul tavolino da notte e finalmente trovò l'apparecchio.

« Chi è? » grugnì con voce impastata.

Chi poteva essere a quell'ora se non Sarah Miles la sua segretaria?

« Sono io, George. » Aveva un'adorazione per il principale con cui lavorava da anni e l'ultima cosa che avrebbe voluto fare era disturbarlo.

« Credo sia arrivato il 'pacco' », gli comunicò.

« Dov'è? » Gli era bastato quell'annuncio per recuperare prontezza e lucidità.

« In biblioteca. » Anche sul telefono interno continuava quel gioco da agenti segreti.

« Il tempo di vestirmi e ti raggiungo. » Si avvicinò alla finestra e l'aprì. Il sole irruppe con dorata allegria come il riso squillante di una donna spensierata. L'estate californiana non conosceva i problemi che l'angustiavano e produceva il suo eterno spettacolo. A parte il sole, l'aria profumata del mattino e lo splendore del giorno, George non aveva molti motivi di felicità, tuttavia sorrise. Di lì a poche ore il caldo avrebbe ripreso a mordere.

Da quando s'era accorto che il suo cuore perdeva colpi i medici gli avevano sconsigliato l'aria condizionata, suggerendogli invece il clima meno torrido di San Francisco, ma il « pacco » che aspettava era indirizzato a Napa Valley, perciò aveva istituito il suo quartier generale nella vecchia casa di famiglia tra i vigneti.

In bagno si guardò allo specchio: alla luce violenta del giorno erano più evidenti i segni degli anni. Andò sotto la doccia e si lasciò massaggiare dal violento getto dell'acqua poco meno che fredda traendone un benefico sollievo.

Gli ultimi avvenimenti, oltre a tenerlo in apprensione, gli avevano riproposto con violenza il tragico spezzone del suo lontano passato che la routine quotidiana sembrava avere offuscato. Gli impegni della carriera politica, il mantenimento del suo feudo elettorale, il disbrigo delle pratiche importanti e l'ordinaria amministrazione, se ne accorgeva solo in quel momento, erano soltanto un modesto palliativo.

Aveva temuto per la posizione di Bruno legata alla sopravvivenza del Burhwana nel quale il ragazzo aveva investito ogni sua sostanza e non s'era mai allarmato più del necessario. Il Barone poteva sempre contare sul patrimonio della famiglia americana, anche se il suo orgoglio gli avrebbe sconsigliato di attingere alla ricchezza dei Brian. Ma non era quello il problema. Ormai era in gioco la sua vita. Omar Achmal e il gruppo politico che rappresentava lo volevano morto.

Cominciò a radersi con cura perché quei gesti che scandivano un'irrinunciabile liturgia lo aiutavano a recuperare la sicurezza, la calma e la fiducia in se stesso. Pensò con simpatia al giovane sceicco Yussef e si ritrovò a riflettere sull'importanza dell'amicizia in un mondo dove sembrava prevalere la filosofia dell'avere.

Si sciacquò con l'acqua fresca e si sentì più giovane. Decise non senza un certo orgoglio che il suo aspetto era ancora in ordine, anche se il motore aveva bisogno di puntelli sempre più consistenti. Se avesse immaginato l'evolversi degli avvenimenti, avrebbe dedicato più tempo alla politica e meno attenzione alla produzione vinicola che ormai era organizzata in modo tale da camminare senza di lui. Avrebbe potuto, a quel punto, trovarsi in rapporti meno problematici con l'amministrazione Reagan che non gli aveva perdonato la sua autoemarginazione da moderno Cincinnato. Si era trattato sostanzialmente di uno stupido malinteso.

Lui che era stato tra i giovani collaboratori di Kennedy e aveva fermamente creduto nel mito del nuovo presidente, non si era più ripreso dopo l'attentato che aveva spento una grande speranza. Si era scontrato con una realtà difficile, talvolta meschina, che non coincideva più con le sue aspettative e si era andato pian piano estraniando dalla giostra alimentata intorno alla Casa Bianca dalla frenesia del potere.

Era esclusivamente merito della sua onestà e della sua viva intelligenza se Jimmy Carter aveva continuato a consultarlo su problemi di politica interna. Con l'avvento di Reagan, il senatore Brian aveva optato per il disimpegno e come Achille s'era rifugiato sotto la tenda. Se gli uomini del presidente avessero chiesto la sua disponibilità, certamente non si sarebbe tirato indietro. Era californiano come lui e i californiani intorno a Reagan costituivano un vero e proprio clan. Invece il presidente l'aveva ignorato. Ma non sarebbe mai più ritornato sul suo peccato d'orgoglio se in quel momento l'appartenenza al gruppo presidenziale non gli avesse consentito di affrontare con maggiore serenità il problema di Bruno.

Dall'armadio in legno di noce accanto al lavabo prese un flacone di colonia. Ogni volta che apriva il mobile lo sguardo gli cadeva sulle due file di vasetti e di boccettine che contenevano ancora le creme e i profumi di Annalisa. Erano passati trent'anni ed era rimasto intatto il ricordo di lei.

Erano due arabi di proporzioni atletiche, sedevano sull'orlo di un divano come se fossero in soggezione, venivano da Abu Dhabi e vestivano abiti europei di ottimo taglio. Quando il senatore entrò in biblioteca in camicia e pantaloni si alzarono in piedi con leggerezza felina.

« Salve », dissero. Avevano facce simpatiche e leali con grandi baffi neri.

« Come va? » sorrise George tendendo loro la mano.

C'era un terzo personaggio, il « pacco » annunciato da Yussef, seduto su una poltrona che si alzò ma senza la prontezza dei suoi amici. Era un giovanotto scarno e muscoloso con gli occhi grandi, infossati, in cui ardeva un sentimento intraducibile tra l'aggressività e la paura, aveva capelli cortissimi molto radi al centro del cranio. Indossava jeans pulitissimi e lisi, una maglietta bianca, calzava stivaletti di daino. Portava al polso un vistoso Rolex d'oro massiccio.

Anche lui lo salutò e gli sorrise rivelando denti bianchissimi.

Sarah Miles, la segretaria dai capelli biondi che si andavano imbiancando da quando aveva superato la soglia dei quarant'anni, disse: « Questi sono i signori che lei aspettava ». Era molto graziosa nell'abito fresco di cotone azzurro ravvivato da un giro di turchesi attorno al collo.

« Molto bene, Sarah », osservò George pregando gli ospiti di riprendere il loro posto.

Sarah sembrava aver perduto la consueta disinvoltura. Lavorava con George da oltre vent'anni, da quando era uscita dall'università di Berkeley con la laurea in lettere. Era stata al suo fianco negli incontri d'affari e nelle battaglie politiche e aveva assistito all'avvicendamento di personaggi appartenenti alle condizioni, ai ceti e alle professioni più disparate: ministri, senatori, gente comune, dignitosi funzionari, contadini, tipi equivoci e qualche altezza reale. Mai però, in tutta la sua carriera, aveva ricevuto per conto del senatore George Brian un terzetto così singolare.

« Se è necessario posso restare », disse mettendosi a disposizione. S'era resa conto che quell'incontro aveva un carattere eccezionale.

« Grazie, Sarah », la congedò, « credo che possiamo fare da soli. »

« Certo, senatore. » Probabilmente, ma non ne era del tutto sicura, più tardi avrebbe saputo.

« Forse i signori non hanno fatto colazione », fece George. Non erano ancora le otto e gli parve un'osservazione ragionevole.

I due arabi benvestiti ringraziarono, ma rifiutarono l'offerta.

« Dica a Sergio che porti del caffè », decise. « Per tutti. » Sergio era un cameriere italiano che gli era stato raccomandato da Bruno molti anni prima. Era diventato il suo cameriere personale, era solerte e silenzioso, fedele. George non s'era mai pentito d'averlo assunto.

Il senatore prese posto in un'ampia poltrona di fronte agli ospiti. Cercò di individuare quale fosse il « pacco » promessogli da Yussef, fra i tre arabi, due benvestiti con un lieve rigonfiamento sotto l'ascella, erano armati, e uno in jeans e maglietta. Probabilmente era il giovanotto asciutto, nervoso, dagli occhi infossati che gli altri due non perdevano di vista.

« Credo di avere bisogno di un buon caffè », sorrise cercando nel taschino della camicia di tela beige che indossava la scatoletta con le pillole bianche che l'aiutavano ad avere un rapporto soddisfacente col proprio cuore.

Giacca bianca, guanti bianchi, capelli neri e folti leggermente ondulati, grandi occhi nocciola che sorridevano suo malgrado, Sergio entrò portando una caffettiera fumante, quattro grandi tazze bianche di porcellana e si dispose a servire.

« Grazie, Sergio », intervenne il senatore. « Facciamo da soli. » Il desiderio di conoscere la vera ragione di quella visita lo teneva in apprensione, ma accettava la logica mediorientale, non voleva essere lui a sollecitare l'inizio delle spiegazioni.

« Caffè? » offrì ai suoi ospiti.

« Grazie », rispose quello dei tre che sembrava il capo.

Versò l'aromatica bevanda nelle quattro tazze e dolcificò il proprio con la saccarina. Bevve un primo sorso e lo trovò ottimo. Nessuno sapeva eguagliare il caffè di Sergio.

« Vi ascolto », disse.

Parlò l'arabo più anziano, sembrava il più autorevole e lo era. Doveva avere una trentina d'anni.

« Questi è Kajan », esordì indicando il giovanotto in jeans e maglietta.

La faccenda stava facendosi sempre più misteriosa. Il sole era ormai alto nel cielo e il caldo cominciava a farsi sentire.

« Come va, Kajan? » chiese George posando la tazzina ormai vuota nel vassoio.

Il ragazzo fece un cenno di assenso col capo.

« Kajan è un libanese », proseguì l'arabo più autorevole, « ha ventun anni. Lavora per i libici. »

La faccia dell'uomo esprimeva diffidenza e George notò che muoveva nervosamente le mani.

« Capisco », intervenne il senatore per riempire un fastidioso silenzio. Dentro di lui si accese un allarme che forse preludeva al dolore opprimente al petto. Si domandò se fosse il caso di prendere una pastiglietta bianca a scopo preventivo, ma poi lasciò perdere.

« Kajan ha una sorella sposata a un omanita », spiegò l'arabo che parlava un americano quasi perfetto. « Durante un viaggio in Libia, alla periferia di Seba, il marito di sua sorella è stato fermato dalla polizia libica, imprigionato, interrogato, torturato e ucciso. »

Non c'era bisogno di leggere i rapporti di Amnesty International per sapere che ogni giorno in ogni parte del mondo si consumavano atroci e insensati delitti.

« Perché? » domandò George. Avrebbe mandato giù volentieri qualcosa di forte, ma non era neanche il caso di pensarci.

« I libici hanno detto che era una spia americana. » Raccontava con semplicità come se si trattasse di un fatto che non lo riguardava.

« Lo era? » George sapeva che i servizi di sicurezza utilizzavano le persone apparentemente più innocue.

« No, non lo era », affermò l'arabo autorevole con voce sicura. « L'hanno visto aggirarsi nei pressi di un campo d'aviazione militare. Era un turista indisciplinato o ignaro. Raccoglieva pietre nel deserto. Residui fossili. Un'attività proibita. » Fuori tra il verde del giardino s'intensificava il brusio dell'estate.

Il senatore guardò il libanese le cui mani dalle dita lunghe e nervose continuavano a muoversi come se facessero passare i grani di un invisibile rosario.

« La sorella di Kajan amava molto suo marito », sottolineò l'arabo quando l'attenzione di George si spostò nuovamente dal libanese a lui. « Era un tecnico elettricista che lavorava nel porto di Abu Dhabi. »

George guardò una grande fotografia in un'elegante cornice d'argento sul pianoforte a coda. Ritraeva Annalisa e Bruno bambino sul bordo della piscina di Sausalito qualche mese prima della tragedia. La sua vista non era più quella di una volta e quell'immagine sfocata evocò i fantasmi del passato, i colori della giovinezza e della felicità.

« Lei mi ascolta, senatore? » domandò rispettosamente l'arabo che aveva un compito da assolvere e voleva assolverlo con precisione e puntualità.

« Può continuare », replicò con durezza. « Non ho perduto una parola. »

« La sorella di Kajan è andata dallo sceicco a chiedere giustizia. Admad bin Yussef, che Allah lo protegga, le ha assicurato che avrebbe fatto in modo che quel delitto non rimanesse impunito. » L'arabo, fedele a un'antica consuetudine, prendeva la storia alla lontana, ma non intendeva infiocchettare il discorso. Quei preliminari avevano un valore preciso.

Il libanese seguiva con attenzione il racconto dell'arabo, ma riusciva a mantenersi immobile. Solo le mani rivelavano la sua tensione interiore.

« Il nostro sceicco è saggio », riprese l'arabo, « è buono. Allah è giusto e potente e guida i passi dei suoi figli secondo giustizia. Admad bin Yussef subito provvide generosamente ai bisogni della sorella di Kajan. Poi le disse: 'Se tuo fratello vorrà lavare l'oltraggio e se per farlo avrà bisogno del mio aiuto, ebbene io l'aiuterò'.

« La sorella di Kajan sapeva chi era il responsabile della morte del marito. Un poliziotto sanguinario. Una belva umana. Dopo l'incontro con lo sceicco Yussef, la donna andò a Beirut, raccontò tutto a Kajan. I due fratelli tornarono insieme ad Abu Dhabi per incontrare il nostro sceicco. È passato del tempo. Poi quest'uomo ci è stato affidato con l'ordine di non perderlo mai di vista. Quello che ha detto al nostro sceicco non lo sappiamo. Sappiamo che ora Kajan le parlerà. E noi non dobbiamo ascoltare. »

« Okay. In questo caso lasciatemi solo con lui. » Il suo viso aveva ripreso vivacità e colore e il suo cuore aveva deciso di collaborare.

« Questo non è possibile », si oppose l'arabo con la sua voce dal tono inequivocabile.

George era sbalordito da quell'imposizione contraddittoria.

« Come posso parlargli da solo senza che voi ve ne andiate? » affermò con ironica impazienza.

« Noi non possiamo lasciarlo », disse l'arabo seguendolo con accentuata partecipazione. « Noi stiamo sempre con lui. Kajan può parlare. Noi non ascolteremo. »

George si passò una mano tra i capelli e fissò intensamente il suo interlocutore per cercare la conferma di un pensiero che s'affacciava alla mente. Ricordò che una volta durante un viaggio a Tokyo aveva incontrato un anziano professore di antropologia il quale gli aveva spiegato che le popolazioni preistoriche, vivendo in gruppi in totale promiscuità, per difendere la loro privacy avevano strutturato attraverso i millenni il loro cervello in modo tale da poter gestire mediante automatismi biologici alcuni comportamenti. Facendo scattare questo meccanismo potevano escludere dalla loro vista determinate cose e non udirne altre che non dovevano essere ascoltate. Così, pur vivendo ammassati nella stessa caverna, uomini e donne, a coppie, riuscivano a creare momenti di completa intimità. Lo studioso gli aveva infine spiegato che quegli automatismi, presso certe popolazioni, potevano essere attivati anche nel nostro tempo. I giapponesi, per esempio, quando vivevano in case divise da pareti di carta, realizzavano la propria privacy e rispettavano quella degli altri semplicemente facendo scattare l'arcaico interruttore della mente, così non udivano quello che accadeva nella stanza accanto o nello stesso ambiente.

George cercò una conferma di questa teoria presso l'arabo.

« Il suo è un modo un po' complicato per dire quello che anche noi possiamo fare », ammise l'inviato di Yussef.

Allora il senatore Brian si rivolse al libanese.

« Può parlare », l'invitò. « L'ascolto. »

Il ragazzo mise da parte la sua aria imbarazzata e lo guardò dritto negli occhi.

« Sono un agente del servizio segreto di Gheddafi », confessò come se annunciasse la sua recente ammissione a un club.

« Ho capito bene? » chiese il senatore.

« Ha capito benissimo. » Parlava perfettamente l'americano e usava un linguaggio appropriato, preciso.

« Appartenere a un servizio segreto non è una condizione priva di originalità », ribatté. « Non vedo tuttavia come lei possa raggiungere il suo scopo che, se ho capito bene, era ed è quello di vendicare il marito di sua sorella. »

« Giudichi lei senatore Brian », disse mettendo nelle parole un profondo disprezzo per un nemico invisibile, « e tragga le conclusioni che ritiene opportune.

« Sono un terrorista. Da nove mesi vengo addestrato in un campo segreto con altri nove elementi: due cubani, tre libici, due iraniani e due libanesi. Lo scopo del nostro addestramento è uccidere il presidente americano Ronald Reagan. »

Il senatore George Brian capiva finalmente i proponimenti del libanese e il meccanismo della sua vendetta. Il « pacco » inviatogli da Admad bin Yussef conteneva la chiave che gli avrebbe aperto la porta principale della Casa Bianca.

LA TONNARA

BRUNO spalancò la massiccia porta di quercia ed entrò nello studio che era stato del nonno. Niente era cambiato: la libreria di legno scuro che conteneva preziose edizioni dei classici cari al vecchio barone di Monreale, le poltrone e il divano ottocenteschi e la grande scrivania di palissandro.

« Hallo », salutò gli amici e ricevette in cambio frasi convenzionali e sorrisi sinceri.

« Vieni, pellaccia dura. » Bruno riascoltò con piacere la voce pigra di Werner Klammer, l'avvocato americano di origine tedesca arrivato apposta da Washington per mettersi a disposizione del Barone.

Anche il contenuto sorriso di mister Hachette riannodò il significato di un'amicizia che sembrava perduta.

« Mi dispiace per quello che è successo », disse il rappresentante della IBB. « Sinceramente. »

« È bello poterne parlare. » Già. E Mahary? La banalità dei luoghi comuni profanava involontariamente la memoria della dolce principessa. D'altra parte nessuno dei presenti poteva partecipare a un evento sconosciuto.

« M'aspettavo di peggio », intervenne Klammer,

« invece ti ritrovo in piena forma. » L'eterna Lucky Strike gli penzolava all'angolo della bocca. S'era tolto la giacca, aveva allentato la cravatta, ma continuava a sudare copiosamente. Le complicate alchimie dietetiche alle quali si sottoponeva non riuscivano ad arginare l'allarmante pinguedine che a cinquant'anni era più che mai un fattore di rischio.

Bruno appariva effettivamente riposato e sereno, ma Paolo Brancati che lo conosceva bene osservò che le piccole rughe agli angoli degli occhi s'erano accentuate e la tensione appannava il suo sguardo d'acciaio. Due pieghe amare gli solcavano la fronte.

« Accidenti a te! » eclamò Klammer. « Non esiste l'aria condizionata in questo stramaledetto Paese? » I capelli biondi e lisci stavano appiccicati alla fronte e gli occhi chiari come acqua sembrava stessero per sciogliersi. Il naso prominente era tempestato di goccioline di sudore.

« Prova una granita al limone », gli consigliò Hachette che stava gustando la sua con immenso piacere.

« Detesto la gente che possiede una termoregolazione efficiente », minacciò Klammer con il pugno chiuso, « e se ne vanta come se fosse una sua personale conquista. » Era un uomo straordinario, un professionista d'urto, un avvocato che dava del tu al diritto internazionale, lo stesso Henry Kissinger s'era servito della sua consulenza per risolvere i problemi più difficili e conquistare le pietre miliari della sua sfolgorante carriera.

« Dovresti volerti più bene », lo ammonì affettuosamente Bruno.

« Per consegnare all'immortalità un cadavere in perfetta salute? » ribatté con un'enfasi sospetta. Tutti i fattori di rischio segnalati dai più aggiornati protocolli medici lo insidiavano: dall'ipertensione all'obesità, dal fumo all'alcol. Forse nel suo fallimento matrimoniale c'era l'origine di una spirale perversa che lo allontanava dai limiti di sicurezza. Aveva pochi amici. Bruno Brian era tra quelli.

« Possiamo considerare chiusi i preliminari? » Bruno s'avvicinò alla scrivania.

« Certo », sembrò calmarsi Klammer pronto ad affrontare il problema centrale che li aveva riuniti nel palazzo di Piazza Armerina.

Paolo Brancati, piccolo, magro, scattante, scuro di pelle e di capelli, guardò il Barone da dietro le sue spesse lenti da miope, poi lo abbracciò senza parlare.

Bruno andò a sedersi alla scrivania mentre Calò entrava portando una caraffa di caffè ghiacciato. L'appoggiò su un tavolino perché ognuno si servisse, se ne aveva voglia. Poi andò a sedersi in fondo allo studio.

« Sapete tutti quello che è accaduto », esordì il Barone. « E sapete anche quello che sta accadendo. » Più delle parole che gli fluivano naturalmente alle labbra cercava di controllare il tono. Pescò una sigaretta da un contenitore di cristallo e l'accese. « Ma ci sono almeno due particolari che non conoscete. »

« L'imprevedibile Barone », lo interruppe sarcastico Klammer. Stava in piedi davanti a una grande finestra con le persiane socchiuse dalle quali filtrava una luce discreta ma sufficiente per rischiarare lo studio. Cercava disperatamente di farsi vento con un fazzoletto.

Bruno s'irrigidì e nella sua voce vibrarono metalliche risonanze.

« Mahary », riprese fissando Klammer con occhi d'acciaio, « la figlia del principe Aschwinda, uccisa per errore, era mia moglie. »

Klammer abbassò lo sguardo e si morse a sangue il labbro inferiore. Bruno fece una pausa per dare ai tre uomini il tempo di assorbire il colpo.

« Vuoi delle scuse? » mormorò Klammer.

« Se servissero a qualche cosa. » Era terribilmente calmo, ma questo lo notò soprattutto Brancati che era anche il più stupito dei tre. Gli era sfuggita una situazione che si svolgeva sotto i suoi occhi. Poi si giustificò ammettendo che Bruno era capace di nascondere anche l'episodio più clamoroso.

Il sole che filtrava dalle persiane socchiuse colpiva con le sue lame d'oro la parte alta della libreria.

« Ho un figlio laggiù », annunciò socchiudendo gli occhi e assumendo una espressione di profonda tristezza. « Si chiama Sunny. Ha otto anni. Sarà l'erede di Aschwinda. »

Hachette immaginò Martin, il più piccolo dei suoi tre ragazzi che aveva più o meno l'età di Sunny, confinato in quel fazzoletto di terra che stava per essere soffocato dall'abbraccio di troppi pretendenti.

« È terribile », disse l'uomo dell'IBB.

« Andiamo avanti », fu il suggerimento pratico di Werner Klammer. La partecipazione emotiva era deleteria. Il vecchio combattente di Washington sentiva odore di battaglia ed era pronto all'azione. Era pur sempre *the first*, il primo nel suo campo.

Bruno osservò tutti in modo significativo.

« Dobbiamo affrontare il problema della sopravvivenza del Burhwana come Stato indipendente, perché a esso è legato il futuro di mio figlio e della sua gente. »

Klammer osservò il grande orologio a pendolo e confrontò l'ora con quella segnata dalla sua cipolla da tasca. Uno dei due sbagliava.

« In concreto? » lo sollecitò riempiendo di caffè ghiacciato il grosso bicchiere.

« Aschwinda è molto malato », proseguì Bruno. « Potrebbe mancare da un giorno all'altro. Sopravvive grazie alla sua disperata volontà. Se morisse i suoi collaboratori non potrebbero opporsi alla costituzione di un governo fantoccio pronto ad aprire le porte ai libici e ai cubani. »

« È una sintesi mirabile », ironizzò Klammer che

aveva ormai rinunciato a contrastare la copiosa sudorazione, « ma non possiamo certamente rivolgerci alle Nazioni Unite. »

Bruno non diede peso al suo intervento.

« Da quando l'IBB ha sospeso l'erogazione di fondi », spiegò, « la situazione economica precipita. Rompere l'isolamento, allo stato dei fatti, è impossibile. L'opposizione, invece, è finanziata e armata dal rinnegato e diventa sempre più pericolosa. Bisogna studiare misure adeguate per superare la crisi. »

« Al punto in cui stanno le cose », lo richiamò alla realtà Klammer, « soltanto l'IBB potrebbe riaprire i canali di approvvigionamento. E il consiglio d'amministrazione ha le mani legate dai rappresentanti di Achmal. Le potenze occidentali, che avrebbero potere e mezzi per influire sulla situazione politica del Paese, considerano il Burhwana una pedina insignificante. »

« Non ti si chiede un saggio di politica internazionale », intervenne duramente Brancati. « Ci sono in gioco l'avvenire di suo figlio, il suo prestigio personale, la sua fortuna. »

« Con l'emotività non s'impostano strategie », replicò Klammer, « e soprattutto non si vincono guerre. »

Parlavano in americano, una lingua che Calò non amava particolarmente, ma che in anni di frequentazioni internazionali aveva finito per capire alla perfezione.

Ascoltava gli uomini importanti mentre cercavano di trovare il bandolo di una matassa che si faceva sempre più intricata. Masticava una radice di liquirizia sprofondato nel grande divano e intanto rimuginava a modo suo un progetto che lo convinceva per chiarezza e semplicità. Un grande avvocato americano ascoltato dai politici, il rappresentante di una multinazionale, un principe del foro e un finanziere internazionale continuavano ad arrampicarsi su una parete di ghiaccio.

A Calò venne in mente la caccia al cinghiale con i

battitori che stanavano il selvatico, pensò ai lupi che attirati dagli agnelli superavano sulle montagne i margini di sicurezza e finivano per cadere nelle trappole dei cacciatori.

Sulla piazza passavano delle auto, s'udì l'abbaiare di un cane e lo zoccolio rassegnato di un ciuco. Le antiche mura del palazzo non riuscivano a schermare il caldo immobile che forse preludeva al vento di scirocco. Le parole passavano intorno a lui come un brusio sonnolento e nella sua mente andava concretizzandosi un'idea elementare che proprio per quello gli sembrò interessante e forse decisiva.

Ricordò l'ingegnosa e antichissima trappola della tonnara e ricostruì mentalmente il labirinto inventato, probabilmente dai fenici, con la rete verticale tesa perpendicolarmente alla costa e un sistema di reti collegate al corpo centrale, una vera e propria isola alla quale i pesci accedono attraverso il *foratico.* Calò vide i tonni passare negli scompartimenti dell'isola attraverso la trappola di ponente fino alla camera della morte incorniciata dalla disposizione del *barcareccio* con il capo Rais a comandare la mattanza.

Forse la soluzione era proprio nello schema spietato ma efficace della tonnara. Si trattava di trovare i pescatori di guardia capaci di guidare i tonni dal *foratico* verso l'isola facendoli passare di camera in camera fino alla camera della morte. Avrebbe arpionato lui Omar Achmal come uno squalo in trappola. La prima parte della riunione s'era conclusa senza risultati apprezzabili e, quando gli ospiti si alzarono per il pranzo, Calò prese da parte Bruno mentre stava uscendo.

« Credo che il tuo problema abbia una soluzione », disse in siciliano.

Il Barone gli sorrise stupito e rincuorato. Era una buona notizia in quei giorni neri.

Si ritrovarono tutti intorno al grande tavolo rettangolare col basamento ricavato in un enorme tronco sul quale era scolpito un trionfo di Cupidi che intrecciando un'aerea danza reggevano un grande vaso da cui pioveva rigoglioso trifoglio di quarzo verde incastonato nelle dorature del legno.

Sul tavolo non c'era più la tovaglia damascata, nella cui trama era ripetuto all'infinito lo stemma dei baroni Sajeva di Monreale. Il prezioso tessuto era stato sostituito da un servizio all'americana e le porcellane di Capodimonte sui toni rosa e verde pastello avevano lasciato il posto a moderno vasellame.

Era rimasto al centro, solenne come un totem familiare, il vaso d'argento sbalzato molto basso e oblungo, colmo di trifoglio fiorito. E non c'era più monsù a illustrare con parole alate i regali menu d'un tempo: i pasticci di maccheroni che spandevano intorno odore di funghi, di fegatini che scivolavano in rivoli cremosi di besciamella color aragosta, la delicatezza dei piccioni *à la Reine*, la delizia della noce di vitello *à l'impériale*, le esotiche sfumature della *sauce all'échalote*, la morbidezza della *crème veloutée* appartenevano alla aristocratica preistoria di una gastronomia emarginata dalle campagne terroristiche combattute dalla moderna dietologia, sacrificata al mito dell'efficienza.

I commensali, non volendo discutere di problemi gravi di fronte alle due sole signore presenti, Karin e Rosalia, enumeravano al cospetto di squallide fettine di vitello ai ferri i loro malanni: si scambiavano i rispettivi tassi di colesterolo e di trigliceridi e confrontavano i valori della pressione arteriosa.

Calò rimpianse i tempi in cui si moriva di un colpo apoplettico senza la mortificazione di diete ospedaliere e senza le angoscianti attese imposte da discutibili check-up. Ma erano considerazioni personali che non volle esprimere.

Don Calogero Costa si era seduto a quel tavolo nel

1943, trentotto anni prima, e dei commensali di quel giorno lontano era il solo sopravvissuto. La principessa Isgrò era stata stroncata da un male inesorabile, il dottore Tanino Nascè non aveva resistito a un secondo infarto, mentre don Ferdinando Salemi, ex segretario comunale ed ex sindaco, era stato trovato da un pastore nella campagna di Villalba col petto sfondato da un colpo di lupara.

« Tu che ne pensi Calò? » lo sorprese Klammer, indeciso fra un Corvo di Salaparuta e un chianti di Badia a Coltibuono, scegliendo quest'ultimo dopo una ponderata riflessione.

« Su che cosa? » domandò il gigante uscendo malvolentieri dalle sue riflessioni.

« Sul modo migliore di conservarsi in forma. » Bevve un sorso di vino rosso dal vago sapore di violetta e una specie di estasi si diffuse sulla sua faccia cadente.

« Io dico », osservò Calò senza perdere il filo dei suoi diversi pensieri, « che un uomo deve vivere secondo le proprie scelte. Non credo che giovi alla salute pensare alla morte quando si mangia. Ci sono molti modi di morire, il peggiore è far precedere un evento, che non dipende da noi, da tante prove generali. »

« Questa è filosofia stoica », fece Klammer ammirato.

« Non so che cosa sia la filosofia stoica », obiettò il gigante dai capelli d'argento. « Il vecchio barone m'ha insegnato che quando uno viene al mondo il Signore scrive la data di nascita sul suo libro personale. Poi sullo stesso libro scrive il giorno della morte e lo mette in un cassetto dove nessuno può vedere. Lui sa quando si nasce e quando si muore. Quindi è inutile affannarsi per un evento che non dipende da noi. »

Karin lo guardò con affetto e ammirazione e Calò lesse nei suoi occhi una grande tristezza. Guardò quella bellissima creatura dagli occhi blu pervinca e dalla chioma fiammeggiante e ricordò l'arrivo di Annalisa, trentotto anni prima, nel salotto da conversazione.

Rivide l'abito di seta bianco di Annalisa, su cui erano stampate barchette a vela rosse e blu, i suoi capelli neri e folti trattenuti da un nastro di seta rossa.

Era entrata in quel giorno d'estate con una folata di zagare e di sole.

La moderna figura di Karin aveva preso il suo posto. Avevano lo stesso fascino.

Rosalia aveva l'aria smarrita e dimessa della parente povera.

« Fino a quando dovremo restare qui? » domandò piano Rosalia all'amica approfittando del fatto che i commensali s'erano rituffati nella loro noiosa conversazione.

« Fino a quando non decideremo di partire », rispose polemicamente.

I domestici deposero sul tavolo due trionfi di frutta.

« M'avessero detto soltanto un mese fa che avrei abitato in un posto come questo, non ci avrei creduto », fece Rosalia. Prese una ciliegia e cominciò a guardarla intensamente. « Però », soggiunse, « è una situazione che non mi convince. Mi sento in prestito. Sono tutti gentili con me, mi trattano come una vera signora, ma io sono a disagio. Non mi riconosco più. »

« Fai conto d'esserti presa una vacanza. » Karin dietro il sorriso di circostanza era inquieta, di cattivo umore, pronta alla rissa.

Rosalia aveva imparato a stimarla per la sua sincerità e ad amarla per la sua capacità di trasmettere solidarietà e amore.

« Tu sei una signora, si vede. » Abbracciò con lo sguardo smarrito quella sala da pranzo che era alta e immensa. « Tu in un ambiente come questo ci sai stare. Io sono nata in un basso del quartiere di Montecalvario. E in pochi giorni mi sono successe più cose che in tutta la vita. Tu non capisci, sei di un altro ambiente. »

Karin non era in vena di contraddirla con la sua autobiografia.

« Sono una donna che lavora e che per ragioni diverse dalle tue s'è trovata coinvolta in una situazione dalla quale vorrebbe soltanto uscire. » Cercò di esprimere solidarietà, ma in quel momento riusciva soltanto a pensare a se stessa.

« Tu leggi », disse con ammirazione. « Parli tante lingue. Sei istruita. Io se non canto le mie canzonette e non sto con i miei ragazzi m'annoio a morte. » Pescava qua e là tra i suoi pensieri, avidamente, ma non le veniva in mente di affrontare l'episodio dell'oltraggio. Era un momento vergognoso e drammatico della sua vita che aveva rimosso inconsciamente per non restarne schiacciata.

« E tu canta », le consigliò Karin. « Prendi la chitarra e canta. »

Le sorrise guardandola con devozione.

« Ma come fai a essere così buona? » Prese una mela, l'addentò poi la rimise nel piatto guardandosi intorno per timore che qualcuno l'avesse vista.

« Sembro buona », minimizzò Karin. Addentò a sua volta una mela con grande gioia di Rosalia.

« A volte penso alla mia famiglia », riprese guardando il passato. « Maria Vergine che squallore! Ma lo sai che da lontano. delle cose ti rimane solo l'aspetto migliore? Quando c'ero mi sarei dannata l'anima per arrivare in un posto come questo. Adesso m'è presa una gran voglia di tornare a casa. Io sono una che non sa mai quello che vuole. »

« Nessuno di noi lo sa. » Guardò Hachette e Klammer che parlavano fitto tra loro e Bruno che mormorava qualche cosa a Calò.

« Ti sei mai domandata da bambina che cosa avresti voluto essere da grande? » chiese Rosalia. Beveva vino a piccoli sorsi golosi e questo l'aiutava a essere ciarliera.

« Tutto quello che pensi da piccola », disse Karin, « non si avvera mai. »

« E quando si avvera è per poco », osservò Rosalia con delusione. « Sai che cosa mi dicevo io? » si rinfrancò passando dallo sconforto all'allegria con la rapidità dei bambini. « Mi dicevo: da grande sarò una gran signora, abiterò in palazzi d'oro, avrò tanti servitori e la gente per la strada mi farà la riverenza. »

« È una bella favola. » Il suo volto riacquistò un'espressione allegra.

« Se i poveri non sapessero raccontarsi le favole sarebbero tutti morti. »

Era contenta che l'amica importante l'apprezzasse. « La televisione ti racconta favole. La pubblicità ti fa sognare. Se leggi un libro vi cerchi dentro una speranza. La crudeltà mi spaventa. » Era nuovamente ai confini del pianto.

« Non te la prendere », la rincuorò Karin.

« Vorrei vivere in un mondo a fumetti. » Azzannò la mela con ferocia. « E invece in agguato ci sono le belve. Mi piacerebbe camminare dove il cielo è sempre azzurro, il mare sempre blu, dove il sole è d'oro e la gente sorride perché si vuol bene. Ho sognato il mondo dei ricchi, poi l'ho conosciuto e sotto sotto è tutta una schifezza. »

Karin taceva: non aveva argomenti per contraddirla e si sentiva molto vicina alla piccola napoletana.

Quando servirono il caffè sentì lo sguardo di Bruno che la cercava, si voltò dalla sua parte e i loro occhi s'incontrarono.

« Come va? » domandò lui come se soltanto in quel momento si fosse accorto di lei. Era triste e non faceva niente per nasconderlo.

Lei fu pervasa da un sentimento intraducibile che

però non aveva niente in comune con l'amore e con l'ammirazione.

« Come una prigioniera », confessò senza mezzi termini.

Klammer si alzò: « Credo che un riposino di mezz'oretta mi farebbe bene », disse.

Hachette si defilò con il pretesto di mettere ordine tra i suoi appunti. Paolo Brancati, che conosceva Bruno e sapeva interpretare gli umori della sua collaboratrice, non ebbe bisogno di pretesti per abbandonare il campo. Rosalia, istintivamente, sentì aria di burrasca.

« Io faccio due passi nel parco », si accomiatò, « col vostro permesso. »

Soltanto Calò rimase imperturbabile al suo posto leggendo un giornale e masticando una radice di liquirizia.

Karin e il Barone non gradirono molto l'atteggiamento di Calò, ma aggirarono l'ostacolo parlando tedesco.

Il gigante ebbe una reazione di dispetto. Trentotto anni prima Annalisa e Philip s'erano messi a parlare inglese e adesso che lui aveva imparato quella lingua, Karin e Bruno lo escludevano comunicando in tedesco.

« Mi dispiace d'averti trascurata », esordì Bruno.

« Non ne vedo la ragione, date le circostanze », replicò lei.

« In che senso? » Fece con aria perplessa. S'aspettava comprensione, solidarietà e la sentiva, invece, almeno nel tono e nell'atteggiamento, particolarmente aggressiva.

« Nel senso », precisò, « che obiettivamente non esiste nessuna ragione perché tu mi consideri diversamente dagli altri. »

La faccia di Bruno s'illuminò di collera e i suoi occhi grigi lampeggiarono.

« Allora non è successo niente tra noi due? » Calò

da dietro il giornale non capiva niente ma intuiva tutto.

« Direi proprio di no. » S'irrigidì in un moto di stizza e i capelli rossi e morbidi si mossero intrappolando un raggio di sole che filtrava dalle persiane socchiuse. Fece un terribile sforzo per ricacciare indietro il ricordo di quant'era accaduto sul *Trifoglio*: i candidi mughetti, gli azzurri non-ti-scordar-di-me che galleggiavano dentro coppe d'argento, l'abito di Valentino, gli orecchini pendenti di perle barocche.

« Credevo che tu potessi darmi qualcosa di più di una generica partecipazione professionale », le rinfacciò lui.

« Volevi la consolazione di un tenero abbraccio? » Non era stata mai così bella, così attraente, così desiderabile. « E magari ti sarebbe piaciuto che indossassi in tuo onore l'abito di Valentino che hai avuto la bontà di regalarmi. No, grazie. »

« Perché? » chiese tra lo stupore e l'indignazione.

« Perché sì », replicò usando le stesse parole che l'uomo una volta aveva avuto per lei. « Se passassimo i giorni a rispondere a domande come questa non ci rimarrebbe il tempo per vivere. Ricordi? »

Bruno ricordava tutto.

« Che cosa ti ha ferita? » si rivolse a lei con umiltà.

« La menzogna, Bruno. » Era sempre la stessa creatura motivata da un potente bisogno di vivere e di amare, ma quell'uomo che pochi giorni prima le dava le vertigini, provocava, invece, in lei un'incoercibile crisi di rigetto. « La menzogna e l'oltraggio. Che sono poi la stessa cosa. »

« Avrei dovuto dirti che ero sposato? » domandò con un sorriso imbarazzato.

« Non era necessario », lo gelò, « bastava che ti comportassi da uomo. »

Bruno non aveva mai schiaffeggiato una donna, ma dovette far violenza a se stesso per frenare un gesto di cui si sarebbe in seguito amaramente pentito.

« Ma tu », l'aggredì con l'intenzione di ferirla, « chi ti credi di essere? »

« Una che non è disposta ad accettarti nel ruolo di vedovo inconsolabile », fece spietatamente. « Una che non è pronta a spalancare le braccia e a dire: vieni, piangi sulla mia spalla. »

« Potresti almeno rispettare la memoria di Mahary », gridò scattando in piedi.

« Il punto non è questo », lo frenò con severità, « e tu lo sai. Altrimenti non avresti motivo di infuriarti. Io ho soltanto ammirazione e pietà per quella poveretta che forse è morta per salvarti la vita. »

« E allora? » ribatté secco lui.

« Allora tu non meritavi tanta dedizione », rispose brutalmente. « Non ti rimprovero d'avere amato un'altra donna, d'essere stato sposato, d'avere un figlio; non ti perdono d'avermi corteggiato come se fossi la sola donna al mondo. Io non ho l'autorità per assolverti o per condannarti, ma ho il diritto di esprimere un'opinione che coincide col mio modo di pensare. »

« È un'opinione stupida, perché esclude la conoscenza dei fatti », reagì con veemenza.

« Basta così, mister Brian », tagliò corto. « Tu delle donne conosci soltanto il lato orizzontale. Te l'ho già detto una volta. È la tua filosofia. La filosofia orizzontale della vita. Sei un cinico, mister Brian. Però anche così avrei potuto accettarti. Ma il bugiardo che è in te non potrò mai accettarlo. »

« Puoi tornare quando vuoi da dove sei venuta », la bruciò con un'occhiata terribile irrigidendo i muscoli della faccia. Che senso aveva ostinarsi con quella piccola borghese presuntuosa e moralista cui aveva dedicato il suo tempo, le sue attenzioni, cui aveva dato il suo amore? « La porta è aperta. Accomodati. »

« È esattamente quello che mi aspettavo da lei,

mister Brian », disse sfoderando il suo migliore sorriso. « Ed è esattamente quello che mi riproponevo di fare. » Girò elegantemente su se stessa e uscì dalla stanza.

« Qualcosa non va? » chiese Calò deponendo il giornale che fingeva di leggere.

« Non ti ci mettere anche tu, adesso. » Nei momenti di collera somigliava straordinariamente ad Annalisa. Aveva la grinta e la passionalità della madre.

« Vai a fare una cavalcata », gli consigliò, « ti farà bene. »

Bruno se ne andò senza rispondere.

Calò aveva assistito trentotto anni prima anche all'incontro tra Philip e Annalisa nel giardino del palazzo, ed era stato un incontro d'amore sotto la luna tra il profumo dei fiori, ma aveva intuito subito che quella storia esaltante non sarebbe finita bene. Nella conversazione concitata, ai limiti della rissa, alla quale aveva assistito credeva invece d'avere intravisto segni diversi, presagi favorevoli.

Quella ragazza orgogliosa cresciuta tra le nevi del Tirolo aveva incredibili affinità con la baronessina di Monreale. Nello sguardo fiero di Karin, Calò ritrovava gli improvvisi furori, ma anche la dolcezza di Annalisa, la capacità d'amare, la gioia e il dolore d'essere donna, ma con più coerenza e sincerità.

Annalisa, che aveva avuto tra le braccia nella capanna nascosta oltre l'eucalipteto in una notte di tempesta, era diventata sua per sempre soltanto quando la morte aveva stroncato la sua bella giovinezza.

L'ODORE DELLA MORTE

MISTER COSTA

« Prego, mister Costa. Se vuole seguirmi le faccio strada. » La hostess era bionda, aveva un nasino da bambola e un sorriso gentile. Il suo fisico elegantemente longilineo somigliava a quello di un'indossatrice e la divisa dell'Alitalia le donava.

« Va bene », grugnì Calò il cui volto impassibile e duro non denunciava la notte bianca affollata di tremendi pensieri.

Le andò dietro docile come un automa. La ragazza ogni tanto si voltava a guardarlo e gli sorrideva. Era garbatamente truccata senza accentuate concessioni alla civetteria, infondeva un senso di freschezza e di cordiale efficienza. Lasciava dietro di sé una nuvola di Arpège che all'uomo ricordava le zagare e gli oleandri. Calò, in quel luogo dove tutto era diverso dalla realtà che conosceva, provava un senso di smarrimento e si guardava intorno con diffidenza.

La ragazza si rivolgeva a lui col tono riservato alle personalità di riguardo. Eseguiva con attenzione gli ordini ricevuti a Roma al momento dell'imbarco. Doveva assisterlo durante tutto il viaggio e, una volta a San Francisco, affidarlo a mister Luciano Conforti, l'addetto alle pubbliche relazioni dello scalo aereo californiano. Non era stata poi una gran fatica occuparsi di lui.

Quel gigante biondo dagli occhi azzurri e buoni, evidentemente a disagio nell'abito scuro con camicia bianca e cravatta nera, s'era lasciato docilmente allacciare la cintura di sicurezza eseguendo puntualmente tutte le disposizioni che gli venivano impartite. Era chiaro che era al suo primo volo, ma era altrettanto chiaro che il nuovo mezzo di trasporto non gli dava nessuna emozione.

Quando gli offrirono il pranzo rifiutò con un cenno del capo e mezzo sorriso. Poi chiuse gli occhi come se dormisse, ma in realtà voleva difendersi da ogni intromissione. C'erano altre quattro persone nel settore riservato alla prima classe, tre uomini e una donna, Calò sentì le loro voci, ma non afferrò il senso dei loro discorsi.

Una volta soltanto, nel cuore della notte, aveva chiesto un bicchiere d'acqua, poi aveva masticato una radice di liquirizia.

Entrarono nell'immenso salone dell'aeroporto che a Calò parve grande e frequentato come una piazza di domenica, ravvivato dalle insegne colorate delle compagnie, dalle divise variopinte degli addetti ai lavori, attraversato dalle voci suadenti delle annunciatrici diffuse dagli altoparlanti che fornivano indicazioni in una lingua sconosciuta.

Al centro spiccava la statua di San Francesco d'Assisi, da cui la città californiana aveva preso il nome. La presenza del santo allentò la sua tensione e modificò il suo atteggiamento nei confronti degli americani.

Un uomo di mezza età con un sorriso stereotipato sulla faccia levigata e inespressiva si fece loro incontro. Era alto, magro, indossava un abito grigio made in Italy perfettamente stirato e aderente come una seconda pelle.

« Hallo, Luciano », lo salutò cordialmente la hostess.

« Come va? » rispose l'uomo in grigio stringendole la mano.

« *Here is mister Costa* », lo presentò. « *He doesn't speak english.* »

« Non parlo americano », intervenne Calò, « per servirla. »

« Benvenuto in California, mister Costa », disse l'addetto alle pubbliche relazioni mettendo la sua mano elegante e curata nella morsa di Calò.

« Okay », rispose Calò continuando a guardarsi intorno sospettoso.

« Se vuole favorirmi il suo passaporto sarò lieto di occuparmi personalmente delle formalità doganali. » In realtà era lieto di avere recuperato la sua mano indolenzita da una stretta insolitamente vigorosa.

Calò rispose con un brontolio di assenso e gli tese il passaporto.

« Molto bene », si complimentò il funzionario. « Ora dovrà avere la bontà di attendere qualche minuto. »

La hostess lo accompagnò in un salotto molto moderno, molto freddo e, a suo avviso, molto inospitale nonostante gli evidenti comfort.

Fu colpito da un fastidioso ronzio.

« Che è? » si guardò intorno senza capire.

« È l'aria condizionata », lo rassicurò.

« Aria che? » Per lui l'aria era aria. E basta.

« Aria condizionata », spiegò paziente. « Un apparecchio per realizzare il fresco. Effettivamente è un po' rumoroso. Se vuole posso farlo spegnere. »

L'uomo alzò le spalle.

« Era solo per sapere », disse.

Su un tavolo d'angolo era organizzato un elegante posto di ristoro coperto di bottiglie colorate e di piattini che contenevano cibi strani.

« Posso offrirle qualcosa? » domandò graziosamente

la ragazza. Le sarebbe piaciuto azzeccarne almeno una con quel gigante silenzioso che sembrava avesse scelto l'isolamento come schema di vita.

Lui le sorrise per la prima volta dopo tante ore e la hostess lo considerò un successo.

« Grazie, no », rispose. « Mi è bastata quella broda scura che sull'aeroplano voi chiamate caffè. »

Non era la sincerità che mancava a quel personaggio inserito, forse per errore, nella lista dei vip.

« Come vuole, signor Costa », s'irrigidì la ragazza che ormai aveva esaurito il repertorio delle buone maniere.

Accolse con un senso di sollievo l'arrivo di mister Conforti. C'era un altro uomo con lui, nero d'occhi e di capelli con una faccia che sprizzava cordialità.

« Ecco fatto, mister Costa », disse l'addetto alle pubbliche relazioni. « Il suo bagaglio è sistemato. Questo signore », soggiunse indicando il nuovo venuto, « è Don Taylor, l'autista di mister Brian. »

« Molto piacere », lo salutò il messicano inchinandosi.

« Non conosce l'italiano », l'informò, « ma parla benissimo lo spagnolo. Spero che possiate ugualmente intendervi. »

Calò si tirò in piedi e i due uomini si strinsero la mano. Don lo sommerse subito con un fiume di parole.

« Gli dica che è meglio se tace », si raccomandò Calò. « Tanto non capisco niente. »

Il viaggio dall'aeroporto al Saint James Hospital durò un'eternità. Calò non era abituato a quel traffico intenso che scorreva nei due sensi su strade a saliscendi come le montagne russe del luna park. Quella specie di percorso da fiera gli dava il voltastomaco. Don cercò un paio di volte di comunicare con l'enigmatico gigante, ma il siciliano si era asserragliato in un doloroso isolamento in compagnia dei suoi pensieri. Il messicano non lo giudicò, ebbe invece la certezza che quella faccia da antico guerriero non l'avrebbe dimenticata mai più.

Calò si rese conto che erano arrivati quando la *Cadillac* varcò il cancello di una specie di parco, lo percorse per alcune centinaia di metri, si fermò davanti a un piccolo edificio bianco con il portale a forma di ogiva. Una targa in marmo portava la scritta: SAINT JAMES HOSPITAL CHAPEL. Era la cappella dell'ospedale.

Il siciliano non attese che Don spegnesse il motore per scendere dall'auto. Entrò nella chiesetta in penombra e fu colpito dall'odore dell'incenso e dei ceri, dai tenui riflessi colorati che piovevano dalle lunghe vetrate con disegni di santi e di angeli. Nelle canne argentate dell'organo ancora vibravano le ultime note di una musica solenne.

Al centro della chiesa, vicino all'altare, sopra un catafalco largo e basso coperto di fiori bianchi c'era la bara che conteneva il corpo di Annalisa. Era una cassa di legno chiaro con venature rosate, simile a un cofano prezioso, con pesanti maniglie dorate. La luce delle candele creava intorno a essa un'aura misteriosa e suggestiva, ma priva di sincerità che non s'addiceva alla maestà della morte.

Un sacerdote dalla faccia rubiconda diceva con voce neutra ai pochi presenti parole che Calò non capiva. Qualcuno cercò di trattenere un colpo di tosse. Era una voce un po' nasale e annoiata quella del prete. Qualunque cosa dicesse, certo non era il tono giusto per commemorare Annalisa Sajeva Mandrascati di Monreale.

Calò s'irrigidì accanto all'ingresso e rimase immobile come una grossa statua. Sentì un groppo serrargli la gola e fitte lancinanti dilaniargli lo stomaco.

Il barone con voce ferma e lo sguardo inaridito, due giorni prima, gli aveva detto: « Calò, Annalisa è morta. Riportamela a casa ».

E lui era andato a prenderla. Aspettò un momento poi prese ad avanzare verso il catafalco. I suoi occhi azzurri venati di rosso per la stanchezza e per il dolore fissavano la bara nella prospettiva dorata dell'altare.

Si sentì tirare per la manica.

« Tu sei Calò, vero? » Il bambino mise la sua piccola mano in quella grande del gigante e per la prima volta si sentì al sicuro.

« Bruno », disse Calò guardandolo. La mano del bambino era un contatto gradevole e vitale in quel mare di dolore.

« La mamma », mormorò, « la mamma è morta. »

« Sì, Bruno. » Lo riconosceva perché era identico alle fotografie che aveva ricevuto a Palermo, ma l'avrebbe riconosciuto comunque non solo per il bell'accento siciliano, ma perché la sua voce infantile era identica a quella di Annalisa.

Bruno lo condusse davanti alla bara.

« Vuoi vederla? » domandò.

« Sì, per favore. » In quel momento avrebbe dovuto fare uno sforzo immenso per non tradire l'emozione.

Bruno fece un cenno a due addetti alle pompe funebri che sollevarono il coperchio della bara. Annalisa riposava in un letto di raso candido. Qualcuno l'aveva vestita con uno splendido abito bianco. Avevano trafficato sul suo splendido viso con mani sapienti per restituirle nella morte l'idea d'un sorriso, ma erano riusciti soltanto a trasformarla in una bambola di cera.

« Povero amore mio », mormorò. « Che Paese è mai questo dove si cerca di ingannare persino la morte? » La vita con lei non era stata generosa: ormai nessuno li avrebbe più separati. Fece un cenno ai due uomini che chiusero definitivamente la bara.

Calò si volse verso i presenti e vide Philip. Aveva i lineamenti tirati, la faccia stanca. Non era più il forte e allegro ragazzo americano dal sorriso vittorioso. La sua figura non aveva spessore, la sua voce aveva perduto qualsiasi risonanza.

I due uomini si strinsero la mano senza amicizia, ma senza rancore. Tutt'e due, sia pure in modo diverso, avevano amato Annalisa appassionatamente.

« La porto a casa », disse il siciliano.

« Era la sua volontà », ammise lealmente Philip.

« E il ragazzo? » Una risposta negativa l'avrebbe colpito come una mazzata. « Il ragazzo può venire con noi? » ripeté temendo che la sua proposta potesse cadere nel vuoto.

« Il ragazzo vuole venire in Sicilia », annunciò Philip alzando leggermente le sopracciglia.

Era una constatazione, una dichiarazione generica, non ancora un'autorizzazione a partire.

« Allora? » incalzò il gigante.

« Può venire con lei. » Aveva preso una decisione che gli pesava molto, ma che gli rendeva onore.

« Il barone Giuseppe Sajeva le sarà riconoscente », lo ringraziò.

Bruno prese Calò per mano e gli disse: « Vieni. La cerimonia è finita ». E lo precedette verso l'uscita della chiesa.

Sul *DC-8*, noleggiato dal barone di Monreale, che li riportava a casa Calò e Bruno erano per la prima volta soli. Erano stati tolti alcuni sedili nella parte inferiore della fusoliera per far posto alla bara che era stata accuratamente fissata.

Bruno dormiva vicino a Calò e teneva la sua piccola mano in quella grande del gigante biondo. Se l'uomo cercava di muoversi, subito il bambino si svegliava per paura di perdere il contatto fisico con quella figura maschile che gli comunicava un incredibile senso di forza.

« Non era così che m'immaginavo il viaggio verso la Sicilia », disse una volta svegliandosi. « La mamma aveva deciso che saremmo tornati lei e io. »

« C'è anche lei con noi », disse Calò.

« Però è morta. E vicino a me ci sei tu. » Aveva in mente altre cose da chiedergli, ma non ne aveva il coraggio.

« Certo non è la stessa cosa. » Il ragazzo lo consolava, ma la sua fede non era sufficiente per giustificare o soltanto accettare serenamente la tragedia che li aveva colpiti.

« Calò. » Era venuto il momento delle domande importanti.

« Sì, Bruno. » Qualunque cosa gli avesse chiesto doveva rispondergli.

« Ci credi tu al paradiso? » Lo fissava con i suoi occhi curiosi e quasi impertinenti.

« Io? » cercò di prendere tempo.

« Sì, tu. Ci credi al paradiso? » Nuvole andavano alla deriva come giganteschi galeoni.

La hostess interruppe la conversazione per assicurarsi che i soli passeggeri non avessero bisogno di nulla.

« Forse il bambino », disse Calò.

« No, signorina », disse Bruno, « non ho bisogno di niente. »

« Hai visto che nuvole immense? » cercò di distrarlo.

« Non hai risposto alla mia domanda », riprese.

« Quale? »

« Quella sul paradiso. Ci credi? »

« Certo che ci credo. » Sospirò profondamente e s'infilò fra i denti una radice di liquirizia.

« Allora è proprio vero », esultò. Quell'uomo grande e potente non poteva sbagliarsi. « Calò. »

« Sì, Bruno. »

« Io con te ci sto bene. » Il ragazzo appoggiò il capo contro la spalla del gigante e si addormentò.

A CASA

CALÒ non ricordava un inizio di novembre così mite dal lontano 1943 quando Annalisa era andata sposa all'americano.

Era tornato in Sicilia dalla California con Bruno e Annalisa quando i giornali ancora commentavano la destituzione del generale Douglas MacArthur dal comando delle truppe dell'ONU impegnate contro la Corea del Nord. L'alto ufficiale che nel 1945 aveva ricevuto la resa del Giappone voleva portare la guerra in territorio cinese. L'incubo della prima bomba a idrogeno pesava sul mondo.

In quel periodo, a distanza di tre anni, perdurava la politica del terrore e sulle pagine di *Life* che Calò aveva comperato per Bruno c'erano le fotografie di Marilyn Monroe in giubba militare sopra un grosso carro armato durante la sua visita alle truppe americane in Corea. A Bruno, più che la diva di *Niagara,* interessava il campione di baseball Joe di Maggio.

Negli agrumeti della Conca d'oro le arance riflettevano il caldo sole del primo pomeriggio diffondendo, tra il verde, dorati riflessi. Un profumo inebriante passava nell'aria chiara, i frutti turgidi pendevano dai rami piegandoli in attesa di essere colti.

Calò proveniva dalla villa di San Lorenzo, era diretto a Palermo per aspettare Bruno all'uscita della scuola. Il ragazzo frequentava la quinta elementare. Nella strada degli agrumeti guidava con prudenza la nuova *MG TF* color rosso cupo che il barone Giuseppe Sajeva aveva acquistato per la gioia di Bruno che saltava su quel grosso giocattolo superando lo sportello con un acrobatico volteggio, come aveva visto fare al cinema, per poi spronare Calò ad affondare il piede nell'acceleratore vincendo la sua riluttanza. Gli piaceva la velocità su quell'auto scoperta perché il vento gli scompigliava i capelli.

Il nonno, severo con tutti, era arrendevole con lui, ma l'aveva ammonito di sospendere, data la stagione, le corse sulla *MG*. In quel giorno di novembre l'aria era mite e il sole squillante.

« Una volta ancora, don Peppino », l'aveva pregato Calò. « Al piccolo farebbe piacere. Il tempo è buono. »

Il vecchio aveva scosso il capo sorridendo con bonomia.

« Cercate di non combinarmi guai », disse alludendo alla segreta complicità dell'uomo e del ragazzo.

« Voi mi conoscete bene. » Calò non aveva né amore né simpatia per le automobili e quand'era solo non superava mai gli ottanta l'ora. Faceva qualche strappo alla regola per compiacere Bruno.

Lungo la strada degli agrumeti moderava ulteriormente l'andatura per godersi lo spettacolo e osservare il lavoro di raccolta che era in pieno svolgimento.

Quel giorno un evento insolito attrasse la sua attenzione. Il sorvegliante se ne stava ai margini della strada a parlare con un uomo che Calò credette di riconoscere. Non c'era nessun riferimento preciso, era un'impressione, uno stato d'animo sgradevole, la percezione istintiva di un animale che avverte nell'aria un segnale di pericolo. Un volto e una figura che passarono con la rapidità di un fotogramma. Il campanello d'allarme tacque e restò un pensiero fastidioso.

All'uscita della scuola Bruno fendette una marea di ragazzini vocianti distribuendo qualche saluto affrettato, gettò la cartella nel portabagagli, volteggiò sul sedile accanto a Calò e gli sfiorò la guancia con un bacio.

« Segui quella macchina », fece scimmiottando i detective cinematografici.

Calò era ai sette cieli e partì a razzo.

« A tutta forza », lo incitò.

La strada del ritorno fu breve e spensierata.

« Così non vinceremo mai il gran premio », si lamentò, « cammini come una lumaca. »

Infilando la strada degli agrumeti Calò aveva rallentato l'andatura.

« Devo dare un'occhiata in giro », si giustificò.

Superarono due camion carichi di cassette di arance perché a Bruno piacevano i sorpassi, ma soprattutto per sottrarsi ai gas emessi dai tubi di scappamento.

« Che cosa guardi? » s'incuriosì il ragazzo.

« Come procedono i lavori. » Erano nel punto in cui aveva visto il sorvegliante confabulare con l'individuo la cui figura e la cui fisionomia l'avevano messo in allarme. Ancora una volta, ripensando a quell'uomo, si sforzò inutilmente di ricordare.

« Ma tu non ti rilassi proprio mai », gli disse Bruno.

« Anche quando guardi bene », gli insegnò, « rischi di lasciarti dietro delle cose importanti. » Diminuì la velocità per vedere se tra gli uomini e le donne che effettuavano la raccolta riconosceva qualcuno. S'incupì. Era sicuro che qualche cosa non girava per il verso giusto.

Davanti alla villa li aspettava la principessa Isgrò.

« Sbaglio o siete in ritardo? » disse con apprensione consultando il piccolo orologio da polso.

Bruno scese con un balzo dalla *MG* e le corse incontro.

« Calò è rimasto ai tempi delle carrozze », disse abbracciandola con trasporto. « Che piacevole sorpresa rivederti, madrina! » La principessa non si faceva viva da diversi giorni.

« Sapevi che ero a Parigi, no? » Le piaceva sentirsi chiamare madrina anche dal figlio di Annalisa.

« Immagino che avrai tante cose da raccontarmi. » Era curioso di notizie, ma soprattutto contava su un regalo.

« Ti racconterò tutto del mio viaggio », gli promise mentre il ragazzo s'aspettava una testimonianza più vistosa e concreta. « Ma ora sbrighiamoci. Tuo nonno ci aspetta per il tè. » Era uno dei riti irrinunciabili della famiglia.

Calò li raggiunse portando la cartella di Bruno e insieme entrarono in casa. Il tè era anche un pretesto che consentiva al barone di avere un po' più vicino quel nipote scavezzacollo che, a dieci anni, aveva preso l'abitudine di compiere lunghe cavalcate che lo tenevano in apprensione.

Calò era spesso con lui, ma capitava che l'uomo fosse impegnato nei lavori della proprietà e il ragazzo non rinunciava per questo al suo sport preferito.

Bruno si precipitò in salotto abbracciando il nonno e stampandogli un bacio schioccante sulla guancia che sapeva di lavanda. Il barone arrossì di piacere travolto dall'affettuosa aggressione.

« Un giorno o l'altro cadrai e ti farai male », lo rimproverò.

« Sono un maestro delle cadute », ribatté orgogliosamente.

« Anche questo è vero », ammise il vecchio. Aveva

varcato la soglia dei sessant'anni conservando una splendida forma fisica. Soltanto i capelli erano più bianchi come le folte sopracciglia. I frequenti mugugni e le apprensioni irrazionali testimoniavano l'incalzare del tempo. La tragica morte della sua unica figlia aveva accentuato le rughe. Il suo sguardo brillava quando guardava quel nipote che era diventato la ragione della sua vita.

Bruno rinunciò al suo irrequieto andirivieni e attese che Annina, che era sempre più piccola e sempre più bianca, servisse il tè aiutata dalla principessa.

« Sono sicuro che mi hai portato un regalo da Parigi », disse alla madrina nonostante le buone intenzioni di padroneggiare la sua curiosità.

« Questo dopo », intervenne burbero il nonno. « Prima voglio sapere che cos'hai fatto oggi a scuola. » Anche il resoconto scolastico, che al vecchio procurava gioia, faceva parte della liturgia.

Per Bruno la scuola era un'avventura, purché non si trattasse di scrivere o di risolvere problemi. La sua specialità era il resoconto verbale.

« Oggi è andata a meraviglia », prese a narrare seguendo con la coda dell'occhio il vassoio con le sfogliatelle che Annina aveva deposto sul tavolino dal quale si diffondeva un delicato odore di vaniglia.

« Sentiamo. » Il vecchio barone era ansioso di sapere.

« Padre Rolando ci ha portato a Villa Giulia a visitare l'orto botanico. »

Bruno frequentava l'istituto dei padri Gesuiti. Secondo il nonno erano degli educatori intransigenti ma estremamente validi.

« Non mi dire che per te è stata una novità. » L'avevano visitato insieme diverse volte.

« C'erano anche i miei compagni. E c'era padre Rolando. » In gruppo aveva ammirato quella meraviglia con occhi diversi. « Padre Rolando ci ha insegnato che il giardino è un'architettura tipica del Settecento. »

« Certo », disse il barone rammaricandosi di non avergli impartito lui quegli insegnamenti.

« Ha detto anche che Villa Giulia », proseguì, « prende il nome da Giulia Guevara, moglie del viceré. »

« Goethe lo considerava l'angolo più bello del mondo », annotò il barone per non perdere il passo impostogli dal nipote.

« Questo lo credo anch'io », ribatté con serietà. « Però non sapevo che ci fossero tutti gli alberi esotici raccontati nei romanzi di Salgari. Padre Rolando ci ha mostrato il fico baniano, il fico delle pagode, l'albero del Kapok e le verdissime araucarie. »

Il barone era ammirato dalla capacità del ragazzo di ricordare i nomi, le cose e i particolari.

« In una serra », riprese, « c'era il sacro loto, quello che si vede riprodotto nelle statue di Budda. Abbiamo visto orchidee meravigliose, l'albero del caffè e un'infinità di piante della giungla. »

« Mi sembra proprio che quella di oggi sia stata una giornata interessante », l'interruppe il barone. Sapeva per esperienza che se non avesse frenato l'irruenza verbale del ragazzo, il tè si sarebbe raffreddato e Bruno avrebbe tenuto una conferenza sull'orto botanico. « Vedi un po' », soggiunse, « se queste sfogliatelle preparate da monsù sono ugualmente degne di attenzione. »

Bruno non si fece pregare, prese una sfogliatella e l'assaggiò: « È buonissima! »

Calò più che bere trangugiò il tè e depose sul tavolino la tazzina ormai vuota.

« Con permesso, don Peppino », s'accomiatò bruscamente.

« Che cosa c'è? » Il barone notò qualcosa di strano.

« Un lavoro in sospeso. » S'era messo in mente che qualche cosa non funzionasse nella raccolta delle arance. Voleva vederci più chiaro.

« Vai pure. » Giuseppe Sajeva non lo tediò con altre domande. L'uomo sapeva il fatto suo e aveva la sua fiducia incondizionata.

Bruno lo salutò distrattamente perché s'avvicinava il momento della sorpresa.

« E questo è il mio dono per te », annunciò la principessa prendendo da dietro la poltrona un grosso pacco che mise ai piedi del ragazzo.

Bruno le diede un altro bacio, puramente formale questa volta, perché l'involto catturava tutta la sua attenzione. Nella foga di aprirlo, per poco non mandò all'aria tè e pasticcini.

Il barone guardò alternativamente il ragazzo e la principessa che in due modi diversi gli ricordavano l'inesorabile trascorrere del tempo. Lei era più vicina ai sessanta che ai cinquanta, aveva avuto la prudenza di rinunciare al trucco e di abbandonare nel fondo di un armadio le sue celebri scollature, aveva rinunciato agli espedienti grossolani che consistevano nel sovrapporre ai segni di una piacevole e garbata maturità, l'illusione di una teatrale giovinezza.

Il barone la guardò con ammirazione, mentre Bruno s'affannava attorno ai nastri che chiudevano il pacco.

« Sei una delle presenze più gradevoli che un uomo possa desiderare », si complimentò con lei.

La principessa gli sorrise con riconoscenza.

« Ti ringrazio », lo guardò commossa, « soltanto un gentiluomo del tuo stampo riesce a far sentire giovane una donna della mia età senza bisogno di adularla. »

« Com'è Parigi? » l'interrogò con nostalgia.

« Gonfia di ricordi. » Sorseggiò il tè dalla tazzina di porcellana inglese. « Ha qualche ruga in più. Ma è sempre piacevole. »

« Come te », fece lui inchinandosi impercettibilmente.

« Come noi », precisò con un vago accenno di tristezza nella voce. Aveva ripreso l'abitudine di tornare a Parigi una volta l'anno dalla sua amica Coco. I tempi erano cambiati: invece di acquistare un intero guardaroba si limitava a scegliere pochi abiti.

« Non stiamo più insieme da tanto tempo », si lamentò il barone.

« Forse è per questo che i nostri incontri sono più intensi e gradevoli. » Dalla partenza di Annalisa per la California, la sua presenza nella casa dei Sajeva era priva di una giustificazione ufficiale.

« Hai scelto la libertà per vivere la tua seconda giovinezza », scherzò lui.

« Una libertà impegnativa. » Era stata costretta a riaprire il palazzo di via Ruggero Settimo a Palermo sobbarcandosi a un notevole sacrificio economico. Abitava soltanto il primo piano, ma la vita era molto più cara soprattutto in relazione al patrimonio familiare ch'era sempre più esiguo e improduttivo.

« Questa è casa tua », disse il barone accarezzando una segreta speranza.

Le balenò negli occhi l'idea d'un sorriso.

« Mai tornare sul luogo del delitto », replicò con garbata allegria.

Eppure da quando Bruno era ritornato dall'America, lei aveva ripreso l'abitudine di trascorrere gran parte del tempo libero accanto al barone e al ragazzo.

« Bruno ha bisogno di una presenza femminile », azzardò il barone. « Calò e io non possiamo sostituire... » Stava per dire la madre ma lasciò la frase monca. Ogni riferimento ad Annalisa gli procurava commozione e rinfocolava il suo dolore.

« Sei un caro amico, Peppino. » Chissà se sarebbero

stati ugualmente felici insieme se avessero deciso di sposarsi.

Le esclamazioni di Bruno interruppero il dialogo. Il ragazzo pieno di stupore ammirava il dono di zia Rosa, finalmente liberato dall'involucro. Era una bellissima nave in miniatura collegata a una batteria che le permetteva di navigare elettricamente. A poppa e a prua, sullo sfondo biancolatte, era stato dipinto un trifoglio e il nome che campeggiava in oro era *Il Trifoglio*.

« Questa nave è stata fatta apposta per me! » esclamò estasiato riconoscendo il simbolo della famiglia.

« Apposta per te », confermò la principessa, felice della sua felicità. « Se la metti nella vasca della fontana, *Il Trifoglio* potrà navigare. E tu potrai manovrarla a tuo piacimento. »

« Nonno, posso provarla adesso? » chiese ansioso.

« Certo che puoi », l'autorizzò. « Vedi di non inzupparti d'acqua. Il sole è al tramonto. E non fa poi tutto questo caldo. »

Bruno camminò verso l'uscita stringendo delicatamente la sua meraviglia, ma sulla soglia si voltò.

« Quando sarò un uomo », annunciò solennemente, « avrò una nave vera. E si chiamerà *Il Trifoglio.* » Poi corse in giardino. Il resoconto del viaggio a Parigi della madrina non lo interessava più.

MIMMO CARUSO

Calò giunse come tutte le sere da Bruno alle nove e trenta precise quando il ragazzo si ritirava in camera sua per coricarsi. Il gigante biondo sedeva su una poltroncina stile impero dai braccioli a forma di cigno, aspettando che Bruno s'infilasse sotto le coperte.

Era quello il momento in cui Bruno gli faceva le sue confidenze e gli raccontava gli episodi apparentemente irrilevanti del suo piccolo mondo. Calò ascoltava, annuiva o cercava di rispondere ai suoi molti perché.

« Oggi padre Rolando », disse, « ci ha dettato una frase: 'Il ragazzo operoso'. Io invece ho capito: 'Il ragazzo peloso'. Non ti fa ridere? »

« Sì che mi fa ridere. » Ascoltava il bambino, gli era affettuosamente vicino, ma il suo pensiero vagava fuori da quella stanza serena.

« Calò », mormorò con l'aria di fargli una confidenza molto scabrosa, « oggi ho visto una cosa che mi ha colpito molto. » Fece una pausa imbarazzata e soggiunse: « Ma forse è meglio se non ti dico niente ».

« Dipende. » L'uomo era incuriosito e preoccupato. « Dipende da che cosa? » La voglia di confidargli il suo segreto era irresistibile e cercava un pretesto per poterlo fare.

« Se hai promesso di mantenere il segreto, devi tacere », gli insegnò.

« Non ho fatto nessuna promessa », assicurò, « solo che è una cosa molto delicata. »

« Allora dipende da te », osservò con voce calma. « Dipende da te e dalla persona con cui vuoi confidarti. »

« Calò », si decise, « posso chiederti di mantenere il segreto? »

« Certo », lo rassicurò. « Sai che puoi contare su di me? »

« Oh, sì, questo lo so », disse con entusiasmo.

« Allora? » Era riuscito a trasformare in attesa spasmodica una pausa che sicuramente non nascondeva nessun evento drammatico. Almeno lo sperava.

« Un mio amico ha portato a scuola una foto di una donna tutta nuda », recitò d'un fiato.

« Ho capito. » L'uomo tirò un respiro di sollievo e gli venne una gran voglia di ridere.

« E non mi dici niente? » Si stupì dell'indifferenza con cui aveva accolto la 'sensazionale' notizia.

« E che cosa dovrei dirti? » Si era persino dimenticato degli oscuri pensieri che l'angustiavano.

Bruno attinse nuova sicurezza dalla piega che aveva preso il discorso.

« Una donna nuda », ripeté, « con un seno così. L'ha trovata in un cassetto nello studio di suo padre. L'ha fatta vedere a tutti. Io sono diventato rosso, però ho capito che mi piaceva. Perché m'è piaciuto tanto vedere una donna nuda? »

Calò si passò una mano sulla faccia per prendere tempo. Era impreparato a una domanda del genere.

« Credo sia una reazione normale. » Non era granché come spiegazione, ma era pur sempre meglio di niente.

« Il nonno s'arrabbierebbe se lo sapesse? » domandò preoccupato.

« Bisognerebbe dirglielo per saperlo. » Gli sembrò un modo efficace per chiudere l'argomento.

« Ma noi non gli diremo niente », fece allarmato.

« Certo », lo tranquillizzò, « è un segreto tra noi. »

« Calò, da grande mi piacerebbe fare lo scienziato », confessò.

« Sarebbe bello », osservò paziente.

« Vorrei inventare una vernice che rende invisibili cose e persone. Credi che ci riuscirei? » chiese.

« È una domanda che richiede una grande riflessione », tergiversò. « Sarà bene che ne riparliamo un'altra volta. »

« Forse hai ragione. » Si tirò le coperte fino al mento e gli sorrise con i grandi occhi grigi che rimpicciolivano a vista d'occhio per il sonno. Era un segno che Calò aspettava. Aveva fretta di andarsene e avrebbe voluto che il ragazzo s'addormentasse subito.

Bruno l'abbracciò.

« Questa sera sono particolarmente felice », gli mormorò all'orecchio. « C'è anche la madrina qui con noi. Mi ha portato una nave che si chiama *Il Trifoglio*. Quando sarò grande me ne farò costruire una vera. Tu verrai con me e navigheremo per tutti i mari del mondo. Come gli eroi di Salgari. »

« Questa mi sembra una buona idea », disse il gigante rimboccandogli le coperte.

« Lo sai che quando il nonno mi crede addormentato », gli confidò, « entra in punta di piedi e mi passa la sua mano tra i capelli? Mi piace. Perciò faccio finta di dormire. La madrina invece m'invita vicino a lei in poltrona, mi abbraccia e mi culla come se fossi un bebè. Anche questo mi piace. Però mi piace anche essere un eroe del mare. Questa sera sono davvero contento. » Aveva la voce impastata di sonno.

« Anch'io lo sono, ragazzo mio. Felice notte », disse posandogli un bacio sulla fronte.

« Felice notte a te, Calò. »

L'uomo si richiuse delicatamente alle spalle la porta della camera di Bruno e scese lo scalone dirigendosi verso lo studio del barone.

Il barone sedeva su una comoda poltrona e leggeva il suo inseparabile Montaigne. Una macchina diabolica chiamata televisore era stata collocata su una mensola; era un apparecchio monumentale e massiccio al quale Giuseppe Sajeva non s'era ancora abituato e che per lui non aveva avvenire.

« Roba buona per gli americani », affermava scuotendo la testa.

Il primo sceneggiato trasmesso dalla Rai e passato sul piccolo schermo di quella scatola cupa non gli era piaciuto granché, ma il meccanismo che consentiva la trasmissione a distanza di immagini in movimento aveva del miracoloso.

« Novità? » chiese a Calò senza sollevare gli occhi dalla lettura. Ormai per leggere si serviva di occhialini a feritoia che stavano in bilico sulla punta del suo naso robusto.

Calò versò del cognac in un grande bicchiere panciuto.

« Non saprei », rispose evasivamente accomodandosi in quella che era diventata la sua poltrona nell'angolo dello studio accanto alla finestra. Giuseppe Sajeva s'accontentò di quelle due parole continuando a mettere a confronto i pensieri contenuti nei saggi del grande castellano di Périgord con le proprie idee sulla vita e sulla morte.

La principessa sedeva accanto al camino intenta a un minuzioso ricamo a piccolo punto. Calò aprì il libro che aveva scelto nella biblioteca. Da quando si prendeva cura di Bruno leggeva in anticipo le lezioni del ragazzo per non fare la figura dell'ignorante. A trentun anni s'era messo a studiare le materie che da bambino nessuno gli aveva insegnato. E trovava quell'occupazione molto interessante.

Il grande orologio a pendolo batté dieci musicali rintocchi. Calò sapeva che di lì a poco la principessa si sarebbe ritirata. Voleva parlare col barone, ma si trattava di cose troppo riservate per discuterle in presenza di altre persone, fosse pure della principessa Isgrò.

Il vecchio lo sorvegliava con la coda dell'occhio mentre arrancava su un capitolo di storia risorgimentale e s'accorse che l'affetto per quel gigante buono sfumava nella tenerezza. Nessun padre avrebbe protetto un figlio come Calò proteggeva Bruno.

Giuseppe Sajeva, come il suo ispiratore Montaigne, ma per ragioni diverse, era pronto per il grande viaggio e poteva sorridere alla morte ora che la grande paura era esorcizzata. Il barone non s'era mai sbagliato nella scelta degli uomini. Quando lo aveva raccolto macilento e affamato di pane e d'affetto sulla spiaggia deserta di fronte al mare della Valle dei Templi, era certo che quel figlio del vento sarebbe diventato un uomo vero: aveva avuto ragione.

La principessa Isgrò con uno sbadiglio protetto dall'elegante mano ingioiellata abbandonò il lavoro di ricamo in una scatola ricoperta di raso verde e la depose sul tavolino da lavoro.

Quando accennò a muoversi i due uomini s'alzarono in segno di rispetto. Si avvicinò all'amico sfiorandogli la guancia con un bacio.

« Felice notte, Peppino. » Erano lontani gli anni in

cui l'instancabile e brillante nobildonna era sempre l'ultima a prendere congedo.

« Felice notte, Rosa », le augurò rilevando sotto gli occhi di lei i segni della stanchezza.

« Felice notte, principessa », disse Calò inchinandosi.

« Anche a te, mio giovane amico. » Entrò un cameriere, attizzò il fuoco nel camino e vi depose un grosso ceppo che subito cominciò a scoppiettare.

Quando il cameriere si ritirò, Calò chiuse il libro di storia e lo depose sul tavolino.

« Che cosa c'è? » chiese il barone guardandolo finalmente negli occhi.

« C'è che quest'anno negli agrumeti qualcosa non va. » Annaspava con le parole e con i gesti. « C'è qualcosa di strano che non mi piace per niente. »

« Quando te ne sei accorto? » Giuseppe Sajeva giudicava i guai come le malattie gravi: individuandoli precocemente era più facile scongiurarli o limitarne i danni.

« Oggi, andando in città a prendere Bruno. » Gli raccontò in modo chiaro quello che aveva visto.

« E sei tornato sul posto dopo il tè. » Si tolse gli occhiali e li infilò nel taschino della giacca.

« E Nicola Peci, il sorvegliante, non ce lo trovai. » Era una matassa ingarbugliata di vaghi sospetti. « Gli uomini stavano caricando le cassette sull'ultimo camion. »

« Che poi s'è diretto al porto », affermò il barone.

« No », lo smentì Calò. « E questo mi ha insospettito. Dopo, il camion venne messo nel capannone e chiuso a chiave. »

« Perché? » Il barone si alzò e s'avvicinò alla finestra. Guardò fuori come se dovesse scoprirvi qualcuno in agguato.

« È quello che ho chiesto agli uomini. » Prese una

copia di *Life* e la sfogliò distrattamente come se vi cercasse la soluzione dei suoi problemi.

« E loro? » Riprese il suo posto e bevve un sorso di cognac.

« Mi dissero che era tardi. » Sollevò gli occhi dalla rivista e si guardò intorno. « Mi dissero che il camion sarebbe arrivato al porto a cancelli chiusi. Mi dissero che per ordine di don Nicola l'ultimo camion viene sempre chiuso nel capannone. E riparte solo all'alba. »

« Basterebbe cominciare un po' prima, per evitare questo inconveniente. » S'era alzato il vento e si sentì sbattere una persiana.

« È quello che ho pensato io », osservò.

« Il carico era a posto? » s'informò il barone.

« L'ho controllato personalmente », affermò. « Tutto in ordine. Le cassette perfettamente sigillate. Eppure io dico che qualcosa non va. »

Il barone lo ascoltava con estremo interesse. Voleva fare un'obiezione, ma la tenne per sé. Se don Calogero Costa aveva un dubbio, bisognava credergli.

« Rincasando questa sera », riprese Calò, « m'è parso di ricordare. Come se la nebbia che avevo nella memoria si fosse diradata. Credo di sapere chi è l'uomo che parlava col sorvegliante. »

« Chi è? »

« Mimmo Caruso », pronunciò lentamente.

« Non ricordo », affermò rifacendo l'inventario delle facce e dei nomi conosciuti.

« Ma io sì. » Indicò un punto lontano in direzione della finestra.

« È una buona cosa », osservò, « ma sarebbe meglio se sapessimo tutt'e due di chi stiamo parlando. » Nella foga del discorso anche il barone s'era messo a parlare in siciliano stretto.

« Ricordate quando mi mandaste dall'onorevole Rizzo per quella pratica riguardante il vostro palazzo di via Maqueda? »

Il barone ricordava. Subito dopo la guerra avrebbe voluto ricostruire il palazzo distrutto dai bombardamenti, ma il preventivo di spesa era altissimo. L'assessore all'edilizia gli aveva suggerito di rivolgersi all'onorevole Rizzo che faceva parte di una commissione parlamentare delegata alla ricostruzione e al ripristino degli stabili considerati monumenti storici. Il palazzo di via Maqueda aveva tutti i requisiti per ottenere le agevolazioni e i fondi previsti dalla legge. Quel progetto era rimasto un bellissimo progetto e il palazzo Sajeva un rudere fatiscente invaso dalle erbacce, frequentato dai topi, sepolto sotto la sporcizia. L'onorevole Rizzo godeva fama di galantuomo e di buon cristiano e aveva fatto capire che, sì, la cosa sarebbe stata possibile a condizione che il progetto fosse rielaborato da un architetto di sua fiducia. Ma anche in quel caso i fondi sarebbero arrivati soltanto se i lavori fossero stati eseguiti da un'impresa che lui avrebbe volentieri segnalato. Era comunque un'operazione macchinosa, complessa e decisamente poco pulita.

« Cosa c'entra l'onorevole Rizzo? » domandò il barone irritato dalla rievocazione di quell'episodio sgradevole.

« Non lo so », rispose Calò. « So che in quell'occasione, nello studio dell'onorevole, vidi la stessa persona che ho visto oggi nell'agrumeto a parlare con il sorvegliante. »

« Mimmo Caruso », ripeté il barone per fissarselo bene in mente.

« È un tipo basso, tarchiato, con i capelli neri », precisò Calò. « Ed è il fratello di Joe Caruso, il boss del fronte del porto a New York. Mi parve in rapporti di grande cordialità con l'onorevole Rizzo. E la cosa mi stupì. »

Il barone s'era fatto particolarmente attento e non gli sfuggiva un accento, un gesto, una sfumatura.

« Allora mi domandai », riprese Calò, « che senso ha questa amicizia? Ma dopo tutto la cosa non mi riguardava e la dimenticai. Oggi mi sono chiesto: che ci fa Mimmo Caruso nei nostri agrumeti? In che rapporti è con Nicola Peci? Le nostre arance vengono caricate nel porto di Palermo e vanno a New York dove c'è il fratello di don Mimmo che fa il bello e il cattivo tempo. Don Peppino qual è il vostro pensiero? »

« La mia conclusione è sgradevole, Calò », rispose in tono serio e conclusivo. « Io credo che sui camion parta qualcosa che non ha niente a che vedere con le nostre arance. »

« Che cosa mi consigliate? » Aveva l'umiltà di un subalterno e la devozione di un figlio.

« Di indagare con tutta la discrezione di cui sei capace. » Il ceppo nel camino si affossò nella cenere rovente. « Dobbiamo sapere se qualcuno cerca di coinvolgerci in una sporca faccenda. »

«CAGGIU»

CALÒ staccò dalla rastrelliera il fucile Browning da caccia a cinque colpi, l'automatico che prediligeva e del quale aveva la massima cura, sollevò l'otturatore e fece scivolare nel serbatoio cinque cartucce corazzate con un solo proiettile al posto dei pallettoni. Erano cartucce per la caccia al cinghiale. Azionò con cautela l'otturatore e un colpo scivolò dolcemente in canna. Mise la sicura, con un panno morbido lucidò l'arma, la depose sul tavolo della cucina, si agganciò in vita la cartucciera, controllò le cartucce una per una, prese da un vasetto di vetro alcune radici di liquirizia e le ficcò nella tasca della giacca.

Il caffè bolliva sul fuoco e intorno si diffondeva un gradevole aroma. Versò l'intero contenuto della caffettiera in una grande tazza bianca. Cominciò a bere piano, a piccoli sorsi l'infuso amaro e fragrante traendone un piacevole senso di benessere. Afferrò il fucile, si passò la cinghia sulla spalla e uscì nella notte.

I suoi occhi si abituarono al buio e nella tenue luminosità stellare imboccò un sentiero, camminò per diversi chilometri tra il profumo degli aranci riscoprendo gli odori e i chiarori notturni della sua terra, la voce misteriosa e bisbigliante degli agrumeti.

Dopo un'ora di marcia giunse in vista del capannone, i suoi occhi s'erano abituati e ne distinguevano nettamente i contorni. Intorno non c'era anima viva, il grande portone era sbarrato. Girò intorno all'edificio, percorse il lato destro e si fermò davanti a una porticina sul retro di cui aveva la chiave.

L'interno era immerso nel buio totale, ma Calò conosceva a memoria ogni angolo del deposito e sapeva esattamente dove mettere i piedi procedendo con la cautela di un gatto. Si diresse verso il punto dov'erano stivati grandi sacchi di noci, tastò per accertarsi d'avere raggiunto il posto giusto, s'accovacciò sul pavimento, sistemò il fucile automatico tra le ginocchia, s'infilò in bocca una radice di liquirizia e attese immobile. Secondo i suoi calcoli doveva essere ormai l'una del mattino. Verso le due udì dei passi e un leggero tramestio, una chiave girò nella serratura, la porta grande si schiuse lasciando filtrare un tenue fascio di luce. Entrarono due uomini e brillò una torcia elettrica. Calò ne riconobbe uno dalla voce: era Nicola Peci, il sorvegliante. L'altro parlava un siciliano arcaico con un forte accento americano. Calò non lo riconobbe.

Con movimenti rapidi, da gente abituata a quell'operazione, scaricarono quattro cassette di arance, le dissigillarono, tolsero un frutto da ognuna delle quattro confezioni e lo sostituirono con arance identiche prendendole da una sacca che l'uomo dal forte accento americano portava a tracolla. Riattaccarono la carta blu al legno delle cassette con una graffatrice. I frutti prelevati li misero nella sacca.

« Okay », disse con sollievo l'italoamericano. « Anche questa è fatta. Ancora due carichi e il lavoro del mese è finito. »

« E il mio saldo? » si preoccupò Nicola Peci alludendo evidentemente al proprio compenso.

« Dopodomani », ghignò con finta cordialità l'italoamericano. « Il saldo a lavoro concluso. Quando sigilleremo l'ultima cassetta avrai quello che ti spetta. Non ti fidi? »

« Per fidarmi mi fido », disse il sorvegliante che avrebbe preferito avere subito i suoi soldi.

« Uomini d'onore siamo », affermò in modo sgradevole l'altro. « Non dimentichiamo mai di ricompensare chi ci serve fedelmente. »

I due uscirono e chiusero accuratamente la porta. Calò sentì i passi che si allontanavano e poco dopo s'udì il motore di una macchina. Strano che non avesse sentito il motore quand'erano arrivati. Evidentemente l'avevano spento lungo la lieve discesa di circa un chilometro che portava al capannone.

Quand'ebbe la certezza di essere solo accese una torcia elettrica e si avvicinò al camion per ispezionare il carico. Le cassette erano centinaia, una esattamente uguale all'altra: scoprire quelle che erano state manomesse equivaleva a cercare un ago in un pagliaio. Eppure doveva esserci un segno di riconoscimento, un particolare qualsiasi che le distingueva dalle altre.

Alla luce della lampada esaminò accuratamente quelle che si trovavano nel punto dal quale provenivano le voci. Su ogni cassetta c'era il marchio dell'agrumeto del barone. Tutte inesorabilmente uguali, neanche un particolare che le differenziasse: c'era da perdere la testa. Eppure le confezioni manomesse erano certamente dirette a qualcuno che doveva riconoscerle e per riconoscerle doveva avere un punto di riferimento.

Calò continuò a esaminarle minuziosamente seguendo un metodo: dall'alto in basso e lateralmente. Alcune avevano dei nodi scuri nella venatura, altre erano perfettamente bianche. Passò i polpastrelli sulle superfici levigate alla ricerca di eventuali tacche. Niente. Quando stava per arrendersi di fronte a un'impresa che si rivelava superiore alle sue forze, fu colpito da un particolare.

Avvicinò il fascio di luce ad alcune cassette che si trovavano nella parte laterale del carico e si rese conto che il marchio rosso degli agrumeti dei Monreale era di poco più scuro, ma quello che lo colpì fu una sbavatura di colore sulla parte alta della torre normanna. Lo colpì perché in tutte le altre cassette il disegno era nitido, perfetto.

Contò le cassette con i timbri scuri e la sbavatura sul contrassegno: erano quattro. Il cuore gli balzò in gola: forse era arrivato alla soluzione del problema. Scaricò una delle quattro cassette e, aiutandosi con un coltello a serramanico, sfilò i punti della cucitrice, sollevò la carta pesante che la ricopriva e osservò i frutti avvolti nella velina rossa e blu con disegni dorati. Sembrava tutto regolare. Scartò le arance a una a una soppesandole nel palmo della mano. Ogni cassetta ne conteneva novanta, tutte selezionate con cura, e di peso più o meno identico: dai duecentoventicinque ai duecentotrentacinque grammi. Anche la circonferenza corrispondeva allo standard dell'esportazione: poco più di venticinque centimetri. Che cosa non funzionava? Dov'era dunque l'imbroglio?

Le riprese di nuovo in mano facendole passare meticolosamente una per una e sfiorandole con i polpastrelli. Niente. Sedette sul pavimento e ricominciò con tenacia, questa volta facendo passare ogni frutto sotto il fascio di luce della lampada. A un certo punto scoprì un particolare che gli fece andare il sangue alla testa, avrebbe voluto urlare di gioia: aveva finalmente scoperto il marchingegno.

Fra tutte c'era un'arancia che aveva una lucentezza diversa, una morbidezza insolita una pastosità sospetta, una colorazione leggermente più viva. Era tanto bella che sembrava finta. Calò affondò un'unghia nella buccia e non ebbe più dubbi: era un'arancia di cera, un autentico capolavoro. Ora si trattava di sapere che cosa contenesse la fedelissima riproduzione. Certamente qualcosa di prezioso o di molto importante e poco pulito.

Aprì le altre tre cassette, individuò subito l'arancia falsa, infilò le quattro imitazioni nella cacciatora di velluto sostituendole nelle cassette con altri esemplari identici presi nel mucchio del settore riservato alla selezione. Richiuse le confezioni avendo cura che l'imballo risultasse perfetto e, passando dalla porticina che dava sul retro del capannone, prese sveltamente la strada di casa.

Erano le cinque del mattino e l'alba era ancora lontana quando raggiunse la villa di San Lorenzo. Dalla finestra della camera da letto del barone filtrava luce. Giuseppe Sajeva aveva passato la notte ad aspettarlo. Aprì la porta con la sua chiave e vide scendere il barone in veste da camera, una bianca sciarpa di seta al collo.

« Hai fatto la nottata, Calò? » S'incontrarono nel vestibolo e il vecchio gli batté una mano sulla spalla.

« Anche voscenza », osservò. La sua naturale prudenza non riusciva del tutto a nascondere l'entusiasmo della scoperta.

« Hai fatto buona caccia? » Lo guardò interrogativamente.

« Buona e cattiva », l'informò il giovane. « Comunque sorprendente. »

« Andiamo nel mio studio », l'invitò precedendolo.

La buona Annina comparve da una porta del corridoio di servizio.

« Madonna santa, che succede eccellenza? » Era un po' spettinata e una ciocca bianca le cadeva sulla fronte.

« Niente succede. » Sotto lo sguardo severo del barone diventò ancora più piccola ed esile.

« Ho capito », s'inchinò in atto di sottomissione.

« Che cosa hai capito? » la guardò interrogativamente Giuseppe Sajeva.

« Che voscenza e don Calogero hanno dormito tutta la notte », pronunciò con serietà. « Che state ancora dormendo. Che io pure sto dormendo in camera mia e non ho visto niente. »

Il barone apprezzò la recita della fedele governante.

« No », le sorrise, « tu stai qui con noi. E dal momento che sei qui, ci prepari un buon caffè e ce lo porti nello studio. »

« Vi servirò, eccellenza », s'inchinò umilmente.

Calò con calcolata lentezza depose sulla scrivania del barone le quattro arance prelevate dalle cassette.

« Splendide arance », osservò il vecchio.

« Troppo belle per essere vere. » Calò sedette su una delle due poltrone di fronte alla scrivania.

Il barone le accostò alla lampada da tavolo stile liberty e le esaminò attentamente a una a una.

« Troppo belle davvero », ammise. Vide il segno provocato dall'unghia di Calò e approfondì l'incisione con la punta di un tagliacarte.

Calò stava immobile e compunto sulla poltrona.

« Cera », disse il vecchio senza apparente emozione. Le osservò meglio e soggiunse: « Una vera opera d'arte, una perfetta imitazione della natura. È difficile distinguerle da quelle vere ».

Calò prese da un cassetto un grande foglio di carta consistente e vi posò sopra uno dei frutti.

« Apro? » domandò impugnando il tagliacarte.

Il barone assentì muovendo appena la gran testa bianca.

« Vediamo che sorpresa contengono. » Dalle persiane della finestra filtrava la primissima luce dell'alba.

Calò affondò la lama, l'arancia si aprì e il contenuto

si sparse sul foglio. Era polvere bianca e leggera come talco.

« Droga! » s'incollerì il barone e il sangue scomparve dalla sua faccia austera. « Il marchio dei Monreale su questa peste bianca », imprecò. « Vai a prendere il mio bilancino », ordinò.

Il giovane aprì la parte bassa della libreria e tirò fuori un bilancino d'argento che sosteneva un piatto rettangolare e aveva un ago oscillante intorno a una ruota numerata da zero a duecento grammi. Il barone versò tutta la polvere contenuta nell'arancia e l'indicatore si fermò su centoventi.

« Centoventi grammi di droga », disse Calò.

Il vecchio raccolse la polvere sulla carta e pesò l'arancia spaccata. L'ago si fermò sul centodieci.

« Un meccanismo diabolico e perfetto », ammise il barone. « In tutto duecentotrenta grammi, il peso medio di un'arancia da novanta. » Si lasciò andare contro lo schienale della poltrona. Era diventato improvvisamente vecchio e stanco. « Il nome, la dignità e l'orgoglio dei Monreale trascinati in una sporca faccenda di droga. Hanno profanato la nostra casa col più vergognoso dei traffici. »

Calò sapeva che un uomo può avere delle ragioni per uccidere e per rubare o per vendicare un torto, ma non c'erano giustificazioni per chi avvelenava il mondo.

« Imbarcano mezzo chilo di droga al giorno », fece un rapido conto. « La roba la traffica questo paesano americanizzato che non conosco. È lui che tiene i rapporti con l'artista della cera. Nicola Peci gli ha spalancato le porte di una casa integra. Ma il gioco lo tiene Mimmo Caruso. A fine carico, quando la nave parte per l'America, sotto il marchio degli agrumeti dei Monreale, ci sono dodici chili di droga. »

« È inaudito. » Il barone strinse i pugni e serrò le mascelle. Pallore e rossore si alternavano sulle sue guance. « E forse non sapremo mai da quanto tempo dura questo traffico. »

Calò rimase un attimo pensieroso.

« Ho sempre tenuto gli occhi bene aperti », disse con l'aria di giustificarsi. « Credo sia una cosa recente. Almeno lo spero. »

Annina bussò. Calò non la fece entrare, prese il vassoio con il caffè e richiuse subito la porta.

« Mimmo Caruso, dici? » chiese il barone.

« È persona molto ascoltata. » Il giovane versò il fragrante infuso nelle due tazzine e zuccherò abbondantemente quello del barone.

« Che tu conoscesti nello studio dell'onorevole Rizzo. » Il barone sorseggiò il caffè e lo trovò eccellente.

Calò intuì il dubbio del barone.

« Voi credete che l'onorevole Rizzo possa avere favorito questo gioco? » Restò per un attimo con la tazzina a mezz'aria.

« La droga è una vergogna della nostra epoca. » Era scontento di vivere in un mondo che considerava sbagliato. « È un mercato in espansione alimentato da miserabili che uccidono senza rischio. I soldi non hanno odore, Calò. E quando arrivano nelle mani delle persone di rispetto, anche i quattrini più sporchi diventano puliti. »

Calò era mortificato dal senso di impotenza che lo attanagliava.

« Noi sappiamo chi sono i responsabili », esclamò con l'intenzione di dirimere la vertenza a modo suo.

« I tempi sono cambiati, amico mio », disse il barone con un sorriso disarmato e buono. « E la colpa è di tutti. Soprattutto nostra. Non che prima si stesse meglio. Ma c'erano delle regole che venivano rispettate. Soltanto qualche anno fa nessuno avrebbe osato profanare la mia casa. »

« È una storia finita », lo consolò il giovane.

« Questa volta il carico non partirà. » Di quello era certo. « E le forniture di questa notte e di domani notte? » domandò.

« Rifarai lo stesso lavoro », ordinò riprendendo improvvisamente il suo tono autorevole e deciso. « La nave partirà senza la droga. »

« E quando a New York s'accorgeranno che abbiamo scoperto il loro traffico? » Era evidentemente preoccupato per il vecchio. « Penseranno a voi. »

« È quello che voglio. » Nelle grosse vene affioranti dalla mano del barone sembrava di veder scorrere il sangue.

« È gente che non perdona », si preoccupò. Il caffè si raffreddava nelle tazze dimenticato dai due uomini. « Io temo per la vostra vita. »

Il barone lo guardò con paterna simpatia.

« Quando una cosa deve accadere, accade », spiegò. « Il timore non modifica il corso delle esistenze. La paura non ferma il destino degli uomini, ma li spoglia della dignità necessaria per affrontarlo. »

Calò si rese conto che non avrebbe potuto far niente per opporsi alla volontà del barone.

« La prima a saltare sarà la testa di Nicola Peci », fece Calò con rabbia. « E l'onorevole Rizzo? » La sua faccia si contrasse.

« I piemontesi arrivando in Sicilia », ricordò il barone muovendo con l'indice la tazzina di porcellana inglese, « ci hanno insegnato la politica del carciofo. Una foglia dopo l'altra, lentamente per arrivare al cuore. » Prese la tazzina tra l'indice e il pollice e la mandò in frantumi. « Ho un nipote », continuò apparentemente placato e sereno. « Ho te che considero un figlio. Io sono vecchio e comincio a essere stanco, ma soprattutto amareggiato. Tuttavia chi ci ha coinvolto in questa vergogna finirà come questa tazzina. Non importa chi lo farà. Ma uno di noi lo farà. »

« E questa roba? » chiese Calò alludendo alla droga.

« Nel cesso, Calò. » Era un ordine perentorio. « Questa roba la devi buttare nel cesso. E anche quella di questa notte e quella di domani. »

Il barone Giuseppe Sajeva si alzò dalla poltrona. Aveva la faccia stanca per una notte insonne e gli occhi iniettati di sangue per l'oltraggio subìto. Ma aveva l'animo e il cuore in pace, anche se sapeva che dichiarando guerra alla mafia della droga, aveva firmato la sua condanna a morte.

« I tempi sono cambiati, Calò. Si è perduto il rispetto della dignità umana. »

Ma il giovane non credeva che qualcuno al mondo avesse il coraggio di attentare alla vita di Giuseppe Sajeva barone di Monreale. Probabilmente avrebbero colpito lui, ma prima doveva regolare i conti con Mimmo Caruso.

Se guerra doveva essere, tanto valeva colpire per primi.

« E Mimmo Caruso? » domandò.

« Regolati come vuoi. » Il suo viso non era più sgomento. « Comunque ricordati che non cambierai la sostanza delle cose. » Era offeso, mortificato. « I tempi sono cambiati », ripeté uscendo dallo studio.

« Buon riposo, don Peppino », lo salutò Calò. Andò in camera sua e spalancò la finestra. Il sole sorgeva all'orizzonte spandendo oro nell'oro degli agrumeti. La giornata prometteva bene, il tempo non sapeva le meschinità e le paure degli uomini.

Il getto caldo della doccia gli ridiede vigore e un secondo caffè lo mise nella migliore disposizione di spirito. Di lì a poco Bruno si sarebbe svegliato e, come sempre, l'avrebbe accompagnato a scuola. La vita della casa doveva continuare lungo i binari della più assoluta normalità.

Era inutile pensare a Mimmo Caruso, tanto quello

era segnato. Da quelle parti la vita di un traditore vale molto meno del prezzo di una cartuccia. Calogero Costa aveva già ucciso e lo aveva fatto d'istinto per rivendicare il suo diritto di essere umano. Rivide quell'episodio con tragica chiarezza.

Aveva undici anni e custodiva le pecore di un massaro. I giorni e le notti, nel sole o nel gelo, erano scanditi dalle percosse, dai soprusi, dallo scherno dei tirapiedi del massaro che per accentuare il disprezzo lo chiamavano *caggiu*, ossia ragazzo di buona famiglia, ben sapendo che non aveva madre né padre ed era stato abbandonato in fasce sui gradini della chiesa di Girgenti.

Se una pecora s'azzoppava, veniva frustato a sangue, se un agnello si smarriva, veniva bastonato senza pietà. Masticava radici di liquirizia per placare i morsi della fame. Si nutriva di pane, di cipolla e di qualche oliva rubata sugli alberi quand'era la stagione.

Una sera all'imbrunire mentre stava seduto su un masso, attorniato dal gregge, istupidito dal terrore, affamato e stracciato, aveva visto arrivare il massaro a cavallo. Tutto era in ordine, nessun animale era andato perduto e non c'erano stati incidenti, tuttavia il bambino era stato preso da un tremito convulso. Perché dunque avere paura? Ma Calogero Costa, il bastardo, il trovatello, il figlio di nessuno, la creatura indifesa su cui s'abbatteva il sadismo dei grandi, ma soprattutto la crudeltà perversa del massaro, tremava dalla testa ai piedi.

L'uomo era sceso da cavallo, era forte, tarchiato, cupo, sgradevole. Gli occhi piccoli e puntuti come spilli sembravano quelli di un ramarro.

« Ti riposi, vero? » aveva ghignato mettendo in risalto una chiostra di denti guasti. Il ragazzo non aveva risposto, qualsiasi risposta avrebbe provocato una reazione negativa e violenta.

« È giusto riposarsi dopo il lavoro », lo aveva giustificato l'uomo avvicinandosi a lui tenendo ben stretto il frustino nel pugno e dandosi piccoli colpi sulla coscia.

Calò istintivamente aveva nascosto il capo tra le ginocchia rannicchiandosi in una posizione fetale. Aveva atteso che il frustino si abbattesse sulla sua schiena. Invece il massaro aveva continuato a parlargli con voce serena in un tono quasi affettuoso.

« Ti diverte il gioco che stai facendo? » gli aveva domandato.

Il ragazzo aveva raccolto pietre e impilandole l'una sull'altra aveva costruito un muro. Gli piaceva costruire sbarramenti dietro i quali cercare protezione e sicurezza. Il suo sogno era vivere in una grande casa di pietra circondata da alte muraglie.

« Che senso ha tutto questo? » gli aveva chiesto ancora il massaro.

Calò ascoltava la voce dell'uomo ch'era strana, roca e sgraziata, ma si ostinava a rimanere col capo abbassato in posizione di difesa. Non poteva spiegargli il piacere che provava nel costruire sbarramenti. Era difficile trovare le parole, ma anche se le avesse trovate, l'uomo non avrebbe capito.

« È ora di cena, lo sai? » Il suo tono s'era fatto mellifluo. Calò aspettava che il massaro rimontasse a cavallo per mangiare la razione di pane e cipolla. Era stato sorpreso nel suo gioco solitario e stringeva ancora un grosso sasso nel pugno.

« Ti piacerebbe venire alla masseria a mangiare con gli altri? » Calò continuava a tenere la testa tra le ginocchia senza riuscire ad afferrare il senso di quell'insolito approccio.

« Questa sera ci sono costolette di agnello », lo aveva invogliato. Sembrava un sogno o l'inizio di una beffa. Ma se fosse stato vero?

Calò aveva preso coraggio, aveva sollevato finalmente il capo e aveva guardato l'uomo tra la paura e lo sbalordimento. Era quello che il massaro aspettava. Il frustino sibilò nell'aria prima di colpirlo in piena faccia. Il solco bluastro era affiorato sulla guancia e subito aveva cominciato a sanguinare.

« Così impari a giocare con le pietre », aveva detto ghignando. « Raduna le pecore, bastardo! »

Il cane abbaiando aveva rincorso un agnello fuggitivo e lo aveva riportato nel gregge. Intorno risuonavano lamentosi belati.

« E che non succeda mai più che io ti veda oziare prima di sera », l'aveva ammonito.

L'uomo lo aveva guardato come se fosse stato un mucchietto d'immondizia, poi si era incamminato verso il cavallo che brucava avari fili d'erba ingiallita.

Il ragazzo lo aveva visto così sgradevole e nero contro il fuoco del tramonto e gli era parso il diavolo. Era forte, violento, sicuro di sé e forse si credeva immortale. Calò aveva preso il sasso più grosso tra quelli che aveva ammucchiato, lo aveva afferrato con tutt'e due le mani, si era avvicinato al massaro silenziosamente come un gatto, si era sollevato sulla punta dei piedi e con una forza che nemmeno lui sospettava d'avere e che probabilmente non aveva mai avuto aveva colpito con la pietra il capo dell'uomo che era riuscito a voltarsi con occhi stralunati per poi abbattersi a faccia in giù sul terreno scabro e polveroso. Allora Calò aveva continuato ad accanirsi con quel sasso sulla testa dell'uomo riducendola a una cosa informe.

Aveva sputato su quel corpo ormai senza vita ed era fuggito. Aveva smesso di tremare ed ebbe la certezza che da quel momento nessuno l'avrebbe chiamato bastardo, nessuno l'avrebbe frustato o bastonato. Mai più.

Aveva raggiunto la spiaggia deserta che era notte, il mare lo aveva cullato con la sua antica canzone e il vento l'aveva accarezzato come la madre che non aveva conosciuto. Si era addormentato sull'arenile tiepido nell'aria chiara sotto un cielo brulicante di stelle. Su quella spiaggia lo aveva trovato il barone Giuseppe Sajeva che aveva ascoltato la sua storia e se lo era portato nel palazzo di Piazza Armerina. Era circolata la voce che il massaro era stato ucciso da feroci banditi, i carabinieri avevano chiuso il caso e il fascicolo era finito nel polveroso archivio del tribunale. E da allora Calogero Costa aveva cominciato a conoscere la gioia di vivere.

In quel momento si preparava a uccidere Mimmo Caruso e lo avrebbe eliminato senza pentimenti. Non era più un bambino oltraggiato e maltrattato, era un uomo consapevole che vendicava l'affronto fatto alla famiglia Monreale. La sua famiglia.

LA PREDA

Erano tornate a fiorire le ginestre, verdeggiava il trifoglio e sulle montagne il giallo dello spino santo spiccava sullo sfondo dei terreni lavici. A giugno Bruno aveva superato brillantemente l'esame di ammissione alla scuola media. In famiglia s'era fatta festa grande. Da San Francisco lo zio George e suo padre gli avevano inviato due doni indimenticabili: un superbo esemplare di cavallo indiano, cui Bruno aveva imposto il nome di Corsaro, e l'attestato di proprietà del palazzo milanese di via Manzoni che Philip aveva acquistato per Annalisa alla fine della guerra.

I documenti della donazione erano accompagnati da una lettera.

« So che preferisci vivere in Italia », gli scriveva tra l'altro Philip, « quindi non voglio obbligarti a tornare in California. Tuttavia desidero rivederti. Mi sembra un desiderio legittimo visto che sei il mio unico figlio. Così verrò io a trovare te. Che ne diresti se ti chiedessi di ospitarmi nella tua casa milanese? Per me agosto andrebbe benissimo. Credi che il nonno accetterebbe di accompagnarti a Milano per passare qualche giorno con un lontano parente americano? »

« Che ne dici, nonno? » domandò Bruno che non poteva apprezzare pienamente il dono del palazzo mentre era entusiasta del cavallo indiano regalatogli da zio George.

« Credo che tuo padre sia un uomo davvero eccezionale », ammise il vecchio che un tempo aveva espresso giudizi frettolosi e ingiusti su quella specie di pellerossa imparentato con una montagna di dollari.

Un'ombra di tristezza passò sulla bella faccia del ragazzo velandone il sorriso.

« Lo credo anch'io. » La lontananza aveva mitigato le asprezze delle regole ferree che spesso il padre gli imponeva.

« Lo rivedrò volentieri. »

Il barone riconobbe che il genero si comportava con una discrezione e una generosità che gli facevano onore. Scriveva spesso al figlio e, con frequenza anche maggiore, gli telefonava. Certo, avrebbe accompagnato il nipote a Milano in agosto quando la grande città lombarda è particolarmente gradevole.

Subito dopo la fine dell'anno scolastico erano partiti sulla *Lancia Artena* del nonno per Piazza Armerina e il vecchio gli aveva parlato di Milano dove Bruno aveva vissuto per pochi mesi nel lontano 1945.

Rientravano, nonno e nipote, da una cavalcata. S'erano spinti fino al bosco di eucalipti. Una taccola frullò da un cespuglio di rosa canina diffondendo un delicato profumo. Bruno, che montava il suo Corsaro, lo sentì fremere e lo accarezzò per calmarlo anche se il giovane animale era d'indole particolarmente docile e aveva il pregio di non imbizzarrirsi mai. Un musicale ronzio d'insetti conferiva una voce all'estate e le api operose s'accanivano tra le vistose fioriture lilla del cardo mariano.

« Calò dice che Milano è una gran babilonia di cemento », obiettò il ragazzo continuando ad accarezzare il collo arcuato di Corsaro

« Calò è un orso, fazioso e campanilista », rise il vecchio.

« Cosa vuol dire, nonno? » Una splendida farfalla bianca con la punta delle ali arancione quasi gli accarezzò la faccia e scomparve lontano.

« Vuol dire che per lui, dove la Sicilia finisce comincia la barbarie. È fatto così. » Un coniglio selvatico schizzò da un anfratto.

« Si può andare a cavallo a Milano? » si preoccupò Bruno.

« Certamente. » Il vecchio gli parlò della brughiera di Gallarate e della tenuta nei pressi di Melzo acquistata al momento giusto per un prezzo ragionevole dal suo amico Filomeno Brancati. « Io ricorderò con lui i vecchi tempi e tu potrai giocare o cavalcare con suo figlio. Ha quattordici anni. Si chiama Paolo. Credo che potreste diventare amici. »

« Con un milanese? » dubitò seriamente.

« Brancati è un siciliano autentico », garantì con orgoglio isolano. « Vive e lavora da anni a Milano, ma non ha dimenticato dov'è nato. Credo proprio che sarà utile per te conoscere la famiglia Brancati. »

« La mamma mi parlava molto di Milano. » La sua voce diventò triste e lontana.

« La mamma amava molto quella città. » Un grosso merlo dal becco giallo nel mezzo di una radura sollevò il capo messo in allarme dai due cavalieri e spiccò il volo. « Mi diceva che Milano è una città bellissima. È vero, nonno? »

« Ogni posto è bello se c'è qualcuno che ti ama e ti rispetta. » I cavalli procedevano al passo, in sincronia; il barone si godeva la pace di quell'incantevole mattinata di sole e la vicinanza del ragazzo.

« I Monreale si fanno rispettare ovunque, nonno », affermò con orgoglio il ragazzo.

« I Monreale », decretò solennemente, « sono al di sopra di ogni sospetto. »

Uno sparviero navigava nel cielo chiaro con ali immobili.

« Come quel falco? » domandò Bruno.

« Come quel falco », si compiacque il nonno della similitudine. « Tu sii sempre all'altezza del nome che porti. Non scendere mai a compromessi. Sii tollerante con i deboli e inflessibile con i forti. »

Passarono in quell'incanto alcuni minuti di silenzio scandito dal passo dei cavalli.

« A che cosa pensi, nonno? » domandò il ragazzo.

« Che sono un uomo fortunato dal momento che ho un nipote come te. » Non mentiva, ma gli nascondeva le verità che l'angustiavano. Rifletteva sugli avvenimenti dell'inverno, ricordava l'intrusione oltraggiosa nei suoi agrumeti quando qualcuno aveva creduto di potersi servire del suo marchio per trafficare droga: l'infamia dei vili, il mestiere vergognoso degli uomini senza onore. I cronisti di nera avevano registrato senza eccessivo entusiasmo alcuni delitti giudicati genericamente di mafia. Nicola Peci era stato trovato con la gola squarciata e un sasso in bocca sulla spiaggia di Castellammare. Mimmo Caruso era stato liquidato con un colpo in fronte mentre una sera usciva da un noto ristorante di Palermo. L'italo americano Joe Scalia era stato massacrato da un camion in piena notte davanti a un locale notturno. Dopo le consuete indagini i casi furono archiviati.

Nessuno aveva visto niente, nessuno era in grado di aiutare la giustizia a far luce sull'efferato crimine. Don Calogero Costa e il vecchio barone non affrontarono mai più l'argomento, ma Giuseppe Sajeva aveva la certezza che la storia delle arance truccate non sarebbe finita lì. Avrebbe potuto tentare di arginare eventuali ritorsioni e non gli mancava la voce per far sapere alle persone giuste ch'era disposto a trattare, ma i Monreale non erano mai scesi a patti con nessuno, né con i politici, né con i responsabili della nuova mafia che non avevano regole se non quelle che coincidevano con il loro personale tornaconto.

« Ricordati un'altra cosa, figliolo », catechizzò il nipote, « nella vita incontrerai certamente persone che cercheranno di metterti con le spalle al muro. Non cedere mai. Chi cede è un uomo finito. »

Era una frase che per il ragazzo non aveva senso.

« Me ne ricorderò, nonno », rispose tuttavia rispettosamente. Gli sembrò un suggerimento inutile. Chi mai avrebbe potuto mettere con le spalle al muro il nipote di Giuseppe Sajeva barone di Monreale?

Erano le quattro del mattino. Il cielo cedeva il blu intenso, nel quale impallidivano le ultime stelle, ai colori madreperlacei dell'alba. Nel palazzo di Piazza Armerina, ancora immerso nel sonno, Calogero Costa scivolò fuori dalla sua camera in punta di piedi reggendo in una mano i pesanti stivali e nell'altra il sacco con la colazione.

Entrò nella camera rosa ch'era stata di Annalisa. Bruno era in piedi e si stava vestendo.

« Com'è che sei già sveglio? » fece Calò stupito.

« Ero ansioso. Ieri sera non riuscivo a prendere sonno », confessò. « Avevo paura di non svegliarmi. così ho caricato la sveglia. »

« Temevi che ti lasciassi a casa? » sorrise l'uomo partecipando all'entusiasmo di Bruno.

« È la prima volta che il nonno mi porta con sé a caccia. » Infilò una piccola giacca di fustagno alla cacciatora in tutto identica a quella di Calò. « Se fosse venuto lui al tuo posto e m'avesse trovato addormentato, poteva non svegliarmi. Sai com'è il barone », osservò con aria complice. Era un ragazzo alto, robusto e ben costruito per la sua età.

« Allora è meglio sbrigarsi », lo sollecitò. « Il barone è certamente già sceso. »

Giuseppe Sajeva li aspettava nell'ingresso.

« Sei pronto per questa faticaccia, ragazzo? » gli sorrise.

« Buongiorno, nonno », lo salutò girando su se stesso perché il vecchio potesse constatare che s'era attenuto puntualmente alle sue disposizioni: dalle scarpe pesanti alla giacca di fustagno.

Calò era fiero di lui. Quel ragazzo sarebbe diventato un vero uomo.

« Allora andiamo », decise il barone.

Uscirono tutt'e tre in giardino e percorsero il viale costeggiato di agavi. L'aria era limpida e profumata, il cielo sereno e Bruno respirò avidamente provando un'ebbrezza che non sapeva spiegare. Al chiarore dell'alba resisteva soltanto la stella del mattino. Gli uccelli s'erano svegliati e avevano dato inizio al loro petulante, gioioso concerto.

Varcarono il cancello di ferro battuto, percorsero un ripido sentiero che li portò in aperta campagna. Da giugno a settembre, anche nei giorni in cui la stagione venatoria non era ufficialmente aperta, il barone andava a caccia nelle sue terre in compagnia di Calò.

Bruno portava ad armacollo una doppietta calibro ventotto di costruzione inglese, molto più piccola di quella del nonno, un vecchio fucile calibro dodici a cani esterni fabbricato su ordinazione dall'antico stabilimento Pieper Herstal-Lez di Liegi. Era un'arma stupendamente arabescata, con due piccoli cervi, una stella e due guerrieri medievali a cavallo che, lancia in resta, caricavano un invisibile nemico. Calò teneva in bilico sul braccio destro il suo inseparabile Browning.

« Posso sparare? » chiese Bruno pronto a imbracciare l'arma. Un falco grillaio e un nibbio bruno volavano bassi in cerca di preda.

« No », ordinò recisamente il vecchio. « Sono specie troppo rare », spiegò. « Si nutrono anche di vipere. Sono utili. »

Il ragazzo aveva imparato una cosa nuova.

L'uscita mattutina era un pretesto per immergersi in quella solitaria immensità quando il sole non ha ancora arroventato l'aria, in un paesaggio mutevole e colorato come una tavolozza in cui si alternavano argille gessose e argille sabbiose sullo sfondo di morbide colline digradanti su ampie vallate.

Era un'occasione per godersi in pace quella natura incontaminata, aspra e selvaggia. I due uomini e il ragazzo procedevano con passo lento e cadenzato verso la boscaglia a tratti coperta di vitalba. I due uomini pensavano alla vetta del colle dove si sarebbero seduti a consumare la colazione preparata da Annina ammirando il panorama. La prospettiva del ragazzo, invece, era l'avventura e la cattura del suo primo trofeo: una lepre, un fagiano o anche semplicemente un coniglio selvatico.

Calò divelse da un cespuglio di foglie viscose a fiorellini azzurri una radice, la pulì con la lama del coltello, la lavò con un po' d'acqua della borraccia, la tagliò in due e ne offerse una metà a Bruno.

« Cos'è? » domandò il ragazzo curioso.

« È una radice di liquirizia », spiegò l'uomo. « Rinforza i denti. Li tiene puliti e ha un buon sapore. »

Bruno lo ringraziò e prese a succhiare la radice fresca ancora umida e piena di succo.

« È davvero buona », disse.

Bonbon, il pointer quasi decenne del barone, li precedeva col muso proteso in alto come un radar nel classico atteggiamento tipico della sua razza. Aveva una testa stupenda, il muso leggermente arcuato in uno stop perfetto, il naso nero e umido. Macchie nere pezzavano elegantemente il suo corpo appesantito dall'età, dai carboidrati e dai dolci della principessa Isgrò.

« Lo farai morire con le tue porcherie », la rimproverava il barone.

Bonbon aveva lo stile inconfondibile del pointer, ma la velocità del bracco. S'era dimenticato d'appartenere a una razza « a grande cerca », rinunciava per pigrizia e per abitudine agli inserimenti profondi e alle ampie ispezioni laterali. Non aveva più l'età e la tolleranza del barone gli perdonava quelle mancanze. Precedeva i cacciatori di alcune decine di metri e si affidava volonterosamente al suo infallibile olfatto.

« Credi che riuscirà a stanare qualcosa? » domandò il ragazzo con ansia.

« Credo di sì », rispose il barone. « A condizione che trovi qualcosa. »

« Mi basterebbe un coniglietto selvatico », mormorò Bruno bruciandosi gli occhi in un'osservazione instancabile.

L'aria s'intiepidiva, ma il sole ancora era nascosto dal colle incoronato dalla sua luce. Solo quando raggiunsero il punto più alto lo videro brillare in tutto il suo splendore.

« Ne valeva la pena? » disse il vecchio sorridendo al ragazzo.

« Ne valeva la pena », ammise Bruno per cortesia, sempre posseduto dalla bramosia della preda.

Il barone sedette su un tronco reciso, Calò su un piccolo masso da cui spuntava un ciuffo di fiori rossi. Bruno li imitò mettendosi sussiegosamente a sedere.

« Hai fame? » Camminavano da un'ora e non avevano mangiato niente prima di partire.

« Abbastanza », disse Bruno.

Il nonno stese sulle ginocchia un tovagliolo pescato nella sacca, che Calò aveva deposto ai suoi piedi, prese il coltello e tagliò alcune fette di pane. Lo farcì con del cacio odoroso e lo porse al nipote.

« Prima tu, nonno », si oppose educatamente anche se gli correva l'acquolina in bocca e sentiva un gran vuoto allo stomaco.

Il barone preparò altri panini. Bonbon con aristocratica compostezza s'era seduto ai piedi del barone per partecipare al picnic. Giuseppe Sajeva lo guardò con amicizia: erano invecchiati insieme, si amavano e si rispettavano.

I due uomini e il ragazzo consumarono quella colazione frugale come se fosse una delizia elaborata dall'impareggiabile monsù. Bruno era eccitato, nervoso e i suoi mobilissimi occhi grigi si spostavano continuamente da un punto all'altro del colle alla ricerca del selvatico, sondavano un lontano cespuglio di retama dai fiori bianchi e profumati e frugavano tra i primaverili mesembriantemi rosa che si andavano spegnendo.

« Stai tranquillo, Bruno », l'ammonì bonariamente il nonno. « Ti agiti troppo. Qualsiasi animale selvatico nei pressi avvertirebbe il tuo nervosismo e fuggirebbe. » Il vecchio parlava sapendo che non si può trasmettere l'esperienza. Il ragazzo doveva imparare da solo la virtù della calma.

« Non posso concludere la mia prima giornata senza una preda, magari piccola », si giustificò.

« La fretta e il pessimismo sono nemici pericolosi », lo istruì il vecchio. « Ci vuole pazienza e ottimismo per conseguire qualsiasi risultato. » Era insolitamente puntiglioso.

« Va bene, nonno », accondiscese, « cercherò di calmarmi. »

« Avrai il tuo coniglio », riprese. « Ci vorrà tempo, forse dovrai camminare molto. Forse non lo troverai subito. Ma lo avrai. Però devi avere fede, aguzzare l'ingegno, gli occhi e l'attenzione. » Parlava di conigli in una radiosa giornata di sole, ma in realtà gli insegnava delle regole di vita. Si rivolgeva al nipote con pedagogica chiarezza, come se quella fosse l'ultima occasione per impartirgli un insegnamento che sarebbe dovuto servirgli per la vita.

Calò seguiva il discorso del vecchio mentre nasceva in lui un oscuro presentimento che subito attribuì alla sua particolare sensibilità e alla suggestione del luogo.

« Sì, nonno », disse Bruno che avvertiva nelle parole del vecchio una speciale solennità.

« Non avere fretta di annientare il tuo nemico. » Il nonno era calmo, sereno e aveva eccezionalmente acceso mezzo toscano. « In questo caso è un povero e innocuo coniglietto. Di fronte a un nemico vero non devi mai scomporti. Se hai deciso di avere il tuo coniglio l'avrai. Anzi l'hai già. Ma devi essere fermo nella tua determinazione. »

« Okay, nonno. Ho finito la colazione e sono calmo. » S'era insediato in lui un senso di disagio. « Posso mettermi in caccia? »

« Sei un bravo ragazzo. Vai », accondiscese il barone.

Calò gli porse un limone tagliato a metà.

« Succhia questo », gli consigliò, « disseta e fa digerire. »

Bonbon, capito che il suo pasto era terminato, si rimise in piedi sbadigliando come un anziano signore soddisfatto e in buona salute e prese a scendere la china precedendo Bruno che aveva succhiato il limone e andava incontro alla sua prima avventura di caccia.

Il cane accentuò l'andatura e cercò fra gli odori intensi della campagna quello specialissimo del selvatico.

« Seguilo », ordinò il barone a Calò. « Io mi riposo ancora un poco. Poi vi raggiungo. »

Bonbon, a mezza costa, incrociò scrupolosamente il terreno facendo orizzontalmente la spola in modo che al suo olfatto non sfuggisse nulla. Era un lavoro sistematico che consentiva di esplorare un'area molto vasta, lasciando ben poche possibilità di scampo alla selvaggina.

Improvvisamente, facendo mezzo giro su se stesso, il cane si immobilizzò in una ferma statuaria: la coda rigida e vibrante, la parte posteriore leggermente abbassata, il resto del corpo, e soprattutto la testa, proteso verso l'alto in direzione di un cespuglio di palma nana dalle foglie aguzze e lanceolate.

Calò fece cenno a Bruno di tenersi pronto e il ragazzo si mise a fianco del cane impugnando il fucile pronto a imbracciarlo. Bonbon conservava la sua immobilità. Solo gli occhi dell'animale passavano dal cespuglio al ragazzo.

Il gigante l'accarezzò e l'animale con uno strappo avanzò di pochi metri rimanendo con la zampa anteriore destra sollevata.

« È un coniglio », mormorò l'uomo. « Guarda bene nella parte sinistra del cespuglio.

Bruno aguzzò gli occhi e lo vide, piccolo, bianco e immobile nel suo covo.

Anche il coniglio li vedeva, ma si riteneva ancora al sicuro. Sperava di passare inosservato.

Il ragazzo imbracciò il fucile pronto a sparare.

L'uomo gli abbassò la canna impedendogli l'esecuzione.

« Questo non si fa », sibilò. « Mai! »

Il ragazzo lo guardò sbalordito.

« Non si spara a un animale fermo », spiegò. « Anche le bestie devono avere una possibilità di salvezza. »

Bruno annuì. Le parole di Calò l'avevano convinto.

Accarezzò il dorso di Bonbon e il cane fece tre strappi di avvicinamento. Allora il coniglio balzò fuori dal covo e dal cespuglio e nell'attimo in cui prendeva velocità lateralmente sulla collina il ragazzo ricordò l'insegnamento del nonno: « Quando spari a un animale selvatico in movimento, punta sempre una spanna davanti al muso ».

Imbracciò il fucile e sparò secondo le indicazioni del barone. Il coniglio colpito in pieno, spinto dalla velocità, rotolò su se stesso come un barattolo vuoto prima di fermarsi davanti a un arbusto. Bruno guardò l'uomo, poi la sua prima preda.

« Ce l'ho fatta Calò », esclamò ancora incredulo. « Il nonno aveva ragione. »

Il gigante biondo gli batté una mano sulla spalla.

« Sei davvero in gamba », si complimentò.

Bonbon fedele al suo schema di addestramento era ancora immobile.

« Porta », gli ordinò l'uomo indicandogli il coniglio.

Il pointer scattò, prese in bocca il coniglio, lo riportò indietro scodinzolando e lo depose ai piedi del ragazzo guardandolo con i suoi occhi buoni e riconoscenti.

« Il nonno aveva ragione », ripeté Bruno esultante. « Ci vuole calma e determinazione. »

Afferrò per le lunghe orecchie il piccolo animale ancora caldo e subito prese a salire lungo il pendio urlando con quanto fiato aveva in gola: « Nonno! Nonno! Ce l'ho fatta. Ho ucciso il mio coniglio! » Un vento leggero accarezzava l'erba alta che cambiava colore ad ogni istante. La collina aveva i colori della felicità.

Ma nel breve volgere di un istante accadde qualcosa di strano, come se improvvisamente la terra avesse smesso di respirare. Nell'aria immobile galleggiavano un odore sconosciuto e un disagio che l'atterrirono. Quell'odore intraducibile gli riempiva gli occhi, il cervello, il cuore.

Calò lo raggiunse, lo afferrò per un braccio e glielo strinse fino a fargli male.

« Non muoverti. » Era un ordine al quale non doveva trasgredire.

« Perché? » lo guardò spaventato.

« Senti quest'odore? » gli domandò scrutando la cima del colle.

« È una cosa strana che non capisco », balbettò il ragazzo.

« È l'odore della morte. » I suoi grandi occhi azzurri erano pieni di terrore impotente.

In quel momento echeggiò uno sparo e l'eco rimbalzò per la pianura. Subito dopo s'udì nuovamente il respiro della terra.

« Chi ha sparato? » Anche il ragazzo intuì la tragedia.

« Il nonno », gridò Calò avventandosi per la salita. « Andiamo dal nonno, presto. »

Giunsero trafelati nel punto dove avevano fatto colazione. Il nonno era disteso a terra vicino al piccolo masso dove spuntava un ciuffo di fiori rossi. Aleggiava ancora sulle sue labbra un vago sorriso e guardava il cielo senza vederlo. Perché era morto. Solo i folti capelli d'argento si muovevano appena nel vento leggero che accarezzava il trifoglio.

Bruno tendeva verso il corpo senza vita del vecchio il suo primo trofeo, il risultato della sua prima avventura di caccia.

« Nonno... volevo mostrarti... volevo dirti che avevi ragione tu. » Era confuso, balbettante, incredulo.

Calò si tolse il cappello, poi il ragazzo sentì la sua mano forte sulla spalla.

« È morto, Bruno. » La sua voce era forte e pacata.

« Nessuno può uccidere il barone di Monreale. » Bruno parlava con sicurezza come se affermasse l'esistenza di Dio.

Lontano un uomo fuggiva a cavallo nella piana assolata.

« È stato lui », affermò il gigante.

« Uccidilo, Calò. » Il grido isterico del ragazzo echeggiò lontano.

« Non è il caso », osservò con calma.

Bruno lasciò cadere il coniglio ch'era un mucchietto bianco sull'erba.

« È morto come un coniglio », mormorò Bruno, « ed era il barone di Monreale. »

Bonbon s'avvicinò al cadavere del vecchio e si distese accanto a lui guaendo lamentosamente. Dopo un po' tacque restando accucciato con la testa tra le zampe come se dormisse.

Il gigante s'inginocchiò si fece il segno della croce poi chiuse gli occhi al morto.

« Corri a palazzo », ordinò a Bruno. « Di' all'autista che il nonno si sente male. Di' che venga subito a prenderlo. » Lo guardò dritto negli occhi con una serietà che il ragazzo non conosceva. « Ricorda, solo questo devi dire: il nonno si sente male. »

Bruno avvertì un tormentoso senso di nausea e deglutì per ricacciare indietro i conati di vomito. Aveva sentito l'odore della morte e non l'avrebbe dimenticato mai più.

Corse giù per il pendio rischiando più volte di perdere l'equilibrio. Era frastornato e sperava che quant'era successo appartenesse a un incubo. Ma la campagna era diventata buia nel sole e i fiori avevano perso colore e profumo. Sapeva soltanto che doveva arrivare presto a casa, dire a Giacomo che il nonno s'era sentito male, e tornare con lui ai piedi del colle per riportarlo in automobile a palazzo.

« Meno male che non c'è la madrina », pensò. « Con lei è difficile mantenere un segreto. »

Bruno accompagnò l'autista per strade polverose

fino al punto più vicino al colle dove un sicario aveva assassinato il barone di Monreale. Ma s'era poi verificato l'evento che aveva sconvolto la sua vita?

Il ragazzo vide il gigante biondo avanzare nell'erba alta verso di lui. Camminava a passi lenti e sicuri portando tra le braccia il corpo senza vita del vecchio con i candidi capelli appena mossi dal vento. Sulla faccia severa di Calò c'era il composto dolore di un figlio.

Bruno gli corse incontro.

« La macchina è laggiù », disse.

« Vi ho visti arrivare. » Senza fatica superò la massicciata che dava sulla strada.

Bruno aprì la portiera posteriore e Calò depose il vecchio sul sedile, componendolo tra sé e Bruno. Gli calcò il cappello da caccia sulla fronte in modo che sembrasse addormentato.

« Aiutami a sostenerlo », ordinò l'uomo al ragazzo. « Nessuno deve accorgersi di niente. »

L'autista ripartì senza fare domande, evitando di guardare dietro di sé. Varcato il cancello di ferro battuto, la macchina si fermò davanti all'ingresso posteriore del palazzo. Calò riprese tra le braccia il corpo del barone e cominciò a salire lo scalone deserto. I domestici sembravano scomparsi. Soltanto Annina guardava da lontano con le lacrime agli occhi.

« Torna al tuo lavoro! » la congedò bruscamente Calò. « Ma prima di' a Giacomo che vada subito dal dottore Nascè. Il barone si sente male. »

Il corpo di Giuseppe Sajeva Mandrascati di Monreale riposava nel grande letto. La morte aveva congelato sul suo volto i segni di un'antica nobiltà. Calò si mise in ginocchio subito imitato dal ragazzo.

« Prega con me », disse l'uomo.

Bruno sollevò il capo e il gigante s'accorse che gli occhi del ragazzo erano sconvolti, ma asciutti.

Rimasero in silenzio per qualche minuto, il capo

chinato. Poi l'uomo e il ragazzo andarono a sedersi sulle due poltroncine accanto alla finestra. Calò aveva coperto il corpo per nascondere la ferita che gli aveva dilaniato il cuore.

« Ascolta figliolo », disse il gigante. Il tono era rude e amichevole. « Fra due mesi compirai undici anni. Ma il dolore t'ha fatto uomo prima del tempo. »

Bruno s'aspettava parole irose e propositi di vendetta e si stupì dell'eloquio pacato.

« Tuo nonno sapeva che qualcuno l'avrebbe ucciso », riprese. « Lo sapevo anch'io. Lo temevo, anche se mi aggrappavo alla speranza che nessuno avrebbe osato compiere un simile sacrilegio. »

« Perché l'hanno ucciso? » gemette mentre l'immagine tragica della collina gli tornava davanti agli occhi.

« Perché non ha voluto piegarsi a un mondo senza leggi e senza regole. » Il dolore dell'anima si diffuse in tutto il corpo e nel sangue che aveva preso un ritmo violento.

« Ma c'è una giustizia? » Bruno si sentiva addolorato e tradito. Addolorato dalla morte del vecchio che credeva immortale, tradito dall'inconsistenza di un mito che sanciva l'intangibilità dei Monreale.

« Ci sono molte giustizie », cercò di spiegare l'uomo. « Noi pratichiamo la nostra. Nessuno saprà mai che tuo nonno è stato ucciso. »

« Lo sanno in tanti », osservò il ragazzo.

« Tanti o pochi non ha importanza », spiegò l'uomo, « dal momento che nessuno parlerà. »

« Omertà », pronunciò Bruno con una punta di disprezzo ricordando le osservazioni di suo padre su quella regola di vita.

L'uomo lesse il risentimento e la critica negli occhi del ragazzo.

« Omertà non è la debolezza dei vili », replicò, « mettitelo bene in testa. Omertà è la virtù dei forti.

È una legge sacra e inviolabile. Omertà significa comportamento da uomini. E un uomo sa quando deve tacere. »

« Omertà vuol dire mafia », replicò Bruno con una punta di disprezzo rievocando le violente discussioni tra sua madre e suo padre.

Calò rimase per qualche tempo in silenzio mentre cercava un discorso che al ragazzo riuscisse comprensibile.

« Omertà vuol dire tante cose », sottolineò con aria grave. « Mafia è una parola di cui troppa gente si riempie la bocca. Qualche volta a ragione, il più delle volte a torto. Un giorno capirai. »

Era una considerazione che non lo convinceva.

« Perché non posso capire subito? » domandò.

Calò si passò una mano tra i capelli: era più facile agire che parlare. Comunque poteva tentare anche se la comprensione del problema, per il ragazzo, sarebbe stata il risultato di una lenta elaborazione, di una lunga esperienza.

« Mafia è una parola d'effetto », cercò di fare chiarezza. « La mafia è il sintomo più clamoroso di una malattia generale. Se tu hai la febbre, la colpa non è del termometro. Se tu hai un foruncolo, non lo guarisci strappandolo, ma lo elimini curando la malattia che l'ha provocato. »

Bruno non capiva perfettamente, ma sentiva che nelle parole dell'uomo c'era del vero.

« La mafia è l'espressione di un potere politico corrotto », proseguì. « È la cattiva coscienza, l'anima perversa dei 'galantuomini' che puntellano con i proventi del crimine organizzato i loro potentati. I Monreale non sono mai piaciuti alla mafia né alla politica. È dalla fine dell'infame regime borbonico, che poi non era più infame degli altri, e dall'unità d'Italia che la tua famiglia ha tagliato i ponti con i centri di potere. »

« E per questo gli hanno sparato? »

« No, Bruno », fece scuotendo malinconicamente il capo. « Gli hanno sparato perché ha reagito da uomo a un oltraggio. »

Era di nuovo il buio.

« Un giorno forse capirò », si rassegnò.

« Molto presto, Bruno », l'assicurò. « Molto presto. »

In quel momento bussarono alla porta.

« Avanti », disse Calò.

Il dottore Tanino Nascè entrò togliendosi il cappello. Il sorriso di circostanza si raggelò alla vista del vecchio barone disteso sul letto. Calò e Bruno s'erano alzati in piedi.

« Che cosa è stato? » Era una domanda inutile e il dottore lo sapeva.

« Lo vede benissimo, dottore », disse Calò richiamandolo alla realtà.

« Ho capito. » Certo che lo vedeva da sé, ne aveva visti tanti, troppi nella sua carriera di medico condotto.

« Al barone », commentò il dottore con le lacrime agli occhi. « Hanno osato fare questo al barone. » Una lacrima gli scivolò sulla guancia e si fermò alla radice del naso.

Ricordò una vita trascorsa insieme, le stimolanti serate a palazzo, la guerra, i commenti sulla politica, sulla storia, sulle letture care a Giuseppe Sajeva.

« Bisogna far presto, dottor Nascè », lo sollecitò il gigante.

« È il crepuscolo di una civiltà », commentò amaramente il medico.

« L'aiuterò a vestirlo », s'offrì Calò. « La ferita non si deve vedere. Lei sa come fare. »

« E il ragazzo? » Indicò Bruno.

« Il ragazzo è Bruno Brian Sajeva barone di Monreale », affermò con solennità. « Bisogna fare presto. Quindi l'aiuterò anch'io. »

Quando il corpo del vecchio fu degnamente composto e rivestito di un abito scuro, il dottor Nascè sedette alla scrivania a compilare il certificato di morte.

Guardò in faccia Calò.

« Collasso cardiocircolatorio », dettò il gigante.

« Collasso cardiocircolatorio », ripeté il medico mentre scriveva.

Il corpo del barone Giuseppe Sajeva venne esposto nell'ingresso del palazzo le cui pareti erano state ricoperte da pesanti drappi di velluto nero e grigio con fregi d'oro. Quattro ceri enormi in massicci candelabri d'argento erano stati posti ai quattro angoli della bara.

Tutti gli abitanti della città e del contado durante un giorno e una notte s'avvicendarono nella camera ardente per rendere omaggio alla salma del nobiluomo che aveva diffuso intorno a sé il prestigio, la coerenza e l'onestà di un casato.

La gente più umile aveva pianto e i notabili avevano reso l'ultimo commosso saluto all'uomo che aveva saputo alimentare, con le parole e con l'esempio, gli ultimi fuochi d'una aristocrazia del sangue. Ai nobili corrotti, compromessi, pavidi e dissipatori, il barone aveva offerto un esempio raramente imitato. Aveva tenuto alto il nome del proprio casato e con un coraggio senza sussiego aveva preso le distanze dalla classe politica in cerca di consensi e di facili guadagni e dalla delinquenza organizzata che quella classe politica sosteneva.

Non era un santo né un benefattore, ma il suo paternalismo era sincero. Faceva la sua parte con dignità nel rispetto dei ruoli. La gente si inchinava davanti alle sue spoglie mortali e per l'ultima volta gli baciava la mano.

Molti ricordavano una lontana notte del 1943 quando il cielo si faceva di fuoco, rimbombava il cannone e la gente di Piazza Armerina aveva bussato al portone di palazzo Monreale. Uno dei vecchi che avevano parlato con lui rivedeva lo stesso atrio illuminato da una ventina di candelabri d'argento e rivedeva il barone accanto alla balaustra della scalinata che rassicurava la sua gente infondendo fiducia ai contadini che s'erano rifugiati a palazzo.

In quel momento la sua figura imponente era composta nel raso della bara. Allora giganteggiava su tutti e dalla sua gran testa leonina sprigionava una forza che era nata con lui e che lui aveva ereditato dai suoi antenati normanni. Quei contadini spaventati, che allora guardava con autorità di padre, quegli artigiani ormai avanti negli anni, quelle donne sfiorite, quei bambini diventati uomini, baciavano il crocefisso e il rosario intrecciato tra le sue mani di cera.

Il vecchio, che gli aveva chiesto chiarimenti sugli alleati che stavano sbarcando nell'isola, era diventato più vecchio e più bianco

E nel momento dell'ultimo commiato gli parve di riudire la voce forte e vibrante del barone: « Arrivano gli americani, ma niente succede. Che cosa possono cambiare gli alleati in una terra dove non accade nulla dalla creazione del mondo? »

Invece era successo l'irreparabile: la morte aveva stroncato quella figura carismatica che guariva parlando e rassicurava guardando. Era stato un barone, un padrone, un feudatario, ma aveva svolto il suo ruolo secondo giustizia. Aveva difeso un mondo dove i signori restavano signori e i poveri continuavano a essere poveri. Non aveva mai promesso l'uguaglianza, però aveva garantito la sopravvivenza e governato con saggezza. La gente l'aveva amato per quello e per quello lo piangeva.

Bruno, in piedi, vestito di nero, con i primi pantaloni lunghi, riceveva commosso parole di conforto e benedizioni. Aveva finalmente l'idea precisa del grande prestigio che sprigionava dal vecchio che era stato suo nonno.

« Un giorno sarete forte e giusto come lui », gli disse una donna con la faccia rigata di lacrime. « Dio benedica voscenza. »

Sentiva il peso di una responsabilità che non sapeva se avrebbe potuto sostenere. Il dolore era una lama rovente che gli attraversava l'anima, ma non pianse. Si sentì solo e inutile.

Incontrò lo sguardo di Calò e implorò aiuto. Il gigante ebbe per lui un segno di solidarietà.

La principessa Rosa Miranda Isgrò che gli stava accanto, vestita a lutto, esprimeva una forza insospettabile. Lei tanto emotiva non aveva versato una lacrima.

« Bruno Brian », gli disse solennemente mentre la fila dei visitatori andava diradandosi, « ora sei tu il barone di Monreale. Non dimenticare mai questo momento. »

« Non lo dimenticherò, madrina », rispose con fermezza.

« I suoi titoli », continuò, « le sue sostanze, il suo onore, il nonno li ha passati a te. Integri. Senza macchia. Tu saprai esserne degno. »

« Sì, madrina. » Un vecchio s'inchinò davanti a lui, gli prese una mano e la baciò con rispetto.

Calò che forse soffriva più di tutti esprimeva una calma innaturale. In quel momento in cui per volontà del vecchio era diventato, in base a una legge non scritta, tutore del ragazzo, era la persona più autorevole della famiglia.

Il trovatello della Valle dei Templi seppe comportarsi con dignità e compostezza. S'intrattenne con l'arcivescovo che aveva celebrato il rito funebre, ricevette le condoglianze di politici e notabili e ascoltò impassibile le accorate parole dell'onorevole Rizzo che era comparso per prendere parte alle esequie inviando un monumentale cuscino di fiori.

Bruno ammirò la prudente fermezza e la nobiltà dell'agire di Calò. E fu per lui una lezione di vita.

Quando le spoglie mortali del barone di Monreale furono inumate nella tomba di famiglia e all'uscita dal cimitero salirono sull'auto che li avrebbe portati a palazzo, Calò gli disse: « Domani partirai per Milano », era una disposizione irrevocabile.

« Tu vieni con me? » Temeva di affrontare la nuova esperienza senza l'inseparabile Calò.

« Ti accompagnerà la madrina », disse il gigante. « Io ti raggiungerò al momento opportuno. »

« E papà? » si preoccupò.

« È stato avvertito », l'informò. « Lo vedrai a Milano. In agosto. »

« Perché devo partire? » chiese sapendo già la risposta.

« Un giorno ti spiegherò. » Furono le ultime parole che il gigante e il ragazzo si scambiarono fino all'abbraccio della partenza.

Otto giorni dopo i funerali di Giuseppe Sajeva, l'onorevole Umberto Rizzo scomparve in circostanze misteriose. Il suo corpo crivellato di colpi fu ritrovato nei pressi del lago di Pergusa, l'ombelico della Sicilia. Per identificare i responsabili dell'efferato crimine fu organizzato un vertice tra gli investigatori al quale partecipò oltre il questore e il prefetto di Enna, anche un funzionario del ministero dell'Interno. I cronisti più fantasiosi evocarono le immagini mitologiche del ratto di Proserpina da parte di Plutone che sarebbe avvenuto proprio in quello specchio d'acqua, l'unico della Sicilia, circondato di eucalipti. I commentatori politici configurarono in quel crimine un attentato alla democrazia che non doveva e non poteva restare impunito.

Ai funerali presero parte le alte cariche del governo regionale e un rappresentante del governo centrale.

La notizia della sua morte tenne le prime pagine dei quotidiani siciliani per qualche tempo, poi cedette il posto agli avvenimenti che incalzavano: il matrimonio di Maria Pia di Savoia a Cascais, l'elezione di Giovanni Gronchi a presidente della repubblica, ma soprattutto il progetto della senatrice Lina Merlin di abolire la prostituzione legalizzata nelle « case chiuse ».

E anche dell'onorevole Umberto Rizzo rimase un fascicolo destinato a ingiallire nel polveroso archivio d'un tribunale.

PHILIP BRIAN

IL BARONE

BRUNO a Milano fu travolto da una valanga di numeri e di parole pronunciate da uomini e donne ossessionati dalla fretta, dalla frenesia di arrivare primi in un posto del quale, in definitiva, non importava loro gran che. Una sintesi che l'aveva aiutato a capire era stata espressa da un poeta: « Mi riposo in piazza del Duomo. Invece di stelle si accendone parole ». Anche i cognomi erano diversi da quelli che gli erano familiari. Si chiamavano Casati, Venosta, Locatelli, Brambilla, Colombo.

Il ragazzo concluse che i milanesi, come i californiani, avevano il gusto delle cifre, la passione delle statistiche. Lui della Sicilia sapeva i sentimenti e le tradizioni, riconosceva le dune di sabbia modellate dal vento e ondulate come quadri astratti sul litorale di Selinunte, i tramonti nell'isola di Panarea, i sentieri del mare solcati dai delfini, i calcari di Capo Passero, le asperità lunari dell'Isola delle Femmine, i profumati cespugli di retama, i giganteschi carrubi di Francavilla. In tanti anni, con l'aiuto del nonno e di Calò, aveva cercato di cogliere il significato profondo delle cose e i sentimenti che quelle cose ispiravano. A Milano, invece, in pochi giorni era stato istruito con notarile puntualità sulle caratteristiche di quell'insediamento che aveva per il Sud la forza d'attrazione d'un moderno Eldorado.

Lui che non sapeva neppure quanti chilometri ci fossero esattamente da Palermo a Piazza Armerina e ignorava l'estensione del feudo dei Monreale, conosceva perfettamente le dimensioni del capoluogo lombardo: cinquantacinque chilometri quadrati di binari, strade, piazze, grattacieli, depositi, officine, teatri, scali, case. I giornali sistematicamente amplificavano quel vanto ricordando che ogni giorno si registravano cinquantasei nascite e quarantanove morti, che centotredici persone sbarcavano su quella terra promessa e quaranta, incapaci di resistere al tormento dell'integrazione, ripercorrevano mestamente la via del ritorno trascinandosi dietro speranze perdute, figli piangenti e valigie di cartone.

Bruno passeggiava al fianco di Paolo Brancati in corso Venezia. Erano diretti in Montenapoleone. Ascoltava il nuovo amico con l'attenzione e l'ammirazione del provinciale assetato di novità. Nonostante avesse ormai quindici anni, Paolo superava in altezza Bruno di una spanna soltanto. Era magro, non molto alto, occhi neri, dietro le spesse lenti da miope, scuro di pelle e di capelli, aveva una disinvoltura tutta lombarda e sprigionava vitalità ed efficienza. Vestiva come un uomo, ragionava e gestiva come un adulto, ma soprattutto lo caratterizzava, nel parlare, un tipico accento milanese.

« Non devi lasciarti ingannare dalla grinta di alcuni brutti palazzi umbertini », disse Paolo intuendo la delusione dell'amico. Avevano lasciato alle spalle i giardini pubblici. « E magari non considerare la città dalle facciate delle banche. Per quanto... » gli spiegò paziente.

Bruno era ancora troppo spaesato per esprimere un giudizio.

« Milano è una città particolare », riprese Paolo, « ha un fascino sottile che ricorda Parigi. »

Bruno non conosceva Parigi e avrebbe potuto avere un'idea più chiara del confronto se il punto di riferimento fosse stato San Francisco. Non riusciva tuttavia a concepire come una città, che ingoiava duemila quintali di carne al giorno, seimila di ortaggi, ventimila dozzine di uova, cinquemila ettolitri di vino potesse essere definita come dotata di un fascino « sottile ». Era ossessionato dai numeri.

« Ma perché la gente corre tanto? » chiese Bruno pieno di curiosità. « Perché tutti si salutano in fretta, parlano in fretta, camminano come se dovessero battere dei record? »

« Proprio tu che sei cresciuto in America me lo domandi? » Paolo gli parlava come a un coetaneo senza fargli pesare la differenza di età: aveva quattro anni più di Bruno. Paolo lo trattava così per cortesia, ma anche perché avvertiva la maturità di Bruno e subiva il fascino della sua personalità.

Il sole era caldo, l'aria limpida e fresca soffiava dalle montagne del bergamasco. « Io ho abitato in California. » Ricordò Sausalito e Napa Valley e gli parve un lontanissimo riferimento. « Sotto certi aspetti », precisò, « è una terra pigra e sonnolenta come la Sicilia. » Espresse quel parere così come gli era venuto in mente, ma probabilmente non era corretto. « Mio padre », aggiunse, « non lo ammetterebbe mai. »

Anche Paolo era affascinato dalla parlata di Bruno che si esprimeva in perfetto italiano, ma aveva un accento in cui si mescolavano le morbide inflessioni del siciliano e quelle cantilenanti dell'americano.

« In questi giorni che ci restano, prima di partire per Santa Margherita », gli promise, « voglio farti conoscere meglio la città. Ne vale la pena visto che dovrai abitare qui. »

Quella di vivere a Milano non era una scelta sua, ma una cautela imposta dalle circostanze. Calò aveva voluto così e lui s'era adeguato docilmente alle decisioni dell'uomo che amava e stimava.

« Ti ringrazio, Paolo », disse, « credo sia una buona idea. » Se si fosse fermato alla prima impressione avrebbe deciso altrimenti, si sarebbe opposto, ma era abituato a frugare nel fondo delle cose.

« I milanesi sono gente pratica », osservò quasi si fosse accorto delle perplessità dell'amico e volesse convincerlo. « Difficilmente si rendono conto della bellezza della loro città. »

Percorsero un tratto di via Montenapoleone ed entrarono al *Cova.* L'avvocato Filomeno Brancati e Philip Brian stavano al banco del bar davanti a un Martini cocktail.

Philip era arrivato a Milano da pochi giorni, in anticipo d'un mese sull'appuntamento d'agosto. La morte del vecchio barone aveva sconvolto i programmi.

L'incontro con il figlio era stato meno problematico del previsto con qualche impaccio, soprattutto da parte di Philip, subito superato. Lo sfondo dello scalo aereo di Linate aveva costituito una specie di territorio neutrale.

« Sono molto addolorato per te », gli aveva detto abbracciandolo.

« È stato terribile », aveva risposto.

« Lo amavi molto, vero? » Era sconcertato dalla trasformazione del figlio che aveva trovato incredibilmente alto e maturo per la sua età.

« Credevo di volergli bene », gli aveva confidato, « invece ora mi rendo conto che l'amavo più di quanto pensassi. Era molto importante per tutti noi. » Lo aveva guardato fieramente con i grandi occhi grigi che a seconda della luce avevano delle sfumature azzurre.

Philip osservava stupito il figlio, leggeva nell'espressione risoluta i progressi del ragazzo e vi trovava il riflesso dei suoi errori e delle sue sconfitte.

« Credo di capire quello che hai provato. Il cuore, vero? »

« Il cuore », aveva confermato Bruno con una decisione che escludeva ulteriori approfondimenti.

Non era più il bambino spaventato e irrequieto, confuso dal rispetto imposto per regole che spesso non condivideva.

« Ha la faccia di sua madre », aveva pensato Philip guardandolo. Ma poi aveva colto nel suo sguardo d'acciaio una determinazione fredda e selvaggia che lo aveva messo a disagio. Aveva ricordato tutte le volte che con esasperata monotonia l'aveva costretto a ripetere: « *I am an american boy* ». Forse senza quell'impostazione autoritaria, Bruno sarebbe diventato davvero un ragazzo americano. Era stato un tormento inutile, una crudeltà psicologica che aveva finito per dare un effetto contrario a quello desiderato. Così Bruno era rimasto italiano, anzi siciliano e niente al mondo avrebbe potuto cambiare quella realtà.

In macchina, andando verso via Manzoni, Philip Brian aveva tentato cauti sondaggi prima di arrivare alla domanda chiave.

« Ora che il nonno non c'è più, non vorresti tornare a San Francisco? » gli aveva proposto.

« È una domanda o un'imposizione? » s'era affrettato a chiedere.

« È una domanda, figliolo. » Philip soffriva tremendamente, ma non voleva commettere altri errori.

« Allora studierò a Milano, se non hai nulla in contrario. » Gli occhi gli brillavano intensamente. « Frequenterò il ginnasio e poi il liceo classico. Come tutti i Monreale. »

L'uomo s'irrigidì e i muscoli del viso guizzarono sotto la pelle.

« Ricordati che ti chiami Brian », l'aveva ammonito.

« Mi chiamo anche Brian », aveva ammesso. « La

mamma m'ha insegnato a essere fiero del nome che porto. La mia università sarà Berkeley. Come lo è stata per te, papà. » Era gentile, ma molto determinato.

« Sei un bravo ragazzo, Bruno. » La decisione del figlio l'aveva consolato.

Philip e Brancati fecero un cenno ai due ragazzi che erano entrati al *Cova*.

« Naturalmente succo di frutta », disse Philip rivolto a Bruno.

« Naturalmente anch'io », sorrise Paolo in segno di solidarietà con il giovane amico.

« Vi siete divertiti? » chiese Philip.

« Abbiamo parlato. » Bruno bevve una sorsata di succo di frutta.

« Sto bene con Bruno », disse Paolo.

« È un ragazzo che sa ciò che vuole », intervenne Filomeno Brancati.

Philip finì il suo Martini.

« Allora posso tornare tranquillamente a San Francisco », disse deponendo il bicchiere vuoto sul banco.

« Se resti ancora mi fai piacere. » Sapeva di farlo felice e diceva la verità. Senza l'abito dell'educatore intransigente, Philip era per il ragazzo una presenza piacevole.

« Ti sono grato, figliolo, ma non credo che il mio lavoro mi consenta ulteriori svaghi. » Stava per dire perdite di tempo ma seppe correggersi.

« Puoi stare tranquillo », lo rassicurò l'avvocato. « Avremo cura di lui. »

« Allora nessun problema. » Volle esprimere gratitudine e gioia, ma sorrise penosamente. Il suo orgoglio usciva a pezzi da quell'esperienza, anche se il suo animo era sereno. A Milano Bruno sarebbe vissuto in un'atmosfera familiare, con la presenza costante della principessa Isgrò che aveva per lui attenzioni e affetto di nonna e la compagnia dei Brancati che lo consideravano alla stregua di un figlio. Ma il suo vero punto di riferimento sarebbe stato sempre Calò, per il quale nonostante il tempo avesse cicatrizzato molte ferite, Philip non riusciva a provare amicizia, ma solo rispetto.

Era tuttavia persuaso che soltanto lui, all'occorrenza, avrebbe saputo guidare Bruno, ammesso che Bruno avesse bisogno d'essere guidato. Perché il ragazzo, che obiettivamente non somigliava a nessuno all'infuori che alla madre, proprio come Annalisa ascoltava tutti, ma decideva da solo.

La principessa Isgrò con l'aiuto di Claudia Brancati era riuscita a trasformare il palazzo di via Manzoni in una vera casa. Cinque domestici selezionati con cura assicuravano la funzionalità dei servizi nell'appartamento su due piani. C'era un autista bergamasco, un cuoco mantovano con la moglie, una governante brianzola con mansioni di guardarobiera e una cameriera che conosceva perfettamente il suo lavoro.

La felice combinazione era merito quasi esclusivo di Claudia Brancati che era riuscita a radunare il meglio grazie al ruolo attivo che ricopriva nelle dame di San Vincenzo, un'istituzione benefica che aveva consentito a lei, ricca borghese moglie di un professionista di spicco, di entrare nella cerchia esclusiva delle dame del « cappuccio » di cui facevano parte le poche famiglie della più antica aristocrazia milanese. Abitavano vetusti palazzi segnati dagli anni, impreziositi dalla patina dei secoli e dagli arredi di famiglia. Non era stato facile per lei, che pure discendeva da una buona famiglia milanese, essere accettata da quella gente chiusa che si compiaceva di esprimersi ancora in dialetto meneghino stretto e di vivere secondo le regole di una tradizionale frugalità.

Il prestigio acquisito negli ambienti universitari,

bancari e industriali dal professor Filomeno Brancati, consulente ricercatissimo, avevano facilitato il suo inserimento nei salotti più esclusivi.

Claudia Brancati, investendo in opere buone, si assicurava consensi ai livelli più alti della scala sociale e programmava la carriera del figlio Paolo che nei distretti dell'alta società avrebbe trovato i suoi agganci migliori.

La bellezza virile di Philip più che dagli anni era segnata da un'espressione di noia e d'indifferenza. Sperava di riportarsi a casa il figlio e di scrivere la parola fine sull'episodio italiano che aveva cambiato la sua vita e invece s'immalinconiva a Milano dove tanti anni prima aveva creduto di conoscere l'amore.

Partecipava alle conversazioni con molta cortesia e poco entusiasmo, forse perché non aveva niente da prendere e niente da dare. Era nervoso, eccitabile e doveva ricorrere a tutto il suo autocontrollo per non tradire i suoi veri sentimenti.

Se Bruno avesse accettato di seguirlo avrebbe potuto dirgli finalmente con tutta la calma e la discrezione possibili il segreto che, a quel punto, non poteva più nascondergli.

« Cosa c'è, papi? » Andavano in auto per una strada di campagna verso la villa dei Brancati dove avrebbero trascorso la giornata.

« Niente di particolare, Bruno. » Attraverso i vetri guardarono scorrere la campagna verde e piatta dagli orizzonti lontani, solcata da rogge di acqua chiara.

« Non mi sembri molto contento. » Il paesaggio si svolgeva in un alternarsi di campi di grano e di prati.

« Perché non dovrei esserlo? » Lontano si profilò una chiesa vicino alla quale sorgeva una fabbrica avveniristica.

« È una campagna molto diversa da quella di Sicilia », cercò di distrarlo.

« Però è lo stesso molto bella. » Si avvicendavano pingui buoi e potenti trattori su quella terra grassa e morbida. Nei campi di grano rosseggiavano i papaveri. Forse era il momento giusto per metterlo a parte del segreto che l'angustiava. Mancava poco alla partenza per gli Stati Uniti e non poteva andarsene senza avergli confidato la vera ragione che l'aveva indotto ad attraversare l'oceano per rivederlo. C'era stata la morte del nonno, ma anche senza quella tragedia Philip Brian avrebbe anticipato di un mese il suo arrivo in Italia.

« Ascolta, figliolo », pronunciò con il tono delle grandi occasioni. « Io... »

« Guarda, papà », l'interruppe Bruno che non aveva dato peso a quell'inizio severo. « Laggiù c'è la villa di Paolo! Siamo arrivati! » esultò. Nella prospettiva di un lungo viale diritto fiancheggiato da altissimi pioppi s'intravedeva un edificio solidamente costruito all'ombra di alberi secolari.

« È davvero molto bella », disse. « Finalmente potrai montare a cavallo. » Sapeva della sfrenata passione del figlio per l'equitazione.

« Oh, certo », prese quasi a saltare sul sedile, « sarà fantastico. » Infantilmente distratto dalla conversazione con il padre, ricordava solo in quel momento che Philip gli stava parlando quand'erano giunti in vista della villa. « Che cosa mi stavi dicendo, papi? » gli sorrise con l'intenzione di scusarsi per la sua irruenza.

« Niente d'importante », mentì. « Niente che possa reggere al paragone con questa splendida giornata. »

I Brancati la chiamavano cascina, perché tale era stata fino a un decennio prima e in una certa misura continuava a esserlo poiché ospitava i contadini che avevano cura dei campi, delle stalle dove venivano allevate mucche da latte e della scuderia dove c'erano sei cavalli. Non erano certamente esemplari paragonabili a quelli che Bruno era abituato a montare, ma erano pur sempre animali di tutto rispetto. Philip non ebbe più modo di affrontare con Bruno il problema che lo angustiava. Il ragazzo, come era accaduto a sua madre tanti anni prima arrivando a Milano col barone Giuseppe Sajeva, fu subito al centro dell'attenzione.

C'erano molti ospiti sui quali la figura insolita di quel piccolo barone siciliano con un cognome americano esercitava un fascino irresistibile.

Tra l'altro Bruno era spudoratamente bello, la fierezza del suo portamento, i suoi tratti aristocratici, i suoi modi squisiti, il suo eloquio perfetto e quell'ineffabile accento esotico, facevano di lui l'oggetto della generale ammirazione. Senza contare che cavalcava in modo perfetto.

La sua storia, nella versione ufficiale, passava di bocca in bocca diventando leggenda con il trascorrere delle ore. I ragazzi che avevano tutti più o meno l'età di Paolo e anche gli adulti cominciarono a riferirsi a lui chiamandolo il Barone.

MARY JANE

PHILIP sfogliò distrattamente il *New York Times* di alcuni giorni prima, lesse titoli e sommari delle pagine economiche, scorse i listini della Borsa e si rese conto che non era accaduto niente di rilevante, niente che potesse in qualche modo turbare una delle sue ultime giornate milanesi. Ripiegò il giornale e lo depose sul tavolo rettangolare stile impero ricoperto da una semplice tovaglia di bisso di lino verde pallido. Sui mobili intorno brillavano argenti e cristalli ben lucidati.

Bruno sedeva di fronte a lui.

« Non mi sembra che tu abbia molto appetito », gli disse Philip.

« È che non ci sono più abituato. » Guardò con sospetto le uova fritte con la pancetta che la governante brianzola gli aveva servito su indicazione del padre.

« A che cosa sei abituato? »

« Alla cioccolata e alle sfogliatelle croccanti », confessò il suo peccato di gola che commetteva ogni mattina in Sicilia sotto l'alto patrocinio dell'insuperabile monsù.

Philip era in procinto di dire che quello che aveva davanti era un cibo da uomini.

« Eppure sono buone », si limitò a osservare. « E fanno bene. »

« Sì, papà », annuì con docilità sospetta. Le uova a colazione gli ricordavano gli anni passati in California e quand'era a Palermo o a Piazza Armerina quel profumo gli evocava l'immagine severa e intransigente del padre.

« Nessuno ti obbliga a mangiarle se non ti piacciono », gli sorrise rammaricandosi in cuor suo di veder naufragare un'altra delle sue belle tradizioni.

« Sì, papà. » Era un piatto che Annalisa detestava. Sosteneva che era un mangiare da selvaggi, che spaccava lo stomaco. « Questa mattina, però », aggiunse con allegria, « fa piacere anche a me. »

Philip lo fissò come se fosse di fronte a un enigma che avrebbe voluto chiarire.

« Noi cominciamo la giornata in questo modo », spiegò. « Da sempre. »

« Certo, papi. » Comportandosi come il padre, Bruno si sentì più grande della sua età.

L'uomo ch'era abituato ad affrontare i problemi più intricati e complessi e si destreggiava con abilità e sicurezza con affaristi grintosi e cinici rotti a tutte le astuzie, aveva non poche difficoltà a realizzare un rapporto equilibrato con quel ragazzo.

« È una città piacevole Milano in questa stagione », disse ricordando un'altra estate, un'altra presenza, un altro amore pieno di confuse prospettive.

« Invece quando viene il bel tempo », replicò Bruno, « tutti se ne vanno. Mi diceva Paolo che soltanto i poveri d'estate restano a Milano. » Conversavano da vecchi amici nella sala da pranzo, in quel radioso mattino di luglio, la grande vetrata aperta sull'antica strada ancora silenziosa in una pace quasi idilliaca, interrotta di tanto in tanto dallo scampanellio e dallo sferragliare dei tram.

« Mi dicono che ai milanesi piace la nebbia. » Sollevò la tazzina di porcellana inglese e bevve un sorso di caffè.

« Non l'ho mai vista », confessò Bruno, « ma non deve mancare di suggestione », aggiunse con entusiasmo.

A Philip parve quello il momento propizio per affrontare l'argomento che gli stava a cuore, per mettere il figlio a parte del suo segreto.

« Devo parlarti, Bruno. » Guardò il ragazzo con la testa china sul piatto alle prese con i resti della prima colazione.

« È quello che stiamo facendo, mi pare », osservò con la bocca piena, una libertà che a San Francisco non s'era mai permesso.

« Sei d'una logica disarmante, figliolo. » Guardò gli alti soffitti sapientemente affrescati nei toni dal verde all'azzurro al giallo. Era un susseguirsi di lievi arabeschi intervallati da grossi medaglioni ovali che racchiudevano mazzi di fiori di varia foggia e colore.

« Bello, vero? » Bruno alzò gli occhi dal piatto e ammirò a sua volta la delicata composizione che si ripeteva anche in altre sale. « Se ho capito bene quello che m'ha detto Paolo, risale al tardo Settecento. »

« La tua cultura è stupefacente », commentò ammirato l'uomo che non riusciva a datare nemmeno l'abito che aveva indosso, un gessato blu che evocava i tempi del proibizionismo. Aveva, invece, molto spiccata la memoria degli affari, conosceva l'alchimia dell'alta finanza e operava obbedendo a schemi collaudati da generazioni.

« È solo un divertimento », minimizzò Bruno guardando quella meraviglia appannata dal tempo, tanto delicata da temere che svanisse al primo soffio di vento.

Philip intrecciò le dita e si chinò verso il figlio.

« Sei disposto ad ascoltarmi un momento? » domandò dubitando che l'inafferrabile attenzione del ragazzo glielo consentisse.

« Certo, papà. » La prospettiva della partenza per Portofino, un posto che non conosceva ma che tutti definivano magnifico, lo eccitava e aumentava la sua disponibilità all'allegria. « Papi, credi che potrei accettare l'invito dei Brancati a passare l'agosto con loro a Santa Margherita? »

« A questo punto », replicò rassegnato, « credo che tu debba fare quello che ritieni opportuno. Ho l'impressione che i miei consigli non siano fondamentali. » Philip si versò altro caffè.

« Grazie per la fiducia. » Addentò una fetta di pane imburrato. « Però non mi hai detto quali sono i tuoi programmi. » Aveva una voce piacevole, musicale, una voce morbida e suadente come quella di Annalisa.

Philip alzò autorevolmente la mano destra per arginare quel fiume di parole.

« Ora ti dirò i miei programmi », lo interruppe con decisione. « Ascoltami bene, figliolo. Io avevo in mente prima di tutto... » Fece una pausa rendendosi conto della difficoltà di completare la frase.

« Cosa? » lo sollecitò con occhi raggianti.

« Avevo in mente di risposarmi. » Ecco l'aveva detto e tirò un grosso sospiro di sollievo.

La reazione di Bruno andò al di là delle sue speranze.

« Dici davvero? » chiese il ragazzo con sorridente entusiasmo. « E me lo dici soltanto adesso? » Si alzò, andò dal padre e lo abbracciò con trasporto. « Sono contento per te. » In fondo quell'uomo che ormai conosceva sotto una luce diversa era troppo solo per essere sereno.

Philip lo respinse con dolce fermezza.

« Calmati, ragazzo. » Era turbato da quel comportamento inatteso. « Aspettavo soltanto il momento opportuno per parlarti. »

« Sei felice? »

La felicità, per lui era un'aspirazione, una tensione, forse uno stato d'animo che si prova una volta sola nella vita.

« Sono convinto d'aver fatto una buona scelta. » Perché quello era forse il segreto della felicità: vivere persuadendosi che la passione è una malattia giovanile che a una certa età può produrre severe complicazioni.

« Sono contento per te. » Gli occhi grigi di Bruno esprimevano partecipazione.

« E non mi chiedi altro? » Aveva elaborato una serie di plausibili giustificazioni.

« Tu mi hai chiesto forse perché voglio rimanere in Italia? » Quel ragazzo non finiva di stupirlo.

Pensò con tenerezza a Mary Jane, la dolce e affettuosa Mary Jane che lo aveva visto ripartire per l'Europa e s'era chiesta se ancora una volta non si sarebbe interposto un nuovo ostacolo tra lei e l'uomo che amava. Ma non aveva osato manifestargli i suoi timori, lei che dal primo bacio aveva continuato a rimanergli fedele.

Dopo la morte di Annalisa, Mary Jane aveva lasciato passare un tempo ragionevole, poi gli aveva telefonato.

« Solo per salutarti », aveva detto.

Era stato un tuffo in un passato concreto pieno di gradevoli anche se non esaltanti certezze. S'era reso conto di quanto gli fosse mancata negli anni di tormentata solitudine passati accanto alla fiera, enigmatica, inafferrabile Annalisa.

S'erano rivisti e soprattutto lui aveva parlato per riannodare il filo di un rapporto brutalmente interrotto. Lei lo aveva pazientemente e devotamente ascoltato.

« Non oso più parlarti di matrimonio », aveva concluso. « Ma se dovessi pensare di dividere nuovamente la mia vita con una donna, questa saresti soltanto tu, Mary Jane. »

Lei, il volto appena segnato dagli anni, aveva pianto lacrime silenziose e Philip aveva saputo finalmente quello che aveva perduto. Mary Jane era la realtà dei sentimenti accessibili, Annalisa era l'utopia irraggiungibile, la malattia violenta, il mistero inquietante che non si lascia svelare.

Lo zaffiro di famiglia era già infilato nel dito giusto quando lui l'aveva ripreso senza riflettere per attribuirlo a un sogno.

« Credo che dovremmo sposarci », le aveva detto un giorno.

La dolce Mary Jane non aveva risposto, gli aveva preso la mano e l'aveva baciata a lungo. Aveva sollevato su di lui il suo sguardo azzurro velato dalla commozione.

« Mi dai una grande consolazione », l'aveva ringraziato. « Vuol dire che la mia vita non s'è consumata in questa lunga attesa. » Il suo volto ovale, la fronte segnata da un'impercettibile trama di piccole rughe, non aveva mai espresso tanta delicata bellezza. Philip doveva soltanto dirlo a Bruno che all'annuncio l'aveva fissato con i suoi grandi occhi grigi assolvendolo e partecipando della sua gioia.

« Questa... signora », gli disse, « diventerà la tua... » il termine non era decisamente piacevole ma non ce n'era un altro, « diventerà la tua matrigna. E sarei desolato se non ti piacesse. »

« Sei tu che l'hai scelta », si espresse con commovente sincerità, « deve essere una donna meravigliosa. » Non poté impedirsi di pensare alla madre e ricordò la crudele situazione in cui tutti erano venuti a trovarsi. Allora era troppo piccolo, ma in quegli anni passati col nonno e con Calò, molte cose, se proprio non s'erano completamente chiarite, certo aveva cominciato a capirle.

Un flash illuminò per un attimo la regione misteriosa dei pensieri rimossi mettendo in rilievo un'immagine che soltanto lui conosceva, un segreto che nemmeno a Calò e al nonno aveva mai rivelato, una pena che l'avrebbe accompagnato per il resto dei suoi giorni. Il lampo bruciante rivelò sua madre tra le braccia dello zio George, i loro corpi nudi e aggrovigliati, i loro sguardi pieni di terrore e di vergogna. Ormai quella scena lo riempiva di pietà, non sapeva più condannare né assolvere, ancora non poteva giustificare, ma cominciava a intuire vagamente che anche un contratto solenne come il matrimonio non può essere rispettato se viene fatto tra due persone sbagliate.

La voce del padre lo risvegliò dalle sue dolorose meditazioni.

« Si chiama Mary Jane », gli comunicò Philip.

« È un bel nome », disse Bruno soprappensiero.

« Le piacerebbe molto conoscerti. » L'uomo lo guardò con una certa apprensione. Aveva visto che l'entusiasmo iniziale s'era trasformato in una penosa riflessione.

« Anche a me non dispiacerebbe. » La sua bella faccia fu nuovamente illuminata dal sorriso.

« Allora vi conoscerete », esultò Philip.

« Non dirmi che è in Italia anche lei e me l'hai tenuta nascosta tutto questo tempo. »

« No, è a San Francisco. » Aveva voglia di abbracciarlo. « Potrei telefonarle e chiederle di venire. »

« Fallo subito, papi », disse. « Deve prendere il primo aereo. Noi l'aspetteremo a Milano. »

« E Portofino? » si preoccupò Philip.

« Non scapperà se ritardiamo di qualche giorno. » Come amico, Phil gli piaceva molto.

« Andremo in vacanza insieme. »

Philip posò la tazzina sul vassoio.

« Grazie, Bruno », gli prese affettuosamente le mani attraverso il tavolo. « Sei un bravo ragazzo. »

Due giorni dopo la dolce Mary Jane atterrava all'aeroporto della Malpensa.

VACANZA A PORTOFINO

ALL'*Hotel Splendido* di Portofino i giorni correvano veloci. Bruno s'era aspettato una donna giovane e primaverile come la madre, invece Mary Jane non aveva l'aspetto di una ragazza, dimostrava i suoi trentasette anni, ma aveva un grande dono: quello di irradiare pace intorno a sé. Era gaia senza essere chiassosa, era affettuosa con Phil e premurosa con Bruno. Non imponeva mai la propria volontà, mentre faceva del suo meglio per assecondare i desideri degli altri.

Tutti e tre andavano molto d'accordo e quei giorni di pace idilliaca Bruno li avrebbe ricordati per sempre. All'ancora nel porticciolo c'era la barca dei Davies, una famiglia americana amica dei Brian. Il motivo dell'estate era *Banana Boat*, il ritmo dei Caraibi lanciato da Harry Belafonte.

Quasi ogni giorno i Brian raggiungevano i Davies, salivano sul loro motoscafo e andavano al largo a fare il bagno. Bruno si trovava a suo agio con i nuovi amici e parlava di Mary Jane chiamandola la « fidanzata di papà ».

« Sembra il titolo di un film », rideva Philip.

Un giorno di metà luglio mentre Bruno era sotto

la doccia, dopo una giornata di sole e di mare, squillò il telefono. Si avvolse in un accappatoio e staccò il ricevitore.

« Come va, ragazzo? » Non c'era bisogno di ulteriori precisazioni. Quella che gli giungeva forte, chiara e pacata era la voce di Calò.

« Dove sei? » Si sentì avvampare, poi lo invase uno straordinario benessere.

« A Milano », rispose. « Ho viaggiato un giorno e una notte. Adesso sono a Milano. Non m'hai detto come stai. »

« Sto bene, Calò. Ho voglia di vederti. »

« Anch'io, Bruno. Per questo sono venuto a Milano. »

Il ragazzo si asciugò l'acqua che dai capelli gli gocciolava sulla faccia.

« Chiedo a papi di riportarmi subito a casa. »

« Puoi finire la tua vacanza », gli suggerì Calò. « Un giorno in più o in meno non cambia niente. Non ti trovi bene a Portofino? »

« Oh, sì. Ma sto meglio con te. Perché non mi raggiungi? » lanciò l'idea.

« Non ci penso nemmeno. » La voce risoluta del gigante lo convinse ch'era inutile insistere.

« Con la macchina in tre ore sei qui », tentò comunque.

« No », ribatté con fermezza. « Mi dicono che quello lì è un posto pieno di gente con la puzza sotto il naso che non mi piace. Ti aspetterò a Milano. »

« Lascia fare a me », disse Bruno salutandolo.

« Sappi comunque che ti aspetto », rise Calò prima di riattaccare. Una promessa del gigante valeva un contratto.

Quella sera mentre pranzavano sulla barca dei Davies, Bruno trovò il momento favorevole per manifestare le sue intenzioni.

« Papà », disse, « vorrei tornare a Milano. »

« Non stai più bene qui con noi? » si preoccupò Philip.

Mary Jane ebbe per lui un radioso sorriso.

« È successo qualcosa? » domandò.

« Non è successo niente », spiegò il ragazzo, « e con voi », aggiunse rivolto a Mary Jane, « sto che è una meraviglia. »

« E allora? » si stupì il padre.

« È tornato Calò », ammise sinceramente. « È a Milano. Ho voglia di rivederlo. »

« Ah », commentò con disappunto. Philip non ignorava il profondo affetto che legava l'uomo e il ragazzo. Dopo tanti giorni di spensieratezza provò pena per il suo fallimento di marito e di padre, ma non gelosia. Il risentimento s'era affievolito, apparteneva a un periodo della sua vita che si sforzava, ma non sempre ci riusciva, di tenere chiuso.

« Posso sapere anch'io chi è questo personaggio misterioso e importante? » chiese Mary Jane.

« È il mio padrino », rispose prontamente Bruno evitando involontariamente che Philip intervenisse per dire che si trattava di un servo dei Monreale.

Erano passati gli anni, si erano avvicendate le situazioni, ma non poteva dimenticare lo scontro nel giardino del palazzo di Piazza Armerina, né l'odio profondo che aveva visto lampeggiare negli occhi del gigante.

« Volevi passare agosto a Santa Margherita con i Brancati », gli ricordò con l'intenzione di farlo riflettere.

« Ho cambiato idea, papi », gli tenne testa caparbiamente. « Se a te non dispiace », pronunciò lentamente quelle ultime parole, « vorrei tornare a Milano. »

« Quando? » Era una inutile richiesta di precisazione.

« Il più presto possibile », mormorò, « se questo non ti crea dei problemi. »

« Vedremo quello che si può fare. » Philip rivide Analisa. Il figlio era tale e quale: niente poteva distoglierlo dalle sue decisioni.

« Ti ringrazio », disse misurando gli ospiti con uno sguardo ch'era di costernazione e di scusa.

Philip riprese la conversazione interrotta, ma ormai erano ancorati all'ordinaria amministrazione. Le battute banali si svolgevano secondo un logoro rituale. Philip parlava, ma non riusciva a nascondere il malumore. In quei giorni di serenità aveva sperato di recuperare il ragazzo, s'aspettava addirittura che Bruno gli dicesse d'avere cambiato idea e che sarebbe ripartito con lui e Mary Jane per la California. La voce di Calò aveva guastato tutto. Ancora una volta s'era sentito defraudato da quell'estraneo.

Tornarono in albergo senza parlare. Era abbastanza tardi quando l'auto si fermò davanti allo *Splendido*.

« Partiremo domani », gli comunicò Philip.

Bruno l'abbracciò affettuosamente.

« Sapevo che avresti capito », disse.

« Mary Jane e io torneremo a casa. » La donna che apprendeva in quel momento l'anticipazione sul programma, lo guardò con una certa meraviglia, ma non intervenne.

« Mi sarebbe piaciuto se vi foste trattenuti ancora fino alla fine del mese. » In fondo era quella la data stabilita per la partenza.

« E noi speravamo che tu venissi al nostro matrimonio », replicò severamente Philip.

« In settembre cominciano le scuole », si giustificò Bruno con molta calma. « Non potrei. Ma fate conto che ci sia. Mi fa piacere che voi due vi sposiate. » Li baciò e augurò loro la buona notte.

« Ancora una cosa, Bruno », lo richiamò il padre.

Il ragazzo non sentì, aveva già salito una rampa dello scalone, ma era lontano mille miglia, era in compagnia di Calò e tutto il resto sfumava nelle cose senza importanza.

« Vuole che lo faccia richiamare? » s'offrì il portiere ossequiosamente.

« Non è il caso, grazie », disse Philip.

Prese per mano Mary Jane e si avviarono verso l'ascensore.

LO ZAFFIRO

Era fermo ai piedi dello scalone di pietra e guardava Calò che l'aspettava in alto immobile come una statua. L'aria afosa del mattino di luglio si stemperava nell'ombra dell'antico palazzo di via Manzoni.

Bruno gli corse incontro facendo i gradini a due a due e il gigante lo afferrò al volo e lo sollevò da terra.

« Figlio mio bello! » esclamò in dialetto siciliano. « Quanto sei cresciuto. E come sei nero. »

Bruno, così senza peso, si sentiva inconsistente come una piuma nelle possenti mani dell'uomo e arrossì sotto l'abbronzatura. All'entusiasmo del primo abbraccio era subentrato il disagio d'essere trattato come un bambino.

« Mettimi giù », gli ordinò confuso.

Calò lo depose a terra rendendosi conto che aveva esagerato.

« Anche tu stai bene », constatò Bruno che avrebbe continuato a giocare con lui se non avesse temuto di offrire un'immagine ridicola di sé a Philip e Mary Jane.

« Sei un ragazzo forte », disse Calò con l'aria di scusarsi.

« È un mese che non ci vediamo. » Parlavano tra loro escludendo il resto del mondo. Mary Jane si stupì di quello straordinario affiatamento e Philip si sentì ancora una volta annullato dall'estraneo.

« È l'entusiasmo del primo momento. » Mary Jane cercò di offrirgli una giustificazione plausibile.

« La paternità », scherzò cercando di non attribuire importanza alla cosa, « non è un fatto biologico. È una conquista. Non credo d'essere stato un buon padre per lui. » In parte quello che diceva era vero, ma non riusciva a rimuovere l'ostilità che in certi momenti provava per il gigante biondo.

Ricordò i funerali di Annalisa e rivide Calò entrare nella cappella del Saint James Hospital e Bruno che non lo aveva mai visto, se non quando aveva pochi mesi, s'era avvicinato a lui e l'aveva preso per mano. Quale forza singolare sprigionava da quel bestione rozzo che riusciva a catturare gli interessi e l'affetto di suo figlio?

« Ti presento don Calogero Costa », disse a Mary Jane rispettando il cerimoniale del ragazzo bene educato. « È il mio padrino », aggiunse con orgoglio. E subito dopo rivolto a lui: « Questa è Mary Jane Marshall. La fidanzata di papà. »

La mite Mary Jane gli tese la mano guardandolo con l'estatico stupore di una ragazza di provincia di fronte a un prestigiatore che materializza dal nulla un volo di colombe.

« *How do you do*, mister Costa? » Pronunciò la formula rituale automaticamente, ma subito pensò smarrita: « Mio Dio, ma questo è il padre di Bruno ».

Calò strinse l'esile mano della donna dall'espressione soave.

« Lieta di conoscerla, signorina », la salutò.

« Voi non avete bisogno di presentazioni », intervenne Bruno alludendo ai due uomini che si strinsero la mano.

Dopo tanti anni parve a Philip che Calò non fosse

cambiato e provò un senso d'invidia per quell'immagine di giovinezza e di forza.

Salirono insieme le scale.

« Che stupido », si ricordò Calò, « ho dimenticato di prendere i bagagli. »

« Non è necessario », lo dispensò Philip. « Noi ripartiamo subito », aggiunse rivolto alla donna. « Vero Mary Jane? »

Lei lo guardò smarrita.

« Certo, caro », acconsentì senza chiedere ulteriori spiegazioni. « Come vuoi tu. Ma prima vorrei riposare un attimo. »

Mentre i due uomini e il ragazzo passavano in soggiorno, lei si rifugiò nel bagno. Aveva bisogno di riordinare i suoi pensieri senza destare sospetti e quello le parve il luogo migliore.

La vista di Calò l'aveva letteralmente sconvolta. Possibile che nessuno se ne fosse reso conto? Bruno era identico a Calò. Il gigante aveva occhi azzurri e capelli biondi, Bruno aveva occhi grigi e capelli neri, ma per mille altri particolari erano identici: stessi zigomi alti, stesso naso forte, stesso modo di muoversi, di camminare, di ammiccare, di alludere. Anche il sorriso così chiaro e coinvolgente era lo stesso. Com'era possibile che nessuno avesse avuto il suo stesso sospetto? O forse Philip sapeva e fingeva di non sapere.

Mary Jane si guardò nel grande specchio circondato di piccole lampadine e s'accorse che la stanchezza, ma soprattutto la sconvolgente constatazione, avevano alterato la sua fisionomia ch'era quella di una brava ragazza spaventata da un segreto più grande di lei.

Si lavò la faccia, rifece un leggero trucco, si pettinò con cura e cercò di convincersi che quella che aveva pensato era un'enormità, un evento inammissibile. Certamente aveva visto male, il caldo e la fatica del viaggio, il repentino passaggio dal sole dell'estate all'ombra le avevano giocato un brutto scherzo.

Si guardò nuovamente allo specchio sistemandosi i capelli con la mano, cercò vanamente di cancellare col polpastrello dell'indice le minuscole rughe che partivano a raggiera dagli angoli degli occhi, ma alla sua immagine riflessa si sovrappose quella di Bruno e a quest'ultima il volto chiaro di Calò. Stava diventando un'ossessione.

No, non era il caldo o il passaggio dalla luce all'ombra, non era un abbaglio: Bruno era proprio figlio di Calò.

Mary Jane si abbottonò la camicetta di seta e s'apprestò a ritornare da Philip. Ora molte cose le sembravano chiare: l'accordo perfetto tra il ragazzo e il gigante, la profonda avversione che aveva letto negli occhi di Philip per l'enigmatico personaggio. Certo Philip sapeva, probabilmente aveva sempre saputo, ma qualcosa gli impediva di accettare apertamente quella verità.

La certezza d'avere svelato il doloroso segreto dei Brian non la indusse a formulare dei giudizi avventati su Annalisa, si soffermò invece a considerare con infinita pietà la figura della prima moglie di Philip. Eppure l'aveva invidiata e aveva sofferto anche per colpa sua pene inenarrabili. Adesso invece la sentiva affine e vicina, accomunata nel dolore. Perché anche lei doveva avere molto sofferto sposando un uomo, amandone un altro a tal punto da celebrare con lui il rito della procreazione. Mary Jane fu addirittura sfiorata dal sospetto che l'incidente di Sausalito fosse stato programmato e voluto e andò convincendosi sempre più che si trattasse di un suicidio. Perché se c'è un solo modo per entrare nella vita ce ne sono innumerevoli per uscirne soprattutto se si vuole sfuggire a una pena insopportabile.

Serpeggiava in lei, contaminata dalla violenza di sentimenti e situazioni nuove, una sottile irrequietezza che minacciava la sua innata moderazione. Provava irresistibile il desiderio di tornarsene a casa.

Quando le parve d'essere nuovamente padrona di sé raggiunse gli altri nel soggiorno.

Calò, nonostante i buoni consigli offerti alla governante brianzola, non era riuscito a ottenere una granita al limone che somigliasse sia pur vagamente a quelle che Annina faceva a regola d'arte. Abbandonò quella poltiglia biancastra nel bicchiere sul tavolino di cristallo.

« Il ragazzo », spiegò Calò a Philip, « non ha bisogno di un autista, signor Brian. »

« Perché mai? » s'insospettì Philip.

Mary Jane si rannicchiò su un ampio divano di velluto e prese a sfogliare una rivista.

« Ci sono io per questo », affermò il gigante.

« Lei potrebbe assentarsi », obiettò.

« Il tempo delle assenze è finito », decretò categoricamente. « E poi non mi fido di nessuno. A parte lei, signor Brian », aggiunse per non essere frainteso.

Philip si fece serio e assunse un tono autoritario.

« Lei ha un'alta opinione di se stesso, mister Costa », disse con l'intenzione di ripristinare la differenza dei ruoli.

La governante portò una teiera e dispose le tazzine sul tavolino di cristallo, poi s'allontanò silenziosamente.

« Cerco di fare il passo come la gamba mi consente. » La luce filtrava morbida dalle tende producendo un dorato pulviscolo.

« Prima che io parta », aprì un nuovo discorso, « dovremo affrontare il problema economico. »

« Non capisco. » Lo guardò stupito mentre versava il tè.

« Vorrei sapere a quanto ammontava lo stipendio che le corrispondeva mio suocero », disse brutalmente.

« Vorrei sapere se quello che guadagna le basta. »

Manovrando con goffa imperizia le molle d'argento, Calò prese una zolletta di zucchero e la lasciò cadere nella tazzina, rischiando di mancarla.

« Non sono molto pratico », si scusò sorridendo.

« Lei non ha risposto alla mia domanda », insisté Philip col tono di una persona che non ripete mai due volte la stessa richiesta.

« Forse non ho capito bene », tergiversò il siciliano non senza ironia.

« Le ho chiesto a quanto ammonta il suo stipendio », s'indispettì.

Bruno s'era prudentemente messo al fianco di Mary Jane e commentava con lei le illustrazioni e i titoli della rivista.

« Io non ho mai avuto uno stipendio, signor Brian », disse ostentando la partecipazione e la cortesia dei forti.

Philip ebbe un moto di stizza che fece subito rientrare.

« E come viveva? » s'informò certo di metterlo in difficoltà.

« Come uno di famiglia », rispose con spontaneità. « Lei stipendierebbe suo figlio? »

« Non mi risulta che lei si chiami Sajeva » Stava infilandosi in un tunnel dal quale gli sarebbe stato difficile uscire agevolmente.

« È un onore troppo grande. » Ripristinò sul sorriso fanciullesco la sua grinta da mastino. « Ma se vuole continuare l'interrogatorio, faccia pure. »

Pescò nervosamente una sigaretta e azionò l'accendino diverse volte prima che la fiamma brillasse.

« Posso chiederle come ha vissuto fino a oggi? » Era incapace di riconoscere schemi diversi da quelli in cui aveva sempre vissuto.

Calò bevve un sorso di tè assaporandolo da intenditore.

« Ho vissuto prendendo quello di cui avevo bisogno. » Guardò l'americano che rivelava la sua inquietudine accanendosi sulla sigaretta che bruciava rapidamente. « E mi creda, signor Brian: ho bisogno di poco. »

« Ma dal momento che lei si occupa di mio figlio », insisté con l'arroganza dei vinti che non accettano la superiorità dell'avversario, « io esigo che lei sia adeguatamente ricompensato. »

« È un diritto che non posso negarle », finse di arrendersi Calò. « Ma non mi chieda di aiutarla a fissare la cifra. Non sono molto versato in problemi economici. »

« Allora siamo d'accordo così, signor Costa. » Si comportava come se fosse lui a condurre il gioco. « Al trenta di ogni mese riceverà un assegno dal mio avvocato in Italia. »

Calò annuì con il suo bel sorriso fanciullesco e ironico. Ritenne inutile dirgli che avrebbe trasferito l'assegno sul conto di Bruno, come aveva fatto con tutti gli altri beni avuti in eredità dal barone. Il vecchio gli aveva lasciato il bosco di eucalipti, le zolfatare, una cartiera e un certo numero di titoli perché li amministrasse nell'interesse del nipote, insieme con il palazzo, il feudo di Piazza Armerina e la villa di Palermo.

Bruno, sottovoce, stava raccontando a Mary Jane che il barone aveva designato Calò come suo tutore e quindi come curatore dell'intero patrimonio di famiglia.

« Credo di poter dire che mio figlio è in buone mani », concluse Philip. Era il massimo che potesse concedere a quel troglodita che aveva deciso di ricoprire il ruolo di cane fedele.

« Lo credo anch'io », disse Calò.

Mary Jane vincendo la sua naturale ritrosia decise di intervenire, soprattutto dopo le confidenze di Bruno, sorridendo a Calò con amicizia.

« Lei è davvero molto caro, mister Costa », disse. « Sono veramente lieta di averla conosciuta. »

Il siciliano s'inchinò come aveva visto fare al barone, ma l'imitazione gli riuscì malissimo. Lo assolveva la sua semplicità.

« Si è riposata, signorina? » Voleva essere galante, ma riuscì soltanto ad esprimere tenerezza.

Mary Jane lo osservò meglio e si rese conto che qualsiasi donna avrebbe voluto un uomo simile al proprio fianco, pronto a difenderla e ad amarla. Capì il grande amore di Annalisa e la giustificò.

« Ora sono pronta a partire », mormorò lei guardandolo coi suoi occhi limpidi. « Ora so che il figlio di Philip... che nostro figlio è in ottime mani. »

Bruno si avvicinò a Calò e gli sussurrò qualcosa all'orecchio. L'uomo assentì, prese una chiave dalla tasca della giacca e la porse al ragazzo.

« Aspetta ancora un momento, Mary Jane », disse Bruno. « Devo darti una cosa. »

Uscì di corsa dal soggiorno, ritornò in pochi minuti, consegnò la chiave a Calò e porse alla donna una scatoletta di camoscio verde.

« Questa è per te, Mary Jane », disse il ragazzo.

Lei aprì il cofanetto e scoprì lo zaffiro più bello del mondo, un gioiello che conosceva, che le era stato infilato al dito con una promessa solenne e le era stato strappato con brutalità.

« Perché mi regali quest'anello, Bruno? » Era commossa e le tremavano le labbra.

« Era della mamma », disse Bruno, « ma appartiene alla moglie di Philip Brian. È tuo, Mary Jane. Io non potrò venire al vostro matrimonio, ma ci terrei molto se tu lo accettassi come mio regalo di nozze. »

Mary Jane si chinò a baciare il ragazzo.

« Grazie Bruno », disse Philip impallidendo per l'emozione.

Era stato suo figlio a rimettere il gioiello di famiglia sul sentiero della tradizione dei Brian.

IL SUCCESSO

LUCILLA

Il luminoso sorriso di Lucilla suscitava in Bruno una sensazione sottile e misteriosa che non conosceva, ma che gli accendeva il sangue e lo faceva arrossire. Un giradischi nascosto diffondeva le note ingenue di *Romantica*, la canzone che aveva vinto il festival di Sanremo. Aperta sul letto c'era una rivista con una grande fotografia di Margaret d'Inghilterra e Armstrong Jones in uno dei loro viaggi dopo il matrimonio celebrato in maggio.

Lei lo guardò con aria maliziosa. Somigliava a Brigitte Bardot, lo sapeva e se ne faceva un vanto.

« Ti sei fatto uomo », gli disse con ammirazione. « E che uomo. »

Bruno abbassò lo sguardo, Lucilla si tirò a sedere sul letto e gli accarezzò la faccia con le morbide mani dalle dita lunghe e affusolate cariche d'anelli.

« Sì, signora », disse lui travolto dall'imbarazzo. Era in realtà d'una bellezza singolare, una bellezza virile e dolce, stemperata nell'incanto della giovinezza appena sbocciata.

« È un secolo che non ci vediamo », osservò Lucilla con gioia e rammarico.

« Sono appena tre mesi », precisò Bruno. « Dalla fine dell'anno scolastico. »

Bruno era il migliore amico di Matteo, il figlio di Lucilla, e in quei due anni di ginnasio s'erano incontrati molto spesso.

Matteo era un biondino soprannominato l'arcangelo per la sua aria mistica e sognante e l'aureola di riccioli biondi. I due ragazzi avevano legato fino dal primo anno delle medie e avevano preso l'abitudine di studiare insieme.

Bruno andava spesso a casa di Matteo. Calò andava a prenderli a scuola e li accompagnava in via Spiga dove il ragazzo abitava. Bruno stava con lui fino all'ora di cena, quando Calò, attraversata la via Manzoni, andava a piedi per via Spiga fino al palazzo d'angolo di corso Venezia a prelevare il suo figlioccio per riportarlo a casa.

La principessa Isgrò, che invecchiando diventava sempre più intransigente, non condivideva quell'abitudine. Calò invece era convinto che la presenza della madre di Matteo, così giovane, allegra e spensierata, non potesse che giovare al ragazzo. E Lucilla era davvero una personalità gioiosa che influiva beneficamente su Bruno, il cui termine di confronto femminile, in famiglia, era rappresentato soltanto dalla principessa Isgrò. Calò vedeva Lucilla quasi due volte il giorno: quando le affidava i ragazzi e quando tornava a prendere Bruno.

« È suonata come una trottola », diceva allegramente di lei Calò alla madrina, « ma è una brava ragazza. »

« Perché suonata? » s'incuriosiva la principessa.

« Dice che Bruno e Matteo sembrano Eurialo e Niso, che potrebbero essere Castore e Polluce. Figure mitologiche, sostiene lei. L'altro giorno se li prende tutt'e due, li abbraccia e dice: 'Non sembra anche a lei, signor

Costa, che questi ragazzi insieme formino uno stupendo ritratto?' Figurarsi Bruno, scontroso com'è. È diventato rosso come un tramonto. Io, per non tirarla lunga, le ho detto che effettivamente sono due bei ragazzi. 'Ma è il contrasto che è esaltante', aggiunse lei in estasi, 'Bruno così bruno e Matteo così biondo. Quando le mie amiche li vedono se li mangiano con gli occhi. Così uguali e così diversi'. »

« La cosa non mi fa ridere neanche un po' », affermò la principessa con aria burbera. « E neanche la tua mimica da attore di varietà mi diverte. Calò, ma che cosa mi combini? » lo rimproverò. « Stai diventando pettegolo come una donnicciola. »

Il gigante conosceva fin troppo bene la principessa per sentirsi ferito dalle sue parole.

« Che cosa vuole », replicò scuotendo la gran testa di capelli biondi che cominciavano a inargentarsi. « Sono anni che vivo in un mondo di ragazzi e di donne. Mi sto proprio guastando. »

Alla fine della quinta ginnasio, durante il periodo degli esami, i due compagni avevano finito per passare insieme intere giornate, alternandosi nella casa dell'uno e dell'altro. Venivano nutriti e coccolati a turno dalla principessa Isgrò e da Lucilla.

Qualche volta Bruno incontrava il padre di Matteo, l'ingegner Alberti, concessionario di una fabbrica di automobili.

L'approccio era sempre lo stesso, ovvio e stereotipato: « In gamba, ragazzi. E fatevi onore », li spronava allo studio. « Io mi sono fatto dal niente. Voi partite da solide basi. »

Era un uomo alto, magro, dal profilo ascetico e aveva un gran naso che lo faceva somigliare a Gerolamo Savonarola. Gli affari erano per lui una religione e considerava gli uffici della società un tempio sacro nel quale trascorreva gran parte della sua giornata.

Si sentiva un protagonista del miracolo economico e sacrificava affetti e sentimenti sull'altare del successo. Considerava Lucilla, di quasi vent'anni più giovane, alla stregua di un'auto di rappresentanza, uno strumento di promozione sociale, un simbolo del successo acquisito, come la villa in Brianza, il palazzotto a Parigi e lo chalet di St. Moritz. Nelle occasioni importanti la tirava fuori insieme con la *Rolls*, la caricava di gioielli e la metteva in vetrina.

Lucilla era molto bella, superficiale e frivola quel tanto che bastava per accettare con disinvoltura il ruolo impostole dal marito. Per lei la vita era un susseguirsi di sfilate di moda, di prove d'abiti in sartoria, di sedute all'istituto di bellezza di Elisabeth Arden, di frequentazioni a scopo benefico, imperniate sulla figura vagamente corrotta di un monsignore, più vicino ai salotti che agli altari, il quale faceva la delizia di una diecina di signore come lei sussurrando in ogni casa i pettegolezzi della casa da cui era appena uscito.

Ma la vera grande passione di Lucilla era la preghiera. C'era il faticoso tramestio dei Natali ad Acapulco, dei capodanni a St. Moritz e delle colazioni programmate per l'apertura della caccia, ma nelle serate solitarie, tra un impegno mondano e l'altro, Lucilla trascorreva ore sull'inginocchiatoio seicentesco che costituiva l'arredo più venerato della sua camera da letto. Pregava a mani giunte, lo sguardo trasognato fisso su un mirabile Cristo dolente scolpito su legno da un artista di Klausen. Solo quando, per l'immobilità e la concentrazione, veniva colta da vertigini suonava perché la cameriera l'aiutasse a rialzarsi e a distendersi sul letto, dove s'addormentava di schianto.

Persuasa d'essere in rapporti privilegiati con l'Onnipotente, s'era costruita un liturgia su misura che prevedeva le estasi mistiche e le perfidie salottiere. In una serata era capace di distruggere le più solide reputazioni.

Apriva e chiudeva il rubinetto della fede a suo piacimento, ma la preghiera la liberava da ogni senso di colpa. A trentasei anni era bella, attraente e godeva di una salute di ferro. Mentre sulla bellezza e sull'avvenenza era disposta a transigere fino al compiacimento, aveva deciso, invece, che il benessere fisico non si addicesse a una pia dama dedita alla beneficenza.

Così inventava vaghi malesseri che i medici dalle parcelle d'oro definivano criptogenetici vale a dire di origine misteriosa, inesplicabili. Si metteva a letto dopo essersi abbondantemente cosparsa di Chanel, indossando camicie da notte di un'aerea trasparenza che rivelavano un'inconsapevole smania esibizionistica ed esercitavano un richiamo sessuale deliziosamente provocatorio.

La cameriera paziente e strapagata le portava una bottiglia di Fiuggi e lei riceveva le amiche in camera da letto giocando a fare la damina settecentesca. Alle selezionate visitatrici offriva il tè, lei beveva Fiuggi dicendo: « Oggi non sto bene », e indicava la miracolosa acqua minerale.

Erano le due del pomeriggio, Matteo era andato col padre a visitare un cliente importante e non sarebbe tornato prima di sera. Bruno era stato ammesso nella camera da letto di Lucilla, vittima profumata di un malessere criptogenetico.

I complimenti della signora l'avevano fatto arrossire, abbassò lo sguardo e prese a fissarsi la punta delle scarpe.

« Di questi tempi », osservò, « la timidezza in un giovanottone come te è cosa rara e preziosa. » Non c'era premeditazione in quelle lusinghe. « Quanti anni hai? » domandò schiudendo le labbra in un sorriso incantevole.

« Sedici. Come Matteo. Siamo compagni di scuola, ricorda? » Diceva cose ovvie, per la prima volta turbato da quella presenza che gli destava desideri segreti.

« Lo vedi che mi mandi in confusione? » Lo misurava con i suoi occhi d'oro, come se lo vedesse per la prima volta, come se per la prima volta fosse presa dalla febbre dell'innamoramento che annulla le convenzioni e gli schemi morali. L'odore selvaggio che emanava dal giovane maschio dagli occhi d'acciaio le accendeva i sensi e le bruciava la pelle. E ne ebbe paura.

« Non voglio disturbarla, signora », mormorò Bruno, ma intanto rimaneva immobile a respirare il profumo di donna che improvvisamente gli causava un turbamento violento e dolce.

Lucilla aveva cominciato per scherzo, ma si rendeva conto d'avere innescato una reazione a catena che passava senza controllo di esplosione in esplosione.

« Forse », mormorò con voce strana, « è meglio se vai di là ad aspettare Matteo. »

Istintivamente si coprì con il lenzuolo azzurro col risultato di far scivolare la spallina della camicia da notte, scoprendo per un attimo un seno rotondo e sodo abbronzato fino al capezzolo eretto.

« Forse è meglio. » Bruno contraddicendo le sue stesse parole sedette invece di fianco alla donna su un puff di raso bianco.

« Matteo tornerà molto tardi. » Un violento rossore le imporporò le guance e i suoi occhi raggianti ricordavano l'oro antico. Il desiderio che aveva letto nei romanzi circolava violento nel suo sangue caldo.

Bruno restò qualche minuto in silenzio gli occhi fissi su quella visione che lo faceva fremere.

« Non mi mandi via, signora », la supplicò.

« No, caro, non ti mando via. » Aveva gli occhi umidi e non riuscì a frenare un singhiozzo. Non era più un'incantevole donna di trentasei anni, ma una fanciulla in fiore che si accendeva al fuoco di una passione incontrollabile.

Bruno s'avvicinò a lei e le accarezzò il seno con fanciullesca cautela. Aveva la gola secca, gli occhi gli bruciavano e sentì uno spasmo all'inguine.

« Cosa devo fare, signora? » Era sincero, aveva paura di sbagliare, l'eccitazione e il turgore del sesso lo impacciavano, annaspava come un naufrago in quel mare di doloroso piacere. Vedeva la donna attraverso una nebbia ed era còlto da una lieve vertigine.

« Come fai con la tua ragazza. » Lucilla gli accarezzava la faccia, il collo e le orecchie.

« Non ho mai avuto una ragazza », confessò.

« Mai? » Le mani lievi della donna gli sfiorarono la fronte scompigliandogli i capelli.

« Mai, signora. » Il calore ai fianchi si accentuò e il sesso si tese lungo il ventre.

« Allora non fare niente. » Si alzò lasciando che la camicia di seta scivolasse ai suoi piedi rivelando una nudità radiosa. Le gambe lunghe e affusolate, il ventre piatto, la vita sottile, le anche d'una morbidezza lucente, il seno glorioso, tutto il suo corpo vibrante smentivano l'età e le attribuivano gli anni della giovinezza.

Bruno chiuse gli occhi e sentì le dita sapienti di lei dal tocco di farfalla slacciare uno dopo l'altro i bottoni dei pantaloni e un bacio dolcissimo imprigionò il sesso turgido che passò da una costrizione tormentosa a una schiavitù calda e liberatrice. Il fiotto caldo del suo seme non andò perduto. Poi le labbra della donna si posarono calde sulle sue labbra e avevano il sapore del suo primo vero orgasmo.

« Vieni qui caro », mormorò con voce roca.

Bruno passando in pochi istanti da un turgore all'altro si lasciò guidare dalla sua mano verso un bruciante umidore, si spinse dentro di lei e fu l'estasi vibrante. Sentì nuovamente il piacere montargli dentro inarrestabile e conobbe l'incontro di due spasimi, di due voluttà, seppe il significato profondo della sessualità che si realizza quando l'apice del desiderio si raggiunge contemporaneamente.

Il ragazzo e la donna si staccarono esausti e storditi.

« Ti amo », disse Bruno dandole del tu per la prima volta.

« No, ragazzo », Lucilla lo richiamò alla realtà con voce dura, mentre balzava dal letto per infilarsi una vestaglia. Gli buttò i suoi vestiti. « Ora rimettiti in ordine. »

« Ma io ti amo veramente », ripeté con determinazione infilandosi goffamente i calzoni.

« Un giorno conoscerai l'amore », lei disse passandosi le mani sulle guance in fiamme, « e ti renderai conto che è una cosa completamente diversa. »

« Ma io... » balbettò.

« Torna domani, se vuoi, per incontrare Matteo. » Sul suo viso era calata una grande severità.

« E noi? » domandò Bruno sul punto di piangere.

« Tra noi non è successo niente », replicò lei seccamente. « Una donna t'ha aiutato a diventare un uomo. Ma a essere un gentiluomo devi imparare da solo. Tra noi », ripeté, « non è successo niente. »

« Sì, signora », promise Bruno e le baciò rispettosamente la mano prima di congedarsi.

Rimasta sola Lucilla s'abbatté sull'inginocchiatoio seicentesco, il suo sguardo acceso inquadrò il mirabile Cristo dolente, si prese il volto tra le mani e pregò per i suoi peccati.

Da quel giorno le donne che incontrarono Bruno Brian lo scoprirono diverso e accarezzarono in modo più o meno segreto il desiderio di averlo come compagno.

LA DONNA GIUSTA

SULLA strada di casa Bruno meditò il suicidio. La donna che l'aveva portato in paradiso, l'unica donna al mondo, la prima che l'aveva fatto salire al settimo cielo, l'aveva poi bruscamente liquidato. Pensò al giovane Werther e si vide in abito da sera sul suo letto di morte.

Posseduto da romantici furori e da strazianti sentimenti di colpa, dopo tutto aveva tradito il suo migliore amico, varcò la soglia del palazzo di via Manzoni. Erano le tre e mezzo del pomeriggio. La casa sembrava deserta. Certamente la principessa era uscita per il suo giro di compere e la servitù riposava.

Percorse ogni stanza, esaminò ogni angolo a lui caro con dolorosa malinconia, come se vedesse per l'ultima volta le cose che amava. In cucina c'era Calò che manovrava con religiosa delicatezza una scalcinata napoletana che risaliva alla dominazione borbonica per prepararsi un caffè secondo i sacri crismi.

« Questi settentrionali non sanno nemmeno da dove si comincia a preparare un vero caffè. » Era il suo ritornello preferito. « Per loro basta che sia nero. Certo l'acqua di Milano non è la migliore e questo ha il suo peso. Ma ci sono altri piccoli accorgimenti che questa gente frettolosa non conosce e non conoscerà mai.»

Bruno lo sorprese mentre dosava con la precisione di un farmacista la polvere tostata al punto giusto.

Calò fu stupito di vederlo prima del previsto.

« Be', che succede? » l'interrogò. Lo scrutò con attenzione senza tuttavia preoccuparsi dell'aria tormentata.

« Niente succede », rispose nascondendo lo strazio del suo cuore.

« Come mai non sei dal tuo amico? » Usò un tono neutro per non mettersi nei panni di una bambinaia apprensiva.

« Non c'era », spiegò lui fingendo indifferenza. La cucina era fresca, pulita, grande, accogliente e il suo sguardo cadde sul monumentale frigorifero bianco.

Gli spasimi del cuore e le pene dell'anima scivolarono inesorabilmente verso lo stomaco e s'accorse di avere una fame selvaggia. Si dissolse l'idea romantica del suicidio e si concretizzò quella meno tragica, ma più urgente di una robusta mangiata.

« Come mai non c'era? » Calò accese il gas e mise la napoletana sul fuoco.

« È andato non so dove con suo padre. » Guardava con adorazione il frigorifero e immaginò le cose buone che doveva contenere. Si vergognò di quel pensiero prosaico, ma non tanto da rinunciare al desiderio di verificare se il contenuto corrispondeva alla sua voracità.

Calò sedette al tavolo di cucina in attesa che l'acqua bollisse, fingendo di leggere il giornale. In realtà seguiva il ragazzo con la coda dell'occhio. Quel giorno Bruno si comportava in modo davvero strano. Nella sua espressione si alternavano sentimenti contraddittori. Lo conosceva troppo bene per non intuirne le emozioni.

L'attesa paziente era il metodo più efficace: prima o poi avrebbe scoperto quello che stava accadendo in lui.

Bruno aveva tagliato per il lungo un pane francese e con meticólosa attenzione andava deponendo sulla parte inferiore prosciutto crudo, dolce, magro, tagliato a fette sottili. Sullo strato di prosciutto in bell'ordine allineò funghi porcini sott'olio, carciofini delle sue terre e listarelle di peperone rosso. Sulla parte superiore dello sfilatino spalmò un leggero strato di burro, prese una piccola pausa per riflettere, poi decise che un tocco di senape non l'avrebbe guastato. Richiuse con diligenza il suo capolavoro evitando che niente scivolasse fuori, lo misurò con uno sguardo compiaciuto e cominciò a demolire coi suoi denti da lupo il monumentale tramezzino.

« Qualunque cosa sia quella che lo turba », pensò Calò, « non è certo preoccupante. » L'uomo taceva, un orecchio al fornello per cogliere il primo bollore dell'acqua nella caffettiera, e un occhio al ragazzo che stava mangiando con insolita avidità.

Bruno s'avvicinò alla finestra e guardò distrattamente fuori.

« Hai voglia d'uscire? » gli chiese Calò.

« Ancora non ho deciso », rispose a bocca piena.

L'acqua della napoletana cominciava a bollire. Calò spense il gas, ritirò la caffettiera dal fuoco, la capovolse, la posò sul tavolo e cominciò a sentire l'acqua che piano piano filtrava portandosi dietro l'essenza della polvere di caffè convertendola in un infuso divino.

Bruno aveva liquidato il panino casereccio, aprì nuovamente il frigo e rimase in contemplazione di una caciotta da poco tagliata che piangeva lacrime sublimi. Il ragazzo tagliò una fetta di formaggio e prese dell'altro pane per placare il suo appetito residuo. Masticando con minor foga, ma con uguale potenza, si ritrovò a riflettere sulle affinità dei contrari: i pensieri d'amore e i tormenti dell'estasi non escludono i piaceri della gola, anzi le due cose insieme si completano. Si sentì nuovamente allegro, spensierato, felice.

Calò aspettava paziente che il ragazzo decidesse di confidargli il suo segreto, ma l'omertà di Bruno lo indusse a capitolare.

L'uomo portò religiosamente la tazzina alle labbra e cominciò a sorbire il suo caffè bollente. Era una delizia.

« C'è un vecchio detto in Sicilia », esordì con calma provocando l'immediata curiosità di Bruno, il quale sapeva che certi inizi di Calò preludevano a conclusioni imprevedibili.

« Ci sono tanti detti dalle nostre parti. » Voleva fare l'uomo vissuto e imperturbabile, ma aveva una voglia irresistibile di conoscere il seguito.

« Quello che ho in mente io è un detto molto particolare », ribatté continuando a sorseggiare il suo impareggiabile infuso.

« Hai più voglia tu di dirmelo che io di saperlo », lo sorprese il ragazzo.

L'uomo abbassò gli occhi sulla tazzina ancora incerto se tendergli il tranello, che poteva basarsi su un'intuizione sbagliata, oppure lasciar perdere. Ma era troppo sicuro del fatto suo.

« Allora com'è questo detto? » domandò Bruno arrendendosi.

« Dice: se fa fame fotti, se fa sete smetti », recitò brutalmente Calò.

La calma e la fermezza scomparvero dal bel viso di Bruno che arrossì vistosamente.

Calò riprese la tazzina per gustare il caffè rimasto. « Proprio così », confermò.

L'unico atteggiamento possibile sarebbe stato l'indifferenza, ma Bruno non aveva ancora la tempra di Calò.

« Che cosa vuoi da me? » scattò. « Perché non ti bevi in santa pace il tuo caffè e non ti fai gli affari tuoi? »

Gli occhi del ragazzo brillavano in modo insolito e il nervosismo lo tradiva.

« Perché muori dalla voglia di parlare e non sai da che parte incominciare », sparò al buio.

« Adesso ti metti a tirare nel mucchio », reagì violentemente. « Ma non mi freghi. »

La nebbia s'era diradata e il bersaglio era visibile.

« Allora te la racconto io la storia », disse Calò « e non c'è bisogno tra noi di scendere nei particolari. »

« Tu sei matto da legare », si infuriò il ragazzo.

« Doveva accadere prima o poi », disse piano Calò guardandolo. « La prima volta è molto importante. E tu evidentemente hai avuto la fortuna di farlo con la donna giusta. »

« Ma io non posso vivere senza di lei. » I suoi occhi grigi erano diventati tristi e desolati. A stomaco pieno si ripresentava la vertigine della passione.

Calò sapeva che le parole non servivano e che l'esperienza non si può trasmettere. Per lui quella non era la prima, ma la sola donna al mondo.

« Tu mi credi? » gli sorrise l'uomo.

« Ti credo », affermò, « ma questo non cambia niente. »

« Un giorno conoscerai la tua donna », gli raccontò mentre il suo volto virile e sicuro s'illuminava. « E te ne accorgerai perché il mondo brillerà di una luce immensa. E le stelle si moltiplicheranno in cielo. »

« Con parole diverse me l'hanno già detto. » Pensò a Lucilla, al suo morbido corpo, ai suoi sospiri, alla sua infinita dolcezza e alla severità della sua profezia subito dopo l'iniziazione.

« Ti ripeto che hai trovato la donna giusta per questa prima esperienza », ribadì il gigante. « Ma per te è appena spuntata l'alba. » Ricordò la sua unica notte con Annalisa, nel capanno oltre il bosco degli eucalipti, mentre fuori imperversava la tempesta. Quell'unica notte era il suo ricordo, il suo tormento, la sua consolazione.

« Calò, com'è che non ti sei ancora sposato? » gli chiese il ragazzo a bruciapelo. « Da come parli sembra che tu le abbia viste le stelle moltiplicarsi nel cielo. »

« Ho appena trentasette anni », tentò di scherzare. « C'è tempo per trovare una buona moglie. »

« Ma non sarà la stessa che ti ha fatto vedere la luce immensa di cui mi parlavi. »

Quelle parole gli vennero spontanee alle labbra.

L'uomo curvò le sopracciglia e i suoi occhi si fecero tristi e remoti.

« No, quella no », disse.

« Ti ha per caso lasciato? » Si sentiva partecipe e solidale con lui.

« È una vecchia storia, ragazzo. » Trasse un sospiro penoso e aggiunse: « Lei era unica, meravigliosa. Sì, è vero », ammise malinconicamente, « mi ha lasciato ».

Bruno capì d'aver toccato un tasto molto doloroso e nello sgomento di Calò vide una infinita, struggente tristezza. Capì che non era il caso di approfondire l'argomento.

UNA SCELTA DIFFICILE

NEL 1966 Bruno Brian si laureò in economia *summa cum laude* e, nello stesso anno, qualcosa segnò una svolta fondamentale nella sua vita.

« Sono fiero di te, ragazzo », si complimentò Philip con un'energica stretta di mano e una pacca sulla spalla. Era sensibilmente invecchiato nel fisico e le rughe profonde sul suo viso denunciavano il lavorio degli anni.

« Ora devi soltanto esprimere un desiderio », intervenne Mary Jane che in quel giovane di stupefacente bellezza vedeva il figlio che aveva sempre desiderato, ma che non avrebbe mai potuto avere.

« Festeggiamo al ristorante cinese? » propose il padre che si sentiva un po' protagonista di quel successo.

Bruno avrebbe desiderato una soluzione molto più semplice: un tramezzino e una birra in un self-service di Berkeley e successivamente un giro sul pittoresco tram che congiunge Market Street con il Fisherman's Waharf.

« Okay, papà », accondiscese. I desideri e le decisioni del padre, quando non erano condivisi, suscitavano polemiche. Tanto valeva accettare fingendo entusiasmo.

Don Taylor, l'autista dei Brian, con la simpatica faccia appesantita dalle tortillas di Juanita e dal passare del tempo, aspettava paziente vicino alla macchina pronto a spalancare le portiere.

« Ero sicuro d'aver fatto una buona scelta », ridacchiò Philip.

Attraversarono il quartiere italiano, superarono un arco di pagoda ed entrarono in Chinatown.

« Come mai il tuo amico arabo non è venuto con noi? » domandò Philip.

« Credo che avesse un impegno sentimentale », rispose affabilmente. Mentiva per quieto vivere, evitando così inutili approfondimenti. Se gli avesse detto che Yussef e Calò erano andati dallo zio George, era capace di montare su tutte le furie.

« Anche tu non scherzi, a quello che sento », intervenne Mary Jane.

Gli occhi di Philip brillarono d'orgogliosa fierezza.

« Mi dicono che le ragazze ti strappano i vestiti di dosso. » Partecipava in prima persona anche ai successi sentimentali del figlio.

« Esagerazioni », minimizzò il ragazzo che aveva ancora la capacità di arrossire. Il suo indice di gradimento, che aveva raggiunto livelli altissimi, s'era ulteriormente rafforzato da quando era diventato la punta di diamante della squadra di calcio universitaria. Dopo la vittoria sulla formazione di Stanfort a Palo Alto, le ragazze l'avevano eletto mister Berkeley.

« E trovi anche il tempo di studiare? » scherzò Mary Jane con gentile malizia, per quanto potesse essere maliziosa quella mite signora di mezza età che ormai chiedeva vanamente aiuto alle maschere di bellezza.

« È una questione di metodo », Bruno stette al gioco.

« È il robusto ceppo dei Brian », affermò con enfasi Philip. « I Brian possono fare contemporaneamente tutte le cose che vogliono. » Era un giorno di particolare solennità che giustificava l'immodestia delle affermazioni.

Pranzarono al *Tao-Tao*, un ristorante cinese tra i più rinomati, con l'inevitabile coreografia dei palloncini multicolori, lampade di seta frangiate, paraventi laccati in un'orgia di nero, rosso e oro.

Bruno fu costretto a rimpinzarsi di maiale caramellato, di anatra, di nidi di rondine e di pinne di pescecane condite con salse vulcaniche. Rifiutò un orribile pesce dalla struttura preistorica e il disgustoso formaggio di soia.

« Io trovo non ci sia niente di meglio dell'antica cucina cinese », concluse Philip. « E adesso? » soggiunse scolando un altro bicchierino di liquore fortissimo che sapeva vagamente di vodka.

« Adesso cosa? » l'interrogò Bruno.

« Che cos'hai intenzione di fare? » Un ossequioso cameriere versò altro liquore nel bicchierino di mister Brian. « Quali sono i tuoi programmi? »

« Vorrei fare una piccola pausa », disse Bruno. E non si capì se si riferiva al cibo che il maître del *Tao-Tao* continuava a dirottare al loro tavolo o a un periodo di riposo più o meno lungo.

« Mi sembra giusto », osservò Philip, « anzi doveroso che tu debba recuperare le energie spese. Hai gli occhi stanchi », si preoccupò, ma subito attribuì scherzosamente le occhiaie alle battaglie d'amore.

« Lo stai soffocando con le tue domande », disse Mary Jane prendendo le parti di Bruno.

« Mary Jane ha ragione », ammise il padre, « e dovete perdonare la mia eccitazione. Non capita tutti i giorni che un figlio si laurei a Berkeley *summa cum laude*. » Non stava più in sé dalla gioia.

I programmi di Bruno, però, ancora una volta non coincidevano con quelli del padre. Il giovane aveva bisogno di tempo per riflettere, voleva parlare con un suo vecchio professore che sapeva raccontare con poetica verosimiglianza il suo arrivo a Berkeley quando sulle colline verde chiaro pascolavano ancora i cavalli mentre nell'aria echeggiavano i rintocchi del campanile della chiesa costruita sul modello della basilica di San Marco a Venezia. Rivedeva la faccia del vecchio che aveva saputo convivere con la rabbia giovanile. Berkeley, infatti, era stata teatro, in quegli anni, della prima furibonda rivolta del potere studentesco, il detonatore della contestazione che sarebbe esplosa nelle università d'America e d'Europa.

« Farai una splendida vacanza intorno al mondo », decise Philip che aveva gli occhi e le guance accese dal cibo e dall'alcol.

L'idea di una vacanza senza scopo non allettava il giovane.

« Ci penserò, papà. » Il volto di Bruno si rannuvolò. Il mondo cambiava inesorabilmente, svanivano gli ultimi sogni; c'era stato l'assassinio del presidente Kennedy, che Philip non giudicava poi così insensato, dilagavano i torbidi razziali e l'escalation della guerra vietnamita sembrava inarrestabile, per cui centinaia di migliaia di famiglie vivevano una delle più grandi tragedie americane.

I giovani rivendicavano il diritto di sostenere nuove idee.

« Avremo tempo di parlarne nei prossimi giorni », fece conciliante, « okay? »

« Faremo come vuoi tu », si arrese. Il solco tra le due generazioni era più profondo e insondabile di quanto pensasse.

« Brindiamo al tuo futuro », disse afferrando il bicchiere, « e al futuro dell'impero dei Brian. »

Un cronista che sedeva a un tavolo poco distante dal loro drizzò le orecchie pensando: « La famiglia

Brian al completo. Manca soltanto il senatore George. Ma si sa che tra i due fratelli non corre buon sangue. I loro incontri si limitano ai consigli d'amministrazione. »

« Al futuro presidente della *Brian Corporation* », brindò Philip.

Bruno posò il bicchiere sul tavolo e tradì una profonda contrarietà.

« La società ha già un presidente », affermò, « e per quanto ne so è in perfetta forma. »

« Naturalmente », sorrise Philip, « dovrai fare un periodo di apprendistato. Ma nel giro di pochi anni siederai al vertice del nostro impero economico. »

« Non vorrei deluderti, papà. » Per sottrarsi a quello spiacevole argomento avrebbe voluto correre dallo zio George, dove l'attendevano Yussef e il suo padrino Calò.

« No, figliolo », affermò con convinzione, « tu sei un Brian e tutto quello che abbiamo ti appartiene. »

Mary Jane pensò a Calò, guardò Bruno, fece mentalmente le sue considerazioni, ma continuò a interpretare scrupolosamente il ruolo di osservatrice neutrale.

« Devo ancora conquistare quello che mi apparterrà. » Il suo tono era duro, intransigente.

« Il tuo orgoglio mi piace, figliolo », approvò « Hai del carattere. E questo ti fa onore. Intanto », aggiunse con burbera dolcezza, « prenditi una lunga vacanza. E al tuo ritorno t'insedierai nell'ufficio di fianco al mio. Credo di avere molte cose da trasmetterti. » Per la prima volta non usò il verbo insegnare.

Bruno rimase per qualche attimo titubante.

« Io non sarò mai il vicepresidente o il presidente e non occuperò nessun altro posto nella tua azienda. » Era una dichiarazione meditata, definitiva.

« Ho capito bene? » Philip impallidì poi arrossì nuovamente in modo allarmante girando gli occhi intorno in cerca di conferme al suo sbalordimento.

Il cronista, da vecchio mestierante, rimpianse di non avere un fotoreporter a portata di mano. Poteva telefonare subito in redazione, ma la situazione minacciava di precipitare e allora avrebbe perso il meglio di una notizia sulla quale tutti i giornali, esclusi quelli controllati dai Brian, si sarebbero buttati.

« Hai capito benissimo, papà », ribadì Bruno. « Io non voglio fare di mestiere il figlio del padrone. »

Philip per la prima volta pensò che nella cinghia di trasmissione che trasferisce i valori e le fortune da una generazione all'altra doveva esserci qualcosa che non funzionava più.

« È stato quell'imbecille di George che ti ha montato la testa! » Era diventato paonazzo e agitava le mani scompostamente.

« Zio George non c'entra. » Era vero. Il senatore non aveva mai cercato di influenzare in nessun modo le decisioni del nipote.

« Vorresti fare il vignaiolo? » disse con disprezzo riferendosi all'attività dell'azienda di Napa Valley.

« È un lavoro che non m'interessa », ribatté decisamente.

« Allora vuoi darti come lui alla politica », replicò aggressivo. « Ma i tempi dei Kennedy sono ormai finiti. Per fortuna. »

Gli risuonò nella mente uno degli slogan del periodo duro della contestazione: « Il mondo che vogliamo possiamo averlo ». Tuttavia decise che era meglio non polemizzare col padre. Lui aveva idee precise e non tutte sbagliate sulla nuova sinistra e sulle minoranze profetiche.

« Io non voglio niente da te, papà. » Era difficile affermare i princìpi nei quali credeva.

Philip ricordò una celebre frase di Tom Hayden: « La lotta non è più tra il lavoratore e il padrone, ma tra il capitalista e il figlio che rifiuta di occuparsi della bottega paterna ». La riferì a Bruno: « È questo il senso del tuo rifiuto? » l'interrogò autoritariamente.

« È difficile intendersi », gli tenne testa, « quando si parlano due lingue diverse, quando si ragiona in base a principi opposti senza che vi sia il rispetto e la comprensione delle reciproche opinioni. »

« Io ti offro un impero su un piatto d'argento », disse con l'impetuosità del favorito costretto a subire l'iniziativa dell'avversario, « e tu cerchi di coinvolgermi con le tue utopie. Ma in definitiva che cosa vuoi? »

« Niente », lo gelò Bruno. « Assolutamente niente. »

Philip si asciugò la fronte con il tovagliolo. Ancora una volta si sentiva tradito dal suo unico figlio.

« Niente è una parola stupida », ribatté furibondo. « Un uomo non può voler niente dalla vita. »

« Io non voglio niente da te, papà, è diverso. » Parlava in modo tranquillo per fargli capire che non era motivato da odio e da risentimento. « Dalla vita m'aspetto qualcosa, ma voglio essere io a fare la mia strada. »

« È un'aspirazione legittima », osò Mary Jane.

Philip, che sembrava improvvisamente più vecchio, la bruciò con un'occhiata.

« Come fai ad affermare simili idiozie se nella tua vita, oltre a studiare, non hai mai fatto niente? »

« È inesatto », rettificò Bruno. « L'eredità dei Monreale costituisce una buona rendita, soprattutto per merito di Calò, ma anche per il mio personale interessamento. »

Quell'isola maledetta e quel nome ch'erano stati causa dei suoi peggiori tormenti, quel mondo assurdo e degradato che avrebbe voluto cancellare dalla faccia della terra emergevano nei momenti più difficili.

« La Sicilia, i Monreale », l'apostrofò con disprezzo. « Fantasmi, astratti furori che s'avventano sul nulla. E il mio unico figlio è prigioniero di una sterile illusione. Che cos'è la fortuna dei Monreale a confronto di quella dei Brian? »

« Io credo in quella illusione », ribatté Bruno con calma sorridente.

« Te lo puoi permettere », lo schernì. « Non hai combattuto nessuna guerra, hai avuto il meglio di tutto. Hai vissuto sempre nella bambagia. »

« È ora che mi allontani da questo dorato rifugio. » Poteva dirgli quello che aveva sofferto alla morte di sua madre, poteva rivelargli il segreto di un bambino che aveva visto assassinare il nonno, ma seppe conservare la propria imperturbabilità e il silenzio.

« Pensaci bene », lo minacciò il padre. « Ci sono volute cinque generazioni per fare la nostra fortuna. E tu ora rifiuti di assumerti le tue responsabilità. È un comportamento inqualificabile. »

« Mi dispiace papà », replicò Bruno alzandosi. « Si è fatto tardi e mi sembra inutile continuare una discussione senza sbocco. Tu vuoi che parta dal piedestallo costruito da cinque generazioni di Brian, mentre io voglio partire da zero. Io rispetto la tua opinione, anche se non la condivido, ma spero che un giorno tu riesca a rispettare la mia. »

Anche Philip si alzò.

« Bene, ragazzo. È la tua ultima parola? » chiese.

« È la mia ultima parola », confermò.

« Non approvo la tua scelta », concluse, « ma sono costretto a prenderne atto. Sappi però che in questo momento tu esci dalla famiglia Brian. » Aveva una voce strana intrisa di dolore e di rabbia. « Qualunque cosa accada non cercarmi. Perché da me non avrai più niente. »

« Mi dispiace, papà. » Allungò la mano, ma Philip non la strinse e girò gli occhi per non vederla.

Mary Jane l'abbracciò.

« Ripensaci, Bruno », lo consigliò parlandogli all'orecchio. « Ti aiuterò io a far pace. »

« Sei buona, Mary Jane. » La baciò sulle guance e se ne andò.

Il cronista si attaccò al telefono più vicino e dettò a braccio la storia dell'insanabile dissidio all'interno della famiglia Brian. Il giorno dopo la notizia figurava in bella evidenza sulle pagine economiche e nelle rubriche mondane.

IL PRIMO AFFARE

Il sole tramontava sulla baia di San Francisco frangiandola d'oro e di porpora. L'aria era piena dell'odore del Pacifico. Yussef, Bruno e Calò viaggiavano sulla *Preston Tucker* dello zio George costruita a Chicago nella fabbrica che era servita a produrre i motori delle fortezze volanti. Nonostante l'amaro commiato dal padre, Bruno si sentiva felice. Aveva la vita davanti e molti confusi progetti che prima o poi si sarebbero realizzati. Il senatore non aveva né criticato né condiviso la sua decisione: s'era limitato ad accettarla, rispettando il principio che ognuno è libero di scegliere la propria strada.

« Non senti aria di casa? » La domanda era rivolta a Calò.

« Sempre aranceti sono », commentò il gigante, « ma quelli di Sicilia sono speciali. » Attraversarono l'Orange Country dove gli agrumeti si stendevano nella ridente pianura.

La potente automobile guidata da Bruno procedeva sicura verso Berkeley. Yussef ammirò quel paesaggio tanto più incantevole per lui che non aveva come punto di riferimento la perla del Mediterraneo, ma l'ondulato deserto d'Arabia e pensò con piacere e nostalgia che presto avrebbe raggiunto Abu Dhabi. Il bel volto grave era oscurato da un'ombra di disappunto. Gli dispiaceva che il suo amico non avesse trovato un accordo soddisfacente col padre.

L'argomento centrale, ch'era stato eluso durante il viaggio, venne affrontato nell'appartamento di Bruno.

« Sai almeno da che parte cominciare? » Yussef l'interrogò bruscamente con occidentale praticità senza indugiare in preliminari.

« No », rispose Bruno con una freddezza soltanto apparente.

« Hai scelto la strada più difficile », constatò l'arabo.

Calò aveva servito bourbon per Bruno e succo d'arancia per Yussef.

« Lo credo anch'io », ammise il Barone annuendo col capo, « ma credo anche nell'antico motto dei miei progenitori: *suae quisque faber fortunae est*. Ognuno, caro amico, è artefice della propria fortuna. Devo sapere se valgo qualcosa. »

« L'orgoglio ti è amico », disse l'arabo, « speriamo che anche il destino ti sia propizio. »

« C'è chi s'incammina con molto meno sulla via del successo. » Sapeva di poter contare sull'appoggio incondizionato dello zio George, aveva una laurea in economia e possedeva in Sicilia un patrimonio sufficiente a garantirgli un notevole tenore di vita.

« Che Allah ti protegga », pronunciò con solennità. Il tono era quello accorato degli addii. I due giovani stavano per lasciarsi dopo anni di vita in comune. Admad Yussef sarebbe partito per Abu Dhabi e Bruno, con l'aiuto di Calò, stava preparando le sue cose per tornare in Sicilia. Aveva diritto a una breve vacanza, anche se non era il favoloso viaggio intorno al mondo suggerito da Philip.

« Mi dispiace che tu abbia litigato con tuo padre. » C'era nella sua voce un accanimento particolare.

« Gli passerà. » Oltre i vetri scendeva la sera morbida e calda. « Io gli voglio bene. Lo stimo molto », si corresse.

« Ma io vorrei che i rapporti non si fossero deteriorati. » Il vento dell'oceano filtrava dalle tende leggere.

« Non fare l'arabo con me », l'ammonì Bruno. « Se hai qualcosa da dirmi, dilla e che sia finita. »

« Contavo su di te per risolvere un problema. » Oscillava tra l'imbarazzo e la contrarietà.

« Contavi su di me o su mio padre? » lo mise alle corde.

« Su tutt'e due. » Bevve un gran sorso di succo d'arancia fresco e dolce. « Ma ormai hai preso la grande decisione. » Conosceva Bruno e sapeva che non sarebbe tornato sui suoi passi.

Grandi lampade a stelo diffondevano intorno una gradevole luce.

« Devo dire che mi deludi », commentò con risentimento, « se escludi che io, da solo, non possa aiutarti a risolvere il tuo problema. Di che cosa si tratta? » L'argomento l'incuriosiva.

Yussef si fece perdonare con un conciliante sorriso.

« Un buon consiglio è sempre prezioso », affermò accingendosi a rivelargli il suo segreto. « A mio padre serve l'attrezzatura elettrica e meccanica per mettere in funzione cinquanta pozzi. »

Bruno lo guardò stupito come se gli avesse chiesto la programmazione di una spedizione su Marte.

« Tutto quello che so sul petrolio », confessò candidamente, « è che serve a far marciare le automobili e a far guadagnare miliardi a chi ce l'ha. Ritengo comunque che per portarlo alla superficie, ammesso che ci sia, occorrano capitali che sono fuori della mia portata. »

Anche Yussef ammise la sua ignoranza.

« Per te non è indispensabile una competenza specifica », spiegò, « ma io, bene o male, dovrò conoscere tutto quello che riguarda il petrolio. Se è vero quello che gli esperti sostengono, l'oro nero cambierà la faccia del mio Paese. Ma per sapere se le previsioni sono giuste bisogna scavare il ventre della terra. »

« Era questo l'aiuto che ti aspettavi da me? » Sentì montargli dentro l'eccitazione dei momenti cruciali.

« Ci vuole denaro, Bruno », dichiarò Yussef con tristezza. « Per ottenere denaro ci vuole fiducia. Ora, le aziende che producono le tecnologie necessarie alla ricerca non si accontentano di avere in garanzia capre e deserto. Vogliono dollari, partecipazione agli utili eventuali ma soprattutto la parola di una persona autorevole e affidabile. »

« Mio padre sarebbe stato la persona giusta », si rammaricò il Barone che ormai, di fronte al fatto compiuto, non era in grado di garantire nemmeno l'acquisto di un hamburger in un self service di Berkeley.

« Mister Philip Brian avrebbe potuto rappresentare la soluzione ideale. » Era rassegnato e cancellò l'argomento con un fatalistico gesto della mano.

Calò smise di trafficare con una valigia che non voleva chiudersi. Del dialogo tra i due amici non aveva perso una sola battuta.

« Le amicizie influenti sono denaro », intervenne il gigante. « E mister Philip Brian non è la sola persona influente che conosciamo. » Ignorava le leggi della economia e i misteri delle transazioni. In lui parlava l'antica saggezza siciliana e sapeva che un padrino può arrivare dove non arriva un padre.

Il Barone colse a volo il messaggio.

« Puoi rimandare la partenza di qualche giorno? » Nei suoi occhi d'acciaio brillò la sua prima certezza.

« Se è un'attesa che può aiutarmi a raggiungere il

mio obiettivo, ti rispondo subito di sì. » Lo guardò con un sorriso ironico.

« Questo non te lo posso promettere », replicò Bruno. « Posso solo garantirti che farò quello che è nelle mie possibilità. Ti chiedo un'opzione di due giorni. Quarantott'ore. »

« Bada che non abbiamo soldi », l'avvertì Yussef che con l'amico voleva essere onesto fino in fondo. « Nemmeno un cent. »

« Ma il petrolio c'è? » chiese.

« Se ne fossi sicuro non avrei bisogno di garanzie. » Il ragionamento non faceva una grinza.

« Però tu pensi che ci sia », insisté il Barone.

« Senza questa convinzione non chiederei l'aiuto di un amico », disse con un largo sorriso. « Quello che posso offrirti in garanzia è la mia personale convinzione, che però non è campata per aria, il mio pezzo di deserto, le mie greggi. Vale a dire tutto quello che ho. »

Saltarono la cena e passarono il resto della serata a trascrivere puntigliosamente tutte le informazioni relative alle ricerche e ai sondaggi compiuti fino a quel momento ricavando dati e cifre dai documenti che il padre di Yussef aveva trasmesso al figlio.

Quarantott'ore dopo Bruno e Admad bin Yussef s'incontrarono all'aeroporto di San Francisco. Il Barone aveva i contratti pronti che Yussef, in virtù della delega conferitagli dal padre, firmò in presenza dell'avvocato Paolo Brancati ch'era arrivato dall'Italia per assistere Bruno nella sua prima complessa operazione.

« Come hai potuto fare tutto in così poco tempo? » domandò sbalordito Yussef.

« La domanda non ha risposta », tagliò corto Bruno. « Questo volevi e questo ti ho dato. È tutto in regola. Entro sei mesi avrai i tuoi cinquanta pozzi in funzione. » Aveva giocato il tutto per tutto. Aveva impegnato il suo nome, il prestigio dello zio senatore, aveva ipotecato due palazzi siciliani e quello milanese, il feudo di Piazza Armerina, i gioielli di famiglia, ma alla fine aveva ottenuto la fornitura.

« E la tua percentuale? » chiese Yussef dopo aver letto attentamente i contratti. « Qui non se ne parla. »

« Puoi fissarla tu, se credi. » Il sentimento di una grande vittoria era inciso sulla sua faccia. « Comunque ci penserà la Tex Oil Enterprise a compensarmi adeguatamente. »

Alla fine di quell'anno, a due mesi di distanza dall'entrata in funzione dei pozzi nel deserto di Abu Dhabi, Bruno Brian realizzò il suo primo guadagno: un milione di dollari. Vennero annullate le ipoteche e ottenne una linea di credito dalla Tex Oil.

Subito dopo commissionò la sua prima barca che chiamò *Il Trifoglio*. Era un grande sogno che si realizzava, il sogno che accarezzava dall'età di dieci anni, quando la principessa Isgrò gli aveva portato da Parigi una nave giocattolo.

Nessuno, tranne Calò, seppe mai quanto gli era costato in termini di stress quel primo affare. Erano stati mesi di tensione incredibile, non solo perché poteva perdere tutto, ma perché se qualcosa non avesse funzionato avrebbe compromesso contemporaneamente il buon nome dei Brian e quello dei Sajeva. E suo padre avrebbe avuto un valido motivo per dimostrargli che le sue previsioni s'erano avverate.

Nei due anni che seguirono si rese conto che l'entusiasmo della prima vittoria non era sufficiente per mantenersi in equilibrio sulla cresta dell'onda, anzi, come i giocatori principianti capì che era relativamente facile fare il primo *en plein*, ma quello che avrebbe dovuto imparare erano le astuzie della navigazione. Il mestiere dell'intermediario, che aveva cominciato per caso e forse per scommessa, era tra i più faticosi e rischiosi del mondo.

Nella sua prima operazione non aveva avuto concorrenti e aveva potuto contare su una serie fortunata di circostanze positive, ma in seguito si scontrò con autentici predoni del *business* che navigavano da sempre su quei mari tempestosi e infidi; gente abile, cinica, rotta a tutte le astuzie e a tutte le esperienze, persone che disponevano di fiducia e capitali illimitati, ma soprattutto sapevano dove collocare le necessarie tangenti per rendere più scorrevole il complesso meccanismo degli affari.

Le intermediazioni non richiedevano un lavoro di quarantotto ore, ma settimane, mesi e a volte anni di trattative estenuanti, di sottili complicità, di potenti entrature. E quand'anche tutto si svolgeva nel migliore dei modi, non era facile arrivare per primi alle condizioni migliori.

CLAUDINE

Claudine depose un casto bacio sulle labbra di Bruno ch'era in costume da bagno e sedeva davanti a un *gin and tonic* su una bianca poltrona da giardino, s'avviò verso il bordo della piscina e fu un'immagine dorata contro il sole estivo. Non era molto alta, ma ben proporzionata, invitante, giovane, aveva un seno stupendo, capelli lunghi, neri, ondulati.

« Non ti bagni? » gli domandò togliendosi il reggiseno prima di sdraiarsi sul materassino.

Il Barone abbandonò il suo *gin and tonic* e s'avvicinò alla ragazza.

« Vorrei bagnarmi con te », rispose allusivo. Quel seno rotondo e sodo lo mandava in estasi e il turgore improvviso del sesso rivelò la sua eccitazione.

« Siediti che si vede tutto », lo rimproverò severamente lei.

Bruno s'inginocchiò vicino a lei, la baciò sugli occhi e sulla bocca, allungò una mano e le accarezzò il seno Claudine rabbrividì di piacere.

« Piantala! » lo respinse. « Qualcuno potrebbe vederci. » Il Barone sapeva quanto fosse formale in pubblico, in ossequio alla sua educazione calvinista, e scatenata nell'intimità. Il potenziale erotico di quella brunetta apparentemente castigata era inesauribile, pari soltanto all'insolenza del suo carattere di figlia unica, ricca e viziata.

« Allora andiamo in casa », propose il Barone. La casa era un'imponente villa costruita nei primi anni del Novecento sulla sponda occidentale del lago di Ginevra in mezzo a un vasto parco dal padre di Alphonse de Martigny presidente della banca omonima, uno degli istituti di credito privati più solidi d'Europa.

« Non ci penso nemmeno », rispose con energia. « Se vuoi placare i tuoi ardori fatti una bella nuotata. » I due giovani facevano coppia fissa da alcuni mesi e Bruno non aveva ancora capito se lei lo amasse veramente o se lo volesse per ostentarlo come una specie di cimelio. I litigi erano frequenti: lei era terribilmente possessiva e non faceva niente per nascondere la sua natura gelosa. Il giovane si tuffò nell'acqua trasparente traendone un immediato beneficio e trasformando la vigorosa nuotata in un diversivo che avrebbe scongiurato un'altra lite.

Erano trascorsi due anni da quando Bruno Brian s'era laureato a Berkeley: nel Vietnam i vietcong avevano sferrato la violenta offensiva del Tet devastando la stessa Saigon e inferendo un duro colpo al prestigio e alla tecnologia bellica del corpo di spedizione americano. Robert Kennedy era stato assassinato come il fratello John mentre, all'*Hotel Ambassador* di Los Angeles, festeggiava la vittoria alle elezioni primarie della California.

La figura di Vincent Poly, l'impeccabile maggiordomo dei Martigny, avanzò lungo il viale inghiaiato con in mano un apparecchio telefonico. Claudine s'infilò rapidamente il reggiseno, anche se il domestico aveva la delicatezza di non guardare.

Vincent infilò la spina nella presa e porse il ricevitore a Claudine.

« Il signore desidera parlarle », disse.

Bruno smise di battere il crawl e osservò la ragazza come se la vedesse per la prima volta: non era certamente tra le donne più belle che aveva conosciuto, aveva molti difetti, lo tediava con la sua gelosia infantile, ma aveva un certo fascino indubbiamente accresciuto dai molti miliardi di franchi che possedeva.

La salutò con la mano e lei rispose al saluto continuando la conversazione. Bruno s'immerse, nuotò a lungo sott'acqua per riemergere vicino alla scaletta e uscì dalla vasca. Il suo corpo muscoloso e abbronzato poteva contare su una plasticità armoniosa e la sua faccia virile irradiava un fascino che faceva di lui uno degli uomini più desiderabili.

Claudine coprì il telefono con la mano.

« Hai voglia di passare il fine settimana nel Burhwana? » gli domandò.

Bruno cadde letteralmente dalle nuvole.

« E dov'è? » Le sue conoscenze geografiche escludevano il Paese indicato da Claudine.

« Africa del Sud », precisò, « se ho capito bene. »

« Devo pensarci », prese tempo.

« Il Barone ha bisogno di riflettere », disse con intenzioni ironiche al padre che ascoltava dall'altra parte del filo. « Ma credo che riuscirò a convincerlo », aggiunse.

Bruno fece un mezzo sorriso che non era di condiscendenza.

Claudine depose il ricevitore sulla forcella e andò a sdraiarsi al sole di fianco a Bruno.

« Perché non ci facciamo questo viaggetto con mio padre? » ritornò alla carica.

« Perché non so dov'è questo posto », ribatté seccamente. « Perché non conosco lo scopo del viaggio. Perché non c'è una ragione plausibile. »

« Se te la dico, vieni? » scelse la via della dolcezza.

« Tu prova », la esortò.

« Dunque », esordì come una guida turistica, « il Burhwana è un minuscolo Stato grande poco più dei cantoni di Ginevra e di Vaud messi insieme. » Quando riusciva a dimenticare la supponenza della figlia unica, diventava una personcina gradevole e i suoi occhi neri scintillavano piacevolmente. « Mi segui? »

« Con estrema attenzione », fece lui divertito.

« È come la Svizzera », riprese.

« Banche e orologi? »

« No, grand'uomo », lo smentì. « Non ha sbocchi marini. Così deve servirsi del porto di un altro Paese. Comanda un presidente che è anche una specie di re. Ha una strada asfaltata che lo collega col Sud Africa e il Mozambico. Pare che ci siano delle miniere di diamanti che però, non ho capito bene perché, nessuno vuole. Cioè: le vogliono e non le vogliono. Gli alberi crescono tre volte più velocemente che da noi e con gli alberi fanno pasta per carta e legname. »

« E perché mai il presidente della banca de Martigny si prende la briga di andare dall'altra parte della terra? » L'argomento cominciava a interessarlo.

« Perché il Burhwana naviga in cattive acque e ha urgente bisogno di un grosso finanziamento, senza il quale, sempre se ho capito bene, rischia di perdere la propria indipendenza. E adesso non chiedermi altro perché ho completamente esaurito l'argomento. Allora », propose in termine ultimativo, « lo facciamo questo viaggetto nel Burhwana? »

Bruno si girò dalla sua parte, l'abbracciò e la baciò appassionatamente sulla bocca.

« È la prospettiva più entusiasmante che io ricordi », s'infiammò. « Mai una donna m'ha fatto una proposta più intelligente. »

Bruno faceva il galante, ma in realtà rimuginava le parole di Claudine: uno Stato africano aveva bisogno di un finanziamento per conservare la propria indipendenza e uno dei più grandi banchieri europei era disposto a prendere in considerazione la richiesta, anzi, era interessato al punto da muoversi personalmente.

Mancava una sola tessera al mosaico.

« Chi è l'intermediario di quest'affare? » domandò.

« Quello che sapevo te l'ho detto », s'incupì. « E poi francamente la cosa non m'interessa. »

A Bruno, invece, l'operazione interessava moltissimo, ma non volle insistere.

« Che ne diresti se oggi facessimo colazione con papà? » propose con un entusiasmo che lasciò sbalordita la ragazza.

« Di solito eviti accuratamente questi incontri triangolari », scherzò.

« È la nostalgia della famiglia », si giustificò con sorridente ipocrisia. Era partito in quarta. Sul suo orizzonte si profilava il *business* più clamoroso della sua giovane carriera.

LE MINIERE DI DIAMANTI DEL BUHRWANA

DURANTE il viaggio nel Burhwana, Bruno aveva saputo tutto quanto c'era da sapere sul piccolo Stato africano e man mano che procedeva nel sondaggio si rendeva conto che l'affare, se fosse riuscito a impadronirsene, gli avrebbe consentito di compiere il grande balzo in avanti, il salto di qualità che lo avrebbe definitivamente consacrato *business man*.

Aveva ventiquattro anni, l'internazionale della mondanità lo conosceva come il Barone e cominciava a delinearsi in lui una personalità che sarebbe entrata nella leggenda. L'impresa era tanto più invitante perché il patrocinatore dell'« operazione Burhwana » era uno dei protagonisti dell'intermediazione internazionale: Omar Achmal, un arabo cinico e chiacchierato, un individuo senza scrupoli, ma dotato di raro talento, di fondamentali conoscenze e di vasto credito.

Omar Achmal aveva manovrato con efficienza e cautela per convincere una diecina di banche occidentali a prestare al governo di Umpote, capitale del Burhwana, dieci milioni di dollari. Il meccanismo era semplice: il principe Aschwinda per conservare l'indipendenza del piccolo Stato aveva bisogno di denaro. L'arabo gli avrebbe fatto avere gli stanziamenti necessari per sfruttare in proprio i giacimenti diamantiferi e auriferi scoperti dopo la dichiarazione d'indipendenza del Paese.

Nel momento in cui fossero venuti alla luce diamanti e oro il Burhwana avrebbe riconosciuto all'arabo una percentuale del due per cento sui proventi dello sfruttamento. Le banche occidentali avrebbero recuperato il loro danaro a un tasso vantaggioso e la Banque de Martigny, che aveva svolto il ruolo di garante, avrebbe avuto in esclusiva, oltre a una percentuale, tutte le future transazioni d'affari del piccolo Stato con l'Occidente.

L'operazione conveniva a tutti, ma a una condizione: che le vene diamantifere fossero ricche come sosteneva Achmal. Era quello che Alphonse de Martigny voleva accertare. Se le miniere si fossero rivelate un buco nero, l'arabo avrebbe perduto la sua percentuale, ma lui avrebbe rischiato molto di più.

Fu così che Bruno conobbe il principe Aschwinda, dignitoso e fiero cinquantenne che come i suoi sudditi consumava un pasto al giorno, indossava, in onore degli ospiti, un venerando gessato di taglio occidentale, abitava una dimora d'una semplicità francescana. Bruno lo vide e concepì per lui stima e affetto immediati.

« Le nostre ricchezze », disse Aschwinda a de Martigny, « sono sepolte nelle viscere della terra. Gli arabi hanno il petrolio. Noi abbiamo oro e diamanti. Tutti gli Stati dell'Africa australe subiscono l'ingerenza dei sudafricani. Finora ho resistito. Abbiamo sfruttato al massimo l'agricoltura e la pastorizia. La nostra è una terra fertile e potrebbe bastare alla nostra sopravvivenza. Ma il progresso non si ferma. È poi progresso? Comunque la gente vuole di più. L'opposizione fa promesse che una volta al potere non potrebbe mantenere. Così devo correre ai ripari prima che avvenga l'irreparabile poiché con le promesse non si aiuta il progresso, ma si fanno le rivoluzioni. »

I due geologi inglesi che da mesi sondavano il territorio avevano dato responso favorevole. I diamanti c'erano e si trattava di giacimenti straordinariamente ricchi.

Quando fu in possesso di tutte quelle informazioni, il Barone si disinteressò della cosa e si dedicò con insolita tenerezza alla piccola Claudine che cominciava a rimpiangere d'avere accettato la proposta del padre. Si annoiava mortalmente.

« Un viaggio più idiota non l'avevo mai fatto », disse ripristinando la sua aria da bambina viziata.

Bruno invece di reagire bruscamente ai suoi capricci come faceva di solito fu con lei d'una dolcezza estrema.

« Vieni con me », le sussurrò all'orecchio, « ci regaleremo la più bella vacanza della nostra vita. »

Lei provò un brivido di piacere e lo seguì in un ospitale bungalow che Bruno aveva scoperto con la complicità di un dignitario.

« E mio padre? » sospirò mentre nuda si concedeva al maschio che sapeva farla impazzire.

Bruno le chiuse la bocca con un bacio e lei cominciò a dimenarsi come un serpente mentre lui le faceva conoscere tutte le sfumature del piacere: dall'amore all'estasi.

Sull'aereo che li riportava a Ginevra, Claudine si sdraiò su tre sedili della prima classe e s'addormentò esausta.

« Questo viaggio l'ha stancata », disse il banchiere.

« Evidentemente », confermò il Barone che voleva accantonare subito l'argomento.

Uno steward servì ai due uomini dello champagne.

« Che cosa pensi di questa combinazione? » domandò de Martigny.

« Mi sembra un eccellente affare », osservò. « Però c'è una cosa che non capisco », aggiunse.

« Che cosa? » Guardò il vino in trasparenza e ne bevve un sorso.

« Che bisogno c'è della mediazione dell'arabo? » obiettò Bruno. « Lei potrebbe mediare e nello stesso tempo garantire l'affare. Ormai ha constatato che le miniere non sono un'illusione. »

Il banchiere lo guardò con tollerante bonomia.

« Prima di tutto », spiegò, « un affare non è mai sicuro fino al momento della conclusione. In secondo luogo, nessun banchiere accetterebbe mai il ruolo di mediatore. »

Bruno si pentì dell'affrettata valutazione e cercò di capire dove aveva sbagliato.

« Forse non ho afferrato bene il meccanismo », disse ammettendo la propria ingenuità.

« Se un banchiere accettasse di fare il mediatore », ribatté paziente, « potrebbe chiudere bottega. Nessuno più gli chiederebbe una garanzia. » Alphonse de Martigny ebbe la sensazione che l'ingenuità di Bruno fosse soltanto apparente e che il giovane mirasse a un obiettivo diverso.

« Io però potrei fare il mediatore », lo sorprese.

« Soffiando l'affare all'arabo? » trasecolò il banchiere che pure aveva visto inganni più turpi nella sua carriera.

« O più semplicemente precedendolo », cercò di attutire il colpo.

Alphonse de Martigny volle capire qual era il gioco del Barone.

« Gli affari, anche se ripeto un luogo comune, sono affari. Ammesso che io prenda in considerazione la tua proposta, che cosa riceverei in cambio? Che cosa mi daresti tu più dell'arabo? »

« Nessuna contropartita », sorrise con fermezza Bruno.

« Così non ci guadagnerei niente di più di quello che già guadagno », calcolò, « e mi farei un nemico. Un nemico potente pronto ad aspettarmi al varco. »

Bruno bevve lo champagne che restava nella sua coppa, poi ostentò uno smagliante sorriso.

« Preferirebbe inimicarsi il suo futuro genero? » Si accese una sigaretta e guardò la faccia sbalordita del banchiere.

« Il mio futuro genero? » domandò mentre il sangue gli affluiva alla faccia.

« Claudine e io abbiamo deciso di sposarci », annunciò.

Stavano sorvolando il Sahara a una quota di diecimila metri. Ancora una volta il Barone era intervenuto al momento giusto. E aveva colpito nel segno.

LO SCANDALO

LA preda più ambita dai cacciatori di notizie mondane, i fidanzati dell'anno, la coppia ideale dei giornali rosa erano Claudine de Martigny e Bruno Brian Sajeva barone di Monreale. Il loro indice di popolarità superava quello raggiunto da Gabriella di Savoia e Robert de Balkany. Persino le notizie provenienti dall'isola di Skorpios dove si parlava del prossimo matrimonio di Jacqueline Bouvier con l'armatore Aristotele Onassis passavano in seconda linea, tanto più che la vedova di John Kennedy distruggeva un mito sacro al cuore degli americani e caro al mondo intero.

La *presse du coeur* e le testate più autorevoli avevano dedicato all'avvenimento dell'anno spazio e commenti: la prima con enfasi favolistica in linea con le attese del grande pubblico, le seconde con l'ironia ipocrita dei fustigatori di costumi. Cambiava la confezione, ma il prodotto era lo stesso: stile, classe, personalità, amore, sesso e denaro, gli ingredienti che fanno parlare il gran mondo e sognare i molti che credono ancora alla leggenda dorata dell'alta società. Perché la gente dedicava una generica indignazione alla primavera di Praga soffocata dalle truppe dei Paesi del patto di Varsavia, ma indugiava con enfatica partecipazione sulle notizie che riferivano i vizi privati e le pubbliche virtù dei protagonisti del *jet-set*.

Fotografi e giornalisti si aggiravano irrequieti *Chez Régine* dov'era convenuto il *tout Paris*, gli esponenti più in vista dell'alta società e del mondo della finanza internazionale. Tutti fingevano di divertirsi, molti si annoiavano, ma nessuno avrebbe rinunciato a quella sfolgorante passerella. La tragedia vietnamita si consumava in un Paese lontano, la contestazione studentesca era sotto controllo, i carri armati sovietici a Praga erano immagini subito dimenticate, i terremotati del Belice venivano liquidati con frettolose parole di rincrescimento. Ma il propellente per le forti tirature era lì, al livello più alto del pettegolezzo, in quella scintillante vetrina di vanità, in quella fiera dello snobismo e dello sfarzo.

La giostra brulicante di luci, scintillante di gioielli, movimentata dai virtuosi della maldicenza cominciava a girare come le bollicine dello champagne nelle coppe di cristallo.

Mancavano soltanto i protagonisti: lui, ultimo discendente di un'antica e nobile casata siciliana, rampollo dorato dall'alta finanza californiana, playboy per definizione; lei, unica erede di una dinastia di banchieri ginevrini, capricciosa, estroversa, volitiva che aveva saputo accaparrarsi l'uomo più conteso e ammirato del momento.

« S'è comprata un giocattolo costoso », commentò una signora che scintillava come l'esposizione d'un gioiellere.

« Forse è il solo con gli attributi adeguati per calmare i suoi bollenti spiriti », insinuò un'altra con una punta d'invidia.

Claudine pur essendo apparentemente irreprensibile non faceva niente per smentire le intemperanze sentimentali che le venivano attribuite. Da quando s'era diffusa la notizia del suo fidanzamento ufficiale con Bruno Brian, ovunque andasse si accendevano i riflettori.

« È la fidanzata del Barone », era l'inevitabile frase che veniva sussurrata.

La potenza della sua famiglia passava in secondo piano rispetto alla popolarità che il Barone godeva nei circoli più esclusivi.

Claudine era lusingata da tutto l'insieme, ma la infastidiva che il nome di Bruno fosse quello di maggior spicco nel cartellone dello spettacolo che si stava rappresentando. Il fatto di dover brillare di luce riflessa le procurava una sorda irritazione che l'innamoramento mitigava un poco.

Anche i doni per gli ospiti portavano la firma dei Monreale. Agli uomini era stato offerto un portachiavi d'oro di Cartier a forma di trifoglio e alle signore un orecchino sempre a forma di trifoglio.

Claudine e Bruno erano giunti *Chez Régine* con un certo ritardo e gli esperti lessero sul volto della fanciulla truccato con garbo una certa contrarietà. Comunque i protagonisti seppero tenere il palcoscenico con grande professionalità.

Mentre si preparava per la festa, la solita amica maligna le aveva telefonato.

« Hai letto, cara, l'articolo su *France-Soir*? »

Maurice, il suo parrucchiere allievo di Carita, stava dando gli ultimi tocchi ai suoi riccioli neri.

« Ma ti pare che con tutto il da fare che ho trovi il tempo a badare ai giornali? » Era sincera. Dal miliardo in su le occasioni mondane implicano un rituale di preparativi complesso che ricorda quello dei toreri e delle cantanti liriche.

« Vuoi che ti legga? » Avrebbe venduto la madre per deturpare il quadro scintillante in cui Claudine si riconosceva.

« Se proprio non puoi farne a meno. » La resa le costava meno fatica e meno tempo.

« Ecco, senti », aveva cominciato contraffacendo la voce in modo che trasparisse il suo finto rammarico, « ti fanno apparire come una piccola Cenerentola. »

« Lascia perdere, Josette », aveva cercato d'interromperla.

La perfidia non ha orecchie e l'amica aveva continuato: « Il Barone di Monreale presenterà ai suoi trecento ospiti la sua piccola miliardaria svizzera. La figlia del banchiere, Cenerentola d'oro, ha trovato il suo principe azzurro ».

« Sono i risultati della democrazia, Josette », aveva commentato con voce flautata prima di riattaccare, lasciando l'interlocutrice nella più nera costernazione.

Era rimasta immobile per qualche attimo, poi era scattata in piedi come una belva, aveva aggredito Maurice che cercava di ricondurla alla ragione con parole dolci e lievi mossettine, s'era avventata in lacrime sull'abito che Yves Saint Laurent aveva disegnato e realizzato per l'occasione e l'aveva fatto a brandelli.

Poi aveva telefonato a Bruno.

« Hai letto i giornali? » aveva chiesto.

Era una domanda idiota che preludeva a una delle solite scenate per futili motivi.

« Sono tanti i giornali. » Desiderava la pace.

« Hai letto *France-Soir*? » insisté.

« No. Ma se ci tieni posso leggerlo. » Era disposto a tutto.

« Mi fanno passare per una specie di Cenerentola. » Piangeva come una fontana. « Devi intervenire! »

Era una proposta ancora più idiota della domanda precedente.

« Ma quello che è stato scritto non si può cancellare. » Gli sembrava un'osservazione ragionevole. « E poi non c'è nulla di offensivo. »

« Allora non ci sarà nessuna festa di fidanzamento », aveva decretato.

« Mi sembra una decisione adeguata all'entità dello sgarbo », fece con ironia. Non era follemente innamorato di Claudine, in un certo senso aveva organizzato il matrimonio in funzione dell'affare nel Burhwana, però era pronto a rispettare la parola data. Alphonse de Martigny gli aveva attribuito l'intermediazione scavalcando l'arabo e l'accordo era concluso. E se Claudine voleva buttare tutto all'aria, lui non avrebbe fatto pazzie per impedirglielo.

« Solo questo sai dirmi? » Il tono preludeva a una reazione isterica.

« Vedi di calmarti, poi mi richiami », aveva replicato con calma.

Gli aveva invece telefonato personalmente Alphonse de Martigny pregandolo di intervenire.

Quando Bruno era arrivato in Avenue Niel, all'Etoile, nella casa parigina dei de Martigny, aveva trovato Claudine in uno stato pietoso. Aveva cercato di sorridere a quella bambina superficiale e vana, stupida e viziata, innamorata di se stessa, incapace di adeguarsi alla realtà.

« Tu! Tu! Sempre e soltanto tu! » l'aveva aggredito. « Il Barone di Monreale. E io? Io non esisto. Sono una svizzerotta che deve baciare la terra dove cammini. Non ne posso più di fare la spalla del grande divo. »

« Nessuno t'impedisce di annunciare la rottura del nostro fidanzamento », le aveva suggerito. « Passerai alla cronaca come la donna che ha messo alla porta questo playboy da strapazzo. Sono pronto a fare la parte del sedotto e abbandonato, ma non chiedermi di più. »

Le mani di lei avevano stretto la spalliera di una sedia.

« È solo questo che sai dirmi? » le labbra le tremavano e nei suoi occhi lampeggiava l'odio.

« Adesso basta! » era intervenuto d'autorità Alphonse de Martigny, suscitando lo sbalordimento della figlia ch'era abituata a un padre tollerante e remissivo. « Tu andrai a quella stramaledettissima festa. Perché tu l'hai voluta. E ti comporterai come si conviene a una de Martigny. »

Ai professionisti del pettegolezzo convenuti *Chez Régine* era bastata un'occhiata per rendersi conto che tra i due fidanzati c'era o c'era stata burrasca. Ma gli stati d'animo individuali, i personali risentimenti non possono arrestare il complesso meccanismo di una festa.

Il cerimoniale venne rispettato: lo champagne fu il vettore che impresse la prima spinta e sotto l'effetto dell'alcol le conversazioni si animarono, l'orchestra trovò il ritmo giusto, le parole propiziarono maliziosi incontri. Infine, tutti si misero a ballare. Bruno che aveva visto il nonno ballare il valzer nei saloni della villa di San Lorenzo, detestava quei movimenti burattineschi privi di armonia e dignità. Claudine, invece, voleva partecipare a tutti i costi e i maschi disposti a dimenarsi di fronte a un mucchio di miliardi non mancavano. Bruno, ch'era un eccellente attore, seguiva lo svolgersi della festa con apparente attenzione rispondendo garbatamente alle domande che gli venivano rivolte. Sedeva su una poltroncina appartata, fumava una sigaretta dopo l'altra e beveva bourbon.

« Perché si ostina a restare qui, quando ha una gran voglia di scappare? » pronunciò una voce alle sue spalle. Era una voce intensa, musicale come le note basse di un'arpa.

Bruno fu travolto da quella dolcezza e temeva di voltarsi per paura d'essere vittima di un'allucinazione.

« È una creatura vera o viene da un altro mondo? » domandò rimanendo immobile.

« Decida lei. » La donna si era messa di fronte a

lui: alta, slanciata, nera e brillante come una notte d'agosto.

« Ci conosciamo? » Una domanda più stupida non l'aveva mai fatta. Una donna come quella, vista una volta, non si dimentica più.

« Io la conosco. » Schiuse le labbra in un candido sorriso e il suo sguardo d'ambra s'illuminò d'ammirazione per lui.

« È una cosa senza senso. » Cominciava a recuperare la sua vivacità.

« Che io la conosca? »

« È senza senso che io non la conosca. » Si alzò e le baciò la mano.

« Claudine da mesi non fa che parlarmi di lei. » Il colore della pelle ricordava il rame e la giada.

« Così lei conosce Claudine », osservò con mestizia.

« E Claudine conosce me », disse. « Se non fossi modesta le direi che sono la fotomodella più ricercata di Parigi. Mi chiamo Mahary. »

« Sono mortificato », si giustificò, « ma è un ambiente che purtroppo non frequento. »

« Quello delle fotomodelle? » cercò di sapere.

« Quello della moda in genere e quello delle immagini in particolare. Tuttavia ora che ci penso... » Ricordò d'aver visto delle fotografie su alcuni giornali. Decisamente non le rendevano giustizia.

« Vede che in un certo senso anche lei mi conosceva? » Ai lobi delle orecchie, appesi a un filo d'oro, dondolavano due diamanti purissimi come gocce di luce. «Mi sembra molto solo per essere un uomo che s'è appena fidanzato. »

« Vuole farmi un po' di compagnia? » le domandò con calore.

« Se me lo chiede con quel tono. » Aveva un sorriso così tenero, una voce così musicale, un profumo così insolito che Bruno finì per dimenticare il resto del mondo, incantato da quella singolare bellezza.

Il Barone l'invitò a sedere.

« No, grazie », fece con un grazioso cenno del capo. Aveva i capelli corti, uniformemente crespi, d'una straordinaria morbidezza.

« Sa che cosa desidero più d'ogni altra cosa? » disse il Barone.

« Sono pronta ad ascoltare confessioni scabrose », rischiò Mahary.

« Vorrei passarle una mano tra i capelli », disse ingenuamente.

« Può farlo se vuole. » Lo fissava col suo sguardo d'ambra in cui brillava qualcosa di più di una semplice amicizia. « Però deve farlo subito. Sto per andarmene. »

« Anch'io ho voglia di uscire da questa finzione », replicò, « ma credo che per fidanzarsi siano necessarie almeno due persone. Io sono una delle due. »

« Lei non ha nessuna voglia che questa finzione si concluda », lesse nei suoi pensieri.

« È vero », ammise.

« Ha paura dello scandalo? » chiese lei provocatoria.

« Ho dato la mia parola », ricordò.

« Lei ha promesso un sentimento che non ha », lo riprese.

« Il matrimonio e l'amore non sempre coincidono », disse.

« Evidentemente ho sbagliato uomo », sorrise ironica Mahary. « Io credevo che lei fosse il Barone di Monreale. » Era deliziosa nel lungo abito di crêpe bianco dalle maniche strette ai polsi e chiuso al collo da un giro di piccoli diamanti. Il suo corpo flessuoso si mosse mettendo in risalto il seno piccolo e sodo, le gambe lunghe e nervose.

Lo sguardo d'acciaio di Bruno cercò di sondare il mistero che aveva di fronte. S'avvicinò a lei come se fossero loro due soli su un prato immenso a primavera, prese tra le sue mani il delicato volto di giada di Mahary. Molte facce si girarono dalla loro parte.

« Credi nell'amore a prima vista? » L'uomo e la donna si mangiavano con gli occhi.

« No », rispose Mahary.

« Neanch'io », sussurrò Bruno. « Però ti amo. »

« Vedi quanti luoghi comuni corrispondono alla realtà », osservò lei estasiata.

Mentre i lampi dei flash esplodevano nella semioscurità della sala, Bruno posò le labbra su quelle di Mahary e la baciò. Il tempo s'era fermato, l'orchestra taceva, le facce sbalordite degli ospiti osservavano l'imprevedibile, l'inconsueto, quello che nessuno di loro, alla continua ricerca dello stupore, avrebbe saputo inventare e nemmeno immaginare.

« Ti amo, Mahary », disse Bruno.

« Ti amo, Bruno », disse Mahary.

Si cercarono ancora e fu un bacio lungo, dolce, appassionato.

Claudine ruppe l'incanto intervenendo come una furia colpendo Mahary con uno schiaffo.

« Sporca puttana negra! » sibilò.

« *C'est formidable!* » esclamò un fotoreporter continuando a scattare. Quelle immagini avrebbero fatto il giro del mondo.

Mahary reagì con un manrovescio che fece barcollare l'ereditiera.

« Sono una negra, Claudine », ammise, « ma non considerarmi una tua collega », precisò.

Mademoiselle de Martigny si buttò istericamente su Bruno che la immobilizzò.

« Tu non mi conosci bene! » urlò. « Non sai di che cosa sono capace. Io ti rovino. Ti distruggo. Ti cancello dalla faccia della terra. »

Nessuno s'aspettava tanto da quella serata. Bruno

consegnò Claudine in preda al deliquio a un gruppo di perfide amiche.

« Champagne *et circenses* », si rivolse agli ospiti. « Signori avete avuto il vostro spettacolo. Ma la festa continua. Offre il Barone di Monreale. » Poi si rivolse a Mahary porgendole il braccio: « Vogliamo andare? » disse.

E uscirono nella calda notte parigina.

Camminarono a lungo senza una meta precisa per strade quasi deserte immersi nel loro sogno. Si ritrovarono per caso sul quai Tournelle. La *Tour d'Argent* era ancora aperta. Si guardarono, sorrisero e si capirono al volo.

« *Filet de sôle cardinal* o *ouîtres de l'Atlantic?* » lui propose.

« *Les deux* », decise Mahary.

Invece mangiarono soltanto ostriche e bevvero champagne.

« Quand'ero ragazzina fantasticavo la mia prima storia d'amore », prese a narrare con voce d'arpa. « Immaginavo che un uomo bellissimo e sconosciuto s'avvicinasse a me, mi guardasse intensamente negli occhi, mi baciasse con dolcezza e mi dicesse: 'vogliamo andare?' Io l'avrei seguito col cuore in tumulto, ma fiduciosa. Perché quello sarebbe stato il mio sposo. »

« È esattamente quello che t'ho detto io! » si rallegrò il Barone.

« Ma tu non sei uno sconosciuto », lei precisò. « Sei famoso più di Richard Burton e di Gunther Sachs. E non sei bellissimo. Sei un bianco. L'uomo bellissimo a cui pensavo era un africano come me »

Bruno pensò che Mahary scherzasse, ma non era così.

« Ho sempre creduto che i razzisti fossimo noi. »

Un cameriere servì il caffè e Bruno accese una sigaretta.

« Forse non siamo razzisti », spiegò Mahary chinandosi verso di lui, « ma abbiamo seri motivi per rivendicare una dignità razziale che ci appartiene. La vostra presunta superiorità è figlia di un equivoco. Perché siamo noi la razza più antica della terra. Il primo *homo sapiens* è una donna africana. Non lo sai? »

« Hai deciso di misurare il mio quoziente d'intelligenza? » Accusò il colpo.

« Cercavo solo di spiegare a me stessa quello che mi sta succedendo. » Erano gli ultimi clienti del celebre ristorante e i camerieri assonnati resistevano imperterriti conoscendo la generosità del Barone.

« Posso saperlo anch'io che cosa ti succede? » domandò prendendole le mani attraverso il tavolo.

« Mi piaci, Barone », confessò. « Ma ho una paura terribile di essere soltanto un pretesto per interrompere un fidanzamento che non hai mai voluto. »

Un lampo di soddisfazione brillò negli occhi di Bruno.

« Non ho nessuna intenzione di venirti in aiuto. » Il caffè si raffreddava nelle tazzine. « Soltanto il tempo potrà dimostrarti se hai sbagliato oppure no. »

« Credo di non avere altra scelta. » Aveva i modi, i gesti, la tenerezza di una donna innamorata.

« Credo di amarti », si preoccupò, « e non so nemmeno chi sei. »

« Una donna », rispose con semplicità, « un'avventura o un grande amore. L'hai detto tu che soltanto il tempo potrà rispondere a queste domande. È un buon giudice il tempo. Possiamo fidarci di lui. »

A un cenno del Barone il maître chiamò un taxi e quanso uscirono una banconota passò dalla mano di Bruno a quella del compito servitore che la fece scomparire con rapidità di prestigiatore.

« Dove andiamo? » chiese l'autista. Al suo fianco era accovacciato un grosso pastore tedesco.

« Vuoi dargli il tuo indirizzo? » propose Bruno. « Prevedo che il mio telefono sia nel mirino di molti scocciatori. »

« Per me va bene », disse Mahary.

Scesero davanti a una palazzina ottocentesca in rue des Beaux Arts. Salirono cinque piani a piedi su una stretta scala di pietra fino a una mansarda le cui vetrate si aprivano sui tetti dell'antico quartiere di Saint Germain des Prés. Albeggiava.

Mahary si avvicinò all'apparecchio telefonico e staccò il ricevitore.

« È il modo più semplice per non essere disturbati », lo sorprese. « Non lo sapevi, Barone? »

« Come pretesto per venire da te », ammise, « è stato abbastanza idiota. »

Bruno si sentì meravigliosamente a suo agio in quella casa dalla quale proveniva un senso di pace. Ammirò la tappezzeria di stile provenzale, la moquette alta e morbida, cuscini dappertutto, una parete di libri. Una porta s'apriva sulla cucina e l'altra sul bagno color rosa antico.

Mahary s'era tolta le scarpe e Bruno l'aveva imitata.

« Che ne diresti di un buon caffè? » Senza attendere risposta si diresse verso la cucina.

Lui si guardò intorno alla ricerca di una sedia, di un divano, di una poltrona, ma non c'era nemmeno uno sgabello. Così decise di sistemarsi su un cuscino e tutto sommato lo trovò confortevole.

Mahary arrivò con due grandi tazze di caffè fumante su un semplicissimo vassoio di legno. Lo posò per terra accanto a lui e si sedette al suo fianco.

« È tutta qui la tua casa? » domandò imbarazzato.

« Sì, perché? Manca qualcosa? » chiese maliziosamente.

« Il letto », disse. « Se ricordo bene nelle case c'è almeno un letto. »

Prese una tazzina di caffè e gliela porse.

« Dove sono nata io », spiegò affabilmente, « i letti non esistono. E ti assicuro che al mio Paese la gente dorme altrettanto bene che a Parigi. Se hai lavorato duramente e hai sonno può bastare uno strato di foglie. »

« Riconosco che sono meglio i cuscini delle foglie », sorrise.

« Mi giudichi una selvaggia? » Sorbiva il caffè. Il suo corpo si muoveva in modo appena percettibile, ma era terribilmente eccitante.

« Qualche volta in campeggio », raccontò Bruno, « ho dormito nel sacco a pelo. Ho dormito anche in una capanna su pelli di montone. » Pensò a Calò che una volta l'aveva portato nel suo rifugio. « Ma non credevo che a Parigi ci fosse una creatura incantevole che dormisse per terra. »

Mahary era divertita dello stupore dell'uomo che secondo la sua leggenda non avrebbe dovuto stupirsi di nulla.

« Eppure è così », affermò.

« Lo snobismo non ha limiti », commentò Bruno. « Ma non riuscirai a convincermi a dormire per terra. »

Negli occhi di Mahary passò l'ombra del desiderio.

« Non credevo che fossi venuto qui per dormire », disse.

« Proprio per questo reclamavo un comodo giaciglio. » I loro sguardi s'incontrarono e le loro mani si cercarono.

« I cuscini sono anche meglio », assicurò lei. « Provare per credere. »

S'alzò con grazia felina e s'infilò nel bagno. Poco dopo Bruno sentì lo scrosciare della doccia. Riapparve splendidamente nuda col corpo nero e brillante come una notte d'agosto. Bruno era imbarazzato e teso come nel suo primo incontro d'amore con Lucilla, Mahary era una bellezza diversa, preziosa e rara.

« Sono sempre io », lo rassicurò di fronte al suo stupore.

A Bruno venne in mente una statuina d'ebano raffigurante Venere uscita dalle acque che emergeva tra preziosi ninnoli sull'*étagère* di un salotto nella villa di San Lorenzo, così esile e flessuosa che sembrava doversi spezzare con un soffio, così forte da resistere al più violento degli uragani.

« Sei bella », disse. Si sentì goffo ed emozionato come la prima volta.

« Anche tu lo sei. E ti desidero. »

Gli si avvicinò e cominciò a spogliarlo.

IL MATRIMONIO ZULU

BRUNO aveva l'impressione di volare nell'aria bruciante verso una nuvola grigia dove avrebbe finalmente trovato refrigerio. Ma il sole che inondava la mansarda di Mahary colpendolo in piena faccia lo strappò al sogno. Aprì gli occhi e il barbaglio gli impedì di vedere. Facendosi schermo con la mano cercò di abituarsi alla nuova situazione e gradualmente i colori delicati e gli eleganti arredi della mansarda presero consistenza mentre i suoi occhi s'abituavano alla luce.

Il corpo flessuoso di Mahary immerso nel sonno sprigionava un calore rassicurante ed era soffuso di una luce dorata. Bruno la guardò con ammirazione e respirò il suo profumo sottile e penetrante.

Il suo cuore era leggero e non aveva rimpianti. Era bello, giovane, ricco, il successo gli aveva arriso per la seconda volta ed era innamorato.

Tirò una tenda con l'intenzione di proteggere il sonno di Mahary, ma quando si voltò lei lo stava guardando con i suoi splendidi occhi d'ambra.

« Hai visto », disse con dolcezza, « che si può inventare l'amore anche senza il letto? »

« E io che credevo di sapere tutto.» La baciò sulle labbra e la sentì calda, vibrante.

« Vieni qui », pregò tirandolo sopra di sé.

Si amarono a lungo in pieno sole con delicatezza estrema pronunciando le parole vuote e insensate degli innamorati, confondendo i loro respiri, intrecciando i loro corpi fino a quando il desiderio fu nuovamente placato.

Andarono insieme sotto la doccia e lasciarono che il potente getto d'acqua rinvigorisse i loro corpi illanguiditi.

« Prendi questo », disse Mahary lanciandogli un accappatoio di spugna. « Io preparo la colazione. »

La sentì armeggiare in cucina mentre nell'aria si diffondeva l'aroma del caffè. Bruno s'attaccò al telefono. Forse la sua splendida avventura volgeva alla fine, ma la realtà imponeva le sue regole. Tanto valeva affrontarla.

Compose il numero del suo appartamento in place Fürstenberg.

« Sono Bruno », disse al padrino che aveva risposto al telefono.

« Ma si può sapere che cosa hai combinato? » l'aggredì. Seguirono insulti in dialetto siciliano pronunciati con tono affettuoso che esprimevano, più del disappunto, un senso di sollievo per grazia ricevuta.

« Cerca di essere chiaro. » Bruno sfilò una sigaretta dal pacchetto e l'accese. Dalla cucina veniva un vago tintinnio di tazzine e il giovane pregustò il piacere della colazione imminente.

« Qui sotto è pieno di giornalisti », spiegò il gigante. « Gente che telefona, gente che suona alla porta. »

« Stiamo diventando sempre più popolari », Bruno cercò di sdrammatizzare.

« Ha chiamato perfino tuo zio George da Washington. Qui c'è Yussef che ti vuole parlare. »

« Digli che aspetti », fece allegramente, « saper aspettare è una caratteristica degli arabi. »

« Ti ha cercato il banchiere », continuò Calò. « Alphonse de Martigny dice che gli devi una spiegazione. »

« È il meno che io possa fare », si corrucciò Bruno.

Mahary entrò col caffè, burro, miele e pane tostato sul vassoio di legno. Indossava un abito leggero di lino bianco che accentuava la flessuosità del suo corpo.

« Lo chiamerò io », disse. Sorrise a Mahary e le inviò un bacio sulla punta delle dita.

« Hai visto i giornali? » chiese.

« No, non ho visto i giornali », rispose dopo una pausa.

« Stanno facendo il finimondo », l'avvertì Calò.

« È una pubblicità che non mi sono cercato », tentò di placarlo.

« Sta' a vedere che è colpa mia », si risentì.

« Magari parli per invidia », scherzò. « Di' la verità che ti sarebbe piaciuto vedere stampata la tua faccia. »

« Bruno, la cosa è più seria di quanto pensi », l'ammonì.

Mahary dedicava una attenzione scrupolosa alla mansione che stava svolgendo: imburrava il pane tostato e lo spalmava di un leggero strato di miele. Sembrava compisse con solennità gesti indispensabili alla sopravvivenza della specie.

« M'hai insegnato tu », gli ricordò, « che tutti i problemi sono seri. »

Quel ragazzo era testardo come un mulo e Calò rinunciò a polemizzare.

« Dove sei? » gli domandò.

« Questo non ha importanza. » L'aroma del caffè, l'odore del miele e del pane tostato, il profumo di Mahary, la fragranza della prima colazione, gli facevano girare la testa.

« Che cosa ha importanza, allora? » urlò l'uomo dall'altra parte.

« Ascoltami bene, Calò », disse con calma, « io non vengo a casa. Tu lo capisci. Sarebbe una follia. »

« Dobbiamo pure vederci », esclamò lui.

« Ci vediamo questa sera a cena al ristorante della Gare de Lyon. » Gli piaceva quel locale all'antica simile a una bomboniera che portava la data dell'Esposizione Universale.

« Allora non hai capito niente, figliolo », cercò di spiegargli. « Noi siamo barricati. Se faccio tanto di uscire quelli mi vengono dietro come mastini. »

Bruno cominciò a sorseggiare il caffè e si sentì meglio.

« Sono francesi », non si scompose. « All'ora di cena toglieranno l'assedio. E poi non sarò io che dovrò insegnarti a seminare quattro gatti. »

« D'accordo », disse Calò punto nell'orgoglio.

« Porta Yussef con te. »

« E col banchiere come facciamo? Non aveva il tono della domenica. »

« Credo che dal suo punto di vista abbia delle ragioni valide », ammise Bruno. « Comunque me ne occupo io. »

Stava per riattaccare.

« Un'ultima cosa », lo precedette, « sai chi è la bellezza nera che stai baciando su tutti i giornali del mondo? »

« So che è una meraviglia. » Si stirò pigramente per un attimo.

« Dai un'occhiata ai giornali », gli consigliò, « e cerca di riflettere bene su quello che stai facendo. »

« Okay, padrino» , si congedò. « E tu ricordati dell'appuntamento alla Gare de Lyon. Diciamo alle dieci. »

Mahari aveva un'espressione intensa e trasognata, raggiante.

« Qualche problema? » s'informò continuando il rito della colazione.

« La vita è un problema senza fine », filosofeggiò.

« Dormito bene? » domandò.

« Stupendamente », lui sorrise. « Però ho deciso che ti regalerò lo stesso il più bel letto di Francia. »

« Vorrei essere d'accordo anch'io. Se non ti rincresce. » Sorrideva.

Mangiarono il pane imburrato col miele e bevvero altro caffè.

« Vuoi venire con me? » le propose.

Mahari tacque un momento, lo guardò e un dolce sorriso le illuminò la faccia.

« Dove? » domandò.

« In un posto dove si possa stare in pace noi due, senza seccatori intorno. » Pensò al palazzo di Piazza Armerina e alla villa di San Lorenzo.

« Esiste un posto così? » Era piuttosto scettica.

« Provare per credere », affermò deciso.

Era di nuovo in piedi e si guardava intorno. Il sole ravvivava i colori della mansarda e indorava la pelle della ragazza.

« Se la nostra è un'avventura », propose Mahary, « finisce qui. E questo mi sembra il posto più bello per un commiato senza lacrime. »

Bruno aveva il cuore pieno della felicità passata e sperava in una futura.

« Non so che cos'è, Mahary, quello che provo », replicò sinceramente.

La donna annuì.

« Quando ti sarai messo d'accordo con te stesso », disse, « fammelo sapere. » Raccolse il vassoio e ritornò in cucina.

Bruno staccò il ricevitore e chiamò il padre di Claudine. Detestava lasciare le cose in sospeso. Era pronto ad accettare la sua legittima aggressione, invece

Alphonse de Martigny aveva un tono particolarmente gentile.

« Complimenti Barone », esordì. « Volevi tutto e l'hai avuto. Adesso non ho più dubbi », aggiunse senza ironia, « farai molta strada nella vita. »

Bruno non riusciva a decifrare il senso di quelle parole.

« Mi dispiace », si scusò, « la colpa è soltanto mia. »

« Colpa? » interrogò il banchiere alzando il tono.

« Quella ragazza l'ho conosciuta per caso », cercò di farsi capire. « Non c'era nulla di preordinato. »

« È una casualità troppo cinematografica per essere credibile », obiettò de Martigny con amarezza e ammirazione. « Mi domando se in te prevalga la fantasia o il cinismo. Comunque sono entrambi elementi indispensabili per chi ha scelto la strada impervia degli affari. »

Il Barone continuava a brancolare nel buio.

« Il fatto è che non credo d'essere l'uomo adatto per Claudine », confessò.

« L'uomo adatto per mia figlia », riconobbe, « probabilmente non è ancora nato. Forse lei è così anche per colpa mia o forse dipende dal fatto che non ha mai avuto una madre. Mia figlia è una disperazione. Altri falliranno dopo di noi. Non ti rimprovero la tua presa di coscienza, né critico il tuo metodo. Il fine giustifica i mezzi. Forse il vostro Machiavelli non voleva dire proprio quello che intendiamo noi quando cerchiamo di interpretare la sua filosofia, ma la massima viene applicata puntualmente nella realtà degli affari. Ammiro la tua intelligenza e non deploro il tuo cinismo. Ho per te molta ammirazione. Ma tu capisci che da questo momento i nostri rapporti d'affari si chiudono. »

« Me ne rendo conto. » Pensò per un attimo che sarebbe stato un gesto nobile trasferire sul conto di Claudine la percentuale sulla mediazione dell'affare minerario con il Burhwana. L'aristocratico disprezzo dei Saieva di Monreale per il denaro glielo suggeriva, ma la dura legge del *business* appresa dai Brian glielo impediva.

« Se tu avessi scelto qualsiasi altra donna », riprese il banchiere, « avrei condiviso la tua decisione e i nostri rapporti non si sarebbero interrotti. Non ti bastavano le uova d'oro. Volevi anche la gallina dalle uova d'oro. Forse hai fatto la mossa giusta o forse no. Tenetevi pure le vostre miniere, ma ricordati che la mia banca non prenderà più in considerazione la possibilità di trattare affari col Burhwana. »

Lo sbalordimento impedì al Barone di ricambiare il saluto di de Martigny. Sentì il clic dell'apparecchio che veniva riattaccato dall'altra parte del filo.

« Perché ha detto le vostre miniere? » pensò.

Mahary si pose di fronte a lui sorridente e felice. Due gocce di luce appese a un filo d'oro brillavano alle sue orecchie.

« Sono pronta », mormorò con la sua voce musicale. « Andiamo? »

Bruno la prese per le spalle con brutale dolcezza.

« Prima che lo sappia dai giornali », le chiese, « vuoi dirmi chi sei? »

Fissandolo con una calma sorprendente, rispose: « Sono Mahary Umpote, figlia del principe Aschwinda, presidente del Burhwana ».

Dopo un attimo di assoluto stupore, Bruno esplose in una sincera, irrefrenabile risata e l'abbracciò con tenerezza.

« Né cinico né fantasioso », esultò scuotendo il capo. « Per una volta, soltanto prediletto dal destino. »

« Che io ho propiziato », lei affermò. « Andiamo, Barone? » soggiunse prendendo il suo braccio.

« Andiamo, principessa », assecondò il gioco avviandosi verso la porta.

Dopo alcuni giorni indimenticabili trascorsi a Parigi, Bruno e Mahary volarono a Umpote dove si sposarono secondo il rito zulu. Il Barone di Monreale diventò il consigliere economico del principe Aschwinda e il sostenitore della causa del piccolo Burhwana.

LA STRETTA FINALE

SOTTO CONTROLLO

Bruno fu svegliato dal rombo fragoroso di una motocicletta impazzita guidata da un demente che faceva una gincana sul sagrato della chiesa. Impiegò alcuni secondi per realizzare che si trovava nella camera da letto ch'era stata di suo nonno, nel palazzo di Piazza Armerina.

Schiacciò il pulsante dell'interfono per mettersi in comunicazione con la cucina.

« Manda qualcuno a uccidere quel deficiente in moto », ordinò al maggiordomo. La perdita di Mahary, l'attentato alla sua vita, il susseguirsi di avvenimenti drammatici l'avevano portato ai limiti della sopportazione.

« Sono davvero cambiati i tempi », pensò, « droga, terrorismo, teppismo. E per finire il motocross sul sagrato della chiesa. »

Annaspando nel buio cercò sul tavolino da notte il suo Patek-Philippe lunare. Accese la lampada e guardò, erano le otto del mattino. Aveva dormito tre ore. Affiorarono i ricordi della notte passata nello studio a parlare con Calò e a fare una serie di telefonate tra Africa e Stati Uniti. Alla fine, era l'unico dato positivo, avevano trovato una soluzione al problema del Burhwana, una soluzione suggerita da Calò che per la sua semplicità sembrava realizzabile ed efficace.

Aveva anche litigato con Karin. Con tutte le grane che c'erano mancava soltanto la suscettibilità provinciale, il moralismo bigotto e il rigore austroungarico di quell'imprevedibile creatura dai capelli rossi.

Era stanco, depresso, spossato dal caldo che già cominciava a farsi sentire. Aveva la barba lunga, la bocca impastata per le sigarette e il bourbon; al minimo movimento, la testa sembrava scoppiargli. Il rombo della motocicletta lo faceva impazzire. Finalmente il disturbatore fu allontanato e ritornò il silenzio. Si tirò in piedi faticosamente. Era completamente nudo. All'alba, dopo essersi spogliato, non aveva avuto neppure la forza di infilarsi un pigiama.

Andò in bagno e cominciò a far correre l'acqua nella vasca: aveva bisogno di rimettersi, se non proprio in forma, almeno in condizione di connettere. Nessuna doccia al mondo avrebbe potuto rilassarlo e restituirgli chiarezza mentale quanto un bagno caldo. Intanto che la vasca andava riempiendosi si sbarbò con cura facendo emergere lentamente la parvenza di un'espressione umana.

S'era appena immerso nell'acqua quando apparve Calò con un caffè fumante.

« Bevi che ti fa bene », disse porgendogli la tazzina.

« Già in piedi? » si meravigliò Bruno.

« Sto cercando di aiutarti a rimettere insieme i cocci », rispose. Aveva un aspetto fresco e riposato come se avesse dormito dieci ore filate. « Prendi questa », aggiunse dandogli una compressa d'aspirina. « Ti sentirai subito meglio. »

Il Barone ingoiò l'aspirina e bevve il caffè.

« Non mi dire che non hai neppure toccato il letto », pronunciò con stizza.

« E io non te lo dico », obbedì con voce piana.

« Non sei stanco? » Era una domanda oziosa.

« Non ho la tua età »; rispose con fermezza. « Però posso ancora permettermi di saltare una notte. »

Bruno uscì dalla vasca brontolando qualcosa di sgradevole su quei vecchi ceppi insensibili alla fatica e alle emozioni, si asciugò con cura e tornò in camera sua dove biancheria e abiti freschi erano allineati con cura su un divanetto. Il caffè e l'aspirina cominciavano a fare effetto. Già si sentiva meglio.

« Ti aspetto di sotto per la colazione », disse Calò, mentre lui cominciava a vestirsi.

La prima cosa che aveva in mente era far pace con Karin, vincere il suo nordico formalismo e farle capire che non sempre l'apparenza riflette la realtà delle cose. Attraversò con passo spedito la galleria del primo piano verso l'ala est del palazzo e bussò alla porta della camera di Karin.

Attese per qualche istante una risposta che non venne. Bussò ancora e, poiché perdurava il silenzio, decise di entrare.

« Meriterebbe che le tenessi il muso per un mese », pensò vergognandosi un poco della propria debolezza.

Girò la maniglia e la porta si aprì su una camera deserta. Il letto era perfettamente in ordine come se nessuno vi avesse dormito. Forse Karin era scesa per la colazione molto presto e una cameriera aveva già riassettato la stanza.

Scese una rampa di scale ed entrò nella stanza da pranzo. Calò stava tranquillamente mangiando.

« Buon appetito », disse. La tranquillità del gigante lo rassicurò. Se fosse accaduto qualcosa di strano Calò l'avrebbe saputo.

L'uomo mugugnò un grazie a bocca piena, mentre il maggiordomo serviva la colazione al Barone.

« Dove sono finiti tutti gli altri? » chiese con irritazione Bruno prendendola alla lontana.

« Dormono come ghiri », rispose Calò con calma.

A Bruno l'idea di mangiare dava la nausea.

« E Karin, dov'è? » domandò versandosi del succo d'arancia da una caraffa di cristallo.

« Partita », rispose imperturbabile Calò continuando a consumare con impegno la colazione.

« Come, partita? » Sbatté la caraffa sul tavolo col rischio di mandarla in frantumi.

« Partita », confermò. « Se n'è andata un paio d'ore fa. Con Rosalia. »

« E tu l'hai lasciata andare? » s'incollerì il Barone. Di Rosalia gli importava molto meno.

« I sequestri di persona vogliamo fare, adesso? » rispose fingendo indignazione. « Mi hanno detto che volevano andarsene e io le ho fatte accompagnare all'aeroporto di Punta Raisi. Che altro potevo fare? »

Bruno vuotò d'un fiato il bicchiere di succo d'arancia.

« Quella pazza non sa i rischi che corre », si preoccupò.

« Pensi al rinnegato? » disse Calò.

« E a chi altrimenti? » Guardò con rabbia il padrino che continuava a mangiare come se fosse a digiuno da un mese.

« Dopo il piattino che gli abbiamo servito questa notte », osservò pulendosi la bocca, « avrà i fatti suoi a cui pensare. Intanto non sa se sei morto o vivo, ma soprattutto non sa che spasimi per quella ragazza. » Spazzolò con la mano alcune briciole che s'erano appiccicate alla camicia. « Nessuno penserebbe mai che una donna è tanto importante per il Barone da essere considerata un ostaggio. »

La differenza tra Bruno e Calò era che quest'ultimo non era emotivamente coinvolto e ragionava.

« Perché è voluta andar via? » Più che al padrino parlava a se stesso.

« A me lo chiedi? » si stupì il gigante. « Dovresti saperlo dopo il modo in cui l'hai trattata ieri sera. »

« Ti ci metti anche tu, adesso? » lo rimproverò.

« Io dico solo quello che penso », aggiunse Calò.

« Vi siete coalizzati contro di me. » Bruno cercava la lite per scaricarsi.

« Se ti dispiace tanto che se ne sia andata », lo consigliò, « puoi sempre correrle dietro. »

La calma di Calò l'esasperava.

« Parli perché hai la lingua in bocca », cercò di ferirlo.

Nei grandi occhi azzurri del gigante normanno passò un cupo furore.

« Tua moglie è morta ieri », l'aggredì, « tuo figlio vive in un Paese che oscilla sul filo del rasoio, hai rischiato d'essere ucciso e ti metti a fare la manfrina dell'innamorato deluso. »

Si sentì profondamente umiliato dalle verità di Calò. Sembrò colto da una timidezza improvvisa come quando da bambino ne combinava una delle sue.

« Le donne non si tengono con le catene », riprese Calò mitigando l'asprezza del tono. « Tu sei buono e generoso, Bruno, ma se credi di amare una donna non ragioni più. A sedici anni volevi scappare con una di trentasei. »

« Karin non ha capito niente », ribatté chinando il capo.

« Ha capito che è innamorata di te », incrudelì il gigante, « dell'uomo meno raccomandabile che una donna onesta possa desiderare. Ha capito che aveva un solo modo per salvarsi: andarsene e dimenticarti. »

« Trovala! » ordinò. Gli occhi d'acciaio del Barone lampeggiarono per la collera. Il moralismo di Karin e di Calò che non conoscevano i suoi stati d'animo, i suoi sentimenti, le sue reali emozioni lo offendeva.

Nella grinta di Bruno Calò riconobbe l'autorevolezza del vecchio Barone e la sua stessa determinazione nel perseguire un obiettivo.

« Non ho mai pensato di perderla di vista », lo rassicurò.

Bruno trasse un sospiro di sollievo.

« Dov'è? » Sapere dove si trovava era già una consolazione.

« Lo sapremo presto », disse. « Michele Fiumara le sta dietro. E la seguirà dovunque vada. »

Il Barone lo guardò per ringraziarlo.

« Ben fatto, padrino », sorrise. « Adesso possiamo metterci al lavoro. »

L'ESCA

A BORDO del *Soraya* c'era festa grande. La reggia galleggiante di Omar Achmal risplendeva di luci nell'incanto della notte caprese. Era un brusio di voci, di musica, uno scintillio di gioielli e di abiti da sera. I motoscafi facevano la spola tra la nave e l'isola per trasportare il Gotha delle mondanità.

Omar Achmal, il bedu della tribù di Wahiba in un impeccabile smoking, s'era appartato in un'ansa del ponte superiore in contemplazione delle stelle, guide e conforto dei nomadi e dei naviganti. Riconobbe tra la costellazione dell'Acquario e quella del Sagittario le dieci stelle del Capricorno, il riferimento astrale sotto cui era nato.

Le previsioni astrologiche erano quanto mai ambigue e promettevano momenti azzurri e momenti grigi e l'opposizione di Marte avrebbe potuto influire negativamente sui suoi affari. Avvertiva con istinto animalesco l'incombere di infausti presagi. Erano passati tredici anni da quando il Barone gli aveva soffiato l'intermediazione con il Burhwana, poi s'era finalmente preso la rivincita e la vittoria decisiva sembrava a portata di mano. Lui, il povero bedu, diventato una stella di prima grandezza nel firmamento degli affari, avrebbe stroncato la sfolgorante carriera del nobile siciliano.

I nomi più in vista della migliore società internazionale, donne stupende e uomini di indiscusso prestigio, consideravano un raro privilegio partecipare alle sue feste regali e lui li guardava dall'alto della sua potenza con la degnazione di un monarca assoluto. Sì, anche lui aveva percorso un lungo, splendido cammino. Ma c'era una cosa che lo irritava profondamente: il Barone piaceva e intorno a lui risplendeva la leggenda dell'uomo dal fascino irresistibile baciato in fronte dalla fortuna, mentre su di lui pesava la maledizione del rinnegato.

Aveva agito con circospezione e oculatezza. In marzo, dopo la riduzione dei tassi d'interesse in Gran Bretagna, aveva convertito le riserve di sterline in dollari guadagnando il venticinque per cento e in quel momento propiziando l'invasione sovietica del Burhwana, avrebbe tentato di attenuare l'irresistibile ascesa della moneta americana per organizzare a suo vantaggio l'operazione contraria.

Sul piccolo Stato africano stava giocando il tutto per tutto e con l'aiuto di Allah avrebbe ottenuto il duplice risultato di diventare l'uomo più ricco del mondo e di trascinare nella polvere il Barone. Il killer aveva sbagliato bersaglio, ma l'errore è nell'ordine delle cose prevedibili. Tuttavia il piano generale era stato accuratamente studiato e l'esito finale gli sarebbe stato favorevole, anche se le stelle, nella mappa scintillante del cielo, gli trasmettevano confusi messaggi.

Il petulante bip dell'apparecchio elettronico che portava infilato nella fascia di seta dello smoking lo richiamò alla realtà.

Forse l'uomo che aspettava era finalmente arrivato. Omar Achmal si affrettò a rientrare sorridendo amabilmente agli ospiti che incrociava lungo il percorso.

Entrò nel suo ufficio e fu lieto che il visitatore fosse quello giusto.

« Benvenuto a bordo », lo salutò.

« Salute, Achmal », rispose l'uomo alzandosi prontamente dalla morbida poltrona di pelle, in segno di rispetto.

L'arabo era nervoso. Molte cose, forse l'esito dell'operazione, dipendevano dal rapporto che il nuovo arrivato stava per fargli.

« Dunque, Barthelemy? » Sedette alla massiccia scrivania a semicerchio posta su una specie di piedistallo e si pose in ascolto. Il lungo allenamento all'autocontrollo lo faceva apparire calmo e sorridente.

Barthelemy era un africano alto quasi due metri, aveva il fisico del giocatore di basket e il sorriso innocente di un bimbo. Era nato trent'anni prima in un villaggio della savana congolese ed era emigrato con la famiglia nella primissima infanzia verso sud, fino al Natal, in seguito ai disordini scoppiati fra le tribù degli zairi prima dell'avvento di Mobutu. Dal Natal era passato nel Burhwana in cerca di lavoro ed era riuscito a entrare nel corpo di polizia, facendo una rapida carriera, fino a diventare il braccio destro di un personaggio insospettabile del governo del principe Aschwinda: Choo Awaba, uomo di fiducia del presidente, precettore del piccolo Sunny Brian Umpote, il figlio del Barone e della dolce Mahary.

Omar gli fece cenno e l'africano riprese posto nella poltrona di pelle.

« Dunque? » ripeté Achmal. Schiacciò un pulsante che accendeva la luce rossa fuori dell'ufficio: nessuno li avrebbe disturbati.

« Nel Burhwana », esordì, « la situazione sta precipitando, signore. » Il negro sorrise, sapendo di comunicare una buona notizia.

Fece una pausa per studiare l'espressione dell'interlocutore.

« Che cosa sta succedendo esattamente? » Intrecciò le dita e si appoggiò alla scrivania piegandosi in avanti.

« Il vecchio principe è morente. » Il prestigio personale di Aschwinda, capo carismatico del Burhwana, era l'ultimo argine alla marea insurrezionale. Senza di lui l'opposizione si sarebbe impadronita del potere.

« È una notizia sicura? » Era un'inutile richiesta di precisazione. Barthelemy riferiva notizie di cui era stato testimone oculare. Il cuore dell'arabo accelerò i battiti. Era una buona notizia che arrivava nel momento sbagliato scombussolando i suoi piani.

« Procediamo per gradi », lo esortò. « Raccontami tutto dal principio. »

« Il Barone », cominciò a raccontare con la precisione cantilenante di un bambino che ripete la lezione, « dalla morte della principessa Mahary, è scomparso. »

« Niente scompare », alzò la voce manifestando per la prima volta il suo disappunto. « Niente scompare se ci sono occhi per vedere. »

L'africano tacque in attesa che l'arabo si calmasse.

« È scomparso », ripeté con il tono neutro di un ambasciatore. « Nessuno sa dove sia. Di sicuro a palazzo non c'è. Se ci fosse Choo Awaba lo saprebbe. Il suo aereo è a Umpote. Tutti i suoi uomini sono a Umpote. »

« Che cosa dice Choo Awaba? » Ignorare dove fosse il Barone era pericoloso. Conosceva il valore e l'intelligenza dell'uomo che ora aveva il vantaggio di poter colpire per primo.

« Choo Awaba dice », spiegò Barthelemy, « che il Barone non ha lasciato lo Stato del Burhwana. »

L'opinione del braccio destro di Aschwinda non era il Corano e Achmal rimase dell'idea che il Barone nascosto poteva rappresentare un serio pericolo.

Ormai la lotta era all'ultimo sangue.

« Bruno Brian è furbo come un arabo », disse.

« Ma non abbandonerebbe mai il figlio », obiettò l'africano.

Quell'argomento convinceva Achmal più di qualsiasi altro. L'attaccamento del Barone al ragazzo era noto ed era improbabile che se ne fosse andato lasciandolo in una situazione tanto precaria.

« Dimmi delle condizioni di Aschwinda », ordinò fendendo l'aria con un gesto della mano.

« Due giorni fa è arrivata un'équipe di specialisti dell'ospedale Roissy di Parigi », rispose.

« Sono cancerologi, vero? » Fece una smorfia di disgusto. La paura dei tumori lo ossessionava e solo evocarne il nome gli procurava un senso di fastidio.

« Sì », confermò l'africano, « ma pare che possano fare ben poco. La diagnosi è infausta. Dopo la morte della figlia le sue condizioni si sono aggravate. Ha i giorni contati. Forse le ore. Choo Awaba aspetta che il vecchio muoia per far cadere il governo.»

Achmal scelse un sigaro Avana da una scatola di mogano, lo accese e la sua faccia untuosa fu subito avvolta in una nuvola azzurrina.

Si alzò e fece due volte il giro dell'ufficio prima di fermarsi davanti all'uomo del Burhwana. Il progredire della malattia dipendeva solo da Allah che per una volta sembrava avergli voltato le spalle. « Eppure i recenti bollettini medici facevano supporre un decorso molto più lungo », aggiunse. L'africano si strinse nelle spalle.

« Pare che l'organismo abbia ceduto improvvisamente dopo il lutto », disse.

« Già. » Questo l'aveva capito, ma era un'incognita che non aveva messo in bilancio e il terreno gli bruciava sotto i piedi.

Aveva costruito una per una le tessere di quel

complicato puzzle, ma il disegno rischiava di completarsi con un anticipo che per lui si sarebbe rivelato disastroso. Aveva organizzato e armato la ribellione, aveva infiltrato i suoi agenti nel governo di Aschwinda assicurandosi la collaborazione di Choo Awaba per incamerare il sette e mezzo per cento delle azioni della IBB mineraria e offrire un pretesto legale a un agguerrito contingente scelto tra i cinquantamila militari del blocco sovietico, con l'appoggio dei guerriglieri della SWAPO namibiana, per impadronirsi del Burhwana e delle sue ricchezze minerarie.

Era un piano perfetto organizzato sotto il patrocinio dell'Istituto di studi africani di Mosca diretto da Anatoli Gromyko, in collaborazione con i consiglieri di Cuba, Cecoslovacchia, Germania Est, operanti in Libia, Angola, Mozambico, Etiopia, Guinea, Benin e Madagascar.

Achmal aveva attentamente valutato gli schemi strategici e tattici, aveva neutralizzato il Barone, con i finanziamenti del blocco sovietico s'era impadronito del pacchetto di controllo dell'IBB mineraria e le azioni avevano acquistato valore. Per convertirle in dollari avrebbe usato la stessa cautela impiegata nell'acquistarle e il tempo necessario era stato calcolato in otto o dieci mesi.

Dal momento che il colpo di Stato era imminente, per quello che ne sapeva poteva essere già avvenuto, quel sette e mezzo per cento gli bruciava le mani. Se Aschwinda moriva e il potere passava ai rivoltosi, avrebbe posseduto il sette per cento di nulla.

Tutto quello Barthelemy non poteva saperlo perciò non riusciva a interpretare la cupa reazione dell'arabo.

« Choo Awaba », gli comunicò, « m'incarica di riferire che a governo insediato, chiederà l'appoggio e l'assistenza dei sovietici. »

« Perfetto », disse sorridendo. Era un congedo. « Ti ringrazio », aggiunse. « Puoi andare a riposare. Sarai stanco. Domattina ti farò avere un messaggio per Choo Awaba. »

L'africano uscì e Achmal premette un pulsante di un complicato congegno somigliante a un terminale elettronico. C'erano molti pulsanti di colore diverso e a ognuno di essi corrispondeva il riferimento dei suoi principali collaboratori.

Gli rispose una voce femminile con uno spiccato accento parigino.

« Françoise », ordinò, « vieni nel mio ufficio. Subito. »

Pochi minuti dopo la donna entrò senza bussare.

« Che c'è? » chiese. Indossava un lungo abito di seta nera audacemente scollato e abbastanza trasparente per rivelare tutti i segreti di un corpo perfetto.

« Ti ho disturbata? » chiese gentilmente l'arabo.

« Mi hai salvata da un'aggressione sessuale di gruppo », scherzò. « Un petroliere texano e un principe romano stavano passando a vie di fatto. »

« Hai unghie e carattere per difenderti », l'adulò. « Prego, accomodati », l'invitò indicandole la poltrona di pelle dove poco prima sedeva l'africano.

Françoise prese posto con la garbata familiarità della gente di mondo che si trova a proprio agio in qualsiasi ambiente. La gonna dell'abito volteggiò per un attimo in un'elegante ruota rivelando fino alla coscia le lunghe gambe stupendamente abbronzate.

« Ho visto uscire il negro », disse. « Mi sembrava giù di corda. » Françoise Blandin, anagraficamente, con i suoi quarantadue anni, era più vicina alla mezza età che all'adolescenza, ma biologicamente ed esteticamente poteva essere scambiata per una ragazzina.

« Devi aver fatto un patto col diavolo », le diceva Achmal.

Aveva i capelli biondi, la pelle di porcellana, una figura snella senza un filo di grasso. Amava il proprio lavoro e il denaro, ma soprattutto adorava il proprio corpo. Salutista convinta faceva discendere dall'efficienza fisica la vivacità mentale. Dell'anima non parlava mai, probabilmente non ne possedeva una. Non fumava, beveva soltanto acqua, seguiva una dieta spartana povera di carboidrati, senza grassi né zuccheri, detestava il mare e il sole. Dormiva dieci ore per notte, non sognava, non aveva legami sentimentali sostenendo che l'innamoramento è una degradazione dell'intelligenza. Considerava il sesso necessario come la ginnastica, ma gli esercizi fisici prevalevano sugli amplessi, anche perché Françoise si limitava agli uomini di cui conosceva il check-up.

Era nata come disegnatrice e s'era fatta un nome pubblicando i suoi lavori su un noto settimanale parigino e per questo riceveva un adeguato compenso. Aveva un vizio segreto: il piacere ineffabile dell'intrigo e del pettegolezzo. Crescendo professionalmente s'era resa conto che quella sua propensione poteva essere convertita in denaro sonante e in successo.

Così era diventata una 007 industriale. Il suo talento nel disegno le aveva spalancato le porte dorate dell'alta moda ed era stata subito in grado di vendere al miglior offerente le creazioni segretissime che disegnava a memoria. Omar Achmal l'aveva conosciuta in un rinomato atelier e aveva capito che quella donna bella, stravagante, intelligente e piena di fantasia faceva al caso suo.

« Ma ha la vocazione della spia », gli aveva ricordato un suo consigliere.

« La fedeltà e l'onestà », aveva commentato Achmal, « hanno un prezzo. E io credo di conoscerlo. »

Valutate minuziosamente le qualità dell'oggetto, l'arabo le aveva fatto un'offerta che legava definitamente la donna al suo carro. Françoise era la rotellina che mancava al suo ingranaggio per essere perfetto. Il rinnegato possedeva una dote indispensabile a una persona di successo: la diffidenza. Nessuno godeva pienamente della sua fiducia. Ognuna delle sue spie aveva una spia che la controllava. La supervisione della rete informativa del Burhwana era affidata Françoise Blandin.

« Che ne pensi? » le chiese Achmal.

« Della salute di Aschwinda o del colpo di Stato nel Burhwana? » precisò.

« Delle due cose », fece l'arabo. Aveva fretta di conoscere la verità.

« L'équipe degli specialisti è già tornata a Parigi. » Si rassettò la gonna che faceva una piega. « Aschwinda è spacciato. »

« Quanto tempo ha? »

« Giorni », azzardò, « ore. È un brav'uomo », soggiunse. « Tra i capi dei regimi corrotti che hanno creato miseria e disperazione in Africa è forse il migliore. »

« Non t'ho chiesto un'interpretazione sociologica », si rabbuiò aggrottando le sopracciglia. « Ti ho chiesto un'informazione precisa. Un consiglio tecnico. »

« Vendi », disse con sicurezza. « Le IBB minerarie convertite subito sono una montagna di dollari Domani saranno un pacchetto di coriandoli. »

L'africano aveva detto la verità. Il rinnegato si alzò, s'avvicinò alla vetrata antiproiettile e scostò la tenda. Le luci di Capri punteggiavano il velluto della notte.

« Quanto vale il pacchetto di controllo dell'IBB mineraria alle quotazioni odierne? » domandò alla donna.

« Duecento milioni di dollari », rispose lei pronta conservando l'immobilità di un manichino pensante.

Doveva venderle, su questo non aveva dubbi, ma a chi? A chiunque avesse avuto del denaro da investire quel bocconcino avrebbe fatto gola. La Borsa le avrebbe inghiottite senza difficoltà, ma l'operazione doveva avvenire fuori dei canali tradizionali.

« Se domani le mettessi in vendita », ragionò, « sarebbe il panico. Gli organismi di controllo farebbero delle indagini. Vorrebbero una spiegazione plausibile. E la verità salterebbe fuori nel giro di poche ore. »

« E i tuoi sponsor », osservò alludendo ai sovietici, « vorrebbero sapere perché hai aspettato tanto a comunicare loro un'informazione così preziosa. »

Achmal la guardò con disprezzo.

« Potrebbe essere una notizia che ha bisogno di ulteriori conferme », cercò di giustificarsi.

« Potrebbe », ammise Françoise, « ma obiettivamente tu sai che non è così. » Chiuse gli occhi e si massaggiò le palpebre. « Il Barone le comprererebbe subito, fuori mercato, senza fare troppe domande. Non sarebbe difficile per lui trovare duecento milioni di dollari. Anche lui però si chiederebbe perché hai deciso di vendere. »

La prospettiva di perdere il clamoroso affare gli aveva fatto dimenticare tutto il resto.

« Possibile che nessuno sappia dov'è? » s'infuriò battendo un pugno sul tavolo. « Pago profumatamente per essere informato su tutto quello che succede nel Burhwana e i miei collaboratori si lasciano scappare Bruno Brian sotto il naso. »

La critica la coinvolgeva.

« Nel Burhwana », replicò Françoise punta sul vivo, « se mi avessi messo alle costole del Barone invece di affidarmi la custodia di Barthelemy e Choo Awaba, ora saprei dov'è Bruno Brian. Quando m'hai detto di seguirlo a Saint Tropez l'ho fatto puntualmente. »

« Lascia perdere », disse Achmal. « Tu non hai nessuna responsabilità. » Era troppo preziosa soprattutto in quel momento per giocarsi la sua collaborazione.

« Grazie per la fiducia », annotò ironicamente, « però, se vuoi la mia opinione, mister Brian ha lasciato il Burhwana da un pezzo. Lui sa chi ha ucciso Mahary.

Sa chi voleva la sua testa. E tu sai che Bruno Brian non perdona. »

Un brivido gli corse lungo la schiena.

« Voglio sapere dov'è », gridò. « Voglio sapere che cosa fa. »

Françoise gli sorrise comunicandogli un senso di calma.

« Credo di avere un'idea migliore », annunciò. « Inseguire un'ombra non serve. Meglio per il momento intensificare le misure di sicurezza. »

« E la tua idea? » la sollecitò.

« Ho bisogno di perfezionarla. » Lasciò l'ufficio con la leggerezza di una farfalla. L'arabo era di nuovo solo con una promessa in più e un grave problema da risolvere.

In Africa dove le superpotenze, approfittando dello sfascio economico e sociale, creavano i presupposti di un neocolonialismo di rapina, l'arabo aveva giocato le sue carte migliori. Sganciato da qualsiasi ideologia s'era appoggiato per pura convenienza all'area comunista. Il suo traguardo era il potere e i mezzi per raggiungerlo erano il denaro, l'intrigo, la corruzione, la connivenza con i vertici burocratici o militari che costruivano la loro fortuna sul sottosviluppo di Paesi alla deriva dove l'inflazione galoppava selvaggiamente e la disoccupazione dilagava.

Omar Achmal non aveva bisogno di giustificazioni, ma se anche avesse sentito l'esigenza di costituirsi un alibi morale i punti di riferimento non gli sarebbero mancati. Lui faceva in piccolo quello che Ronald Reagan da una parte e Leonid Breznev dall'altra progettavano e realizzavano in grande in un continente dove su mille bambini nati ne sopravvivono ottocento e di questi un numero incalcolabile finisce per morire di fame.

Dei quaranta miliardi di dollari spesi negli ultimi vent'anni dall'Africa, il rinnegato aveva incassato la sua piccola parte, ma il grosso della torta se l'erano spartito russi, americani, francesi, tedeschi, inglesi e italiani. Gli emissari delle nazioni dove si predica la filosofia degli aiuti al continente nero e si pratica la politica della razzìa, organizzavano nei loro avamposti privilegiati il traffico delle armi, delle notizie, dei mercenari.

Ognuno di quei personaggi, da un momento all'altro, avrebbe potuto captare le notizie sui fatti del Burhwana e venderle alla borsa sempre attiva delle informazioni internazionali. Allora il rinnegato non avrebbe avuto giustificazioni plausibili. Doveva essere lui ad avvertire i suoi sponsor del cambiamento imminente. Il tempo era un serpente in agguato. E in quella parentesi di silenzio doveva trovare una collocazione al pacchetto di controllo dell'IBB mineraria. Gli serviva un compratore fuori dei canali tradizionali che fosse disposto a sborsare duecento milioni di dollari per impadronirsi di una scatola che nel giro di giorni e di ore si sarebbe svuotata del prezioso contenuto.

S'avvicinò alla vetrata e tornò a guardare il cielo. Una stella cadente scavò nel buio un effimero sentiero d'argento.

« Così è la vita degli uomini », pensò. E si chiese se fosse un buono o un cattivo presagio.

Ripensò a Françoise e alla sua promessa. Qual era l'idea che era balenata nella mente di quella strana donna? Achmal la conosceva bene, in molte occasioni ne aveva apprezzato il talento, la fantasia, l'intraprendenza, ma questa volta non c'era nessun margine per l'errore. Non si chiese neppure se poteva fidarsi completamente di lei. Doveva fidarsi: non c'erano alternative.

L'INSEGUIMENTO

« VI-GIL-JOCH », sillabò storpiando la pronuncia Michele Fiumara leggendo la scritta in grandi caratteri neri sulla facciata della minuscola stazione di pietra grigia, il tetto d'ardesia, le persiane verdi a ridosso di una montagna fitta di boschi di pini, d'abeti e di larici di cui non si vedeva la fine. « Ma dove mi hanno portato queste due sventurate? » mormorò tra sé.

Era cominciato tutto all'alba. Lui dormiva sodo nella casa dei genitori in mezzo al podere sulle pendici della collina di Piazza, quando sua madre l'aveva svegliato in preda a un'insolita animazione.

« Michele, svegliati! » Come se le parole non bastassero, la donna lo scuoteva per una spalla.

« Che c'è? » s'era tirato a sedere. « Va a fuoco la casa? »

« No. » Voleva rassicurarlo, ma l'ansia restava sulla sua faccia. « C'è che don Calogero Costa ti vuole parlare. »

« Quando? » Si stropicciava gli occhi cercando di connettere. Il nome pronunciato dalla madre l'aveva definitivamente portato alla realtà.

« Subito. » La donna aveva voltato la faccia per non vederlo nudo.

Michele Fiumara era balzato in piedi, s'era infilato i pantaloni ed era andato al lavandino per sciacquarsi la faccia. Aveva preso la salvietta dalle mani della madre, s'era asciugato, passandosi poi le dita tra la folta zazzera di riccioli neri. La sua immagine riflessa in un piccolo specchio l'aveva rassicurato. La giovinezza non aveva bisogno di particolari accorgimenti per restituire a una fisionomia piacevole e simpatica il suo aspetto naturale.

S'era arrampicato come un capriolo per scorciatoie che conosceva bene e in pochi minuti era all'ingresso posteriore del palazzo dove don Calogero l'aspettava, accanto a una *Fiat 131* blu, masticando una radice di liquirizia.

« Bravo », s'era complimentato, « hai galoppato come un puledro. » Ricordava le sue corse da ragazzo nell'aria chiara del primo mattino.

« Baciamo le mani, don Calò », l'aveva salutato cordialmente, senza ossequio.

« Michele », aveva esordito mettendogli una mano sulla spalla e guardandolo dritto negli occhi. « Tu mi devi fare un piacere. »

« Vi servirò », aveva detto prima ancora di sapere di che cosa si trattasse.

Calò gli aveva consegnato una consistente mazzetta di biglietti da centomila. Il ragazzo aveva preso il denaro infilandolo nella tasca posteriore dei pantaloni.

« Ci sono due signore a palazzo », l'aveva informato.

« Ah », s'era limitato a replicare.

« Tra poco verranno accompagnate a Punta Raisi. »

Michele Fiumara che non perdeva una sillaba aveva annuito.

« Credo che prenderanno un aereo per Milano », aveva ripreso Calò. « Accertatene. Il direttore dell'aeroporto ti farà avere il biglietto, qualunque sia la loro destinazione. Ma dovrebbe essere Milano. »

Il ragazzo aveva eseguito altre commissioni, sapeva destreggiarsi in qualsiasi situazione. Non aveva problemi.

« E io? » aveva domandato.

« Devi seguirle. » La mano di Calò aveva stretto la spalla del giovane per sottolineare l'importanza di quelle due semplici parole. « E, se è necessario, proteggerle. »

« Le seguirò ».

« Dovunque vadano le seguirai », aveva insistito. « E non le perderai mai di vista. »

« Mai », aveva promesso.

« È un piacere che fai a me personalmente », aveva sottolineato.

« Lasciatevi servire. » Il ragazzo aveva sorriso rivelando denti bianchissimi e forti.

« Hai in tasca tre milioni », l'aveva informato. « Se non bastano chiedi altri soldi. »

« Devo solo seguirle? » aveva chiesto ancora.

« E telefonare ogni sera per dirmi dove si trovano e che cosa fanno. »

« Tutto qui? »

« Tutto qui. »

Era stata una giornata pazzesca. S'era imbarcato con loro sull'aereo per Milano; dallo scalo di Linate, in taxi, le aveva seguite fino a un elegante palazzo moderno in via Pascoli e le aveva aspettate per due ore.

L'autista lo guardava con sospetto: non gli era mai capitato di aspettare due ore insieme a un ragazzotto che, per quanto ne sapeva, poteva essere un teppista o addirittura un brigatista.

Era un milanese bonario sulla sessantina con quattro figli uno dei quali era andato a lavorare in Libia e s'era trovato malissimo. Riassumeva gli episodi salienti della sua movimentata esistenza di trasportatore di uomini nella speranza di avere in cambio uno straccio d'informazione su quel passeggero sordomuto che forse era un nordafricano di quelli che popolano il quartiere di porta Venezia e spesso si segnalano per atti di violenza. Il taxista, per quanto cercasse di essere ottimista, non era tranquillo.

« C'è ancora molto da aspettare? » aveva osato finalmente chiedere.

« Chi lo sa? » aveva risposto gettando il pover'uomo nella più cupa disperazione.

« Perché non chiama un altro taxi quando le signore scendono? » lo aveva consigliato. « Oltretutto risparmia. No? »

« No », era stata l'ultima parola del giovane.

L'autista aveva allargato le braccia rassegnato e aveva rivolto una muta preghiera al cielo. Una cosa in più la sapeva: dalle quattro parole pronunciate dal singolare cliente aveva avuto la certezza che non si trattava di un nordafricano.

« Però da casa sua si devono sentire i tam tam », aveva pensato con nordica ironia.

Finalmente le ragazze erano uscite, ognuna reggendo una valigia, ed erano salite su un altro tassì dirette alla stazione Centrale. Avevano fatto i biglietti per Bolzano dov'erano arrivate alle quattro del pomeriggio. A Bolzano avevano cambiato binario ed erano salite su una carrozza di seconda classe sul treno locale per Merano. Anche Michele Fiumara aveva preso posto sulle panche di legno dello stesso vagone mentre il convoglio attraversava un paesaggio fiorito, una ridente vallata ricca di frutteti con tante montagne come sfondo.

Il giovane pensò che fra tutti gli incarichi affidatigli da don Calogero Costa, quello era il più singolare. Almeno avesse saputo fino a quando sarebbe durato il viaggio.

La gente parlava una strana lingua che sembrava tedesco ma non lo era. Alla stazione di Merano le due ragazze avevano preso un taxi che, dopo aver percorso una strada tutta curve, aveva rallentato in prossimità di un cartello: LANA D'ADIGE.

Guardò l'orologio. Erano quasi le cinque e pensò che il viaggio fosse finito. Invece le due donne erano scomparse in quella specie di stazioncina dove sostava una cabina scintillante legata a un cavo d'acciaio fissato ad alti piloni di cemento solidamente piantati sulla montagna.

« Funivia di Monte San Vigilio », lesse la traduzione italiana del tedesco *Vigilijochbahn.* « Ma dove mi hanno portato? » ripeté.

Pagò il taxi e salì sveltamente i gradini della stazioncina. Su un muretto erano allineate cassette nelle quali fiorivano campanule, gerani, nasturzi e petunie che realizzavano un'allegra nota di colore.

Udì il trillo di un campanello e quando s'affacciò nell'interno della piattaforma terminale la funivia si mosse e la cabina carica di gente cominciò a salire con un fruscìo d'acciaio superando il primo pilone tra gli abeti, i pini e i larici.

Ritornò nell'atrio dov'era la biglietteria sibilando tutte le imprecazioni che conosceva. Erano tante.

« Vuole fare il biglietto? » gli domandò in tedesco un signore di mezza età, biondo, dall'espressione beata e il volto rubizzo del buon bevitore.

« Non capisco », sibilò Michele Fiumara.

« Lei italiano? » s'illuminò la faccia soave inquadrata nello sportello.

« Eh. » Era un ragazzo di poche parole.

« Vuole fare il biglietto? » ripeté l'uomo in italiano.

« Quella è già partita », osservò alludendo alla cabina che scintillava tra i larici.

« C'è subito un'altra corsa », lo tranquillizzò l'impiegato.

Michele Fiumara trasse un sospiro di sollievo.

« Mi dia un biglietto », disse. « Subito quando? » domandò.

« Subito fra un'ora », rispose l'uomo allegramente.

« Fra un'ora non è subito », s'infuriò il siciliano.

« Questo è vero », convenne l'uomo dopo una breve riflessione.

« Non si può salire con una macchina? » Voleva ristabilire il contatto con le due ragazze e poi l'idea di infilarsi in quella scatola non l'entusiasmava.

« Questo non è possibile. » Gli parlava gentilmente con ingenua cordialità.

« Come, non è possibile? » Si andava e si tornava dallo spazio e non era possibile salire su quella montagna?

« Non c'è strada », spiegò. « Solo funivia. » Poi arrossì come un semaforo: « Può fare *speziale*. Se vuole. Costa ventimila ».

« *Speziale* per me? » chiese. « E si parte subito? »

« Sì », ribatté soddisfatto d'averlo aiutato a risolvere il suo problema.

« Facciamo questo *speziale*. » Pagò e ritirò la ricevuta.

Uscì sulla piattaforma e sedette sulla panca di legno ad aspettare che la cabina scendesse.

L'addetto alla biglietteria uscì dal suo piccolo ufficio e prese posto sulla panchina accanto al giovane.

« Va all'albergo? » gli domandò. Sorrideva. Alla luce le venuzze rosse sugli zigomi e sul naso erano più incise.

Evidentemente c'era un albergo alla fine di quel trabiccolo.

« Sì », rispose.

L'impiegato annuì continuando a sorridere e lasciò passare qualche istante guardandolo con curiosità.

« Ha la prenotazione? » s'informò.

« No ».

« Ha bagaglio? » Dalle sue parti un simile interrogatorio non sarebbe stato tollerato, ma nelle domande dell'uomo non sembrava esserci intenzione di carpire segreti, solo il desiderio di aiutare l'ospite a orientarsi meglio nell'ambiente nuovo. Ma l'intenzione non coincideva sempre col risultato.

Il solo modo per non rispondere era fare delle domande.

« Senta, quelle due signorine che sono salite prima... le conosce? »

« Molte signorine sono salite », sorrise malizioso.

« Una ha i capelli rossi », precisò. « L'altra neri. »

Nei suoi occhi d'un azzurro slavato brillò una gioia sincera.

« Io conosco la signorina dai capelli rossi », partì in quarta. « È Karin Venier. Lei è nata lassù. Nel maso di Ilse Klotz. L'altra sua amica non la conosco. È la prima volta che viene qui. »

« La signorina Venier abita lassù? » Aveva ormai la certezza d'essere arrivato alla fine del viaggio.

« Qualche volta. » S'avvicinò a lui con aria di complicità. « Lei è una donna molto importante», si confidò. « Lavora a Milano. È un'avvocatessa. Viaggia molto. Sì, forse dormirà in albergo. O forse dormirà nel maso. Questo non lo so. »

Suonò il campanello che annunciava l'arrivo della cabina. Scesero dei turisti che ridevano e parlavano. Vestivano abiti tirolesi: pantaloni di velluto e di cuoio, camicie a quadretti. Alcuni erano armati di macchine fotografiche e cineprese, altri impugnavano leggere piccozze.

La funivia ripartì solo per lui e l'impiegato lo salutò come se fosse in procinto di andare sulla luna. Prese una sigaretta dal taschino della camicia. Era l'ultima. Fece per accenderla.

« *Verboten* », scandì l'addetto al servizio. Era un giovane alto, biondo e mitigava l'asprezza del divieto con un sorriso fanciullesco e un po' ottuso che gli ricordava quello dell'impiegato a valle.

Michele Fiumara rimise la sigaretta al suo posto e si sentì a disagio in quella scatola che s'allontanava in modo allarmante dalla terra con un dondolio che gli ricordò quello della barca quando c'è maretta. Ad ogni pilone corrispondeva un sobbalzo che gli toglieva il respiro.

« L'Italia è lunga, ma proprio qui dovevo capitare? » si lamentò ad alta vóce.

« *Ja,* Italia », ripeté l'addetto alla funivia che della frase aveva capito soltanto quella parola.

Man mano che la cabina saliva l'aria si faceva più fine e fresca. Il giovane rabbrividì. Le orecchie gli facevano male per via della pressione.

« Fa sempre così freddo, qui? » domandò.

« *Ja* », sorrise il biondo.

« Proprio su questa specie di Kilimangiaro dovevano mandarmi! » Era furibondo.

« *Was?* » Decisamente non si capivano.

La cabina sobbalzò sotto l'ultimo pilone, rallentò e s'incastrò perfettamente nella piattaforma a monte a millecinquecento metri sul livello del mare, come testimoniava, e non c'era motivo di metterlo in dubbio, l'indicazione incisa sul muro sotto la scritta in due lingue: Monte San Vigilio.

La valle dai due fiumi, chiusa dalla catena delle Dolomiti, era d'una bellezza indescrivibile. Le luci di Lana d'Adige s'erano accese nel crepuscolo incombente delineando i contorni del paese ch'erano quelli d'un immenso garofano. A sinistra, verso Merano, si vedeva ancora l'ocra delle caserme e il verde dell'ippodromo.

Il giovane camminò in un paesaggio tra la favola e il cartone animato: i piccoli sentieri si snodavano in un saliscendi di prati e di boschi d'abeti. Al centro del breve pianoro sullo sfondo di un cielo di smalto blu, c'era una costruzione bianca, bassa, tipicamente tirolese con grandi finestre illuminate e un'insegna di ferro battuto: *Vigilijoch Hotel.*

Michele Fiumara entrò volentieri in quella fiaba di legno antico, tendine colorate, mobili civettuoli, una grande stufa di maiolica, odore di legno di pino, di birra, con tante candele accese.

Una bella donna dagli occhi splendenti, i capelli raccolti sulla nuca, un'espressione garbata e serena gli si fece incontro.

« *Bitte?* » chiese gentilmente. Indossava un leggero abito di lana nocciola che l'aiutava a ingentilire le forme procaci e il seno florido. Poteva avere cinquant'anni ma certamente non li dimostrava.

« Avete una camera? » domandò il giovane.

« Lei è fortunato », gli rispose in perfetto italiano.

Michele Fiumara non condivise l'opinione della sorridente signora che non poteva conoscere le sue disavventure.

« Comunque c'è la camera? » Aveva bisogno di certezze dopo tanta precarietà.

« Sì », disse la donna. « È difficile avere un posto libero in agosto. Ma proprio un'ora fa un cliente di Düsseldorf ha disdetto la prenotazione. Vuole favorirmi un documento, prego? »

Il giovane le consegnò il passaporto e la donna l'aprì per leggere le generalità dell'ospite.

« Frau Martina! » qualcuno la chiamò.

« *Ein Moment, bitte* », lei rispose. Poi rivolta all'uomo aggiunse: « Signor Fiumara, dove posso mandare a prendere il suo bagaglio? »

« Non ho bagaglio. » Era imbarazzato dalla propria situazione anomala. « Ma ho urgente bisogno di acquistare alcune cose. »

Frau Martina aveva molto vissuto e riteneva di saper riconoscere un galantuomo, con o senza bagaglio, anche se era piuttosto insolito che un forestiero si avventurasse fino a quel suggestivo capolinea senza effetti personali.

« Se si accontenta », gli suggerì, « può rifornirsi di tutto nell'emporio di Frau Klara. Vede lassù? » Gli indicò dalla finestra le luci di una casetta al termine di una breve salita.

La cortese sollecitudine della donna non gli impediva di sentirsi un emigrante in terra straniera. Mise una mano in tasca e le banconote da centomila gli diedero un po' di fiducia.

Doveva ristabilire il contatto con quelle due matte, ma non sapeva da dove cominciare. Tanto valeva rifornirsi dell'indispensabile da Frau Klara.

Michele Fiumara si guardò intorno e si sentì come un animale in gabbia. Eppure la camera era ridente, gaia, odorosa di resina: un letto di legno solido con le testiere dipinte a fiori stilizzati, un armadio a due ante tipicamente tirolese, le pareti bianche ravvivate da ingenui quadretti colorati, una soffice moquette verde, un bagno tirato a specchio e un silenzio soprannaturale.

Nell'emporio di Frau Klara aveva trovato tutto: lo spazzolino da denti, la biancheria di ricambio, i maglioni, il sapone da barba, una camicia, calzoni di velluto, calzini di lana, le sigarette, un panino col salame per placare momentaneamente i morsi della fame e un bicchiere di buon vino.

La cena nella sala da pranzo dell'albergo era stata squisita. Giovanissime cameriere in abiti tirolesi e grembiulino gli avevano dispensato parole incomprensibili ed eloquenti sorrisi. Il locale era al gran completo. Gli ospiti parlavano sottovoce, mangiando gagliardamente.

« Non devi perderle di vista », gli aveva detto don Calogero. E lui le aveva perdute. Ma come poteva sapere che si sarebbero infilate in quella scatola appesa a un filo d'acciaio? Non era un autobus che si può inseguire con un taxi.

Aveva telefonato a Calò e gli aveva spiegato la situazione, pronto a subire la reazione più violenta.

Invece don Calogero aveva riso.

« Hai fatto un buon lavoro », s'era complimentato. Lui conosceva San Vigilio. « Tranquillizzati. Se non è in albergo è certamente a casa sua. Domani la troverai. »

Si era tranquillizzato. Si versò un bicchierino di grappa di lampone, accese una sigaretta. Nell'emporio di Frau Klara aveva trovato una sola rivista in italiano vecchia di un mese in gran parte dedicata al matrimonio dell'anno, quello tra l'erede al trono d'Inghilterra e lady Diana Spencer. Era la solita prosa, ma le fotografie erano belle, colorate. Si vedevano le guardie della regina che somigliavano ai corazzieri, i re e i principi di Norvegia, d'Olanda, di Danimarca, del Belgio e del Lussemburgo. C'era anche una principessa negra d'una bellezza sconvolgente che il giovane siciliano riconobbe subito. Era Mahary Umpote del Burhwana. I giornali avevano pubblicato la sua fotografia dopo che un sicario l'aveva assassinata. In quell'immagine sembrava felice e il suo volto risplendeva di giovinezza.

Michele Fiumara sedette su una poltrona e buttò da parte il settimanale illustrato. Era furente e depresso come un animale in gabbia. Lui che non aveva mai fallito un colpo s'era lasciato giocare da due... Guardò il disegno lieve di un ontano bianco incorniciato con garbo, poi osservò la linea sinuosa di un fiore. *Orchidea Lipari Loeselii,* lesse.

Si alzò in piedi di scatto: era prigioniero della propria impotenza.

« Che cosa faccio », imprecò, « passo la notte ad ammirare gli esemplari della flora dell'Alto Adige? »

Aveva cercato un posto per trascorrere la serata: un cinema, una discoteca, in mancanza d'altro un televisore. C'era un apparecchio nella *Jägerstube,* ma era stato scelto a furor di popolo un programma in lingua tedesca.

« Ma come vivono questi? » si chiese disperato. Era piombato in una civiltà sconosciuta e si sentiva come un naufrago.

« Forse Cristoforo Colombo », disse a se stesso, « era meno spaesato tra gli indiani d'America. »

Si buttò sul letto, gli occhi rivolti al soffitto cercando di immaginare che svolgimento avrebbe avuto la giornata di domani.

« E se quelle due fanno uno *speziale* e ritornano a valle questa notte? » si chiese. Era una probabilità.

Andò alla porta-finestra, l'aprì, uscì sul balconcino di legno e s'affacciò alla balaustra. La cabina era incastrata nella piattaforma di cemento e la stazione della funivia era spenta. A valle risplendevano le luci del paese. Lontano nella notte limpida si vedeva la catena delle Dolomiti. Voci, musica e risate salivano dal bar, un brusio accentuato dal silenzio della montagna. Qualche debole luce filtrava dal folto del bosco facendo supporre l'esistenza di case. Forse una di esse era il maso dove s'erano rifugiate le due ragazze.

Richiuse la porta finestra.

« La collera è una cattiva consigliera », cercò di

convincersi, ma i furori della giovinezza impetuosa lo smentivano.

Ammirò un altro quadretto: il lago di Carezza incorniciato da una foresta di abeti rossi. Sullo sfondo il massiccio bianco azzurro del Latemar. Forse era più bello del Monte Pellegrino, ma lui non avrebbe fatto il cambio.

Il citofono sul comodino si mise a gracchiare in modo sgradevole. Riconobbe subito la voce di Frau Martina.

« C'è una chiamata per lei », annunciò la donna. « Può scendere? »

« Subito. » Si precipitò per le scale di legno pensando a don Calogero Costa.

Frau Martina con un sorriso gli indicò il telefono dell'ufficio con il ricevitore staccato.

« Pronto », disse in attesa di ordini.

« Signor Fiumara? » Non era la voce baritonale e decisa di Calò. Era una voce di donna dal timbro ridente.

« In persona », rispose dopo qualche attimo di smarrimento.

« Sono Karin Venier », si presentò.

« Molto onorato. » All'afflizione s'aggiungeva la beffa.

« Ha fatto buon viaggio? »

« Non mi posso lamentare. »

« Si trova bene in albergo? »

« Ottimamente. »

La sentì ridere.

« Contrariamente a quello che lei probabilmente pensa », gli spiegò, « in un certo senso questa montagna somiglia alla sua isola. Niente accade senza che si sappia. Con una differenza: qui il Barone sono io. »

Era esattamente quello che Michele Fiumara realizzava in quel momento. I sorrisi vacui e stereotipati, la ingenua cordialità non escludevano un'attenzione minuziosa e una rapida capacità di comunicazione.

« Sì, signora », ammise in mancanza di meglio. Si guardò intorno alla ricerca di una soluzione, ma trovò il disegno di un larice.

« Perché non viene a trovarci? » propose amichevolmente. « Se dobbiamo stare insieme tanto vale farlo senza drammi. »

Era una proposta concreta.

« Vengo a trovarla, ma dov'è? » Ormai dipendeva da lei in tutto.

« Frau Martina le spiegherà. » Quella specie di madre badessa che sembrava un monumento all'ospitalità era d'accordo con Karin.

« Vengo subito. » Riattaccò. S'infilò un maglione rosso sulla camicia nuova e scese nell'atrio.

Frau Martina con il suo dolce sorriso l'aspettava in fondo alla scala di legno con una torcia elettrica.

« Lei non è pratico del posto », osservò porgendogli la lampada. « E qui non c'è illuminazione come in città. »

Avrebbe potuto spiegarle che anche dalle sue parti la situazione era la stessa, ma preferì ascoltare i consigli della signora.

« Prenda quel sentiero », gli indicò. « Troverà una prima villa. Prosegua fino alla biforcazione. Volti a sinistra e si fermi alla seconda casa. È il maso dove si trova Karin. » Probabilmente si sforzava di nascondere un sorriso, ma l'uomo non se ne accorse.

« Devo ringraziarla? » chiese Michele che nonostante tutto si sentiva tradito.

« Non è rigorosamente necessario, ma se lei lo ritiene opportuno. »

C'era in quella voce sicura un vago rimpianto, un'ombra di malinconia.

Camminò con cautela lungo il sentiero su un tappeto di aghi di conifere tra un profumo di resina e di fiori selvatici. La luce della torcia modulava suggestivi chiaroscuri e di tanto in tanto frullava un uccello disturbato da quella presenza. Scoiattoli precipitosi si rintanavano con la loro paura.

Si muoveva in un sogno che non aveva mai sognato, in una notte lontana e sconosciuta. Non si sarebbe stupito di risvegliarsi nella sua casa in pieno sole circondata dalla campagna riarsa.

Poi vide la luce che veniva da una finestra incorniciata di fiori. Al davanzale c'erano le due ragazze che aveva seguito dalle prime luci dell'alba: una rossa e una bruna. Ricordò l'indicazione dell'impiegato addetto ai biglietti nella stazione a valle.

« Io conosco signorina dai capelli rossi », gli aveva detto. « È Karin Venier. Lei è nata lassù. Nel maso di Ilse Klotz. La sua amica non conosco. »

L'altra era bruna, aveva il sorriso prudente delle donne meridionali.

« Ha visto com'è stato semplice trovarci? » disse Karin. « Entri. »

Fu subito in una grande stanza antica interamente rivestita di legno, rischiarata e riscaldata da un grande camino. Le due donne sedevano su una panca e davano le spalle alla finestra.

La rossa gli indicò una sedia accanto al tavolo. Era una donna bellissima con una carnagione d'alabastro e occhi color blu pervinca che mettevano soggezione.

« Io sono Karin », si presentò. « Lei è Rosalia. Possiamo offrirle sidro, grappa o tè di bacche di rose. Che cosa preferisce? »

« Niente, grazie. » Desiderava soltanto svegliarsi da quel sogno umiliante.

« Allora, signor Fiumara », andò subito al sodo, « che cosa vogliamo fare? »

Prima di tutto voleva recuperare il controllo dei suoi nervi.

« Sincerità per sincerità », rispose, « voi sapete meglio di me che cosa devo fare. »

« Seguirci? » fece stizzita. « Proteggerci? Ma è una mania di voi siciliani! » esclamò. « Siete capaci di inventare il dramma anche in questo paradiso. »

« Io eseguo degli ordini », ammise. « Personalmente sarei rimasto volentieri a casa mia. »

« Posso capirlo », convenne Karin. La sola cosa che desiderava veramente era star fuori degli intrighi, lontana dalla tentazione, dall'uomo che nonostante tutto rappresentava per lei una potente attrazione. Se così non fosse stato non avrebbe avuto bisogno di fuggire.

« E allora? » Michele Fiumara espresse in due parole un concetto che Karin aveva perfettamente afferrato.

« Allora dica a chi le ha dato questo spiacevole incarico », gridò fissandolo con i suoi occhi indignati, « che desideriamo soltanto essere lasciate in pace. »

Michele annuì. Guardava alternativamente l'una e l'altra. Rosalia non aveva ancora parlato. Se avesse potuto scegliere, la sua preferenza sarebbe andata alla ragazza silenziosa dai grandi occhi miti e spaventati. Per quanto Karin era fredda, energica, determinata e irraggiungibile, l'altra era dolce, mite e aveva nei lineamenti una segreta tristezza che il ragazzo riconosceva.

« Perché non organizziamo una pace separata? » propose la mite Rosalia.

Era una proposta praticabile che né Karin né Michele avevano preso in considerazione.

« In che senso? » chiese il ragazzo sospettoso.

« Ci rispettiamo », osservò Rosalia. « Noi ci godiamo la nostra vacanza. E lei si comporta come più le piace. »

« E mi date la vostra parola che non scapperete? »

Era in gioco la sua reputazione. Le due ragazze si guardarono e sorrisero.

« È un passatempo divertente e nuovo », intervenne Karin.

« Promettete? » ripeté Michele.

« Ma certo », disse Karin.

« Io però », l'avvertì lealmente, « dovrò telefonare ogni sera. E dovrò dire a don Calò della nostra intesa. »

« Per me va bene », accettò Rosalia.

« E a me non dà nessun fastidio ». La proposta di Rosalia che Michele Fiumara aveva subito accettato poteva avere divertenti sviluppi.

L'armistizio era concluso.

« Io non vi conoscevo prima, signorina Karin », si scoprì il giovane, « come sapete il mio nome? » Bruciava dalla voglia di sapere.

« Frau Martina », gli sorrise Karin, « la direttrice dell'albergo, è mia madre. »

PER AMORE DI BRUNO

MISTER Hachette, il manager dell'IBB, era raggiante. In Italia, seguendo le indicazioni di uno dei grandi della gastroenterologia, aveva risolto il problema della duodenite che l'affliggeva da anni. Bruno gli aveva fissato un appuntamento con il professor Luigi Barbara del Policlinico Sant'Orsola di Bologna che in quei giorni si trovava in vacanza a Cortina. Era bastata all'illustre clinico una visita coscienziosa per rimuovere la dolorosa compagnia mediante l'uso corretto di un nuovo farmaco e un paio di buoni consigli.

Sembrava ringiovanito e aveva recuperato in pieno la propria efficienza. Il suo sorriso non aveva bisogno di forzature per emergere. Era a San Francisco nell'ufficio di George Brian e sedeva di fronte a lui.

« Un intervento perfetto, senatore », si congratulò. « È riuscito dove avevano fallito le teste d'uovo dei servizi di sicurezza. » Il terrorista libanese inviatogli da Yussef adesso era amorevolmente custodito dagli uomini della CIA.

« È stata un'operazione fortunata. » Non cercò di nascondere il compiacimento. Il suo cuore malandato non ammetteva giochi psicologici di nessun tipo. D'altra parte con mister Hachette poteva permettersi di essere se stesso.

« Alla Casa Bianca », lo ricambiò della stessa sincerità, « tutti la credevano fuori da qualsiasi gioco. Compreso il presidente. »

Sarah, la sua fedele segretaria, offrì tè freddo aromatizzato all'albicocca. George si sentiva in forma e concluse che la sincerità era la miglior medicina. Faceva caldo, l'impianto di condizionamento non funzionava per decreto dei medici.

« Da quanto tempo seguiva quella pista? » Mister Hachette bevve un lungo sorso di tè.

Il senatore lo guardò con simpatia, pur sapendo che avrebbe deluso la sua attesa.

« Se raccontassi la verità nessuno mi crederebbe », disse. « Nemmeno lei. Lasciamo agli specialisti del ramo la libertà di formulare ipotesi fantasiose, e perciò credibili. »

« La sicurezza del presidente è garantita », si compiacque mister Hachette.

« Era quello che desideravo », ribatté. « Ammesso che l'ombrello protettivo sia tanto grande e solido da garantire l'incolumità di Reagan. » Aveva voluto barattare la notizia del folle progetto di Gheddafi con l'offerta di garanzie per Bruno che da solo non poteva difendere la stabilità e l'indipendenza del Burhwana. Ma questo Hachette lo sapeva e non era il caso di ricordarglielo.

« Ho saputo che il presidente l'ha invitata per il prossimo week-end », si complimentò. « Sembra che adesso non possa più fare a meno di lei. »

« Casomai è vero il contrario », precisò George. « Sono io che non posso fare a meno di lui. »

« Bruno è sufficientemente cautelato, mi sembra. » Guardò con un'ombra di diffidenza la segretaria che metteva a posto le carte sulla scrivania.

Sarah se ne accorse e si congedò con un pretesto per

evitare che mister Hachette si sentisse in imbarazzo. Il senatore per lei non aveva segreti. Era a conoscenza di tutti i particolari, sapeva del progetto omicida dei libici, sapeva che un nutrito contingente di « consiglieri » in armi era già nel Burhwana per neutralizzare un eventuale colpo di Stato.

« Il mio timore », riprese Hachette quando furono soli, « è che la notizia trapeli, prima che siano acquisite nuove prove. »

« I servizi di sicurezza », osservò George, « hanno bisogno di mesi per documentare il piano terroristico. Le diplomazie internazionali e l'opinione pubblica vogliono elementi sicuri, prove certe. Non dimentichiamo che Gheddafi fa il gioco pesante per conto dei sovietici. » Naturalmente gli americani avrebbero espresso la loro riconoscenza anche ad Admad bin Yussef, artefice della clamorosa scoperta.

« I sovietici! Stanno diventando sempre più impopolari », commentò Hachette. « I cannoni dei loro carri sono puntati contro la Polonia, hanno invaso l'Afghanistan, i loro sommergibili minacciano l'Europa e contemporaneamente giocano sullo scacchiere africano. Almeno la metà dei venti colpi di Stato tentati o riusciti negli ultimi anni hanno il loro marchio. La loro politica di destabilizzazione è un pericolo per tutti. »

« Nessuno mi toglie dalla testa che l'attentato a Giovanni Paolo II... » L'apparecchio telefonico sul tavolino dinanzi ai due uomini emise un lieve ronzio.

George Brian sollevò il ricevitore e si mise in ascolto.

« Lo trattenga un attimo, Sarah », ordinò dopo alcuni istanti. Poi si rivolse all'ospite: « Faccia sapere agli amici della IBB che non dimenticherò l'appoggio dato a mio nipote. Anche se è superfluo, esprimo a lei la mia infinita gratitudine ».

« Ho soltanto seguito il mio istinto », osservò, « e le

mie simpatie. » Hachette comprese che era venuto il momento del commiato.

Si alzò e i due uomini si strinsero la mano.

« Mi passi la comunicazione », disse il senatore a Sarah.

Era emozionato e il suo cuore fece una capriola. Si assicurò che le pillole bianche fossero al loro posto nel taschino della camicia. C'erano.

« Sono George Brian. » Appoggiò il ricevitore stringendolo tra l'orecchio e la spalla e si asciugò le mani con un kleenex.

Dall'altra parte qualcuno fece un breve discorso che il senatore ascoltò attentamente.

« Gli comunichi che sarò da lui », consultò l'orologio da polso, « esattamente tra un'ora. »

Sarah gli fece da autista da San Francisco a Sausalito. Erano passati più di trent'anni da quando aveva percorso quella strada, dal giorno in cui Annalisa l'aveva invitato a colazione e il loro incontro s'era concluso con una tragedia.

Cercò di distrarsi da quei lontani pensieri concentrandosi su un'attività che in qualche modo lo coinvolgeva.

« Reagan s'è appena ripreso dall'attentato di marzo », si rivolse a Sarah, « e già una nuova minaccia incombe su di lui. In maggio hanno cercato di assassinare il Papa. A chi toccherà adesso? I più importanti uomini politici del mondo sono in pericolo. Yussef ha reso un grande servizio a Reagan. Ma quanti sono gli assassini che circolano in mezzo a noi? »

Sarah lo ascoltava paziente, condivideva gli argomenti del senatore ma sapeva che l'evento al quale pensava era quello che si sarebbe verificato al termine del breve viaggio.

Sarah guidava con abilità e prudenza.

« Sarà il caso di comperare delle rose per Mary Jane », propose Sarah senza distogliere lo sguardo dalla strada. « Le ama moltissimo », soggiunse.

« Oh, certo », fece lui riconoscente.

Prima di imboccare il Golden Gate Bridge, la donna accostò al marciapiede di fronte a un grande negozio di fiori.

« Me ne occupo io? » chiese.

« No, grazie. » Era un'occasione troppo importante per delegarla sia pure alla sua collaboratrice più fidata.

Sarah condivise la sua decisione e lo aspettò in macchina. Mezz'ora dopo erano sul piazzale della villa dei Brian a Sausalito.

George scese reggendo un sontuoso fascio di rose scarlatte.

« Non ci vedevamo da un pezzo in privato », scherzò Philip come ai vecchi tempi, « ma tutte queste rose mi sembrano eccessive. » Il fratello l'aspettava sorridente sulla soglia della villa.

I due uomini si strinsero la mano e dopo anni si guardarono con amicizia.

« Dov'è la tua adorabile moglie? » s'informò George.

Sarah li vide entrare in casa.

« Era necessario che Bruno fosse nei guai fino al collo perché quei due facessero la pace », pensò Sarah. Philip Brian aveva avuto un ruolo fondamentale, in quei giorni, nelle trattative segrete per aiutare Bruno. Era commossa. Si soffiò il naso, girò la macchina e riprese la strada di San Francisco.

VERSO IL BARATRO

FRANÇOISE Blandin aveva la garbata freddezza di un croupier, ma la sua bellezza risplendeva come un gioiello raro.

« È stata una delle tue feste più clamorose », esordì. Sembrava si fossero incontrati per sottolineare gli aspetti faraonici dello sfarzoso ricevimento organizzato a bordo del *Soraya*.

« Una cosetta ben riuscita », replicò Omar Achmal che, se voleva arrivare dignitosamente al nocciolo della questione, doveva assecondarla. D'altra parte i giornali avevano dedicato ampio spazio all'avvenimento.

« È vera anche la storia del regalo? » domandò. Sedevano nello studio dell'arabo a bordo della reggia galleggiante.

Achmal prese da un cassetto della scrivania un cofanetto di camoscio e l'offrì alla donna.

« Questo? » disse.

Françoise l'aprì: c'era una riproduzione del *Soraya* in oro massiccio, tempestata di diamanti. Le sua labbra si schiusero in un gelido sorriso.

« Un autentico capolavoro », commentò da intenditrice.

« È un modesto souvenir », minimizzò l'uomo.

« Posso tenerlo? » domandò con un'occhiata avida.

« Se vuoi. » Il totale disinteresse dell'arabo non corrispondeva al suo vero stato d'animo.

« Sei sempre molto generoso. » Poco prima, nel suo appartamento al *Quisisana*, aveva ricevuto nove rami di orchidee verdi legati da un bracciale tempestato di rubini. C'era anche un biglietto firmato da Omar: « Alla più bella ». In quel momento il gioiello brillava al polso di Françoise.

« Era il meno che potessi fare per te », disse con noncuranza mentre la donna lo ringraziava.

« Ho gradito soprattutto il biglietto », mentì lei. Nei suoi occhi freddi passò un lampo di collera. Era molto superstiziosa, come tutti i giocatori, e pensava che i rubini portassero sangue.

« Sei davvero la più bella », dichiarò l'arabo mentre il sorriso affiorava lentamente sulle labbra sensuali. Gli sarebbe piaciuto mettere sotto quella specie di sfinge dal sangue freddo e dall'espressione inesplicabile, ma era troppo intelligente per mischiare il lavoro e il piacere. Poteva compromettere una collaborazione essenziale con un approccio che la donna non avrebbe sicuramente gradito.

« Detto da te è un doppio complimento. » Era perfetta. Indossava un tailleur di lino azzurro dal taglio maschile, una camicetta di seta bianca chiusa al collo da una cravatta a righe bianche e azzurre. Sembrava quella che era: un'autentica donna d'affari.

« Ne sono lieto. » L'arabo sperava che i preliminari fossero così conclusi.

« Anch'io credo d'avere in serbo per te qualche cosa di piacevole. » Finalmente aveva introdotto l'argomento che l'interessava.

« Vale a dire? » L'attenzione sprigionava da tutti i pori della sua faccia scura.

« Credo d'avere risolto il tuo problema », annunciò.

« In due giorni? » Il rinnegato era dubbioso e diffidente, ma non voleva contrariarla in nessun modo. Conosceva il valore di Françoise, aveva presente il quadro della situazione e non aveva alternative. Non c'era spazio per le sfumature: poteva soltanto crederle o non crederle.

« Due giorni sono lunghi », replicò lei con severità. « E io, se me lo consenti, godo di un certo credito. »

« Te lo consento », s'affrettò a rispondere con l'intenzione di farsi perdonare.

« Allora è inutile tergiversare. » Teneva saldamente il coltello dalla parte del manico e questo le dava un notevole vantaggio.

« Non chiedo di meglio », ribatté l'arabo gettando alle ortiche il cerimoniale.

Françoise lasciò passare un tempo ragionevole per acuire la curiosità dell'uomo.

« C'è un gruppo finanziario », rivelò finalmente, « disposto a comperare la tua scatola vuota per duecento milioni di dollari. »

La fronte del rinnegato s'inumidì di sudore.

« Quando? » La situazione nel Burhwana poteva precipitare da un momento all'altro.

« Subito », disse Françoise. « Gli acquirenti sono disposti a concludere l'affare nei tempi tecnici. E muoiono dalla voglia di entrare in possesso del pacchetto di controllo dell'IBB mineraria. »

« Pagamento in dollari? » Era troppo bello per essere vero.

« Pagamento in azioni », precisò la donna.

L'arabo si asciugò il sudore.

« Quali azioni? »

« Della Tex Oil Enterprise. »

La memoria del rinnegato scattò come un calcolatore individuando quel nome. La società era solida.

« Trattiamo direttamente con loro? » La prudenza prevaleva sull'entusiasmo.

« Trattiamo con la Standard International S.A. » Era un dialogo secco. « Possiede la maggioranza delle azioni di un giacimento petrolifero nel Texas. La maggioranza delle azioni Tex Oil contro il pacchetto di controllo dell'IBB mineraria. Duecento milioni di dollari contro duecento milioni di dollari. »

Omar Achmal si passò una mano sulla faccia.

« Chi è l'uomo delegato a trattare? » domandò.

« L'uomo delegato a trattare è una donna », disse Françoise pronunciando lentamente ogni parola.

« Una donna? » Era decisamente sbilanciato. « Quale donna? » soggiunse.

« Io », rispose lei guardandolo con fermezza.

Il rinnegato si lasciò andare contro lo schienale della poltrona di cuoio, arrovesciò la testa all'indietro e proruppe in una gorgogliante risata liberatoria e sospetta. Con il candido fazzoletto si asciugò le lacrime.

« Avevamo la soluzione in casa e non lo sapevamo », esclamò.

« Tu non lo sapevi », obiettò la donna.

« Già », fece riprendendo il controllo. « Io non lo sapevo. Da dove spunta questa società? »

« Da lontano. È una società anonima che ha sede a Cayman Island nei Caraibi. »

Achmal si domandò come facesse una piccola donna a mantenere quella calma sorprendente. Forse dipendeva dal fatto che non aveva nulla da perdere.

« Le azioni sono buone. » Era una domanda e un'affermazione.

« Fa testo la Borsa di New York. » Aveva già controllato gli ultimi listini.

« E come hai ottenuto la delega a trattare? » Quella dannata femmina non finiva di sorprenderlo.

« Questo è affar mio », rispose seccamente.

« Ma certo », osservò facendo buon viso a un gioco che ancora non capiva fino in fondo. « Possiamo tentare », decise. « E la tua intermediazione quanto mi costa? »

« La metà del pacchetto di controllo dell'IBB mineraria. » Aveva lo stesso tono freddo e garbato di quando parlava di avvenimenti mondani.

Omar la guardò come se la vedesse per la prima volta.

« Cento milioni di dollari? » Aveva la faccia stravolta. « Stai scherzando », cercò di sorridere. « E perché dovrei darti cento milioni di dollari in un affare che è soltanto mio? »

Françoise si piegò in avanti in modo appena percettibile sfoderando il suo inquietante sorriso.

« Perché io so le stesse cose che sai tu », cominciò a spiegare con molta calma. « Perché queste cose io le ho sapute prima di te. So che Aschwinda sta per morire, che forse è già morto. So che l'opposizione è pronta per il golpe e che il governo fantoccio di Choo Awaba chiederà l'intervento dei sovietici. So che il pacchetto di controllo dell'IBB mineraria è una scatola vuota perché il destino del Burhwana è segnato. So che se i tuoi sponsor sapessero che gli stai facendo uno sgarbo ti cancellerebbero dalla faccia della terra. Ti bastano come giustificazioni? »

Il rinnegato era alle corde. La sua diffidenza non era stata sufficiente.

« Basta così », la fermò, « mi hai convinto. » Il veleno di quella vipera gli stava circolando nel sangue. « E poi », concluse realisticamente, « la metà di duecento milioni di dollari, è sempre qualcosa rispetto al tutto di niente. Onore al merito », ammise interpretando malamente il ruolo dell'avversario leale. « Dove e quando si svolgerà tecnicamente l'operazione? » Erano alla stretta finale.

« Nella sede della società a Cayman Island o a bordo del *Soraya.* Non è questo il problema », disse.

« Quando? » chiese Achmal.

« Anche domani. »

« E i documenti? »

« Li porterò su questo tavolo per la firma nel momento stesso in cui la Leu Bank di Zurigo mi confermerà che tu hai versato su un conto cifrato che ti darò i miei cento milioni di dollari. »

Omar Achmal si alzò in piedi.

« Sporca puttana! » gridò. « E tu vorresti essere pagata prima che l'affare sia concluso? »

« Vedo che hai afferrato il senso del discorso », si complimentò. « Io sono una donna pratica e tu un uomo senza scrupoli. Se ti lasciassi portare a termine l'operazione troveresti il modo di incastrarmi. O di eliminarmi fisicamente. Sbaglio? »

« Credi sia facile trovare su due piedi cento milioni di dollari? » Era di nuovo pronto a trattare. Non aveva scelta.

« Per chiunque sarebbe un'impresa ardua », fece con voce melliflua, « non per il potente Omar Achmal. »

Aveva perduto la battaglia, ma non voleva perdere la guerra.

« Credi che la situazione nel Burhwana terrà ancora per quattro o cinque giorni? »

« Ma non di più », sorrise.

La guardò con odio.

« Fra tre giorni qui, alla stessa ora con tutti i documenti », capitolò. Intanto avrebbe avuto il tempo di effettuare ulteriori controlli e di incontrarsi con i suoi legali. Per rastrellare cento milioni di dollari avrebbe dovuto indebitarsi fino al collo. Françoise Blandin si alzò e uscì dopo avergli regalato il suo sorriso di ghiaccio.

LO SCONOSCIUTO

« *Grüss Gott* », lo salutarono affabilmente gli sconosciuti in brache corte di cuoio con la pettorina, camicie a quadretti e zaino in spalla.

« *Gruscot* », aveva imparato a rispondere Michele Fiumara che ormai conosceva quell'isola verdeggiante, dal pianoro dell'albergo alle baite del Bären Bad e del jocher.

Quei sorrisi stereotipati e fanciulleschi gli comunicavano un sentimento in cui si mescolavano sincerità e noia. Certamente, qualunque cosa significasse quel saluto, sembrava sincero e beneaugurante.

Gli addetti alla seggiovia, alla funivia e il personale dell'albergo ormai lo consideravano una presenza gradita.

Michele continuava a chiedersi che senso avesse per quella gente dal volto chiaro e i capelli biondi, le gote rubizze e gli stomaci dilatati dalla birra, arrancare per ore lungo sentieri da capre verso una malga, un maso, una sorgente.

La sera arrivavano alla stazione della funivia stremati dalla fatica, chiassosi e ridanciani, per ridiscendere a valle con la prospettiva di ripercorrere l'indomani lo stesso itinerario alla ricerca di un fiore, di un'illusione di libertà.

Era un modo di divertirsi che trascendeva la sua comprensione. Nella sua isola la gente faticava, ma per strappare alla terra avara i mezzi per sopravvivere.

Il barista dell'*Vigilijoch Hotel*, un friulano di poche parole, gli aveva inutilmente spiegato: « Sono turisti. Gente in vacanza ».

« Una ragione di più per riposarsi », aveva replicato Michele. Per quanto si sforzasse continuava a non capire.

Ogni sera telefonava a Piazza Armerina il resoconto della giornata. E anche quella era una cosa che non capiva. Gli era stato chiesto un favore e lui svolgeva il suo incarico puntualmente augurandosi che la storia finisse presto.

Sapeva tuttavia che, a operazione conclusa, sarebbe tornato a casa con una punta di nostalgia e già aveva un po' d'amaro in bocca all'idea di non rivedere più la piccola Rosalia.

Quella morettina dal simpatico accento napoletano, dai grandi occhi vellutati e malinconici, come lui estranea a quella civiltà del sorriso, dei cori, delle bevute collettive e delle arrampicate, era diventata qualche cosa di più di un semplice punto di riferimento. La sua figura snella da adolescente, l'espressione arguta e triste di chi ha molto sofferto, il suo sorriso innocente suscitavano in lui il desiderio di proteggerla, di accarezzarla, un languore infinito, una voglia irresistibile di starle vicino e guardarla in silenzio negli occhi.

Rosalia arrivava con Karin il mattino quando il primo sole indorava il terrazzo dell'albergo dov'erano disposti i tavoli per la colazione. Frau Martina con materna sollecitudine serviva loro grosse fette di *schwarzes Brot*, il pane nero aromatizzato, che venivano spalmate con burro, miele o marmellata. Bevevano caffè lungo e chiaro in cui si spandeva, come una bianca nuvola, la panna liquida contenuta in un bricco.

Mangiavano tutti insieme e di tanto in tanto Rosalia scoccava delle occhiate a Michele che lo mandavano in confusione, mentre Karin e Frau Martina si scambiavano frasi, in una lingua incomprensibile, punteggiate da gioiose risate.

Poi le ragazze s'incamminavano verso il giogo. A volte lui le seguiva, più spesso se ne stava sul terrazzo a prendere il sole godendosi il panorama e osservando i turisti che a gruppi di venti salivano con la cabina che nel sole sembrava d'argento. I gitanti passavano di fianco al terrazzo per poi disperdersi come formiche multicolori sui sentieri nei boschi. Il pomeriggio tutti e tre andavano in piscina. Michele guardava il corpo snello e asciutto di Karin, al riparo sotto un ampio ombrellone, e ammirava quello sinuoso di Rosalia che si colorava ogni giorno di più per effetto del sole. Rosalia era davvero una creatura solare, mentre Karin conservava il mistero di una personalità inaccessibile. Perfino gli sguardi ammirati degli uomini sembravano non provocare in lei nessun tipo di reazione.

Erano passati alcuni giorni e Michele, da un momento all'altro, s'aspettava d'essere richiamato in Sicilia. L'interesse di Calò per le due ragazze si andava esaurendo, il giovane lo sentiva dal tono che assumeva l'uomo nel corso delle telefonate serali.

Il pomeriggio del quinto giorno accadde un fatto insolito e imprevedibile che rimise tutto in discussione. Nel prato della piscina si presentò un giovane sconosciuto nel quale Michele riconobbe tutte le caratteristiche del maschio nordico. Era alto, biondo, di carnagione chiara, aveva grandi occhi azzurri e una muscolatura armoniosa da atleta. Indossava un costume da bagno che lasciava intravedere una consistente virilità.

Gli uomini lo guardarono con invidia e le donne se lo mangiarono con gli occhi. Michele non l'avrebbe degnato di uno sguardo se il giovane non avesse puntato dritto su Karin che stava leggendo un libro.

Lo sconosciuto si chinò cautamente su di lei, l'abbracciò e la baciò sui capelli. Michele Fiumara scattò in piedi pronto a intervenire, ma Karin, riconosciuto il giovane, ricambiò affettuosamente l'abbraccio. Tra l'uomo e la donna passò un torrente di parole cordiali in una lingua assurda e incomprensibile per lui.

« Scusami », sorrise Karin rivolgendosi a Rosalia, « ci vediamo a cena. » S'infilò una vestaglietta e si diresse verso l'albergo con il nuovo venuto. Camminavano abbracciati e felici.

Michele stava per seguirli pur sentendosi ridicolo.

« Non si scomodi », lo consigliò Rosalia togliendolo dall'imbarazzo. « Karin ha detto che ci vediamo a cena. Quindi non scappa. »

« Vorrei che non corresse dei rischi », precisò il siciliano.

Rosalia sorrise con insolita malizia.

« Cos'è, un attacco di gelosia per conto terzi? » Alludeva evidentemente al Barone.

« Non faccio questo mestiere », reagì stizzito. « Per me la sua amica può andare con tutti gli uomini che vuole. »

« Veda di non esagerare », l'ammonì Rosalia. « In tutto questo tempo è il primo uomo che s'è avvicinato a lei. »

« Lo conosce? » azzardò Michele Fiumara.

« Obiezione, vostro onore » scherzò la ragazza, « la domanda non è pertinente. »

« Dicevo per la sua incolumità », si scusò arrossendo. Più si muoveva e più affondava nel ridicolo.

Rosalia l'invitò a sedere al suo fianco.

« In questo senso non corre nessun pericolo », lo rassicurò, « può stare tranquillo. »

Avevano sete e ordinarono due aranciate.

« Mai m'ero trovato in una situazione come questa », si confidò.

« Faccia come me che ho imparato a non stupirmi di niente. » Era un suggerimento garbato e affettuoso.

« Siete molto amiche? » domandò.

« Ho per Karin una grande riconoscenza. Mi ha aiutato e mi aiuta a ritrovare un po' di fiducia nel domani, a rimettermi in piedi... » sorrise con amarezza.

Il cameriere venne a ritirare i bicchieri vuoti.

« Che cosa ne dice se ci rivestiamo e andiamo a fare una passeggiata? » propose Michele quasi esitando. « Io sto bene con te, Rosalia... » Abbassò gli occhi e sfiorò delicatamente con le dita la mano della ragazza.

LA TELESCRIVENTE

A BORDO del *Soraya* la telescrivente si risvegliò. Il ticchettio strappò l'addetto alle comunicazioni, Roger Genoux, a un sognante dormiveglia. Era un francese sulla trentina, parlava quattro lingue compreso l'arabo e lavorava con Omar Achmal da dieci anni. Da due giorni era in emergenza, ancorato alla macchina infernale da un ordine tassativo di Achmal: riferirgli a qualsiasi ora del giorno o della notte tutte le notizie che in qualche modo riguardavano l'Africa australe e in particolare il Burhwana.

Roger si alzò dalla poltroncina girevole sulla quale s'era appisolato, si stropicciò gli occhi stanchi e arrossati e cercò di mettere a fuoco il messaggio che andava componendosi sul foglio bianco. Aveva davanti un quadro annebbiato e si spaventò, poi ricordò che non aveva messo gli occhiali. Li cercò sul tavolino, li inforcò e cominciò a leggere:

> United Press. Giovedì 27 agosto Dispaccio d'agenzia Umpote, Burhwana (UP). Fallito golpe nel piccolo Stato dell'Africa australe.

Era la notizia che aspettava da quarantott'ore. Allungò la mano verso un apparecchio telefonico su un mobiletto accanto alla telescrivente, staccò il ricevitore, schiacciò un pulsante rosso.

« Che cosa c'è? » gli rispose dopo pochi secondi la voce di Achmal.

« Notizie dal Burhwana », gli comunicò il francese.

« Vengo subito », rispose l'arabo.

Achmal entrò nella piccola cabina in cui ristagnava il fumo di molte sigarette. Aveva i capelli in disordine, indossava un pigiama di seta giallo, aveva la faccia segnata dalla stanchezza, calzava zoccoli di legno.

Omar cominciò a leggere:

Ci è giunta ora notizia di un tentativo di golpe nel Burhwana. L'operazione preparata minuziosamente dall'opposizione è stata stroncata sul nascere dai corpi speciali addestrati in Occidente per l'antiguerriglia. Fonti autorevoli confermano la presenza di consiglieri militari americani. La scintilla del golpe sarebbe stata la notizia recentemente diffusa della morte del principe Aschwinda. Il capo dello Stato indipendente dell'Africa australe è apparso in pubblico insieme con il suo braccio destro Choo Awaba testimoniando con la sua autorevole presenza le eccellenti condizioni di salute.

Sventato dalle truppe scelte di Umpote il tentativo di impadronirsi dell'aeroporto, della radio, della televisione e degli altri centri nevralgici del Paese. Nella capitale regna la calma. Il cervello dell'operazione sarebbe Choo Awaba che avrebbe neutralizzato i piani dei golpisti con false notizie sulla salute del Presidente.

Nelle miniere di diamanti del Burhwana, la maggior risorsa economica del Paese da alcuni mesi improduttive per un boicottaggio internazionale, il lavoro è ripreso a pieno ritmo. Alla borsa di New York gli operatori di tutto il mondo guardano con interesse le azioni della IBB unica società legata allo sfruttamento minerario dello Stato indipendente...

Il rinnegato s'appoggiò al piano del tavolo.

« Com'è possibile? » mormorò e uscì dalla stanza barcollando.

Omar salì in ascensore fino alla sua camera da letto. Si guardò intorno sgomento come se vedesse quell'ambiente per la prima volta: le sete, i broccati, i preziosi dipinti, i sontuosi arredi avevano qualche cosa di estraneo, di malefico.

« Sono perduto », disse sentendosi prigioniero di un incubo.

Avrebbe dovuto vedersela con i consiglieri dell'area sovietica che gli avevano dato carta bianca e credito illimitato in cambio del Burhwana. E sapeva che non erano inclini alla comprensione.

Si era disfatto del pacchetto di controllo dell'IBB mineraria ritenendolo una scatola vuota e all'apertura dei cambi le azioni si sarebbero invece dimostrate in ascesa.

C'erano poi i cento milioni di dollari versati alla Leu Bank di Zurigo sul conto di Françoise.

« Quella sporca puttana! » ricordò con livore.

Tutto il suo patrimonio era legato all'operazione Burhwana o investito in Paesi che subivano l'influenza dell'Est.

L'unica risorsa su cui poteva contare per la rinascita era la Tex Oil Enterprise. Se riusciva a convincere i suoi sponsor che non li aveva traditi, che la situazione del momento era il risultato del doppio gioco di Choo Awaba, che la partita poteva ancora essere giocata, gli avrebbero forse offerto una possibilità. L'ultima.

Altre ondate l'avevano travolto ed era sempre riuscito

a emergere prima che si esaurisse la riserva di ossigeno. Con il pacchetto di maggioranza della Tex Oil avrebbe potuto manovrare su tutti i mercati e avere un largo credito.

Controllò l'ora. Al mercato di New York la Borsa stava per aprire.

« Aiutami a rendermi presentabile », ordinò al cameriere che era accorso alla sua chiamata. « Ma sì », ragionò, « una battaglia non è una guerra. »

Ritornò alla telescrivente, cercò di sorridere a Roger Genoux e gli disse: « Vai a riposare. Prendo io il tuo posto ».

Il francese lo guardò da dietro le spesse lenti da miope.

« Grazie », mormorò incredulo. Era la prima volta che nella voce gorgogliante di Achmal c'era una nota di gentilezza. « Posso andare? » domandò.

« Certo », confermò l'arabo.

« Sul tavolo ci sono altri dispacci sul Burhwana », l'avvertì prima di uscire.

« Li vedrò subito. » Sedette al tavolo senza perdere d'occhio le ultime notizie che la telescrivente stava battendo.

Globe Press. Giovedì 27 agosto. Ore 9 a.m. Apertura calma alla Borsa di New York. Nessun particolare interessante per l'annuncio che il tasso di disoccupazione è sceso dal 7,6 al 7,3 per cento. Esordio calmo. Le contrattazioni risentono ancora del clima stanco del ferragosto.

La telescrivente tacque. Omar guardò il mirabile aggeggio che non differiva gran che da una normale macchina per scrivere e cominciò a studiare i dispacci relativi al Burhwana che confermavano i precedenti, arricchendo il quadro di nuovi particolari.

Il tentativo di golpe era il risultato di un progetto durato due anni e avrebbe dovuto consentire all'imperialismo dell'Est di infiltrarsi nel tessuto connettivo del Paese che offriva pingui risorse e una posizione strategica di primo piano. Si delineava la figura del principe Aschwinda, la cui politica di equidistanza dai blocchi era risultata vincente. Le miniere sarebbero rimaste proprietà dello Stato e il flusso vitale sarebbe stato garantito dalla vendita dei diamanti tramite la IBB mineraria, una finanziaria americana in concorrenza con i gruppi del Sud Africa.

Un altro dispaccio faceva riferimento all'uomo d'affari italoamericano Bruno Brian che, secondo voci attendibili, ma non ancora confermate, sarebbe stato il marito della principessa assassinata due settimane prima. Si faceva riferimento infine al piccolo principe Sunny Brian Umpote che avrebbe lasciato la capitale con l'aereo del Barone per una destinazione imprecisata.

Il rinnegato notò con soddisfazione che il suo nome non era coinvolto, mentre l'agenzia dedicava spazio e rilievo a un funzionario di polizia africano, Barthelemy trovato morto nella sua abitazione alla periferia della città: si diceva insistentemente che avesse fatto da collegamento tra l'opposizione e i finanziatori del colpo di Stato.

Achmal gettò i fogli nel cestino: non aveva bisogno di memorie scritte per ricordare. Si prese il volto tra le mani e restò in attesa. I suoi amici non avrebbero tardato a farsi vivi. Si chiese se gli avrebbero lasciato il tempo di giustificarsi. Le probabilità che lo eliminassero senza una spiegazione erano alte, ma c'era almeno una possibilità di riannodare il dialogo. Aveva eccellenti informazioni da offrire in cambio e buoni progetti di riserva. Solo Allah era arbitro del suo destino. La macchina cominciò a martellare un nuovo messaggio.

Achmal si chinò sulla telescrivente interrogandola

come un oracolo. C'era un altro dispaccio sull'andamento della Borsa di New York.

> La Borsa, che ha esordito in un clima incerto, si è poi vivacizzata sulle IBB minerarie dopo le notizie di stabilità politica nel Burhwana. Le IBB minerarie che attualmente hanno guadagnato tre punti sulla quotazione di ieri sono in continua ascesa.

Passarono alcuni minuti di silenzio. Achmal continuava a guardare con occhi febbrili. La telescrivente riprese a battere:

> Il resto del mercato non registra sostanziali variazioni, se si esclude il collasso della Tex Oil le cui azioni stanno precipitando senza una spiegazione plausibile. Gli operatori seguono il fenomeno con estrema attenzione.

La cabina cominciò a girare vertiginosamente intorno ad Achmal. Il suo equilibrio psicofisico s'era spezzato e il bedu rinnegato della tribù dei Wahiba, lo spietato mediatore d'affari, stramazzò come un bue colpito in fronte, mentre la telescrivente continuava a incidere freddamente sulla carta la sua condanna.

Gli sembrò di annaspare nel limo viscoso di una palude dalla quale per un attimo riuscì a emergere.

« Non è successo niente », lo rassicurò un giovane biondo pieno di salute e di efficienza. Era il medico del *Soraya.*

Achmal cercò di parlare, ma le parole gli morivano sulle labbra: aveva la lingua grossa e la mente confusa.

« Va tutto bene, signore », intervenne il medico con professionale autorevolezza. « Ha avuto un piccolo collasso », spiegò. « La pressione sta ritornando sui valori normali. Le ho fatto un'iniezione. Tra poco dormirà. Ne ha bisogno. Domani sarà nuovamente in forma. »

« Domani? » farfugliò.

« Un tempo brevissimo come vede », sottolineò soddisfatto. « Il lavoro, oltre una certa soglia, diventa causa di malattia. Si lasci andare. »

L'arabo strabuzzò gli occhi, tentò di sollevarsi, ma il suo corpo pesava migliaia di tonnellate. Soltanto muovere un dito era un'impresa impossibile. Eppure doveva uscire da quella trappola, doveva stanare quella puttana di Françoise, doveva mettersi in contatto con la Standard International S.A., doveva recuperare i suoi dollari prima che andassero completamente in fumo. E quel bastardo di medico strapagato, invece di aiutarlo, l'aveva drogato nel momento in cui aveva bisogno di tutte le sue forze per rimanere a galla. Fece ancora un tentativo per ritornare in sé, ma riuscì soltanto a sprofondare sempre più nel limo viscoso della palude dal quale per un attimo era riuscito a emergere. Affondava inesorabilmente nel buio senza fine con un pensiero in mente: « Cayman Island... Caraibi... »

« Non pensi a niente », lo consigliò la voce calma del medico. « Si lasci andare. »

Aveva creduto di vendere una scatola vuota e invece l'aveva comperata. Poi il buio fu completo e il silenzio assoluto.

EPILOGO

LA MATTANZA

Don Calogero Costa fu svegliato dal trillo insistente del telefono. Prima di rispondere consultò l'orologio da polso: erano passate da poco le tre del pomeriggio. Una bianca vela scivolava pigramente nel mare inquadrato dalla portafinestra. Tirò giù i piedi dal tavolino dove li aveva allungati per addormentarsi, s'accomodò sulla poltrona, si tolse dalle labbra il bastoncino di radice di liquirizia, staccò il ricevitore.

« Che c'è? » domandò.

Il portiere dell'*Hotel Villa Igiea* disse sottovoce: « Signor Costa, è arrivata la persona che aspettava. Posso farla accompagnare da lei? » Usava un tono deferente riservato alle persone di riguardo.

« A proposito », si lamentò, « che cosa succede in questo albergo? »

Dall'altra parte l'uomo, che aspettava una risposta su come comportarsi, sussurrò: « Non capisco signor Costa ».

« Il bagno è in disordine », gridò, « i mobili impolverati, il frigorifero è vuoto, se si esclude un bicchiere con un residuo di rossetto. »

« Sono costernato, signor Costa. » Eppure s'era raccomandato con la governante perché l'appartamento riservato a don Calogero fosse in ordine. Non ci si poteva più fidare di nessuno. La polvere era quasi inevitabile: nell'ala est erano da mesi in corso i lavori di restauro, ma il bagno in disordine e il rossetto sul bicchiere erano inammissibili per qualsiasi cliente, figuriamoci per il luogotenente del Barone. « Provvedo immediatamente », aggiunse.

« Lascia perdere », si calmò il gigante dai capelli d'argento. « Fai salire l'ospite. »

« E i suoi bagagli? » Il portiere ricordò che don Calogero Costa gli aveva annunciato la sua partenza.

« Falli scendere », ordinò.

Andò in bagno a rinfrescarsi, poi tornò in salotto e prese posto nell'accogliente poltrona.

Sentì bussare alla porta.

« Avanti », tuonò.

Un attimo dopo Omar Achmal era in piedi davanti a lui.

« Si accomodi. » Gli indicò la poltrona di fronte alla sua. E poiché la sorpresa sembrava aver pietrificato l'arabo, soggiunse: « Prego ».

Achmal sedette senza pronunciare una parola rinunciando ad ogni tentativo di nascondere lo smarrimento. Non sapeva chi avrebbe incontrato in quell'albergo, forse lo stesso Gheddafi, ma non avrebbe mai pensato di dover trattare con il luogotenente del Barone di Monreale.

« Sono pronto ad ascoltare le sue proposte », trovò il coraggio di pronunciare. Non aveva scelta.

Calò si mise in bocca una radice di liquirizia.

« Io non ho niente da proporle. » Lo fissava senza odio, lo trovava molto simile a un coniglio selvatico tremante nel suo covo e senza alternative.

« Allora perché questa sceneggiata? » domandò attingendo all'orgoglio residuo.

« Devo soltanto farle una comunicazione. » Accavallò le gambe prendendo tempo.

« Sentiamo questa comunicazione. » Era pur sempre Omar Achmal.

« Questo è il capolinea », sentenziò il gigante. « Lei è arrivato alla fine del suo viaggio. »

Il sudore gli inumidì la fronte e il palmo delle mani.

« Solo Allah può saperlo. » Parlava faticosamente e a voce bassa, gli mancava il respiro.

« Lei ha idea di cosa sia una tonnara? » La voce di Calò era calma, serena, chiara.

La smorfia di stupore che si disegnò sulla faccia dell'arabo rispose per lui.

« Dovevo immaginarlo che non lo sapeva », riprese Calò. « Ma i suoi amici libici lo sanno. La tonnara è un labirinto di reti. Noi siciliani siamo maestri in questa pesca che risale al tempo dei fenici. »

« Non sono venuto qui per parlare dei fenici », riuscì a replicare.

« Lei è qui per ascoltare », l'ammonì Calò aggrottando le sopracciglia. « Lei è prigioniero della sua avidità, del suo cinismo. Io ho organizzato la trappola, io ho lanciato l'esca e lei dal *foratico* è entrato nella tonnara. Poi la ciurma di questa pesca, i *tonnarotti*, si chiamano così nel mio dialetto, l'hanno guidata lentamente, ma inesorabilmente, verso la *bastardella*. Che è l'ingresso della camera della morte. Lei Omar Achmal è soltanto un tonno in trappola. »

Le labbra dell'arabo tremavano visibilmente, ma non era tanto la paura che lo faceva tremare quanto l'impotenza di fronte alla beffa e all'oltraggio.

Calogero Costa ricordò la piccola Rosalia e la dolce Mahary e riprese il suo ruolo di giustiziere.

« Faccia quello che deve fare e che sia finita », si arrese l'arabo in un impeto di dignità. Aveva mentito dicendo di non sapere che cosa fosse una tonnara. Aveva visto una *mattanza* e ricordava gli uomini armati di uncini e i tonni arpionati che in uno spazio sempre più esiguo si contorcevano nel loro sangue sollevando le barche.

Era inutile chiedere a quel gigante dai capelli d'argento chi fossero i *tonnarotti* che l'avevano spinto verso la camera della morte. Il disegno che avrebbe dovuto individuare prima, era diventato d'una chiarezza estrema: i Brian, lo sceicco Yussef, l'avvocato Paolo Brancati, l'avvocato Werner Klammer, mister Hachette, il principe Aschwinda, il suo braccio destro Choo Awaba, mademoiselle Françoise Blandin. Pronunciò quei nomi a voce alta come in un sogno.

« Ha dimenticato il nome del *rais* », gli ricordò, « il nome del capo dei pescatori. Ha dimenticato il mio nome, mister Achmal. »

« Un siciliano contro un arabo », trovò la forza di sorridere.

L'avevano intrappolato con un ammirevole capolavoro d'astuzia. Era entrato nel labirinto firmando il contratto con Françoise, s'era incuneato nel distretto di Cayman Island, uno dei paradisi fiscali dei Caraibi, per scoprire che la Standard Enterprise, che aveva barattato il pacchetto di maggioranza della Tex Oil con quello di controllo della IBB mineraria, s'era sciolta rapidamente come s'era costituita. Aveva inseguito l'illusione di recuperare i suoi dollari a Houston e a Parigi, dove aveva saputo che i pozzi texani erano in via di esaurimento. E quell'informazione fatta circolare in Borsa aveva provocato il crollo azionario.

« Tuttavia », gli aveva suggerito un informatore, « c'è una persona disposta a trattare la svendita di quella scatola vuota. » L'ultima speranza l'attendeva al grande albergo *Villa Igiea* di Palermo in Sicilia.

Nell'appartamento numero 266 aveva trovato don Calogero Costa.

« E adesso? » domandò con fermezza.

« Niente », disse Calò alzandosi in piedi. « Può andarsene. Il mio compito finisce qui », lo congedò.

Non c'era bisogno di spiegazioni: era già morto. La ricchezza che costituiva la sua sola difesa era perduta per sempre. Il *rais* lo spingeva nell'angolo più buio della camera della morte. Fuori sarebbe stato un cane randagio in mezzo a un branco di iene pronte a sbranarlo.

Omar Achmal uscì dalla stanza barcollando.

Calò chiamò il portiere al telefono.

« La mia macchina », ordinò. « Parto subito. »

LA «NAPOLETANA»

BRUNO Brian lesse la notizia della morte di Omar Achmal sui quotidiani. Ognuno dava una versione differente. L'unico punto sul quale tutti concordavano era l'esplosione in volo dell'aereo personale dell'arabo sul Golfo della Sirte.

« I suoi complici gli hanno dato il colpo di grazia », disse Calò.

« Così sembra », replicò il Barone senza interesse. Buttò il pacco dei giornali su una vecchia cassapanca e fu come se gettasse alle sue spalle un episodio da dimenticare.

Erano a Milano nella cucina del palazzo di via Manzoni.

« Che cosa c'è? » domandò il gigante dai capelli d'argento mentre armeggiava attorno alla sua solita napoletana.

« In questa casa mi sto accorgendo del tempo che passa. » Bruno veniva da Umpote dove aveva riabbracciato il piccolo Sunny, aveva precisato i programmi futuri con Aschwinda e stava preparando l'ambiente che avrebbe dovuto ospitare il figlio. Sunny, come lui, avrebbe frequentato le scuole di Milano e, poi, l'università di Berkeley.

« Io me ne accorgo anche fuori di qui », sorrise Calò. « A proposito », aggiunse, « sei proprio deciso? »

« Ti riferisci a Sunny? » domandò.

« Certo », confermò, « e mi domando se non sarebbe più prudente scegliere un collegio svizzero. O pensare alla California. Anche se la migliore soluzione sarebbe la Sicilia », suggerì. « L'isola possiede robusti anticorpi per difendersi dall'infezione terroristica. »

« Credo molto in questa città e in questo Paese », disse Bruno. « Nonostante tutto. » Aveva vinto l'oscura, sanguinosa guerra del Burhwana, ma non aveva il sorriso del trionfatore.

Calò glielo fece notare.

« Sembra che ti manchi l'aria. » Sotto un certo aspetto sentiva di avere colto nel segno.

« Credo che succeda sempre così dopo uno scontro », affermò Bruno, « che tu vinca o perda. È la tensione che ti abbandona. »

Calò continuava a trafficare con la sua antica carabattola e seguiva Bruno con la coda dell'occhio.

« Ti ricordi vent'anni fa? » Pareggiò il caffè in polvere nel contenitore ed esercitò una leggera pressione con il cucchiaino.

« La mia testa è un archivio », scherzò. Si rivide sedicenne sconvolto dalla sua prima esperienza sessuale con la frenetica e devota Lucilla, la mamma di Matteo, il suo migliore amico. Calò gli aveva letto negli occhi la verità.

« Mi pare che volessi sposarla. » Schiacciò un bottone e il gas si accese.

« Meditai persino il suicidio, adesso che mi ricordo », confessò ridendo di sé.

« Che fu scongiurato da un panino imbottito », precisò burbero Calò.

« E da un buon consiglio », ricordò Bruno.

« Può darsi. » Il gigante depose con cautela la caffettiera sulla fiamma. « Ne vuoi anche tu? » chiese.

Il Barone dissentì con un cenno del capo.

« Dicesti che la prima volta è molto importante e che io avevo avuto la fortuna di farlo con la donna giusta. » Ricordava parola per parola.

« Può darsi », lo ignorò Calò con un fare un po' sornione.

La casa non era molto cambiata dai tempi dell'infanzia di Bruno, da quando Philip gliel'aveva regalata. D'altra parte era una di quelle case che migliorano con il passare degli anni.

Il Fontana, un imbianchino artista decoratore, una specie di istituzione per le più importanti famiglie milanesi, s'occupava della manutenzione e conosceva l'arte di rinfrescare i muri, gli stucchi, le dorature. Un paio di volte i tappezzieri avevano rinnovato tende e rivestimenti.

Bruno sfiorò la cucina a gas, azionò involontariamente un congegno e la fiamma si spense.

« Queste diavolerie! » saltò su Calò affrettandosi a riaccendere.

« Ti ho rovinato il capolavoro? »

L'uomo lo fulminò con un'occhiata e riprese sotto tutela il suo feticcio. La cucina costruita da Biraghi & Maggi sembrava la sala comando di un'astronave: un frigorifero col tritaghiaccio e un lavello d'acciaio lucente con il dissipatore dei rifiuti incorporato.

Fra tutte quelle rivoluzionarie innovazioni, Calò rimaneva irrimediabilmente fedele alla sua napoletana. L'acqua cominciava a bollire e il vapore fumava sulla punta del beccuccio malandato.

« Allora ne vuoi o non ne vuoi? » Spense il gas, ritirò la caffettiera dal fuoco e la posò sul tavolo perché l'acqua filtrasse.

« Sì, grazie. » Sapeva di fargli piacere. Scelse da un ripiano di legno scuro due tazzine inglesi a fiori e la zuccheriera.

Calò cominciò a versare con meticolosa attenzione mentre sulla sua faccia d'antico guerriero normanno si diffondeva una profonda beatitudine.

Bruno zuccherò la propria tazzina.

« Quanti anni sono che ti prepari il caffè dentro questa specie di tubo da stufa? » domandò.

« Quarant'anni a Natale. » Nei suoi occhi passò l'ombra della nostalgia. « Da quando me la regalò tua madre. »

« Che cos'era mia madre per te? » La domanda gli bruciava dentro da anni, ma solo in quel momento era riuscito a formularla con naturalezza.

« Era un sogno », rispose Calò con altrettanta semplicità.

« Tu l'hai amata », incalzò Bruno.

Il gigante annuì con la gran testa dai capelli d'argento.

« Nella vita di un uomo », disse guardandolo dritto negli occhi, « ci sono amori impossibili e amori possibili. Il mio era impossibile. Il tuo no. »

Ancora una volta gli stava leggendo la vita.

« Stai parlando di me? » finse di stupirsi Bruno.

Calò batté una gran manata sul tavolo e s'infuriò.

« Il mio caffè non ti piace », l'aggredì. « Preferisci le immonde brodaglie che servono gli americani. Non sei venuto in cucina per bere il caffè, ma per sapere di Karin. » Questa volta fu Bruno ad abbassare la testa.

« Io ti conosco bene Bruno », riprese Calò. « Non ho mai creduto alla storia di Mahary », aggiunse brutalmente. « Sì, l'hai sposata, a modo tuo le hai voluto bene, sei stato felice con lei, ti ha dato un figlio. Ma quel legame non ti ha impedito di andare in giro per il mondo con altre donne. Da quando è comparsa quella crucca con i capelli rossi, invece, sei diventato cieco, le altre non le vedi più. »

Era inutile prenderla alla lontana.

« Dov'è adesso? » domandò Bruno semplicemente.

Calò finì di bere il caffè.

« Fra i suoi monti », disse, « in una specie di vecchia casa di legno che i montanari di lassù chiamano maso. »

« E la ragazza che era con lei? » volle sapere.

« Rosalia? »

« Mi pare si chiami così. »

« È in Sicilia. » Si pulì le labbra con un tovagliolino di carta. « Quando avremo risolto il problema della scuola di Sunny, dovrò tornare a casa per farle da testimone alle nozze. Sposa Michele Fiumara. »

« Allora lei è sola », constatò Bruno allarmato.

« Ma non corre nessun rischio », fece Calò con ironia. « Almeno per quanto riguarda la sua incolumità fisica. »

« Che cosa vuoi dire? » lo sfidò.

« Niente. Io però al tuo posto andrei a dare un'occhiata. »

Non gli riferì che Michele Fiumara l'aveva vista in compagnia di un giovane tedesco dall'aspetto molto attraente.

BENNO STEINER

La camera assegnata a Benno Steiner era una delle più belle e ampie dell'ala vecchia dell'albergo. Il giovane biondo e attraente s'affacciò alla finestra. Sulla terrazza, seduta a un tavolo, Karin stava allineando su un cartone bianco fiori e foglie di montagna con l'intenzione di farli seccare: li andava spianando e appuntando con piccoli spilli. Era stupenda con i capelli lunghi e morbidi che passavano dal biondo al rame. Indossava un maglioncino bianco dal quale spuntava il colletto rosso della camicetta. Anche i pantaloni erano bianchi di velluto a coste, stretti, arricciati al ginocchio dove finivano, con calzettoni rossi e pedule di camoscio. Lei se lo trovò di fronte come il biondo eroe di una saga nordica e gli sorrise. Il giovane l'abbracciò, poi il loro incontro si infittì di parole e di sorrisi rivelando un rapporto e una atmosfera di grande confidenza.

« Vedo anche dei trifogli, fra i tuoi reperti », osservò Benno indicando il quadro dei fiori e delle foglie di montagna allineati sul cartone bianco.

Karin arrossì, e reagì nervosamente.

« Che cosa vuol dire? » replicò sollevando su di lui gli occhi color blu pervinca.

« Niente », fece con ironia, « assolutamente niente. Perché non andiamo al laghetto a pescare trote? » propose.

Era inspiegabilmente tesa, improvvisamente stanca e annoiata.

« Preferirei rimanere qui », disse.

« C'è qualcosa che ti rattrista? » Il chiaro sorriso del giovane diceva la sua disponibilità.

Un gruppo variopinto di turisti usciva dalla funivia che era appena arrivata.

« Non ho ragioni particolari per essere triste », lo ringraziò lei con un sorriso « ma non ho voglia di far niente. Ecco, forse c'è una ragione », ricordò. « Siamo alla fine della vacanza. »

« Anche questo è vero », ammise Benno. « Io torno a fare il medico e tu il personaggio internazionale. »

« Ti prego », alzò la voce, « non mettermi sullo stesso piano di certa gente. »

« Ci pensi sempre? » sparava al buio, ma era certo di colpire il bersaglio.

Una bianca nuvola attenuò per pochi istanti la dorata violenza del sole e la tristezza sul volto di Karin diventò rabbia.

« Mi sembri tu quello che ci pensa più spesso. » Mosse maldestramente le dita e un delicato trifoglio si spezzò.

« Le malattie non si guariscono nascondendo i sintomi. » Voleva solo aiutarla a risolvere il suo problema.

« Ti prego, non giochiamo al dottore », lo rimproverò. « Sono soltanto stanca, non ho voglia di far niente, non desidero andare a pesca di trote. E vorrei essere lasciata in pace. Domani ricomincia il lavoro. »

Benno le accarezzò i capelli in segno di pace.

« Se torni da Brancati, lo rivedrai. » Alludeva a Bruno Brian senza possibilità di equivoco.

Karin rastrellò fiori e foglie sul cartone bianco distruggendo la sua bella composizione floreale.

« Forse sì », ammise, « forse no. » Benno era un mastino vestito da buon samaritano. Era meglio assecondarlo, tanto più che il suo affetto e la sua buona fede erano fuori discussione.

« Ma tu », continuò a interrogarla, « vuoi rivederlo? »

Karin gettò indietro i capelli e nel suo sguardo saettò l'indignazione.

« No! » fece con rabbia. « Assolutamente no. Non voglio vederlo più finché vivo. È cinico, egoista. Esiste solo lui. Vuole essere consolato, approvato e in cambio ti offre i suoi doni. Non partecipa, non dà amore, lui paga! E io lo odio », mormorò sul punto di piangere. « La sua vita sentimentale è una corsa a tappe. Non voglio essere il piccolo traguardo di una lunga corsa di cui non vedo la fine. »

« Può darsi che tu abbia ragione », ammise il ragazzo.

« Certo che ho ragione », disse lei soffiandosi il naso con una grazia che fece sorridere Benno.

« Può darsi, ma allora perché te la prendi tanto? » Era implacabile come un computer.

« È proibito prendersela? » cercò di zittirlo.

« È proibito mentire », la rimproverò con severità. « Io sono medico, Karin, e i miei maestri mi hanno insegnato la sincerità, soprattutto con se stessi. » Le cinse le spalle con un braccio. « Devi ammettere che Bruno Brian s'è comportato in maniera insolita per essere quell'uomo cinico ed egoista che tu dipingi. »

« Soltanto perché non mi ha portata a letto? » replicò puntandogli contro l'indice.

« Avrebbe potuto tentare », disse Benno. « Era in linea col suo personaggio. Invece si è comportato in modo molto corretto. »

Era vero, ma Karin non voleva ammetterlo.

« Facciamo una cosa », propose conciliante Benno.

« Domani io torno a Innsbruck. Devo riprendere il mio lavoro in ospedale. Ma papà è solo. In fondo è anche tuo padre », soggiunse con severità. « Forse anche lui ha bisogno di godere della compagnia di una figlia che non vede mai. Vieni a stare con noi per qualche tempo. »

Karin vedeva raramente Joseph Steiner che in una lontana notte di giugno aveva amato sua madre mentre sulla montagna bruciavano i fuochi di San Giovanni. Martina e Joseph, i genitori di Karin, s'erano incontrati dopo il processo che s'era concluso con l'assoluzione della donna, ma non c'erano più state le premesse per costituire insieme una famiglia anche se lui era vedovo e lei libera e desiderabile. Le terribili esperienze avevano insegnato a Martina il piacere della moderazione e il gusto della riservatezza, mentre lui aveva imparato con gli anni ad apprezzare i vantaggi dell'indipendenza, anche se aveva concepito subito per quella figlia, che non aveva mai saputo di avere, un affetto profondo.

« Allora », insisté Benno, « vuoi venire da noi per un po' di tempo? »

« Non lo so », rispose Karin perplessa. Era stanca di scappare, anche perché sapeva che il disagio era dentro di lei, l'ostacolo era nelle regioni più profonde della sua personalità.

Karin era di fronte al fratellastro, lo ascoltava, cercava di ribattere colpo su colpo, ma in realtà il suo vero problema restava senza soluzione.

« Non m'hai ancora risposto », disse Benno. « Vuoi venire a Innsbruck? »

« No », affermò con decisione. « Se hai una malattia non guarisci mettendoti a correre. »

« Vuol dire che Bruno Brian è più che mai dentro di te e continui a portartelo dietro. » Benno non era mai stato tanto esplicito e le sue parole ebbero l'effetto di sconvolgerla.

« Vorrei essere libera nelle mie decisioni », arrossì tra la collera e la vergogna.

« Libera di riporre la tua storia con Bruno Brian nell'armadio con gli altri scheletri del passato? » incalzò brutalmente.

Karin alzò una mano quasi a difendersi dalla violenza di quelle parole.

Guardava Benno mentre passavano nella memoria le immagini di una tragedia lontana: la sua camera di Bolzano, il compagno della madre che le sollevava la gonna e la schiacciava e la stuprava senza pietà soffocando i suoi urli di terrore con una mano premuta sulla bocca. Lo rivide in piedi col sesso ancora sporco del suo sangue mentre si rialzava i pantaloni.

« No! questo no! » scoppiò in lacrime coprendosi il volto con le mani. « Non lo sopporto. »

Il giovane le accarezzò le spalle con dolcezza.

« Che cosa non sopporti? »

« Il rapporto con un uomo. È ripugnante. »

Benno le sollevò il viso con una mano.

« È ripugnante la violenza che hai subito. »

« Per me è finita, Benno » disse asciugandosi le lacrime. « Non riuscirò mai a essere una donna. »

« Amministri la tua disgrazia in modo nevrotico », la scosse con parole prive di tenerezza. « Sei stata vittima di un incidente. Punto e basta. »

« Ognuno sceglie di vivere secondo la propria inclinazione », ribatté. « Io ritengo di dover scegliere il male minore: la solitudine. Mi sembra più sopportabile. »

« È su questo terreno che non ti seguo », la contraddisse. « Non puoi camminare per le strade della vita conservando l'intangibilità della veste immacolata che ti sei confezionata su misura. »

Karin lo guardò sorpresa. « Non ti capisco », reagì.

« Di' piuttosto che non vuoi capire », la rimproverò. « Certo nella tua casa di bambola non ci sono contaminazioni, ma c'è il vuoto, il silenzio, la vertigine della solitudine. Credi che basti chiudere gli occhi per cancellare la violenza? Credi davvero che sia sufficiente tapparsi le orecchie per non sentire? »

« Tu vivi in un'altra dimensione: i tuoi studi, i tuoi pazienti, l'università. Stai in un Paese tranquillo, tollerante. Non hai bisogno di spazi protetti. Io conosco un mondo dove la gente fa a coltellate per arrivare, dove il successo è l'unico metro per valutare una persona. Il denaro e l'intrigo sono le chiavi che aprono tutte le porte. »

Benno sorrise e nei suoi occhi brillò ancora la tenerezza.

« Non ci sono più, ahimè, isole felici e paradisi protetti. Perché la natura umana è la stessa a tutti i livelli e sotto tutte le latitudini. E poi c'è una contraddizione nel tuo ragionamento », osservò ironico, « dipingi la società come una giungla spietata e a questo branco di lupi vorresti offrire la tua purezza incontaminata. Che è poi un modo per tenersi una spanna sopra la media. »

« Stai dandomi della presuntuosa? »

« Questo l'hai detto tu, piccola Karin », scherzò. « Io non confermo né smentisco. »

« Una presuntuosa! Una mezza calza piena di sé che ha soltanto la fortuna di avere un aspetto passabile. »

« È un approccio sbagliato », la corresse Benno. « Ma tu qualche volta ti compiaci di farti male. Tu non corrispondi al personaggio che hai brutalmente sintetizzato. Lo sai tu e lo so io. Lo sa Martina che custodisce i tuoi segreti, lo sa Brancati, lo sa Bruno Brian che forse non ti ama solo per quello che sembri. Perché il Barone conosce sul tuo conto più cose di quanto immagini. »

« Il Barone », sottolineò con disprezzo. « È un cinico. Un uomo spietato. Un nato ricco. Crede di poter comperare tutto con il suo denaro. Io non sono in vendita. Chiaro? »

« Mettiamola così », convenne l'uomo con tono pacato. « Ma allora perché ti arrabbi tanto? Perché scappi? Perché passi i giorni e le notti pensando a lui? Perché il pensiero di Bruno Brian si è trasformato in una ossessione? »

« Sono fatti miei! » s'arrabbiò.

« Dovresti liberarti da questa cintura di castità che ti opprime », disse Benno.

Erano più o meno le parole che Bruno le aveva rivolto a bordo del *Trifoglio* a Saint Tropez e ancora una volta la rabbia lampeggiò negli occhi immensi di Karin.

« Perché continui a pensare a quell'uomo? » disse Benno riportandola alla realtà.

« Perché lo amo », confessò impetuosamente. « Nonostante tutto ne sono innamorata. »

« Finalmente! E allora lasciati andare. Non aver paura di sporcarti. I tuoi sono pretesti per rinviare una prova che temi come il fuoco! »

« Detesto il suo cinismo », tentò ancora di difendersi.

« Tu sei innamorata anche dei suoi difetti », Benno rincarò la dose. « Ti piace anche il personaggio e sei presa dalla leggenda che lo circonda. »

Karin arrossì violentemente ricordando l'incontro sul *Trifoglio* quando Bruno l'aveva attirata sul suo petto lentamente, ma in modo risoluto e lei s'era lasciata andare abbandonandosi a un uomo per la prima volta nella sua vita.

« Non è vero », disse piano. « Forse queste cose mi affascinavano all'inizio. Ma dopo... dopo ho capito che ero innamorata. »

« E allora scendi dal piedistallo. Smettila di fare la superdonna e cerca di voler bene anche a te stessa. »

Dalla cabina della funivia stava uscendo un altro gruppo di turisti, ma questa volta dalla macchia astratta emerse una figura che fece accelerare i battiti del cuore di Karin. Fissando quell'uomo che andava precisandosi tra la folla, la ragazza si sentiva irrimediabilmente stupida, vuota, prigioniera di una stregoneria.

« Che cosa c'è? » s'allarmò Benno vedendola turbata.

« È arrivato », mormorò continuando a fissare il prato.

« Chi? » domandò il giovane.

« Il Barone. » Era sempre così quando stava per incontrare Bruno: la stessa angoscia estenuante, lo stesso struggimento viscerale, un meccanismo incontrollabile, un groviglio di paura e di desiderio, d'amore e d'odio. E un piacere dolente le attanagliava lo stomaco.

Finalmente lo vide in pieno sole, stava per raggiungerla. Ancora una volta un fuoco d'artificio esplose nei suoi occhi e una girandola di sensazioni prese a vorticare tra cuore e cervello. Le gambe le tremavano.

« Sono venuto a prenderti », disse lui semplicemente, di fronte a lei, fissandola con i suoi occhi grigi. « Desidero passare il resto della mia vita con te. »

Karin era incapace di pronunciare una sola parola.

« Non avere paura. Vieni », la invitò Bruno. « La funivia sta per ripartire. »

Karin si alzò e lo seguì.

Benno li guardò camminare verso la stazioncina e non si stupì che Karin non l'avesse neppure salutato.

FINE

Della stessa autrice

Anna dagli occhi verdi

Il Barone

Saulina (Il vento del passato)

Come stelle cadenti

Disperatamente Giulia

Donna d'onore

E infine una pioggia di diamanti

Lo splendore della vita

Il Cigno Nero

Come vento selvaggio

Il Corsaro e la rosa

Caterina a modo suo

Lezione di tango

Vaniglia e cioccolato

Vicolo della Duchesca

6 aprile '96

Qualcosa di buono

Rosso corallo

Rosso corallo (Edizione illustrata)

Singolare femminile

Il gioco delle verità

Mister Gregory

Un amore di marito

Léonie

Giulia per sempre
(Disperatamente Giulia, Lo splendore della vita)

Il Diavolo e la rossumata

Palazzo Sogliano

La moglie magica

La vigna di Angelica

Il bacio di Giuda

10 e lode

Stampato presso ELCOGRAF S.p.A.
Stabilimento di Cles (TN)